U0922940

四世同堂

下

老舍 著

中国友谊出版公司

十一

陈野求找不到姐丈钱默吟，所以他就特别的注意钱先生的孙子——钱少奶奶真的生了个男娃娃。自从钱少奶奶将要生产，野求就给买了催生的东西，亲自送到金家去。他晓得金三爷看不起他，所以要转一转面子。在他的姐姐与外甥死去的时候，他的生活正极其困苦，拿不出一个钱来。现在，他是生活已大见改善，他决定教金三爷看看，他并不是不通人情的人。再说，钱少奶奶住在娘家，若没有钱家这面的亲戚来看看她，她必定感到难过，所以他愿以舅公的资格给她点安慰与温暖。小孩的三天十二天与满月，他都抓着工夫跑来，带着礼物与他的热情。他永远不能忘记钱姐丈，无论姐丈怎样的骂过他，甚至和他绝交。可是，他随时随地的留神，也找不着姐丈，他只好把他的心在这个小遗腹子身上表现出来。他知道姐丈若是看见孙子，应当怎样的快乐；钱家已经差不多是同归于尽，而现在又有了接续香烟的男娃娃。那么，钱姐丈既然没看到孙子，他——野求——就该代表姐丈来表示快乐。

还有，自从他给伪政府作事，他已经没有了朋友。在从前，他的朋友多数是学术界的人。现在，那些人有的已经逃出北平，有的虽然仍在北平，可是隐姓埋名的闭户读书，不肯附逆。有的和他一样，为了家庭的累赘，无法不出来挣钱吃饭。对于那不肯附逆的，他没脸再去访见，就是在街上偶然的遇到，他也低下头去，不敢打招呼。对那与他一样软弱的老友，大家也断绝了往来，因为见了面彼此难堪。自然，他有了新的同事。可是同事未必能成为朋友。再说，新的同事们里面，最好的也不过是像他自己的这路人——虽然心中晓得是非善恶，而以小不忍乱了大谋，自动的涂上了三花脸。其余的那些人，有的是浑水摸鱼，乘机会弄个资格；他们没有品行，没有学识，在国家太平的时候，永远没有希望得到什么优越的地位；现在，他们专凭钻营与无耻，从日本人或大汉奸的手里得到了意外的腾达。有的是已经作了一二十年的小官儿，现在拼命的挣扎，以期保持住原来的地位，假若不能高升一步的话；除了作小官儿，他们什么也不会，“官”便是他们的生命，从谁手中得官，他们便无暇考虑，也不便考虑。这些人们一天到晚谈的是“路线”，关系，与酬应。野求看不起他们，没法子和他们成为朋友。他非常的寂寞。同时，他又想到乌鸦都是黑的，他既与乌鸦同群，还有什么资格看不起他们呢？他又非常的惭愧。

好吧，即使老友都断绝了关系，新朋友又交不来，他到底还有个既是亲又是友的钱默吟啊。可是，默吟和他绝了交！北平城是多么大，有多少人啊，他却只剩下了个病包儿似的太太，与八个孩子，而没有一个朋友！寂寞也是一种监狱！

他常常想起小羊圈一号来。院子里有那么多的花，屋中是那么安静宽阔，没有什么精心的布置，而显出雅洁。那里的人是默吟与孟石，他们有的是茶，酒，书，画，虽然也许没有隔宿的粮米。在那里谈半天话是多么快活的事，差不多等于给心灵洗了个热水浴，使灵魂多出一点痛快的汗珠呀。可是，北平亡了，小羊圈一号已住上了日本人。日本人享受着那满院的花草，而消灭了孟石，仲石，与他的胞姐。凭这一点，他也不该去从日本人手中讨饭吃吧？

他吃上了鸦片，用麻醉剂抵消寂寞与羞惭。

为了吃烟，他须有更多的收入。好吧，兼事，兼事！他有真本事，那些只会浑水摸鱼的人，摸到了鱼而不晓得怎样作一件像样的公文，他们需要一半个像野求这样的人。他们找他来，他愿意多帮忙。在这种时节，他居然有一点得意，而对自己说：“什么安贫乐道啊，我也得过且过的瞎混吧！”为了一小会儿的高兴，人会忘了他的灵魂。

可是，不久他便低下头去，高兴变成了愧悔。在星期天，他既无事可作，又无朋友可访，他便想起他的正气与灵魂。假若孩子们吵得厉害，他便扔给他们一把零钱，大声的嚷着：“都滚！滚！死在外边也好！”孩子出去以后，他便躺在床上，向烟灯发愣。不久，他便后悔了那样对待孩子们，自己嘀咕着：“还不是为了他们，我才……唉！失了节是八面不讨好的！”于是，他就那么躺一整天。他吸烟，他打盹儿，他作梦，他对自己叨唠，他发愣。但是，无论怎着，他救不了自己的灵魂！他的床，他的卧室，他的办公室，他的北平，都是他的地狱！

钱少奶奶生了娃娃，野求开始觉得心里镇定了一些。他自己已经有八个孩子，他并不怎么稀罕娃娃。但是，钱家这个娃娃仿佛与众不同——他是默吟的孙子。假若“默吟”两个字永远用红笔写在他的心上，这个娃娃也应如此。假若他丢掉了默吟，他却得到了一个小朋友——默吟的孙子。假若默吟是诗人，画家，与义士，这个小娃娃便一定不凡，值得敬爱，就像人们尊敬孔圣人的后裔似的。钱少奶奶本不过是个平庸的女人，可是自从生了这个娃娃，野求每一见到她，便想起圣母像来。

附带使他高兴的，是金三爷给外孙办了三天与满月，办得很像样子。在野求看，金三爷这样肯为外孙子花钱，一定也是心中在思念钱默吟。那么，金三爷既也是默吟的崇拜者，野求就必须和他成为朋友。友情的结合往往是基于一件偶然的事情与遭遇的。况且，在他到金家去过一二次之后，他发现了金三爷并没有看不起他的表示。这也许是因为金三爷健忘，已经不记得孟石死去时的事了，或者也许是因为野求现在身上已穿得整整齐齐，而且带来礼物？不管怎样吧，野求的心中安稳了。他决定与金三爷成为朋友。

金三爷是爱面子的。不错，他很喜欢这个外孙子。但是，假若这个外孙的祖父不是钱默吟，他或者不会花许多钱给外孙办三天与满月的。有这一点曲折在里面，他就渴望在办事的时候，钱亲家公能够自天而降，看看他是怎样的义气与慷慨。他可以拉住亲家公的手说："你看，你把媳妇和孙子托给了我，我可没委屈了他们！你我是真朋友，你的孙子也就是我的孙子！"可是，钱亲家公没能自天而降的忽然来到。他的话没有说出的机会。于是，求其次者，他想能有一个知道默吟所遭受的苦难的人，来看一看，也好替他证明他是怎样的没有忘记了朋友的嘱托。野求来得正好，野求知道钱家的一切。金三爷，于是，忘了野求从前的没出息，而把腹中藏着的话说给了野求。野求本来能说会道，乘机会夸赞了金三爷几句，金三爷的红脸上发了光。乘着点酒意，他坦白的告诉了野求："我从前看不起你，现在我看你并不坏！"这样，他们成了朋友。

假若金三爷能这样容易的原谅了野求，那就很不难想到，他也会很容易原谅了日本人的。他，除了对于房产的买与卖，没有什么富裕的知识。对于处世作人，他不大知道其中的绝对的是与非，而只凭感情去瞎碰。谁是他的朋友，谁就"是"；谁不是他朋友，谁就"非"。一旦他为朋友动了感情，他敢去和任何人交战。他帮助钱亲家去打大赤包与冠晓荷，便是个好例子。同样的，钱亲家是被日本人毒打过，所以他也恨日本人，假若钱默吟能老和他在一块儿，他大概就会永远恨日本人，说不定他也许会杀一两个日本人，而成为一个义士。不幸，钱先生离开了他。他的心又跳得平稳了。不错，他还时常的想念钱亲家，但是不便因想念亲家而也必须想起冠晓荷与日本人。他没有那个义务。到时候，他经女儿的提醒，他给亲家母与女婿烧化纸钱，或因往东城外去而顺脚儿看看女婿的坟。这些，他觉得已经够对得起钱家的了，不能再画蛇添足的作些什么特别的事。况且，近来他的生意很好啊。

假若一个最美的女郎往往遭遇到最大的不幸，一个最有名的城也每每受到最大的污辱。自从日本人攻陷了南京，北平的地位就更往下落了许多。明眼的人已经看出：日本本土假若是天字第一号，朝鲜便是第二号，满洲第三，蒙古第四，南京第五——可怜的北平，落到了第六！尽管汉奸们拼命的抓住北平，想教北平至少和南京有同样的分量，可是南京却好歹的有个“政府”，而北平则始终是华北日军司令的附属物。北平的“政府”非但不能向“全国”发号施令，就是它权限应达到的地方，像河北，河南，山东，山西，也都跟它貌合心离，因为济南，太原，开封，都各有一个日军司令。每一个司令是一个军阀。华北恢复了北伐以前的情形，所不同者，昔日是张宗昌们割据称王，现在代以日本军人。华北没有“政治”，只有军事占领。北平的“政府”是个小玩艺儿。因此，日本人在别处打了胜仗，北平本身与北平的四围，便更遭殃。日本在前线的军队既又建了功，北平的驻遣军司令必然的也要在“后方”发发威。反之，日本人若在别处打了败仗，北平与它的四围也还要遭殃，因为驻遣军司令要向已拴住了的狗再砍几刀，好遮遮前线失利的丑。总之，日奉军阀若不教他自己的兵多死几个，若不教已投降的顺民时时尝到枪弹，他便活不下去。杀人是他的“天职”。

因此，北平的房不够用的了。一方面，日本人像蜂儿搬家似的，一群群的向北平来“采蜜”。另一方面。日本军队在北平四围的屠杀，教乡民们无法不放弃了家与田园，到北平城里来避难。到了北平城里是否就能活命，他们不知道。可是，他们准知道他们的家乡有多少多少小村小镇是被敌人烧平屠光了的。

这，可就忙了金三爷。北平的任何生意都没有起色，而只兴旺了金三爷这一行，与沿街打小鼓收买旧货的。

在从前的北平，“住”是不成问题的。北平的人多，房子也多。特别是在北伐成功，政府迁到南京以后，北平几乎房多于人了。多少多少机关都搬到南京去，随着机关走的不止是官吏与工友，而且有他们的家眷。像度量衡局，印铸局等等的机关，在官吏而外，还要带走许多的技师与工人。同时，像前三门外的各省会馆向来是住满了人——上“京”候差，或找事的闲人。政府南迁，北平成了文化区，这些闲人若仍在会馆里傻等着，便是没有常识。他们都上了南京，去等候着差事与面包。同时，那些昔日的军阀，官僚，政客们，能往南去的，当然去到上海或苏州，以便接近南京，便于活动；就是那些不便南下的，也要到天津去住；在他们看，只有个市政府与许多男女学生的北平等于空城。这样，有人若肯一月出三四十元，便能租到一所带花园的深宅大院，而在大杂院里，三四十个铜板就是一间屋子的租金，连三等巡警与洋车夫们都不愁没有地方去住。

现在，房子忽然成了每一个人都须注意的问题。租房住的人忽然得到通知——请另找房吧！那所房也许是全部的租给了日本人，也许是因为日本人要来租赁而房主决定把它出卖。假若与日本人无关，那就必定是房主的亲戚或朋友由乡下逃来，非找个住处不可。这样一来，租房住的不免人人自危，而有房子的也并不安定——只要院中有间房，哪怕是一两间呢，亲戚朋友仿佛就都注意到，不管你有没有出租的意思。亲友而外，还有金三爷这批人呢。他们的眼仿佛会隔着院墙看清楚院子里有无空闲的屋子。一经他们看到空着的屋子，他们的本事几乎和新闻记者差不多，无论你把大门关得怎样严紧，他们也会闯进来的。同时，有些积蓄的人，既不信任伪币，又无处去投资，于是就赶紧抓住了这个机会——买房！房，房，房！到处人们都谈房，找房，买房，或卖房。房成了问题，成了唯一有价值的财产，成了日本人给北平带来的不幸！

显然的，日本人的小脑子里并没有考虑过这个问题，而只知道他们是战胜者，理当像一群开了屏的孔雀似的昂步走进北平来。假若他们晓得北平人是怎样看不起东洋孔雀，而躲开北平，北平人就会假装作为不知道似的，而忘掉了日本的侵略。可是，日本人只晓得胜利，而且要将胜利像徽章似的挂在胸前。他们成群的来到北平，而后分开，散住在各胡同里。只要一条胡同里有了一两家日本人，中日的仇恨，在这条胡同里便要多延长几十年。北平人准知道这些分散在各胡同里的日本人是侦探，不管他们表面上是商人还是教师。北平人的恨恶日本人像猫与狗的那样的相仇，不出于一时一事的抵触与冲突，而几乎是本能的不能相容。即使那些日本邻居并不作侦探，而是天字第一号的好人，北平人也还是讨厌他们。一个日本人无论是在哪个场合，都会使五百个北平人头疼。北平人所有的一切客气，规矩，从容，大方，风雅，一见到日本人便立刻一干二净。北平人不喜欢笨狗与哈巴狗串秧儿的“板凳狗”——一种既不像笨狗那么壮实，又不像哈巴狗那么灵巧的，噘嘴，罗圈腿，姥姥不疼舅舅不爱的矮狗。他们看日本人就像这种板凳狗。他们也感到每个日本人都像个“孤哀子”。板凳狗与孤哀子的联结，实在使北平人不能消化！北平人向来不排外，但是他们没法接纳板凳狗与孤哀子。这是日本人自己的过错，因为他们讨厌而不自觉。他们以为自己是“最”字的民族，这就是说：他们的来历最大，聪明最高，模样最美，生活最合理……他们的一切都有个“最”字，所以他们最应霸占北平，中国，亚洲，与全世界！假若他们屠杀北平人，北平人也许感到一点痛快。不，他们没有洗城，而要来与北平人作邻居；这使北平人头疼，恶心，烦闷，以至于盼望有朝一日把孤哀子都赶尽杀绝。

日本人不拦阻城外的人往城内迁移，或者是因为他们想借此可以增多城内繁荣的气象。日本人的作风永远是一面敲诈，一面要法律；一面烧杀，一面要繁荣。可是，虚伪永远使他们自己显露了原形。他们要繁荣北平，而北平人却因城外人的迁入得到一些各处被烧杀的真消息。每一个逃难的永远是独立的一张小新闻纸，给人们带来最正确的报导。大家在忙着租房，找房，匀房，卖房之际，附带着也听到了日本人的横行霸道，而也就更恨日本人。

金三爷的心里可没理会这些拐弯抹角儿。他是一个心孔的人，看到了生意，他就作生意，顾不得想别的。及至生意越来越多，他不但忘了什么国家大事，而且甚至于忘了他自己。他仿佛忽然落在了生意网里，左顾右盼全是生意。他的红脸亮得好像安上了电灯。他算计，他跑路，他交涉，他假装着急，而狠心的不放价码。他的心像上紧了的钟弦，非走足了一天不能松散。有时候，摸一摸，他的荷包中已没了叶子烟，也顾不得去买。有时候，太阳已偏到西边去，他还没吃午饭。他忘了自己。生意是生意，少吃一顿饭算什么呢，他的身体壮，能够受得住。到晚间，回到家中，他才觉出点疲乏，赶紧划搂三大碗饭，而后含笑的吸一袋烟，烟袋还没离嘴，他已打上了盹；倒在床上，登时鼾声像拉风箱似的，震动得屋檐中的家雀都患了失眠。

偶然有半天闲暇，他才想起日本人来，而日本人的模样，在他心中，已经改变了许多。他的脑子里只有几个黑点，把两点或三点接成一条线，便是他的思想。这样简单的画了两三次线条，他告诉自己："日本人总算还不错，他们给我不少的生意！日本人自己不是也得租房买房么？他们也找过我呀！朋友！大家都是朋友，你占住北平，我还作生意，各不相扰，就不坏！"

拧上一锅子烟，他又细想了一遍，刚才的话一点破绽也没有。于是他想到了将来："照这么下去，我也可以买房了。已经快六十了，买下它那么两三所小房，吃房租，房租越来越高呀！那就很够咱一天吃两顿白面的了。白面有了办法，谁还干这种营生？也该拉着外孙子，遛遛街呀，坐坐茶馆吧！"

一个人有了老年的办法才算真有了办法。金三爷看准了自己的面前有了两三所可以出白面的房子，他的老年有了办法！他没法不钦佩自己。

且不要说将来吧，现在他的身份已经抬高了许多呀。以前，他给人家介绍房子，他看得出无论是买方还是卖方，都拿他当作一根火柴似的，用完了便丢在地上。他们看他不过比伸手白要钱的乞丐略高一点。现在可不同了，因为房屋的难找，他已变成相当重要的人。他扭头一走，人们便得赶紧拉回他来，向他说一大片好话。他得到“佣钱”，而且也得到了尊严。这又得归功于日本人。日本人若是不占据着北平，哪会有这种事呢？好啦，他决定不再恨日本人，大丈夫应当恩怨分明。

小孩儿长得很好，不十分胖而处处都结实。金三爷说小孩子的鼻眼像妈妈，而妈妈一定以为不但鼻眼，连头发与耳朵都像孟石。自从一生下来到如今，(小孩已经半岁了)这个争执还没能解决。

另一不能解决的事是小孩的名字。钱少奶奶坚决的主张，等着祖父来给起名字，而金三爷以为马上应当有个乳名，等钱先生来再起学名。乳名应当叫什么呢？父女的意见又不能一致。金三爷一高兴便叫“小狗子”或“小牛儿”，钱少奶奶不喜欢这些动物。她自己逗弄孩子的时候，一会儿叫“大胖胖”，一会儿叫“臭东西”，又遭受金三爷的反对：“他并不胖，也不臭！”意见既不一致，定名就非常的困难，久而久之，金三爷就直截了当的喊“孙子”，而钱少奶奶叫“儿子”。于是，小孩子一听到“孙子”，或“儿子”，便都张着小嘴傻笑。这可就为难了别人，别人不便也喊这个小人儿孙子或儿子。

为了这点不算很大，而相当困难的问题，金家父女都切盼钱先生能够赶快回来，好给小孩一个固定不移的名字。可是，钱先生始终不来。

野求非常喜欢这个无名的孩子——既是默吟的孙子，又是他与金三爷成为朋友的媒介。只要有工夫，他总要来看一眼。他准知道娃娃还不会吃东西，拿玩具，但是他不肯空着手来。每来一次，他必须带来一些水果或花红柳绿的小车儿小鼓儿什么的。

“野求！”金三爷看不过去了：“他不会吃，不会耍，干吗糟蹋钱呢？下次别这么着了！”

“小意思！小意思！”野求仿佛道歉似的说：“钱家只有这么一条根！”在他心里，他是在想：“我丢失了他的祖父，(我的最好的朋友！)不能再丢失了这个小朋友。小朋友长大，他会，我希望，亲热的叫舅爷爷，而不叫我别的难听的名字！”

这一天，天已经黑了好久，野求拿着一大包点心到蒋养房来。从很远，他就伸着细脖子往金家院子看，看还有灯光没有；他知道金三爷和钱少奶奶都睡得相当的早。他希望他们还没有睡，好把那包点心交出去。他不愿带回家去给自己的孩子吃，因为他看不起自己的孩子——爸爸没出息，还有什么好儿女呢！再说，若不是八个孩子死扯着他，他想他一定不会这样的没出息。没有家庭之累，他一定会逃出北平，作些有人味的事。虽然孩子们并没有罪过，他可是因为自己的难过与惭愧，不能不轻看他们。反之，他看默吟的孙子不仅是个孩子，而是一个什么的象征。这孩子的祖父是默吟，他的祖母，父亲，叔父已都殉了国，他是英雄们的后裔，他代表着将来的光明——祖辈与父辈的牺牲，能教子孙昂头立在地球上，作个有幸福有自由的国民！他自己是完了，他的儿女也许因为他自己的没出息而也不成材料；只有这里，金三爷的屋子里，有一颗民族的明珠！

再走近几步，他的心凉了，金家已没有了灯光！他立住，跟自己说：“来迟了，吃鸦片的人没有时间观念，该死！”

他又往前走了两步，他不肯轻易打回头。他可又没有去敲门的决心，为看看孩子而惊动金家的人，他觉得有点不大好意思。

离金家的街门只有五六步了，他看见一个人原在门垛子旁边立着，忽然的走开，向和他相反的方向走，走得很慢。

野求并没看清那是谁，但是像猫“感到”附近有老鼠似的，他浑身的感觉都帮助他，促迫他，相信那一定是钱默吟。他赶上前去。前面的黑影也走得快了，可是一拐一拐的，不能由走改为跑。野求开始跑。只跑了几步，他赶上了前面的人。他的泪与声音一齐放出来：“默吟！”

钱先生低下头去，腿虽不方便，而仍用力加快的走。野求像喝醉了似的，不管别人怎样，而只顾自己要落泪，要说话，要行动。

一下子，他把那包点心扔在地上，顺手就扯住了姐丈。满脸是泪的，他抽搭着叫："默吟！默吟！什么地方都找到，现在我才看见了你！"

钱先生收住脚步，慢慢的走；快走给他苦痛。他依旧低着头，一声不出。

野求又加上了一只手，扯住姐丈的胳膊。"默吟，你就这么狠心吗？我知道，我承认，我是软弱无能的混蛋！我只求你跟我说一句话，是，哪怕只是一句话呢！对！默吟，跟我说一句！不要这样低着头，你瞪我一眼也是好的呀！"

钱先生依然低着头，一语不发。

这时候，他们走近一盏街灯。野求低下身去，一面央求，一面希望看到姐丈的脸。他看见了：姐丈的脸很黑很瘦，胡子乱七八糟的遮住嘴，鼻子的两旁也有两行泪道子。

"默吟！你再不说话，我可就跪在当街了！"野求苦苦的央告。

钱先生叹了一口气。

"姐丈！你是不是也来看那个娃娃的？"

默吟走得更慢了，低着头，用手背抹去脸上的泪。"嗯！"

听到姐丈这一声嗯，野求像个小儿似的，带着泪笑了。"姐丈！那是个好孩子，长得又俊又结实！"

"我还没看见过他！"默吟低声的说。"我只听到了他的声音。天天，我约摸着金三爷就寝了，才敢在门外站一会儿。听到娃娃的哭声，我就满意了。等他哭完，睡去，我抬头看看房上的星；我祷告那些星保佑着我的孙子！在危难中，人容易迷信！"

野求像受了催眠似的，抬头看了看天上的星。他不知道再说什么好。默吟也不再出声。

默默的，他们已快走到蒋养房的西口。野求还紧紧的拉着姐丈的臂。默吟忽然站住了，夺出胳臂来。两个人打了对脸。野求看见了默吟的眼，两只和秋星一样亮的眼。他颤抖了一下。在他的记忆里，姐丈的眼永远是慈祥与温暖的泉源。现在，姐丈的眼发着钢铁的光，极亮，极冷，怪可怕。默吟只看了舅爷那么一眼，然后把头转开："你该往东去吧？"

"我——"野求舐了舐嘴唇。"你住在哪儿呢？"

"有块不碍事的地我就可以睡觉！"

"咱们就这么分了手吗？"

"嗯——等国土都收复了，咱们天天可以在一块儿！"

"姐丈！你原谅了我？"

默吟微微摇了摇头："不能！你和日本人，永远得不到我的原谅！"

野求的贫血的脸忽然发了热："你诅咒我好了！只要你肯当面诅咒我，就是我的幸福！"

默吟没回答什么，而慢慢的往前迈步。

野求又扯住了姐丈。"默吟！我还有多少多少话要跟你谈呢！"

"我现在不喜欢闲谈！"

野求的眼珠定住。他的心中像煮沸的一锅水那么乱。随便的他提出个意见："为什么咱们不去看看那个娃娃呢？也好教金三爷喜欢喜欢哪！"

"他，他和你一样的使我失望！我不愿意看到他。教他干他的吧，教他给我看着那个娃娃吧！假若我有办法，我连看娃娃的责任都不托给他！我极愿意看看我的孙子，但是我应当先给孙子打扫干净了一块土地，好教他自由的活着！祖父死了，孙子或者才能活！反之，祖父与孙子都是亡国奴，那，那，"默吟先生笑了一下。他笑得很美。"家去吧，咱们有缘就再见吧！"

野求木在了那里。不错眼珠的，他看着姐丈往前走。那个一拐一拐的黑影确是他的姐丈，又不大像他的姐丈；那是一个永远不说一句粗话的诗人，又是一个自动的上十字架的战士。黑影儿出了胡同口，野求想追上去，可是他的腿酸得要命。低下头，他长叹了一声。

野求没有得到姐丈的原谅，心中非常的难过。他佩服默吟。因为佩服默吟，他才觉得默吟有裁判他的权威。得不到姐丈的原谅，在他看，就等于脸上刺了字——他是汉奸！他用手摸了摸自己的瘦脸，只摸到一点湿冷的泪。

他开始打回头，往东走。又走到金家门口，他不期然而然的停住了脚步。小孩子哭呢。他想象着姐丈大概就是这样的立在门外，听着小孩儿啼哭。他赶紧又走开，那是多么惨哪！祖父不敢进去看自己的孙子，而只立在门外听一听哭声！他的眼中又湿了。

走了几步，他改了念头。他到底看见了姐丈。不管姐丈原谅他与否，到底这是件可喜的事。这回姐丈虽没有宽恕他，可是已经跟他说了话；那么，假若再遇上姐丈，他想，他也许就可以得到谅解了，姐丈原本是最慈善和蔼的人哪！想到这里，他马上决定去看看瑞宣。他必须把看到了默吟这个好消息告诉给瑞宣，好教瑞宣也喜欢喜欢。他的腿不酸了，他加快了脚步。

瑞宣已经躺下了，可是还没入睡。听见敲门的声音，他吓了一跳。这几天，因为武汉的陷落，日本人到处捉人。前线的胜利使住在北方的敌人想紧紧抓住华北，永远不放手。华北，虽然到处有汉奸，可是汉奸并没能替他们的主子得到民心。连北平城里还有像钱先生那样的人；城外呢，离城三四十里就还有用简单的武器，与最大的决心的，与敌人死拼的武装战士。日本人必须肃清这些不肯屈膝的人们，而美其名叫作“强化治安”。即使他们拿不到真正的“匪徒”，他们也要捉一些无辜的人，去尽受刑与被杀的义务。他们捕人的时间已改在夜里。像猫头鹰捕麻雀那样，东洋的英雄们是喜欢偷偷摸摸的干事的。瑞宣吓了一跳。他晓得自己有罪——给英国人作事便是罪过。急忙穿上衣服，他轻轻的走出来。他算计好，即使真是敌人来捕他，他也不便藏躲。去给英国人作事并不足以使他有恃无恐，他也不愿那么狗仗人势的有恃无恐。该他入狱，他不便躲避。对祖父，与一家子人，他已尽到了委屈求全的忍耐与心计，等到该他受刑了，他不便皱上眉。他早已盘算好，他既不能正面的赴汤蹈火的去救国，至少他也不该太怕敌人的刀斧与皮鞭。

院里很黑。走到影壁那溜儿，他问了声：“谁？”

“我！野求！”

瑞宣开开了门。三号的门灯立刻把光儿射进来。三号院里还有笑声。是的，他心里很快的想到：三号的人们的无耻大概是这时代最好的护照吧？还没等他想清楚，野求已迈进门坎来。

“哟！你已经睡了吧？真！吸烟的人没有时间观念！对不起，我惊动了你！”野求擦了擦脸上的凉汗。

“没关系！”瑞宣淡淡的一笑，随手又系上个纽扣。“进来吧！”

野求犹豫了一下。“太晚了吧？”可是，他已开始往院里走。他喜欢和朋友闲谈，一得到闲谈的机会，他便把别的都忘了。

瑞宣开开堂屋的锁。

野求开门见山的说出来：“我看见了默吟！”

瑞宣的心里忽然一亮，亮光射出来，从眼睛里慢慢的分散在脸上。“看见他了？”他笑着问。

野求一气把遇到姐丈的经过说完。他只是述说，没有加上一点自己的意见。他仿佛是故意的这样办，好教瑞宣自己去判断；他以为瑞宣的聪明足够看清楚：野求虽然没出息，得不到姐丈的原谅，可是他还真心真意的佩服默吟，关切默吟，而且半夜里把消息带给瑞宣。

瑞宣并没表示什么。这时候，他顾不得替野求想什么，而只一心一意的想看到钱先生。

“明天，”他马上打定了主意，“明天晚上八点半钟，咱们在金家门口见！”

“明天？”野求转了转眼珠：“恐怕他未必……”

以瑞宣的聪明，当然也会想到钱先生既不喜欢见金三爷与野求，明天——或者永远——他多半不会再到那里去。可是，他是那么急切的愿意看看诗人，他似乎改了常态：“不管！不管！反正我必去！”

第二天，他与野求在金家门外等了一晚上，钱先生没有来。

“瑞宣! ”野求哭丧着脸说：“我就是不幸的化身！我又把默吟来听孙子的哭声这点权利给剥夺了！人别走错一步！一步错。步步错！”

瑞宣没说什么，只看了看天上的星。

十二

瑞宣想错了，日本人捕人并不敲门，而是在天快亮的时候，由墙外跳进来。在大处，日本人没有独创的哲学，文艺，音乐，图画，与科学，所以也就没有远见与高深的思想。在小事情上，他们却心细如发，捉老鼠也用捉大象的力量与心计。小事情与小算盘作得周到详密，使他们像猴子拿虱子似的，拿到一个便满心欢喜。因此，他们忘了大事，没有理想，而一天到晚苦心焦虑的捉虱子。在瑞宣去看而没有看到钱先生的第三天，他们来捕瑞宣。他们捕人的方法已和捕钱先生的时候大不相同了。

瑞宣没有任何罪过，可是日本人要捉他。捉他，本是最容易的事。他们只须派一名宪兵或巡警来就够了。可是，他们必须小题大作，好表示出他们的聪明与认真。约摸是在早上四点钟左右吧，一辆大卡车停在了小羊圈的口外，车上有十来个人，有的穿制服，有的穿便衣。卡车后面还有一辆小汽车，里面坐着两位官长。为捕一个软弱的书生，他们须用十几个人，与许多汽油。只有这样，日本人才感到得意与严肃。日本人没有幽默感。

车停住，那两位军官先下来视察地形，而后在胡同口上放了哨。他们拿出地图，仔细的阅看。他们互相耳语，然后与卡车上轻轻跳下来的人们耳语。他们倒仿佛是要攻取一座堡垒或军火库，而不是捉拿一个不会抵抗的老实人。这样，商议了半天，嘀咕了半天，一位军官才回到小汽车上，把手交插在胸前，坐下，觉得自己非常的重要。另一位军官率领着六七个人像猫似的轻快的往胡同里走。没有一点声音，他们都穿着胶皮鞋。看到了两株大槐，军官把手一扬两个人分头爬上树去，在树杈上蹲好，把枪口对准了五号。军官再一扬手，其余的人——多数是中国人——爬墙的爬墙，上房的上房。军官自己藏在大槐树与三号的影壁之间。

天还没有十分亮，星星可已稀疏。全胡同里没有一点声音，人们还都睡得正香甜。一点晓风吹动着老槐的枝子。远处传来一两声鸡鸣。一个半大的猫顺着四号的墙根往二号跑，槐树上与槐树下的枪马上都转移了方向。看清楚了是个猫，东洋的武士才又聚精会神的看着五号的门，神气更加严肃。

瑞宣听到房上有响动。他直觉的想到了那该是怎回事。他根本没往闹贼上想，因为祁家在这里住过了几十年，几乎没有闹过贼。人缘好，在这条胡同里，是可以避贼的。一声没出，他穿上了衣服。而后，他极快的推醒了韵梅：“房上有人！别大惊小怪！假若我教他们拿去，别着急，去找富善先生！”

韵梅似乎听明白，又似乎没有听明白，可是身上已发了颤。“拿你？剩下我一个人怎么办呢？”她的手紧紧的扯住他的裤子。

“放开！”瑞宣低声的急切的说：“你有胆子！我知道你不会害怕！千万别教祖父知道了！你就说，我陪着富善先生下乡了，过几天就回来！”他一转身，极快的下了地。

“你要不回来呢？”韵梅低声的问。

“谁知道！”

屋门上轻轻的敲了两下。瑞宣假装没听见。韵梅哆嗦得牙直响。

门上又响了一声。瑞宣问：“谁？”

“你是祁瑞宣？”门外轻轻的问。

“是！”瑞宣的手颤着，提上了鞋；而后，扯开屋门的闩。

几条黑影围住了他，几个枪口都贴在他身上。一个手电筒忽然照在他的脸上，使他闭了一会儿眼。枪口戳了戳他的肋骨，紧跟着一声："别出声，走！"

瑞宣横了心，一声没出，慢慢往外走。

祁老人一到天亮便已睡不着。他听见了一些响动。瑞宣刚走在老人的门外，老人先嗽了一声，而后懒懒的问："什么呀！谁呀？有人闹肚子啊？"

瑞宣的脚微微的一停，就接着往前走。他不敢出声。他知道前面等着他的是什么。有钱先生的受刑在前，他不便希望自己能幸而免。他也不便先害怕，害怕毫无用处。他只有点后悔，悔不该为了祖父，父母，妻子，而不肯离开北平。可是，后悔并没使他怨恨老人们：听到祖父的声音，他非常的难过。他也许永远看不见祖父了！他的腿有点发软，可是依旧鼓着勇气往外走。他晓得，假若他和祖父过一句话，他便再也迈不开步。到了枣树旁边，他往南屋看了一眼，心中叫了一声"妈！"

天亮了一些。一出街门，瑞宣看到两株槐树上都跳下一个人来。他的脸上没有了血色，可是他笑了。他很想告诉他们："捕我，还要费这么大的事呀？"他可是没有出声。往左右看了看，他觉得胡同比往日宽阔了许多。他痛快了一点。四号的门响了一声。几条枪像被电气指挥着似的，一齐口儿朝了北。什么也没有，他开始往前走。到了三号门口。影壁后钻出来那位军官。两个人回去了，走进五号，把门关好。听见关门的微响，瑞宣的心中更痛快了些——家关在后面，他可以放胆往前迎接自己的命运了！

韵梅顾不得想这是什么时间，七下子八下子的就穿上了衣服。也顾不得梳头洗脸，她便慌忙的走出来，想马上找富善先生去，她不常出门，不晓得怎样走才能找到富善先生。但是，她不因此而迟疑。她很慌，可也很坚决，不管怎样困难，她须救出她的丈夫来。为营救丈夫，她不惜牺牲了自己。在平日，她很老实；今天，她可下了决心不再怕任何人与任何困难。几次，泪已到了眼中，她都用力的睁她的大眼睛，把泪截了回去。她知道落泪是毫无用处的。在极快的一会儿工夫，她甚至于想到瑞宣也许被杀。不过，就是不幸丈夫真的死了，她也须尽她所有的一点能力养活儿女，侍奉公婆与祖父。她的胆子不大，但是真面对面的遇见了鬼，她也只好闯上前去。

轻轻的关好了屋门，她极快的往外走。看到了街门，她也看到那一高一矮的两个人。两个都是中国人，拿着日本人给的枪。两支枪阻住她的去路："干什么？不准出去！"

韵梅的腿软了，手扶住了影壁。她的大眼睛可是冒了火："躲开！我要出去！"

"谁也不准出去！"那个身量高的人说："告诉你，去给我们烧点水，泡点茶；有吃的东西拿出点来！快回去！"

韵梅浑身都颤抖起来。她真想拼命，但是她一个人打不过两个枪手。况且，活了这么大，她永远没想到过和人打架斗殴。她没了办法。但是，她也不甘心就这么退回来。她明知无用而不能不说的问他们："你们凭什么抓去我的丈夫呢？他是顶老实的人！"

这回，那个矮一点的人开了口："别废话！日本人要拿他，我们不晓得为什么！快去烧开水！"

"难道你们不是中国人？"韵梅瞪着眼问。

矮一点的人发了气："告诉你，我们对你可是很客气，别不知好歹！回去！"他的枪离韵梅更近了一些。

她往后退了退。她的嘴干不过手枪。退了两步，她忽然的转过身来，小跑着奔了南屋去。她本想不惊动婆母，可是没了别的办法；她既出不去街门，就必须和婆母要个主意了。

把婆母叫醒，她马上后了悔。事情是很简单，可是她不知道怎么开口好了。婆母是个病身子，她不应当大惊小怪的吓唬她。同时，事情是这么紧急，她又不该磨磨蹭蹭的绕弯子。进到婆母的屋中，她呆呆的愣起来。

天已经大亮了，南屋里可是还相当的黑。天佑太太看不清楚韵梅的脸，而直觉的感到事情有点不大对："怎么啦？小顺儿的妈！"

韵梅憋了好久的眼泪流了下来。她可是还控制着自己，没哭出声来。

“怎么啦？怎么啦？”天佑太太连问了两声。

“瑞宣，”韵梅顾不得再思索了。“瑞宣教他们抓去了！”

像有几滴冰水落在天佑太太的背上，她颤了两下。可是，她控制住自己。她是婆母，不能给儿媳一个坏榜样。再说，五十年的生活都在战争与困苦中渡过，她知道怎样用理智与心计控住感情。她用力扶住一张桌子，问了声：“怎么抓去的？”

极快的，韵梅把事情述说了一遍。快，可是很清楚，详细。

天佑太太一眼看到生命的尽头。没了瑞宣，全家都得死！她可是把这个压在了心里，没有说出来。少说两句悲观的话，便能给儿媳一点安慰。她愣住，她须想主意。不管主意好不好，总比哭泣与说废话强。“小顺儿的妈，想法子推开一块墙，告诉六号的人，教他们给使馆送信去！”老太太这个办法不是她的创作，而是跟祁老人学来的。从前，遇到兵变与大的战事，老人便杵开一块墙，以便两个院子的人互通消息，和讨论办法。这个办法不一定能避免灾患，可是在心理上有很大的作用，它能使两个院子的人都感到人多势众，减少了恐慌。

韵梅没加思索，便跑出去。到厨房去找开墙的家伙。她没想她有杵开界墙的能力，和杵开以后有什么用处。她只觉得这是个办法，并且觉得她必定有足够的力气把墙推开；为救丈夫，她自信能开一座山。

正在这个时候，祁老人起来了，拿着扫帚去打扫街门口。这是他每天必作的运动。高兴呢，他便扫干净自己的与六号的门外，一直扫到槐树根儿那溜儿，而后跺一跺脚，直一直腰，再扫院中。不高兴呢，他便只扫一扫大门的台阶，而后扫院内。不管高兴与否，他永远不扫三号的门外，他看不起冠家的人。这点运动使他足以给自己保险——老年人多动一动，身上就不会长疙疸与痈疽。此外，在他扫完了院子的时候，他还要拿着扫帚看一看儿孙，暗示给他们这就叫作勤俭成家！

天佑太太与韵梅都没看见老人出去。

老人一拐过影壁就看到了那两个人，马上他说了话。这是他自己的院子，他有权利干涉闯进来的人。“怎么回事？你们二位？”他的话说得相当的有力，表示出他的权威；同时，又相当的柔和，以免得罪了人——即使那两个是土匪，他也不愿得罪他们。等到他看见了他们的枪，老人决定不发慌，也不便表示强硬。七十多年的乱世经验使他稳重，像橡皮似的，软中带硬。“怎吗？二位是短了钱花吗？我这儿是穷人家哟！”

“回去！告诉里边的人，谁也不准出来！”高个子说。

“怎么？”老人还不肯动气，可是眼睛眯起来。“这是我的家！”

“罗嗦！不看你上了岁数，我给你几枪把子!”那个矮子说，显然的他比高个子的脾气更坏一些。

没等老人说话，高个子插嘴：“回去吧，别惹不自在！那个叫瑞宣的是你的儿子还是孙子？”

“长孙！”老人有点得意的说。

“他已经教日本人抓了走！我们俩奉命令在这儿把守，不准你们出去！听明白了没有？”

扫帚松了手。老人的血忽然被怒气与恐惧咂净，脸上灰了。“为什么拿他呢？他没有罪！”

“别废话，回去！”矮子的枪逼近了老人。

老人不想抢矮子的枪，但是往前迈了一步。他是贫苦出身，年纪大了还有把子力气；因此，他虽不想打架，可是身上的力气被怒火催动着，他向前冲着枪口迈了步。“这是我的家，我要出去就出去！你敢把我怎样呢？开枪！我决不躲一躲！拿去我的孙子，凭什么？”在老人的心里，他的确要央求那两个人，可是他的怒气已经使他的嘴不再受心的指挥。他的话随便的，无伦次的，跑出来。话这样说了，他把老命置之度外，他喊起来："拿去我的孙子，不行！日本人拿去他，你们是干什么的？拿日本鬼子吓唬我，我见过鬼子！躲开！我找鬼子去！老命不要了！"说着，他扯开了小袄，露出他的瘦而硬的胸膛。"你枪毙了我！来！"怒气使他的手颤抖，可是把胸膛拍得很响。

"你嚷！我真开枪！"矮子咬着牙说。

"开！开！冲着这儿来！"祁老人用颤抖的手指戳着自己的胸口。他的小眼睛眯成了一道缝子，挺直了腰，腮上的白胡子一劲儿的颤动。

天佑太太首先来到。韵梅，还没能杵开一块砖，也跑了过来。两个妇人一边一个扯住老人的双臂，往院子里边扯。老人跳起脚来，高声的咒骂。他忘了礼貌，忘了和平，因为礼貌与和平并没给他平安与幸福。

两个妇人连扯带央告的把老人拉回屋中，老人闭上了口，只剩了哆嗦。

"老爷子！"天佑太太低声的叫，"先别动这么大的气！得想主意往出救瑞宣啊！"

老人咽了几口气，用小眼睛看了看儿媳与孙媳。他的眼很干很亮。脸上由灰白变成了微红。看完两个妇人，他闭上了眼。是的，他已经表现了他的勇敢，现在他须想好主意。他知道她们婆媳是不会有什么高明办法的，他向来以为妇女都是没有心路的。很快的，他想出来办法："找天佑去！"

纯粹出于习惯，韵梅微笑了一下："咱们不是出不去街门吗？爷爷！"

老人的心疼了一下，低下头去。他自己一向守规矩，不招惹是非；他的儿孙也都老实，不敢为非作歹。可是，一家子人都被手枪给囚禁在院子里。他以为无论日本鬼子怎样厉害，也一定不会找寻到他的头上来。可是，三孙子逃开，长孙被捕，还有两支手枪堵住了大门。这是什么世界呢？他的理想，他的一生的努力要强，全完了！他已是个被圈在自己家里的囚犯！他极快的检讨自己一生的所作所为，他找不到一点应当责备自己的事情。虽然如此，他现在可是必须责备自己，自己一定是有许多错误，要不然怎么会弄得家破人亡呢？在许多错误之中，最大的一个恐怕就是他错看了日本人。他以为只要自己近情近理的，不招灾惹祸的，过日子，日本人就必定会允许他享受一团和气的四世同堂的幸福。他错了。日本人是和任何中国人都势不两立的！想明白了这一点，他觉得他是白活了七十多岁。他不敢再信任自己，他的老命完全被日本人攥在手心里，像被顽皮的孩子握住的一条槐树虫！

他没敢摸他的胡子。胡子已不再代表着经验与智慧，而只是老朽的标记。哼哼了一两声，他躺在了炕上。“你们去吧，我没主意！”

婆媳愣了一会儿，慢慢的走出来。

“我还挖墙去！”韵梅两只大眼离离光光的，不知道看什么好，还是不看什么好。她心里燃着一把火，可是还要把火压住，好教老人们少着一点急。

“你等等！”天佑太太心中的火并不比儿媳的那一把少着火苗。可是她也必须镇定，好教儿媳不太发慌。她已忘了她的病；长子若有个不幸，她就必得死，死比病更厉害。“我去央告央告那两个人，教我出去送个信! ”

“不用！他们不听央告! ”韵梅搓着手说。

“难道他们不是中国人？就不帮咱们一点儿忙? ”

韵梅没回答什么，只摇了摇头。

太阳出来了。天上有点薄云，而遮不住太阳的光。阳光射入薄云里，东一块西一块的给天上点缀了一些锦霞。婆媳都往天上看了看。看到那片片的明霞，她们觉得似乎像是作梦。

韵梅无可如何的，又回到厨房的北边，拿起铁通条。她不敢用力，怕出了响声被那两个枪手听见。不用力，她又没法活动开一块砖。她出了汗。她一边挖墙，一边轻轻的叫："文先生！文先生！"这里离小文的屋子最近，她希望小文能听见她的低叫。没有用。她的声音太低。她不再叫，而手上加了劲。半天，她才只活动开一块砖。叹了口气，她愣起来。小妞子叫她呢。她急忙跑到屋中。她必须嘱咐小妞子不要到大门那溜儿去。

小妞子还不大懂事，可是从妈妈的脸色与神气上看出来事情有点不大对。她没敢掰开揉碎的细问，而只用小眼着妈妈。等妈妈给她穿好衣服，她紧跟在妈妈后边，不敢离开。她是祁家的孩子，她晓得害怕。

妈妈到厨房去生火，妞子帮着给拿火柴，找劈柴。她要表现出她很乖，不招妈妈生气。这样，她可以减少一点恐惧。

天佑太太独自在院中立着。她的眼直勾勾的对着已落了叶的几盆石榴树，可是并没有看见什么。她的心跳得很快。她极想躺一躺去，可是用力的控制住自己。不，她不能再管自己的病；她必须立刻想出搭救长子的办法来。忽然的，她的眼一亮。眼一亮，她差点要晕倒。她急忙蹲了下去，她想起来一个好主意。想主意是劳心的事，她感到眩晕。蹲了一小会儿，她的兴奋劲儿慢慢退了下去。她极留神的往起立。立起来，她开足了速度往南屋走。在她的陪嫁的箱子里，她有五六十块现洋，都是"人头"的。她轻轻的开开箱子，找到箱底上的一只旧白布袜子。她用双手提起那只旧袜子，好不至于哗啷哗啷的响。手伸到袜子里去，摸到那硬的凉的银块子。她的心又跳快了。这是她的"私钱"。每逢病重，她就必想到这几十块现洋；它们足以使她在想到死亡的时候得到一点安慰，因为它们可以给她换来一口棺材，而少教儿子们着一点急。今天，她下决心改变了它们的用途；不管自己死去有无买棺材的现钱，她必须先去救长子瑞宣。瑞宣若是死在狱里，全家就必同归于尽，她不能太自私的还不肯动用"棺材本儿"！轻轻的，她一块一块的往外拿钱。每一块都是晶亮的，上面有个胖胖的袁世凯。她永远没判断过袁世凯，因为袁世凯在银圆上是那么富泰威武，无论大家怎样说袁世凯不好，她总觉得他必是财神下界。现在她可是没有闲心再想这些，而只觉得有这点钱便可以买回瑞宣的命来。

她只拿出二十块来。她看不起那两个狗仗人势给日本人作事的枪手。二十块，每人十块，就够收买他们的了。把其余的钱又收好，她用手帕包好这二十块，放在衣袋里。而后，她轻轻的走出了屋门。走到枣树下面，她立住了。不对！那两个人既肯帮助日本人为非作歹，就必定不是好人。她若给了他们钱，而反倒招出他们的歹意来呢？他们有枪！他们既肯无故的捉人，怎么知道不肯再见财起意，作明火呢？世界的确变了样儿，连行贿都须特别的留神了！

立了许久，她打不定主意。她贫血，向来不大出汗，现在她的手心上湿了。为救儿子，她须冒险；可是白白冒了险，而再招出更多的麻烦，就不上算。她着急，但是她不肯因着急而像掉了头的苍蝇那样去乱撞。

正在这么左右为难，她听到很响的一声铃——老二瑞丰来了！瑞丰有了包车，他每次来，即使大门开着，也要响一两声车铃。铃声替他广播着身份与声势。天佑太太很快的向前走了两步。只是两步，她没再往前走。她必须教二儿子施展他的本领，而别因她的热心反倒坏了事。她是祁家的妇人，她知道妇人的规矩——男人能办的就交给男人，妇女不要不知分寸的跟着夹缠。

韵梅也听到了铃声，急忙跑过来。看见婆母，她收住了脚步。她的大眼睛亮起来，可是把声音放低，向婆母耳语：“老二！”

老太太点了点头，嘴角上露出一点点笑意。

两个妇人都不敢说什么，而心中都温暖了一点。不管老二平日对待她们怎样的不合理，假若今天他能帮助营救瑞宣，她们就必会原谅他。两个妇人的眼都亮起来，她们以为老二必会没有问题的帮忙，因为瑞宣是他的亲哥哥呀。

韵梅轻轻的往前走，婆母扯住了她。她给呼气儿加上一丁点声音：“我探头看看，不过去！”说完，她在影壁的边上探出头去，用一只眼往外看。

那两个人都面朝了外。矮子开开门。

瑞丰的小干脸向着阳光，额上与鼻子上都非常的亮。他的眼也很亮，两腮上摆出点笑纹，像刚吃了一顿最满意的早饭似的那么得意。帽子在右手里拿着，他穿着一身刚刚作好的藏青哔叽中山装。胸前戴着教育局的证章，刚要迈门坎，他先用左手摸了摸它。一摸证章，他的胸忽然挺得更直一些。他得意，他是教育局的科长。今天他特别得意，因为他是以教育局的科长的资格，去见日本天皇派来的两位特使。

武汉陷落以后，华北的地位更重要了。日本人可以放弃武汉，甚至于放弃了南京，而决不撒手华北。可是，华北的“政府”，像我们从前说过的，并没有多少实权，而且在表面上还不如南京那么体面与重要。因此，日本天皇派来两位特使，给北平的汉奸们打打气，同时也看看华北是否像军人与政客所报告的那样太平。今天，这两位特使在怀仁堂接见各机关科长以上的官吏，向大家宣布天皇的德意。

接见的时间是在早九点。瑞丰后半夜就没能睡好，五点多钟便起了床。他加细的梳头洗脸，而后穿上修改过五次，一点缺陷也没有的新中山装。临出门的时候，他推醒了胖菊子：“你再看一眼，是不是完全合适？我看袖子还是长了一点，长着一分！”菊子没有理他，掉头又睡着了。他对自己笑了笑：“哼！我是在友军入城后，第一个敢穿出中山装去的！有点胆子！今天，居然能穿中山装去见天皇的特使了！瑞丰有两下子！真有两下子！”

天还早，离见特使的时候还早着两个多钟头。他要到家中显露显露自己的中山装，同时也教一家老少知道他是去见特使——这就等于皇上召见啊，诸位！

临上车，他教小崔把车再重新擦抹一遍。上了车以后，他把背靠在车箱上，而挺着脖子，口中含着那只假象牙的烟嘴儿。晓风凉凉的拂着脸，刚出来的太阳照亮他的新衣与徽章。他左顾右盼的，感到得意。他几次要笑出声来，而又控制住自己，只许笑意轻轻的发散在鼻洼嘴角之间。看见一个熟人，他的脖子探出多长，去勾引人家的注意。而后，嘴噘起一点，整个的脸上都拧起笑纹，像被敲裂了的一个核桃。同时，双手抱拳，放在左脸之旁，左肩之上。车走出好远，他还那样抱拳，表示出身份高而有礼貌。手刚放下，他的脚赶快去按车铃，不管有无必要。他得意，仿佛偌大的北平都属于他似的。

家门开了，他看见了那个矮子。他愣了一愣。笑意与亮光马上由他的脸上消逝，他嗅到了危险。他的胆子很小。

“进来！”矮子命令着。

瑞丰没敢动。

高个子凑过来。瑞丰因为，近来交结了不少特务，认识高个子。像小儿看到个熟面孔，便把恐惧都忘掉那样，他又有了笑容：“哟，老孟呀！”老孟只点了点头。

矮子一把将瑞丰扯进来。瑞丰的脸依然对着老孟：“怎么回事？老孟！”

“抓人！”老孟板着脸说。

“抓谁？”瑞丰的脸白了一些。

“大概是你的哥哥吧！”

瑞丰动了心。哥哥总是哥哥。可是，再一想，哥哥到底不是自己。他往外退了一步，舐了舐嘴唇，勉强的笑着说：“！我们哥儿俩分居另过，谁也不管谁的事！我是来看看老祖父！”

“进去！”矮子向院子里指。

瑞丰转了转眼珠。“我想，我不进去了吧！”

矮子抓住瑞丰的腕子：“进来的都不准再出去，有命令！”是的，老孟与矮子的责任便是把守着大门，进来一个捉一个。

“不是这么说，不是这么说，老孟！”瑞丰故意的躲着矮子。“我是教育局的科长！”他用下颏指了指胸前的证章，因为一手拿着帽子，一手被矮子攥住，都匀不出来。

“不管是谁！我们只知道命令！”矮子的手加了劲，瑞丰的腕子有点疼。

“我是个例外！”瑞丰强硬了一些。“我去见天皇派来的特使！你要不放我，请你们去给我请假！”紧跟着，他又软了些：“老孟，何苦呢，咱们都是朋友！”

老孟干嗽了两小声：“祁科长，这可教我们俩为难！你有公事，我们这里也是公事！我们奉命令，进来一个抓一个，现在抓人都用这个办法。我们放了你，就砸了我们的饭锅！”

瑞丰把帽子扣在头上，伸手往口袋里摸。惭愧，他只摸到两块钱。他的钱都须交给胖菊子，然后再向她索要每天的零花儿。手摸索着那两张票子，他不敢往外拿。他假笑着说：“老孟！我非到怀仁堂去不可！这么办，我改天请你们二位吃酒！咱们都是一家人！”转脸向矮子：“这位老哥贵姓？”

“郭！没关系！”

韵梅一劲儿的哆嗦，天佑太太早凑过来，拉住儿媳的手，她也听到了门内的那些使儿媳哆嗦的对话。忽然的，她放开儿媳的手，转过了影壁去。

“妈！”瑞丰只叫出来半声，唯恐因为证实了他与瑞宣是同胞兄弟而走不脱。

老太太看了看儿子，又看了看那两个人，而后咽了一口唾沫。慢慢的，她掏出包着二十块现洋的手帕来。轻轻的，她打开手帕，露出白花花的现洋。六只眼都像看变戏法似的瞪住了那雪白发亮的，久已没看见过的银块子。矮子老郭的下巴垂了下来；他厉害，所以见了钱也特别的贪婪。

“拿去吧，放了他！”老太太一手拿着十块钱，放在他们的脚旁。她不屑于把钱交在他们手里。

矮子放开瑞丰，极快的拾起钱来。老孟吸了口气，向老太太笑了一下，也去拣钱。矮子挑选了一块，对它吹了口气，然后放在耳边听了听。他也笑了一下："多年不见了，好东西！"

瑞丰张了张嘴，极快的跑了出去。

老太太拿着空手帕，往回走。拐过了影壁，她和儿媳打了对脸。韵梅的眼中含着泪，泪可是没能掩盖住怒火。到祁家这么多年了，她没和婆母闹过气。今天，她不能再忍。她的伶俐的嘴已不会说话，而只怒视着老太太。

老太太扶住了墙，低声的说："老二不是东西，可也是我的儿子！"

韵梅一下子坐在地上，双手捧着脸低声的哭起来。

瑞丰跑出来，想赶紧上车逃走。越想越怕，他开始哆嗦开了。小崔的车，和往日一样，还是放在西边的那棵槐树下。瑞丰走到三号门外，停住了脚。他极愿找个熟人说出他的受惊与冒险。他把大哥瑞宣完全忘掉，而只觉得自己受的惊险值得陈述，甚至于值得写一部小说！他觉得只要进了冠家，说上三句哈哈，两句笑话的，他便必定得到安慰与镇定。不管瑞宣是不是下了地狱，他反正必须上天堂——冠家就是他的天堂。

在平日，冠家的人起不了这么早。今天，大赤包也到怀仁堂去，所以大家都起了床。大赤包的心里充满高兴与得意。可是心中越喜欢，脸上就越不便表示出来。她花了一个钟头的工夫去描眉搽粉抹口红，而仍不满意；一边修饰，她一边抱怨香粉不好，口红不地道。头部的装修告一段落，选择衣服又是个恼人的问题。什么话呢，今天她是去见特使，她必须打扮得极精彩，连一个纽扣也不能稍微马虎一点。箱子全打开了，衣服堆满了床与沙发。她穿了又脱，换了又换，而始终不能满意。"要是特使下个命令，教我穿什么衣服，倒省了事！"她一边照镜子，一边这么唠叨。

"你站定，我从远处看一看！"晓荷走到屋子的尽头，左偏一偏头，右定一定眼，仔细的端详。“我看就行了！你走两步看！”

“走你妈的屎！”大赤包半恼半笑的说。

“唉！唉！出口伤人，不对！”晓荷笑着说：“今天咱可不敢招惹你，好家伙，特使都召见你呀！好的很！好的很！”晓荷从心里喜欢。“说真的，这简直是空前，空前之举！要是也有我的份儿呀，哼，我早就哆嗦上了！所长你行，真沉得住气！别再换了，连我的眼都有点看花了！”

这时候，瑞丰走进来。他的脸还很白，可是一听到冠家人们的声音，他已经安静了一些。

“看新中山装哟！”晓荷一看见瑞丰，马上这么喊起来。“还是男人容易打扮！看，只是这么一套中山装，就教瑞丰年轻了十岁！”在他心里，他实在有点隐痛：太太和瑞丰都去见特使，他自己可是没有份儿。虽然如此，他对于太太的修饰打扮与瑞丰的穿新衣裳还是感到兴趣。他，和瑞丰一样，永远不看事情本身的好坏，而只看事情的热闹不热闹。只要热闹，他便高兴。

“了不得啦！”瑞丰故作惊人之笔的说，说完，他一下子坐在了沙发上。他需要安慰。因此，他忘了他的祖父，母亲，与大嫂也正需要安慰。

“怎么啦？”大赤包端详着他的中山装问。

“了不得啦！我就知道早晚必有这么一场吗！瑞宣，瑞宣。”他故意的要求效果。

“瑞宣怎样？”晓荷恳切的问。

“掉下去了！”

“什么？”

“掉——被抓去了！”

“真的？”晓荷倒吸了一口气。

“怎么抓去的？”大赤包问。

“糟透了！”瑞丰不愿正面的回答问题，而只顾表现自己：“连我也差点儿教他们抓了走！好家伙，要不是我这身中山装，这块徽章，和我告诉他们我是去见特使，我准得也掉下去！真！我跟老大说过不止一次，他老不信，看，糟了没有？我告诉他，别跟日本人犯别扭，他偏要牛脖子；这可好，他抓去了，门口还有两个新门神爷！”瑞丰说出这些，心中痛快多了，脸上慢慢的有了血色。

“这话对，对！”晓荷点头咂嘴的说。“不用说，瑞宣必是以为仗着英国府的势力，不会出岔子。他可是不知道，北平是日本人的，老英老美都差点劲儿！”这样批评了瑞宣，他向大赤包点了点头，暗示出只有她的作法才是最聪明的。

大赤包没再说什么。她不同情瑞宣，也有点看不起瑞丰。她看瑞丰这么大惊小怪的，有点缺乏男儿气。她把这件事推在了一旁，问瑞丰：“你是坐你的车走啊？那你就该活动着了！”

瑞丰立起来。“对，我先走啦。所长是雇汽车去？”

大赤包点了点头：“包一上午汽车！”

瑞丰走了出去。坐上车，他觉得有点不是劲儿。大赤包刚才对他很冷淡啊。她没安慰他一句，而只催他走；冷淡！哦，对了！他刚由家中逃出来，就到三号去，大赤包一定是因为怕受连累而以为他太荒唐。对，准是这么回事！瑞宣太胡闹了，哼！你教人家抓去不要紧，连累得我老二也丢了人缘！这么一盘算，他有点恨瑞宣了。

小崔忽然说了话，吓了瑞丰一跳。小崔问：“先生，刚才你怎么到了家，可不进去？”

瑞丰不想把事情告诉小崔。老孟老郭必定不愿意他走漏消息。可是，他存不住话。像一般的爱说话的人一样，他先嘱咐小崔：“你可别对别人再说呀！听见没有？瑞宣掉下去了！”

“什么？”小崔收住了脚步，由跑改为大步的走。

“千万别再告诉别人！瑞宣教他们抓下去了！”

“那么，咱们是上南海，还是……不是得想法赶紧救他吗？”

“救他？连我还差点吃了罣误官司！”瑞丰理直气壮的说。

小崔的脸本来就发红，变成了深紫的。又走了几步，他放下了车。极不客气的，他说：“下来！”

瑞丰当然不肯下车。“怎回事？”

“下来！”小崔非常的强硬。“我不伺候你这样的人！那是你的亲哥哥，喝，好，你就大撒巴掌不管？你还是人不是？”

瑞丰也挂了火。不管他怎样懦弱，他也不能听车夫的教训。可是，他把火压下去。今天他必须坐着包车到南海去。好吗，多少多少人都有汽车，他若坐着雇来的车去，就太丢人了！他宁可吃小崔几句闲话，也不能教自己在南海外边去丢人！包车也是一种徽章！他假装笑了：“算了，小崔！等我见完了特使，再给瑞宣想办法，一定！”

小崔犹豫了一会儿。他很想马上回去，给祁家跑跑腿。他佩服瑞宣，他应当去帮忙。可是，他也想到：他自己未必有多大的能力，倒不如督催着瑞丰去到处奔走。况且瑞宣到底是瑞丰的亲哥哥，难道瑞丰就真能站在一旁看热闹？再说呢，等到瑞丰真不肯管这件事的时候，他会把他拉到个僻静的地方，饱打一顿。什么科长不科长的，揍！这样想清楚，他又慢慢的抄起车把来。他本想再钉问一句，可是既有“揍”打底儿，他不便再费话了。

一路上，瑞丰没再出一声。小崔给了他个难题作。他决定不管瑞宣的事，可是小崔这小子要是死不放松，就有点麻烦。他不敢辞掉小崔，他知小崔敢动拳头。他想不出办法，而只更恨瑞宣。有瑞宣这样的一个人，他以为，就足以使天下都不能安生！

快到南海了，他把心事都忘掉。看哪，军警早已在路两旁站好，里外三层。左右两行站在马路边上，枪上都上了刺刀，面朝着马路中间。两行站在人行道上，面也朝着马路。在这中间又有两行，端着枪，面朝着铺户。铺户都挂出五色旗与日本旗，而都上着板子。路中间除了赴会的汽车，马车，与包月的人力车，没有别的车，也没有行人；连电车也停了。瑞丰看看路中心，再看看左右的六行军警，心中有些发颤。同时，他又感到一点骄傲，交通已经断绝，而他居然还能在马路中间走，身份！幸而他处置的得当，没教小崔在半途中跑了；好家伙，要是坐着破车来，军警准得挡住他的去路。他想蹬一下车铃，可是急忙收住了脚。大街是那么宽，那么静，假若忽然车铃一响，也许招出一排枪来！他的背离了车箱，直挺挺的坐着，心揪成了一小团。连小崔也有点发慌了，他跑得飞快，而时时回头看看瑞丰，瑞丰心中骂："该死！别看我！招人家疑心，不开枪才怪！"

府右街口一个顶高身量的巡警伸出一只手。小崔拐了弯。人力车都须停在南海的西墙外。这里有二三十名军警，手里提着手枪，维持秩序。

下了车，瑞丰遇见两个面熟的人，心中安静了一点。他只向熟人点了点头，凑过去和他们一块走，而不敢说话。这整个的阵式已把他的嘴封严。那两个人低声的交谈，他感到威胁，而又不便拦阻他们。及至听到一个人说："下午还有戏，全城的名角都得到！"他的话冲破了恐惧，他喜欢热闹，爱听戏。"还有戏？咱们也可以听？"

"那可就不得而知了，科长阶级有资格听戏没有，还……"那个人想必也是什么科长，所以惨笑了一下。

瑞丰赶紧运用他的脑子，他必须设法听上戏，不管资格够不够。

在南海的大门前，他们被军警包围着，登记，检查证章证件，并搜检身上。瑞丰并没感到侮辱，他觉得这是必须有的手续，而且只有科长以上的人才能"享受"这点"优遇"。别的都是假的，科长才是真调货！

进了大门，一拐弯，他的眼前空旷了。但是他没心思看那湖山宫宇之美，而只盼望赶快走到怀仁堂，那里也许有很好的茶点——先啃它一顿儿再说！他笑了。

一眼，他看见了大赤包，在他前面大约有三箭远。他要向前赶。两旁的军警是那么多，他不敢快走。再说，他也有点嫉妒，大赤包是坐了汽车来的，所以迟起身而反赶到他前面。到底汽车是汽车！

有朝一日，他须由包车阶级升为汽车阶级！大丈夫必须有志气！

正在这么思索，大门门楼上的军乐响了。他的心跳起来，特使到了！军警喝住他，教他立在路旁，他极规矩的服从了命令。立了半天，军乐停了，四外一点声音也没有。他怕静寂，手心上出了汗。

忽然的，两声枪响，很近，仿佛就在大门外。跟着，又响了几枪。他慌了，不知不觉的要跑。两把刺刀夹住了他，“别动！”

外面还不住的放枪，他的心跳到嗓子里来。

他没看见怀仁堂，而被军警把他，和许多别的人，大赤包也在内，都圈在大门以内的一排南房里。大家都穿着最好的衣服，佩着徽章，可是忽然被囚在又冷又湿的屋子里，没有茶水，没有足够用的椅凳，而只有军警与枪刺。他们不晓得门外发生了什么事，而只能猜测或者有人向特使行刺。

瑞丰没替特使担忧，而只觉得扫兴；不单看不上了戏，连茶点也没了希望呀！人不为面包而生，瑞丰也不是为面包而活着的，假若面包上没有一点黄油的话。还算好，他是第一批被驱逐进来的，所以得到了一个椅子。后进来的有许多人只好站着。他稳稳的坐定，纹丝不动，生怕丢失了他的椅子。

大赤包毕竟有些气派。她硬把一个人扒拉开，占据了他的座位。坐在那里，她还是大声的谈话，甚至于质问军警们：“这是什么事呢？我是来开会，不是来受罪！”

瑞丰的肚子报告着时间，一定是已经过午了，他的肚子里饿得唧哩咕噜的乱响。他害怕起来，假若军警老这么围着，不准出去吃东西，那可要命！他最怕饿！一饿，他就很容易想起“牺牲”，“就义”，与“死亡”等等字眼。

约摸着是下午两点了，才来了十几个日本宪兵。每个宪兵的脸上都像刚死了父亲那么难看。他们指挥军警细细搜检屋里的人，不论男女都须连内衣也脱下来。瑞丰对此一举有些反感，他以为闹事的既在大门外，何苦这么麻烦门内的人呢。可是，及至看到大赤包也打了赤背，露出两个黑而大的乳房，他心平气和了一些。

搜检了一个多钟头，没有任何发现，他们才看见一个宪兵官长扬了扬手。他们由军警押着向中海走。走出中海的后门，他们吸到了自由的空气。瑞丰没有招呼别人，三步并作两步的跑到西四牌楼，吃了几个烧饼，喝了一大碗馄饨。肚子撑圆，他把刚才那一幕丑剧完全忘掉，只当那是一个不甚得体的梦。走到教育局，他才听到：两位特使全死在南海大门外。城门又关上，到现在还没开。街上已不知捕去多少人。听到这点情报，他对着胸前的徽章发开了愣：险哪！幸亏他是科长，有中山装与徽章。好家伙，就是当嫌疑犯拿去也不得了呀！他想，他应当去喝两杯酒，庆祝自己的好运。科长给他的性命保了险！

下了班，他在局子门外找小崔。没找到。他发了气："他妈的！天生来的不是玩艺儿，得偷懒就偷懒! "他步行回了家。一进门就问："小崔没回来呀？"没有，谁也没看到小崔。瑞丰心中打开了鼓："莫非这小子真辞活儿不干了？嘿，真他妈的邪门！我还没为瑞宣着急，你着哪门子急呢？他又不是你的哥哥！"他冒了火，准备明天早上小崔若来到，他必厉厉害害的骂小崔一顿。

第二天，小崔还是没露面。城内还到处捉人。"唉？"瑞丰对自己说："莫非这小子教人家抓去啦？也别说，那小于长得贼眉鼠眼的，看着就像奸细！"

为给特使报仇，城内已捉去两千多人，小崔也在内。各色各样的人被捕，不管有无嫌疑，不分男女老少，一概受了各色各样的毒刑。

真正的凶手可是没有拿着。

日本宪兵司令不能再等，他必须先枪毙两个，好证明自己的精明强干。好吗，捉不着行刺特使的人，不单交不了差事，对不起天皇，也被全世界的人耻笑啊！他从两千多皮开肉绽的人里选择出两个来：一个是四十多岁的姓冯的汽车夫，一个是小崔。

第三天早八点，姓冯的汽车夫与小崔，被绑出来，游街示众。

他们俩都赤着背，只穿着一条裤子，头后插着大白招子。他们俩是要被砍头，而后将人头号令[①]在前门外五牌楼[②]上。冯汽车夫由狱里一出来，便已搭拉了脑袋，由两个巡警搀着他。他已失了魂。小崔挺着胸自己走。他的眼比脸还红。他没骂街，也不怕死，而心中非常的后悔，后悔他没听钱先生与祁瑞宣的劝告。他的年岁，身体，和心地，都够与日本兵在战场上拼个死活的，他有资格去殉国。可是，他就这么不明不白的被拉出去砍头。走几步，他仰头看看天，再低头看看地。天，多么美的北平的青天啊。地，每一寸都是他跑熟了的黑土地。他舍不得这块天地，而这块天地，就是他的坟墓。

两面铜鼓，四只军号，在前面吹打。前后多少排军警，都扛着上了刺刀的枪，中间走着冯汽车夫与小崔。最后面，两个日本军官骑着大马，得意的监视着杀戮与暴行。

瑞丰在西单商场那溜儿，听见了鼓号的声音，那死亡的音乐。他飞跑赶上去，他喜欢看热闹，军鼓军号对他有特别的吸引力。杀人也是“热闹”，他必须去看，而且要看个详细。

“哟！”他不由的出了声。他看见了小崔。他的脸马上成了一张白纸，急忙退回来。他没为小崔思想什么，而先摸了摸自己的脖子——小崔是他的车夫呀，他是不是也有点危险呢？

他极快的想到，他必须找个可靠的人商议一下。万一日本人来盘查他，他应当怎样回话呢？他小跑着往北疾走，想找瑞宣大哥去谈一谈。大哥必定有好主意。走了有十几丈远，他才想起来，瑞宣不是也被捕了么？他收住了脚，立定。恐惧变成了愤怒，他嘟囔着：“真倒霉！光是咱自己有心路也不行呀，看这群亲友，全是不知死的鬼！早晚我是得吃了他们的亏！”

---

① 号令，示众。

② 五牌楼，位于正阳门南的一座牌楼，今已拆除。

十 三

程长顺微微有点肚子疼，想出去方便方便。刚把街门开开一道缝，他就看见了五号门前的一群黑影。他赶紧用手托着门，把它关严。然后，他扒着破门板的一个不小的洞，用一只眼往外看着。他的心似乎要跳了出来，忘了肚子疼。捕人并没费多少工夫，可是长顺等得发急。好容易，他又看见了那些黑影，其中有一个是瑞宣——看不清面貌，他可是认识瑞宣的身量与体态。他猜到了那是怎回事。他的一只眼，因为用力往外看，已有点发酸。他的手颤起来。一直等到那些黑影全走净，他还立在那里。他的呼吸很紧促，心中很乱。他只有一个念头，去救祁瑞宣。怎么去救呢？他想不出。他记得钱家的事。假若不从速搭救出瑞宣来，他以为，祁家就必定也像钱家那样的毁灭！他着急，有两颗急出来的泪在眼中盘旋。他想去告诉孙七，但是他知道孙七只会吹大话，未必有用。把手放在头上，他继续思索。把全胡同的人都想到了，他心中忽然一亮，想起李四爷来。他立刻去开门。可是急忙的收回手来。他须小心，他知道日本人的诡计多端。他转了身，进到院中。把一条破板凳放在西墙边，他上了墙头。双手一叫劲，他的身子落在二号的地上。他没想到自己会能这么灵巧轻快。脚落了地，他仿佛才明白自己干的是什么。

“四爷爷！四爷爷！”他立在窗前，声音低切的叫。口中的热气吹到窗纸上，纸微微的作响。

李四爷早已醒了，可是还闭着眼多享受一会儿被窝中的温暖。“谁呀？”老人睁开眼问。

“我！长顺! ”长顺呜囔着鼻子低声的说。“快起来！祁先生教他们抓去了！”

“什么？”李老人极快的坐起来，用手摸衣服。掩着怀，他就走出来：“怎回事？怎回事？”

长顺搓着手心上的凉汗，越着急嘴越不灵便的，把事情说了一遍。

听完，老人的眼眯成了一道缝，看着墙外的槐树枝。他心中极难过。他看明白：在胡同中的老邻居里，钱家和祁家是最好的人，可是好人都保不住了命。他自信自己也是好人，照着好人都要受难的例子推测，他的老命恐怕也难保住。他看着那些被晓风吹动着的树枝，说不出来话。

“四爷爷！怎么办哪？”长顺扯了扯四爷的衣服。

“哦！”老人颤了一下。“有办法！有！赶紧给英国使馆去送信？”

“我愿意去！”长顺眼亮起来。

“你知道找谁吗？”老人低下头，亲热的问。

“我——”长顺想了一会儿，“我会找丁约翰！”

“对！好小子，你有出息！你去好，我脱不开身，我得偷偷的去告诉街坊们，别到祁家去！”

“怎么？”

“他们拿人，老留两个人在大门里等着，好进去一个捉一个！他们还以为咱们不知道，其实，其实，”老人轻蔑的一笑，“他们那么作过一次，咱们还能不晓得？”

“那么，我就走吧？”

“走！由墙上翻过去！还早，这么早出门，会招那两个埋伏起疑！等太阳出来再开门！你认识路？”

长顺点了点头，看了看界墙。

“来，我托你一把儿！”老人有力气。双手一托，长顺够到了墙头。

“慢着！留神扭了腿！”

长顺没出声，跳了下去。

太阳不知道为什么出来的那么慢。长顺穿好了大褂，在院中向东看着天。外婆还没有起来。他唯恐她起来盘问他。假若对她说了实话，她一定会拦阻他——“小孩子！多管什么事！”

天红起来，长顺的心跳得更快了。红光透过薄云，变成明霞，他跑到街门前。立定，用一只眼往外看。胡同里没有一点动静，只有槐树枝上添了一点亮的光儿。他的鼻子好像已不够用，他张开了嘴，紧促的，有声的，呼吸气。他不敢开门。他想象着，门一响就会招来枪弹！他须勇敢，也必须小心。他年轻，而必须老成。作一年的奴隶，会使人增长十岁。

太阳出来了！他极慢极慢的开开门，只开了够他挤出去的一个缝子。像鱼往水里钻似的，他溜出去。怕被五号的埋伏看见，他擦着墙往东走。走到“葫芦肚”里，阳光已把护国寺大殿上的残破的琉璃瓦照亮，一闪一闪的发着光，他脚上加了劲。在护国寺街西口，他上了电车。电车只开到西单牌楼，西长安街今天断绝交通。下了车，他买了两块滚热的切糕，一边走一边往口中塞。铺户的伙计们都正悬挂五色旗。他不晓得这是为了什么，也不去打听。挂旗的日子太多了，他已不感兴趣；反正挂旗是日本人的主意，管它干什么呢。进不了西长安街，他取道顺城街往东走。

没有留声机在背上压着，他走得很快。他的走路的样子可不大好看，大脑袋往前探着，两只手，因失去了那个大喇叭筒与留声机片，简直不知放在什么地方好。脚步一快，他的手更乱了，有时候抡得很高，有时候忘了抡动，使他自己走着走着都莫名其妙了。

一看见东交民巷，他的脚步放慢，手也有了一定的律动。他有点害怕。他是由外婆养大的，外婆最怕外国人，也常常用躲避着洋人教训外孙。因此，假若长顺得到一支枪，他并不怕去和任何外国人交战，可是，在初一和敌人见面，他必先愣一愣，而后才敢杀上前去。外婆平日的教训使他必然的愣那么一愣。

他跺了跺脚上的土，用手擦了擦鼻子上的汗，而后慢慢的往东交民巷里边走，他下了决心，必须闯进使馆去，可是无意中的先跺了脚，擦去汗。看见了英国使馆，当然也看见了门外站得像一根棍儿那么直的卫兵。他不由的站住了。几十年来人们惧外的心理使他不敢直入公堂的走过去。

不，他不能老立在那里。在多少年的恐惧中，他到底有一颗青年的心。一颗日本人所不认识的心。他的血涌上了脸，面对着卫兵走了过去。没等卫兵开口，他用高嗓音，为是免去呜呜囔囔，说："我找丁约翰！"

卫兵没说什么，只用手往里面一指。他奔了门房去。门房里的一位当差的很客气，教他等一等。他的涌到脸上的血退了下去。他没觉得自己怎么勇敢，也不再害怕，心中十分的平静。他开始看院中的花木——一个中国人仿佛心中刚一平静就能注意花木庭园之美。

丁约翰走出来。穿着浆洗得有棱有角的白衫，他低着头，鞋底不出一点声音的，快而极稳的走来，他的动作既表示出英国府的尊严，又露出他能在这里作事的骄傲。见了长顺，他的头稍微扬起些来，声音很低的说："哟，你！"

"是我！"长顺笑了一下。

"我家里出了什么事？"

"没有！祁先生教日本人抓去了！"

丁约翰愣住了。他绝对没想到日本人敢逮捕英国府的人！他并不是不怕日本人。不过，拿英国人与日本人比较一下，他就没法不把英国加上个"大"字，日本加上个"小"字。这大小之间，就大有分寸了。他承认日本人的厉害，而永远没想象到过他们的厉害足以使英国府的人也下狱。他皱上了眉，发了怒——不是为中国人发怒，而是替英国府抱不平。

"这不行！我告诉你，这不行！你等等，我告诉富善先生去！非教他们马上放了祁先生不可！"仿佛怕长顺跑了似的，他又补了句："你等着！"

不大一会儿，丁约翰又走回来。这回，他走得更快，可也更没有声音。他的眼中发了光，稳重而又兴奋的向长顺勾了一勾手指。他替长顺高兴，因为富善先生要亲自问长顺的话。

长顺傻子似的随着约翰进到一间不很大的办公室，富善先生正在屋中来回的走，脖子一伸一伸的像噎住了似的。富善先生的心中显然的是很不安定。见长顺进来，他立住，拱了拱手。他不大喜欢握手，而以为拱手更恭敬，也更卫生一些。对长顺，他本来没有拱手的必要；长顺不过是个孩子。可是，他喜欢纯粹的中国人。假若穿西装的中国人永远得不到他的尊敬，那么穿大褂的，不论年纪大小，总被他重视。

“你来送信，祁先生被捕了？”他用中国话问，他的灰蓝色的眼珠更蓝了一些，他是真心的关切瑞宣。“怎么拿去的？”

长顺结结巴巴的把事情述说了一遍。他永远没和外国人说过话，他不知道怎样说才最合适，所以说得特别的不顺利。

富善先生极注意的听着。听完，他伸了伸脖子，脸上红起好几块来。“嗯！嗯！嗯！”他连连的点头。“你是他的邻居，唉？”看长顺点了头，他又“嗯”了一声。“好！你是好孩子！我有办法！”他挺了挺胸。“赶紧回去，设法告诉祁老先生，不要着急！我有办法！我亲自去把他保出来！”沉默了一会儿，他好像是对自己说：“这不是捕瑞宣，而是打老英国的嘴巴！杀鸡给猴子看，哼！”

长顺立在那里，要再说话，没的可说，要告辞又不好意思。他的心里可是很痛快，他今天是作了一件“非常”的事情，足以把孙七的嘴堵住不再吹牛的事情！

“约翰！”富善先生叫。“领他出去，给他点车钱！”而后对长顺：“好孩子。回去吧！别对别人说咱们的事！”

丁约翰与长顺都极得意的走出来。长顺拦阻丁约翰给他车钱：“给祁先生办点事，还能……”他找不着适当的言语表现他的热心，而只傻笑了一下。

丁约翰塞到长顺的衣袋里一块钱。他奉命这样作，就非作不可。

出了东交民巷，长顺真的雇了车。他必须坐车，因为那一元钱是富善先生给他雇车用的。坐在车上，他心中开了锅。他要去对外婆，孙七，李四爷，和一切的人讲说他怎样闯进英国府。紧跟着，他就警告自己："一声都不要出，把嘴闭严像个蛤蜊！"同时，他又须设计怎样去报告给祁老人，教老人放心，一会儿，他又想象着祁瑞宣怎样被救出来，和怎样感激他。想着想着，凉风儿吹低了他的头。一大早上的恐惧，兴奋，与疲乏，使他闭上了眼。

忽然的他醒了，车已经停住。他打了个极大的哈欠，像要把一条大街都吞吃了似的。

回到家中，他编制了一大套谎言敷衍外婆，而后低着头思索怎样通知祁老人的妙计。

这时候，全胡同的人们已都由李四爷那里得到了祁家的不幸消息。李四爷并没敢挨家去通知，而只在大家都围着一个青菜挑子买菜的时候，低声的告诉了大家。得到了消息，大家都把街门打开，表示镇定。他们的心可是跳得都很快。只是这么一条小胡同里，他们已看到钱家与祁家两家的不幸。他们都想尽点力，帮忙祁家，可是谁也没有办法与能力。他们只能偷偷的用眼角瞭着五号的门。他们还照常的生火作饭，沏茶灌水，可是心里都有一种说不出来的悲哀与不平。

到了晌午，大家的心跳得更快了，这可是另一种的跳法。他们几乎忘了瑞宣的事，因为听到了两个特使被刺身亡的消息。孙七连活都顾不得作了，他须回家喝两口酒。多少日子了，他没听到一件痛快的事；今天，他的心张开了："好！解恨！谁说咱们北平没有英雄好汉呢！"他一边往家走，一边跟自己说。他忘了自己的近视眼，而把头碰在了电线杆子上。摸着头上的大包，他还是满心欢喜："是这样！要杀就拣大个的杀！是！"

小文夫妇是被传到南海唱戏的，听到这个消息，小文发表了他的艺术家的意见："改朝换代都得死人，有钱的，没钱的，有地位的，没地位的，作主人的，作奴隶的，都得死！好戏里面必须有法场，行刺，砍头，才热闹，才叫好！"说完，他拿起胡琴来，拉了一个过门。虽然他要无动于衷，可是琴音里也不怎么显着轻快激壮。

文若霞没说什么，只低头哼唧了几句审头刺汤。

李四爷不想说什么，搬了个小板凳，坐在门外，面对着五号的门。秋阳晒在他的头上，他觉得舒服。他心中的天平恰好两边一样高了——你们拿去我们的瑞宣，我们结果了你们的特使。一号的小孩子本是去向特使行参见礼的，像两个落在水里的老鼠似的跑回家来。他俩没敢在门外胡闹，而是一直的跑进家门，把门关严。李四爷的眼角上露出一点笑纹来。老人一向不喜欢杀生，现在他几乎要改变了心思——"杀"是有用处的，只要杀得对！

冠晓荷憋着一肚子话，想找个人说一说。他的眉头皱着点，仿佛颇有所忧虑。他并没忧虑大赤包的安全，而是发愁恐怕日本人要屠城。他觉得特使被刺，理当屠城。自然，屠城也许没有他的事，因为冠家是日本人的朋友。不过，日本人真要杀红了眼，杀疯了心，谁准知道他们不迷迷糊糊的也给他一刀呢？过度害怕的也就是首先屈膝的，可是屈膝之后还时常打哆嗦。

一眼看见了李四爷，他赶了过来："这么闹不好哇！"他的眉头皱得更紧了一些。"你看，这不是太岁头上动土吗？"他以为这件事完全是一种胡闹。

李四爷立起来，拿起小板凳。他最不喜欢得罪人，可是今天他的胸中不知哪儿来的一口壮气，他决定得罪冠晓荷。

正在这个时候，一个人像报丧似的奔了祁家去。到门外，他没有敲门，而说了一个什么暗号。门开了，他和里面的人像蚂蚁相遇那么碰一碰须儿，里面的两个人便慌忙走出来。三个人一齐走开。

李四爷看出来：特使被刺，大概特务不够用的了，所以祁家的埋伏也被调了走。他慢慢的走进家去。过了一小会儿，他又出来，看晓荷已不在外面，赶紧的在四号门外叫了声长顺。

长顺一早半天并没闲着，到现在还在思索怎么和祁老人见面。听见李四爷的声音，他急忙跑出来。李四爷只一点手，他便跟在老人的身后，一同到祁家去。

韵梅已放弃了挖墙的工作，因为祁老人不许她继续下去。老人的怒气还没消逝，声音相当大的对她说："干吗呀？不要再挖，谁也帮不了咱们的忙，咱们也别连累别人！这些老法子，全没了用！告诉你，以后不要再用破缸顶街门！哼，人家会由房上跳进来！完了，完了！我白活了七十多岁！我的法子全用不上了！"是的，他的最宝贵的经验都一个钱也不值了。他失去了自信。他像一匹被人弃舍了的老马，任凭苍蝇蚊子们欺侮，而毫无办法。

小顺儿和妞子在南屋里偷偷的玩耍，不敢到院子里来。偷偷的玩耍是儿童的很大的悲哀。韵梅给他们煮了点干豌豆，使他们好占住嘴，不出声。

小顺儿头一个看见李四爷进来。他极兴奋的叫了声"妈！"院子里已经安静了一早半天，这一声呼叫使大家都颤了一下。

韵梅红着眼圈跑过来。"小要命鬼！你叫唤什么？"刚说完，她也看见了李四爷，顾不得说什么，她哭起来。

她不是轻于爱落泪的妇人，可是这半天的灾难使她没法不哭了。丈夫的生死不明，而一家人在自己的院子里作了囚犯。假若她有出去的自由，她会跑掉了鞋底子去为丈夫奔走，她有那么点决心与勇气。可是，她出不去。再说，既在家中出不去，她就该给老的小的弄饭吃，不管她心中怎么痛苦，也不管他们吃不吃。可是，她不能到街上或门外去买东西。她和整个的世界断绝了关系，也和作妻的，作母的，作媳妇的责任脱了节。虽然没上锁镣，她却变成囚犯。她着急，生气，发怒，没办法。她没听说过，一人被捕，而全家也坐"狱"的办法。只有日本人会出这种绝户主意。现在，她才真明白了日本人，也才真恨他们。

“四爷！”祁老人惊异的叫。“你怎么进来的？”

李四爷勉强的一笑：“他们走啦！”

“走啦？”天佑太太拉着小顺儿与妞子赶了过来。

“日本的特使教咱们给杀啦，他们没工夫再守在这里！”

韵梅止住了啼哭。

“特使？死啦？”祁老人觉得一切好像都是梦。没等李四爷说话，他打定了主意。“小顺儿的妈，拿一股高香来，我给日本人烧香！”

“你老人家算了吧！”李四爷又笑了一下。“烧香？放枪才有用呢！”

“哼！”祁老人的小眼睛里发出仇恨的光来。“我要是有枪，我就早已打死门口的那两个畜生了！中国人帮着日本人来欺侮咱们，混账！”

“算了吧，听听长顺儿说什么。”李四爷把立在他身后的长顺拉到前边来。

长顺早已等得不耐烦了，马上挺了挺胸，把一早上的英勇事迹，像说一段惊险的故事似的，说给大家听。当他初进来的时候，大家都以为他是来看看热闹，所以没大注意他。现在，他成了英雄，连他的呜囔呜囔的声音仿佛都是音乐。等他说完，祁老人叹了口气：“长顺，难为你！好孩子！好孩子！我当是老街旧邻们都揣着手在一旁看祁家的哈哈笑呢，原来……”他不能再说下去。感激邻居的真情使他忘了对日本人的愤怒，他的心软起来，怒火降下去，他的肩不再挺着，而松了下去。摸索着，他慢慢的坐在了台阶上，双手捧住了头。

“爷爷！怎么啦？”韵梅急切的问。

老人没抬头，低声的说：“我的孙子也许死不了啦！天老爷，睁开眼照应着瑞宣吧！”事情刚刚有点希望，他马上又还了原，仍旧是个老实的，和平的，忍受患难与压迫的老人。

天佑太太挣扎了一上午，已经感到疲乏，极想去躺一会儿。可是，她不肯离开李四爷与长顺。她不便宣布二儿瑞丰的丑恶，但是她看出来朋友们确是比瑞丰还更亲近，更可靠。这使她高兴，而又难过。把感情都压抑住，她勉强的笑着说："四大爷！长顺！你们可受了累！"

韵梅也想道出心中的感激，可是说不出话来。她的心完全在瑞宣身上。她不敢怀疑富善先生的力量，可又不放心丈夫是不是可能的在富善先生去到以前，就已受了刑！她的心中时时的把钱先生与瑞宣合并到一块儿，看见个满身是血的瑞宣。

李四爷看看这个，看看那个，心中十分难过。眼前的男女老少都是心地最干净的人，可是一个个的都无缘无故的受到魔难。他几乎没有法子安慰他们。很勉强的，他张开了口："我看瑞宣也许受不了多少委屈，都别着急！"他轻嗽了一下，他知道自己的话是多么平凡，没有力量。"别着急！也别乱吵嚷！英国府一定有好法子！长顺，咱们走吧！祁大哥，有事只管找我去！"他慢慢的往外走。走了两步，他回头对韵梅说："别着急！先给孩子们作点什么吃吧！"

长顺也想交代一两句，而没能想出话来。无聊的，他摸了摸小顺儿的头。小顺儿笑了："妹妹，我，都乖，听话！不上门口去！"

他们往外走。两个妇人像被吸引着似的，往外送。

李四爷伸出胳臂来。"就别送了吧！"

她们愣愣磕磕的站住。

祁老人还捧着头坐在那里，没动一动。

这时候，瑞宣已在狱里过了几个钟头。这里，也就是钱默吟先生来过的地方。这地方的一切设备可是已和默吟先生所知道的大不相同了。当默吟到这里的时节，它的一切还都因陋就简的，把学校变为临时的监狱。现在，它已是一座"完美的"监狱，处处看得出日本人的"苦心经营"。任何一个小地方，日本人都花了心血，改造又改造，使任何人一看都得称赞它为残暴的结晶品。在这里，日本人充分的表现了他们杀人艺术的造诣。是的，杀人是他们的一种艺术，正像他们吃茶与插瓶花那么有讲究。来到这里的不只是犯人，而也是日本人折来的花草；他们必须在断了呼吸以前，经验到最耐心的，最细腻的艺术方法，把血一滴一滴的，缓慢的，巧妙的，最痛苦的，流尽。他们的痛苦正是日本人的欣悦。日本军人所受的教育，使他们不仅要凶狠残暴，而是吃进去毒狠的滋味，教残暴变成像爱花爱鸟那样的一种趣味。这所监狱正是这种趣味与艺术的试验所。

瑞宣的心里相当的平静。在平日，他爱思索；即使是无关宏旨的一点小事，他也要思前想后的考虑，以便得到个最妥善的办法。从“七七”抗战以来，他的脑子就没有闲着过。今天，他被捕了，反倒觉得事情有了个结束，不必再想什么了。脸上很白，而嘴边上挂着点微笑，他走下车来，进了北京大学——他看得非常的清楚，那是“北大”。

钱先生曾经住过的牢房，现在已完全变了样子。楼下的一列房，已把前脸儿拆去，而安上很密很粗的铁条，极像动物园的兽笼子。牢房改得很小，窄窄的分为若干间，每间里只够容纳一对野猪或狐狸的。可是，瑞宣看清，每一间里都有十个到十二个犯人。他们只能胸靠着背，嘴顶着脑勺儿立着，谁也不能动一动。屋里除了人，没有任何东西，大概犯人大小便也只能立着，就地执行。瑞宣一眼扫过去，这样的兽笼至少有十几间。他哆嗦了一下。笼外，只站着两个日兵，六只眼——兵的四只，枪的两只——可以毫不费力的控制一切。瑞宣低下头去。他不晓得自己是否也将被放进那集体的“站笼”去。假若进去，他猜测着，只须站两天他就会断了气的。

可是，他被领到最靠西的一间牢房里去，屋子也很小，可是空着的。他心里说：“这也许是优待室呢！”小铁门开了锁。他大弯腰才挤了进去。三合土的地上，没有任何东西，除了一片片的，比土色深的，发着腥气的，血迹。他赶紧转过身来，面对着铁栅，他看见了阳光，也看见了一个兵。那个兵的枪刺使阳光减少了热力。抬头，他看见天花板上悬着一根铁条。铁条上缠着一团铁丝，铁丝中缠着一只手，已经腐烂了的手。他收回来眼光，无意中的看到东墙，墙上舒舒展展的钉着一张完整的人皮。他想马上走出去，可是立刻看到了铁栅，既无法出去，他爽性看个周到，他的眼不敢迟疑的转到西墙上去。墙上，正好和他的头一边儿高，有一张裱好的横幅，上边贴着七个女人的阴户。每一个下面都用红笔记着号码，旁边还有一朵画得很细致的小图案花。

瑞宣不敢再看。低下头，他把嘴闭紧。待了一会儿，他的牙咬出响声来。他不顾得去想自己的危险，一股怒火燃烧着他的心。他的鼻翅撑起来，带着响的出气。

他决定不再想家里的事。他看出来，他的命运已被日本人决定。那悬着的手，钉着的人皮，是特意教他看的，而他的手与皮大概也会作展览品。好吧，命运既被决定，他就笑着迎上前去吧。他冷笑了一声。祖父，父母，妻子……都离他很远了，他似乎已想不清楚他们的面貌。就是这样才好，死要死得痛快，没有泪，没有萦绕，没有顾虑。

他呆呆的立在那里，不知有多久；一点斜着来的阳光碰在他的头上，他才如梦方醒的动了一动。他的腿已发僵，可是仍不肯坐下，倒仿佛立着更能多表示一点坚强的气概。有一个很小很小的便衣的日本人，像一只老鼠似的，在铁栅外看了他一眼，而后笑着走开。他的笑容留在瑞宣的心里，使瑞宣恶心了一阵。又过了一会儿，小老鼠又回来，向瑞宣恶意的鞠了一躬。小老鼠张开嘴，用相当好的中国话说："你的不肯坐下，客气，我请一位朋友来陪你！"说完，他回头一招手。两个兵抬过一个半死的人来，放在铁栅外，而后搬弄那个人，使他立起来。那个人——一个脸上全肿着，看不清有多大岁数的人——已不会立住。两个兵用一条绳把他捆在铁栅上。"好了！祁先生，这个人的不听话，我们请他老站着。"小老鼠笑着说，说完他指了指那个半死的人的脚。瑞宣这才看清，那个人的两脚十趾是钉在木板上的。那个人东晃一下，西晃一下，而不能倒下去，因为有绳子拢着他的胸。他的脚趾已经发黑。过了好大半天，那个人哎哟了一声。一个兵极快的跑过来，用枪把子像舂米似的砸他的脚。已经腐烂的脚趾被砸断了一个。那个人像饥狼似的长嚎了一声，垂下头去，不再出声。“你的喊！打！”那个兵眼看着瑞宣，骂那个人。然后，他珍惜的拾起那个断了的脚趾，细细的玩赏。看了半天，他用臂拢着枪，从袋中掏出张纸来，把脚趾包好，记上号码。而后，他向瑞宣笑了笑，回到岗位去。

过了有半个钟头吧，小老鼠又来到。看了看断趾的人，看了看瑞宣。断趾的人已停止了呼吸。小老鼠惋惜的说：“这个人不结实的，穿木鞋不到三天就死的！中国人体育不讲究的！”一边说，他一边摇头，好像很替中国人的健康担忧似的。叹了口气，他又对瑞宣说：“英国使馆，没有木鞋的？”

瑞宣没出声，而明白了他的罪状。

小老鼠板起脸来：“你，看起英国的，看不起大日本的！要悔改的！”说完，他狠狠的踢了死人两脚。话从牙缝中溅出来：“中国人，一样的！都不好的！”他的两只发光的鼠眼瞪着瑞宣。瑞宣没瞪眼，而只淡淡的看着小老鼠。老鼠发了怒：“你的厉害，你的也会穿木鞋的！”说罢，他扯着极大的步子走开，好像一步就要跨过半个地球似的。

瑞宣呆呆的看着自己的脚。等着脚趾上挨钉。他知道自己的身体并不十分强壮，也许钉了钉以后，只能活两天。那两天当然很痛苦，可是过去以后，就什么也不知道了，永远什么也不知道了——无感觉的永生！他盼望事情就会如此的简单，迅速。他承认他有罪，应当这样惨死，因为他因循，苟安，没能去参加抗战。

两个囚犯，默默的把死人抬了走。他两个眼中都含着泪，可是一声也没出。声音是“自由”的语言，没有自由的只能默默的死去。

院中忽然增多了岗位。出来进去的日本人像蚂蚁搬家那么紧张忙碌。瑞宣不晓得南海外的刺杀，而只觉得那些乱跑的矮子们非常的可笑。生为一个人，他以为，已经是很可怜，生为一个日本人，把可怜的生命全花费在乱咬乱闹上，就不但可怜，而且可笑了！

一队一队的囚犯，由外面像羊似的被赶进来，往后边走。瑞宣不晓得外边发生了什么事，而只盼望北平城里或城外发生了什么暴动。暴动。即使失败，也是光荣的。像他这样默默的等着剥皮剁指，只是日本人手中玩弄着的一条小虫，耻辱是他永远的谥号！

十 四

瑞宣赶得机会好。司令部里忙着审刺客，除了小老鼠还来看他一眼，戏弄他几句，没有别人来打扰他。第一天的正午和晚上，他都得到一个比地皮还黑的馒头，与一碗白水。对着人皮，他没法往下咽东西。他只喝了一碗水。第二天，他的“饭”改了：一碗高粱米饭代替了黑馒头。看着高粱米饭，他想到了东北。关内的人并不吃高粱饭。这一定是日本人在东北给惯了囚犯这样的饭食，所以也用它来“优待”关内的犯人。日本人自以为最通晓中国的事，瑞宣想，那么他们就该知道北平人并不吃高粱。也许是日本人在东北作惯了的，就成了定例定法，适用于一切的地方。瑞宣，平日自以为颇明白日本人，不敢再那么自信了。他想不清楚，日本人在什么事情上要一成不变，在哪里又随地变动；和日本人到底明白不明白中国人与中国事。

对他自己被捕的这件事，他也一样的摸不清头脑。日本人为什么要捕他呢？为什么捕了来既不审问，又不上刑呢？难道他们只是为教他来观光？不，不能！日本人不是最阴险，最诡秘，不愿教人家知道他们的暴行的吗？那么，为什么教他来看呢？假若他能幸而逃出去，他所看见的岂不就成了历史，永远是日本人的罪案么？他们也许决不肯放了他，那么，又干吗“优待”他呢？他怎想，怎弄不清楚。他不敢断定，日本人是聪明，还是愚痴；是事事有办法，还是随意的乱搞。

最后，他想了出来：只要想侵略别人，征服别人，伤害别人，就只有乱搞，别无办法。侵略的本身就是胡来，因为侵略者只看见了自己，而且顺着自己的心思假想出被侵略者应当是什么样子。这样，不管侵略者计算的多么精细，他必然的遇到挫折与失算。为补救失算，他只好再顺着自己的成见从事改正，越改也就越错，越乱。小的修正与严密，并无补于大前提的根本错误。日本人，瑞宣以为，在小事情上的确是费了心机；可是，一个极细心捉虱子的小猴，永远是小猴，不能变成猩猩。

这样看清楚，他尝了一两口高粱米饭。他不再忧虑。不管他自己是生还是死，他看清日本人必然失败。小事聪明，大事胡涂，是日本人必然失败的原因。

假若瑞宣正在这么思索大的问题，富善先生可是正想一些最实际的，小小的而有实效的办法。瑞宣的被捕，使老先生愤怒。把瑞宣约到使馆来作事，他的确以为可以救了瑞宣自己和祁家全家人的性命。可是，瑞宣被捕。这，伤了老人的自尊心。他准知道瑞宣是最规矩正派的人，不会招灾惹祸。那么，日本人捉捕瑞宣，必是向英国人挑战。的确，富善先生是中国化了的英国人。可是，在他的心的深处，他到底隐藏着一些并未中国化了的东西。他同情中国人，而不便因同情中国人也就不佩服日本人的武力。因此，看到日本人在中国的杀戮横行，他只能抱着一种无可奈何之感。他不是个哲人，他没有特别超越的胆识，去斥责日本人。这样，他一方面，深盼英国政府替中国主持正义，另一方面，却又以为只要日本不攻击英国，便无须多管闲事。他深信英国是海上之王，日本人决不敢来以卵投石。对自己的国力与国威的信仰，使他既有点同情中国，又必不可免的感到自己的优越。他决不幸灾乐祸，可也不便见义勇为，为别人打不平。瑞宣的被捕，他看，是日本人已经要和英国碰一碰了。

他动了心。他的同情心使他决定救出瑞宣来，他的自尊心更加强了这个决定。

他开始想办法。他是英国人，一想他便想到办公事向日本人交涉。可是，他也是东方化了的英国人，他晓得在公事递达之前，瑞宣也许已经受了毒刑，而在公事递达之后，日本人也许先结果了瑞宣的性命，再回复一件“查无此人”的，客气的公文。况且，一动公文，就是英日两国间的直接抵触，他必须请示大使。那麻烦，而且也许惹起上司的不悦。为迅速，为省事，他应用了东方的办法。

他找到了一位“大哥”，给了钱(他自己的钱)，托“大哥”去买出瑞宣来。“大哥”是爱面子而不关心是非的。他必须卖给英国人一个面子，而且给日本人找到一笔现款。

钱递进去，瑞宣看见了高粱米饭。

第三天，也就是小崔被砍头的那一天，约摸在晚八点左右，小老鼠把前天由瑞宣身上搜去的东西都拿回来，笑得像个开了花的馒头似的，低声的说：“日本人大大的好的！客气的！亲善的！公道的！你可以开路的！”把东西递给瑞宣，他的脸板起来：“你起誓的！这里的事，一点，一点，不准说出去的！说出去，你会再拿回来的，穿木鞋的！”

瑞宣看着小老鼠出神。日本人简直是个谜。即使他是全能的上帝，也没法子判断小老鼠到底是什么玩艺儿！他起了誓。他这才明白为什么钱先生始终不肯对他说狱中的情形。

剩了一个皮夹，小老鼠不忍释手。瑞宣记得，里面有三张一元的钞票，几张名片，和两张当票。瑞宣没伸手索要，也无意赠给小老鼠。小老鼠，最后，绷不住劲儿了，笑着问：“心交心交？”瑞宣点了点头。他得到小老鼠的夸赞：“你的大大的好！你的请！”瑞宣慢慢的走出来。小老鼠把他领到后门。

瑞宣不晓得是不是富善先生营救他出来的，可是很愿马上去看他；即使富善先生没有出力，他也愿意先教老先生知道他已经出来，好放心。心里这样想，他可是一劲儿往西走。“家”吸引着他的脚步。他雇了一辆车。在狱里，虽然挨了三天的饿，他并没感到疲乏；怒气持撑着他的精神与体力。现在，出了狱门，他的怒气降落下去，腿马上软起来。坐在车上，他感到一阵眩晕，恶心。他用力的抓住车垫子，镇定自己。昏迷了一下，出了满身的凉汗，他清醒过来。待了半天，他才去擦擦脸上的汗。三天没盥洗，脸上有一层浮泥。

闭着眼，凉风撩着他的耳与腮，他舒服了一点。睁开眼，最先进入他的眼中的是那些灯光，明亮的，美丽的，灯光。他不由的笑了一下。他又得到自由，又看到了人世的灯光。马上，他可是也想起那些站在囚牢里的同胞。那些人也许和他一样，没有犯任何的罪，而被圈在那里，站着；站一天，两天，三天，多么强壮的人也会站死，不用上别的刑。

“亡国就是最大的罪！”他想起这么一句，反复的念叨着。他忘了灯光，忘了眼前的一切。那些灯，那些人，那些铺户，都是假的，都是幻影。只要狱里还站着那么多人，一切就都不存在！北平，带着它的湖山宫殿，也并不存在。存在的只有罪恶！

车夫，一位四十多岁，腿脚已不甚轻快的人，为掩饰自己的迟慢，说了话：“我说先生，你知道今儿个砍头的拉车的姓什么吗？”

瑞宣不知道。

“姓崔呀！西城的人！”

瑞宣马上想到了小崔。可是，很快的他便放弃了这个想头。他知道小崔是给瑞丰拉包车，一定不会忽然的，无缘无故的被砍头。再一想，即使真是小崔，也不足为怪；他自己不是无缘无故的被抓进去了么？“他为什么……”

“还不知道吗，先生？”车夫看着左右无人，放低了声音说：“不是什么特使教咱们给杀了吗？姓崔的，还有一两千人都抓了进去；姓崔的掉了头！是他行的刺不是，谁可也说不上来。反正咱们的脑袋不值钱，随便砍吧！我日他奶奶的！”

瑞宣明白了为什么这两天，狱中赶进来那么多人，也明白了他为什么没被审讯和上刑。他赶上个好机会，白捡来一条命。假若他可以“幸而免”，焉知道小崔不可以误投罗网呢？国土被人家拿去，人的性命也就交给人家掌管，谁活谁死都由人家安排。他和小崔都想偷偷的活着，而偷生恰好是惨死的原因。他又闭上了眼，忘了自己与小崔，而想象着在自由中国的阵地里，多少多少自由的人，自由的选择好死的地方与死的目的。那些面向着枪弹走的才是真的人，才是把生命放在自己的决心与胆量中的。他们活，活得自由；死，死得光荣。他与小崔，哼，不算数儿！

车子忽然停在家门口，他愣磕磕的睁开眼。他忘了身上没有一个钱。摸了摸衣袋，他向车夫说：“等一等，给你拿钱。”

“是了，先生，不忙！”车夫很客气的说。

他拍门，很冷静的拍门。由死亡里逃出，把手按在自己的家门上，应当是动心的事。可是他很冷静。他看见了亡国的真景象，领悟到亡国奴的生与死相距有多么近。他的心硬了，不预备在逃出死亡而继续去偷生摇动他的感情。再说，家的本身就是囚狱，假若大家只顾了油盐酱醋，而忘了灵魂上的生活。

他听到韵梅的脚步声。她立住了，低声的问“谁？”他只淡淡的答了声“我！”她跑上来，极快的开了门。夫妻打了对脸。假若她是个西欧的女人，她必会急忙上去，紧紧的抱住丈夫。她是中国人，虽然她的心要跳出来，跳到丈夫的身里去，她可是收住脚步，倒好像夫妻之间有一条什么无形的墙壁阻隔着似的。她的大眼睛亮起来，不知怎样才好的问了声：“你回来啦？”

“给车钱！”瑞宣低声的说。说完，他走进院中去。他没感到夫妻相见的兴奋与欣喜，而只觉得自己的偷偷被捉走，与偷偷的回来，是一种莫大的耻辱。假若他身上受了伤，或脸上刺了字，他必会骄傲的迈进门坎，笑着接受家人的慰问与关切。可是，他还是他，除了心灵上受了损伤，身上并没一点血痕——倒好像连日本人都不屑于打他似的。当爱国的人们正用战争换取和平的时候，血痕是光荣的徽章。他没有这个徽章，他不过只挨了两三天的饿，像一条饿狗垂着尾巴跑回家来。

天佑太太在屋门口立着呢。她的声音有点颤："老大！"

瑞宣的头不敢抬起来，轻轻的叫了声："妈！"

小顺儿与妞子这两天都睡得迟了些，为是等着爸爸回来，他们俩笑着，飞快的跑过来："爸！你回来啦？"一边一个，他们拉住了爸的手。

两只温暖的小手，把瑞宣的心扯软。天真纯挚的爱把他的耻辱驱去了许多。

"老大！瑞宣！"祁老人也还没睡，等着孙子回来，在屋中叫。紧跟着，他开开屋门："老大，是你呀？"

瑞宣拉着孩子走过来："是我，爷爷！"

老人哆嗦着下了台阶，心急而身体慢的跪下去："历代的祖宗有德呀！老祖宗们，我这儿磕头了！"他向西磕了三个头。

撒开小顺儿与妞子，瑞宣赶紧去搀老祖父。老人浑身仿佛都软了，半天才立起来。老少四辈儿都进了老人的屋中。

天佑太太乘这个时节，在院中嘱告儿媳："他回来了，真是祖上的阴功，就别跟他讲究老二了！是不是？"

韵梅眨了两下眼，"我不说！"

在屋中，老人的眼盯住了长孙，好像多年没见了似的。瑞宣的脸瘦了一圈儿。三天没刮脸，短的，东一束西一根的胡子，给他添了些病容。

天佑太太与韵梅也走进来，她们都有一肚子话，而找不到话头儿，所以都极关心的又极愚傻的，看着瑞宣。

"小顺儿的妈！"老人的眼还看着孙子，而向孙媳说："你倒是先给他打点水，泡点茶呀！"

韵梅早就想作点什么，可是直到现在才想起来泡茶和打水。她笑了一下："我简直的迷了头啦，爷爷！"说完，她很快的跑出去。

"给他作点什么吃呀！"老人向儿媳说。他愿也把儿媳支出去，好独自占有孙子，说出自己的勇敢与伤心来。

天佑太太也下了厨房。

老人的话太多了，所以随便的就提出一句来——话太多了的时候，是在哪里都可以起头的。

"我怕他们吗？"老人的小眼眯成了一道缝，把三天前的斗争场面从新摆在眼前："我？哼！露出胸膛教他们放枪！他们没——敢——打！哈哈！"老人冷笑了一声。

小顺儿拉了爸一把，爷儿俩都坐在炕沿上。小妞子立在爸的腿中间。他们都静静的听着老人指手划脚的说。瑞宣摸不清祖父说的是什么，而只觉得祖父已经变了样子。在他的记忆中，祖父的教训永远是和平，忍气，吃亏，而没有勇敢，大胆，与冒险。现在，老人说露出胸膛教他们放枪了！压迫与暴行大概会使一只绵羊也要向前碰头吧？

天佑太太先提着茶壶回来。在公公面前，她不敢坐下。可是，尽管必须立着，她也甘心。她必须多看长子几眼，还有一肚子话要对儿子说。

两口热茶喝下去，瑞宣的精神振作了一些。虽然如此，他还是一心的想去躺下，睡一觉。可是，他必须听祖父说完，这是他的责任。他的责任很多，听祖父说话儿，被日本人捕去，忍受小老鼠的戏弄……都是他的责任。他是尽责任的亡国奴。

好容易等老人把话说完，他知道妈妈必还有一大片话要说。可怜的妈妈！她的脸色黄得像一张旧纸，没有一点光彩；她的眼陷进好深，眼皮是青的；她早就该去休息，可是还挣扎着不肯走开。

韵梅端来一盆水。瑞宣不顾得洗脸，只草草的擦了一把；坐狱使人记住大事，而把洗脸刷牙可以忽略过去。

"你吃点什么呢？"韵梅一边给老人与婆母倒茶，一边问丈夫。她不敢只单纯的招呼丈夫，而忽略了老人们。她是妻，也是媳妇；媳妇的责任似乎比妻更重要。

"随便！"瑞宣的肚中确是空虚，可是并不怎么热心张罗吃东西，他更需要安睡。

"揪点面片儿吧，薄薄的！"天佑太太出了主意。等儿媳走出去，她才问瑞宣："你没受委屈啊？"

"还好！"瑞宣勉强的笑了一下。

老太太还有好多话要说，但是她晓得怎么控制自己。她的话像满满的一杯水，虽然很满，可是不会撒出来。她看出儿子的疲倦，需要休息。她最不放心的是儿子有没有受委屈。儿子既说了"还好"，她不再多盘问。"小顺儿，咱们睡觉去！"

小顺儿舍不得离开。

"小顺儿，乖！"瑞宣懒懒的说。

"爸！明天你不再走了吧？"小顺儿似乎很不放心爸爸的安全。

"嗯！"瑞宣说不出什么来。他知道，只要日本人高兴，明天他还会下狱的。

等妈妈和小顺儿走出去，瑞宣也立起来。"爷爷，你该休息了吧？"

老人似乎有点不满意孙子："你还没告诉我，你都受了什么委屈呢！"老人非常的兴奋，毫无倦意。他要听听孙子下狱的情形，好与自己的勇敢的行动合到一处成为一段有头有尾的历史。

瑞宣没精神，也不敢，述说狱中的情形。他知道中国人不会保守秘密，而日本人又耳目灵通；假若他随便乱说，他就必会因此而再下狱。于是，他只说了句"里边还好！"就拉着妞子走出来。

到了自己屋中，他一下子把自己扔在床上。他觉得自己的床比什么都更可爱，它软软的托着他的全身，使身上一切的地方都有了着落，而身上有了靠头，心里也就得到了安稳与舒适。惩治人的最简单，也最厉害的方法，便是夺去他的床！这样想着，他的眼已闭上，像被风吹动着的烛光似的，半灭未灭的，他带着未思索完的一点意思沉入梦乡。

韵梅端着碗进来，不知怎么办好了。叫醒他呢，怕他不高兴；不叫他呢，又怕面片儿凉了。

小妞子眨巴着小眼，出了主意："妞妞吃点？"

在平日，妞子的建议必遭拒绝；韵梅不许孩子在睡觉以前吃东西。今天，韵梅觉得一切都可以将就一点，不必一定都守规矩。她没法表示出她心中的欢喜，好吧，就用给小女儿一点面片吃来表示吧。她扒在小妞子的耳边说："给你一小碗吃，吃完乖乖的睡觉！爸回来好不好？"

"好！"妞子也低声的说。

韵梅坐在椅子上看一眼妞子，看一眼丈夫。她决定不睡觉，等丈夫醒了再去另作一碗面片。即使他睡一夜，她也可以等一夜。丈夫回来了，她的后半生就都有了依靠，牺牲一夜的睡眠算得了什么呢。她轻轻的起来，轻轻的给丈夫盖上了一床被子。

快到天亮，瑞宣才醒过来。睁开眼，他忘了是在哪里，很快的，不安的，他坐起来。小妞子的小床前放着油灯，只有一点点光儿。韵梅在小床前一把椅子上打盹呢。

瑞宣的头还有点疼，心中寡寡劳劳的[①]像是饿，又不想吃，他想继续睡觉。可是韵梅的彻夜不睡感动了他。他低声的叫："小顺儿的妈！梅！你怎么不睡呢？"

韵梅揉了揉眼，把灯头捻大了点。"我等着给你作面呢！什么时候了？"

邻家的鸡声回答了她的问题。

"哟！"她立起来，伸了伸腰，"快天亮了！你饿不饿？"

---

① 寡寡劳劳的，形容心中发空。

瑞宣摇了摇头。看着韵梅，他忽然的想说出心中的话，告诉她狱中的情形，和日本人的残暴。他觉得她是他的唯一的真朋友，应当分担他的患难，知道他一切的事情。可是，继而一想，他有什么值得告诉她的呢？他的软弱与耻辱是连对妻子也拿不出来的呀！

“你躺下睡吧，别受了凉！”他只拿出这么两句敷衍的话来。是的，他只能敷衍。他没有生命的真火与热血，他只能敷衍生命，把生命的价值贬降到马马虎虎的活着，只要活着便是尽了责任。

他又躺下去，可是不能再安睡。他想，即使不都说，似乎也应告诉韵梅几句，好表示对她的亲热与感激。可是，韵梅吹灭了灯，躺下便睡着了。她好像简单得和小妞子一样，只要他平安的回来，她便放宽了心；他说什么与不说什么都没关系。她不要求感激，也不多心冷淡，她的爱丈夫的诚心像一颗灯光，只管放亮，而不索要报酬与夸赞。

早晨起来，他的身上发僵，好像受了寒似的。他可是决定去办公，去看富善先生，他不肯轻易请假。

见到富善先生，他找不到适当的话表示感激。富善先生，到底是英国人，只问了一句“受委屈没有”就不再说别的了。他不愿意教瑞宣多说感激的话。英国人沉得住气。他也没说怎样把瑞宣救出来的。至于用他个人的钱去行贿，他更一字不提，而且决定永远不提。

“瑞宣! ”老人伸了伸脖子，恳切的说：“你应当休息两天，气色不好! ”

瑞宣不肯休息。

“随你！下了班，我请你吃酒! ”老先生笑了笑，离开瑞宣。

这点经过，使瑞宣满意。他没告诉老人什么，老人也没告诉他什么，而彼此心中都明白：人既然平安的出来，就无须再去罗嗦了。瑞宣看得出老先生是真心的欢喜，老人也看得出瑞宣是诚心的感激，再多说什么便是废话。这是英国人的办法，也是中国人的交友之道。

到了晌午，两个人都喝过了一杯酒之后，老人才说出心中的顾虑来：“瑞宣！从你的这点事，我看出一点，一点——噢，也许是过虑，我也希望这是过虑！我看哪，有朝一日，日本人会突击英国的！”

“能吗？”瑞宣不敢下断语。他现在已经知道日本人是无可捉摸的。替日本人揣测什么，等于预言老鼠在夜里将作些什么。

“能吗？怎么不能！我打听明白了，你的被捕纯粹因为你在使馆里作事！”

“可是英国有强大的海军？”

“谁知道！希望我这是过虑！”老人呆呆的看着酒杯，不再说什么。

喝完了酒，老人告诉瑞宣：“你回家吧，我替你请半天假。下午四五点钟，我来看你，给老人们压惊！要是不麻烦的话，你给我预备点饺子好不好？”

瑞宣点了头。

冠晓荷特别注意祁家的事。瑞宣平日对他那样冷淡，使他没法不幸灾乐祸。同时，他以为小崔既被砍头，大概瑞宣也许会死。他知道，瑞宣若死去，祁家就非垮台不可。祁家若垮了台，便减少了他一些精神上的威胁——全胡同中，只有祁家体面，可是祁家不肯和他表示亲善。再说，祁家垮了，他就应当买过五号的房来，再租给日本人。他的左右要是都与日本人为邻，他就感到安全，倒好像是住在日本国似的了。

可是，瑞宣出来了。晓荷赶紧矫正自己。要是被日本人捉去而不敢杀，他想，瑞宣的来历一定大得很！不，他还得去巴结瑞宣。他不能因为精神上的一点压迫而得罪大有来历的人。

他时时的到门外来立着，看看祁家的动静。在五点钟左右，他看到了富善先生在五号门外叩门，他的舌头伸出来，半天收不回去。像暑天求偶的狗似的，他吐着舌头飞跑进去：“所长！所长！英国人来了！”

“什么？”大赤包惊异的问。

“英国人！上五号去了！”

“真的？”大赤包一边问，一边开始想具体的办法。“我们是不是应当过去压惊呢？”

“当然去！马上就去，咱们也和那个老英国人套套交情！”晓荷急忙就要换衣服。

“请原谅我多嘴，所长！”高亦陀又来等晚饭，恭恭敬敬的对大赤包说。“那合适吗？这年月似乎应当抱住一头儿，不便脚踩两只船吧？到祁家去，倘若被暗探看见，报告上去，总……所长你说是不是？”

晓荷不加思索的点了头。“亦陀你想的对！你真有思想！”

大赤包想了想：“你的话也有理。不过，作大事的人都得八面玲珑。方面越多，关系越多，才能在任何地方，任何时候，都吃得开！我近来总算能接近些个大人物了，你看，他们说中央政府不好吗？不！他们说南京政府不好吗？不！他们说英美或德意不好吗？不！要不怎么成为大人物呢，人家对谁都留着活口儿，对谁都不即不离的。因此，无论谁上台，都有他们的饭吃，他们永远是大人物！亦陀，你还有点所见者小！”

“就是！就是！”晓荷赶快的说：“我也这么想！闹义和拳的时候，你顶好去练拳；等到有了巡警，你就该去当巡警。这就叫作义和拳当巡警，随机应变！好啦，咱们还是过去看看吧？”

大赤包点了点头。

富善先生和祁老人很谈得来。祁老人的一切，在富善先生眼中，都带着地道的中国味儿，足以和他心中的中国人严密的合到一块儿。祁老人的必定让客人坐上座，祁老人的一会儿一让茶，祁老人的谦恭与繁琐，都使富善先生满意。

天佑太太与韵梅也给了富善先生以很好的印象。她们虽没有裹小脚，可是也没烫头发与抹口红。她们对客人非常的有礼貌，而繁琐的礼貌老使富善先生心中高兴。

小顺儿与妞子看见富善先生，既觉得新奇，又有点害怕，既要上前摸摸老头儿的洋衣服，而又有点忸怩。这也使富善先生欢喜，而一定要抱一抱小妞子——“来吧，看看我的高鼻子和蓝眼睛！”

由表面上的礼貌与举止，和大家的言谈，富善先生似乎一眼看到了一部历史，一部激变中的中国近代史。祁老人是代表着清朝人的，也就是富善先生所最愿看到的中国人。天佑太太是代表着清朝与民国之间的人的，她还保留着一些老的规矩，可是也拦不住新的事情的兴起。瑞宣纯粹的是个民国的人，他与祖父在年纪上虽只差四十年，而在思想上却相隔有一两世纪。小顺儿与妞子是将来的人。将来的中国人须是什么样子呢？富善先生想不出。他极喜欢祁老人，可是他拦不住天佑太太与瑞宣的改变，更拦不住小顺子与妞子的继续改变。他愿意看见个一成不变的，特异而有趣的中国文化，可是中国像被狂风吹着的一只船似的，顺流而下。看到祁家的四辈人，他觉得他们是最奇异的一家子。虽然他们还都是中国人，可是又那么复杂，那么变化多端。最奇怪的是这些各有不同的人还居然住在一个院子里，还都很和睦，倒仿佛是每个人都要变，而又有个什么大的力量使他们在变化中还不至于分裂涣散。在这奇怪的一家子里，似乎每个人都忠于他的时代，同时又不激烈的拒绝别人的时代，他们把不同的时代揉到了一块，像用许多味药揉成的一个药丸似的。他们都顺从着历史，同时又似乎抗拒着历史。他们各有各的文化，而又彼此宽容，彼此体谅。他们都往前走又像都往后退。

这样的一家人，是否有光明的前途呢？富善先生想不清楚了。更迫切的，这样的一家人是否受得住日本人的暴力的扫荡，而屹然不动呢？他看着小妞子与小顺儿，心中有一种说不出的难过。他自居为中国通，可是不敢再随便的下断语了！他看见这一家子，像一只船似的，已裹在飓风里。他替他们着急，而又不便太着急；谁知道他们到底是一只船还是一座山呢？为山着急是多么傻气呢！

大赤包与晓荷穿着顶漂亮的衣服走进来。为是给英国人一个好印象，大赤包穿了一件薄呢子的洋衣，露着半截胖胳臂，没有领子。

她的唇抹得极大极红，头发卷成大小二三十个鸡蛋卷，像个漂亮的妖精。

他们一进来，瑞宣就愣住了。可是，极快的他打定了主意。他是下过监牢，看过死亡与地狱的人了，不必再为这种妖精与人怪动气动怒。假若他并没在死亡之前给日本人屈膝，那就何必一定不招呼两个日本人的走狗呢？他决定不生气，不拒绝他们。他想，他应当不费心思的逗弄着他们玩，把他们当作小猫小狗似的随意耍弄。

富善先生吓了一跳。他正在想，中国人都在变化，可是万没想到中国人会变成妖精。他有点手足失措。

瑞宣给他们介绍："富善先生。冠先生，冠太太，日本人的至友和亲信！"

大赤包听出瑞宣的讽刺，而处之泰然。她尖声的咯咯的笑了。"哪里哟！日本人还大得过去英国人？老先生，不要听瑞宣乱说！"

晓荷根本没听出来讽刺，而只一心一意的要和富善先生握手。他以为握手是世界上最文明的，最进步的礼节，而与一位西洋人握手差不多便等于留了十秒钟或半分钟的洋。

可是，富善先生不高兴握手，而把手拱起来。晓荷赶紧也拱手："老先生，了不得的，会拱手的！"他拿出对日本人讲话的腔调来，他以为把中国话说得半通不通的就差不多是说洋话了。

他们夫妇把给祁瑞宣压惊这回事，完全忘掉，而把眼，话，注意，都放在富善先生身上。大赤包的话像暴雨似的往富善先生身上浇。富善先生每回答一句就立刻得到晓荷的称赞——"看！老先生还会说'岂敢'！""看，老先生还知道炸酱面！好的很！"

富善先生开始后悔自己的东方化。假若他还是个不折不扣的英国人，那就好办了，他会板起面孔给妖精一个冷肩膀吃。可是，他是中国化的英国人，学会了过度的客气与努力的敷衍。他不愿拒人于千里之外。这样，大赤包和冠晓荷可就得了意，像淘气无知的孩子似的，得到个好脸色便加倍的讨厌了。

最后，晓荷又拱起手来："老先生，英国府方面还用人不用！我倒愿意，是，愿意……你晓得？哈哈！拜托，拜托！"

以一个英国人说，富善先生不应当扯谎，以一个中国人说，他又不该当面使人难堪。他为了难。他决定牺牲了饺子，而赶快逃走。他立起来，结结巴巴的说："瑞宣，我刚刚想，啊，想起来，我还有点，有点事！改天，改天再来，一定，再来……"

还没等瑞宣说出话来，冠家夫妇急忙上前挡住老先生。大赤包十二分诚恳的说："老先生，我们不能放你走，不管你有什么事！我们已经预备了一点酒菜，你一定要赏我们个面子！"

"是的，老先生，你要是不赏脸，我的太太必定哭一大场！"晓荷在一旁帮腔。

富善先生没了办法——一个英国人没办法是"真的"没有了办法。

"冠先生，"瑞宣没着急，也没生气，很和平而坚决的说："富善先生不会去！我们就要吃饭，也不留你们二位！"

富善先生咽了一口气。

"好啦！好啦！"大赤包感叹着说。"咱们巴结不上，就别再在这儿讨厌啦！这么办，老先生，我不勉强你上我们那儿去，我给你送过来酒和菜好啦！一面生，两面熟，以后咱们就可以成为朋友了，是不是？"

"我的事，请你老人家还多分心！"晓荷高高的拱手。

"好啦！瑞宣！再见！我喜欢你这么干脆嘹亮，西洋派儿！"大赤包说完，一转眼珠，作为向大家告辞。晓荷跟在后面，一边走一边回身拱手。

瑞宣只在屋门内向他们微微一点头。

等他们走出去，富善先生伸了好几下脖子才说出话来："这，这也是中国人？"

"不幸得很！"瑞宣笑了笑。"我们应当杀日本人，也该消灭这种中国人！日本人是狼，这些人是狐狸！"

十 五

忽然的山崩地裂，把小崔太太活埋在黑暗中。小崔没给过她任何的享受，但是他使她没至于饿死，而且的确相当的爱她。不管小崔怎样好，怎样歹吧，他是她的丈夫，教她即使在挨着饿的时候也还有盼望，有依靠。可是，小崔被砍了头。即使说小崔不是有出息的人吧，他可也没犯过任何的罪，他不偷不摸，不劫不抢。只有在发酒疯的时候，他才敢骂人打老婆，而撒酒疯并没有杀头的罪过。况且，就是在喝醉胡闹的时节，他还是爱听几句好话，只要有人给他几句好听的，他便乖乖的去睡觉啊。

她连怎么哭都不会了。她傻了。她忽然的走到绝境，而一点不知道为了什么。冤屈，愤怒，伤心，使她背过气去。马老太太，长顺，孙七和李四妈把她救活。醒过来，她只会直着眼长嚎，嚎了一阵，她的嗓子就哑了。

她愣着。愣了好久，她忽然的立起来，往外跑。她的时常被饥饿困迫的瘦身子忽然来了一股邪力气，几乎把李四妈撞倒。

“孙七，拦住她！”四大妈喊。

孙七和长顺费尽了力量，把她扯了回来。她的散开的头发一部分被泪粘在脸上，破鞋只剩了一只，咬着牙，哑着嗓子，她说：“放开我！放开！我找日本人去，一头跟他们碰死！”

孙七的近视眼早已哭红，这时候已不再流泪，而只和长顺用力揪着她的两臂。孙七动了真情。平日，他爱和小崔拌嘴瞎吵，可是在心里他的确喜爱小崔，小崔是他的朋友。

长顺的鼻子一劲儿抽纵，大的泪珠一串串的往下流。他不十分敬重小崔，但是小崔的屈死与小崔太太的可怜，使他再也阻截不住自己的泪。

李四大妈，已经哭了好几场，又重新哭起来。小崔不止是她的邻居，而也好像是她自己的儿子。在平日，小崔对她并没有孝敬过一个桃子，两个枣儿，而她永远帮助他，就是有时候她骂他，也是出于真心的爱他。她的扩大的母性之爱，对她所爱的人不索要任何酬报。她只有一个心眼，在那个心眼里她愿意看年轻的人都蹦蹦跳跳的真像个年轻的人。她万想不到一个像欢龙似的孩子会忽然死去，而把年轻轻的女人剩下作寡妇。她不晓得，也就不关心，国事；她只知道人，特别是年轻的人，应当平平安安的活着。死的本身就该诅咒，何况死的是小崔，而小崔又是被砍了头的呀！她重新哭起来。

马老太太自己就是年轻守了寡的。看到小崔太太，她想当年的自己。真的，她不像李四妈那么热烈，平日对小崔夫妇不过当作偶然住在一个院子里的邻居，说不上友谊与亲爱。可是，寡妇与寡妇，即使是偶然的相遇，也有一种不足为外人道的同情。她不肯大声的哭，而老泪不住的往外流。

不过，比较的，马老太太到底比别人都更清醒，冷静一些。她的嘴还能说话："想法子办事呀，光哭有什么用呢！人已经死啦！"她说出实话——人已经死啦！人死是哭不活的，她知道。她的丈夫就是年轻轻的离开了她的。她知道一个寡妇应当怎样用狠心代替爱心。她若不狠心的接受命运，她早已就入了墓。

她的劝告没有任何的效果。小崔太太仿佛是发了疯，两眼直勾勾的向前看着，好像看着没有头的小崔。她依旧挣扎，要夺出臂来："他死得屈！屈！屈！放开我！"她哑着嗓子喊，嘴唇咬出血来。

"别放开她，长顺！"马老太太着急的说。"不能再惹乱子！连祁大爷，那么老实的人，不是也教他们抓了去吗！"

这一提醒，使大家——除了小崔太太——都冷静了些。李四妈止住了哭声。孙七也不敢再高声的叫骂。长顺虽然因闯入英国府而觉得自己有点英雄气概，可是也知道他没法子去救活小崔，而且看出大家的人头都不保险，说不定什么时候就掉下去。

大家都不哭不喊的，呆呆的看着小崔太太，谁也想不出办法来。小崔太太还是挣扎一会儿，歇一会儿，而后再挣扎。她越挣扎，大家的心越乱。日本人虽只杀了小崔，而把无形的刀刺在他们每个人的心上。最后，小崔太太已经筋疲力尽，一翻白眼，又闭过气去。大家又忙成了一团。

李四爷走进来。

“哎哟！”四大妈用手拍着腿，说：“你个老东西哟，上哪儿去喽，不早点来！她都死过两回去喽！”

孙七，马老太太，和长顺，马上觉得有了主心骨——李四爷来到，什么事就都好办了。

小崔太太又睁开了眼。她已没有立起来的力量。坐在地上，看到李四爷，她双手捧着脸哭起来。

“你看着她！”李四爷命令着四大妈。老人的眼里没有一点泪，他好像下了决心不替别人难过而只给他们办事。他的善心不允许他哭，而哭只是没有办法的表示。“马老太太，孙七，长顺，都上这儿来！”他把他们领到了马老太太的屋中。

“都坐下！”四爷看大家都坐下，自己才落座。“大家先别乱吵吵，得想主意办事！头一件，好歹的，咱们得给她弄一件孝衣。第二件，怎么去收尸，怎么抬埋——这都得用钱！钱由哪儿来呢？”

孙七揉了揉眼。马老太太和长顺彼此对看着，不出一声。李四爷，补充上：“收尸，抬埋，我一个人就能办，可是得有钱！我自己没钱，也没地方去弄钱！”

孙七没钱，马老太太没钱，长顺没钱。大家只好呆呆的发愣。

“我不想活下去了！”孙七哭丧着脸说：“日本人平白无故的杀了人，咱们只会在这儿商量怎么去收尸！真体面！收尸又没有钱，咱们这群人才算有出息！真他妈的！活着，活着干吗呢？”

“你不能那么说！”长顺抗辩。

“长顺！”马老太太阻止住外孙的发言。

李四爷不愿和孙七辩论什么。他的不久就会停止跳动的心里没有伤感与不必要的闲话，他只求就事论事，把事情办妥。他问大家：“给她募化怎样呢？”

“哼！全胡同里就属冠家阔，我可是不能去手背朝下跟他们化缘，就是我的亲爹死了，没有棺材，我也不能求冠家去！什么话呢，我不能上窑子里化缘去！”

“我上冠家去！”长顺自告奋勇。

马老太太不愿教长顺到冠家去，可是又不便拦阻，她知道小崔的尸首不应当老扔在地上，说不定会被野狗咬烂。

“不要想有钱的人就肯出钱！”李四爷冷静的说。“这么办好不好？孙七，你到街上的铺户里伸伸手，不勉强，能得几个是几个。我和长顺在咱们的胡同里走一圈儿。然后，长顺去找一趟祁瑞丰，小崔不是给他拉包月吗？他大概不至于不肯出几个钱。我呢，去找找祁天佑，看能不能要块粗白布来，好给小崔太太做件孝袍子。马老太太，我要来布，你分心给缝一缝。”

“那好办，我的眼睛还看得见！”马老太太很愿意帮这点忙。

孙七不大高兴去化缘。他真愿帮忙，假若他自己有钱，他会毫不吝啬的都拿出来；去化缘，他有点头疼。但是，他没敢拒绝；揉着眼，他走出去。

“咱们也走吧，”李四爷向长顺说。“马老太太，帮着四妈看着她，”他向小崔屋里指了指，“别教她跑出去！”

出了门，四爷告诉长顺：“你从三号起，一号用不着去。我从胡同那一头儿起，两头儿一包，快当点儿！不准动气，人家给多少是多少，不要争竞。人家不给，也别抱怨。”说完，一老一少分了手。

长顺还没叫门，高亦陀就从院里出来了。好像偶然相遇似的，亦陀说：“哟！你来干什么？”

长顺装出成年人的样子，沉着气，很客气的说：“小崔不是死了吗，家中很窘，我来跟老邻居们告个帮！”他的呜囔的声音虽然不能完全去掉，可是言语的恰当与态度的和蔼使他自己感到满意。他觉得自从到过英国府，他忽然的长了好几岁。他已不是孩子了，他以为自己满有结婚的资格；假若真结了婚，他至少会和丁约翰一样体面的。

高亦陀郑重其事的听着，脸上逐渐增多严肃与同情。听完，他居然用手帕擦擦眼，拭去一两点想象的泪。然后，他慢慢的从衣袋里摸出十块钱来。拿着钱，他低声的，恳切的说：“冠家不喜欢小崔，你不用去碰钉子。我这儿有点特别费，你拿去好啦。这笔特别费是专为救济贫苦人用的，一次十块，可以领五六次。这，你可别对旁人说，因为款子不多，一说出去，大家都来要，我可就不好办了。我准知道小崔太太苦得很，所以愿意给她一份儿。你不用告诉她这笔钱是怎样来的，以后你就替她来领好啦；这笔款都是慈善家捐给的，人家不愿露出姓名来。你拿去吧！”他把钱票递给了长顺。

长顺的脸红起来。他兴奋。头一个他便碰到了财神爷！

“噢，还有点小手续！”亦陀仿佛忽然的想起来。“人家托我办事，我总得有个交代！”他掏出一个小本，和一支钢笔来。“你来签个字吧！一点手续，没多大关系！”

长顺看了看小本，上面只有些姓名，钱数，和签字。他看不出什么不对的地方来。为急于再到别家去，他用钢笔签上字。字写得不很端正，他想改一改。

“行啦！根本没多大关系！小手续! ”亦陀微笑着把小本子与笔收回去。“好啦，替我告诉小崔太太，别太伤心！朋友们都愿帮她的忙！”说完，他向胡同外走了去。

长顺很高兴的向五号走。在门外立了会儿，他改了主意。他手中既已有了十块钱，而祁家又遭了事，他不想去跟他们要钱。他进了六号。他知道刘师傅和丁约翰都不在家，所以一直去看小文；他不愿多和太太们罗嗦。小文正在练习横笛，大概是准备给若霞托昆腔。见长顺进来，他放下笛子，把笛胆像条小蛇似的塞进去。“来，我拉，你唱段黑头吧？”他笑着问。

“今天没工夫！”长顺对唱戏是有瘾的，可是他控制住了自己；他已自居为成人了。他很简单的说明来意。

小文向里间问：“若霞！咱们还有多少钱？”他是永远不晓得家中有多少钱和有没有钱的。

“还有三块多钱。”

“都拿来。”

若霞把三块四毛钱托在手掌上，由屋里走出来。“小崔是真……”她问长顺。

“不要问那个！”小文皱上点眉。“人都得死！谁准知道自己的脑袋什么时候掉下去呢！”他慢慢的把钱取下来，放在长顺的手中。“对不起，只有这么一点点！”

长顺受了感动。“你不是一共就有……我要是都拿走，你们……”

“那还不是常有的事！”小文笑了一下。“好在我的头还连着脖子，没钱就想法子弄去呀！小崔……”他的喉中噎了一下，不往下说了。

“小崔太太怎么办呢？”若霞很关切的问。

长顺回答不出来。把钱慢慢的收在衣袋里，他看了若霞一眼，心里说：“小文要是被日本人杀了，你怎么办呢？”心中这样嘀咕着，他开始往外走。他并无意诅咒小文夫妇，而是觉得死亡太容易了，谁敢说小文一定不挨刀呢。

小文没往外相送。

长顺快走到大门，又听到了小文的笛音。那不是笛声，而是一种什么最辛酸的悲啼。他加快了脚步，那笛声要引出他的泪来。

他到了七号的门外，正遇上李四爷由里边出来。他问了声：“怎么样，四爷爷？”

“牛宅给了十块，这儿——”李四爷指了指七号，而后数手中的钱，“这儿大家都怪热心的，可是手里都不富裕，一毛，四毛……统共才凑了两块一毛钱。我一共弄了十二块一，你呢？”

“比四爷爷多一点，十三块四！”

“好！把钱给我，你找祁瑞丰去吧？”

“这还不够？”

“要单是买一口狗碰头，雇四个人抬抬，这点就够了。可是这是收尸的事呀，不递给地面上三头两块的，谁准咱们挪动尸首呀？再说，小崔没有坟地，不也得……”

长顺一边听一边点头。虽然他觉得忽然的长了几岁，可是他到底是个孩子，他的知识和经验，比起李四爷来，还差得很远很远。他看出来，岁数是岁数，光“觉得”怎样是不中用的。“好啦，四爷爷，我找祁二爷去！”他以为自己最拿手的还是跑跑路，用脑子的事只好让给李四爷了。

教育局的客厅里坐满了人。长顺找了个不碍事的角落坐下。看看那些出来进去的人，再看看自己鞋上的灰土，与身上的破大褂，他怪不得劲儿。这几天来他所表现的勇敢，心路，热诚，与他所得到的岁数，经验，与自尊，好像一下子都离开了他，而只不折不扣的剩下个破鞋烂褂子的，平凡的，程长顺。他不敢挺直了脖子，而半低着头，用眼偷偷的瞭着那些人。那些人不是科长科员便是校长教员，哪一个都比他文雅，都有些派头。只有他怯头怯脑的像个乡下佬儿。他是个十八九岁的孩子，他的感情也正好像十八九岁的孩子那样容易受刺激，而变化万端。他，现在，摸不清自己到底是干什么的了。他有聪明，有热情，有青春，假若他能按部就班的读些书，他也会变成个体面的，甚至或者是很有学问的人。可是，他没好好的读过书。假若他没有外婆的牵累，而逃出北平，他也许成为个英勇的抗战青年，无名或有名的英雄。可是，他没能逃出去。一切的“可能”都在他的心力上，身体上，他可是呆呆的坐在教育局的客厅里，像个傻瓜。他觉到羞惭，又觉得自己应当骄傲；他看不起绸缎的衣服，与文雅的态度，可又有点自惭形秽。他只盼瑞丰快快出来，而瑞丰使他等了半个多钟头。

屋里的人多数走开了，瑞丰才叼着假象牙的烟嘴儿，高扬着脸走进来。他先向别人点头打招呼，而后才轻描淡写的，顺手儿的，看见了长顺。

长顺心中非常的不快，可是身不由己的立了起来。

“坐下吧！”瑞丰从假象牙烟嘴的旁边放出这三个字来。

长顺傻子似的又坐下。

“有事吗？”瑞丰板着面孔问。“哦，先告诉你，不要没事儿往这里跑，这是衙门！”

长顺想给瑞丰一个极有力的嘴巴。可是，他受人之托，不能因愤怒而忘了责任。他的脸红起来，低声忍气的呜囔：“小崔不是……”

“哪个小崔？我跟小崔有什么关系？小孩子，怎么乱拉关系呢？把砍了头的死鬼，安在我身上，好看，体面？简直是胡来吗！真！快走吧！我不知道什么小崔小孙，也不管他们的事！请吧，我忙得很！”说罢，他把烟嘴儿取下来，弹了两下，扬着脸走出去。

长顺气得发抖，脸变成个紫茄子。平日，他和别的邻居一样，虽然有点看不起瑞丰，可是看他究竟是祁家的人，所以不好意思严格的批评，就仿佛十条王瓜中有一条苦的也就可以马虎过去了。他万没想到瑞丰今天会这样无情无义。是的，瑞丰是无情无义！若仅是教长顺儿丢脸下不来台，长顺倒也不十分计较；人家是科长，长顺自己不过是背着留声机，沿街卖唱的呀。长顺恼的是瑞丰不该拒绝帮小崔的忙，小崔是长顺的，也是瑞丰的，邻居，而且给瑞丰拉过车，而且是被砍了头，而且……长顺越想越气。慢慢的他从客厅走出来。走到大门外，他不肯再走，想在门外等着瑞丰。等瑞丰出来，他要当着大家的面，扭住瑞丰的脖领，辱骂他一场。他想好了几句话："祁科长，怨不得你作汉奸呢！你敢情只管日本人叫爸爸，而忘了亲戚朋友！你是他妈的什么玩艺儿！"说过这几句，长顺想象着，紧跟着就是几个又脆又响的大嘴巴，把瑞丰的假象牙的烟嘴打飞。他也想象到怎样顺手儿教训教训那些人模狗样的科长科员们："别看我的衣裳破，一肚子窝窝头，我不给日本人磕头请安！他妈的，你们一个个的皮鞋呢帽啷当的，孙子，你们是孙子！听明白没有？你们是孙子，孙泥！"

这样想好，他的头抬起来，眼中发出亮光。他不自惭形秽了。他才是真正有骨头，有血性的人。那些科长科员们还不配给他掸掸破鞋上的灰土的呢！

可是，没有多大一会儿，他的心气又平静了。他到底是外婆养大的，知道怎样忍气。他须赶紧跑回家去，好教外婆放心。惨笑了一下，他嘟嘟囔囔的往回走。他气愤，又不得不忍气；他自傲，又不能不咽下去耻辱；他既是孩子，又是大人；既是英雄，又是亡国奴。

回到家中，他一直奔了小崔屋中去。孙七和四大妈都在那里。小崔太太在炕上躺着呢。听长顺进来，她猛孤丁的坐起来，直着眼看他。她似乎认识他，又似乎拿他作一切人的代表似的："他死得冤！死得冤！死得冤！"四大妈像对付一个小娃娃似的，把她放倒："乖啊！先好好的睡会儿啊！乖！"她又躺下去，像死去了似的一动也不动。

长顺的鼻子又不通了，用手揉了揉。

孙七的眼还红肿着，没话找话的问："怎样？瑞丰拿了多少？"

长顺的怒火重新燃起。"那小子一个铜板没拿！甭忙。放着他的，搁着我的，多咱他走单了，我会给他个厉害！我要不用沙子迷瞎他的眼，才怪！"

"该打的不止他一个人哟！"孙七慨叹着说："我走了十几家铺子，才弄来五块钱！不信，要是日本人教他们上捐，要十个他们绝不敢拿九个半！为小崔啊，他们的钱仿佛都穿在肋条骨上了！真他妈的！”

“就别骂街了吧，你们俩！”马老太太轻轻的走进来。“人家给呢是人情，不给是本分！”

孙七和长顺都不同意马老太太的话，可是都不愿意和她辩论。

李四爷夹着块粗白布走进来。“马老太太，给缝缝吧！人家祁天佑掌柜的真够朋友，看见没有，这么一大块白布，还另外给了两块钱！人家想的开：三个儿子，一个走出去，毫无音信，一个无缘无故的下了狱；钱算什么呢！”

“真奇怪，瑞丰那小子怎么不跟他爸爸和哥哥学一学! ”孙七说，然后把瑞丰不肯帮忙的情形，替长顺学说了一遍。

马老太太抱着白布走出去，她不喜欢听孙七与长顺的乱批评人。在她想，瑞丰和祁掌柜是一家人，祁掌柜既给了布和钱，瑞丰虽然什么都没给，也就可以说得过去了；十个脚趾头哪能一边儿长呢。她的这种地道中国式的“辩证法”使她永远能格外的原谅人，也能使她自己受了委屈还不动怒。她开始细心的给小崔太太剪裁孝袍子。

李四爷也没给瑞丰下什么断语，而开始忧虑收尸的麻烦。小崔太太是哭主，当然得去认尸。看她的半死半活的样子，他想起钱默吟太太来。假若小崔太太看到没有脑袋的丈夫，而万一也寻了短见，可怎么办呢？还有，小崔的人头是在五牌楼上号令着的，怎么往下取呢？谁知道日本人要号令三天，还是永远挂在那里，一直到把皮肉烂净了呢？若是不管人头而只把腔子收在棺材里，又像什么话呢？在老人的一生里，投河觅井的，上吊抹脖子的，他都看见过，也都抬埋过。他不怕死亡的丑陋，而总设法把丑恶装入了棺材，埋在黄土里，好使地面上显着干净好看。他没遇见过这么难办的事，小崔是按照着日本人的办法被砍头的，谁知道日本人的办法是怎一回事呢？他不单为了难，而且觉得失去了自信——连替人世收拾流净了血的尸身也不大好办了，日本人真他妈的混账！

孙七只会发脾气，而不会想主意。他告诉四爷："不用问我，我的脑袋里边直嗡嗡的响！"

长顺很愿告奋勇，同四爷爷一道去收尸。可是他又真有点害怕，万一小崔冤魂不敢找日本人去，而跟了他来呢？那还了得！他的心中积存着不少外婆给他说的鬼故事。

四大妈的心中很简单："你这个老东西；你坐在这儿发愁，就办得了事啦？你走啊，看看尸首，定了棺材，不就行了吗？"

李四爷无可如何的立起来。他的老伴儿的话里没有一点学问与聪明，可是颇有点智慧——是呀，坐着发愁有什么用呢。人世间的事都是"作"出来的，不是"愁"出来的。

"四大爷！"孙七也立起来。"我跟你去！我抱着小崔的尸身哭一场去！"

"等你们回来，我再陪着小崔太太去收殓！有我，你们放心，她出不了岔子！"四大妈挤咕着大近视眼说。

前门外五牌楼的正中悬着两个人头，一个朝南，一个朝北。孙七的眼睛虽然有点近视，可是一出前门他就留着心，要看看朋友的人头。到了大桥桥头，他扯了李四爷一把："四大爷，那两个黑球就是吧？"

李四爷没言语。

孙七加快了脚步，跑到牌楼底下，用力眯着眼，他看清了，朝北的那个是小崔。小崔的扁倭瓜脸上没有任何表情，闭着双目，张着点嘴，两腮深陷，像是作着梦似的，在半空中悬着；脖子下，只有缩紧了的一些黑皮。再往下看，孙七只看到了自己的影子，与朱红的牌楼柱子。他抱住了牌楼最外边的那根柱子，已经立不住了。

李四爷赶了过来，"走！孙七！"

孙七已不能动。他的脸上煞白，一对大的泪珠堵在眼角上，眼珠定住。

"走！"李四爷一把抓住孙七的肩膀。

孙七像醉鬼似的，两脚拌着蒜，跟着李四爷走。李四爷抓着他的一条胳臂。走了一会儿，孙七打了个长嗝儿，眼角上的一对泪珠落下来。“四大爷，你一个人去吧！我走不动了！”他坐在了一家铺户的门外。

李四爷只愣了一小会儿，没说什么，就独自向南走去。

走到天桥，四爷和茶馆里打听了一下，才知道小崔的尸身已被拉到西边去。他到西边去找，在先农坛的“墙”外，一个破砖堆上，找到了小崔的没有头的身腔。小崔赤着背，光着脚，两三个脚趾已被野狗咬了去。四爷的泪流了下来。

离小崔有两三丈远，立着个巡警。四爷勉强的收住泪，走了过去。

“我打听打听，”老人很客气的对巡警说，“这个尸首能收殓不能？”

巡警也很客气。“来收尸？可以！再不收，就怕教野狗吃了！那一位汽车夫的，已经抬走了！”

“不用到派出所里说一声？”

“当然得去！”

“人头呢？”

“那，我可就说不上来了！尸身由天桥拖到这儿来，上边并没命令教我们看着。我们的巡官可是派我们在这儿站岗，怕尸首教野狗叼了走。咱们都是中国人哪！好吗，人教他们给砍了，再不留个尸身，成什么话呢？说到人头，就另是一回事了。头在五牌楼上挂着，谁敢去动呢？日本人的心意大概是只要咱们的头，而不要身子。我看哪，老大爷，你先收了尸身吧；人头……真他妈的，这是什么世界！”

老人谢了谢警察，又走回砖堆那里去。看一眼小崔，看一眼先农坛，他茫然不知怎样才好了。他记得在他年轻的时候，这里是一片荒凉，除了红墙绿柏，没有什么人烟。赶到民国成立，有了国会，这里成了最繁华的地带。城南游艺园就在坛园里，新世界正对着游艺园，每天都像过新年似的，锣鼓，车马，昼夜不绝。这里有最华丽的饭馆与绸缎庄，有最妖艳的妇女，有五彩的电灯。后来，新世界与游艺园全都关了门，那些议员与妓女们也都离开北平，这最繁闹的地带忽然的连车马都没有了。坛园的大墙拆去，砖瓦与土地卖给了民间。天桥的旧货摊子开始扩展到这里来，用喧哗叫闹与乱七八糟代替了昔日的华丽庄严。小崔占据的那堆破砖，便是拆毁了的坛园的大墙所遗弃下的。变动，老人的一生中看见了多少变动啊！可是，什么变动有这个再大呢——小崔躺在这里，没有头！坛里的青松依然是那么绿，而小崔的血染红了两块破砖。这不是个恶梦么？变动，谁能拦得住变动呢？可是，变动依然是存在；尊严的坛园可以变为稀脏乌乱的小市；而市场，不管怎么污浊纷乱，总是生命的集合所在呀！今天，小崔却躺在这里，没了命。北平不单是变了，而也要不复存在，因为日本人已经把小崔的和许多别人的脑袋杀掉。

越看，老人的心里越乱。这是小崔吗？假若他不准知道小崔被杀了头，他一定不认识这个尸身。看到尸身，他不由的还以为小崔是有头的，小崔的头由老人心中跳到那丑恶黑紫的脖腔上去。及至仔细一看，那里确是没有头，老人又忽然的不认识了小崔。小崔的头忽有忽无，忽然有眉有眼，忽然是一圈白光，忽然有说有笑，忽然什么也没有。

那位岗警慢慢的凑过来。“老大爷，你……”

老人吓了一跳似的揉了揉眼。小崔的尸首更显明了一些，一点不错这是小崔，掉了头的小崔。老人叹了口气，低声的叫：“小崔！我先埋了你的身子吧！”说完，他到派出所去见巡长，办了收尸的手续。而后在附近的一家寿材铺定了一口比狗碰头稍好一点的柳木棺材，托咐铺中的人给马上去找杠夫与五个和尚，并且在坛西的乱死岗子给打一个坑。把这些都很快的办妥，他在天桥上了电车。电车开了以后，老人被摇动的有点发晕，他闭上眼养神。偶一睁眼，他看见车中人都没有头；坐着的立着的都是一些腔子，像躺在破砖堆上的小崔。他急忙的眨一眨眼，大家都又有了头。他嘟囔着："有日本人在这里，谁的脑袋也保不住！"

到了家，他和马老太太与孙七商议，决定了：孙七还得同他回到天桥，去装殓和抬埋小崔。孙七不愿再去，可是老人以为两个人一同去，才能心明眼亮，一切都有个对证。孙七无可如何的答应了。他们也决定了，不教小崔太太去，因为连孙七都见了人头就瘫软在街上，小崔太太若见到丈夫的尸身，恐怕会一下子哭死的。至于人头的问题，只好暂时不谈。他们既不能等待人头摘下来再入殓，也不敢去责问日本人为什么使小崔身首分家，而且不准在死后合到一处。

把这些都很快的商量好，他们想到给小崔找两件装殓的衣服，小崔不能既没有头，又光着脊背入棺材。马老太太拿出长顺的一件白小褂，孙七找了一双袜子和一条蓝布裤子。拿着这点东西，李四爷和孙七又打回头，坐电车到天桥去。

到了天桥，太阳已经平西了。李四爷一下电车便告诉孙七，"时候可不早了，咱们得麻利着点！"可是，孙七的腿又软了。李老人发了急："你是怎回子事？"

"我？"孙七挤咕着近视眼。"我并不怕看死尸！我有点胆子！可是，小崔，小崔是咱们的朋友哇，我动心！"

"谁又不动心呢？光动心，腿软，可办不了事呀！"李老人一边走一边说。"硬正点，我知道你是有骨头的人！"

经老人这么一鼓励，孙七加快了脚步，赶了上来。

老人在一个小铺里，买了点纸钱，烧纸，和香烛。

到了先农坛外，棺材，杠夫，和尚，已都来到。棺材铺的掌柜和李四爷有交情，也跟了来。

老人教孙七点上香烛，焚化烧纸，他自己给小崔穿上衣裤。孙七找了些破砖头挤住了香烛，而后把烧纸燃着。他始终没敢抬头看小崔。小崔入了棺材，他想把纸钱撒在空中，可是他的手已抬不起来。蹲在地上，他哭得放了声。李老人指挥着钉好棺材盖，和尚们响起法器，棺材被抬起来，和尚们在前面潦草的，敷衍了事的，击打着法器，小跑着往前走。棺材很轻，四个杠夫迈齐了脚步，也走得很快。李老人把孙七拉起来，赶上去。

“坑打好啦？”李四爷含着泪问那位掌柜的。

“打好了！杠夫们认识地方！”

“那么，掌柜的请回吧！咱们铺子里见，归了包堆该给你多少钱，回头咱们清账！”

“就是了，四大爷！我沏好了茶等着你！”掌柜的转身回去。

太阳已快落山。带着微红的金光，射在那简单的，没有油漆的，像个大匣子似的，白棺材上。棺材走得很快，前边是那五个面黄肌瘦的和尚，后边是李四爷与孙七。没有执事，没有孝子，没有一个穿孝衣的，而只有那么一口白木匣子装着没有头的小崔，对着只有一些阳光的，荒冷的，野地走去。几个归鸦，背上带着点阳光，倦怠的，缓缓的，向东飞。看见了棺材，它们懒懒的悲叫了几声。

法器停住，和尚们不再往前送。李四爷向他们道了辛苦。棺材走得更快了。

一边荒地，到处是破砖烂瓦与枯草，在瓦砾之间，有许多许多小的坟头。在四五个小坟头之中，有个浅浅的土坑，在等待着小崔。很快的，棺材入了坑。李四爷抓了把黄土，撒在棺材上：“小崔，好好的睡吧！”

太阳落下去。一片静寂。只有孙七还大声的哭。

十 六

天气骤寒。

瑞宣，在出狱的第四天，遇见了钱默吟先生。他看出来，钱先生是有意的在他每日下电车的地方等着他呢。他猜的不错，因为钱老生的第一句话就是："你有资格和我谈一谈了，瑞宣！"

瑞宣惨笑了一下。他晓得老先生所谓的"资格"，必定是指入过狱而言。

钱先生的脸很黑很瘦，可是也很硬。从这个脸上，已经找不到以前的胖忽忽的，温和敦厚的，书生气。他完全变了，变成个瘪太阳，嘬腮梆，而棱角分明的脸。一些杂乱无章的胡子遮住了嘴。一对眼极亮，亮得有力；它们已不像从前那样淡淡的看人，而是像有些光亮的尖针，要盯住所看的东西。这已经不像个诗人的脸，而颇像练过武功的人的面孔，瘦而硬棒。

老先生的上身穿着件短蓝布袄，下身可只是件很旧很薄的夹裤。脚上穿着一对旧布鞋，袜子是一样一只，一只的确是黑的，另一只似乎是蓝的，又似乎是紫的，没有一定的颜色。

瑞宣失去了平素的镇定，简直不知道怎样才好了。钱先生是他的老邻居与良师益友，又是爱国的志士。他一眼便看到好几个不同的钱先生：邻居，诗人，朋友，囚犯，和敢反抗敌人的英雄。从这许多方面，他都可以开口慰问，道出他心中的关切，想念，钦佩，与欣喜。可是，他一句话也说不出。钱先生的眼把他瞪呆了，就好像一条蛇会把青蛙吸住，不敢再动一动，那样。

钱先生的胡子下面发出一点笑意，笑得大方，美好，而且真诚。在这点笑意里，没有一点虚伪或骄傲，而很像一个健康的婴儿在梦中发笑那么天真。这点笑充分的表示出他的无忧无虑，和他的健康与勇敢。它像老树开花那么美丽，充实。瑞宣也笑了笑，可是他自己也觉出笑得很勉强，无力，而且带着怯懦与羞愧。

"走吧，谈谈去！"钱先生低声的说。

瑞宣从好久好久就渴盼和老人谈一谈。在他的世界里，他只有三个可以谈得来的人：瑞全，富善先生，和钱诗人。三个人之中，瑞全有时候很幼稚，富善先生有时候太强词夺理，只有钱先生的态度与言语使人永远感到舒服。

他们进了个小茶馆。钱先生要了碗白开水。

“喝碗茶吧？”瑞宣很恭敬的问，抢先付了茶资。

“士大夫的习气须一律除去，我久已不喝茶了！”钱先生吸了一小口滚烫的开水。“把那些习气剥净，咱们才能还原儿，成为老百姓。你看，爬在战壕里打仗的全是不吃茶的百姓，而不是穿大衫，喝香片的士大夫。咱们是经过琢磨的玉，百姓们是璞。一个小玉戒指只是个装饰，而一块带着石根子的璞，会把人的头打碎！”

瑞宣看了看自己的长袍。

“老三没信？”老人很关切的问。

“没有。”

“刘师傅呢？”

“也没信。”

“好！逃出去的有两条路，不是死就是活。不肯逃出去的只有一条路——死！我劝过小崔，我也看见了他的头！”老人的声音始终是很低，而用眼光帮助他的声音，在凡是该加重语气的地方，他的眼就更亮一些。

瑞宣用手鼓逗着盖碗的盖儿。

“你没受委屈？在——”老人的眼极快的往四外一扫。

瑞宣已明白了问题，“没有！我的肉大概值不得一打！”

“打了也好，没打也好！反正进去过的人必然的会记住，永远记住，谁是仇人，和仇人的真面目！所以我刚才说：你有了和我谈一谈的资格。我时时刻刻想念你，可是我故意的躲着你，我怕你劝慰我，教我放弃了我的小小的工作。你入过狱了，见过了死亡，即使你不能帮助我，可也不会劝阻我了！劝阻使我发怒。我不敢见你，正如同我不敢去见金三爷和儿媳妇！”

“我和野求找过你，在金……”

老人把话抢过去：“别提野求！他有脑子，而没有一根骨头！他已经给自己挖了坟坑！是的，我知道他的困难，可是不能原谅他！给日本人作过一天事的，都永远得不到我的原谅！我的话不是法律，但是被我诅咒的人大概不会得到上帝的赦免！”

这钢铁一般硬的几句话使瑞宣微颤了一下。他赶快的发问：“钱伯伯，你怎么活着呢？”

老人微笑了一下。“我？很简单！我按照着我自己的方法活着，而一点也不再管士大夫那一套生活的方式，所以很简单！得到什么，我就吃什么；得到什么，我就穿什么；走到哪里，我便睡在哪里。整个的北平城全是我的家！简单，使人快乐。我现在才明白了佛为什么要出家，耶稣为什么打赤脚。文化就是衣冠文物。有时候，衣冠文物可变成了人的累赘。现在，我摆脱开那些累赘，我感到了畅快与自由。剥去了衣裳，我才能多看见点自己！”

“你都干些什么呢？”瑞宣问。

老人喝了一大口水。“那，说起来可很长。”他又向前后左右扫了一眼。这正是吃晚饭的时节，小茶馆里已经很清静，只在隔着三张桌子的地方还有两个洋车夫高声的谈论着他们自己的事。“最初，”老人把声音更放低一些，“我想借着已有的组织，从新组织起来，作成个抗敌的团体。战斗，你知道，不是一个人能搞成功的。我不是关公，不想唱《单刀会》；况且，关公若生在今天，也准保不敢单刀赴会。你知道，我是被一个在帮的人救出狱来的？好，我一想，就想到了他们。他们有组织，有历史，而且讲义气。我开始调查，访问。结果，我发现了两个最有势力的，黑门和白门。白门是白莲教的支流，黑门的祖师是黑虎玄坛。我见着了他们的重要人物，说明了来意。他们，他们，”老人扯了扯脖领，好像呼吸不甚舒畅似的。

“他们怎样？”

“他们跟我讲‘道’！”

“道？”

“道！”

“什么道呢？”

“就是吗，什么道呢？白莲教和黑虎玄坛都是道！你信了他们的道，你就得到他们的承认，你入了门。入了门的就‘享受’义气。这就是说，你在道之外，还得到一种便利与保障。所谓便利，就是别人买不到粮食，你能买得到，和诸如此类的事。所谓保障，就是在有危难的时节，有人替你设法使你安全。我问他们抗日不呢？他们摇头！他们说日本人很讲义气，没有侵犯他们，所以他们也得讲义气，不去招惹日本人，他们的义气是最实际的一种君子协定，在这个协定之外，他们无所关心——连国家民族都算在内。他们把日本人的侵略看成一种危难，只要日本人的刀不放在他们的脖子上，他们便认为日本人很讲义气，而且觉得自己果然得到了保障。日本人也很精明，看清楚了这个，所以暂时不单不拿他们开刀，而且给他们种种便利，这样，他们的道与义气恰好成了抗日的阻碍！我问他们是否可以联合起来，黑门与白门联合起来，即使暂时不公开的抗日，也还可以集中了力量作些有关社会福利的事情。他们绝对不能联合，因为他们各自有各自的道。道不同便是仇敌。不过，这黑白两门虽然互相敌视，可是也自然的互相尊敬，因为人总是一方面忌恨敌手，一方面又敬畏敌手的。反之他们对于没有门户的人，根本就不当作人待。当我初一跟他们来往的时候，以我的样子和谈吐，他们以为我也必定是门内的人。及至他们发现了，我只是赤裸裸的一个人，他们极不客气的把我赶了出来。我可是并不因此而停止了活动，我还找他们去，我去跟他们谈道，我告诉他们，我晓得一些孔孟庄老和佛与耶稣的道，我喜欢跟他们谈一谈。他们拒绝了我。他们的道才是道，世界上并没有孔孟庄老与佛耶，仿佛是。他们又把我赶出来，而且警告我，假若我再去罗嗦，他们会结果我的性命！他们的道遮住了他们眼，不单不愿看见真理，而且也拒绝了接受知识。对于我个人，他们没有丝毫的敬意。我的年纪，我的学识，与我的爱国的热诚，都没有一点的用处，我不算人，因为我不信他们的道！”

老人不再说话，瑞宣也愣住。沉默了半天，老人又笑了一下。“不过，你放心，我可是并不因此而灰心。凡是有志救国的都不会灰心，因为他根本不考虑个人的生死得失，这个借用固有的组织的计划既行不通，我就想结合一些朋友，来个新的组织。但是，我一共有几个朋友呢？很少。我从前的半隐士的生活使我隔绝了社会，我的朋友是酒，诗，图画，与花草。再说，空组织起来，而没有金钱与武器，又有什么用呢？我很伤心的放弃了这个计划。我不再想组织什么，而赤手空拳的独自去干。这几乎近于愚蠢，现代的事情没有孤家寡人可以成功的。可是，以我过去的生活，以北平人的好苟安偷生，以日本特务网的严密，我只好独自去干。我知道这样干永远不会成功，我可也知道干总比不干强。我抱定干一点是一点的心，尽管我的事业失败，我自己可不会失败：我决定为救国而死！尽管我的工作是沙漠上的一滴雨，可是一滴雨到底是一滴雨；一滴雨的勇敢就是它敢落在沙漠上！好啦，我开始作泥鳅。在鱼市上，每一大盆鳝鱼里不是总有一条泥鳅吗？它好动，鳝鱼们也就随着动，于是不至于大家都静静的压在一处，把自己压死，北平城是个大盆，北平人是鳝鱼，我是泥鳅。”老人的眼瞪着瑞宣，用手背擦了擦嘴角上的白沫子。而后接着说：“当我手里还有足够买两个饼子，一碗开水的钱的时候，我就不管明天，而先去作今天一天的事。我走到哪儿，哪儿便是我的办公室。走到图画展览会，我便把话说给画家们听。他们也许以为我是疯子，但是我的话到底教他们发一下愣。发愣就好，他们再拿起彩笔的时候，也许就要想一想我的话，而感到羞愧。遇到青年男女在公园里讲爱情，我便极讨厌的过去问他们，是不是当了亡国奴，恋爱也照样是神圣的呢？我不怕讨厌，我是泥鳅！有时候，我也挨打；可是，我一说：‘打吧！替日本人多打死一个人吧！’他们永远就收回手去。在小茶馆里，我不只去喝水，而也抓住谁就劝谁，我劝过小崔，劝过刘师傅，劝过多少多少年轻力壮的人。这，很有效。刘师傅不是逃出去了么？虽然不能在北平城里组织什么，我可是能教有血性的人逃出去，加入我们全国的抗日的大组织里去！大概的说：苦人比有钱的人，下等人比穿长衫的人，更能多受感动，因为他们简单真纯。穿长衫的人都自己以为有知识，不肯听别人的指导。他们的顾虑又很多，假若他们的脚上有个鸡眼，他们便有充分的理由拒绝逃出北平！

“当我实在找不到买饼子的钱了，我才去作生意。我存了几张纸，和一些画具。没了钱，我便画一两张颜色最鲜明的画去骗几个钱。有时候，懒得作画，我就用一件衣服押几个钱，然后买一些薄荷糖之类的东西，到学校门口去卖。一边卖糖，我一边给学生们讲历史上忠义的故事，并且劝学生们到后方去上学。年轻的学生们当然不容易自己作主逃出去，但是他们至少会爱听我的故事，而且受感动。我的嘴是我的机关枪，话是子弹。”

老人一口把水喝净，叫茶房给他再倒满了杯。“我还不只劝人们逃走，也劝大家去杀敌。见着拉车的，我会说：把车一歪，就摔他个半死；遇上喝醉了的日本人，把他摔下来，掐死他！遇见学生，我，我也狠心的教导：作手工的刀子照准了咽喉刺去，也能把日本教员弄死。你知道，以前我是个不肯伤害一个蚂蚁的人；今天，我却主张杀人，鼓励杀人了。杀戮并不是我的嗜好与理想，不过是一种手段。只有杀，杀败了敌人，我们才能得到和平。和日本人讲理，等于对一条狗讲唐诗；只有把刀子刺进他们的心窝，他们或者才明白别人并不都是狗与奴才。我也知道，杀一个日本人，须至少有三五个人去抵偿。但是，我不能只算计人命的多少，而使鳝鱼们都腐烂在盆子里。越多杀，仇恨才越分明；会恨，会报仇的人才不作亡国奴。北平没有抵抗的丢失了，我们须用血把它夺回来。恐怖必须造成。这恐怖可不是只等着日本人屠杀我们，而是我们也杀他们。我们有一个敢举起刀来的，日本人就得眨一眨眼，而且也教咱们的老实北平人知道日本人并不是铁打的。多咱恐怖由我们造成，多咱我们就看见了光明；刀枪的亮光是解放与自由的闪电。前几天，我们刺杀了两个特使，你等着看吧，日本人将必定有更厉害的方法来对付我们；同时，日本人也必定在表面上作出更多中日亲善的把戏；日本人永远是一边杀人，一边给死鬼唪经的。只有杀，只有多杀，你杀我，我杀你，彼此在血水里乱滚，我们的鳝鱼才能明白日本人的亲善是假的，才能不再上他们的当。为那两个特使，小崔和那个汽车夫白白的丧了命，几千人无缘无故的入了狱，受了毒刑。这就正是我们所希望的。从一个意义来讲，小崔并没白死，他的头到今天还给日本人的'亲善'与'和平'作反宣传呢！我们今天唯一的标语应当是七杀碑，杀！杀！杀！……"

老人闭上眼，休息了一会儿。睁开眼，他的眼光不那么厉害了。很温柔的，几乎是像从前那么温柔的，他说："将来，假若我能再见太平，我必会忏悔！人与人是根本不应当互相残杀的！现在，我可决不后悔。现在，我们必须放弃了那小小的人道主义，去消灭敌人，以便争取那比妇人之仁更大的人道主义。我们须暂时都变成猎人，敢冒险，敢放枪，因为面对面的我们遇见了野兽。诗人与猎户合并在一处，我们才会产生一种新的文化，它既爱好和平，而在必要的时候又会英勇刚毅，肯为和平与真理去牺牲。我们必须像一座山，既满生着芳草香花，又有极坚硬的石头。你看怎样？瑞宣！"

瑞宣点了点头，没有说什么。他看钱伯伯就像一座山。在从前，这座山只表现了它的幽美，而今天它却拿出它的宝藏来。他若泛泛的去夸赞两句，便似乎是污辱了这座山。他说不出什么来。

过了半天，他才问了声："你的行动，钱伯伯，难道不招特务们的注意吗？"

"当然！他们当然注意我！"老人很骄傲的一笑。"不过，我有我的办法。我常常的和他们在一道！你知道，他们也是中国人。特务是最时髦的组织，也是最靠不住的组织。同时，他们知道我身上并没有武器，不会给他们闯祸。他们大概拿我当个半疯子，我也就假装疯魔的和他们乱扯。我告诉他们，我入过狱，挺过刑，好教他们知道我并不怕监狱与苦刑。他们也知道我的确没有钱，在我身上他们挤不出油水来。在必要的时候，我还吓唬他们，说我是中央派来的。他们没有多少国家观念，可是也不真心信服日本人，他们渺渺茫茫的觉得日本人将来必失败——他们说不上理由来，大概只因为日本人太讨厌，所以连他们也盼望日本人失败。（这是日本人最大的悲哀）既然盼望日本人失败，他们当然不肯真刀真枪的和中央派来的人蛮干，他们必须给自己留个退步。告诉你，瑞宣，死也并不容易，假若你一旦忘记了死的可怕。我不怕死，所以我在死亡的门前找到了许多的小活路儿。我一时没有危险。不过，谁知道呢，将来我也许会在最想不到的地方与时间，忽然的死掉。管它呢，反正今天我还活着，今天我就放胆的工作！”

这时候，天已经黑了。小茶馆里点起一盏菜油灯。

“钱伯伯，”瑞宣低声的叫。“家去，吃点什么，好不好？”

老人毫不迟疑的拒绝了：“不去！见着你的祖父和小顺子，我就想起我自己从前的生活来，那使我不好过。我今天正像人由爬行而改为立起来，用两条腿走路的时候；我一松气，就会爬下去，又成为四条腿的动物！人是脆弱的，须用全力支持自己！”

“那么，我们在外边吃一点东西？”

“也不！理由同上！”老人慢慢的往起立。刚立稳，他又坐下了。“还有两句话。你认识你们胡同里的牛教授？”

“不认识。干吗？”

“不认识就算了。你总该认识尤桐芳喽！”

瑞宣点点头。

“她是有心胸的，你应该照应她一点！我也教给了她那个字——杀！”

“杀谁？”

“该杀的人很多！能消灭几个日本人固然好，去杀掉几个什么冠晓荷，李空山，大赤包之类的东西也好。这次的抗战应当是中华民族的大扫除，一方面须赶走敌人，一方面也该扫除清了自己的垃圾。我们的传统的升官发财的观念，封建的思想——就是一方面想作高官，一方面又甘心作奴隶——家庭制度，教育方法，和苟且偷安的习惯，都是民族的遗传病。这些病，在国家太平的时候，会使历史无声无色的，平凡的，像一条老牛似的往前慢慢的蹭；我们的历史上没有多少照耀全世界的发明与贡献。及至国家遇到危难，这些病就像三期梅毒似的，一下子溃烂到底。大赤包们不是人，而是民族的脏疮恶疾，应当用刀消割了去！不要以为他们只是些不知好歹，无足介意的小虫子，而置之不理。他们是蛆，蛆会变成苍蝇，传播恶病。在今天，他们的罪过和日本人一样的多，一样的大。所以，他们也该杀！”

“我怎么照应她呢？”瑞宣相当难堪的问。

“给她打气，鼓励她！一个妇人往往能有决心，而在执行的时候下不去手！”老人又慢慢的往起立。

瑞宣还不肯动。他要把想了半天的一句话——“对于我，你有什么教训呢？”——说出来。可是，他又不敢说。他知道自己的怯懦与无能。假若钱伯伯教他狠心的离开家庭，他敢不敢呢？他把那句话咽了下去，也慢慢的立起来。

两个人出了茶馆，瑞宣舍不得和钱老人分手，他随着老人走。走了几步，老人立住，说：“瑞宣，送君千里终须别，你回家吧！”

瑞宣握住了老人的手。“伯父，我们是不是能常见面呢？你知道……”

“不便常见！我知道你想念我，我又何尝不想念你们！不过，我们多见一面，便多耗费一些工夫；耗费在闲谈上！这不上算。再说呢，中国人不懂得守秘密，话说多了，有损无益。我相信你是会守秘密的人，所以今天我毫无保留的把心中的话都倾倒出来。可是，就是你我也以少谈心为是。甘心作奴隶的应当张开口，时时的喊主人。不甘心作奴隶的应当闭上嘴，只在最有用的时候张开——喷出仇恨与怒火。看机会吧，当我认为可以找你来的时候，我必找你来。你不要找我！你看，你和野求已经把我窃听孙子的啼哭的一点享受也剥夺了！再见吧！问老人们好！”

瑞宣无可如何的松开手。手中像有一股热气流出去，他茫然的立在那里，看着钱先生在灯影中慢慢的走去。一直到看不见老人了，他才打了转身。

他一向渴盼见到钱先生。今天，他看到了老人，可是他一共没有说了几句话。羞愧截回去他的言语。论年岁，他比老人小着很多。论知识，他的新知识比钱诗人的丰富。论爱国心，他是新时代的人，理当至少也和钱伯伯有一样多。可是，他眼看着钱伯伯由隐士变为战士，而他还是他，他没有丝毫的长进。他只好听着老人侃侃而谈，他自己张不开口。没有行动，多开口便是无聊。这个时代本应当属于他，可是竟自被钱老人抢了去。他没法不觉得惭愧。

到了家，大家已吃过了晚饭。韵梅重新给他热菜热饭。她问他为什么回来晚了，他没有回答。随便的扒搂了一碗饭，他便躺在床上胡思乱想。“到底钱伯伯怎样看我呢？”他翻来覆去的想这个问题。一会儿，他觉得钱老人必定还很看得起他；要不然，老人为什么还找他来，和他谈心呢？一会儿，他又以为这纯粹是自慰，他干了什么足以教老人看得起他的事呢？没有，他没作过任何有益于抗敌救国的事！那么，老人为什么还看得起他呢？不，不！老人不是因为看得起他，而只是因为想念他，才找他来谈一谈。

他想不清楚，他感到疲倦。很早的，他便睡了觉。

随着第二天的朝阳，他可是看见了新的光明。他把自己放下，而专去想钱先生。他觉得钱先生虽然受尽苦处，可是还很健康，或者也很快活。为什么？因为老人有了信仰，有了决心；信仰使他绝对相信日本人是可以打倒的，决心使他无顾虑的，毫不迟疑的去作打倒日本人的工作。信仰与决心使一个老诗人得到重生与永生。

看清楚这一点，瑞宣以为不管他的行动是否恰好配备着抗战，他也应当在意志的坚定上学一学钱老人。他虽然没拼着命去杀敌，可是他也决定不向敌人屈膝。这，在以前，他总以为是消极的，是不抵抗，是逃避，是可耻的事。因为可耻，所以他总是一天到晚的低着头，不敢正眼看别人，也不敢对镜子看自己。现在，他决定要学钱先生，尽管在行动上与钱先生不同，可是他也要像钱先生那样的坚定，快乐。他的不肯向敌人屈膝不只是逃避，而是一种操守。坚持着这操守，他便得到一点儿钱先生的刚毅之气。为操守而受苦，受刑，以至于被杀，都顶好任凭于它。他须为操守与苦难而打起精神活着，不应当再像个避宿的蜗牛似的，老把头藏起去。是的，他须活着；为自己，为家庭，为操守，他须活着，而且是堂堂正正的，有说有笑的，活着。他应当放宽了心。不是像老二瑞丰那样的没皮没脸的宽心，而是用信仰与坚决充实了自己，使自己像一座不可摇动的小山。他不应当再躲避，而反倒应该去看，去接触，一切。他应当到冠家去，看他们到底腐烂到了什么程度。他应当去看小崔怎样被砍头。他应当去看日本人的一切暴行与把戏。看过了，他才能更清楚，更坚定，说不定也许不期而然的狠一下心，去参加了抗战的工作。人是历史的，而不是梦的，材料。他无须为钱先生忧虑什么，而应当效法钱先生的坚强与无忧无虑。

早饭依然是昨晚剩下的饭熬的粥，和烤窝窝头与老腌萝卜。可是，他吃得很香，很多。他不再因窝窝头而替老人们与孩子们难过，而以为男女老幼都理应受苦；只有受苦才能使大家更恨敌人，更爱国家。这是惩罚，也是鞭策。

吃过饭，他忙着去上班。一出门，他遇上了一号的两个日本人。他没低下头去，而昂首看着他们。他们，今天在他的眼中，已经不是胜利者，而是炮灰。他知道他们早晚会被征调了去，死在中国的。

他挤上电车去。平日，挤电车是一种苦刑；今天他却以为这是一种锻炼。想起狱中那群永远站立的囚犯，和钱先生的瘸着腿奔走，他觉得他再不应为挤车而苦恼；为小事苦恼，会使人过度的悲观。

这是星期六。下午两点他就可以离开公事房。他决定去看看下午三时在太庙大殿里举行的华北文艺作家协会的大会。他要看，他不再躲避。

太庙自从辟为公园，始终没有像中山公园那么热闹过。它只有原来的古柏大殿，而缺乏着别的花木亭榭。北平人多数是喜欢热闹的，而这里太幽静。现在，已是冬天，这里的游人就更少了。瑞宣来到，大门外虽然已经挂起五色旗与日本旗，并且贴上了许多标语，可是里外都清锅冷灶的，几乎看不到一个人。他慢慢的往园内走，把帽子拉到眉边，省得教熟人认出他来。

他看见了老柏上的有名的灰鹤。两只，都在树顶上立着呢。他立定，呆呆的看着它们。从前，他记得，他曾带着小顺儿，特意来看它们，可是没有看到。今天。无意中的看到，他仿佛是被它们吸住了，不能再动。据说，这里的灰鹤是皇帝饲养着的，在这里已有许多年代。瑞宣不晓得一只鹤能活多少年，是否这两只曾经见过皇帝。他只觉得它们，在日本人占领了北平之后，还在这里活着，有些不大对。它们的羽毛是那么光洁，姿态是那么俊逸，再配上那红的墙，绿的柏，与金瓦的宫殿，真是仙境中的仙鸟。可是，这仙境中的主人已换上了杀人不眨眼的倭寇；那仙姿逸态又有什么用呢？说不定，日本人会用笼子把它们装起，运到岛国当作战利品去展览呢！

不过，鸟儿到底是无知的。人呢？他自己为什么只呆呆的看着一对灰鹤，而不去赶走那些杀人的魔鬼呢？他不想去看文艺界的大会了。灰鹤与他都是高傲的，爱惜羽毛的，而他与它们的高傲只是一种姿态而已，没有用，没有任何的用！他想低着头走回家去。

可是，极快的，他矫正了自己。不，他不该又这样容易伤感，而把头又低下去。伤感不是真正的，健康的，感情。由伤感而落的泪是露水，没有甘霖的功用。他走向会场去。他要听听日本人说什么，要看看给日本人作装饰的文艺家的面目。他不是来看灰鹤。

会场里坐着立着已有不少的人，可是还没有开会。他在签到簿上画了个假名字。守着签到簿的，和殿里的各处，他看清，都有特务。自从被捕后，他已会由服装神气上认出他们来。他心中暗笑了一下。特务是最时髦的组织，可也是最靠不住的组织，他想起钱先生的话来。以特务支持政权，等于把房子建筑在沙滩上。日本人很会建筑房子，可惜没看地基是不是沙子。

他在后边找了个人少的地方坐下。慢慢的，他认出好几个人来：那个戴瓜皮小帽，头像一块宝塔糖的，是东安市场专偷印淫书的艺光斋的老板；那个一脸浮油，像火车一样吐气的胖子，是琉璃厂卖墨盒子的周四宝；那个圆眼胖脸的年轻人是后门外德文斋纸店跑外的小山东儿；那个满脸烟灰，腮上有一撮毛的是说相声的黑毛儿方六。除了黑毛儿方六（住在小羊圈七号）一定认识他，那三位可是也许认识他，也许不认识，因为他平日爱逛书铺与琉璃厂，而且常在德文斋买东西，所以慢慢的知道了他们，而他们不见得注意过他。此外，他还看到一位六十多岁而满脸搽着香粉的老妖精；想了半天，他才想起来，那是常常写戏评的票友刘禹清；他在戏剧杂志上看见过他的相片。在老妖精的四围，立着的，坐着的，有好几个脸上满是笑容的人，看着都眼熟，他可是想不起他们都是谁。由他们的神气与衣服，他猜想他们不是给小报报屁股写文章的，便是小报的记者。由这个大致不错的猜测，他想到小报上新出现的一些笔名——二傻子，大白薯，清风道士，反迅斋主，热伤风……把这些笔名放在面前那些发笑的人们身上，他觉得非常的合适，合适得使他要作呕。

大赤包，招弟，冠晓荷，走了进来。大赤包穿着一件紫大缎的长袍，上面罩着件大红绣花的斗篷，头上戴着一顶大红的呢洋帽，帽沿很窄，上面斜插二尺多长的一根野鸡毛。她走得极稳极慢，一进殿门，她双手握紧了斗篷，头上的野鸡毛从左至右画了个半圆，眼睛随着野鸡毛的转动，检阅了全殿的人。这样亮完了相儿，她的两手松开，肩膀儿一拱，斗篷离了身，轻而快的落在晓荷的手中。

而后，她扶着招弟，极稳的往前面走，身上纹丝不动，只有野鸡毛微颤。全殿里的人都停止了说笑，眼睛全被微颤的野鸡毛吸住。走到最前排，她随便的用手一推，像驱逐一个虫子似的把中间坐着的人推开，她自己坐在那里——正对着讲台桌上的那瓶鲜花。招弟坐在妈妈旁边。

晓荷把太太的斗篷搭在左臂上，一边往前走，一边向所有的人点头打招呼。他的眼眯着，嘴半张着，嘴唇微动，而并没说什么；他不费力的使大家猜想他必是和他们说话呢。这样走了几步，觉得已经对大家招呼够了，他闭上了嘴，用小碎步似跳非跳的赶上太太，像个小哈巴狗似的同太太坐在一处。

瑞宣看到冠家夫妇的这一场，实在坐不住了；他又想回家。可是，这时候，门外响了铃。冠晓荷半立着，双手伸在头上鼓掌。别人也跟着鼓掌。瑞宣只好再坐稳。

在掌声中，第一个走进来的是蓝东阳。今天，他穿着西服。没人看得见他的领带，因为他的头与背都维持着鞠躬的姿式。他横着走，双手紧紧的贴在身旁，头与背越来越低，像在地上找东西似的。他的后面是，瑞宣认得，曾经一度以宣传反战得名的日本作家井田。十年前，瑞宣曾听过井田的讲演。井田是个小个子，而肚子很大，看起来很像会走的一个泡菜坛子。他的肚子，今天，特别往外凸出；高扬着脸。他的头发已有许多白的。东阳横着走，为是一方面尽引路之责，一方面又表示出不敢抢先的谦逊。他的头老在井田先生的肚子旁边，招得井田有点不高兴，所以走了几步以后，井田把肚子旁边的头推开，昂然走上了讲台。他没等别人上台，便坐在正中间。他的眼没有往台下看，而高傲的看着彩画的天花板。第二，第三，第四，也都是日本人。他们的身量都不高，可是每个人都觉得自己是一座宝塔似的。日本人后面是两个高丽人，高丽人后面是两个东北青年。蓝东阳被井田那么一推，爽性不动了，就那么屁股顶着墙，静候代表们全走过来。都走完了，他依然保持着鞠躬的姿态，往台上走。走到台上，他直了直腰，重新向井田鞠躬。然后，他转身，和台下的人打了对脸。他的眼珠猛的往上一吊，脸上的肌肉用力的一扯，五官全挪了地方，好像要把台下的人都吃了似的。这样示威过了，他挺着身子坐下。可是，屁股刚一挨椅子，他又立起来，又向井田鞠躬。井田还欣赏着天花板。这时候，冠晓荷也立起来，向殿门一招手。一个漂亮整齐的男仆提进来一对鲜花篮。晓荷把花篮接过来，恭敬的交给太太与女儿一人一只。大赤包与招弟都立起来，先转脸向后看了看，为是教大家好看清了她们，而后慢慢的走上台去。大赤包的花篮献给东阳，招弟的献给井田。井田把眼从天花板上收回，看着招弟；坐着，他和招弟握了握手。然后，母女立在一处，又教台下看她们一下。台下的掌声如雷。她们下来，晓荷慢慢的走上了台，向每个人都深深的鞠了躬，口中轻轻的介绍自己："冠晓荷！冠晓荷！"台下也给他鼓了掌。

蓝东阳宣布开会："井田先生！"一鞠躬。"菊池先生！"一鞠躬。他把台上的人都叫到，给每个人都鞠了躬，这才向台下一扯他的绿脸，很傲慢的叫了声："诸位文艺作家！"没有鞠躬。叫完这一声，他愣起来，仿佛因为得意而忘了他的开会词。他的眼珠一劲儿往上吊。台下的人以为他是表演什么功夫呢，一齐鼓掌。他的手颤着往衣袋里摸，半天，才摸出一张小纸条来。他半身向左转，脸斜对着井田，开始宣读："我们今天开会，

因为必须开会！"他把"必须"念得很响，而且把一只手向上用力的一伸。台下又鼓了掌。他张着嘴等候掌声慢慢的停止。而后再念："我们是文艺家，

天然的和大日本的文豪们是一家！"台下的掌声，这次，响了两分钟。在这两分钟里，东阳的嘴不住的动，念叨着："好诗！好诗！"掌声停了，他把纸条收起去。"我的话完了，因为诗是语言的结晶，无须多说。现在，请大文豪井田先生训话！井田先生！"又是极深的一躬。

井田挺着身，立在桌子的旁边，肚子支出老远。看一眼天花板，看一眼招弟，他不耐烦的一摆手，阻住了台下的鼓掌，而后用中国话说：“日本的是先进国，它的科学，文艺，都是大东亚的领导，模范。我的是反战的，大日本的人民都是反战的，爱和平的。日本和高丽的，满洲国的，中国的，都是同文同种同文化的。你们，都应当随着大日本的领导，以大日本的为模范，共同建设起大东亚的和平的新秩序的！今天的，就是这一企图的开始，大家的努力的！”他又看了招弟一眼，转身坐下了。

东阳鞠躬请菊池致词。瑞宣在大家正鼓掌中间，溜了出来。

出来，他几乎不认识了东西南北。找了棵古柏，他倚着树身坐下去。他连想象也没想象到过，世界上会能有这样的无耻，欺骗，无聊，与戏弄。最使他难过的倒还不是蓝东阳与大赤包，而是井田。他不单听过井田从前的讲演，而且读过井田的文章。井田，在十几年前，的确是值得钦敬的一位作家。他万没想到，井田居然也会作了日本军阀的走狗，来戏弄中国人，戏弄文艺，并且戏弄真理。由井田身上，他看到日本的整部的文化；那文化只是毒药丸子上面的一层糖衣。他们的艺术，科学，与衣冠文物，都是假的，骗人的；他们的本质是毒药。他从前信任过井田，佩服过井田，也就无可避免的认为日本自有它的特殊的文化。今天，看清井田不过是个低贱的小魔术家，他也便看见日本的一切都是自欺欺人的小把戏。

想到这里，他没法不恨自己，假若他有胆子，一个手榴弹便可以在大殿里消灭了台上那一群无耻的东西，而消灭那群东西还不只是为报仇雪恨，也是为扫除真理的戏弄者。日本军阀只杀了中国人，井田却勒死了真理与正义。这是全人类的损失。井田口中的反战，和平，文艺，与科学，不止是欺骗黑毛儿方六与周四宝，而也是要教全世界承认黑是白，鹿是马。井田若成了功——也就是全体日本人成了功——世界上就须管地狱叫作天堂，把魔鬼叫作上帝，而井田是天使！

他恨自己。是的，他并没给井田与东阳鼓掌。可是，他也没伸出手去，打那些无耻的骗子。他不但不敢为同胞们报仇，他也不敢为真理与正义挺一挺身。他没有血性，也没有灵魂！

殿外放了一挂极长的爆竹。他无可如何的立起来，往园外走。两只灰鹤被爆竹惊起，向天上飞去。瑞宣又低下头去。

十七

在日本人想：用武力劫夺了土地，而后用汉奸们施行文治，便可以稳稳的拿住土地与人民了。他们以为汉奸们的确是中国人的代表，所以汉奸一登台，人民必定乐意服从，而大事定矣。同时，他们也以为中国的多少次革命都是几个野心的政客们耍的把戏，而人民一点也没受到影响。因此，利用不革命的，和反革命的，汉奸们，他们计算好，必定得到不革命的，和反革命的人民的拥护与爱戴，而上下打成一片。他们心目中的中国人还是五十年前的中国人。

以北平而言，他们万没想到他们所逮捕的成千论万的人，不管是在党的，还是与政党毫无关系的，几乎一致的恨恶日本人，一致的承认孙中山先生是国父。他们不能明白这是怎么一回事，因为他们只以自己的狂傲推测中国人必定和五十年前一模一样，而忽略了五十年来的真正的历史。狂傲使他们变成色盲。

赶到两个特使死在了北平，日本人开始有了点“觉悟”。他们看出来，汉奸们的号召力并不像他们所想象的那么大。他们应当改弦更张，去掉几个老汉奸，而起用几个新汉奸。新汉奸最好是在党的，以便使尊孙中山先生为国父的人们心平气和，乐意与日本人合作。假若找不到在党的，他们就须去找一两位亲日的学者或教授，替他们收服民心。同时，他们也须使新民会加紧的工作，把思想统制起来，用中日满一体与大东亚共荣，代替国民革命。同时，他们也必不能放弃他们最拿手的好戏——杀戮。他们必须恩威兼用，以杀戮配备“王道”。同时，战争已拖了一年多，而一点看不出速战速决的希望，所以他们必须尽力的搜刮，把华北所有的东西都拿了去，以便以战养战。这与“王道”有根本的冲突，可是日本人的心里只会把事情分开，分成甲乙丙丁若干项目，每一项都须费尽心机去计划，去实行，而不会高视远瞩的通盘计算一下。他们是一出戏的演员，每个演员都极卖力气的表演，而忘了整部戏剧的主题与效果。他们有很好的小动作，可是他们的戏失败了。

已是深冬。祁老人与天佑太太又受上了罪。今年的煤炭比去冬还更缺乏。去年，各煤厂还有点存货。今年，存货既已卖完，而各矿的新煤被日本人运走，只给北平留下十分之一二。祁老人夜间睡不暖，早晨也懒得起来。日本人破坏了他的鸡鸣即起的家风。他不便老早的起来，教瑞宣夫妇为难。在往年，只要他一在屋中咳嗽，韵梅便赶快起床去生火，而他每日的第一件事便是看到一个火苗儿很旺的小白炉子放在床前。火光使老人的心里得到安慰与喜悦。现在，他明知道家中没有多少煤，他必须蜷卧在炕上，给家中省下一炉儿火。

天佑太太一向体贴儿媳，也自然的不敢喊冷。可是，她止不住咳嗽，而且也晓得她的咳嗽会教儿子儿媳心中难过。她只好用被子堵住口，减轻了咳嗽的声音。

瑞宣自从看过文艺界协会开会以后，心中就没得过片刻的安静。他本想要学钱先生的坚定与快活，可是他既没作出钱先生所作的事，他怎么能坚定与快乐呢。行动是信仰的肢体。没有肢体，信仰只是个游魂！同时，他又不能视而不见，听而不闻的，放弃行动，而仍自居清高。那是犬儒。

假若他甘心作犬儒，他不但可以对战争与国家大事都嗤之以鼻，他还可以把祖父，妈妈的屋中有火没有也假装看不见。可是，他不能不关心国事，也不能任凭老人们挨冷受冻而不动心。他没法不惶惑，苦闷，甚至于有时候想自杀。

刮了一夜的狂风。那几乎不是风，而是要一下子便把地面的一切扫净了的灾患。天在日落的时候已变成很厚很低很黄，一阵阵深黄色的“沙云”在上面流动，发出使人颤抖的冷气。日落了，昏黄的天空变成黑的，很黑，黑得可怕。高处的路灯像矮了好些，灯光在颤抖。上面的沙云由流动变为飞驰，天空发出了响声，像一群疾行的鬼打着胡哨。树枝儿开始摆动。远处的车声与叫卖声忽然的来到，又忽然的走开。星露出一两个来，又忽然的藏起来。一切静寂。忽然的，门，窗，树木，一齐响起来，风由上面，由侧面，由下面，带着将被杀的猪的狂叫，带着黄沙黑土与鸡毛破纸，扫袭着空中与地上。灯灭了，窗户打开，墙在颤，一切都混乱，动摇，天要落下来，地要翻上去。人的心都缩紧，盆水立刻浮了一层冰。北平仿佛失去了坚厚的城墙，而与荒沙大漠打成了一片。世界上只有飞沙与寒气的狂舞，人失去控制自然的力量，连猛犬也不敢叫一声。

一阵刮过去，一切都安静下来。灯明了，树枝由疯狂的鞠躬改为缓和的摆动。天上露出几颗白亮的星来。可是，人们刚要喘一口气，天地又被风连接起，像一座没有水的，没有边沿的，风海。

电车很早的停开，洋车夫饿着肚子空着手收了车，铺户上了板子，路上没了行人。北平像风海里的一个黑暗无声的孤岛。

祁老人早早的便躺下了。他已不像是躺在屋里，而像飘在空中。每一阵狂风都使他感到渺茫，忘了方向，忘了自己是在哪里，而只觉得有千万个细小的针尖刺着他的全身。他辨不清是睡着，还是醒着，是作梦，还是真实。他刚要想起一件事来，一阵风便把他的心思刮走；风小了一下，他又找到自己，好像由天边上刚落下来那样。风把他的身与心都吹出去好远，好远，而他始终又老躺在冰凉的炕上，身子蜷成了一团。

好容易，风杀住了脚步。老人听见了一声鸡叫。鸡声像由天上落下来的一个信号，他知道风已住了，天快明。伸手摸一摸脑门，他好似触到一块冰。他大胆的伸了伸酸疼的两条老腿，赶快又蜷回来；被窝下面是个小的冰窖。屋中更冷了，清冷，他好像睡在河边上或沙漠中的一个薄薄的帐篷里，他与冰霜之间只隔了一层布。慢慢的，窗纸发了青。他忍了一个小盹。再睁开眼，窗纸已白；窗棱的角上一堆堆的细黄沙，使白纸上映出黑的小三角儿来。他老泪横流的打了几个酸懒的哈欠。他不愿再忍下去，而狠心的坐起来。坐了一会儿，他的腿还是僵硬的难过，他开始穿衣服，想到院中活动活动，把血脉活动开。往常，他总是按照老年间的办法，披上破皮袍，不系纽扣，而只用搭包松松的一拢；等扫完了院子，洗过脸，才系好纽扣，等着喝茶吃早点。今天，他可是一下子便把衣服都穿好，不敢再松拢着。

一开屋门，老人觉得仿佛是落在冰洞里了。一点很尖很小很有力的小风像刀刃似的削着他的脸，使他的鼻子流出清水来。他的嘴前老有些很白的白气。往院中一撒眼，他觉得院子仿佛宽大了一些。地上极干净，连一个树叶也没有。地是灰白的，有的地方裂开几条小缝。空中什么也没有，只是那么清凉的一片，像透明的一大片冰。天很高，没有一点云，蓝色很浅，像洗过多少次的蓝布，已经露出白色来。天，地，连空中，都发白，好似雪光，而哪里也没有雪。这雪光有力的连接到一处，发射着冷气，使人的全身都浸在寒冷里，仿佛没有穿着衣服似的。屋子，树木，院墙，都静静的立着，都缩紧了一些，形成一个凝冻了的世界。老人不敢咳嗽；一点声响似乎就能震落下一些冰来。

待了一会儿，天上，那凝冻了的天上，有了红光。老人想去找扫帚，可是懒得由袖口里伸出手来；再看一看地上，已经被狂风扫得非常的干净，无须他去费力，揣着手，他往外走。开开街门，胡同里没有一个人，没有任何动静。老槐落下许多可以当柴用的枯枝。老人忘了冷，伸出手来，去拾那些树枝。抱着一堆干枝，他往家中走。上了台阶，他愣住了，在门神脸底下的两个铜门环没有了。“嗯？”老人出了声。

这是他自己置买的房，他晓得院中每一件东西的变化与历史。当初，他记得，门环是一对铁的，鼓膨膨的像一对小乳房，上面生了锈。后来，为庆祝瑞宣的婚事，才换了一副黄铜的——门上有一对发光的门环就好像妇女戴上了一件新首饰。他喜爱这对门环，永远不许它们生锈。每逢他由外边回来，看到门上的黄亮光儿，他便感到痛快。

今天，门上发光的东西好像被狂风刮走，忽然的不见了，只剩下两个圆圆的印子，与钉子眼儿。门环不会被风刮走，他晓得；可是他低头在阶上找，希望能找到它们。台阶上连一颗沙也没有。把柴棍儿放在门坎里，他到阶下去找，还是找不到。他跑到六号的门外去看，那里的门环也失了踪。他忘了冷。很快的他在胡同里兜了一圈，所有的门环都不见了。“这闹的什么鬼呢？”老人用冻红了的手，摸了摸胡须，摸到了一两个小冰珠。他很快的走回来，叫瑞宣。这是星期天，瑞宣因为天既冷，又不去办公，所以还没起床。老人本不想惊动孙子，可是控制不住自己。全胡同里的门环在一夜的工夫一齐丢掉，毕竟是空前的奇事。

瑞宣一边穿衣服，一边听祖父的话。他似乎没把话都听明白，愣眼巴睁的走出来，又愣眼巴睁的随着老人往院外走。看到了门环的遗迹，他才弄清楚老人说的是什么。他笑了，抬头看了看天。天上的红光已散，白亮亮的天很高很冷。

“怎回事呢？”老人问。

“夜里风大，就是把街门搬了走，咱们也不会知道！进来吧，爷爷！这儿冷！”瑞宣替祖父把门内的一堆柴棍儿抱了进来。

“谁干的呢？好大胆子！一对门环能值几个钱呢？”老人一边往院中走，一边叨唠。

“铜铁都顶值钱，现在不是打仗哪吗？”瑞宣搭讪着把柴火送到厨房去。

老人和韵梅开始讨论这件事。瑞宣藏到自己的屋中去。屋中的暖而不大好闻的气儿使他想再躺下睡一会儿，可是他不能再放心的睡觉，那对丢失了的门环教他觉到寒冷，比今天的天气还冷。不便对祖父明说，他可是已从富善先生那里得到可靠的情报，日本军部已委派许多日本的经济学家研究战时的经济——往真切里说，便是研究怎样抢劫华北的资源。日本攻陷了华北许多城市与地方，而并没有赚着钱；现代的战争是谁肯多往外扔掷金钱，谁才能打胜的。不错，日本人可以在攻陷的地带多卖日本货。可是，战事影响到国内的生产，而运到中国来的货物又恰好只能换回去他们自己发行的，一个铜板不值的伪钞。况且，战争还没有结束的希望，越打就越赔钱。所以他们必须马上抢劫。他们须抢粮，抢煤，抢钢铁，以及一切可以伸手就拿到的东西。尽管这样，他们还不见得就能达到以战养战的目的，因为华北没有什么大的工业，也没有够用的技术人员与工人。他们打胜了仗，而赔了本儿。因此，军人们想起来经济学家们，教他们给想点石成金的方法。

乘着一夜的狂风，偷去铜的和铁的门环，瑞宣想，恐怕就是日本经济学家的抢劫计划的第一炮。这个想法若搁在平日，瑞宣必定以为自己是浅薄无聊。今天，他可是郑重其事的在那儿思索，而丝毫不觉得这个结论有什么可笑。他知道，日本的确有不少的经济学家，但是，战争是消灭学术的，炮火的放射是把金钱打入大海里的愚蠢的把戏。谁也不能把钱扔在海里，而同时还保存着它。日本人口口声声的说，日本是“没有”的国家，而中国是“有”的国家。这是最大的错误。不错，中国的确是很大很大；可是它的人也特别多呀。它以农立国，而没有够用的粮食。中国“没有”，日本“有”。不过，日本把它的“有”都玩了炮火，它便变成了“没有”。于是，它只好抢劫“没有”的中国。抢什么呢？门环——门环也是好的，至少它们教日本的经济学者交一交差。再说，学者们既在军阀手下讨饭吃，他们便也须在学术之外，去学一学那夸大喜功的军人们——军人们，那本来渺小而愿装出伟大的样子的军人们，每逢作一件事，无论是多么小的事，都要有点戏剧性，好把屁大的事情弄得有声有色。学者们也学会这招数，所以在一夜狂风里，使北平的人们都失去了门环，而使祁老人惊讶称奇。

这可并不只是可笑的事，瑞宣告诉自己。日本人既因玩弄炮火与战争，把自己由“有”而变为“没有”，他们必会用极精密的计划与方法，无微不至的去抢劫。他们的心狠，会刮去华北的一层地皮，会把成千论万的人活活饿死。再加上汉奸们的甘心为虎作伥，日本人要五百万石粮，汉奸们也许要搜刮出一千万石，好博得日本人的欢心。这样，华北的人民会在不久就死去一大半！假若这成为事实，他自己怎么办呢？他不肯离开家，就是为养活着一家大小。可是，等到日本人的抢劫计划施展开，他有什么方法教他们都不至于饿死呢？

是的，人到了挨饿的时候就会拼命的。日本人去抢粮食，也许会引起人民的坚决的抵抗。那样，沦陷了的地方便可以因保存粮食而武装起来。这是好事。可是，北平并不产粮，北平人又宁可挨饿也不去拼命。北平只会陪着别人死，而决不挣扎。瑞宣自己便是这样的人！

这时候，孩子们都醒了，大声的催促妈妈给熬粥。天佑太太与祁老人和孩子们有一搭无一搭的说话儿。瑞宣听着老少的声音，就好像是一些毒刺似的刺着他的心。他们现在还都无可如何的活着，不久他们会无可如何的都死去——没有挣扎，没有争斗，甚至于没有怒骂，就那么悄悄的饿死！

太阳的光并不强，可是在一夜狂风之后，看着点阳光，大家仿佛都感到暖和。到八九点钟，天上又微微的发黄，树枝又间断的摆动。

“风还没完！”祁老人叹了口气。

老人刚说完，外面砰，砰，响了两声枪。很响，很近，大家都一愣。

“又怎么啦？”老人只轻描淡写的问了这么一句，几乎没有任何的表情。“各扫门前雪，休管他人瓦上霜”是他的处世的哲学，只要枪声不在他的院中，他便犯不上动心。

“听着像是后大院里！”韵梅的大眼睁得特别的大，而嘴角上有一点笑——一点含有歉意的笑，她永远怕别人嫌她多嘴，或说错了话。她的“后大院”是指着胡同的葫芦肚儿说的。

瑞宣往外跑。搁在平日，他也会像祖父那样沉着，不管闲事。今天，在他正忧虑大家的死亡的时节，他似乎忘了谨慎，而想出去看看。

“爸！我也去！”小顺儿的脚冻了一块，一瘸一点的追赶爸爸。

“你干吗去？回来！”韵梅像老鹰抓小鸡似的把小顺儿抓住。

瑞宣跑到大门外，三号的门口没有人，一号的门口站着那个日本老婆婆。她向瑞宣鞠躬，瑞宣本来没有招呼过一号里的任何人，可是今天在匆忙之间，他还了一礼。程长顺在四号门外，想动而不敢动的听着外婆的喊叫：“回来，你个王大胆！顶着枪子，上哪儿去！”见着瑞宣，长顺急切的问：“怎么啦？”

“不知道！”瑞宣往北走。

小文揣着手，嘴唇上搭拉着半根烟卷，若无其事的在六号门口立着。“好像响了两枪？或者也许是爆竹！”他对瑞宣说，并没拿下烟卷来。

瑞宣点了点头，没说什么，还往北走。他既羡慕，又厌恶，小文的不动声色。

七号门外站了许多人，有的说话，有的往北看。

白巡长脸煞白的，由北边跑来：“都快进去！待一会儿准挨家儿检查！不要慌，也别大意！快进去！”说完，他打了转身。

“怎么回事？”大家几乎是一致的问。

白巡长回过头来：“我倒霉，牛宅出了事！”

“什么事？”大家问。

白巡长没再回答，很快的跑去。

瑞宣慢慢的往回走，口中无声的嚼着："牛宅！牛宅！"他猜想不到牛宅出了什么事，可是想起钱先生前两天的话来。钱先生不是问过他，认识不认识牛教授吗？干什么这样问呢？瑞宣想不明白。莫非牛教授要作汉奸？不能！不能！瑞宣虽然与牛教授没有过来往，可是他很佩服教授的学问与为人。假若瑞宣也有点野心的话，便是作牛教授第二——有被国内外学者所推崇的学识，有那么一座院子大，花草多的住宅，有简单而舒适的生活，有许多图书。这样的一位学者，是不会作汉奸的。

回到家中，大家都等着他报告消息，可是他什么也没说。

过了不到一刻钟，小羊圈已被军警包围住。两株老槐树下面，立着七八个宪兵，不准任何人出入。

祁老人把孩子们关在自己屋里，连院中都不许他们去。无聊的，他对孩子们低声的说："当初啊，我喜欢咱们这所房子的地点。它僻静。可是，谁知道呢，现而今连这里也不怎么都变了样儿。今天拿人，明儿个放枪，都是怎么回事呢？"

小妞子回答不出，只用冻红了的胖手指钻着鼻孔。小顺儿，正和这一代的小儿女们一样，脱口而出的回答了出来："都是日本小鬼儿闹的！"

祁老人知道小顺儿的话无可反驳，可是他不便鼓励小孩子们这样仇恨日本人："别胡说！"他低声的说。说完，他的深藏着的小眼藏得更深了一点，好像有点对不起重孙子似的。

正在这个时节，走进来一群人，有巡警，有宪兵，有便衣，还有武装的，小顺儿深恨的，日本人。地是冻硬了的，他们的脚又用力的跺，所以呱哒呱哒的分外的响。小人物喜欢自己的响动大。两个立在院中观风，其余的人散开，到各屋去检查。

他们是刚刚由冠家来的，冠家给了他们香烟，热茶，点心，和白兰地酒，所以他们并没搜检，就被冠晓荷鞠着躬送了出来。祁家没有任何东西供献给他们，他们决定细细的检查。

韵梅在厨房里没动。她的手有点颤，可是还相当的镇定。她决定一声不出，而只用她的大眼睛看着他们。她站在菜案子前面，假若他们敢动她一动，她伸手便可以抓到菜刀。

天佑太太在刚能记事的时候，就遇上八国联军攻陷了北平。所以在她的差不多像一张白纸的脑子上，侵略与暴力便给她画上了最深的痕记。她知道怎样镇定。一百年的国耻使她知道怎样忍辱，而忍辱会产生报复与雪耻。日本的侵华，发动得晚了一些。她呆呆的坐在炕沿上，看看进来的人。她没有打出去他们的力量，可也不屑于招呼他们。

小妞子一见有人进来，便藏在了太爷爷的身后边。小顺儿看着进来的人，慢慢的把一个手指含在口中。祁老人和蔼了一世，今天可是把已经来到唇边上的客气话截在了口中，他不能再客气。他好像一座古老的，高大的，城楼似的，立在那里；他阻挡不住攻城的人，但是也不怕挨受攻击的炮火。

可是，瑞宣特别的招他们的注意。他的年纪，样子，风度，在日本人眼中，都仿佛必然的是嫌疑犯。他们把他屋中所有的抽屉，箱子，盒子，都打开，极细心的查看里边的东西。他们没找到什么，于是就再翻弄一过儿，甚至于把箱子底朝上，倒出里面的东西。瑞宣立在墙角，静静的看着他们。最后，那个日本人看见了墙上那张大清一统地图。他向瑞宣点了点头：“大清的，大大的好！”瑞宣仍旧立在那里，没有任何表示。日本人顺手拿起韵梅自己也不大记得的一支镀金的，錾花的，短簪，放在袋中，然后又看了大清地图一眼，依依不舍的走出去。

他们走后，大家都忙着收拾东西，谁都有一肚子气，可是谁也没说什么。连小顺儿也知道，这是受了侮辱，但是谁都没法子去雪耻，所以只好把怨气存在肚子里。

一直到下午四点钟，黄风又怒吼起来的时候，小羊圈的人们才得到出入的自由，而牛宅的事也开始在大家口中谈论着。

除了牛教授受了伤，已被抬到医院去这点事实外，大家谁也不准知道那是怎么一回事。牛教授向来与邻居们没有什么来往，所以平日大家对他家中的事就多半出于猜测与想象；今天，猜测与想象便更加活动。大家因为不确知那是什么事，才更要说出一点道理来，据孙七说：日本人要拉牛教授作汉奸，牛教授不肯，所以他们打了他两枪——一枪落了空，一枪打在教授的左肩上，不致有性命的危险。孙七相当的敬重牛教授，因为他曾给教授剃过一次头。牛教授除了教课去，很少出门。他洗澡，剃头，都在家里。有一天，因为下雨，他的仆人因懒得到街上去叫理发匠，所以找了孙七去。孙七的手艺虽不高，可是牛教授只剃光头，所以孙七满可以交差。牛教授是不肯和社会接触，而又并不讲究吃喝与别的享受的人。只要他坐在家中，就是有人来把他的头发都拔了去，似乎也无所不可。在孙七看呢，教授大概就等于高官，所以牛教授才不肯和邻居们来往。可是，他竟自给教授剃过头，而且还和教授谈了几句话。这是一种光荣。当铺户中的爱体面的青年伙计埋怨他的手艺不高明的时候，他会沉住了气回答："我不敢说自己的手艺好，可是牛教授的头也由我剃！"因此，他敬重牛教授。

程长顺的看法和孙七的大不相同。他说：牛教授要作汉奸，被"我们"的人打了两枪。尽管没有打死，可是牛教授大概也不敢再惹祸了。长顺儿的话不知有何根据，但是在他的心理上，他觉得自己的判断是正确的。小羊圈所有的院子，他都进去过，大家都听过他的留声机。只有牛宅从来没照顾过他。他以为牛教授不单不像个邻居，也不大像人。人，据长顺想，必定要和和气气，有说有笑。牛教授不和大家来往，倒好像是庙殿中的一个泥菩萨，永远不出来玩一玩。他想，这样的人可能的作汉奸。

这两种不同的猜想都到了瑞宣的耳中。他没法判断哪个更近于事实。他只觉得很难过。假若孙七猜的对，他便看到自己的危险。

真的，他的学识与名望都远不及牛教授。可是，日本人也曾捉过他呀。谁敢保险日本人不也强迫他去下水呢？是的，假若他们用手枪来威胁他，他会为了气节，挺起胸来吃一枪弹。不过，他闭上眼，一家老小怎么办呢？

反过来说，假若程长顺猜对了，那就更难堪。以牛教授的学问名望而甘心附逆，这个民族可就真该灭亡了！

风还相当的大，很冷。瑞宣可是在屋中坐不住。揣着手，低着头，皱着眉，他在院中来回的走。细黄沙渐渐的积在他的头发与眉毛上，他懒得去擦。冻红了的鼻子上垂着一滴清水，他任凭它自己落下来，懒得去抹一抹。从失去的门环，他想象到明日生活的困苦，他看见一条绳索套在他的，与一家老幼的，脖子上，越勒越紧。从牛教授的被刺，他想到日本人会一个一个的强奸清白的人；或本来是清白的人，一来二去便失去坚强与廉耻，而自动的去作妓女。

可是，这一切只是空想。除非他马上逃出北平去，他就没法解决问题。但是，他怎么逃呢？随着一阵狂风，他狂吼了一声。没办法！

十 八

牛教授还没有出医院，市政府已公布了他任教育局长。瑞宣听到这个消息，心里反倒安定了一些。他以为凭牛教授的资格与学识，还不至于为了个局长的地位就肯附逆；牛教授的被刺，他想，必是日本人干的。教育局长的地位虽不甚高，可是实际上却掌管着几十所小学，和二十来所中学，日本人必须在小学生与中学生身上严格施行奴化教育，那么，教育局长的责任就并不很小，所以他们要拉出一个有名望的人来负起这个重任。

这样想清楚，他急切的等着牛教授出院的消息。假若，他想，牛教授出了院而不肯就职，日本人便白费了心机，而牛教授的清白也就可以大昭于世。反之，牛教授若是肯就职，那就即使是出于不得已，也会被世人笑骂。为了牛教授自己，为了民族的气节，瑞宣日夜的祷告牛教授不要轻于迈错了脚步！

可是，牛教授还没有出院，报纸上已发表了他的谈话："为了中日的亲善与东亚的和平，他愿意担起北平的教育责任；病好了他一定就职。"在这条新闻旁边，还有一幅相片——他坐在病床上，与来慰看他的日本人握手；他的脸上含着笑。

瑞宣呆呆的看着报纸上的那幅照像。牛教授的脸是圆圆的，不胖不瘦；眉眼都没有什么特点，所以圆脸上是那么平平的，光润的，连那点笑容都没有什么一定的表情。是的，这一点不错，确是牛教授。牛教授的脸颇足以代表他的为人，他的生活也永远是那么平平的，与世无争，也与世无忤。

"你怎会也作汉奸呢？"瑞宣半疯子似的问那张相片。无论怎么想，他也想不透牛教授附逆的原因。在平日，尽管四邻们因为牛教授的不随和，而给他造一点小小的谣言，可是瑞宣从来没有听到过牛教授有什么重大的劣迹。在今天，凭牛教授的相貌与为人，又绝对不像个利欲熏心的人。他怎么会肯附逆呢？

事情决不很简单，瑞宣想。同时，他切盼那张照相，正和牛教授被刺一样，都是日本人耍的小把戏，而牛教授一定会在病好了之后，设法逃出北平的。

一方面这样盼望，一方面他到处打听到底牛教授是怎样的一个人。在平日，他本是最不喜欢东打听西问问的人；现在，他改变了态度。这倒并不是因他和牛教授有什么交情，而是因为他看清楚牛教授的附逆必有很大的影响。牛教授的行动将会使日本人在国际上去宣传，因为他有国际上的名望。他也会教那些以作汉奸为业的有诗为证的说："看怎样，什么清高不清高的，老牛也下海了啊！清高？屁！"他更会教那些青年们把冒险的精神藏起，而"老成"起来："连牛教授都肯这样，何况我们呢？"牛教授的行动将不止毁坏了他自己的令名，而且会教别人坏了心术。瑞宣是为这个着急。

果然，他看见了冠晓荷夫妇和招弟，拿着果品与极贵的鲜花（这是冬天），去慰问牛教授。

"我们去看看牛教授！"晓荷摸着大衣上的水獭领子，向瑞宣说："不错呀，咱们的胡同简直是宝地，又出了个局长！我说，瑞宣，老二在局里作科长，你似乎也该去和局长打个招呼吧？"

瑞宣一声没出，心中像挨了一刺刀那么疼了一阵。

慢慢的，他打听明白了：牛教授的确是被"我们"的人打了两枪，可惜没有打死。牛教授，据说，并没有意思作汉奸，可是，当日本人强迫他下水之际，他也没坚决的拒绝。他是个科学家。他向来不关心政治，不关心别人的冷暖饥饱，也不愿和社会接触。他的脑子永远思索着科学上的问题。极冷静的去观察与判断，他不许世间庸俗的事情扰乱了他的心。他只有理智，没有感情。他不吸烟，不吃酒，不听戏，不看电影，而只在脑子疲乏了的时候种些菜，或灌灌花草。种菜浇花只是一种运动，他并不欣赏花草的美丽与芬芳。他有妻，与两个男孩；他可是从来不会为妻儿的福利想过什么。妻就是妻，妻须天天给他三餐与一些开水。妻拿过饭来，他就吃；他不挑剔饭食的好坏，也不感谢妻的操心与劳力。对于孩子们，他仿佛只承认那是结婚的结果，就好像大狗应下小狗，老猫该下小猫那样；他犯不上教训他们，也不便抚爱他们。孩子，对于他，只是生物与生理上的一种事实。对科学，他的确有很大的成就；以一个人说，他只是那么一张平平的脸，与那么一条不很高的身子。他有学问，而没有常识。他有脑子与身体，而没有人格。

北平失陷了，他没有动心。南京陷落了，他还照常工作。他天天必匀出几分钟的工夫看看新闻纸，但是他只承认报纸上的新闻是一些客观的事实，与他丝毫没有关系。当朋友们和他谈论国事的时候，他只仰着那平平的脸听着，好像听着讲古代历史似的。他没有表示过自己的意见。假若他也有一点忧虑的话，那就是：不论谁和谁打仗，他只求没有人来麻烦他，也别来践踏他的花草，弄乱了他的图书与试验室。这一点要求若是能满足，他就可以把头埋在书籍与仪器中，即使谁把谁灭尽杀绝，他也不去过问。

这个态度，假若搁在一个和平世界里，也未为不可。不幸，他却生在个乱世。在乱世里，花草是长不牢固的，假若你不去保护自己的庭园；书籍仪器是不会按秩序摆得四平八稳的，假若你不会拦阻强盗们闯进来。在乱世，你不单要放弃了自己家中的澡盆与沙发，而且应当根本不要求洗澡与安坐。一个学者与一个书记，一位小姐与一个女仆，都须这样。在乱世，每一个国民的头一件任务是牺牲自己，抵抗敌人。

可是，牛教授只看见了自己，与他的图书仪器，他没看见历史，也不想看。他好像是忽然由天上掉下来的一个没有民族，没有社会的独身汉。他以为只要自己有那点学问，别人就决不会来麻烦他。同时，用他的冷静的，客观的眼光来看，他以为日本人之所以攻打中国，必定因为中国人有该挨打的因由；而他自己却不会挨打，因为他不是平常的中国人；他是世界知名的学者，日本人也知道，所以日本人也必不会来欺侮他。

日本人，为了收买人心，和威胁老汉奸们，想造就一批新汉奸。新汉奸的资格是要在社会上或学术上有相当高的地位，同时还要头脑简单。牛教授恰好有这两种资格。他们三番五次的派了日本的学者来“劝驾”，牛教授没有答应，也没有拒绝。他没有作官的野心，也不想发财。但是，日本学者的来访，使他感到自己的重要。因而也就想到，假若一方面能保持住自己的图书仪器，继续作研究的工作，一方面作个清闲的官儿，也就未为不可。他愿意作研究是个事实，日本人需要他出去作官也是个事实。那么，把两个事实能归并到一处来解决，便是左右逢源。他丝毫没想到什么羞耻与气节，民族与国家。他的科学的脑子，只管观察事实，与解决问题。他这个无可无不可的态度，使日本人更进一步的以恐吓来催促他点头。他们警告他，假若他不肯“合作”，他们会马上抄他的家。他害了怕，他几乎不会想象：丢失了他的图书，仪器，庭院，与花木，他还怎么活下去。对于他，上街去买一双鞋子，或剃一剃头，都是可怕的事，何况把他的“大本营”都毁掉了呢？生活的方式使他忘了后方还有个自由的中国，忘了他自己还有两条腿，忘了别处也还有书籍与仪器。生活方式使他成了生活的囚犯。他宁可失去灵魂，而不肯换个地方去剃头。

许多的朋友都对他劝告，他不驳辩，甚至于一语不发。他感到厌烦。钱默吟以老邻居的资格来看过他，他心中更加腻烦。他觉得只有赶快答应了日本人的要求，造成既成事实，或许能心静一些。

手枪放在他面前，紧跟着枪弹打在他的肩上，他害了怕，因害怕而更需要有人保护他。他不晓得自己为什么挨枪，和闯进来的小伙子为什么要打他。他的逻辑与科学方法都没了用处，而同时他又不晓得什么是感情，与由感情出发的举动。日本人答应了保护他，在医院病房的门口和他的住宅的外面都派了宪兵站岗。他开始感到自己与家宅的安全。他答应了作教育局长。

瑞宣由各方面打听，得到上面所说的一些消息。他不肯相信那些话，而以为那只是大家的猜测。他不能相信一个学者会这样的胡涂。可是，牛教授决定就职的消息天天登在报纸上，使他又无法不信任自己的眼睛。他恨不能闯进医院去，把牛教授用绳子勒死。对那些老汉奸们，他可以用轻蔑与冷笑把他们放逐到地狱里去，他可是不能这么轻易的放过牛教授。牛教授的附逆关系着整个北平教育界的风气与节操。可是，他不能去勒死牛教授。他的困难与顾忌不许他作任何壮烈的事。因此，他一方面恨牛教授，一方面也恨自己。

老二瑞丰回来了。自从瑞宣被捕，老二始终没有来过。今天，他忽然的回来，因为他的地位已不稳，必须来求哥哥帮忙。他的小干脸上不像往常那么发亮，也没有那点无聊的笑容。进了门，他绕着圈儿，大声的叫爷爷，妈，哥哥，大嫂，好像很懂得规矩似的。叫完了大家，他轻轻的拍了拍小顺儿与妞子的乌黑的头发，而后把大哥拉到一边去，低声的恳切的说：“大哥！得帮帮我的忙！要换局长，我的事儿恐怕要吹！你认识……”

瑞宣把话抢过来：“我不认识牛教授！”

老二的眉头儿拧上了一点：“间接的总……”

“我不能兜着圈子去向汉奸托情！”瑞宣没有放高了声音，可是每个字都带着一小团怒火。

老二把假象牙的烟嘴掏出来，没往上安烟卷，而只轻轻的用它敲打着手背。“大哥！那回事，我的确有点不对！可是，我有我的困难！你不会记恨我吧？”

“哪回事？”瑞宣问。

“那回，那回，”老二舐了舐嘴唇，“你遭了事的那回。”

“我没记恨你，过去的事还有什么说头呢？”

“噢！”老二没有想到哥哥会这么宽宏大量，小小的吃了一惊。同时，他的小干脸上被一股笑意给弄活软了一点。他以为老大既不记仇，那么再多说上几句好话，老大必会消了怒，而帮他的忙的。“大哥，无论如何，你也得帮我这点忙！这个年月，弄个位置不是容易的事！我告诉你，大哥，这两天我愁得连饭都吃不下去！”

“老二，”瑞宣耐着性儿，很温柔的说：“听我说！假若你真把事情搁下，未必不是件好事。你只有个老婆，并无儿女，为什么不跑出去，给咱们真正的政府作点事呢？”

老二干笑了一下。“我，跑出去？”

“你怎么不可以呢？看老三！”瑞宣把脸板起来。

“老三？谁知道老三是活着，还是死了呢？好，这儿有舒舒服服的事不作，偏到外边瞎碰去，我不那么傻！”

瑞宣闭上了口。

老二由央求改为恐吓：“大哥，我说真话，万一不幸我丢了差事，你可得养活着我！谁教你是大哥呢？”

瑞宣微笑了一下，不打算再说什么。

老二又去和妈妈与大嫂嘀咕了一大阵，他照样的告诉她们：“大哥不是不认识人，而是故意看我的哈哈笑！好，他不管我的事，我要是掉下来，就死吃他一口！反正弟弟吃哥哥，到哪里也讲得出去！”说完，他理直气壮的，叼着假象牙烟嘴，走了出去。

两位妇人向瑞宣施了压力。瑞宣把事情从头至尾细细的说了一遍，她们把话听明白，都觉得瑞宣应当恨牛教授，和不该去为老二托情。可是，她们到底还不能放心：“万一老二真回来死吃一口呢？”

“那，”瑞宣无可如何的一笑，“那就等着看吧，到时候再说！”

他知道，老二若真来死吃他一口，倒还真是个严重的问题。但是，他不便因为也许来也许不来的困难而先泄了气。他既没法子去勒死牛教授，至少他也得撑起气，不去向汉奸求情。即使不幸而老二果然失了业，他还有个消极的办法——把自己的饭分给弟弟一半，而他自己多勒一勒腰带。这不是最好的办法，但是至少能教他自己不输气。他觉得，在一个亡城中，他至少须作到不输气，假使他作不出争气的事情来。

没到一个星期，瑞丰果然回来了。牛教授还在医院里，由新的副局长接收了教育局。瑞丰昼夜的忙了四五天。办清了交代，并且被免了职。

牛教授平日的朋友差不多都是学者，此外他并不认识多少人。学者们既不肯来帮他的忙，而他认识的人又少，所以他只推荐了他的一个学生作副局长，替他操持一切；局里其余的人，他本想都不动。瑞丰，即使不能照旧作科长，也总可以降为科员，不至失业。但是，平日他的人缘太坏了，所以全局里的人都乘着换局长之际，一致的攻击他。新副局长，于是，就拉了自己的一个人来，而开掉了瑞丰。

瑞丰忽然作了科长，忘了天多高，地多厚。官架子也正像谈吐与风度似的，需要长时间的培养。瑞丰没有作过官，而想在一旦之间就十足的摆出官架子来，所以他的架子都不够板眼。对于上司，他过分的巴结，而巴结得不是地方。这，使别人看不起他，也使被恭维的五脊子六兽[①]的难过。可是，当他喝了两杯猫尿之后，他忘了上下高低，他敢和上司们挑战划拳，而毫不客气的把他们战败。对于比他地位低的，他的脸永远是一块硬的砖，他的眼是一对小枪弹，他的眉毛老像要拧出水来。可是，当他们跟他硬顶的时候，他又忽然的软起来，甚至于给一个工友道歉。在无事可干的时候，他会在公事房里叼着假象牙的烟嘴，用手指敲着板，哼唧着京戏；或是自己对自己发笑，仿佛是告诉大家："你看，我作了科长，真没想到！"

对于买办东西，他永远亲自出马，不给科里任何人以赚俩回扣的机会。大家都恨他。可是，他自己也并不敢公然的拿回扣，而只去敲掌柜们一顿酒饭，或一两张戏票。这样，他时常的被铺户中请去吃酒看戏，而且在事后要对同事们大肆宣传："昨天的戏好得很！和刘掌柜一块去的，那家伙胖胖的怪有个意思！"或是："敢情山西馆子作菜也不坏呢！樊老西儿约我，我这是头一回吃山西菜！"他非常得意自己的能白吃白喝，一点也没注意同事们怎样的瞪他。

是的，他老白吃白喝。他永远不请客。他的钱须全数交给胖菊子，而胖菊子每当他暗示须请请客的时候总是说："你和局长的关系，保你稳作一辈子科长，请客干什么？"老二于是就不敢再多说什么，而只好向同事们发空头支票。他对每一个同事都说过："过两天我也请客！"可是，永远没兑过现。"祁科长请客，永没指望！"是同事们给他制造的一句歇后语。

对女同事们，瑞丰特别的要献殷勤。他以为自己的小干脸与刷了大量油的分头，和齐整得使人怪难过的衣服鞋帽必定有很大的诱

① 五脊子六兽，形容心里难受，浑身不是滋味。

惑力，只要他稍微表示一点亲密，任何女人都得拿他当个爱人。他时常送给她们一点他由铺户中白拿来的小物件，而且表示他要请她们看电影或去吃饭。他甚至于大胆的和她们定好了时间地点。到时候，她们去了，可找不着他的影儿。第二天见面，他会再三再四的道歉，说他母亲忽然的病了，或是局长派他去办一件要紧的公事，所以失了约。慢慢的，大家都知道了他的母亲与局长必会在他有约会的时候生病和有要事，也就不再搭理他，而他扯着脸对男同事们说："家里有太太，顶好别多看花瓶儿们！弄出事来就够麻烦的！"他觉得自己越来越老成了。

一来二去，全局的人都摸到了他的作风，大家就一致的不客气，说话就跟他瞪眼。尽管他没心没肺，可是钉子碰得太多了，不论怎样也会落一两个疤的。他开始思索对付的方法。他结识了不少的歪毛淘气儿。这些家伙之中有的真是特务，有的自居为特务。有了这班朋友，瑞丰在钉子碰得太疼的时候，便风言风语的示威："别惹急了我哟！我会教你们三不知的去见阎王爷！"

论真的，他并没赚到钱，而且对于公事办得都相当的妥当。可是，他的浮浅，无聊，与摆错了的官架子，结束了他的官运。

胖菊子留在娘家，而把瑞丰赶了出来。她的最后的训令是："你找到了官儿再回来；找不到，别再见我！我是科长太太，不是光杆儿祁瑞丰的老婆！"钱，东西，她全都留下，瑞丰空着手，只拿着那个假象牙烟嘴回到家来。

瑞宣见弟弟回来，决定不说什么。无论如何，弟弟总是弟弟，他不便拦头一杠子把弟弟打个闷弓。他理当劝告弟弟，但是劝告也不争这一半天，日子还长着呢。

祁老人相当的喜欢。要搁在往年，他必会因算计过日子的困难而不大高兴二孙子的失业回来。现在，他老了；所以只计算自己还能活上几年，而忘了油盐酱醋的价钱。在他死去之前，他愿意儿孙们都在他的眼前。

天佑太太也没说什么，她的沉默是和瑞宣的差不多同一性质。

韵梅天然的不会多嘴多舌。她知道增加一口闲人，在这年月，是什么意思。可是，她须把委屈为难藏在自己心里，而不教别人难堪。

小顺儿和妞子特别的欢迎二叔，出来进去的拉着他的手。他们不懂得别的，只知道二叔回来，多有一个人和他们玩耍。

见全家对他这番光景，瑞丰的心安下去。第二天，老早他就起来，拿了把扫帚，东一下子西一下子的扫院子。他永远没作过这种事；今天，为博得家人的称赞，他咬上了牙。他并没能把院子扫得很干净，可是祁老人看见孙子的努力，也就没肯多加批评。

扫完了院子，他轻快的，含笑的，给妈妈打了洗脸水去，而且张罗着给小顺儿穿衣服。

吃过早饭，他到哥哥屋里去拿笔墨纸砚，声明他“要练练字。你看，大哥，我作了一任科长，什么都办得不错，就是字写得难看点！得练练！练好了，给铺户写写招牌，也能吃饭！”然后，他警告孩子们：“我写字的时候，可要躲开，不许来胡闹！”

祁老人是自幼失学，所以特别尊敬文字，也帮着嘱咐孩子们：“对了，你二叔写字，不准去裹乱！”

这样“戒严”之后，他坐在自己屋里，开始聚精会神的研墨。研了几下子，他想起一件事来：“大嫂！大嫂！上街的时候，别忘了带包烟回来哟！不要太好的，也不要太坏的，中中儿的就行。”

“什么牌子是中中儿的呀？”大嫂不吸烟，不懂得烟的好坏。

“算了，待一会儿，我自己去买。”他继续的研墨，已经不像方才那么起劲了。听到大嫂的脚步声，他又想起一桩事来：“大嫂，你上街吧？带点酒来哟！作了一任科长没落下别的，只落下点酒瘾！好在喝不多，而且有几个花生米就行！”

大嫂的话——白吃饭，还得预备烟酒哇？——已到唇边，又咽了下去。她不单给他打来四两酒，还买来一包她以为是“中中儿”的香烟。

一直到大嫂买东西回来，老二一共写了不到十个字。他安不下心去，坐不住。他的心里像有一窝小老鼠，这个出来，那个进去，没有一会儿的安静。最后，他放下了笔，决定不再受罪。他没有忍耐力，而且觉得死心塌地的用死工夫是愚蠢。人生，他以为，就是瞎混，而瞎混必须得出去活动，不能老闷在屋子里写字。只要出去乱碰，他想，就是瞎猫也会碰着死老鼠。他用双手托住后脑勺儿，细细的想：假若他去托一托老张呢，他也许能打入那么一个机关？若是和老李说一说呢，他或者就能得到这么个地位……他想起好多好多人来，而哪一个人仿佛都必定能给他个事情。他觉得自己必定是个有人缘，怪可爱的人，所以朋友们必不至于因为他失业而冷淡了他。他恨不能马上去找他们，坐在屋里是没有一点用处的。可是，他手里没有钱呀！托朋友给找事，他以为，必须得投一点资：先给人家送点礼物啊，或是请吃吃饭啊，而后才好开口。友人呢，接收了礼物，或吃了酒饭，也就必然的肯卖力气；礼物与酒食是比资格履历更重要的。

今天，他刚刚回来，似乎不好意思马上跟大哥要“资本”。是的，今天他不能出去。等一等，等两天，他再把理论和大哥详细的说出，而后求大哥给他一笔钱。他以为大哥必定有钱，要不怎么他赤手空拳的回来，大哥会一声不哼，而大嫂也说一不二的供给他烟酒呢？

他很想念胖菊子。但是，他必须撑着点劲儿，不便马上去看她，教她看不起。只要大哥肯给他一笔钱，为请客之用，他就会很快的找到事作，而后夫妇就会言归于好。胖菊子对他的冷酷无情，本来教他感到一点伤心。可是，经过几番思索之后，他开始觉得她的冷酷正是对他的很好的鼓励。为和她争一口气，他须不惜力的去奔走活动。

把这些都想停妥了之后，他放弃了写字，把笔墨什么的都送了回去。他看见了光明，很满意自己的通晓人情世故。

吃午饭的时候，他把四两酒喝干净。酒后，他红着脸，晕晕忽忽的，把他在科长任中的得意的事一一说给大嫂听，好像讲解着一篇最美丽的诗似的。

晚间，瑞宣回来之后，老二再也忍不住，把要钱的话马上说了出来。瑞宣的回答很简单：“我手里并不宽绰。你一定用钱呢，我可以设法去借，可是我须知道你要谋什么事！你要是还找那不三不四的事，我不能给你弄钱去！”

瑞丰不明白哥哥所谓的不三不四的事是什么事，而横打鼻梁的说：“大哥你放心，我起码也得弄个科员！什么话呢，作过了一任科长，我不能随便找个小事，丢了咱们的脸面！”

“我说的不三不四的事正是科长科员之类的事。在日本人或汉奸手底下作小官还不如摆个香烟摊子好！”

瑞丰简直一点也不能明白大哥的意思。他心中暗暗的着急，莫非大哥已经有了神经病，分不出好歹来了么？他可也不愿急扯白脸的和大哥辩论，而伤了弟兄的和睦。他只提出一点，恳求大哥再详加考虑：“大哥，你看我要是光棍儿一个人，摆香烟摊子也无所不可。我可是还有个老婆呢！她不准我摆香烟摊子！除非我弄到个相当体面的差事，她不再见我！”说到这里，老二居然动了感情，眼里湿了一些，很有落下一两颗泪珠的可能。

瑞宣没再说什么。他是地道的中国读书人，永远不肯赶尽杀绝的逼迫人，即使他知道逼迫有时候是必要的，而且是有益无损的。

老二看大哥不再说话，跑去和祖父谈心，为是教老人向老大用一点压力。祁老人明白瑞宣的心意，可是为了四世同堂的发展与繁荣，他又不能不同情二孙子。真要是为了孙子不肯给日本人作事，而把孙媳妇丢了，那才丢人丢得更厉害。是的，他的确不大喜欢胖菊子。可是，她既是祁家的人，死了也得是祁家的鬼，不能半途拆了伙。老人答应了给老二帮忙。

老二一得意，又去找妈妈说这件事。妈妈脸上没有一点笑容，告诉他："老二，你要替你哥哥想一想，别太为难了他！多咱你要是能明白了他，你就也能跟他一样的有出息了！作妈妈的对儿女都一样的疼爱，也盼望着你们都一样的有出息！你哥哥，无论作什么事，都四面八方的想到了；你呢，你只顾自己！我这样的说你，你别以为我是怪你丢了事，来家白吃饭。说真的，你有事的时候，一家老小谁也没沾过你一个铜板儿的好处！我是说，你现在要找事，就应当听你哥哥的话，别教他又皱上眉头；这一家子都仗着他，你知道！"

老二不大同意妈妈的话，可是也没敢再说什么。他搭讪着走出来，对自己说："妈妈偏向着老大，我有什么办法呢？"

第二天，他忘了练字，而偷偷的和大嫂借了一点零钱，要出去看亲戚朋友。"自从一作科长，忙得连亲友都没工夫去看。乘这两天闲着，看他们一眼去！"他含着笑说。

一出门，他极自然的奔了三号去。一进三号的门，他的心就像春暖河开时的鱼似的，轻快的浮了起来。

冠家的人都在家，可是每个人的脸上都像挂着一层冰。晓荷极平淡的招呼了他一声，大赤包和招弟连看也没看他一眼。他以为冠家又在吵架拌嘴，所以搭讪着坐下了。坐了两三分钟，没有人开腔。他们并没有吵架拌嘴，而是不肯搭理他。他的脸发了烧，手心上出了凉汗。他忽然的立起来，一声没出，极快的走出去。他动了真怒。北平的陷落，小崔的被杀，大哥的被捕，他都没动过心。今天，他感到最大的耻辱，比失去北平，屠杀百姓，都更难堪。因为这是伤了他自己的尊严。他自己比中华民国还更重要。出了三号的门，看看四下没人，他咬着牙向街门说："你们等着，二太爷非再弄上个科长教你们看看不可！再作上科长，我会照样回敬你们一杯冰激凌！"他下了决心，非再作科长不可。他挺起胸来，用力的跺着脚踵，怒气冲冲的走去。

他气昏了头，不知往哪里去好，于是就信马由缰的乱碰。走了一二里地，他的气几乎完全消了，马上想到附近的一家亲戚，就奔了那里去。到门口，他轻轻的用手帕掸去鞋上的灰土，定了定神，才慢条斯理的往里走。他不能教人家由鞋上的灰土而看出他没有坐着车来。见着三姑姑六姨，他首先声明：“忙啊，忙得不得了，所以老没能看你们来！今天，请了一天的假，特意来请安！”这样，他把人们骗住，免得再受一次羞辱。大家相信了他的话，于是就让烟让茶的招待他，并且留他吃饭。他也没太客气，有说有笑的，把饭吃了。

这样，他转了三四家。到处他都先声明他是请了假来看他们，也就到处都得到茶水与尊重。他的嘴十分的活跃，到处他总是拉不断扯不断的说笑，以至把小干嘴唇都用得有些麻木。在从前，他的话多数是以家长里短为中心；现在，他却总谈作官与作事的经验与琐事，使大家感到惊异，而佩服他见过世面。只有大家提到中日的问题，他才减少了一点热烈，话来得不十分痛快。在他的那个小心眼里，他实在不愿意日本人离开北平，因为只有北平在日本人手里，他才有再作科长的希望。但是，这点心意又不便明说出来，他知道大家都恨日本人。在这种时节，他总是含糊其词的敷衍两句，而后三转两转不知怎么的又把话引到别处去，而大家也就又随着他转移了方向。他很满意自己这点小本事，而归功于“到底是作了几天官儿，学会了怎样调动言语！”

天已经很黑了，他才回到家来。他感觉得有点疲乏与空虚。打了几个无聊的哈欠以后，他找了大嫂去，向她详细的报告亲友们的状况。为了一家人的吃喝洗作，她很难得匀出点工夫去寻亲问友，所以对老二的报告她感到兴趣。祁老人上了年纪，心中不会想什么新的事情，而总是关切着老亲旧友；只要亲友们还都平安，他的世界便依然是率由旧章，并没有发生激剧的变动。因此，他也来听取瑞丰的报告，使瑞丰忘了疲乏与空虚，而感到自己的重要。

把亲戚都访看得差不多了，大家已然晓得他是失了业而到处花言巧语的骗饭吃，于是就不再客气的招待他。假若大家依旧的招待他，他满可以就这么天天和大嫂要一点零钱，去游访九城。他觉得这倒也怪无拘无束的悠闲自在。可是大家不再尊重他，不再热茶热饭的招待他，他才又想起找事情来。是的，他须马上去找事，好从速的“收复”胖菊子，好替——替谁呢？——作点事情。管他呢，反正给谁作事都是一样，只要自己肯去作事便是有心胸。他觉得自己很伟大。

“大嫂！”他很响亮的叫。“大嫂！从明天起，我不再去散逛了，我得去找事！你能不能多给我点钱呢？找事，不同串门子看亲戚；我得多带着几个钱，好应酬应酬哇！”

大嫂为了难。她知道钱是好的，也知道老二是个会拿别人的钱不当作钱的人。假若她随便给他，她就有点对不起丈夫与老人们。看吧，连爷爷还不肯吃一口喝一口好的，而老二天天要烟要酒。这已经有点不大对，何况在烟酒而外，再要交际费呢。再说，她手里实在并不宽裕呀。可是，不给他吧，他一闹气，又会招得全家不安。虽然祁家的人对她都很好，可是他们到底都是亲骨肉，而她是外来的。那么，大家都平平静静的也倒没有什么，赶到闹起气来，他们恐怕就会拿她当作祸首了。

她当然不能把这点难处说出来。她只假装的发笑，好拖延一点时间，想个好主意。她的主意来得相当的快——一个中国大家庭的主妇，尽管不大识字，是世界上最伟大的政治家。“老二，我偷偷的给你当一票当去吧？”去当东西，显然的表示出她手里没钱。从祁老人的治家的规条来看呢，出入典当铺是不体面的事；老二假若也还有人心的话，他必会拦阻大嫂进当铺。假若老二没心没肺的赞同此意呢，她也会只去此一遭，下不为例。

老二向来不替别人想什么，他马上点了头：“也好！”

大嫂的怒气像山洪似的忽然冲下来。但是，她的控制自己的力量比山洪还更厉害。把怒气压回去，她反倒笑了一笑。“不过，现在什么东西也当不出多少钱来！大家伙儿都去当，没多少人往外赎啊！”

“大嫂你多拿点东西！你看，没有应酬，我很难找到事！得，大嫂，我给你行个洋礼吧！”老二没皮没脸的把右手放在眉旁，给大嫂敬礼。

凑了一点东西，她才当回两块二毛钱来。老二心里不甚满意，可是没表示出来。他接过钱去，又磨着大嫂给添了八毛，凑足三块。

拿起钱，他就出去了。他找到了那群歪毛儿淘气儿，鬼混了一整天。晚间回来，他向大嫂报告事情大有希望，为是好再骗她的钱。他留着心，没对大嫂说他都和谁鬼混了一天，因为他知道大嫂的嘴虽然很严密，向来不爱拉舌头扯簸箕，可是假若她晓得他去交结歪毛淘气儿，她也会告诉大哥，而大哥会又教训他的。

就是这样，他天天出去，天天说事情有希望。而大嫂须天天给他买酒买烟，和预备交际费。她的手越来越紧，老二也就越来越会将就，三毛五毛，甚至几个铜板，他也接着。在十分困难的时候，他不惜偷盗家中一件小东西，拿出去变卖。有时候，大嫂太忙，他便献殷勤，张罗着上街去买东西。他买来的油盐酱醋等等，不是短着分量，便是忽然的又涨了价钱。

在外边呢，他虽然因为口袋里寒伧，没能和那些歪毛淘气儿成为莫逆之交，可是他也有他的一些本领，教他们无法不和他交往。第一，他会没皮没脸的死腻，对他们的讥诮与难听的话，他都作为没听见。第二，他的教育程度比他们的高，字也认识得多，对他们也不无用处。这样，不管他们待他怎样。他可是认定了他是他们的真朋友和“参谋”。于是，他们听戏——自然是永远不打票——他必定跟着。他们敲诈来了酒肉，他便跟着吃。他甚至于随着那真作特务的去捕人。这些，都使他感到兴奋与满意。他是走进了一个新的世界，看见了新的东西，学来了新的办法。他们永远不讲理，而只讲力；他们永远不考虑别人怎样，而只管自己合适不合适；他们永远不说瑞宣口中的话，而只说那夸大得使自己都吓一跳的言语。瑞丰喜欢这些办法。跟他们混了些日子，他也把帽子歪戴起来，并且把一条大毛巾塞在屁股上，假装藏着手枪。他的五官似乎都离了原位：嘴角老想越过耳朵去；鼻孔要朝天，像一双高射炮炮口；眼珠儿一刻不停的在转动，好像要飞出来，看看自己的后脑勺儿。在说话与举动上，他也学会了张嘴就横着来，说话就瞪眼，可是等到对方比他更强硬，他会忽然变成羊羔一般的温柔。在起初，他只在随着他们的时候，才敢狐假虎威的这样作。慢慢的，他独自也敢对人示威，而北平人又恰好是最爱和平，宁看拉屎，不看打架的，所以他的蛮横居然成功了几次。这越发使他得意，增加了自信。他以为不久他就会成为跺跺脚便山摇地动的大瓢把子[①]的。

不过，每逢看见了家门，他便赶紧把帽子拉正，把五官都复原。他的家教比他那点拿文凭混毕业的学校教育更有效一点，更保持得长远一点。他还不敢向家里的人瞪眼撇嘴。家，在中国，是礼教的堡垒。

有一天，可是，他喝多了酒，忘了这座堡垒。两眼离离光光的，身子东倒西歪的，嘴中唱唱咧咧的，他闯入了家门。一进门，他就骂了几声，因为门垛子碰了他的帽子。他的帽子不仅是歪戴着，而是在头上乱转呢。拐过了影壁，他又像哭又像笑的喊大嫂："大嫂！哈哈！给我沏茶哟！"

大嫂没应声。

他扶着墙骂开了："怎么，没人理我？行！我 × 你妈！"

"什么？"大嫂的声音都变了。她什么苦都能吃，只是不能受人家的侮辱。

天佑正在家里，他头一个跑了出来。"你说什么？"他问了一句。这个黑胡子老头儿不会打人，连自己的儿子也不会去打。

祁老人和瑞宣也出来看。

老二又骂了一句。

---

① 大瓢把子，称呼武艺高强者。

瑞宣的脸白了，但是当着祖父与父亲，他不便先表示什么。

祁老人过去细看了看孙子。老人是最讲规矩的，看明白瑞丰的样子，他的白胡子抖起来。老人是最爱和平的，可是他自幼是寒苦出身，到必要时，他并不怕打架。他现在已经老了，可还有一把子力气。他一把抓住了瑞丰的肩头，瑞丰的一只脚已离了地。

“你怎样？”瑞丰撇着嘴问祖父。

老人一声没出，左右开弓的给瑞丰两个嘴巴。瑞丰的嘴里出了血。

天佑和瑞宣都跑过来，拉住了老人。

“骂人，撒野，就凭你！”老人的手颤着，而话说得很有力。是的，假若瑞丰单单是吃醉了，老人大概是不会动气的。瑞丰骂了人，而且骂的是大嫂，老人不能再宽容。不错，老人的确喜欢瑞丰在家里，尽管他是白吃饭不干活。可是，这么些日子了，老人的眼睛也并不完全视而不见的睁着，他看出来瑞丰的行动是怎样的越来越下贱。他爱孙子，他可是也必须管教孙子。对于一个没出息的后辈，他也知道恨恶。

“拿棍子来！”老人的小眼睛盯着瑞丰，而向天佑下命令：“你给我打他！打死了，有我抵偿！”

“不行，我不能饶了他！……”天佑很沉静，用沉静压制着为难。他并不心疼儿子，可是非常的怕家中吵闹。同时，他又怕气坏了老父亲。他只紧紧的扶着父亲，说不出话来。

“瑞宣！拿棍子去！”老人把命令移交给长孙。

瑞宣真厌恶老二，可是对于责打弟弟并不十分热心。他和父亲一样的不会打人。

“算了吧！”瑞宣低声的说：“何必跟他动真气呢，爷爷！把自己气坏了，还了得！”

“不行！我不能饶了他！他敢骂嫂子，瞪祖父，好吗！难道他是日本人？日本人欺侮到我头上来，我照样会拼命！”老人现在浑身都哆嗦着。

韵梅轻轻的走到南屋去，对婆婆说："你老人家去劝劝吧！"虽然挨老二的骂的是她，她可是更关心祖父。祖父，今天在她眼中，并不只是个老人，而是维持这一家子规矩与秩序的权威。祖父向来不大爱发脾气，可是一发起脾气来就会教全家的人，与一切邪魔外道，都感到警戒与恐惧。

天佑太太正搂着两个孩子，怕他们吓着。听到儿媳的话，她把孩子交过去，轻轻的走出来。走到瑞丰的跟前，她极坚决的说："给爷爷跪下！跪下！"

瑞丰挨了两个嘴巴，酒已醒了一大半，好像无可奈何，又像莫名其妙的，倚着墙呆呆的立着，倒仿佛是看什么热闹呢。听到母亲的话，他翻了翻眼珠，身子晃了两晃，而后跪在了地上。

"爷爷，这儿冷，进屋里去吧！"天佑太太的手颤着，而脸上赔着笑说。

老人又数唠了一大阵，才勉强的回到屋中去。

瑞丰还在那里跪着。大家都不再给他讲情，都以为他是罪有应得。

在南屋里，婆媳相对无言。天佑太太觉得自己养出这样的儿子，实在没脸再说什么。韵梅晓得发牢骚和劝慰婆母是同样的使婆母难过，所以闭上了嘴。两个孩子不知道为了什么，而只知道出了乱子，全眨巴着小眼不敢出声，每逢眼光遇到了大人的，他们搭讪着无声的笑一下。

北屋里，爷儿三个谈得很好。祁老人责打过了孙子，心中觉得痛快，所以对儿子与长孙特别的亲热。天佑呢，为博得老父亲的欢心，只拣老人爱听的话说。瑞宣看两位老人都已有说有笑，也把笑容挂在自己的脸上。说了一会儿话，他向两位老人指出来："假若日本人老在这里，好人会变坏，坏人会变得更坏！"这个话使老人们沉思了一会儿，而后都叹了口气。乘着这个机会，他给瑞丰说情："爷爷，饶了老二吧！天冷，把他冻坏了也麻烦！"

老人无可如何的点了头。

十 九

尤桐芳的计划完全失败。她打算在招弟结婚的时候动手，好把冠家的人与道贺来的汉奸，和被邀来的日本人，一网打尽。茫茫人海，她没有一个知己的人；她只挂念着东北，她的故乡，可是东北已丢给了日本，而千千万万的东北人都在暴政与毒刑下过着日子。为了这个，她应当报仇。或者，假若高第肯逃出北平呢，她必会跟了走。可是，高第没有胆子。桐芳不肯独自逃走，她识字不多，没有作事的资格与知识。她的唯一的出路好像只有跑出冠家，另嫁个人。嫁人，她已看穿：凭她的年纪，出身，与逐渐衰老的姿貌，她已不是那纯洁的青年人所愿意追逐的女郎。要嫁人，还不如在冠家呢。冠晓荷虽然没什么好处，可是还没虐待过她。不过，冠家已不能久住，因为大赤包口口声声要把她送进窑子去。她没有别的办法，只好用死结束了一切。她可是不能白白的死，她须教大赤包与成群的小汉奸，最好再加上几个日本人，与她同归于尽。在结束她自己的时候，她也结束了压迫她的人。

她时常碰到钱先生。每逢遇见他一次，她便更坚决了一些，而且慢慢的改变了她的看法。钱先生的话教她的心中宽阔了许多，不再只想为结束自己而附带的结束别人。钱先生告诉她：这不是为结束自己，而是每一个有心胸有灵魂的中国人应当去作的事。锄奸惩暴是我们的责任，而不是无可奈何的“同归于尽”。钱先生使她的眼睁开，看到了她——尽管是个唱鼓书的，作姨太太的，和候补妓女——与国家的关系。她不只是个小妇人，而也是个国民，她必定能够作出点有关于国家的事。

桐芳很聪明。很快的，她把钱先生的话，咂摸出味道来。她不再和高第谈心了，怕是走了嘴，泄露了机关。她也不再和大赤包冲突，她快乐的忍受大赤包的逼迫与辱骂。她须拖延时间，等着下手的好机会。她知道了自己的重要，尊敬了自己，不能逞气一时而坏了大事。她决定在招弟结婚的时候动手。

可是，李空山被免了职。刺杀日本特使与向牛教授开枪的凶犯，都漏了网。日本人为减轻自己的过错，一方面乱杀了小崔与其他的好多嫌疑犯，一方面免了李空山的职。他是特高科的科长，凶手的能以逃走是他的失职。他不单被免职，他的财产也被没收了去。日本人鼓励他贪污，在他作科长的时候；日本人拿去他的财产，当他被免职的时候。这样，日本人赚了钱，而且惩办了贪污。

听到这消息，冠晓荷皱上了眉。不论他怎么无聊，他到底是中国人，不好拿儿女的婚姻随便开玩笑。他不想毁掉了婚约，同时又不愿女儿嫁个无职无钱的穷光蛋。

大赤包比晓荷厉害的多，她马上决定了悔婚。以前，她因为怕李空山的势力，所以才没敢和他大吵大闹。现在，他既然丢掉了势力与手枪，她不便再和他敷衍。她根本不赞成招弟只嫁个小小的科长，现在，她以为招弟得到了解放的机会，而且不应放过这个机会去。

招弟同意妈妈的主张。她与李空山的关系，原来就不怎么稳定。她是要玩一玩，冒一冒险。把这个目的达到，她并不怎样十分热心的和李空山结婚。不过，李空山若是一定要她呢，她就作几天科长太太也未为不可。尽管她不喜欢李空山的本人，可是科长太太与金钱，势力，到底还是未便拒绝的。她的年纪还轻，她的身体与面貌比从前更健全更美丽，她的前途还不可限量，不管和李空山结婚与否，她总会认定了自己的路子，走进那美妙的浪漫的园地的。现在，李空山既已不再作科长，她可就不必多此一举的嫁给他；她本只要嫁给一个“科长”的。李空山加上科长，等于科长；李空山减去科长，便什么也不是了。她不能嫁给一个“零”。

在从前，她的心思与对一切的看法往往和妈妈的不大相同。近来，她越来越觉得妈妈的所作所为都很聪明妥当。妈妈的办法都切于实际。在她破身以前，她总渺茫的觉得自己很尊贵，所以她的眼往往看到带有理想的地方去。她仿佛是作着一个春梦，梦境虽然空虚渺茫，可是也有极可喜爱的美丽与诗意，现在，她已经变成个妇人，她不再作梦。她看到金钱，肉欲，享受的美丽——这美丽是真的，可以摸到的；假若摸不到，便应当设法把它牵过来，像牵过一条狗那样。妈妈呢，从老早就是个妇人，从老早就天天设计把狗牵在身边。她认识了妈妈，佩服了妈妈。她也告诉了妈妈：

"李空山现在真成了空山，我才不会跟他去呢！"

"乖！乖宝贝！你懂事，要不怎么妈妈偏疼你呢！"大赤包极高兴的说。

大赤包和招弟既都想放弃了李空山，晓荷自然不便再持异议，而且觉得自己过于讲信义，缺乏时代精神了。

李空山可也不是好惹的。虽然丢了官，丢了财产，他可是照旧穿的很讲究，气派还很大。他赤手空拳的打下"天下"，所以在作着官的时候，他便是肆意横行的小皇帝；丢了"天下"呢，他至多不过仍旧赤手空拳，并没有损失了自己的什么，所以准备卷土重来。他永远不灰心，不悔过。他的勇敢与大胆是受了历史的鼓励。他是赤手空拳的抓住了时代。人民——那驯顺如羔羊，没有参政权，没有舌头，不会反抗的人民——在他的脚前跪倒，像垫道的黄土似的，允许他把脚踩在他们的脖子上。历代，在政府失去统治的力量，而人民又不会团结起来的时候，都有许多李空山出来兴妖作怪。只要他们肯肆意横行，他们便能赤手空拳打出一份儿天下。他们是中国人民的文化的鞭挞者。他们知道人民老实，所以他们连睡觉都瞪着眼。他们晓得人民不会团结，所以他们七出七入的敢杀个痛快。中国的人民创造了自己的文化，也培养出消灭这文化的魔鬼。

李空山在军阀的时代已尝过了"英雄"的酒食，在日本人来到的时候，他又看见了“时代”，而一手抓住不放。他和日本人恰好是英雄所见略同：日本人要来杀老实的外国人，李空山要杀老实的同胞。

现在，他丢了官与钱财，但是还没丢失了自信与希望。他很胡涂，愚蠢，但是在胡涂愚蠢之中，他却看见了聪明人所没看到的。正因为他胡涂，他才有胡涂的眼光，正因为他愚蠢，所以他才有愚蠢的办法。人民若没法子保护庄稼，蝗虫还会客气么？李空山认准了这是他的时代。只要他不失去自信，他总会诸事遂心的。丢了官有什么关系呢，再弄一份儿就是了。在他的胡涂的脑子里，老存着一个最有用处的字——混。只要打起精神鬼混，他便不会失败，小小的一些挫折是没大关系的。

戴着貂皮帽子，穿着有水獭领子的大衣。他到冠家来看“亲戚”。他带着一个随从，随从手里拿着七八包礼物——盒子与纸包上印着的字号都是北平最大的商店的。

晓荷看看空山的衣帽，看看礼物上的字号，再看看那个随从，（身上有枪！）他不知怎办好了。怪不得到如今他还没弄上一官半职呢；他的文化太高！日本人是来消灭文化的，李空山是帮凶。晓荷的胆子小，爱文雅，怕打架。从空山一进门，他便感到“大事不好了”，而想能让步就让步。他没敢叫“姑爷”，可也不敢不显出亲热来，他怕那支手枪。

脱去大衣，李空山一下子把自己扔在沙发上，好像是疲乏的不得了的样子。随从打过热手巾把来，李空山用它紧捂着脸，好大半天才拿下来；顺手在毛巾上净了一下鼻子。擦了这把脸，他活泼了一些，半笑的说：“把个官儿也丢咧，×！也好，该结婚吧！老丈人，定个日子吧！”

晓荷回不出话来，只咧了一下嘴。

“跟谁结婚？”大赤包极沉着的问。

晓荷的心差点儿从口中跳了出来！

“跟谁？”空山的脊背挺了起来，身子好像忽然长出来一尺多。“跟招弟呀！还有错儿吗？”

“是有点错儿！”大赤包的脸带出点挑战的笑来。“告诉你，空山，拣干脆的说，你引诱了招弟，我还没惩治你呢！结婚，休想！两个山字落在一块儿，你请出！”

晓荷的脸白了，搭讪着往屋门那溜儿凑，准备着到必要时好往外跑。

可是，空山并没发怒；流氓也有流氓的涵养。他向随从一挤眼。随从凑过去，立在李空山的身旁。

大赤包冷笑了一下：“空山，别的我都怕，就是不怕手枪！手枪办不了事！你已经不是特高科的科长了，横是不敢再拿人！”

“不过，弄十几个盒子来还不费事，死马也比狗大点！”空山慢慢的说。

“论打手，我也会调十几二十个来；打起来，不定谁头朝下呢！你要是想和平了结呢，自然我也没有打架的瘾。”

“是，和平了结好！”晓荷给太太的话加上个尾巴。

大赤包瞪了晓荷一眼，而后把眼中的余威送给空山：“我虽是个老娘们，办事可喜欢麻利，脆！婚事不许再提，礼物你拿走，我再送你二百块钱，从此咱们一刀两断，谁也别麻烦谁。你愿意上这儿来呢，咱们是朋友，热茶香烟少不了你的。你不愿意再来呢，我也不下帖子请你去。怎样？说干脆的！”

“二百块？一个老婆就值那么点钱！”李空山笑了一下，又缩了缩脖子。他现在需要钱。在他的算盘上，他这样的算计：白玩了一位小姐，而还拿点钱，这是不错的买卖。即使他没把招弟弄到手，可是在他的一部玩弄女人的历史里，到底是因此而增多了光荣的一页呀。况且，结婚是麻烦的事，谁有工夫伺候着太太呢。再说，他在社会上向来是横行无阻，只要他的手向口袋里一伸，人们便跪下，哪怕口袋里装着一个小木橛子呢。今天，他碰上了不怕他的人。他必须避免硬碰，而只想不卑不亢的多捞几个钱。他不懂什么是屈辱，他只知道“混”。

“再添一百，”大赤包拍出三百块钱来。“行呢，拿走！不行，拉倒！”

李空山哈哈的笑起来，“你真有两下子，老丈母娘！”这样占了大赤包一个便宜，他觉得应当赶紧下台；等到再作了官的时候，再和冠家重新算账。披上大衣，他把桌上的钱抓起来，随便的塞在口袋里。随从拿起来那些礼物。主仆二人吊儿啷当的走了出去。

“所长！”晓荷亲热的叫。“你真行，佩服！佩服！”

“哼！要交给你办，你还不白白的把女儿给了他？他一高兴，要不把女儿卖了才怪！”

晓荷听了，轻颤了一下；真的，女儿若真被人家给卖了，他还怎么见人呢！

招弟，只穿着件细毛线的红背心，外披一件大衣，跑了过来。进了屋门，嘴唇连串的响着：“不噜……！”而后跳了两三步，“喝，好冷！”

“你这孩子，等冻着呢！”大赤包假装生气的说。“快伸上袖子！”

招弟把大衣穿好，手插在口袋中。挨近了妈妈，问：“他走啦？”

“不走，还死在这儿？”

“那件事他不提啦？”

“他敢再提，教他吃不了兜着走！”

“得！这才真好玩呢！”招弟撒着娇说。

“好玩？告诉你，我的小姐！”大赤包故意沉着脸说：“你也该找点正经事作，别老招猫递狗儿的给我添麻烦！”

“是的！是的！”晓荷板着脸，作出老父亲教训儿女的样子。“你也老大不小的啦，应当，应当。”他想不起女儿应当去作些什么。

“妈！”招弟的脸上也严肃起来。“现在我有两件事可以作。一件是暂时的，一件是长久的。暂时的是去练习滑冰。”

“那——”晓荷怕溜冰有危险。

“别插嘴，听她说！”大赤包把他的话截回去。

“听说在过新年的时候，要举行滑冰大会，在北海。妈，我告诉你，你可别再告诉别人哪！我，勾玛丽，还有朱樱，我们三个打算表演个中日满合作，看吧，准得叫好！”

“这想得好！”大赤包笑了一下。她以为这不单使女儿有点“正经”事作，而且还可以大出风头，使招弟成为报纸上的资料与杂志上的封面女郎。能这样，招弟是不愁不惹起阔人与日本人的注意的。“我一定送个顶大顶大的银杯去。我的银杯，再由你得回来，自家便宜了自家，这才俏皮！”

“这想得更好！”晓荷夸赞了一声。

“那个长久的，是这样，等溜冰大会过去，我打算正正经经的学几出戏。”招弟郑重的陈说：“妈，你看，人家小姐们都会唱，我有嗓子，闲着也是闲着，何不好好的学学呢？学会了几出，拍，一登台，多抖啊！要是唱红了，我也上天津，上海，大连，青岛，和东京！对不对？”

“我赞成这个计划！”晓荷抢着说。“我看出来，现在干什么也不能大红大紫，除了作官和唱戏！你看，坤角儿有几个不一出来就红的，只要行头好，有人捧，三下两下子就挂头牌。讲捧角，咱们内行！只要你肯下工夫，我保险你成功！”

“是呀！”招弟兴高采烈的说：“就是说！我真要成了功，爸爸你拴个班子，不比老这么闲着强？”

“的确！的确！”晓荷连连的点头。

“跟谁去学呢？”大赤包问。

“小文夫妇不是很现成吗？”招弟很有韬略似的说：“小文的胡琴是人所共知，小文太太又是名票，我去学又方便！妈，你听着！”招弟脸朝了墙，扬着点头，轻咳了一下，开始唱倒板：“儿夫一去不回还”。她的嗓子有点闷，可是很有中气。

“还真不坏！真不坏！应当学程砚秋，准成！”晓荷热烈的夸赞。

“妈，怎样？”招弟仿佛以为爸爸的意见完全不算数儿，所以转过脸来问妈妈。

“还好！”大赤包自己不会唱，也不懂别人唱的好坏，可是她的气派表示出自己非常的懂行。“晓荷，我先嘱咐好了你，招弟要是学戏去，你可不准往文家乱跑！”

晓荷本想借机会，陪着女儿去多看看小文太太，所以极力的促成这件事。哪知道，大赤包，比他更精细。“我决不去裹乱，我专等着给我们二小姐成班子！是不是，招弟！”他扯着脸把心中的难过遮掩过去。

桐芳大失所望，颇想用毒药把大赤包毒死，而后她自己也自尽。可是，钱先生的话还时常在她心中打转，她不肯把自己的命就那么轻轻的送掉。她须忍耐，再等机会。在等待机会的时节，她须向大赤包屈膝，好躲开被送进窑子去的危险。她不便直接的向大赤包递降表，而决定亲近招弟。她知道招弟现在有左右大赤包的能力。她陪着招弟去练习滑冰，在一些小小的过节上都把招弟伺候得舒舒服服。慢慢的，这个策略发生了预期的效果。招弟并没有为她对妈妈求情，可是在妈妈要发脾气的时候，总设法教怒气不一直的冲到桐芳的头上去。这样，桐芳把自己安顿下，静待时机。

高亦陀见李空山败下阵去，赶紧打了个跟斗，拼命的巴结大赤包。倒好像与李空山是世仇似的，只要一说起话来，他便狠毒的咒诅李空山。

连晓荷都看出点来，亦陀是两面汉奸，见风使舵。可是大赤包依然信任他，喜爱他。她的心术不正，手段毒辣，对谁都肯下毒手。但是，她到底是个人，是个妇人。在她的有毒汁的心里，多少还有点“人”的感情，所以她也要表示一点慈爱与母性。她爱招弟和亦陀，她闭上眼爱他们，因为一睁眼她就也想阴狠的收拾他们了。因此，无论亦陀是怎样的虚情假意，她总不肯放弃了他；无论别人怎样说亦陀的坏话，她还是照旧的信任他。她这点拗劲儿恐怕也就是多少男女英雄失败了的原因。她觉得自己非常的伟大，可是会被一条哈巴狗或一只小花猫把她领到地狱里去。

亦陀不单只是消极的咒骂李空山，也积极的给大赤包出主意。他很委婉的指出来：李空山和祁瑞丰都丢了官，这虽然是他们自己的过错，可是多少也有点“伴君如伴虎”的意味在内。日本人小气，不容易伺候。所以，他以为大赤包应当赶快的，加紧的，弄钱，以防万一。大赤包觉得这确是忠告，马上决定增加妓女们给她献金的数目。高亦陀还看出来：现在北平已经成了死地，作生意没有货物，也赚不到钱，而且要纳很多的税。要在这块死地上抠几个钱，只有买房子，因为日本人来要住房，四郊的难民来也要住房。房租的收入要比将本图利的作生意有更大的来头。大赤包也接受了这个意见，而且决定马上买过一号的房来——假若房主不肯出脱，她便用日本人的名义强买。

把这些纯粹为了大赤包的利益的计划都供献出，亦陀才又提出有关他自己的一个建议。他打算开一家体面的旅馆，由大赤包出资本，他去经营。旅馆要设备得完美，专接贵客。在这个旅馆里，住客可以打牌聚赌，可以找女人——大赤包既是统治着明娼和暗娼，而高亦陀又是大赤包与娼妓们的中间人，他们俩必会很科学的给客人们找到最合适的“伴侣”。在这里，住客还可以吸烟。烟，赌，娼，三样俱备，而房间又雅致舒服，高亦陀以为必定能生意兴隆，财源茂盛。他负经营之责，只要个经理的名义与一份儿薪水，并不和大赤包按成数分账。他只有一个小要求，就是允许他给住客们治花柳病和卖他的草药——这项收入，大赤包也不得“抽税”。

听到这个计划，大赤包感到更大的兴趣，因为这比其他的事业更显得有声有色。她喜欢热闹。冠晓荷的口中直冒馋水，他心里说：假若他能作这样的旅馆的经理，就是死在那里，也自甘情愿。但是，他并没敢和亦陀竞争经理的职位，因为一来这计划不是他出的，当然不好把亦陀一脚踢开；二来，作经理究竟不是作官，他是官场中人，不便轻于降低了身份。他只建议旅馆里还须添个舞厅，以便教高贵的女子也可以进来。

在生意经里，“隔行利”是贪不得的。亦陀对开旅舍毫无经验，他并没有必能成功的把握与自信。他只是为利用这个旅馆来宣传他的医道与草药。假若旅馆的营业失败，那不过只丢了大赤包的钱。而他的专治花柳与草药仍然会声名广播的。

大赤包是眼里不揉沙子的人，向来不肯把金钱打了“水漂儿”玩。但是，现在她手里有钱，她觉得只要有钱便万事亨通，干什么都能成功。钱使她增多了野心，钱的力气直从她的心里往外顶，像蒸汽顶着壶盖似的。她必须大锣大鼓的干一下。哼，烟，赌，娼，舞，集中到一处，不就是个“新世界”么？国家已经改朝换代，她是开国的功臣，理应给人们一点新的东西看看，而且这新东西也正是日本人和中国人都喜欢要的。她觉得自己是应运而生的女豪杰，不单会赚钱，也会创造新的风气，新的世界。她决定开办这个旅馆。

对于筹办旅馆的一切，冠晓荷都帮不上忙，可是也不甘心袖手旁观。没事儿他便找张纸乱画，有时候是画房间里应当怎样摆设桌椅床铺，有时候是拟定旅舍的名字。“你们会跑腿，要用脑子可是还得找我来，”他微笑着对大家说。“从字号到每间屋里的一桌一椅，都得要‘雅’，万不能大红大绿的俗不可耐！名字，我已想了不少，你们挑选吧，哪一个都不俗。看，绿芳园，琴馆，迷香雅室，天外楼……都好，都雅! ”这些字号，其实，都是他去过的妓院的招牌。正和开妓院的人一样，他要雅，尽管雅的后面是男盗女娼。“雅”是中国艺术的生命泉源，也是中国文化上最贱劣的油漆。晓荷是地道的中国人，他在摸不到艺术的泉源的时候会拿起一小罐儿臭漆。

在设计这些雅事而外，他还给招弟们想出化装滑冰用的服装。他告诉她们到那天必须和演话剧似的给脸上抹上油，眼圈涂蓝，脸蛋擦得特别的红。“你们在湖心，人们立在岸上看，非把眉眼画重了不可！”她们同意这个建议，而把他叫作老狐狸精，他非常的高兴。他又给她们琢磨出衣服来：招弟代表中国，应当穿鹅黄的绸衫，上边绣绿梅；勾玛丽代表满洲，穿满清时贵妇人的氅衣，前后的补子都绣东北的地图；朱樱代表日本，穿绣樱花的日本衫子。三位小姐都不戴帽，而用发辫，大拉翅，与东洋蓬头，分别中日满。三位小姐，因为自己没有脑子，就照计而行。

一晃儿过了新年，正月初五下午一点，在北海举行化装滑冰比赛。

过度爱和平的人没有多少脸皮，而薄薄的脸皮一旦被剥了去，他们便把屈服叫作享受，忍辱苟安叫作明哲保身。北平人正在享受着屈辱。有钱的，没钱的，都努力的吃过了饺子，穿上最好的衣裳；实在找不到齐整的衣服，他们会去借一件；而后到北海——今天不收门票——去看升平的景象。他们忘了南苑的将士，会被炸弹炸飞了血肉，忘记了多少关在监狱里受毒刑的亲友，忘记了他们自己脖子上的铁索，而要痛快的，有说有笑的，饱一饱眼福。他们似乎甘心吞吃日本人给他们预备下的包着糖衣的毒丸子。

有不少青年男女分外的兴高采烈。他们已经习惯了给日本人排队游行，看熟了日本教师的面孔，学会了几句东洋话，看惯了日本人办的报纸。他们年岁虽轻，而学会了得过且过，他们还记得自己是中国人，可是不便为这个而不去快乐的参加滑冰。

到十二点，北海已装满了人。新春的太阳还不十分暖，可是一片晴光增加了大家心中的与身上的热力。“海”上的坚冰微微有些细碎的麻坑，把积下的黄土都弄湿，发出些亮的光来。背阴的地方还有些积雪，也被暖气给弄出许多小坑，像些酒窝儿似的。除了松柏，树上没有一个叶子，而树枝却像柔软了许多，轻轻的在湖边上，山石旁，摆动着。天很高很亮，浅蓝的一片，处处像落着小小的金星。这亮光使白玉石的桥栏更洁白了一些，黄的绿的琉璃瓦与建筑物上的各种颜色都更深，更分明，像刚刚画好的彩画。小白塔上的金顶发着照眼的金光，把海中全部的美丽仿佛要都带到天上去。

这全部的美丽却都被日本人的血手握着，它是美妙绝伦的俘获品，和军械，旗帜，与带血痕的军衣一样的摆列在这里，记念着暴力的胜利。湖边，塔盘上，树旁，道路中，走着没有力量保护自己的人。他们已失去自己的历史，可还在这美景中享受着耻辱的热闹。

参加比赛的人很多，十分之九是青年男女。他们是民族之花，现在变成了东洋人的玩具。只有几个岁数大的，他们都是曾经在皇帝眼前溜过冰的人，现在要在日本人面前露一露身手，日本人是他们今天的主子。

五龙亭的两个亭子作为化装室，一个亭子作为司令台。也不是怎么一来，大赤包，便变成女化装室的总指挥。她怒叱着这个，教训着那个，又鼓励着招弟，勾玛丽，与朱樱。亭子里本来就很乱，有的女郎因看别人的化装比自己出色，哭哭啼啼的要临时撤退，有的女郎因忘带了东西，高声的责骂着跟来的人，有的女郎因穿少了衣服，冻得一劲儿打喷嚏，有的女郎自信必得锦标，高声的唱歌……再加上大赤包的发威怒吼，亭子里就好像关着一群饿坏了的母豹子。冠晓荷知道这里不许男人进来，就立在外边，时时的开开门缝往里看一眼，招得里边狼嚎鬼叫的咒骂，而他觉得怪有趣，怪舒服。

日本人不管这些杂乱无章。当他们要整齐严肃的时候，他们会用鞭子与刺刀把人们排成整齐的队伍；当他们要放松一步，教大家“享受”的时候，他们会冷笑着像看一群小羊撒欢似的，不加以干涉。他们是猫，中国人是鼠，他们会在擒住鼠儿之后，还放开口，教它再跑两步看看。

集合了。男左女右排成行列，先在冰上游行。女队中，因为大赤包的调动，招弟这一组作了领队。后边的小姐们都噘着嘴乱骂。男队里，老一辈的看不起年轻的学生，而学生也看不起那些老头子，于是彼此故意的乱撞，跌倒了好几个。人到底还是未脱尽兽性，连这些以忍辱为和平的人也会你挤我，我碰你的比一比高低强弱，好教日本人看他们的笑话。他们给日本人证明了，凡是不敢杀敌的，必会自相践踏。

冰上游行以后，分组表演。除了那几个曾经在御前表演过的老人有些真的工夫，耍了些花样，其余的人都只会溜来溜去，没有什么出色的技艺。招弟这一组，三位小姐手拉着手，晃晃悠悠的好几次几乎跌下去，所以只溜了两三分钟，便退了出来。

可是，招弟这一组得了头奖，三位小姐领了大赤包所赠的大银杯。那些老手没有一个得奖的。评判员们遵奉着日本人的意旨，只选取化装的“正合孤意”，所以第一名是“中日满合作”，第二名是“和平之神”——一个穿白衣的女郎，高举着一面太阳旗，第三名是“伟大的皇军”。至于溜冰的技术如何，评判员知道日本人不高兴中国人会运动，身体强壮，所以根本不去理会。

领了银杯，冠晓荷，大赤包，与三位小姐，高高兴兴的照了相，而后由招弟抱着银杯在北海走了一圈。晓荷给她们提着冰鞋。

在漪澜堂附近，他们看见了祁瑞丰，他们把头扭过去，作为没看见。

又走了几步，他们遇见了蓝东阳和胖菊子。东阳的胸前挂着评判的红缎条，和菊子手拉着手。

冠晓荷和大赤包交换了眼神，马上迎上前去。晓荷提着冰鞋，高高的拱手。“这还有什么说的，喝你们的喜酒吧！”

东阳扯了扯脸上的肌肉，露了露黄门牙。胖菊子很安详的笑了笑。他们俩是应运而生的乱世男女，所以不会红脸与害羞。日本人所倡导的是孔孟的仁义道德，而真心去鼓励的是污浊与无耻。他们俩的行动是“奉天承运”。

“你们可真够朋友，”大赤包故意板着脸开玩笑，“连我告诉都不告诉一声！该罚！说吧，罚你们慰劳这三位得奖的小姐，每人一杯红茶，两块点心，行不行？”可是，没等他们俩出声，她就改了嘴，她知道东阳吝啬。“算了吧，那是说着玩呢，我来请你们吧！就在这里吧，三位小姐都累了，别再跑路。”

他们都进了漪澜堂。

二 十

瑞丰在“大酒缸”上喝了二两空心酒，红着眼珠子走回家来。唠里唠叨的，他把胖菊子变了心的事，告诉了大家每人一遍，并且声明：他不能当王八，必定要拿切菜刀去找蓝东阳拼个你死我活。他向大嫂索要香烟，好茶，和晚饭；他是受了委屈的人，所以，他以为，大嫂应当同情他，优待他。大嫂呢反倒放了心，因为老二还顾得要烟要茶，大概一时不至于和蓝东阳拼命去。

天佑太太也没把儿子的声明放在心里，可是她很不好过，因为儿媳妇若在外边胡闹，不止丢瑞丰一个人的脸，祁家的全家也都要陪着丢人。她看得很清楚，假若老二没作过那一任科长，没搬出家去，这种事或许不至于发生。但是，她不愿意责备，教诲，老二，在老二正在背运的时候。同时，她也不愿意安慰他，她晓得他是咎由自取。

瑞宣回来，马上听到这个坏消息。和妈妈的心理一样，他也不便表示什么。他只知道老二并没有敢去找蓝东阳的胆子，所以一声不出也不至于出什么毛病。

祁老人可是真动了心。在他的心里，孙子是爱的对象。对儿子，他知道严厉的管教胜于溺爱。但是，一想到孙子，他就觉得儿子应负管教他们的责任，而祖父只是爱护孙子的人。不错，前些日子他曾责打过瑞丰；可是，事后他很后悔。虽然他不能向瑞丰道歉，他心里可总有些不安。他觉得自己侵犯了天佑的权利，对孙子也过于严厉。他也想到，瑞全一去不回头，是生是死全不知道；那么，瑞丰虽然不大有出息，可究竟是留在家里；难道他既丢失小三儿，还再把老二赶了出去么？这么想罢，他就时常的用小眼睛偷偷的看瑞丰。他看出瑞丰怪可怜。他不再追究瑞丰为什么赋闲，而只咂摸："这么大的小伙子，一天到晚游游磨磨的没点事作，也难怪他去喝两盅儿酒！"

现在，听到胖菊子的事，他更同情瑞丰了。万一胖菊子要真的不再回来，他想，瑞丰既丢了差，又丢了老婆，可怎么好呢？再说：祁家是清白人家，真要有个胡里胡涂就跟别人跑了的媳妇，这一家老小还怎么再见人呢？老人没去想瑞丰为什么丢失了老婆，更想不到这是乘着日本人来到而要浑水摸鱼的人所必得到的结果，而只觉这全是胖菊子的过错——她嫌贫爱富，不要脸；她背着丈夫偷人；她要破坏祁家的好名誉，她要拆散四世同堂！

"不行！"老人用力的擦了两把胡子："不行！她是咱们明媒正娶的媳妇，活着是祁家的人，死了是祁家的鬼！她在外边瞎胡闹，不行！你去，找她去！你告诉她，别人也许好说话儿，爷爷可不吃这一套！告诉她，爷爷叫她马上回来！她敢说个不字，我会敲断了她的腿！你去！都有爷爷呢，不要害怕！"老人越说越挂气。对外来的侵犯，假若他只会用破缸顶上大门，对家里的变乱，他可是深信自己有控制的能力与把握。他管不了国家大事，他可是必须坚决的守住这四世同堂的堡垒。

瑞丰一夜没睡好。他向来不会失眠，任凭世界快毁灭，国家快灭亡，只要他自己的肚子有食，他便睡得很香甜。今天，他可是真动了心。他本想忘掉忧愁，先休息一夜，明天好去找胖菊子办交涉，可是，北海中的那一幕，比第一轮的电影片还更清晰，时时刻刻的映现在他的眼前。菊子和东阳拉着手，在漪澜堂外面走！这不是电影，而是他的老婆与仇人。他不能再忍，忍了这口气，他就不是人了！他的心像要爆炸，心口一阵阵的刺着疼，他觉得他是要吐血。

他不住的翻身，轻轻的哼哼，而且用手抚摸胸口。明天，明天，他必须作点什么，刀山油锅都不在乎，今天他可得先好好的睡一大觉；养足了精神，明天好去冲锋陷阵！可是，他睡不着。一个最软柔的人也会嫉妒。他没有后悔自己的行动，不去盘算明天他该悔过自新，作个使人尊重的人。他只觉得自己受了忍无可忍的侮辱，必须去报复。妒火使他全身的血液中了毒，他想起捉奸要成双，一刀切下两颗人头的可怕的景象。嗑喳一刀，他便成了英雄，名满九城！

这鲜血淋漓的景象，可是吓了他一身冷汗。不，不，他下不去手。他是北平人，怕血。不，他先不能一上手就强硬，他须用眼泪与甜言蜜语感动菊子，教她悔过。他是宽宏大量的人，只要她放弃了东阳，以往的一切都能原谅。是的，他必须如此，不能像日本人似的不宣而战。

假若她不接受这种谅解呢，那可就没了法子，狗急了也会跳墙的！到必要时，他一定会拿起切菜刀的。他是个堂堂的男儿汉，不能甘心当乌龟！是的，他须坚强，可也要忍耐，万不可太鲁莽了。

这样胡思乱想的到了鸡鸣，他才昏昏的睡去，一直睡到八点多钟。一睁眼，他马上就又想起胖菊子来。不过，他可不再想什么一刀切下两个人头来了。他觉得那只是出于一时的气愤，而气愤应当随着几句夸大的话或激烈的想头而消逝。至于办起真事儿来，气愤是没有什么用处的。和平，好说好散，才能解决问题。据说，时间是最好的医师，能慢慢治好了一切苦痛。对于瑞丰，这是有特效的，只需睡几个钟头，他便把苦痛忘了一大半。他决定采取和平手段，而且要拉着大哥一同去看菊子，因为他独自一个人去也许被菊子骂个狗血喷头。平日，他就怕太太；今天，菊子既有了外遇，也许就更厉害一点。打虎亲兄弟，上阵父子兵，他非求大哥帮帮忙不可。

可是，瑞宣已经出去了。瑞丰，求其次者，只好央求大嫂给他去助威。大嫂不肯去。大嫂是新时代的旧派女人，向来就看不上弟妇，现在更看不起她。瑞丰转开了磨。他既不能强迫大嫂非同他去不可，又明知自己不是胖菊子的对手，于是只好没话找话说的，和大嫂讨论办法。他是这样的人——与他无关的事，不论怎么重要，他也丝毫不关心；与他有关的事，他便拉不断扯不断的向别人讨论，仿佛别人都应当把他的事，哪怕是像一个芝麻粒那么大呢，当作第一版的新闻那样重视。他向大嫂述说菊子的脾气，和东阳的性格，倒好像大嫂一点也不知道似的。在述说的时候，他只提菊子的好处，而且把它们夸大了许多倍，仿佛她是世间最完美的妇人，好博得大嫂的同情。是的，胖菊子的好处简直说不尽，所以他必须把她找回来；没有她，他是活不下去的。他流了泪。大嫂的心虽软，可是今天咬了咬牙，她不能随着老二去向一个野娘们说好话，递降表。

蘑菇了好久，见大嫂坚硬得像块石头，老二叹了口气，回到屋中去收拾打扮。他细细的分好了头发，穿上最好的衣服，一边打扮一边揣摩：凭我的相貌与服装，必会战胜了蓝东阳的。

他找到了胖菊子。他假装不知道她与东阳的关系，而只说来看一看她；假若她愿意呢，请她回家一会儿，因为爷爷，妈妈，大嫂，都很想念她。他是想把她诓回家去，好人多势众的向她开火；说不定，爷爷会把大门关好，不再放她出来的。

菊子可是更直截了当，她拿出一份文件来，教他签字——离婚。

她近来更胖了。越胖，她越自信。摸到自己的肉，她仿佛就摸到自己的灵魂——那么多，那么肥！肉越多，她也越懒。她必须有个阔丈夫，好使她一动也不动的吃好的，穿好的，困了就睡，睁眼就打牌，连逛公园也能坐汽车来去，而只在公园里面稍稍遛一遛她的胖腿。她几乎可以不要个丈夫，她懒，她爱睡觉。假若她也要个丈夫的话，那就必须是个科长，处长或部长。她不是要嫁给他，而是要嫁给他的地位。最好她是嫁给一根木头。假若那根木头能给她好吃好穿与汽车。不幸，天下还没有这么一根木头。所以，她只好求其次者，要瑞丰，或蓝东阳。瑞丰呢，已经丢了科长，而东阳是现任的处长，她自然的选择了东阳。论相貌，论为人，东阳还不如瑞丰，可是东阳有官职，有钱。在过去，她曾为瑞丰而骂过东阳；现在，东阳找了她来，她决定放弃了瑞丰。她一点也不喜欢东阳，但是他的金钱与地位替他说了好话。他便是那根木头。她知道他很吝啬，肮脏，可是她晓得自己会有本事把他的钱吸收过来；至于肮脏与否，她并不多加考虑；她要的是一根木头，脏一点有什么关系呢。

瑞丰的小干脸白得像了一张纸。离婚？好吗，这可真到了拿切菜刀的时候了！他晓得自己不敢动刀。就凭菊子身上有那么多肉，他也不敢动刀；她的脖子有多么粗哇，切都不容易切断！

只有最软弱的人，才肯丢了老婆而一声不哼。瑞丰以为自己一定不是最软弱的人。丢了什么也不要紧，只是不能丢了老婆。这关系着他的脸面！

动武，不敢。忍气，不肯。他怎么办呢？怎么办呢？

胖菊子又说了话："快一点吧！反正是这么一回事，何必多饶一面呢？离婚是为有个交代，大家脸上都好看。你要不愿意呢，我还是跟了他去，你不是更……"

"难道，难道，"瑞丰的嘴唇颤动着，"难道你就不念其夫妇的恩情……"

"我要怎么着，就决不听别人的劝告！咱们在一块儿的时候，不是我说往东，你不敢说往西吗？"

"这件事可不能！"

"不能又怎么样呢？"

瑞丰答不出话来。想了半天，他想起来："即使我答应了，家里还有别人哪！"

"当初咱们结婚，你并没跟他们商议呀！他们管不着咱们的事！"

"你容我两天，教我细想想，怎样？"

"你永远不答应也没关系，反正东阳有势力，你不敢惹他！惹恼了他，他会教日本人惩治你！"

瑞丰的怒气冲上来，可是不敢发作。他的确不敢惹东阳，更不敢惹日本人。日本人给了他作科长的机会，现在日本人使他丢了老婆。他不敢细想此中的来龙去脉，因为那么一来，他就得恨恶日本人，而恨恶日本人是自取灭亡的事。一个不敢抗敌的人，只好白白的丢了老婆。他含着泪走出来。

“你不签字呀？”胖菊子追着问。

“永远不！”瑞丰大着胆子回答。

“好！我跟他明天就结婚，看你怎样！”

瑞丰箭头似的跑回家来。进了门，他一头撞进祖父屋中去，喘着气说：“完啦！完啦！”然后用双手捧住小干脸，坐在炕沿上。

“怎么啦？老二！”祁老人问。

“完啦！她要离婚！”

“什么？”

“离婚！”

“离——”离婚这一名词虽然已风行了好多年，可是在祁老人口中还很生硬，说不惯。“她提出来的？新新！自古以来，有休妻，没有休丈夫的！这简直是胡闹！”老人，在日本人打进城来，也没感觉到这么惊异与难堪。“你对她说了什么呢？”

“我？”瑞丰把脸上的手拿下来。“我说什么，她都不听！好的歹的都说了，她不听！”

“你就不会把她扯回来，让我教训教训她吗？你也是胡涂鬼！”老人越说，气越大，声音也越高。“当初，我就不喜欢你们的婚姻，既没看看八字儿，批一批婚，又没请老人们相看相看；这可好，闹出毛病来没有？不听老人言，祸患在眼前！这简直把祁家的脸丢透了！”

老人这一顿吵嚷，把天佑太太与韵梅都招了来。两个妇人没开口问，心中已经明白了个大概。天佑太太心中极难过：说话吧，没的可说；不说吧，又解决不了问题。责备老二吧，不忍；安慰他吧，又不甘心。教儿子去打架吧，不好；教他忍气吞声，答应离婚，又不大合理。看看这个，又看看那个，她心中愁成了一个疙疸。同时，在老公公面前，她还不敢愁眉苦眼的；她得设法用笑脸掩盖起心中的难过。

韵梅呢，心中另有一番难过。她怕离婚这两个字。祁老人也不喜欢听这两个字，可是在他心里，这两个字之所以可怕到底是渺茫的，抽象的，正如同他常常慨叹“人心不古”那么不着边际。他的怕“离婚”，正像他怕火车一样，虽然他永没有被火车碰倒的危险。韵梅的怕“离婚”，却更具体一些。自从她被娶到祁家来，她就忧虑着也许有那么一天，瑞宣会跑出去，不再回来，而一来二去，她的命运便结束在“离婚”上。她并不十分同情老二，而且讨厌胖菊子。若单单的就事论事说，她会很爽快的告诉大家：“好说好散，教胖菊子干她的去吧！”可是，她不敢这么说。假若她赞成老二离婚，那么，万一瑞宣也来这么一手呢？她想了半天，最好是一言不发。

两位妇人既都不开口，祁老人自然乐得的顺口开河的乱叨唠。老人的叨唠就等于年轻人歌唱，都是快意的事体。一会儿，他主张“教她滚！”一会儿，他又非把她找回来，好好圈她两个月不可！他是独力成家的人，见事向来不迷头。现在，他可是老了，所遇到的事是他一辈子没有处理过的，所以他没了一定的主意。说来说去呢，他还是不肯轻易答应离婚，因为那样一来，他的四世同堂的柱子就拆去一大根。

瑞丰的心中也很乱，打不定主意。他只用小眼向大家乞怜，他觉得自己是受了委屈的好人，所以大家理应同情他，怜爱他。他一会儿要落泪，一会儿又要笑出来，像个小三花脸。

晚间，瑞宣回来，一进门便被全家给包围住。他，身子虽在家里，心可是在重庆。在使馆里，他得到许多外面不晓得的情报。他知道战事正在哪里打得正激烈，知道敌机又在哪里肆虐，知道敌军在海南岛登陆，和兰州的空战我们击落了九架敌机，知道英国借给我们五百万镑，知道……知道的越多，他的心里就越七上八下的不安。得到一个好消息，他就自己发笑，同时厌恶那些以为中国已经亡了，而死心塌地想在北平鬼混的人们。得到个坏消息，他便由厌恶别人而改为厌恶自己，他自己为什么不去为国效力呢。在他的心中，中国不仅没有亡，而且还正拼命的挣扎奋斗；中国不单是活着，而且是表现着活的力量与决心。这样下去，中国必不会死亡，而世界各国也决不会永远袖手旁观。像诗人会梦见柳暗花明又一村似的，因为他关心国家，也就看见了国家的光明。因此，对于家中那些小小的鸡毛蒜皮的事，他都不大注意。他的耳朵并没有聋，可是近来往往听不见家人说的话。他好像正思索着一道算术上的难题那样的心不在焉。即使他想到家中的事，那些事也不会单独的解决了，而须等国事有了办法，才能有合理的处置。比如说：小顺儿已经到了入学的年龄，可是他能教孩子去受奴化的教育吗？不入学吧，他自己又没工夫教孩子读书识字。这便是个无可解决的问题，除非北平能很快的光复了。在思索这些小问题的时候，他才更感到一个人与国家的关系是何等的息息相关。人是鱼，国家是水；离开水，只有死亡。

对瑞丰的事，他实在没有精神去管。在厌烦之中，他想好一句很俏皮的话："我不能替你去恋爱，也管不着你离婚！"可是，他不肯说出来。他是个没出息的国民，可得充作"全能"的大哥。他是中国人，每个中国人都须负起一些无可奈何的责任，即使那些责任等于无聊。他细心的听大家说，而后很和悦的发表了意见，虽然他准知道他的意见若被采纳了，以后他便是"祸首"，谁都可以责备他。

"我看哪，老二，好不好冷静一会儿，再慢慢的看有什么发展呢？她也许是一时的冲动，而东阳也不见得真要她。暂时冷静一点，说不定事情还有转圜。"

"不！大哥！"老二把大哥叫得极亲热。"你不懂得她，她要干什么就一定往牛犄角里钻，决不回头！"

"要是那样呢？"瑞宣还婆婆妈妈的说，"就不如干脆一刀两断，省得将来再出麻烦。你今天允许她离异，是你的大仁大义；等将来她再和东阳散了伙呢，你也就可以不必再管了！在混乱里发生的事，结果必还是混乱，你看是不是？”

“我不能这么便宜了蓝东阳！”

“那么，你要怎办呢？”

“我没主意！”

“老大！”祁老人发了话：“你说的对，一刀两断，干她的去！省得日后捣麻烦！”老人本来不赞成离婚，可是怕将来再捣乱，所以改变了心意。“可有一件，咱们不能听她怎么说就怎么办，咱们得给她休书；不是她要离婚，是咱们休了她！”老人的小眼睛里射出来智慧，觉得自己是个伟大的外交家似的。

“休她也罢，离婚也罢，总得老二拿主意！”瑞宣不敢太冒失，他知道老二丢了太太，会逼着哥哥替他再娶一房的。

“休书，她未必肯接受。离婚呢，必须登报，我受不了！好吗，我正在找事情作，人家要知道我是活王八，谁还肯帮我的忙？”老二颇费了些脑子，想出这些顾虑来。他的时代，他的教育，都使他在正经事上，不会思索，而在无聊的问题上，颇肯费一番心思。他的时代，一会儿尊孔，一会儿打倒孔圣人；一会儿提倡自由结婚，一会儿又耻笑离婚；一会儿提倡白话文，一会又说白话诗不算诗；所以，他既没有学识，也就没有一定的意见，而只好东一勺子捞住孔孟，西一勺子又捞到恋爱自由，而最后这一勺子捞到了王八。他是个可怜的陀螺，被哪条时代的鞭子一抽，他都要转几转；等到转完了，他不过是一块小木头。

“那么，咱们再慢慢想十全十美的办法吧！”瑞宣把讨论暂时作个结束。

老二又和祖父去细细的究讨，一直谈到半夜，还是没有结果。

第二天，瑞丰又去找胖菊子。她不见。瑞丰跑到城外去，顺着护城河慢慢的遛。他想自杀。走几步，他立住，呆呆的看着一块坟地上的几株松树。四下无人，这是上吊的好地方。看着看着，他害了怕。松树是那么黑绿黑绿的，四下里是那么静寂，他觉得孤单单的吊死在这里，实在太没趣味。树上一只老鸦呱的叫了一声，他吓了一跳，匆匆的走开，头发根上冒了汗，怪痒痒的。

河上的冰差不多已快化开，在冰窟窿的四围已陷下许多，冒出清凉的水来。他在河坡上找了块干松有干草的地方，垫上手绢儿，坐下。他觉得往冰窟窿里一钻，也不失为好办法。可是，头上的太阳是那么晴暖，河坡上的草地是那么松软，小草在干草的下面已发出极嫩极绿的小针儿来，而且发着一点香气。他舍不得这个冬尽春来的世界。他也想起游艺场，饭馆，公园，和七姥姥八姨儿，心中就越发难过。泪成串的流下来，落在他的胸襟上。他没有结束自己性命的勇气，也没有和蓝东阳决一死战的骨头，他怕死。想来想去，他得到了中国人的最好的办法：好死不如赖活着。他的生命只有一条，不像小草似的，可以死而复生。他的生命极可宝贵。他是祖父的孙子，父母的儿子，大哥的弟弟，他不能抛弃了他们，使他们流泪哭嚎。是的。尽管他已不是胖菊子的丈夫，究竟还是祖父的孙子，和……他死不得！况且，他已经很勇敢的想到自杀，很冒险的来到坟墓与河坡上，这也就够了，何必跟自己太过不去呢！

泪流干了，他还坐在那里，怕万一遇见人，看见他的红眼圈。约摸着大概眼睛已复原了，他才立起来，还顺着河边走。在离他有一丈多远的地方，平平正正的放着一顶帽子，他心中一动。既没有自杀，而又拾一顶帽子，莫非否极泰来，要转好运么？他凑近了几步，细看看，那还是一顶八成新的帽子，的确值得拾起来。往四外看了一看，没有一个人。他极快的跑过去，把帽子抓到手中。下边，是一颗人头！被日本人活埋了的。他的心跳到口中来，赶紧松了手。帽子没正扣在人头上。他跑了几步，回头看了一眼，帽子只罩住人头的一半。像有鬼追着似的，他一气跑到城门。

擦了擦汗，他的心定下来。他没敢想日本人如何狠毒的问题，而只觉得能在这年月还活着，就算不错。他决不再想自杀。好吗，没被日本人活埋了，而自己自动的钻了冰窟窿，成什么话呢！他心中还看得见那个人头，黑黑的头发，一张怪秀气的脸，大概不过三十岁，因为嘴上无须。那张脸与那顶帽子，都像是读书人的。岁数，受过教育，体面，都和他自己差不多呀，他轻颤了一下。算了，算了，他不能再惹蓝东阳；惹翻了东阳，他也会被日本人活埋在城外的。

受了点寒，又受了点惊，到了家他就发起烧来，在床上躺了好几天。

在他害病的时候，菊子已经和东阳结了婚。

二十一

这是蓝东阳的时代。他丑，他脏，他无耻，他狠毒，他是人中的垃圾，而是日本人的宝贝。他已坐上了汽车。他忙着办新民会的事，忙着写作，忙着组织文艺协会及其他的会，忙着探听消息，忙着恋爱。他是北平最忙的人。

当他每天一进办公厅的时候，他就先已把眉眼扯成像天王脚下踩着的小鬼，狠狠的向每一个职员示威。坐下，他假装的看公文或报纸，而后忽然的跳起来，扑向一个职员去，看看职员正在干什么。假若那个职员是在写着一封私信，或看着一本书，马上不是记过，便是开除。他以前没作过官，现在他要把官威施展得像走欢了的火车头似的那么凶猛。有时候，他来得特别的早，把职员们的抽屉上的锁都拧开，看看他们私人的信件，或其他的东西。假若在私人信件里发现了可疑的字句，不久，就会有人下狱。有时候，他来的特别的迟，大家快要散班，或已经散了班。他必定要交下去许多公事，教他们必须马上办理，好教他们饿得发慌。他喜欢看他们饿得头上出凉汗。假若大家已经下了班，他会派工友找回他们来；他的时间才是时间，别人的时间不算数儿。特别是在星期天或休假的日子，他必定来办公。他来到，职员也必须上班；他进了门先点名。点完名，他还要问大家："今天是星期日，应当办公不应当？"大家当然要答应："应当！"而后，他还要补上几句训词："建设一个新的国家，必须有新的精神！什么星期不星期，我不管！我只求对得起天皇！"在星期天，他这样把人们折磨个半死，星期一他可整天的不来。他也许是在别处另有公干，也许是在家中睡觉。他不来办公，大家可是也并不敢松懈一点，他已经埋伏下侦探，代他侦察一切。假若大家都怕他，他们也就都怕那个工友；在他不到班的时候，工友便是他的耳目。即使工友也溜了出去，大家彼此之间也还互相猜忌，谁也不晓得谁是朋友，谁是侦探。东阳几乎每天要调出一两个职员去，去开小组会议。今天他调去王与张，明天他调去丁与孙，后天……当开小组会议的时候，他并没有什么正经事和他们商议，而永远提出下列的问题："你看我为人如何？"

"某人对我怎样？"

"某人对你不甚好吧？"

对于第一个问题，大家都知道怎样回答——捧他。他没有真正的学识与才干，而只捉住了时机，所以他心虚胆小，老怕人打倒他。同时，他又喜欢听人家捧他，捧得越肉麻，他心里越舒服。听到捧，他开始觉得自己的确伟大；而可以放胆胡作非为了。即使有人夸赞到他的眉眼，他都相信，而去多照一照镜子。

对于第二个问题可就不易回答。大家不肯出卖朋友，又不敢替别人担保忠心耿耿，于是只好含糊其词。他们越想含糊闪躲，他越追究得厉害；到末了，他们只好说出同事的缺点与坏处。这可是还不能满足他，因为他问的是："某人对我怎样？"被迫的没了办法，他们尽管是造谣，也得说："某人对你不很好！"并且举出事实。他满意了，他们可是卖了友人。

第三个问题最厉害。他们是给日本人作事，本来就人人自危，一听到某人对自己不好，他们马上就想到监狱与失业。经过他这一问，朋友立刻变成了仇敌。

这样，他的手下的人都多长出了一只眼，一个耳，和好几个新的心孔。他们已不是朋友与同事，而是一群强被圈在一块儿的狼，谁都想冷不防咬别人一口。东阳喜欢这种情形：他们彼此猜忌，就不能再齐心的反抗他。他管这个叫作政治手腕。他一会儿把这三个捏成一组，反对那四个；一会儿又把那四个叫来，反对另外的两个。他的脸一天到晚的扯动，心中也老在闹鬼。坐着坐着，因为有人咳嗽一声，他就吓一身冷汗，以为这是什么暗号，要有什么暴动。睡着睡着也时常惊醒，在梦里他看见了炸弹与谋杀。他的世界变成了个互相排挤，暗杀，升官，享受，害怕，所组成的一面蛛网，他一天到晚老忙着布置那些丝，好不叫一个鸟儿冲破他的网，而能捉住几个蚊子与苍蝇。

对于日本人，他又另有一套。他不是冠晓荷，没有冠晓荷那么高的文化。他不会送给日本人一张名画，或一对古瓶；他自己就不懂图画与瓷器，也没有审美的能力。他又不肯请日本人吃饭，或玩玩女人，他舍不得钱。他的方法是老跟在日本人的后面，自居为一条忠诚的癞狗。上班与下班，他必去给日本人鞠躬；在办公时间内还要故意的到各处各科走一两遭，专为给日本人致敬。物无大小，连下雨天是否可以打伞，他都去请示日本人。他一天不定要写多少签呈，永远亲自拿过去；日本人要是正在忙碌，没工夫理会他，他就规规矩矩的立在那里，立一个钟头也不在乎，而且越立得久越舒服。在日本人眼前，他不是处长，而是工友。他给他们点烟，倒茶，找雨伞，开汽车门。只要给他们作了一件小事，他立刻心中一亮："升官！"他写好了文稿，也要请他们指正，而凡是给他删改过一两个字的人都是老师。

他给他们的礼物是情报。他并没有什么真实的，有价值的消息去报告，而只求老在日本人耳旁唧唧咕咕，好表示自己有才干。工友的与同事们给他的报告，不论怎么不近情理，他都信以为真，并且望风捕影的把它们扩大，交给日本人。工友与同事们贪功买好，他自己也贪功买好，而日本人又宁可屈杀多少人，也不肯白白的放过一个谣言去。这样，他的责任本是替日本人宣传德政，可是变成了替日本人广为介绍屈死鬼。在他的手下，不知屈死了多少人。日本人并不讨厌他的啰嗦，反倒以为他有忠心，有才干。日本人的心计，思想，与才力，都只在一颗颗的细数绿豆与芝麻上显露出来，所以他们喜爱东阳的无中生有的，琐碎的，情报。他的情报，即使在他们细心的研究了以后，证明了毫无根据，他们也还乐意继续接受他的资料，因为它们即使毫无用处，也到底足以使他们运用心计，像有回事儿似的研究一番。白天见鬼是日本人最好的心理游戏。

蓝东阳，这样，成了个红人。

他有了钱，坐上了汽车，并且在南长街买了一处宅子。

可是，他还缺少个太太。

他也曾追逐过同事中的“花瓶”，但是他的脸与黄牙，使稍微有点人性的女子，都设法躲开他。他三天两头的闹失恋。一失恋，他便作诗。诗发表了之后，得到稿费，他的苦痛便立刻减轻；钱是特效药。这样，他的失恋始终没引起什么严重的，像自杀一类的，念头。久而久之，他倒觉得失恋可以换取稿费，也不无乐趣。

因为常常召集伶人们，给日本人唱戏，他也曾顺手儿的追逐过坤伶。但是，假若他的面貌可憎，他的手就更不得人缘；他的手不肯往外掏钱。不错，他会利用他的势力与地位压迫她们，可是她们也并不好欺负，她们所认识的人，有许多比他更有势力，地位也更高；还有认识日本人的呢。他只好暗中诅咒她们，而无可如何。及至想到，虽然在爱情上失败，可是保住了金钱，他的心也就平静起来。

闹来闹去，他听到瑞丰丢了官，也就想起胖菊子来。当初，他就很喜欢菊子，因为她胖，她像个肥猪似的可爱。他的斜眼分辨不出什么是美，什么是丑。他的贪得的心里，只计算斤量；菊子那一身肉值得重视。

同时，他恨瑞丰。瑞丰打过他一拳。瑞丰没能替他运动上中学的校长。而且，瑞丰居然能作上科长。作科长与否虽然与他不相干，可是他心中总觉得不舒泰。现在，瑞丰丢了官。好，东阳决定抢过他的老婆来。这是报复。报复是自己有能力的一个证明。菊子本身就可爱，再加上报仇的兴奋与快意，他觉得这个婚姻实在是天作之合，不可错过。

他找了菊子去。坐下，他一声不出，只扯动他的鼻子眼睛，好像是教她看看他像个处长不像。坐了一会儿，他走出去。上了汽车，他把头伸出来，表示他是坐在汽车里面的。

第二天，他又去了，只告诉她：我是处长，我有房子，我有汽车，大概是教她揣摩揣摩他的价值。

第三天，他告诉她：我还没有太太。

第四天，他没有去，好容些工夫教她咂摸他的“诗”的语言，与戏剧的行动中的滋味。

第五天，一进门他就问：“你想出处长太太的滋味来了吧？”说完，他便拉住她的胖手，好像抓住一大块红烧蹄膀似的，他的心跳得很快，他报了仇！从她的胖脸上，他看见瑞丰的失败与自己的胜利；他的脸上微微红了一点。

她始终没有说什么，而只把处长太太与汽车印在了心上。她晓得东阳比瑞丰更厉害，她可是毫无惧意。凭她的一身肉，说翻了的时候，一条胖腿便把他压个半死！她怎样不怕瑞丰，便还可以怎样不怕东阳，他们俩都没有大丈夫的力量与气概。

她也预料到这个婚姻也许长远不了。不过，谁管那些个呢。她现在是由科长太太升为处长太太，假若再散了伙，她还许再高升一级呢。一个妇人，在这个年月，须抓住地位。只要能往高处爬，你就会永远掉不下来。看人家大赤包，那么大的岁数，一脸的雀斑，人家可也挺红呀。她曾经看见过一位极俊美的青年娶了一个五十多岁，面皮都皱皱了的，暗娼。这个老婆婆的绰号是“佛动心”。凭她的绰号，虽然已经满脸皱纹，还一样的嫁给最漂亮的人。以此为例，胖菊子决定要给自己造个像“佛动心”的名誉。有了名，和东阳散了伙才正好呢。

三下五除二的，她和东阳结了婚。

在结婚的以前，他们俩曾拉着手逛过几次公园，也狠狠的吵过几回架。吵架的原因是：菊子主张举行隆重的结婚典礼，而东阳以为简简单单的约上三四位日本人，吃些茶点，请日本人在婚书上的介绍人，证婚人项下签字盖章就行了。菊子爱热闹，东阳爱钱。菊子翻了脸，给东阳一个下马威。东阳也不便示弱，毫不退让。吵着吵着，他们想起来祁瑞丰。菊子以为一定要先把离婚的手续办清，因为离婚是件出风头的事。东阳等不及，而且根本没把瑞丰放在眼里。他以为只要有日本人给他证婚，他便得到了法律上的保障，用不着再多顾虑别的。及至瑞丰拒绝了菊子的请求，东阳提议请瑞丰作介绍人，以便表示出赶尽杀绝。菊子不同意。在她心里，她只求由科长太太升为处长太太，而并不希望把祁家的人得罪净了。谁知道呢，她想，瑞丰万一再走一步好运，而作了比处长更大的官呢？东阳可以得意忘形，赶尽杀绝。她可必须留个后手儿。好吧，她答应下马上结婚，而拒绝了请瑞丰作介绍人。对于举行结婚典礼，她可是仍然坚持己见。东阳下了哀的美敦书：限二十四小时，教她答复，如若她必定要浪费金钱，婚事着勿庸议！

她没有答复。到了第二十五小时，东阳来找她：他声明：他收回“着无庸议”的成命，她也要让步一点，好赶快结了婚。婚姻——他琢磨出一句诗来——根本就是妥协。

她点了头。她知道她会在婚后怎样的收拾他。她已经收拾过瑞丰，她自信也必能教东阳脑袋朝下，作她的奴隶。

他们在一家小日本饮食店里，定了六份儿茶点，庆祝他们的百年和好。四个日本人在他们的证书上盖了仿宋体的图章。

事情虽然办得很简单，东阳可是并没忘了扩大宣传。他自己拟好了新闻稿，交到各报馆去，并且嘱告登在显明的地位。

在日本人来到以前，这种事是不会发生在北平的。假若发生了，那必是一件奇闻，使所有的北平人都要拿它当作谈话的资料。今天，大家看到了新闻，并没感到怎么奇怪，大家仿佛已经看明白：有日本人在这里，什么怪事都会发生，他们大可不必再用以前的道德观念批判什么。

关心这件事的只有瑞丰，冠家，和在东阳手下讨饭吃的人。

瑞丰的病更重了。无论他怎样没心没肺，他也受不住这么大的耻辱与打击。按照他的半流氓式的想法，他须挺起脊骨去报仇雪耻。可是，日本人给东阳证了婚，他只好低下头去，连咒骂都不敢放高了声音。他不敢恨日本人，虽然日本人使他丢了老婆。只想鬼混的人，没有爱，也没有恨。得意，他扬着脸鬼混。失意，他低着头鬼混。现在，他决定低下头去，而且需要一点病痛遮一遮脸。

冠家的人钦佩菊子的大胆与果断。同时也有点伤心——菊子，不是招弟，请了日本人给证婚。而且，东阳并没约请他们去参加结婚典礼，他们也感到有失尊严。但是，他们的伤心只是轻微的一会儿，他们不便因伤心而耽误了"正事"。大赤包与冠晓荷极快的预备了很多的礼物，坐了汽车去到南长街蓝宅贺喜。

已经十点多钟，新夫妇还没有起来。大赤包与侍从丈夫闯进了新房。没有廉耻的人永远不怕讨厌，而且只有讨厌才能作出最无耻的事。

"胖妹子！"大赤包学着天津腔，高声的叫："胖妹子！可真有你的！还不给我爬起来！"

"哈哈！哈哈！好！好得很！"晓荷眉开眼笑的赞叹。

东阳把头藏起去。菊子露出点脸来，愣眼巴睁的想笑一笑，而找不到笑的地点。"我起！你们外屋坐！"

"怕我干什么？我也是女人！"大赤包不肯出去。

"我虽然是男人，可是东阳和我一样啊！"晓荷又哈哈了一阵。

哈哈完了，他可是走了出去。他是有“文化”的中国人。

东阳还不肯起床。菊子慢慢的穿上衣服，下了地。大赤包张罗着给菊子梳头打扮：“你要知道，你是新娘子，非打扮得漂漂亮亮的不可！”

等到东阳起来，客厅里已挤满了人——他的属员都来送礼道喜。东阳不屑于招待他们，晓荷自动的作了招待员。

菊子没和东阳商议，便把大家都请到饭馆去，要了两桌酒席。东阳拒绝参加，而且暗示出他不负给钱的责任。菊子招待完了客人，摘下个金戒指押给饭馆，而后找到新民会去。在那里，她找到了东阳，当着众人高声的说：“给我钱，要不然我会在这里闹一整天，连日本人闹得都办不下公去！”

东阳没了办法，乖乖的给了钱。

没到一个星期，菊子把东阳领款用的图章偷了过来。东阳所有的稿费和薪金，都由她去代领。领到钱，她便马上买了金银首饰，存在娘家去。她不像大赤包那样能搂钱，能挥霍；她是个胖大的扑满，只吞钱，而不往外拿。她算计好：有朝一日，她会和东阳吵散，所以她必须赶快搂下老本儿，使自己经济独立。况且，手中有了积蓄，也还可以作为钓别的男人的饵，假若她真和东阳散了伙。有钱的女人，不论长得多么难看，年纪多大，总会找到丈夫的，她知道。

东阳感觉出来，自己是头朝了下。可是，他并不想放弃她。他好容易抓到一个女人，舍不得马上丢开。再说，假若他撵走菊子，而去另弄个女人，不是又得花一份精神与金钱么？还有菊子风言风语的已经暗示给他：要散伙，她必要一大笔钱；嫁给他的时候，她并没索要什么；散伙的时候，她可是不能随便的，空着手儿走出去。他无可如何的认了命。对别人，他一向毒狠，不讲情理。现在，他碰到个吃生米的，在无可如何之中，他反倒觉得怪有点意思。他有了金钱，地位，名望，权势，而作了一个胖妇人的奴隶。把得意变成愁苦，他觉出一些诗意来。亡了国，他反倒得意起来；结了婚，他反倒作了犬马。他是被压迫者，他必须道出他的委屈——他的诗更多了。他反倒感到生活丰富了许多，而且有诗为证。不，他不能和菊子散伙。散了伙，他必感到空虚，寂寞，无聊，或者还落个江郎才尽，连诗也写不出了。

同时，每一想起胖菊子的身体，他就不免有点迷惘。不错，丢了金钱是痛心的；可是女人又有她特具的价值与用处；没有女人也许比没有金钱更不好受。“好吧，”他想清楚之后，告诉自己：“只拿她当作妓女好啦！嫖妓女不也要花钱么？”

慢慢的，他又给自己找出生财之道。他去敲诈老实人们，教他们递包袱。这种金钱的收入，既不要收据，也不用签字盖章，菊子无从知道。而且，为怕菊子翻他的衣袋，他得到这样的钱财便马上用个假名存在银行里去，决不往衣袋里放。

这样，他既有了自己的钱，又不得罪菊子，他觉得自己的确是个天才。

二十二

正是芍药盛开的时节，汪精卫到了上海。瑞宣得到这个消息，什么也干不下去了。对牛教授的附逆，他已经难受过好多天。可是，牛教授只是个教授而已。谁能想得到汪精卫也肯卖国求荣呢？他不会，也不肯，再思索。万也想不到的事居然会实现了，他的脑中变成了一块空白。昏昏忽忽的，他只把牙咬得很响。

“你看怎样？”富善先生扯动了好几下脖子，才问出来。老先生同情中国人，可是及至听到汪逆的举止与言论，他也没法子不轻看中国人了。

“谁知道！”瑞宣躲开老先生的眼睛。他没脸再和老人说话。对中国的屡吃败仗，军备的落后，与人民的缺欠组织等等，他已经和富善先生辩论过不止一次。在辩论之中，他并不否认中国人的缺陷，可是他也很骄傲的指出来：只要中国人肯抱定宁为玉碎，不求瓦全的精神抵抗暴敌，中国就不会灭亡。现在，他没话再讲，这不是吃败仗，与武器欠精良的问题，而是已经有人，而且是有过革命的光荣与历史的要人，泄了气，承认了自己的软弱，而情愿向敌人屈膝。这不是问题，而是甘心失节。问题有方法解决，失节是无须解决什么，而自己愿作犬马。

“不过，也还要看重庆的态度。”老人看出瑞宣的难堪，而自己打了转身。

瑞宣只嘻嘻了两声，泪开始在眼眶儿里转。

他知道，只要士气壮，民气盛，国家是绝不会被一两个汉奸卖净了的。虽然如此，他可是还极难过。他想不通一个革命的领袖为什么可以摇身一变就变作卖国贼。假若革命本是假的，那么他就不能再信任革命，而把一切有地位与名望的人都看成变戏法的。这样，革命只污辱了历史，而志士们的热血不过只培养出几个汉奸而已。

在日本人的广播里，汪精卫是最有眼光，最现实的大政治家。瑞宣不能承认汪逆有眼光，一个想和老虎合作的人根本是胡涂鬼。他也不能承认汪逆最现实，除非现实只指伸手抓地位与金钱而言。他不能明白以汪逆的名望与地位，会和冠晓荷李空山蓝东阳们一样的去想在敌人手下取得金钱与权势。汪逆已经不是人，而且把多少爱国的男女的脸丢净。他的投降，即使无碍于抗战，也足以教全世界怀疑中国人，轻看中国人。汪逆，在瑞宣心里，比敌人还更可恨。

在恨恶汪逆之中，瑞宣也不由的恨恶他自己。汪逆以前的一切，由今天看起来，都是假的。他自己呢，明知道应该奔赴国难，可是还安坐在北平；明知道应当爱国，而只作了爱家的小事情；岂不也是假的么？革命，爱国，要到了中国人手里都变成假的，中国还有多少希望呢？要教国际上看穿中国的一切都是假的，谁还肯来援助呢？他觉得自己也不是人了，他只得在这里变小小的戏法。

在这种心情之下，他得到敌机狂炸重庆，鄂北大捷，德意正式缔结同盟，和国联通过援华等等的消息。可是，跟往日不同，那些消息都没给他高度的兴奋；他的眼似乎盯住了汪精卫。汪精卫到了日本，汪精卫回到上海……直到中央下了通缉汪逆的命令，他才吐了一口气。他知道，在日本人的保护下，通缉令是没有什么用处的，可是他觉得痛快。这道命令教他又看清楚了黑是黑，白是白；抗战的立在一边，投降的立在另一边。中央政府没有变戏法，中国的抗战绝对不是假的。他又敢和富善先生谈话，辩论了。

牡丹，芍药都开过了，他仿佛都没有看见。他忽然的看见了石榴花。

在石榴花开放以前，他终日老那么昏昏糊糊的。他没有病，而没有食欲。饭摆在面前，他就扒拨一碗，假若不摆在面前，他也不会催促，索要。有时候，他手里拿着一件东西，而还到处去找它。

对家里的一切，他除了到时候把钱交给韵梅，什么也不过问。他好像是在表示，这都是假的，都是魔术，我和汪精卫没有多少分别！

瑞丰的病已经被时间给医治好。他以为大哥的迷迷糊糊是因为他的事。大哥是爱体面的人，当然吃不消菊子的没离婚就改嫁。因此，他除了磨烦大嫂，给他买烟打酒之外，他还对大哥特别的客气，时常用："我自己还不把它放在心里，大哥你就更无须磨不开脸啦！"一类的话安慰老大。

听到这些安慰的话，瑞宣只苦笑一下，心里说："菊子也是汪精卫！"

除了在菊子也是汪精卫的意义之外，瑞宣并没有感到什么耻辱。他是新的中国人，他一向不过度的重视男女间的结合与分散。何况，他也看得很明白：旧的伦理的观念并阻挡不住暴敌的侵袭，而一旦敌人已经进来，无论你怎样的挣扎，也会有丢了老婆的危险。侵略的可怕就在于它不单伤害了你的身体财产，也打碎了你的灵魂。因此，他没把菊子的改嫁看成怎么稀奇，也没觉得这是祁家特有的耻辱，而以为这是一种对北平人普遍的惩罚，与势有必至的变动。

老人们当然动了心。祁老人和天佑太太都许多日子没敢到门口去，连小顺儿和妞子偶尔说走了嘴，提到胖婶，老人的白胡子下面都偷偷的发红。老人找不到话安慰二孙子，也找不到话安慰自己。凭他一生的为人处世，他以为绝不会受这样的恶报。他极愿意再多活几年，现在他可是时常闭上小眼睛装死。只有死去，他才可以忘了这家门的羞耻。

瑞宣一向细心，善于察颜观色。假若不是汪精卫横在他心里，他必会掰开揉碎的安慰老人们。他可是始终没有开口，不是故意的冷淡，而是实在没有心程顾及这点小事。在老人们看呢，他们以为瑞宣必定也动了心，所以用沉默遮掩住难堪。于是，几只老眼老盯着他，深怕他因为这件事而积郁成病。结果，大家都不开口，而心中都觉得难过。有时候，一整天大家相对无言，教那耻辱与难堪荡漾在空中。

日本人，在这时候，开始在天津和英国人捣乱。富善先生的脖子扯动得更厉害了。他开始看出来，日本人不仅是要灭亡中国，而且要把西洋人在东方的势力一扫而光。他是东方化了的英国人，但是他没法不关切英国。他知道英国在远东的权势有许多也是用侵略的手段得来的，但是他也不甘心就把那果实拱手让给日本人。在他的心里，他一方面同情中国，一方面又愿意英日仍然能缔结同盟。现在，日本人已毫不客气的开始挑衅，英日同盟恐怕已经没了希望。怎办呢？英国就低下头去，甘受欺侮吗？还是帮着一个贫弱的中国，共同抗日呢？他想不出妥当的办法来。

他极愿和瑞宣谈一谈。可是他又觉得难以开口。英国是海上的霸王，他不能表示出惧怕日本的意思来。他也不愿对瑞宣表示出，英国应当帮助中国，因为虽然他喜爱中国人，可是也不便因为个人的喜恶而随便乱说。他并无心作伪，但是在他的心的深处，他以为只有个贫弱而相当太平的中国，才能给他以潇洒恬静的生活。他不希望中国富强起来，谁知道一个富强了的中国将是什么样子呢？同时，他也不喜欢日本人用武力侵略中国，因为日本人占据了中国，不单他自己会失去最可爱的北平，恐怕所有的在中国的英国人与英国势力都要同归于尽。这些话，存在他心中，他感到矛盾与难过；说出来，就更不合体统。战争与暴力使个人的喜恶与国家的利益互相冲突，使个人的心中也变成了个小战场。他相当的诚实，而缺乏大智大勇的人的超越与勇敢。他不敢公然道出他完全同情中国，又不敢公然的说出对日本的恐惧。他只觉得已失去了个人的宁静，而被卷在无可抵御的混乱中。他只能用灰蓝色的眼珠偷偷的看瑞宣，而张不开口。

看出富善先生的不安，瑞宣不由的有点高兴。他绝不是幸灾乐祸，绝不是对富善先生个人有什么蒂芥。他纯粹是为了战争与国家的前途。在以前，他总以为日本人既诡诈，又聪明，必会适可而止的结束了战争。现在，他看出来日本人只有诡诈，而并不聪明。他们还没有征服中国，就又想和英美结仇作对了。这是有利于中国的。英美，特别是英国，即使要袖手旁观，也没法子不露一露颜色，当日本人把脏水泼在它们的头上的时候。有力气的蠢人是会把自己毁灭了的。

他可是只把高兴藏在心里，不便对富善先生说道什么。这样，慢慢的，两个好友之中，好像遮起一张障幕。谁都想说出对友人的同情来，而谁都又觉得很难调动自己的舌头。

瑞宣刚刚这样高兴一点，汪精卫来到了北平。他又皱紧了眉头。他知道汪精卫并发生不了什么作用，可是他没法因相信自己的判断而去掉脸上的羞愧。汪精卫居然敢上北平来，来和北平的汉奸们称兄唤弟，人的不害羞还有个限度没有呢？汪逆是中国人，有一个这样的无限度不害羞的中国人便是中国历史上永远的耻辱。

街上挂起五色旗来。瑞宣晓得，悬挂五色旗是北平的日本人与汉奸对汪逆不合作的表示；可是，汪逆并没有因吃了北方汉奸的钉子而碰死啊。不单没有碰死，他还召集了中学与大学的学生们训话。瑞宣想象不到，一个甘心卖国的人还能有什么话说。他也为那群去听讲的青年人难过。他觉得他们是去接受奸污。

连大赤包与蓝东阳都没去见汪精卫。大赤包撇着大红嘴唇在门外高声的说："哼，他！重庆吃不开了，想来抢我们的饭，什么东西！"蓝东阳是新民会的重要人物，而新民会便是代替"党"的。他绝对不能把自己的党放下，而任着汪精卫把伪国民党搬运到北平来。

这样，汪逆便乘兴而来，败兴而去。他的以伪中央，伪党，来统辖南京与华北的野心，已经碰回去一半。瑞宣以为汪逆回到南京，又应当碰死在中山陵前，或偷偷的跑到欧美去。可是，他并不去死，也不肯逃走。他安坐在了南京。无耻的人大概是不会动感情的，哪怕只是个马桶呢，自己坐上去总是差足自慰的。

汪逆没得到"统一"，而反促成了分裂。北平的汉奸们，在汪逆回到南方去以后，便拿出全副精神，支持与维持华北的特殊的政权。汪逆的威胁越大，他们便越努力巴结，讨好，华北的日本军阀，而华北的日本军阀又恰好乐意割据一方，唯我独尊。于是，徐州成了南北分界的界限，华北的伪钞过不去徐州，南京的伪币也带不过来。

"这到底是怎回事呢？"连不大关心国事的祁老人都有点难过了。"中央？中央不是在重庆吗？怎么又由汪精卫带到南京去？既然到了南京，咱们这儿怎么又不算中央？"

瑞宣只好苦笑，没法回答祖父的质问。

物价可是又涨了许多。无耻的汪逆只给人们带来不幸。徐州既成了"国"界，南边的物资就都由日本人从海里运走，北方的都由铁路运到关外。这样各不相碍的搬运，南方北方都成了空的，而且以前南北相通的货物都不再互相往来。南方的茶，瓷，纸，丝，与大米，全都不再向北方流。华北成了死地。南方的出产被日本人搬空。

这是个风云万变的夏天，北平的报纸上的论调几乎是一天一变。当汪逆初到上海的时候，报纸上一律欢迎他，而且以为只要汪逆肯负起责任，战争不久就可以结束。及至汪逆到了北平，报纸对他又都非常的冷淡，并且透露出小小的讽刺。同时，报纸上一致的反英美，倒仿佛中国的一切祸患都是英美人给带来的，而与日本人无关。日本人是要帮助中国复兴，所以必须打出英美人去。不久，报纸上似乎又忘记了英美，而忽然的用最大的字揭出“反苏”的口号来；日本军队开始袭击苏联边境的守军。

可是，无敌的皇军，在诺蒙坎吃了败仗。这消息，北平人无从知道。他们只看到反共反苏的论调，天天在报纸上用大字登出来。

紧跟着，德国三路进攻波兰，可是苏日反倒成立了诺蒙坎停战协定。紧跟着，德苏发表了联合宣言，互不侵犯。北平的报纸停止了反苏的论调。

这一串的惊人的消息，与忽来忽止的言论，使北平人莫名其妙，不知道世界将要变成什么样子。可是，聪明一点的人都看出来，假若他们自己莫名其妙，日本人可也够愚蠢的；假若他们自己迷惘惶惑，日本人可也举棋不定，手足无措。同时，他们也看清，不管日本人喊打倒谁，反对谁，反正真正倒霉的还是中国人。

果然，在反英美无效，反苏碰壁之后，日本人开始大举进攻湖北。这已经到了秋天。北平的报纸随着西风落叶沉静下来。他们不能报导日本人怎样在诺蒙坎吃败仗，也不便说那反共最力的德国怎么会和苏联成立了和平协定，更不肯说日本人无可如何只好进攻长沙。他们没的可说，而只报导一些欧战的消息，在消息之外还作一些小文，说明德国的攻取华沙正用的日本人攻打台儿庄的战术，替日本人遮一遮羞。

瑞宣得到的消息，比别人都更多一些。他兴奋，他愤怒，他乐观，他又失望，他不知怎样才好。一会儿，他觉得英美必定对日本有坚决的表示；可是，英美人只说了一些空话。他失望。在失望之中，他再细细玩味那些空话——它们到底是同情中国与公理的，他又高了兴。而且，英国还借给中国款项啊。一会儿，他极度的兴奋，因为苏日已经开了火。他切盼苏联继续打下去，解决了关东军。可是，苏日停了战。他又低下头去。一会儿，听到欧战的消息，他极快的把二加到二上，以为世界必从此分为两大阵营，而公理必定战胜强权。可是，再一想，以人类的进化之速，以人类的多少世纪的智慧与痛苦的经验，为什么不用心智与同情去协商一切，而必非互相残杀不可呢？他悲观起来。聪明反被聪明误，难道是人类的最终的命运么？

他想不清楚，不敢判断什么。他只感到自己像浑水中的一条鱼，四面八方全是泥沙。他没法不和富善先生谈一谈心了。可是，富善先生也不是什么哲人，也说不上来世界要变成什么样子。因为惶惑迷惘，老人近来的脾气也不甚好，张口就要吵架。这样，瑞宣只好把话存储在自己心里，不便因找痛快而反和老友拌嘴。那些话又是那样的复杂混乱，存在心中，仿佛像一团小虫，乱爬乱挤，使他一刻也不能安静。夏天过去了，他几乎没有感觉到那是夏天。个人的，家庭的，国家的，世界的，苦难，仿佛一总都放在他的背上，他已经顾不得再管天气的阴晴与凉暖了。他好像已经失去了感觉，除了脑与心还在活动，四肢百体仿佛全都麻木了。

入了十月，他开始清醒了几天。街上已又搭好彩牌坊，等着往上贴字。他想象得到，那些字必是：庆祝长沙陷落。他不再想世界问题了，长沙陷落是切身之痛。而且，日本人一旦打粤汉路，就会直接运兵到南洋去，而中国整个的被困住。每逢走到彩牌楼附近，他便闭上眼不敢看。他的心揪成了一团。他告诉自己：不要再管世界吧，自己连国难都不能奔赴，解救，还说什么呢？

可是，过了两天，彩牌坊被悄悄的拆掉了。报纸上什么消息也没有，只在过了好几天才在极不重要的地方，用很小的字印出来：皇军已在长沙完成使命，依预定计划撤出。同时，在另一角落，他看到个小小的消息：学生应以学业为重，此外遇有庆祝会及纪念日，学生无须参加游行……

半年来的苦闷全都被这几行小字给赶了走，瑞宣仿佛忽然由恶梦中醒过来。他看见了北平的晴天，黄叶，菊花，与一切色彩和光亮。他的心里不再存着一团小虫。他好像能一低眼就看见自己的心，那里是一片清凉光洁的秋水。只有一句像带着花纹的，晶亮的，小石卵似的话，在那片澄清的秋水中：“我们打胜了！”

把这句话念过不知多少回，他去请了两小时的假。出了办公室，他觉得一切都更明亮了。来到街上，看到人马车辆，他觉得都可爱——中国人不都是亡国奴，也有能打胜仗的。他急忙的去买了一瓶酒，一些花生米和香肠，跑回了家中。日本人老教北平人庆祝各地方的失陷，今天他要庆祝中国人的胜利。

他失去了常态，忘了谨慎，一进街门便喊起来：“我们打胜了！”拐过影壁，他碰到了小顺儿和妞子，急忙把花生米塞在他们的小手中，他们反倒吓愣了一会儿。他们曾经由爸爸手中得到过吃食，而没有看见过这么快活的爸爸。

“喝酒！喝酒！爷爷，老二，都来喝酒啊！”他一边往院里走，一边喊叫。

全家的人都围上了他，问他为什么要喝酒。他愣了一会儿，看看这个，再看看那个，似乎又说不出话来了。泪开始在他的眼眶中转，他把二年多的一切都想了起来。他没法子再狂喜，而反觉得应当痛哭一场。把酒瓶交与老二，他忸怩的说了声：“我们在长沙打了大胜仗！”

“长沙？”老祖父想了想，知道长沙确是属于湖南。“离咱们这儿远得很呢！远水解不了近渴呀！”

是的，远水解不了近渴。什么时候，什么时候，北平人才能协助着国军，把自己的城池光复了呢？瑞宣不再想喝酒了；热情而没有行动配备着，不过是冒冒热气而已。

不过，酒已经买来，又不便放弃。况且，能和家里的人吃一杯，使大家的脸上都发起红来，也不算完全没有意义。他勉强的含着笑，和大家坐在一处。

祁老人向来不大能吃酒。今天，看长孙面上有了笑容，他不便固执的拒绝。喝了两口之后，他想起来小三儿，钱先生，孟石，仲石，常二爷，小崔。他老了，怕死。越怕死，他便越爱想已经过去了的人，和消息不明的人——消息不明也就是生死不明。他很想控制自己不多发牢骚，免得招儿孙们讨厌他。但是，酒劲儿催着他说话；而老人的话多数是泪的结晶。

瑞宣已不想狂饮，而只陪一陪祖父。祖父的牢骚并没招起他的厌烦，因为祖父说的是真话；日本人在这二年多已经把多少多少北平人弄得家破人亡。

老二见了酒，忘了性命。他既要在祖父与哥哥面前逞能，又要趁机会发泄发泄自己心中的委屈。他一口一杯，而后把花生米嚼得很响。“酒很不坏，大哥！”他的小瘦干脸上发了光，倒好像他不是夸赞哥哥会买酒，而是表明自己的舌头高明。不久，他的白眼珠横上了几条鲜红的血丝，他开始念叨菊子，而且声明他须赶快再娶一房。“好家伙，老打光棍儿可受不了！”他毫不害羞的说。

祁老人赞同老二的意见。小三儿既然消息不明，老大又只有一儿一女，老二理应续娶，好多生几个胖娃娃，扩大了四世同堂的声势。老人深恨胖菊子的给祁家丢人，同时，在无可如何之中去找安慰，他觉得菊子走了也好——她也许因为品行不端而永远不会生孩子的。老人只要想到四世同堂，便忘了考虑别的。他忘了老二的没出息，忘了日本人占据着北平，忘了家中经济的困难，而好像墙阴里的一根小草似的，不管环境如何，也要努力吐个穗儿，结几个子粒。在这种时候，他看老二不是个没出息的人，而是个劳苦功高的，会生娃娃的好小子。在这一意义之下，瑞丰在老人眼中差不多是神圣的。

“唉！唉！”老人点头咂嘴的说：“应该的！应该的！可是，这一次，你可别自己去瞎碰了！听我的，我有眼睛，我去给你找！找个会操持家务的，会生儿养女的，好姑娘；像你大嫂那么好的好姑娘！”

瑞宣不由的为那个好姑娘痛心，可是没开口说什么。

老二不十分同意祖父的意见，可是又明知道自己现在赤手空拳，没有恋爱的资本，只好点头答应。他现实，知道白得个女人总比打光棍儿强。再说，即使他不喜爱那个女人，至少他还会爱她所生的胖娃娃，假若她肯生娃娃的话。还有，即使她不大可爱，等到他自己又有了差事，发了财的时节，再弄个小太太也还不算难事。他答应了服从祖父，而且觉得自己非常的聪明，他是把古今中外所有的道理与方便都能一手抓住，而随机应变对付一切的天才。

喝完了酒，瑞宣反倒觉得非常的空虚，无聊。在灯下，他也要学一学祖父与老二的方法，抓住现实，而忘了远处的理想与苦痛。他勉强的和两个孩子说笑，告诉他们长沙打了胜仗。

小孩们很愿意听日本人吃了败仗。兴奋打开了小顺儿的想象："爸！你，二叔，小顺儿，都去打日本人好不好？我不怕，我会打仗！"

瑞宣又愣起来。

二十三

瑞宣的欢喜几乎是刚刚来到便又消失了。为抵抗汪精卫，北平的汉奸们死不要脸的向日本军阀献媚，好巩固自己的地位。日本人呢，因为在长沙吃了败仗，也特别愿意牢牢的占据住华北。北平人又遭了殃。"强化治安"，"反共剿匪"，等等口号都被提了出来。西山的炮声又时常的把城内震得连玻璃窗都哗啦哗啦的响。城内，每条胡同都设了正副里长，协助着军警维持治安。全北平的人都须重新去领居住证。在城门，市场，大街上，和家里，不论什么时候都可以遭到检查，忘带居住证的便被送到狱里去。中学，大学，一律施行大检举，几乎每个学校都有许多教员与学生被捕。被捕去的青年，有被指为共产党的，有被指为国民党的，都随便的杀掉，或判长期的拘禁。有些青年，竟自被指为汪精卫派来的，也受到苦刑或杀戮。同时，新民会成了政治训练班，给那些功课坏，心里胡涂，而想升官发财的青年辟开一条捷径。他们去受训，而后被派在各机关去作事。假若他们得到日本人的喜爱，他们可以被派到伪满，朝鲜，或日本去留学。在学校里，日本教官的势力扩大，他们不单管着学生，也管着校长与教员。学生的课本一律改换。学生的体育一律改为柔软操。学生课外的读物只是淫荡的小说与剧本。

新民会成立了剧团，专上演日本人选好的剧本。电影院不准再演西洋片子，日本的和国产的《火烧红莲寺》之类的影片都天天"献映"。

旧剧特别的发达，日本人和大汉奸们都愿玩弄女伶，所以隔不了三天就捧出个新的角色来。市民与学生们因为无聊，也争着去看戏，有的希望看到些忠义的故事，涤除自己一点郁闷，有的却为去看淫戏与海派戏的机关布景。淫戏，像《杀子报》《纺棉花》《打樱桃》等等都开了禁。机关布景也成为号召观众的法宝。战争毁灭了艺术。

从思想，从行动，从社会教育与学校教育，从暴刑与杀戮，日本没打下长沙，而把北平人收拾得像避猫鼠。北平像死一般的安静，在这死尸的上面却插了一些五光十色的纸花，看起来也颇鲜艳。

瑞宣不去看戏，也停止了看电影，但是他还看得见报纸上戏剧与电影的广告。那些广告使他难过。他没法拦阻人们去娱乐，但是他也想象得到那去娱乐的人们得到的是什么。精神上受到麻醉的，他知道，是会对着死亡还吃吃的笑的。

他是喜欢逛书摊的。现在，连书摊他也不敢去看了。老书对他毫无用处。不单没有用处，他以为自己许多的观念与行动还全都多少受了老书的恶影响，使他遇到事不敢说黑就是黑，白就是白，而老那么因循徘徊，像老书那样的字不十分黑，纸不完全白。可是，对于新书，他又不敢翻动。新书不是色情的小说剧本，便是日本人的宣传品。他不能甘心接受那些毒物。他极盼能得到一些英文书，可是读英文便是罪状；他已经因为认识英文而下过狱。对于他，精神的食粮已经断绝。他可以下决心不接受日本人的宣传品，却没法子使自己不因缺乏精神食粮而仍感到充实。他是喜爱读书的人。读书，对于他，并不简单的只是消遣，而是一种心灵的运动与培养。他永远不抱着书是书，他是他的态度去接近书籍。而是想把书籍变成一种汁液，吸收到他身上去，荣养自己。他不求显达，不求富贵，书并不是他的干禄的工具。他是为读书而读书。读了书，他才会更明白，更开阔，更多一些精神上的生活。他极怕因为没有书读，而使自己“贫血”。他看见过许多三十多岁，精明有为的人，因为放弃了书本，而慢慢的变得庸俗不堪。然后，他们的年龄加增，而只长多了肉，肚皮支起多高，脖子后边起了肉枕。他们也许万事亨通的作了官，发了财，但是变成了行尸走肉。瑞宣自己也正在三十多岁。这是生命过程中最紧要的关头。假若他和书籍绝了缘，即使他不会走入官场，或去作买办，他或者也免不了变成个抱孩子，骂老婆，喝两盅酒就琐碎唠叨的人。他怕他会变成老二。

可是，日本人所需要的中国人正是行尸走肉。

瑞宣已经听到许多消息——日本人在强化治安，控制思想，“专卖”图书，派任里长等设施的后面，还有个更毒狠的阴谋：他们要把北方人从各方面管治得伏伏帖帖，而后从口中夺去食粮，身上剥去衣服，以饥寒活活挣死大家。北平在不久就要计口授粮，就要按月献铜献铁，以至于献泡过的茶叶。

瑞宣打了哆嗦。精神食粮已经断绝，肉体的食粮，哼，也会照样的断绝。以后的生活，将是只顾一日三餐，对付着活下去。他将变成行尸走肉，而且是面黄肌瘦的行尸走肉！

他所盼望的假若常常的落空，他所忧虑的可是十之八九能成为事实。小羊圈自成为一里，已派出正副里长。

小羊圈的人们还不知道里长究竟是干什么的。他们以为里长必是全胡同的领袖，协同着巡警办些有关公益的事。所以，众望所归，他们都以李四爷为最合适的人。他们都向白巡长推荐他。

李四爷自己可并不热心担任里长的职务。由他的二年多的所见所闻，他已深知日本人是什么东西。他不愿给日本人办事。

可是，还没等李四爷表示出谦让，冠晓荷已经告诉了白巡长，里长必须由他充任。他已等了二年多，还没等上一官半职，现在他不能再把作里长的机会放过去。虽然里长不是官，但是有个“长”字在头上，多少也过点瘾。况且，事在人为，谁准知道作里长就没有任何油水呢？

这本是一桩小事，只须他和白巡长说一声就够了。可是，冠晓荷又去托了一号的日本人，替他关照一下。惯于行贿托情，不多说几句好话，他心里不会舒服。

白巡长讨厌冠晓荷，但是没法子不买这点账。他只好请李四爷受点屈，作副里长。李老人根本无意和冠晓荷竞争，所以连副里长也不愿就。可是白巡长与邻居们的“劝进”，使他无可如何。白巡长说得好：“四大爷，你非帮这个忙不可！谁都知道姓冠的是吃里爬外的混球儿，要是再没你这个公正人在旁边看一眼，他不定干出什么事来呢！得啦，看在我，和一群老邻居的面上，你老人家多受点累吧！”

好人禁不住几句好话，老人的脸皮薄，不好意思严词拒绝：“好吧，干干瞧吧！冠晓荷要是胡来，我再不干就是了。”

“有你我夹着他，他也不敢太离格儿了！”白巡长明知冠晓荷不好惹，而不得不这么说。

老人答应了以后，可并不热心去看冠晓荷。在平日，老人为了职业的关系，不能不听晓荷的支使。现在，他以为正副里长根本没有多大分别，他不能先找晓荷去递手本。

冠晓荷可是急于摆起里长的架子来。他首先去印了一盒名片，除了一大串“前任”的官衔之外，也印上了北平小羊圈里正里长。印好了名片，他切盼副里长来朝见他，以便发号施令。李老人可是始终没露面。他赶快的去作了一面楠木本色的牌子，上刻“里长办公处”，涂上深蓝的油漆，挂在了门外。他以为李四爷一看见这面牌子必会赶紧来叩门拜见的。李老人还是没有来。他找了白巡长去。

白巡长准知道，只要冠晓荷作了里长，就会凭空给他多添许多麻烦。可是，他还须摆出笑容来欢迎新里长；新里长的背后有日本人啊。

“我来告诉你，李四那个老头子是怎么一回事，怎么不来见我呢？我是‘正’里长，难道我还得先去拜访他不成吗？那成何体统呢！”

白巡长沉着了气，话软而气儿硬的说：“真的，他怎么不去见里长呢？不过，既是老邻居，他又有了年纪，你去看看他大概也不算什么丢脸的事。”

“我先去看他？”晓荷惊异的问。“那成什么话呢？告诉你，我是正里长，只能坐在家里出主意，办公；跑腿走路是副里长的事。我去找他，新新！”

“好在现在也还无事可办。”白巡长又冷冷的给了他一句。

晓荷无可奈何的走了出来。他向来看不起白巡长，可是今天白巡长的话相当的硬，所以他不便发威。只要白巡长敢说硬话，他以为，背后就必有靠山。他永远不干硬碰硬的事。

白巡长可是没有说对，里长并非无公可办。冠晓荷刚刚走，巡长便接到电话，教里长马上切实办理，每家每月须献二斤铁。听完电话，白巡长半天都没说上话来。别的他不知道，他可是准知道铜铁是为造枪炮用的。日本人拿去北平人的铁，还不是去造成枪炮再多杀中国人？假若他还算个中国人，他就不能去执行这个命令。

可是，他是亡了国的中国人。挣人钱财，与人消灾。他不敢违抗命令，他挣的是日本人的钱。

像有一块大石头压着他的脊背似的，他一步懒似一步的，走来找李四爷。

“噢！敢情里长是干这些招骂的事情啊？”老人说：“我不能干！”

“那可怎办呢？四大爷！”白巡长的脑门上出了汗。“你老人家要是不出头，邻居们准保不往外交铁，咱们交不上铁，我得丢了差事，邻居们都得下狱，这是玩的吗？”

“教冠晓荷去呀！”老人绝没有为难白巡长的意思，可是事出无奈的给了朋友一个难题。

“无论怎样，无论怎样，”白巡长的能说惯道的嘴已有点不利落了，“你老人家也得帮这个忙！我明知道这是混账事，可是，可是……”

看白巡长真着了急，老人又不好意思了，连连的说：“要命！要命！”然后，他叹了口气：“走！找冠晓荷去！”

到了冠家，李老人决定不便分外的客气。一见冠晓荷要摆架子，他就交代明白：“冠先生，今天我可是为大家的事来找你，咱们谁也别摆架子！平日，你出钱，我伺候你，没别的话可说。今天，咱们都是替大家办事，你不高贵，我也不低搭[①]。是这样呢，我愿意帮忙；不这样，我也有个小脾气，不管这些闲事！”

交代完了，老人坐在了沙发上；沙发很软，他又不肯靠住后背，所以晃晃悠悠的反觉得不舒服。

白巡长怕把事弄僵，赶快的说：“当然！当然！你老人家只管放心，大家一定和和气气的办好了这件事。都是多年的老邻居了，谁还能小瞧谁？冠先生根本也不是那种人！”

晓荷见李四爷来势不善，又听见巡长的卖面子的话，连连的眨巴眼皮。然后，他不卑不亢的说：“白巡长，李四爷，我并没意思作这个破里长。不过呢，胡同里住着日本朋友，我怕别人办事为难，所以我才肯出头露面。再说呢，我这儿茶水方便，桌儿凳儿的也还看得过去，将来哪怕是日本官长来看看咱们这一里，咱们的办公处总不算太寒伧。我纯粹是为了全胡同的邻居，丝毫没有别的意思！李四爷你的顾虑很对，很对！在社会上作事，理应打开鼻子说亮话。我自己也还要交代几句呢：我呢，不怕二位多心，识几个字，有点

① 低搭，人品低下的意思。

脑子，愿意给大家拿个主意什么的。至于跑跑腿呀，上趟街呀，恐怕还得多劳李四爷的驾。咱们各抱一角，用其所长，准保万事亨通！二位想是也不是？”

白巡长不等老人开口，把话接了过去：“好的很！总而言之，能者多劳，你两位多操神受累就是了！冠先生，我刚接到上边的命令，请两位赶紧办，每家每月要献二斤铁。”

“铁？”晓荷好像没听清楚。

“铁！”白巡长只重说了这一个字。

“干什么呢？”晓荷眨巴着眼问。

“造枪炮用！”李四爷简截的回答。

晓荷知道自己露了丑，赶紧加快的眨眼。他的确没有想起铁是造枪炮用的，因为他永远不关心那些问题。听到李老人的和铁一样硬的回答，他本想说：造枪炮就造吧，反正打不死我就没关系。可是，他又觉得难以出口，他只好给日本人减轻点罪过，以答知己：“也不一定造枪炮，不一定！作铲子，锅，水壶，不也得用铁么？”

白巡长很怕李老人又顶上来，赶快的说：“管它造什么呢，反正咱们得交差！”

“就是！就是！”晓荷连连点头，觉得白巡长深识大体。“那么，四爷你就跑一趟吧，告诉大家先交二斤，下月再交二斤。”

李四爷瞪了晓荷一眼，气得没说出话来。

“事情恐怕不那么简单！”白巡长笑得怪不好看的说：“第一，咱们不能冒而咕咚去跟大家要铁。你们二位大概得挨家去说一声，教大家伙儿都有个准备，也顺手儿教他们知道咱们办事是出于不得已，并非瞪着眼帮助日本人。”

“这话对！对的很！咱们大家是好邻居，日本人也是大家的好朋友！”晓荷嚼言咂字的说。

李四爷晃摇了一下。

“四爷，把脊梁靠住，舒服一点！”晓荷很体贴的说。

“第二，铁的成色不一样，咱们要不要个一定的标准呢？”白巡长问。

“当然要个标准！马口铁恐怕就……”

“造不了枪炮！”李四爷给晓荷补足了那句话。

“是，马口铁不算！”白巡长心中万分难过，而不得不说下去。他当惯了差，他知道怎样压制自己的感情。他须把歹事当作好事作，还要作得周到细腻，好维持住自己的饭碗。“生铁熟铁分不分呢？”

晓荷半闭上了眼，用心的思索。他觉得自己很有脑子，虽然他的脑子只是一块软白的豆腐。他不分是非，不辨黑白，而只人模狗样的作出一些姿态来。想了半天，他想出句巧妙的话来：“你看分不分呢？白巡长！”

“不分了吧？四大爷！”白巡长问李老人。

老人只“哼”了一声。

“我看也不必分得太清楚了！”晓荷随着别人想出来主意。“事情总是笼统一点好！还有什么呢？”

“还有！若是有的人交不出铁来，怎么办？是不是可以折合现钱呢？”

素来最慈祥和蔼的李老人忽然变成又倔又硬：“这件事我办不了！要铁已经不像话，还折钱？金钱一过手，无弊也是有弊。我活了七十岁了，不能教老街旧邻在背后用手指头戳打我！折钱？谁给定价儿？要多了，大家纷纷议论；要少了，我赔垫不起！干脆，你们二位商议，我不陪了！”老人说完就立了起来。

白巡长不能放走李四爷，一劲儿的央告：“四大爷！四大爷！没有你，简直什么也办不通！你说一句，大家必点头，别人说破了嘴也没有用！”

晓荷也帮着拦阻李老人。听到了钱，他那块像豆腐的脑子马上转动起来。这是个不可放过的机会。是的，定价要高，一转手，就是一笔收入。他不能放走李四爷，教李四爷去收钱，而后由他自己去交差；骂归老人，钱入他自己的口袋。他急忙拦住李四爷。看老人又落了座，他聚精会神的说："大概谁家也不见得就有二斤铁，折钱，我看是必要的，必要的！这么办，我自己先献二斤铁，再献二斤铁的钱，给大家作个榜样，还不好吗？"

"算多少钱一斤呢？"白巡长问。

"就算两块钱一斤吧。"

"可是，大家要都按两块钱一斤折献现钱，咱们到哪儿去买那么多的铁呢？况且，咱们一收钱，它准保涨价，说不定马上就涨到三块，谁负责赔垫上亏空呢？"白巡长说完，直不住的搓手。

"那就干脆要三元一斤！"晓荷心中热了一下。

"三块一斤？"李四爷没有好气儿的说："就是两块一斤，有多少人交得起呢？想想看，就按两块钱一斤说，凭空每家每月就得拿出四块钱来，且先不用说三块一斤了。一个拉车的一月能拉多少钱呢？白巡长，你知道，一个巡警一月挣几张票子呢？一要就是四块，六块，不是要大家的命吗？"

白巡长皱上了眉。他知道，他已经是巡长，每月才拿四十块伪钞，献四元便去了十分之一！

冠晓荷可没感到问题的严重，所以觉得李四爷是故意捣乱。"照你这么说，又该怎办呢？"他冷冷的问。

"怎么办？"李四爷冷笑了一下。"大家全联合起来，告诉日本人，铁没有，钱没有，要命有命！"

冠晓荷吓得跳了起来。"四爷！四爷！"他央告着："别在我这儿说这些话，成不成？你是不是想造反？"

白巡长也有点发慌。"四大爷！你的话说得不错，可是那作不到啊！你老人家比我的年纪大，总该知道咱们北平人永远不会造反！还是心平气和的想办法吧！"

李四爷的确晓得北平人不会造反，可是也真不甘心去向大家要铁。他慢慢的立起来："我没办法，我看我还是少管闲事的好！"

白巡长还是不肯放老人走，可是老人极坚决："甭拦我了，巡长！我愿意干的事，用不着人家说劝；我不愿干的事，说劝也没有用！"老人慢慢的走出去。

晓荷没有再拦阻李四爷，因为第一他不愿有个嚷造反的人坐在他的屋中，第二他以为老头子不爱管事，也许他更能得手一些，顺便的弄两个零钱花花。

白巡长可是真着了急。急，可是并没使他心乱。他也赶紧告辞，不愿多和晓荷谈论。他准备着晚半天再去找李四爷；非到李四爷点了头，他决不教冠晓荷出头露面。

新民会在遍街上贴标语："有钱出钱，没钱出铁！"这很巧妙：他们不提献铁，而说献金；没有钱，才以铁代。这样，他们便无须解释要铁去干什么了。

同时，钱默吟先生的小传单也在晚间进到大家的街门里："反抗献铁！敌人用我们的铁，造更多的枪炮，好再多杀我们自己的人！"

白巡长看到了这两种宣传。他本想在晚间再找李四爷去，可是决定了明天再说。他须等等看，看那反抗献钱的宣传有什么效果。为他自己的饭碗打算，他切盼这宣传得不到任何反应，好平平安安的交了差。但是，他的心中到底还有一点热气，所以他也盼望那宣传发生些效果，教北平因反抗献铁而大乱起来。是的，地方一乱，他首先要受到影响，说不定马上就砸了饭锅；可是，谁管得了那么多呢；北平人若真敢变乱起来，也许大家都能抬一抬头。

他又等了一整天，没有，没有人敢反抗。他只把上边的电话等了来："催里长们快办哪！上边要的紧！"听完，他叹息着对自己说：北平人就是北平人！

他强打精神，又去找冠里长。

大赤包在娘家住了几天。回来，她一眼便看见了门口的楠木色的牌子，顺手儿摘下来，摔在地上。

"晓荷！"她进到屋中，顾不得摘去带有野鸡毛的帽子，就大声的喊："晓荷！"

晓荷正在南屋里，听到喊叫，心里马上跳得很快，不知道所长又发了什么脾气。整了一下衣襟，把笑容合适的摆在脸上，他轻快的跑过来。"喝，回来啦？家里都好？"

"我问你，门口的牌子是怎回事？"

"那，"晓荷噗哧的一笑，"我当了里长啊！"

"嗯！你就那么下贱，连个里长都稀罕的了不得？去，到门口把牌子拣来，劈了烧火！好吗，我是所长，你倒弄个里长来丢我的人，你昏了心啦吧？没事儿，弄一群臭巡警，和不三不四的人到这儿来乱吵嚷，我受得了受不了？你作事就不想一想啊？你的脑子难道是一团儿棉花？五十岁的人啦，白活！"大赤包把帽子摘下来，看着野鸡毛轻轻的颤动。

"报告所长，"晓荷沉住了气，不卑不亢的说："里长实在不怎么体面，我也晓得。不过，其中也许有点来头，所以我……"

"什么来头？"大赤包的语调降低了一些。

"譬如说，大家要献铁，而家中没有现成的铁，将如之何呢？"晓荷故意的等了一会儿，看太太怎样回答。大赤包没有回答，他讲了下去："那就只好折合现钱吧。那么，实价比如说是两块钱一斤，我硬作价三块。好，让我数数看，咱们这一里至少有二十多户，每月每户多拿两块，一月就是五十来块，一个小学教员，一星期要上三十个钟头的课，也不过才挣五十块呀！再说，今天要献铁，明天焉知不献铜，锡，铅呢？有一献，我来它五十块，有五献，我就弄二百五十块。一个中学教员不是每月才挣一百二十块吗？想想看！"

"别说啦！别说啦！"大赤包截住了丈夫的话，她的脸上可有了笑容。"你简直是块活宝！"

晓荷非常的得意，因为被太太称为活宝是好不容易的。他可是没有把得意形诸于色。他要沉着稳健，表示出活宝是和圣贤豪杰一样有涵养的。他慢慢的走了出去。

“干吗去？”

“我，把那块牌子再挂上！”

晓荷刚刚把牌子挂好，白巡长来到。

有大赤包在屋里，白巡长有点坐立不安了。当了多年的警察，他自信能对付一切的人——可只算男人，他老有些怕女人，特别是泼辣的女人。他是北平人，他知道尊敬妇女。因此，他会把一个男醉鬼连说带吓唬的放在床上去睡觉，也会把一个疯汉不费什么事的送回家去，可是，遇上一个张口就骂，伸手就打的女人，他就感到了困难；他既不好意思耍硬的，又不好意思耍嘴皮子，他只好甘拜下风。

他晓得大赤包不好惹，而大赤包又是个妇人。一看见她，他就有点手足无措。三言两语的，他把来意说明。果然，大赤包马上把话接了过去：“这点事没什么难办呀！跟大家去要，有敢不交的带了走，下监！干脆嘹亮！”

白巡长十分不喜欢听这种话，可是没敢反驳；好男不跟女斗，他的威风不便对个妇人拿出来。他提起李四爷。大赤包又发了话：“叫他来！跑腿是他的事！他敢不来，我会把他们老两口子都交给日本人！白巡长，我告诉你，办事不能太心慈面善了。反正咱们办的事，后面都有日本人兜着，还怕什么呢！”大赤包稍稍停顿了一下，而后气派极大的叫：“来呀！”

男仆恭敬的走进来。

“去叫李四爷！告诉他，今天他不来，明天我请他下狱！听明白没有？去！”

李四爷一辈子没有低过头，今天却低着头走进了冠家。钱先生，祁瑞宣，他知道，都入过狱。小崔被砍了头。他晓得日本人厉害，也晓得大赤包确是善于狐假虎威，欺压良善。他在社会上已经混了几十年，他知道好汉不要吃眼前亏。他的刚强，正直，急公好义，到今天，已经都没了用。他须低头去见一个臭妇人，好留着老命死在家里，而不在狱里挺了尸。他愤怒，但是无可如何。

一转念头，他又把头稍稍抬高了一点。有他，他想，也许多少能帮助大家一些，不致完全抿耳受死的听大赤包摆布。

没费话，他答应了去敛铁。可是，他坚决的不同意折合现钱的办法。“大家拿不出铁来，他们自己去买；买贵买贱，都与咱们不相干。这样，钱不由咱们过手，就落不了闲话！”

“要是那样，我就辞职不干了！大家自己去买，何年何月才买得来呢？耽误了期限，我吃不消！”晓荷半恼的说。

白巡长为了难。

李四爷坚决不让步。

大赤包倒拐了弯儿：“好，李四爷你去办吧。办不好，咱们再另想主意。”在一转眼珠之间，她已想好了主意：赶快去大量的收买废铁烂铜，而后提高了价钱，等大家来买。

可是，她得到消息较迟。高亦陀，蓝东阳们早已下了手，收买了碎铜烂铁。

李四爷相当得意的由冠家走出来，他觉得他是战胜了大赤包与冠晓荷。他通知了全胡同的人，明天他来收铁。大家一见李老人出头，心中都感到舒服。虽然献铁不是什么好事，可是有李老人出来办理，大家仿佛就忘了它本身的不合理。钱先生的小传单所发生的效果只是教大家微微难过了一会儿而已。北平人是不会造反的。

祁老人和韵梅把家中所有的破铁器都翻拾出来。每一件都没有用处，可是每一件都好像又有点用处；即使有一两件真的毫无用处，他们也从感情上找到不应随便弃舍了的原因。他们选择，比较，而决定不了什么。因为没有决议，他们就谈起来用铁去造枪炮的狠毒与可恶。可是，谈过之后，他们并没有因愤恨而想反抗。相对叹了口气，他们选定了一个破铁锅作为牺牲品。他们不单可惜这件曾经为他们服务过的器皿，而且可怜它，它是将要被改造为炮弹的。至于它变成了炮弹，把谁的脑袋打掉，他们就没敢再深思多虑，而只由祁老人说了句：“连铁锅都别生在咱们这个年月呀！”作为结论。

全胡同里的每一家都因了此事发生一点小小的波动。北平人仿佛又有了生气。这点生气并没表现在愤怒与反抗上，而只表现了大家的无可奈何。大致的说，大家一上手总是因自家献铁，好教敌人多造些枪炮，来屠杀自家的人，而表示愤怒。过了一会儿，他们便忘了愤怒，而顾虑不交铁的危险。于是，他们，也像祁老人似的，从家中每个角落，去搜拣那可以使他们免受惩罚的宝物。在搜索的时节，他们得到一些想不到的小小的幽默与惨笑，就好像在立冬以后，偶然在苇子梗里发现了一个还活着的小虫子似的。有的人明明记得在某个角落还有件铁东西，及至因找不到而刚要发怒，才想起恰恰被自己已经换了梨膏糖吃。有的人找到了一把破菜刀，和现在手下用的那把一比，才知道那把弃刀的钢口更好一些，而把它又官复原职。这些小故典使他们忘了愤怒，而啼笑皆非的去设法找铁；他们开始承认了这是必须作的事，正如同日本人命令他们领居住证，或见了日本军人须深深鞠躬，一样的理当遵照办理。

在七号的杂院里，几乎没有一家能一下子就凑出二斤铁来的。在他们的屋子里，几乎找不到一件暂时保留的东西——有用的都用着呢，没用的早已卖掉。收买碎铜烂铁的贩子，每天要在他们门外特别多吆喝几声。他们连炕洞搜索过了，也凑不上二斤铁。他们必须去买。他们晓得李四爷的公正无私，不肯经手收钱。可是，及至一打听，铁价已在两天之内每斤多涨了一块钱，他们的心都发了凉。

同时，他们由正里长那里听到，正里长本意教大家可以按照两块五一斤献钱，而副里长李四爷不同意。李四爷害了他们。一会儿的工夫，李四爷由众望所归变成了众怒所归的人。他们不去考虑冠晓荷是否有意挑拨是非，也不再想李老人过去对他们的好处，而只觉得用三块钱去换一斤铁——也许还买不到——纯粹是李四爷一个人造的孽！他们对日本人的一点愤怒，改了河道，全向李四爷冲荡过来。有人公然的在槐树下面咒骂老人了。

听到了闲言闲语与咒骂，老人没敢出来声辩。他知道自己的确到了该死的时候了。他闹不过日本人，也就闹不过冠晓荷与大赤包，而且连平日的好友也向他翻了脸。坐在屋中，他只盼望出来一两位替他争理说话的人，一来是别人的话比自己的话更有力，二来是有人出来替他争气，总算他过去的急公好义都没白费，到底在人们心中种下了一点根儿。

他算计着，孙七必定站在他这边。不错，孙七确是死恨日本人与冠家。可是孙七胆子不大，不敢惹七号的人。他盼望程长顺会给他争气，而长顺近来忙于办自己的事，没工夫多管别人的闲篇儿。小文为人也不错，但是他依旧揣着手不多说多道。

盼来盼去，他把祁老人盼了来。祁老人拿着破铁锅，进门就说："四爷，省得你跑一趟，我自己送来了。"

李四爷见到祁老人，像见了亲弟兄，把前前后后，始末根由，一口气都说了出来。

听完李四爷的话，祁老人沉默了半天才说："四爷，年月改了，人心也改了！别伤心吧，你我的四只老眼睛看着他们的，看谁走的长远！"

李四爷感慨着连连的点头。

"大风大浪我们都经过，什么苦处我们都受过，我们还怕这点闲言闲语？"祁老人一方面安慰着老朋友，一方面也表示出他们二老的经验与身份。然后，两个老人把多年的陈谷子烂芝麻都由记忆中翻拾出来，整整的谈了一个半钟头。

四大妈由两位老人在谈话中才听到献铁，与由献铁而来的一些纠纷。她是直筒子脾气。假如平日对邻居的求援，她是有求必应，现在听到他们对"老东西"的攻击，她也马上想去声讨。她立刻要到七号去责骂那些忘恩负义的人。她什么也不怕，只怕把"理"委屈在心里。

两位老人说好说歹的拦住了她。她只在给他们弄茶水的当儿，在院中高声骂了几句，像军队往远处放炮示威那样；烧好了水，她便进到屋中，参加他们的谈话。

这时候，七号的，还有别的院子的人，都到冠家去献金，一来是为给李四爷一点难堪，二来是冠家只按两块五一斤收价。

冠晓荷并没有赔钱，虽然外边的铁价已很快的由三块涨到三块四。大赤包按着高亦陀的脖子，强买——仍按两块钱一斤算——过来他所囤积的一部分铁来。

“得！赚得不多，可总算开了个小小利市！”冠晓荷相当得意的说。

二十四

招弟才只学会了两出戏，一出《汾河湾》，一出《红鸾禧》。她相当的聪明，但是心像一条小死鱼似的，有一阵风儿便顺流而下，跑出好远。她不肯死下工夫学习一样事。

她的总目的是享受。享受恰好是没有边际的：吃是享受，喝也是享受；恋爱是享受，唱几句戏，得点虚荣，也是享受。她要全享受一下。别人去溜冰，她没有去，她便觉得委屈了自己，而落几个小眼泪。可是，她又不能参加一切的热闹，她第一没有分身术，第二还没征服了时间，能教时间老等着她。于是，她只能尽可能的把自己分配在时间里，像钟表上的秒针似的一天到晚不闲着。

这样，她可又招来许多小小的烦恼。她去溜冰，便耽误了学戏。而且，若是在冰场上受了一点寒，嗓子就立刻发哑，无论胡琴怎么低，她也够不上调，急得遍体生津。同样的，假若三个男朋友一个约她看电影，一个约她看戏，一个约她逛公园吃饭，她就不能同时分身到三处去，而一定感到困难。若是辞谢两个吧，便得罪了两个朋友。若是只看半场电影，然后再看一出戏，最后去吃饭吧，便又须费许多唇舌，扯许多的谎，而且还许把三个朋友都得罪了。况且，这么匆匆的跑来跑去也太劳苦。爱的享受往往是要完全占有，而不是东扑一下，西扑一下呀。它有时候是要在僻静的地方，闭着眼欣赏，而不是锣鼓喧天的事呀。她有时候几乎想到断绝了看电影，听戏，逛公园，吃饭馆，而只专爱一个男友，把恋爱真作成个样子，不要那么摆成一座爱的八阵图。可是，她又舍不得那些热闹。那些热闹到底给她一些刺激。假若她被圈在西山碧云寺，没有电影，戏剧，锣鼓，叫嚣，尽管身边有个极可爱的爱人，恐怕她也会发疯的，她想。过多的享受会使享受变成刺激，而刺激是越来越粗暴的。以听戏说，她慢慢的能欣赏了小生，因为小生的尖嗓比青衣的更直硬一些，更刺耳一些。她也爱听了武戏，而且不是杨小楼的武戏文唱的那一种，她喜欢了《红门寺》《铁公鸡》《青石洞》一类的，毫无情节，而专表现武工的戏。锣鼓越响，她才感到一点愉快；遇到《彩楼配》与《祭塔》什么的唱工戏，她会打起瞌睡来。连电影也是如此，她爱看那些无情无理的，乱打乱闹的片子。只有乱打乱闹，才能给她一点印象，她需要强烈的刺激。

对于男朋友们，她也往往感到厌烦。他们总不约而同的耍那套不疼不痒的小把戏。他们之中没有一个李空山。因为厌烦他们，她时时的想念李空山。李空山不会温柔体贴，可是给了她一些刺激。她可也不敢由他们之中，选择出一个，制造成个李空山。她须享受，可也得留神；一有了娃娃便万事皆休。再说，专爱一个男人，别的男人就一定不再送给她礼物，这也是损失。她只好昏昏糊糊的鬼混，她得到了一切，又似乎没得到一切，连她自己也弄不清到底是怎回事。在迷迷糊糊之中，有时候很偶然的她看出来，她是理应如此，因为她是负着什么一种使命，一种从日本人占据了北平后所得来的使命。她自己愿意这样，朋友们愿意她这样，她的父母也愿意她这样；这不是使命还是什么呢？

在她的一些男友之中，较比的倒是新交的几个伶人还使她满意。他们的身体强，行动轻佻，言语粗俗。和他们在一处，她几乎可以忘了她是个女人，而谁也不脸红的把村话说出来。她觉得这颇健康。

男人捧女伶，女人捧男伶，已经成为风气，本来不足为奇。不过，她的朋友们往往指摘她不该结交男伶。这又给她不少的苦痛。凡是别人可以作的，她也都可以作，她是负有“使命”的人，不能甘居人后的落伍。她为什么不可以与男伶为友呢？同时，她又不敢公然的和朋友们开火，绝对不接受他们的批评。她是有“使命”的人，她须到处受人欢迎，好把自己老摆在社会的最前面。她不能随便得罪人，以至招出个倒彩来。

她忙碌，迷糊，劳累；又须算计，又不便多算计；既须大胆，又该留神；感到茫然，又似乎不完全茫然；有了刺激，又仍然空虚。她不知道怎样才好，又觉得怎样都好。她瘦了。在不搽粉的时候，她的脸上显着黄暗，眼睛四围有个黑圈儿。她有时候想休息休息，而又不能休息，事情逼着她去活动。她不知道自己有病没有，而只感到有时候是在雾里飘动。等到搽胭脂抹粉的打扮完了，她又有了自信，她还是很强壮，很漂亮，一点都不必顾虑什么健康不健康。她学会了吸香烟，也敢喝两杯强烈的酒。她已找不到了自己的青春，可也并不老苍。她正好是个有精力，有使命，有人缘，有福气的小妇人。

在这么奔忙，劳碌，迷惘，得意，痛苦，快乐之中，她只无意中的作了一件好事，她救了桐芳。

为避免，或延缓，堕入烟花的危险，桐芳用尽心计抓住了二小姐。她并不十分的恨恶招弟，也不想因鼓励招弟去胡搞而毁灭了招弟。她是被人毁害过了的女人，她不忍看任何的青春女子变成她自己的样子。她只深恨大赤包与日本人。她不能坐候大赤包把她驱逐到妓院去，一入妓院，她便无法再报仇。所以，她抓住了招弟作为自己的掩蔽。在掩蔽的后面，她只能用力推着它，还给它时时的添加一点土，或几根木头，加强它的抵御力。她不能冷水浇头的劝告招弟，引起招弟的不快；招弟一讨厌了她，她便失去了掩蔽，而大赤包的枪弹随时可以打到她。

招弟年轻，喜欢人家服从她，谄媚她。在最初，她似乎也看出来，桐芳的亲善是一种政略。可是，过了几天，以桐芳的能说会道，多知多懂，善于察颜观色，她感到了舒服，也就相信桐芳是真心和她交好了。又过了些日子。她不知不觉的信任了桐芳，而对妈妈渐次冷淡起来。不错，她知道妈妈真的爱她；但是，她已经不是三岁的小娃子，她愿意自己也可以拿一个半个主意，不能诸事都由妈妈替她决定。她不愿永远作妈妈的附属物。拿件小事情来说：她与妈妈一同出去的时候，就是遇上她自己的青年朋友，他们也必先招呼妈妈，而后才招呼她。她在妈妈旁边，仿佛只是妈妈的成绩展览品；她的美丽恰好是妈妈的功劳，她自己好像没有独自应得的光荣。反之，她若跟桐芳在一起呢，她便是主，而桐芳是宾，她是太阳，而桐芳是月亮了。她觉得舒服。她的话，对桐芳，可以成为命令。她拿不定主意的时候，可以向桐芳商议，而这种商谈只显出亲密，与接受命令大不相同。和桐芳在一起，她的光荣确乎完全是她自己的了。而且，桐芳的年纪比妈妈小得多，相貌也还看得过去，所以跟桐芳一块儿出来进去，她就感到她是初月，而桐芳是月钩旁的一颗小星，更足以使画面美丽。跟妈妈在一道呢，人们看一眼老气横秋的妈妈，再看一眼美似春花的她，就难免不发笑，像看一张滑稽影片似的。这每每教她面红过耳。

大赤包的眼睛是不揉沙子的。她一眼便看明白桐芳的用意。可是眼睛不揉沙子的人，心里可未必不容纳几个沙子。她认准了招弟是异宝奇珍，将来一定可以变成杨贵妃或西太后。一方面她须控制住这个宝贝，一方面也得讨小姐的喜欢。假若母女之间为桐芳而发生了冲突，女儿一气而嫁个不三不四的，长相漂亮而家里没有一斗白米的兔蛋，岂不是自己打碎了自己的玛瑙盘子翡翠碗么？不，她不能不网开一面，教小姐在小处得到舒服，而后在大事上好不得不依从妈妈。再说，女儿花是开不久的，招弟必须在全盛时代出了嫁。

女儿出嫁后，她再收拾桐芳。不管，不管怎样，不管到什么时候，她必须收拾了桐芳；就是到了七老八十，眼看要入墓了，她也得先收拾了桐芳，而后才能死得瞑目。

在这种新的形势下，却只苦了高第。她得不到妈妈的疼爱，看不上妹妹的行为，又失去了桐芳的友情。不错，她了解桐芳的故意冷淡她，但是理智并不能够完全战胜了感情。她是个女孩子，她需要恋爱或怜爱。她现在是住在冰窖里，到处都是凉的，她受不了。她有时候恨自己，为什么不放开胆子，闯出北平。有时候，她也想到用结婚结束了这冰窖里的生活。但是，嫁给谁呢？想到结婚，她便也想到危险，因为结婚并不永远像吃鱼肝油精那么有益无损。她在家，便感到冷气袭人；出去，又感到茫茫不知所归。浪漫吧，怕危险；老实吧，又无聊。她不知怎样才好。她时常发脾气，甚至于对桐芳发怒。但是，脾气越坏，大家就越不喜欢她，只落个自讨无趣。不发脾气吧，人们也并不就体贴她。她变成个有父母姐妹的孤女。有时候，她还到什么慈善团体去，听听说经，随缘礼拜。可是这也并没使她得到宁静与解脱。反之，在钟磬香烛的空气里冷静一会儿之后，她就更盼望得到点刺激，很像吃了冷酒之后想喝热茶那样。无可如何，她只能偷偷的落几个泪。

天冷起来。买不到煤。每天，街上总有许多冻死的人。日本人把煤都运了走，可是还要表示出他们的善心来。他们发动了冬季义赈游艺大会，以全部收入办理粥厂，好教该冻死的人在一息尚存的时节感激日本人。在这意义之外，他们也就手儿又教北平人多消遣一次；消遣便是麻醉。该冻死的总要冻死，他们可是愿意看那些还不至于被冻死的听到锣鼓，看到热闹，好把心灵冻上。对于这次义赈游艺，他们特别鼓励青年们加入，能唱的要出来唱，能耍的要出来耍；青年男女若注意到唱与耍，便自然的忘了什么民族与国家。

蓝东阳与胖菊子亲自来请招弟小姐参加游艺。冠家的人们马上感到兴奋，心都跳得很快。冠晓荷心跳着而故作镇定的说：“小姐，小姐！时机到了，这回非唱它一两出不可！”

招弟立刻觉得嗓子有点发干，撒着娇儿说：“那不行啊！又有好几天没吊嗓子啦，词儿也不熟。上台？我不能丢那个人去！我还是溜冰吧！”

“丢人？什么话！咱们冠家永远不作丢人的事，我的小姐！谁的嗓子也不是铁的，都有个方便不方便。只要你肯上台，就是放个屁给他们听听，也得红！反正戏票是先派出去的，咱们唱好了，是他们的造化；唱不好，活该！”晓荷兴奋得几乎忘了文雅，目光四射的道出他的“不负责主义”的真理。

“是要唱一回！”大赤包气派极大的说：“学了这么多的日子，花了那么多的钱，不露一露算怎么回事呢？”然后转向东阳：“东阳，事情我们答应下了！不过，有一个条件：招弟必须唱压轴！不管有什么角色，都得让一步儿！我的女儿不能给别人垫戏！”

东阳对于办义务戏已经有了点经验。他知道招弟没有唱压轴的资格，但是也知道日本人喜欢约出新人物来。扯了扯绿脸，他答应了条件。虽然这里面有许多困难，他可是晓得在办不通的时候可以用势力——日本人的势力——去强迫参加的人。于是他也顺手儿露一露自己的威风：“我教谁唱开场，谁就得唱开场；教谁压台谁就压台；不论什么资格，本事！不服？跟日本人说去呀！敢去才怪！”

“行头怎办呢？我反正不能随便从‘箱’里提溜出一件就披在身上！要玩，就得玩出个样儿来！”招弟一边说，一边用手心轻轻的拍着脸蛋。

高亦陀从外面进来，正听到招弟的话，很自然的把话接过去：“找行头，小姐？交给我好啦！要什么样的，全听小姐一声吩咐，保管满意！”他今天打扮得特别干净整齐，十分像个“跟包”的。

打量了亦陀一眼，招弟笑了笑。“好啦，我派你作跟包的！”

“得令！”亦陀十分得意的答应了这个美差。

晓荷瞪了亦陀一眼。他自己本想给女儿跟包，好随着她在后台挤出挤进，能多看看女角儿们。在她上台的时节，他还可以弄个小茶壶伺候女儿饮场，以便教台下的人都能看到他。谁知道，这么好的差事又被亦陀抢了去！

“我看哪，”晓荷想减少一些亦陀报效的机会，“咱们愣自己作一身新的，不要去借。好财买脸的事，要作就作到了家！”

招弟拍开了手。她平日总以为爸爸不过是妈妈配角儿，平平稳稳的，没有什么大毛病，可也不会得个满堂好儿。今天，爸爸可是像忽然有了脑子，说出她自己要说的话来。“爸爸！真的，自己作一身行头，够多么好玩呀！是的，那够多么好玩呀！”她一点也没想到一身行头要用多少钱。

大赤包也愿意女儿把风头出得十足，不过她知道一身行头要花许多钱，而且除了在台上穿，别无用处。眨一眨眼，她有了主意：“招弟，你老夸嘴，说你的朋友多，现在到用着他们的时候了，看看他们有没有替你办点事儿的本事！”

招弟又得到了灵感：“对！对！我告诉他们去，我要唱戏，作行头，看他们肯掏掏腰包不肯。他们要是不肯呀，从此我连用眼角都不再看他们一眼。我又不是他妈的野丫头，贱骨头，随便白陪着他们玩！”把村话说出来，她觉得怪痛快，而且仿佛有点正义感似的。

“小姐！小姐！”晓荷连连的叫：“你的字眼儿可不大文雅！”

“还有头面呢！”亦陀失去代借行头的机会，赶快想出补救的办法来。“要是一身新行头，配上旧头面，那才难看得要命。我去借，要点翠的，十成新的，准保配得上新行头！”

把行头与头面的问题都讨论得差不多了，大赤包主张马上叫来小文给招弟过一过戏。“光有好行头，好头面，而一声唱不出来，也不行吧？小姐，你马上就得用功哟！”她派人去叫小文。

小文有小文的身份。你到他家去，他总很客气的招待；你叫他带着胡琴找你来，他伺候不着。

大赤包看叫不来小文，立刻变了脸。东阳的脸也扯得十分生动，很想用他的片子把小文“传”来。倒是招弟拦住了他们：“别胡闹！人家小文是北平数一数二的琴师！你们杀了他，他也不会来！只要有他，我就砸不了；没他呀，我准玩完！算了吧，咱们先打几圈吧！”

东阳还有事，大赤包还有事，胖菊子也还有事。可是中国人的事一遇见麻雀也不怎么就变成了没事，大家很快的入了座。

亦陀在大赤包背后看了两把歪脖子胡，轻轻的溜出去。他去找程长顺。

生活的困苦会强迫着人早熟。长顺儿长了一点身量，也增长了更多的老气，看着很像个成人了。自从小崔死后，他就跟丁约翰合作，作了个小生意。这个小生意很奇特而肮脏。丁约翰是发现者。在英国府，他常看到街上一大车一大车的往日本使馆和兵营拉旧布的军服。军服分明是棉的，因为上下身都那么厚墩墩的。可是，分量很轻，每一车都堆得很高，而拉车的人或马似乎并不很吃力。这引起他的好奇心。他找了个在日本军营作工友的打听打听。那个工友是他的朋友——在使馆区作工友的都自成一帮——可是不肯痛痛快快的告诉他那到底是怎回事。丁约翰，身为英国府的摆台的，当然有些看不起在日本军营作工友的朋友，本想扬着脸走开，不再探问。可是，福至心灵，他约那个朋友去喝两杯酒。以一个世袭基督教徒而言，他向来反对吃酒；但是，为了满足自己的好奇心，他只好对上帝告个便。

酒果然有灵验，三杯下去，那个朋友口吐了真言。那是这样一回事：日本在华北招收了许多伪军，到了冬天当然要给他们每人一身棉军衣。可是，华北的棉花已都被日本人运回国去，不能为伪军再运回来。于是日本的策士们埋头研究了许多日子，发明了一种代用品。这种代用品无须用机器造，也无须在上海或天津定做，而只需要一些破布与烂纸就能作成。这就是丁约翰所看到的一车一车的军衣。这种军衣一碰就破，一湿就瘫；就是在最完好的时候，穿上也不挡寒。虽然如此，伪军可是到底得着了军衣——日本人管它叫作军衣，它便是军衣。

这批军衣的承做者是个日本人。日本人使馆的工友们贿赂了这日本人，取得了特权去委托他们自己的亲友制作。那位朋友也便是得到特权的一个。

丁约翰向来看不起日本人，不为别的，而只为他自己是在英国府作事——他以为英国府的一个仆人也比日本使馆的参赞或秘书还要高贵的多。对于这件以烂纸破布作军服的事，从他的基督徒的立场来说，也是违反上帝的旨意的，因为这是欺骗。无论从哪方面看吧，他都应该对这件事不发生兴趣，而只付之一笑。但是，他到底是个人；人若见了钱而还不忘了英国府与上帝，还成为人么？他决定作个人，即便是把灵魂交给了魔鬼。况且他觉得这样赚几个钱，并不能算犯罪，因为他赚的是日本人的钱。至于由他手里制造出那种军服的代用品，是否对得起那些兵士们，他以为无须考虑，因为伪军都是中国人，而他是向来不把中国人放在心上的。

整花了十天的工夫，他和那个朋友变成了莫逆。凡是该往冠家送的黄油，罐头，与白兰地，都送到那个朋友的家中去。这样，他分到了一小股特权，承办一千套军衣。得到这点特权之后，他十分虔敬的作了礼拜，领了圣餐，并且献了五角钱，(平日作礼拜，他只献一角，) 感谢上帝。然后，他决定找长顺合作，因为在全胡同之中只有长顺最诚实，而且和他有来往。

约翰的办法是这样的：他先预支一点钱，作为资本。然后，他教长顺去收买破布，破衣服，和烂纸。破衣服若是棉的，便将棉花抽出来，整理好再卖出去。卖旧棉花的利钱，他和长顺三七分账；他七成，长顺三成。这不大公平，但是他以为长顺既是个孩子，当然不能和一个成人，况且是世袭基督徒，平分秋色。把破布破衣服买来，须由长顺洗刷干净，而后拼到一块——“你的外婆总会作这个的，找小崔寡妇帮帮忙也行；总之，这是你的事，你怎办怎好。”拼好了破布，把烂纸絮在里面——“纸不要弄平了，那既费料子，又显着单薄，顶好就那么团团着放进去，好显出很厚实；分量也轻，省脚力。”絮好，粗枝大叶的一缝，再横竖都“行”上几道，省得用手一提，纸就都往下面坠，变成了破纸口袋。

“这些，”约翰恳切的嘱咐：“都由你作。你跑路，用水，用针线，干活儿，我都不管；每套作成，我给你一块钱。一千套就是一千块呀！你可是得有账。我交给你多少钱，用了多少钱——只算买材料哟，车钱，水钱什么的，都不算哟！——你每天要报账；我不在家，你报给我太太听。账目清楚，军衣作得好，我才能每套给你一块钱；哪样有毛病，我都扣你的钱，听明白了没有？我是基督徒，作事最清楚公道，亲是亲，财是财，要分得明明白白！你懂？”这末两个字是用英文说的，以便增加言语的威力。

没详细考虑，程长顺一下子都答应了。他顾不得计算除了车钱，水钱，灯油钱，针线钱，一块钱还能剩下多少。他顾不得盘算，去收买，去整理，去洗刷，去拼凑，去缝起，去记账，要出多少劳力，费多少时间。他只看见了远远的那一千元。他只觉得这可以解决了他与外婆的生活问题。自从留声机没人再听，外婆的法币丢掉之后，他不单失了业，而且受到饥寒的威胁。他久想作个小生意，可是一来没有资本，二来对什么都外行，他不肯冒险去借钱作生意，万一舍了本儿，他怎么办呢？他是外婆养大的，知道谨慎小心。可是，闲着又没法儿得到吃食，他着急。半夜里听到外婆的长吁短叹，他往往蒙上头偷偷的落泪。他对不起外婆，外婆白养起他来，外婆只养大了一个废物！

他想不到去计算，或探听，丁约翰空手抓饼，不跑一步路，不动一个手指，干赚多少钱。他只觉得应该感激约翰。约翰有个上帝，所以约翰应当发财。长顺也得到了个上帝，便是丁约翰！他须一秉忠心的去作，一个铜板的诡病不能有，一点也不偷懒，好对起外婆与新来的上帝！

长顺忙了起来。一黑早他便起来，到早市上去收买破布烂纸，把它们背了回来。那些破烂的本身虽然没有很大的分量，可是上面的泥污增加了它们的斤两，他咬着牙背负它们，非至万不得已，决不雇车，他的汗湿透了他的衣裤。他可是毫无怨言，这是求生之道，这也是孝敬外婆的最好的表示。

把东西死扯活掖的弄到家中，他须在地上蹲好大半天才能直起腰来。他本当到床上躺一会儿，可是他不肯，他不能教外婆看出他已筋疲力尽，而招她伤心。

这些破东西，每一片段都有它特立独行的味道；合在一起，那味道便无可形容，而永远使人恶心要吐。因此，长顺不许外婆动手，而由他自己作第一遍的整理。他晓得外婆爱干净。

第一，他须用根棍子敲打它们一遍，把浮土打起来。第二，他再逐一的捡起来，抖一抖，抖去沙土，也顺手儿看看，哪一块上的污垢是非过水不能去掉的。第三，他须把应洗刷的浸在头号的大瓦盆里。第四，把脏布都浸透，他再另用一大盆清水，刷洗它们。而后，第五，他把大块的小块的，长的短的，年龄可是都差不多的，搭在绳索上，把它们晒干。

这打土与抖土的工作，使四号的小院子马上变成一座沙阵，对面不见人，像有几匹野马同时在土窝里打滚似的。灰土遮住了一切，连屋脊上门楼上都沙雾迷茫，把檐下的麻雀都害得不住的咳嗽而搬了家。这沙阵不单浓厚，而且腥臭，连隔壁的李四大妈的鼻子都怀疑了自己，一劲儿往四处探索，而断定不了到底那是什么味道。打完一阵，细的灰沙极其逍遥自在的在空中摇荡，而后找好了地方，落在人的头发上，眉毛上，脖领里，饭碗上，衣缝中，使大家证明自己的确是“尘世间”的人物。等灰土全慢慢的落下去，长顺用棍子抽打抽打自己的身上，马上院中就又起了一座规模较小，而照样恼人的，灰阵。他的牙上都满是细——可是并非不臭——的沙子。

马老太太，因为喜欢干净，实在受不住外孙这样天天设摆迷魂阵。她把门窗都堵得严严的，可是臭灰依然落在她的头上，眉上，衣服上，与一切家具上。可是，她不能拦阻外孙，更不肯责备他。他的确是要强，为养活她才起早睡晚的作这个脏臭的营生。她只好用手帕把头包起来，随手的擦抹桌凳。听着外孙抖完了那些脏布，她赶快扯下来头上的手帕，免得教外孙看见而多心。

小崔太太当然也躲不开这个灾难，她可是也一声不出。她这些日子的生活费是长顺给她弄来的。她只能感激他，不能因为一些臭灰沙而说闲话。金钱而外，她需要安慰与爱护，而马老太太与长顺是无微不至的体贴她，帮助她。她睁开眼，世上已没有一个亲人。她虽有个亲哥哥，可是他不大要强。他什么事都作，只是不作好事。假若他知道了她每月能由高亦陀那里领十块钱，他必会来挤去三四块；他只认识钱，不管什么叫同胞手足。近来，她听说，他已经给日本人作了事。她恨日本人，日本人无缘无故的砍去了她丈夫的头。因此，她更不愿意和给日本人作事的哥哥有什么来往。兄妹既断绝了往来，她的世界上只剩了她自己，假若没有马老太太与长顺，她实在不晓得自己怎么活下去。不，她决定不能嫌憎那些臭灰。反之，她须帮助长顺去工作。长顺给她工钱呢，她接着；不给呢，也没多大关系。

在小崔被李四爷抬埋了以后，她病了一大场。她不吃不喝，而只一天到晚的昏睡，有时候发高烧。在发烧的时节，她喊叫小崔，或破口骂日本人。烧过去了一阵，她老实了，鼻翅扇动着，昏昏的睡去。马老太太，在小崔活着的时候，并不和小崔太太怎样亲近，一来是因为小崔好骂人，她听不惯；二来是小崔夫妇总算是一家人，而她自己不过是个老寡妇，也不便多管闲事。及至小崔太太也忽然的变成寡妇，马老太太很自然的把同情心不折不扣的都拿出来。她时时的过来，给小崔太太倒碗开水，或端过一点粥来，在小崔太太乱嚷乱叫的时节，老太太必定过来拉着病人的手。赶到她闹得太凶了，老太太才把李四妈请过来商议办法。等她昏昏的睡去，老太太还不时的到窗外，听一听动静。此外，老太太还和李四妈把两个人所有的医药知识凑在一处，斟酌点草药或偏方，给小崔太太吃。

时间，偏方，与情义，慢慢的把小崔太太治好。她还忘不了小崔，但是时间把小崔与她界划得十分清楚了，小崔已死，她还活着——而且还须活下去。

在她刚刚能走路的时候，她力逼着李四大爷带她去看看小崔的坟。穿上孝袍，拿着二角钱的烧纸，她滴着泪，像一头刚会走路的羊羔似的跟在四大爷的后边，泪由家中一直滴到先农坛的西边。在坟上。她哭得死去活来。

泪洒净了，她开始注意到吃饭喝水和其他的日常琐事。她的身体本来不坏，所以恢复得相当的快。由李四妈陪伴着，她穿着孝衣，在各家门口给帮过她忙与钱的邻居都道了谢。这使她又来到世界上，承认了自己是要继续活下去的。

李四爷和孙七，长顺，给募的那点钱，并没用完，老人对着孙七与长顺，把余款交给了她。长顺儿又每月由高亦陀那里给她领十元的“救济费”。她一时不至于挨饿受冻。

慢慢的，她把屋子整理得干干净净，不再像小崔活着的时候那么乱七八糟了。她开始明白马老太太为什么那样的喜清洁——马老太太是寡妇，喜清洁会使寡妇有点事作。把屋子收拾干净，她得到一点快乐，虽然死了丈夫，可是屋中倒有了秩序。不过，在这有秩序的屋子中坐定，她又感到空虚。不错，那点儿破桌子烂板凳确是被她擦洗得有了光泽，甚至于像有了生命；可是它们不会像小崔那样欢蹦乱跳，那样有火力。对着静静的破桌椅，她想起小崔的一切。小崔的爱，小崔的汗味，小崔的乱说，小崔的胡闹，都是好的；无论如何，小崔也比这些死的东西好。屋中越有秩序，屋子好像就越空阔，屋中的四角仿佛都加宽了许多，哪里都可以容她立一会儿，或坐一会儿，可是不论是立着还是坐着，她都觉得冷静寂寞，而没法子不想念小崔。小崔，在活着的时候，也许进门就跟她吵闹一阵，甚至于打她一顿。但是，那会使她心跳，使她忍受或反抗，那是生命。现在，她的心无须再跳了，可是她丧失了生命；小崔完全死了，她死了一半。

她的身上也比从前整齐了好多。她有工夫检点自己，和照顾自己了。以前，她仿佛不知道有自己，而只知道小崔。她须作好了饭——假若有米的话——等着小崔，省得小崔进门就像饥狼似的喊饿。假若作好了饭，而他还没有回来，她得设法保持饭菜的热气，不能给他冷饭吃。他的衣服，当天换上，当天就被汗沤透，非马上洗涤不可，而他的衣服又是那么少，遇上阴天或落雨就须设法把它们烘干。他的鞋袜是那么容易穿坏，仿佛脚上有几个钢齿似的。一眨眼就会钻几个洞。她须马不停蹄的给他缝补，给他制作。她的工夫完全用在他的身上，顾不得照顾她自己。现在，她开始看她自己了，不再教褂子露着肉，或袜子带着窟窿。身上的整洁恢复了她的青春，她不再是个受气包儿与小泥鬼，而是个相当体面的小妇人了。可是，青春只回来一部分，她的心里并没感到温暖。她的脸上只是那么黄黄的很干净，而没有青春的血色。她不肯愁眉皱眼的，一天到晚的长吁短叹，可是有时候发呆，愣着看她自己的褂子或布鞋。她仿佛不认识了自己。这相当体面，洁净的她，倒好像是另一个人。她还是小崔太太，又不是小崔太太。她不知到底自己是谁。愣着，愣着，她会不知不觉的自言自语起来。及至意识到自己是在说话，她忽然的红了脸，闭紧了嘴，而想赶快找点事作。但是，干什么呢？她想不出。小崔若活着，她老有事作；现在，没有了小崔，她也就失去了生活的发动机。她还年轻，可是又仿佛已被黄土埋上了一半。

无论怎样无聊，她也不肯到街门口去站立一会儿。非至万不得已，她也不到街上去；买块豆腐，或打一两香油什么的，她会恳托长顺给捎来。她是寡妇，不能随便的出头露面，给小崔丢人。就是偶然的上一趟街，她也总是低着头，直来直去，不敢贪热闹。凭她的年龄，她应当蹦蹦跳跳的，但是，她必须低着头；她已不是她自己，而是小崔的寡妇。她的低头疾走是对死去的丈夫负责，不是心中有什么对不起人的事。一个寡妇的责任是自己要活着，还要老背着一块棺材板。这，她才明白了马老太太为什么那样的谨慎，沉稳。对她，小崔的死亡，差不多是一种新的教育与训练。她必须非常的警觉，把自己真变成个寡妇。以前，她几乎没有考虑过，她有什么人格，和应当避讳什么。她就是她，她是小崔的老婆。小崔拉她出来，在门外打一顿，就打一顿；她能还手，就还给他几拳，或咬住他的一块肉；这都没有什么可耻的地方。小崔给她招来耻辱，也替她撑持耻辱。她的褂子露着一块肉，就露着一块肉，没关系；小崔会，仿佛是，遮住那块肉，不许别人多看她一眼。如今，她可须知道耻辱，须遮起她的身体。她是寡妇，也就必须觉到自己是个寡妇。寡妇的世界只是一间小小的黑暗的牢房，她须自动的把自己锁在那里面。

因此，她不单不敢抱怨长顺儿摆起灰沙阵，而且觉得从此可以不再寂寞。她愿意帮马老太太的忙。长顺儿自然不肯教她白帮忙，他愿出二角钱，作为缝好一身“军衣”的报酬；针线由他供给，小崔太太没有谢绝这点报酬，也没有嫌少；她一扑纳心的去操作。这样，她可以不出门，而有点收入与工作，恰好足以表示出她是安分守己的，不偷懒的寡妇。

孙七，也是爱洁净的人，没法忍受这样的乌烟瘴气。他发了脾气。“我说长顺儿，这是怎回事？你老大不小的了，怎么才学会了撒土攘烟儿呀？这成什么话呢，你看看，”他由耳中掏出一小块泥饼来，“你看看，连耳朵里都可以种麦子啦！还腥臭啊！灰土散了之后，可倒好，你又开了小染房，花红柳绿的挂这么一院子破布条！我顶讨厌这湿渌渌的东西碰我的脑袋！”

长顺确是老练多了。搁在往日，他一定要和孙七辩论个水落石出；他一来看不起孙七，二来是年轻气壮，不惜为辩论而辩论的作一番舌战。今天，他可是闭住了嘴，决定一声不响。第一，他须保守秘密，不能山嚷鬼叫的宣布自己的“特权”：好家伙，要教别人都知道了，自己的一千元不就动摇了么？第二，他以为自己已是兴家创业的人，差不多可以与祁老人和李四爷立在一块儿了，怎好因并不住嘴而耽误了工夫呢？孙七说闲，话由他说去吧；挣钱是最要紧的事。是的，他近来连打日本人的事都不大关心了，何况是孙七这点闲话呢。他沉住了气，连看孙七一眼也没看。反正，他知道，自己卖力气挣钱，养活外婆，总不是丢脸的事；干吗辩论呢？可是，他越不出声，孙七就越没结没完。孙七喜欢拌嘴；假若长顺能和他粗着脖子红着筋的乱吵一阵，他或者可以把这场破布官司忘掉，而从争辩中得到点愉快。长顺的一语不发，对于他，是最惨酷的报复。

幸而，马老太太与小崔太太，一老一少两位寡妇，出来给他道歉，他才鸣金收兵。

这样对付了孙七，长顺暗中非常得意。他有了自信心。他不单已经不是个只会背着留声机在小胡同里乱转，时常被人取笑的孩子，而且变成个有办法，有心路，有志气的青年。什么孙七孙八的，他才不惹闲气。有一千元到手，他将是个……是个什么呢？他想不出。可是，他总会变成比今天更好的人是不会错的。

高亦陀找了他来。他完了。他对付不了高亦陀。他不单还是个孩子，而且是个傻蛋！他失去了自信。

二十五

天佑老头儿简直不知道怎么办好了。他是掌柜的，他有权调动，处理，铺子中的一切。但是，现在他好像变成毫无作用，只会白吃三顿饭的人。冬天到了，正是大家添冬衣的时节，他却买不到棉花，买不到布匹。买不进来，自然就没有东西可卖。十个照顾主儿进来，倒有七八个空手出去的。当初，他是在北平学的徒；现在，他是在北平领着徒。他所学的，和所教给别人的，首要的是规矩客气，而规矩客气的目的是在使照顾主儿本想买一个，而买了两个或三个；本想买白的，而也将就了灰的。顾客若是空着手出去，便是铺子的失败。现在，天佑天天看见空手出去的人，而且不止一个。他没有多少东西可卖。即使人家想多买，他也拿不出来。即使店伙的规矩客气，可以使买主儿活了心，将就了颜色与花样，他也没有足以代替的东西；白布或者可以代替灰布，但是白布不能代替青缎。他的规矩客气已失去了作用。

铺中只有那么一些货，越卖越少，越少越显着寒伧。在往日，他的货架子上，一格一格的都摆着折得整整齐齐的各色的布，蓝的是蓝的，白的是白的，都那么厚厚的，崭新的，安静的，温暖的，摆列着；有的发着点蓝靛的温和的味道，有的发着些悦目的光泽。天佑坐在靠进铺门的，覆着厚蓝布棉垫子的大凳上，看着格子中的货，闻着那点蓝靛的味道，不由的便觉到舒服，愉快。那是货物，也便是资本；那能生利，但也包括着信用，经营，规矩等等。即使在狂风暴雨的日子，一天不一定有一个买主，也没有多大关系。货物不会被狂风吹走，暴雨冲去；只要有货，迟早必遇见识货的人，用不着忧虑。在他的大凳子的尽头，总有两大席篓子棉花，雪白，柔软，暖和，使他心里发亮。

一斜眼，他可以看到内柜的一半。虽然他的主要的生意是布匹，他可是也有个看得过眼的内柜，陈列着绫罗绸缎。这些细货有的是用棉纸包着斜立在玻璃橱里，有的是折好平放在矮玻璃柜子里的。这里，不像外柜那样朴素，而另有一种情调，每一种货都有它的光泽与尊严，使他想象到苏杭的温柔华丽，想象到人生的最快乐的时刻——假若他的老父亲庆八十大寿，不是要做一件紫的或深蓝或古铜色的，大缎子夹袍么？哪一对新婚夫妇不要穿上件丝织品的衣服呢？一看到内柜，他不单想到丰衣足食，而且也想到升平盛世，连乡下聘姑娘的也要用几匹绸缎。

一年三百六十五天，他几乎老在铺子里，从来也没讨厌过他的生活与那些货物。他没有野心，不会胡思乱思，他像一条小鱼，只要有清水与绿藻便高兴的游泳，不管那是一座小湖，还是一口瓷缸子。

现在，两篓棉花早已不见了，只剩下空篓子在后院里扔着。外柜的格子，空了一大半。最初，天佑还叫伙计们把货匀一匀，尽管都摆不满，可也没有完全空着的。渐渐的，匀也匀不及了；空着的只好空着。在自己的铺子里，天佑几乎不敢抬头，那些空格子像些四方的，没有眼珠的眼睛，昼夜的瞪着他，嘲弄他。没法子，他只好把空格用花纸糊起来。但是，这分明是自欺；难道糊起来便算有货了么？

格子多一半糊起来，柜台里只坐着一个老伙计——其余的人都辞退了。老伙计没事可作，只好打盹儿。这不是生意，而是给作生意的丢人呢！内柜比较的好看一些，但是看着更伤心。绸缎，和妇女的头发一样，天天要有新的花样。搁过三个月，就没有再卖出的希望；半年就成了古董——最不值钱的古董。绸缎比布匹剩的多，也就是多剩了赔钱货。内柜也只剩下一个伙计，他更没事可作。无可如何，他只好勤擦橱子与柜子上的玻璃。玻璃越明，旧绸缎越显出暗淡，白的发了黄，黄的发了白。天佑是不爱多说话的人，看着那些要同归于尽的，用银子买来的细货，他更不肯张嘴了。他的口水都变成了苦的，一口一口的咽下去。他的体面，忠实，才能，经验，尊严，都忽然的一笔勾消。他变成了一筹莫展，和那些旧货一样的废物。

没有野心的人往往心路不宽。天佑便是这样。表面上，他还维持着镇定，心里可像有一群野蜂用毒刺螫着他。

他偷偷的去看邻近的几家铺户。点心铺，因为缺乏面粉，也清锅子冷灶。茶叶铺因为交通不便，运不来货，也没有什么生意好作。猪肉铺里有时候连一块肉也没有。看见这种景况，他稍为松一点心：是的，大家都是如此，并不是他自己特别的没本领，没办法。这点安慰可仅是一会儿的。在他坐定细想想之后，他的心就重新缩紧，比以前更厉害，他想，这样下去，各种营业会一齐停顿，岂不是将要一齐冻死饿死么？那样，整个的北平将要没有布，没有茶叶，没有面粉，没有猪肉，他与所有的北平人将怎样活下去呢？想到这里，他不由的想到了国家。国亡了，大家全得死；千真万确，全得死！

想到国家，他也就想起来三儿子瑞全。老三走得对，对，对！他告诉自己。不用说老父亲，就是他自己也毫无办法，毫无用处了。哼，连长子瑞宣——那么有聪明，有人格的瑞宣——也没多大的办法与用处！北平完了，在北平的人当然也跟着完蛋。只有老三，只有老三，逃出去北平，也就有了希望。中国是不会亡的，因为瑞全还没投降。这样一想，天佑才又挺一挺腰板，从口中吐出一股很长的白气来。

不过，这也只是一点小小的安慰，并解救不了他目前的困难。不久，他连这点安慰也失去，因为他忙起来，没有工夫再想念儿子。他接到了清查货物的通知。他早已听说要这样办，现在它变成了事实。每家铺户都须把存货查清，极详细的填上表格。天佑明白了，这是“奉旨抄家”。等大家把表格都办好，日本人就清清楚楚的晓得北平还一共有多少物资，值多少钱。北平将不再是有湖山宫殿之美的，有悠久历史的，有花木鱼鸟的，一座名城，而是有了一定价钱的一大块产业。这个产业的主人是日本人。

铺中的人手少，天佑须自己动手清点货物，填写表格。不错，货物是不多了，但是一清点起来，便并不十分简单。他知道日本人都心细如发，他若粗枝大叶的报告上去，必定会招出麻烦来。他须把每一块布头儿都重新用尺量好，一寸一分不差的记下来，而后一分一厘不差的算好它们的价钱。

这样的连夜查点清楚，计算清楚，他还不敢正式的往表上填写。他不晓得应当把货价定高，还是定低。他知道那些存货的一多半已经没有卖出去的希望，那么若是定价高了，货卖不出去，而日本人按他的定价抽税，怎样办呢？反之，他若把货价定低，卖出去一定赔钱，那不单他自己吃了亏，而且会招同业的指摘。他皱上了眉头。他只好到别家布商去讨教。他一向有自己的作风与办法，现在他须去向别人讨教。他还是掌柜的，可是失去了自主权。

同业们也都没有主意。日本人只发命令，不给谁详细的解说。命令是命令，以后的办法如何，日本人不预先告诉任何人。日本人征服了北平，北平的商人理当受尽折磨。

天佑想了个折衷的办法，把能卖的货定了高价，把没希望卖出的打了折扣，他觉得自己相当的聪明。把表格递上去以后，他一天到晚的猜测，到底第二步办法是什么。他猜不出，又不肯因猜不出而置之不理；他是放不下事的人。他烦闷，着急，而且感觉到这是一种污辱——他的生意，却须听别人的指挥。他的已添了几根白色的胡子常常的竖立起来。

等来等去，他把按照表格来查货的人等了来——有便衣的，也有武装的，有中国人，也有日本人。这声势，不像是查货，而倒像捉捕江洋大盗。日本人喜欢把一粒芝麻弄成地球那么大。天佑的体质相当的好，轻易不闹什么头疼脑热。今天，他的头疼起来。查货的人拿着表格，他拿着尺，每一块布都须重新量过，看是否与表格上填写的相合。老人几乎忘了规矩与客气，很想用木尺敲他们的嘴巴，把他们的牙敲掉几个。这不是办事，而是对口供；他一辈子公正，现在被他们看作了诡弊多端的惯贼。

这一关过去了，他们没有发现任何弊病。但是，他缺少了一段布。那是昨天卖出去的。他们不答应。老人的脸已气紫，可是还耐着性儿对付他们。他把流水账拿出来，请他们过目，甚至于把那点钱也拿出来："这不是？原封没动，五块一角钱！"不行，不行！他们不能承认这笔账！

这一案还没了结，他们又发现了"弊病"。为什么有一些货物定价特别低呢？他们调出旧账来："是呀，你定的价钱，比收货时候的价钱还低呀！怎回事？"

天佑的胡子嘴颤动起来。嗓子里噎了好几下才说出话来："这是些旧货，不大能卖出去，所以……"不行，不行！这分明是有意捣乱，作生意还有愿意赔钱的么？

"可以不可以改一改呢？"老人强挤出一点笑来。

"改？那还算官事？"

"那怎么办呢？"老人的头疼得像要裂开。

"你看怎么办呢？"

老人像一条野狗，被人们堵在墙角上，乱棍齐下。

大伙计过来，向大家敬烟献茶，而后偷偷的扯了扯老人的袖子："递钱！"

老人含着泪，承认了自己的过错，自动的认罚，递过五十块钱去。他们无论如何不肯收钱，直到又添了十块，才停止了客气。

他们走后，天佑坐在椅子上，只剩了哆嗦。在军阀内战的时代，他经过许多不近情理的事。但是，那时候总是由商会出头，按户摊派，他既可以根据商会的通知报账，又不直接的受军人的辱骂。今天，他既被他们叫作奸商，而且拿出没法报账的钱。他一方面受了污辱与敲诈，还没脸对任何人说。没有生意，铺子本就赔钱，怎好再白白的丢六十块呢？

呆呆的坐了好久，他想回家去看看。心中的委屈不好对别人说，还不可以对自己的父亲，妻，儿子，说么？他离开了铺子。可是，只走了几步，他又打了转身。算了吧，自己的委屈最好是存在自己心中，何必去教家里的人也跟着难过呢。回到铺中，他把没有上过几回身的，皮板并不十分整齐的，狐皮袍找了出来。是的，这件袍子还没穿过多少次，一来因为他是作生意的，不能穿得太阔气了，二来因为上边还有老父亲，他不便自居年高，随便穿上狐皮——虽然这是件皮板并不十分整齐值钱的狐皮袍。拿出来，他交给了大伙计："你去给我卖了吧！皮子并不怎么出色，可还没上过几次身儿；面子是真正的大缎子。"

“眼看就很冷了，怎么倒卖皮的呢？”大伙计问。

“我不爱穿它！放着也是放着，何不换几个钱用？乘着正要冷，也许能多卖几个钱。”

“卖多少呢？”

“瞧着办，瞧着办！五六十块就行！一买一卖，出入很大；要卖东西就别想买的时候值多少钱，是不是？”天佑始终不告诉大伙计，他为什么要卖皮袍。

大伙计跑了半天，四十五块是他得到的最高价钱。

“就四十五吧，卖！”天佑非常的坚决。

四十五块而外，又东拼西凑的弄来十五块，他把六十元还给柜上。他可以不穿皮袍，而不能教柜上白赔六十块。他应当，他想，受这个惩罚；谁教自己没有时运，生在这个倒霉的时代呢。时运虽然不好，他可是必须保持住自己的人格，他不能毫不负责的给铺子乱赔钱。

又过了几天，他得到了日本人给他定的物价表。老人细心的，一款一款的慢慢的看。看完了，他一声没出，戴上帽头，走了出去，他出了平则门[①]。城里仿佛已经没法呼吸，他必须找个空旷的地方去呼吸，去思索。日本人所定的物价都不到成本的三分之二，而且绝对不许更改；有擅自更改的，以抬高物价，扰乱治安论，枪毙！

护城河里新放的水，预备着西北风到了，冻成坚冰，好打冰储藏起来。水流得相当的快，可是在靠岸的地方已有一些冰凌。岸上与别处的树木已脱尽了叶子，所以一眼便能看出老远去。淡淡的西山，已不像夏天雨后那么深蓝，也不像春秋佳日那么爽朗，而是有点发白，好像怕冷似的。阳光很好，可是没有多少热力，连树影人影都那么淡淡的，枯小的，像是被月光照射出来的。老人看一眼远山，看一眼河水，深深的叹了口气。

---

① 平则门，即阜城门。

买卖怎么作下去呢？货物来不了。报歇业，不准。税高。好，现在，又定了官价——不卖吧，人家来买呀；卖吧，卖多少赔多少。这是什么生意呢？

日本人是什么意思呢？是的，东西都有了一定的价钱，老百姓便可以不受剥削；可是作买卖的难道不是老百姓么？作买卖的要都赔得一塌胡涂，谁还添货呢？大家都不添货，北平不就成了空城了么？什么意思呢？老人想不清楚。

呆呆的立在河岸上，天佑忘了他是在什么地方了。他思索，思索，脑子里像有个乱转的陀螺。越想，心中越乱，他恨不能一头扎在水里去，结束了自己的与一切的苦恼。

一阵微风，把他吹醒。眼前的流水，枯柳，衰草，好像忽然更真切了一些。他无意的摸了摸自己的腮，腮很凉，可是手心上却出着汗，脑中的陀螺停止了乱转。他想出来了！很简单，很简单，其中并没有什么深意，没有！那只是教老百姓看看，日本人在这里，物价不会抬高。日本人有办法，有德政。至于商人们怎么活着，谁管呢！商人是中国人，饿死活该！商人们不再添货，也活该！百姓们买不到布，买不到棉花，买不到一切，活该！反正物价没有涨！日本人的德政便是杀人不见血。

想清楚了这一点，他又看了一眼河水，急快的打了转身。他须去向股东们说明他刚才所想到的，不能胡胡涂涂的就也用“活该”把生意垮完，他须交代明白了。他的厚墩墩的脚踵打得地皮出了响声，像奔命似的他进了城。他是心中放不住事的人，他必须马上把事情搞清楚了，不能这么半死不活的闭着眼混下去。

所有的股东都见到了，谁也没有主意。谁都愿意马上停止营业，可是谁也知道日本人不准报歇业。大家都只知道买卖已毫无希望，而没有一点挽救的办法。他们只能对天佑说：“再说吧！”你多为点难吧！谁教咱们赶上这个……”大家对他依旧的很信任，很恭敬，可是任何办法也没有。他们只能教他去看守那个空的蛤壳，他也只好点了头。

无可如何的回到铺中，他只呆呆的坐着。又来了命令：每种布匹每次只许卖一丈，多卖一寸也得受罚。这不是命令，而是开玩笑。一丈布不够作一身男裤褂，也不够作一件男大衫的。日本人的身量矮，十尺布或者将就够作一件衣服的；中国人可并不都是矮子。天佑反倒笑了，矮子出的主意，高个子必须服从，没有别的话好讲。“这倒省事了！”他很难过，而假装作不在乎的说：“价钱有一定，长短有一定，咱们满可以把算盘收起去了！”说完，他的老泪可是直在眼圈里转。这算哪道生意呢！经验，才力，规矩，计划，都丝毫没了用处。这不是生意，而是给日本人做装饰——没有生意的生意，却还天天挑出幌子去，天天开着门！

他一向是最安稳的人，现在他可是不愿再老这么呆呆的坐着。他已没了用处，若还像回事儿似的坐在那里，充掌柜的，他便是无聊，不知好歹。他想躲开铺子，永远不再回来。

第二天，他一清早就出去了。没有目的，他信马由缰的慢慢的走。经过一个小摊子，也立住看一会儿，不管值得看还是不值得看，他也要看，为是消磨几分钟的工夫。看见个熟人，他赶上去和人家谈几句话。他想说话，他闷得慌。这样走了一两个钟头，他打了转身。不行，这不像话。他不习惯这样的吊儿啷当。他必须回去。不管铺子变成什么样子，有生意没有，他到底是个守规矩的生意人，不能这样半疯子似的乱走。在铺子里呆坐着难过，这样的乱走也不受用；况且，无论怎样，到底是在铺子里较比的更像个生意人。

回到铺中，他看见柜台上堆着些胶皮鞋，和一些残旧的日本造的玩具。

“这是谁的？”天佑问。

“刚刚送来的。”大伙计惨笑了一下。“买一丈绸缎的，也要买一双胶皮鞋；买一丈布的也要买一个小玩艺儿；这是命令！”

看着那一堆单薄的，没后程[①]的日本东西，天佑愣了半天才说出话来："胶皮鞋还可以说有点用处，这些玩艺儿算干什么的呢？况且还是这么残破，这不是硬敲买主儿的钱吗？"

大伙计看了外边一眼，才低声的说："日本的工厂大概只顾造枪炮，连玩艺儿都不造新的了，准的！"

"也许！"天佑不愿意多讨论日本的工业问题，而只觉得这些旧玩具给他带来更大的污辱，与更多的嘲弄。他几乎要发脾气："把它们放在后柜去，快！多年的老字号了，带卖玩艺儿，还是破的！赶明儿还得带卖仁丹呢！哼！"

看着伙计把东西收到后柜去，他泡了一壶茶，一杯一杯又一杯的慢慢喝。这不像是吃茶，而倒像拿茶解气呢。看着杯里的茶，他想起昨天看见的河水。他觉得河水可爱，不单可爱，而且仿佛能解决一切问题。他是心路不甚宽的人，不能把无可奈何的事就看作无可奈何，而付之一笑。他把无可奈何的事看成了对自己的考验，若是他承认了无可奈何，便是承认了自己的无能，没用。他应付不了这个局面，他应当赶快结束了自己——随着河水顺流而下，漂，漂，漂，漂到大河大海里去，倒也不错。心路窄的人往往把死看作康庄大道，天佑便是这样。想到河，海，他反倒痛快一点，他看见了空旷，自由，无忧无虑，比这么揪心扒肝的活着要好的多。

刚刚过午，一部大卡车停在了铺子外边。

"他们又来了！"大伙计说。

"谁？"天佑问。

"送货的！"

"这回恐怕是仁丹了！"天佑想笑一笑，可是笑不出来。

车上跳下来一个日本人，三个中国人，如狼似虎的，他们闯进铺子来。虽然只是四个人，可是他们的声势倒好像是个机关枪连。

---

① 没后程，指物品质量低劣，使不住。

“货呢，刚才送来的货呢？”一个中国人非常着急的问。

大伙计急忙到后柜去拿。拿来，那个中国人劈手夺过去，像公鸡掘土似的，极快而有力的数：“一双，两双……”数完了，他脸上的肌肉放松了一些，含笑对那个日本人说：“多了十双！我说毛病在这里，一定是在这里！”

日本人打量了天佑掌柜一番，高傲而冷酷的问：“你的掌柜？”

天佑点了点头。

“哈！你的收货？”

大伙计要说话，因为货是他收下的。天佑可是往前凑了一步，又向日本人点了点头。他是掌柜，他须负责，尽管是伙计办错了事。

“你的大大的坏蛋！”

天佑咽了一大口唾沫，把怒气，像吃丸药似的，冲了下去。依旧很规矩的，和缓的，他问：“多收了十双，是不是？照数退回好了！”

“退回？你的大大的奸商！”冷不防，日本人一个嘴巴打上去。

天佑的眼中冒了金星。这一个嘴巴，把他打得什么全不知道了。忽然的他变成了一块不会思索，没有感觉，不会动作的肉，木在了那里。他一生没有打过架，撒过野。他万想不到有朝一日他也会挨打。他的诚实，守规矩，爱体面，他以为，就是他的钢盔铁甲，永远不会教污辱与手掌来到他的身上。现在，他挨了打，他什么也不是了，而只是那么立着的一块肉。

大伙计的脸白了，极勉强的笑着说：“诸位老爷给我二十双，我收二十双，怎么，怎么……”他把下面的话咽了回去。

“我们给你二十双？”一个中国人问。他的威风仅次于那个日本人的。“谁不知道，每一家发十双！你乘着忙乱之中，多拿了十双，还怨我们，你真有胆子！”

事实上，的确是他们多给了十双。大伙计一点不晓得他多收了货。为这十双鞋，他们又跑了半座城。他们必须查出这十双鞋来，否则没法交差。查到了，他们不能承认自己的疏忽，而必把过错派在别人身上。

转了转眼珠，大伙计想好了主意："我们多收了货，受罚好啦！"

这回，他们可是不受贿赂。他们必须把掌柜带走。日本人为强迫实行"平价"，和强迫接收他们派给的货物，要示一示威。他们把天佑掌柜拖出去。从车里，他们找出预备好了的一件白布坎肩，前后都写着极大的红字——奸商。他们把坎肩扔给天佑，教他自己穿上。这时候，铺子外边已围满了人。浑身都颤抖着，天佑把坎肩穿上。他好像已经半死，看看面前的人，他似乎认识几个，又似乎不认识。他似乎已忘了羞耻，气愤，而只那么颤抖着任人摆布。

日本人上了车。三个中国人随着天佑慢慢的走，车在后面跟着。上了马路，三个人教给他："你自己说：我是奸商！我是奸商！我多收了货物！我不按定价卖东西！我是奸商！说！"

天佑一声没哼。

三把手枪顶住他的背。"说！"

"我是奸商！"天佑低声的说。平日，他的语声就不高，他不会粗着脖子红着筋的喊叫。

"大点声！"

"我是奸商！"天佑提高了点声音。

"再大一点！"

"我是奸商! "天佑喊起来。

行人都立住了，没有什么要事的便跟在后面与两旁。北平人是爱看热闹的。只要眼睛有东西可看，他们便看，跟着看，一点不觉得厌烦。他们只要看见了热闹，便忘了耻辱，是非，更提不到愤怒了。

天佑的眼被泪迷住。路是熟的，但是他好像完全不认识了。他只觉得路很宽，人很多，可是都像初次看见的。他也不知道自己是在作什么。他机械的一句一句的喊，只是喊，而不知道喊的什么。慢慢的，他头上的汗与眼中的泪联结在一处，他看不清了路，人，与一切东西。他的头低下去，而仍不住的喊。他用不着思索，那几句话像自己能由口中跳出来。猛一抬头，他又看见了马路，车辆，行人，他也更不认识了它们，好像大梦初醒，忽然看见日光与东西似的。他看见了一个完全新的世界，有各种颜色，各种声音，而一切都与他没有关系。一切都那么热闹而冷淡，美丽而惨酷，都静静的看着他。他离着他们很近，而又像很远。他又低下头去。

走了两条街，他的嗓子已喊哑。他感到疲乏，眩晕，可是他的腿还拖着他走。他不知道已走在哪里，和往哪里走。低着头，他还喊叫那几句话。可是，嗓音已哑，倒仿佛是和自己叨唠呢。一抬头，他看见一座牌楼，有四根极红的柱子。那四根红柱子忽然变成极粗极大，晃晃悠悠的向他走来。四条扯天柱地的红腿向他走来，眼前都是红的，天地是红的，他的脑子也是红的。他闭上了眼。

过了多久，他不知道。睁开眼，他才晓得自己是躺在了东单牌楼的附近。卡车不见了，三个枪手也不见了，四围只围着一圈小孩子。他坐起来，愣着。愣了半天，他低头看见了自己的胸。坎肩已不见了，胸前全是白沫子与血，还湿着呢。他慢慢的立起来，又跌倒，他的腿已像两根木头。挣扎着，他再往起立；立定，他看见了牌楼的上边只有一抹阳光。他的身上没有一个地方不疼，他的喉中干得要裂开。

一步一停的，他往西走。他的心中完全是空的。他的老父亲，久病的妻，三个儿子，儿媳妇，孙男孙女，和他的铺子，似乎都已不存在。他只看见了护城河，与那可爱的水；水好像就在马路上流动呢，向他招手呢。他点了点头。他的世界已经灭亡，他须到另一个世界里去。在另一世界里，他的耻辱才可以洗净。活着，他只是耻辱的本身；他刚刚穿过的那件白布红字的坎肩永远挂在他身上，粘在身上，印在身上，他将永远是祁家与铺子的一个很大很大的一个黑点子，那黑点子会永远使阳光变黑，使鲜花变臭，使公正变成狡诈，使温和变成暴厉。

他雇了一辆车到平则门。扶着城墙，他蹭出去。太阳落了下去。

河边上的树木静候着他呢。天上有一点点微红的霞，像向他发笑呢。河水流得很快，好像已等他等得不耐烦了。水发着一点点声音，仿佛向他低声的呼唤呢。

很快的，他想起一辈子的事情；很快的，他忘了一切。漂，漂，漂，他将漂到大海里去，自由，清凉，干净，快乐，而且洗净了他胸前的红字。

二十六

天佑的尸身并没漂向大河大海里去，而是被冰，水藻，与树根，给缠冻在河边儿上。

第二天一清早就有人发现了尸首，到午后消息才传至祁家。祁老人的悲痛是无法形容的。四世同堂中的最要紧，离他最近，最老成可靠的一层居然先被拆毁了！他想象得到自己的死，和儿媳妇的死——她老是那么病病歪歪的。他甚至于想象得到三孙子的死。他万想象不到天佑会死，而且死得这么惨！老天是无知，无情，无一点心肝的，会夺去这最要紧，最老成的人："我有什么用呢？老天爷，为什么不教我替了天佑呢？"老人跳着脚儿质问老天爷。然后，他诅咒日本人。他忘了规矩，忘了恐惧，而破口大骂起来。一边骂，一边哭，直哭得不能再出声儿。

天佑太太的泪一串串的往下流，全身颤抖着，可是始终没放声。一会儿，她的眼珠往上翻，闭过气去。

韵梅流着泪，一面劝解祖父，一面喊叫婆婆。两个孩子莫名其妙的，扯着她的衣襟，不肯放手。

瑞丰，平日对父亲没有尽过丝毫的孝心，也张着大嘴哭得哇哇的。

慢慢的，天佑太太醒了过来。她这才放声的啼哭。韵梅也陪着婆母哭。

哭闹过了一大阵，院中忽然的没有了声音。泪还在落，鼻涕还在流，可是没了响声，像风雷过去，只落着小雨。悲愤，伤心，都吐了出去，大家的心里全变成了空的，不知道思索，想不起行动。他们似乎还活着，又像已经半死，都那么低头落泪，愣着。

愣了不知有多久，韵梅首先出了声："老二，找你哥哥去呀！"

这一点语声，像一个霹雷震动了浓厚的黑云，大雨马上降下来，大家又重新哭叫起来。韵梅劝告这个，安慰那个，完全没有用处，大家只顾倾泄悲伤，根本听不见她的声音。

天佑太太坐在炕沿上，已不能动，手脚像冰一样凉。祁老人的脸像忽然缩小了一圈。手按着膝盖，他已不会哭，而只颤抖着长嚎。瑞丰的哭声比别人的都壮烈，他不知道哭的是什么，而只觉得大声的哭喊使心中舒服。

韵梅抹着泪，扯住老二的肩摇了几下子："去找你大哥！"她的声音是那么尖锐，她的神情是那么急切，使瑞丰没法不收住悲音。连祁老人也感到一点什么震动，而忽然的清醒过来。老人也喊了声："找你哥哥去！"

这时候，小文和棚匠刘师傅的太太都跑进来。自从刘师傅走后，瑞宣到领薪的日子，必教韵梅给刘太太送过六元钱去。刘太太是个矮身量，非常结实的乡下人，很能吃苦。在祁家供给她的钱以外，她还到铺户去揽一些衣服，缝缝洗洗的，赚几文零用。她也时常的到祁家来，把韵梅手中的活计硬抢了去，抽着工夫把它们作好。她是乡下人，作的活计虽粗，可是非常的结实；给小顺儿们作的布鞋，帮子硬，底儿厚，一双真可以当两双穿。她不大爱说话，但是一开口也满有趣味与见解，所以和天佑太太与韵梅成了好朋友。对祁家的男人们，她可是不大招呼；她是乡下人，却有个心眼儿。

小文轻易不到祁家来。他知道祁家的人多数是老八板儿，或者不大喜欢他的职业与行动，不便多过来讨厌。他并不轻看自己，可也尊重别人，所以他须不即不离的保持住自己的身份。今天，他听祁家哭得太凶了，不能不过来看看。

迎着头，瑞丰给两位邻居磕了一个头。他们马上明白了祁家是落了白事。小文和刘太太都不敢问死的是谁，而只往四处打眼。瑞丰说了声："老爷子……"小文和刘太太的泪立刻在眼中转。他们都没和天佑有过什么来往，可是都知道天佑是最规矩老实的人，所以觉得可惜。

刘太太立刻跑去伺候天佑太太，和照应孩子。

小文马上问："有用我的地方没有？"

祁老人一向不大看得起小文，现在他可是拉住了小文的手。"文爷，他死得惨！惨！"老人的眼本来就小，现在又红肿起来，差不多把眼珠完全掩藏起来。

韵梅又说了话："文爷，给瑞宣打个电话去吧！"

小文愿意作这点事。

祁老人拉着小文，立了起来："文爷，打电话去！教他到平则门外去，河边！河边！"说完，他放开了小文的手，对瑞丰说："走！出城！"

"爷爷，你不能去！"

老人怒吼起来："我怎么不能去？他是我的儿子，我怎么不能去？教我一下子也摔到河里去，跟他死在一块儿，我也甘心！走，瑞丰！"

小文一向不慌不忙，现在他小跑着跑出去。他先去看李四爷在家没有。在家。"四大爷，快到祁家去！天佑掌柜过去了！"

"谁？"李四爷不肯信任他的耳朵。

"天佑掌柜！快去！"小文跑出去，到街上去借电话。

四大妈刚一听明白，便跑向祁家来。一进门，不管三七二十一，就放声哭嚎起来。

李四爷拉住了祁老人的手，两位老人哆嗦成了一团。李老人办惯了丧事，轻易不动感情；今天，他真动了心。祁老人是他多年的好友，天佑又是那么规矩老实，不招灾不惹祸的人；当他初认识祁老人的时候，天佑还是个小孩子呢。

大家又乱哭了一场之后，心中开始稍觉得安定一些，因为大家都知道李四爷是有办法的人。李四爷擦了擦眼，对瑞丰说："老二，出城吧！

"我也去！"祁老人说。

"有我去，你还不放心吗？大哥！"李四爷知道祁老人跟去，只是多添麻烦，所以拦阻他。

"我非去不可！"祁老人非常的坚决。为表示他能走路，无须别人招呼他，他想极快的走出去，教大家看一看。可是，刚一下屋外的台阶，他就几乎摔倒。挣扎着立稳，他再也迈不开步，只剩了哆嗦。

天佑太太也要去。天佑是她的丈夫，她知道他的一切，所以也必须看看丈夫是怎样死的。

李四爷把祁老人和天佑太太都拦住："我起誓，准教你们看看他的尸！现在，你们不要去！等我都打点好了，我来接你们，还不行吗？"

祁老人用力瞪着小眼，没用，他还是迈不开步。

"妈！"韵梅央告婆婆。"你就甭去了吧！你不去，也教爷爷好受点儿！"

天佑太太落着泪，点了头。祁老人被四大妈搀进屋里去。

李四爷和瑞丰走出去。他们刚出门，小文和孙七一块儿走了来。小文打通了电话。孙七是和小文在路上遇见的。平日，孙七虽然和小文并没什么恶感，可是也没有什么交情。专以头发来说，小文永远到最好的理发馆去理发刮脸，小文太太遇有堂会必到上海人开的美容室去烫发。这都给孙七一点刺激，而不大高兴多招呼文家夫妇。今天，他和小文仿佛忽然变成了好朋友，因为小文既肯帮祁家的忙，那就可以证明小文的心眼并不错。患难，使人的心容易碰到一处。

小文不会说什么，只一支跟着一支的吸烟。孙七的话来得很容易，而且很激烈，使祁老人感到一些安慰。老人已躺在炕上，一句话也说不出，可是他还听着孙七的乱说。时时的叹一口气。假若没有孙七在一旁拉不断扯不断的说，他知道他会再哭起来的。

职业的与生活的经验，使李四爷在心中极难过的时节，还会计划一切。到了街口，他便在一个小茶馆里叫了两个人，先去捞尸。然后，他到护国寺街一家寿衣铺，赊了两件必要的寿衣。他的计划是：把尸身打捞上来，先脱去被水泡过一夜的衣服，换上寿衣——假若这两件不好，不够，以后再由祁家添换。换上衣服，他想，便把尸首暂停在城外的三仙观里，等祁家的人来办理入殓开吊。日本人不许死尸入城，而且抬来抬去也太麻烦，不如就在庙里办事，而后抬埋。

这些计划，他一想到，便问瑞丰以为如何。瑞丰没有意见。他的心中完全是空的，而只觉得自己无忧无虑的作孝子，到处受别人的怜惜，颇舒服，而且不无自傲之感。

出了城，看见了尸身——已由那两位雇来的人捞了上来，放在河岸上——瑞丰可是真动了心。一下子，趴伏在地，搂着尸首，他大哭起来。这回，他的泪是真的，是由心的深处冒出来的。天佑的脸与身上都被泡肿，可是并不十分难看，还是那么安静温柔。他的手中握着一把河泥，脸上可相当的干净，只在胡子上有两根草棍儿。

李四爷也落了泪。这是他看着长大了的祁天佑——自幼儿就腼腆，一辈子没有作过错事，永远和平，老实，要强，稳重的祁天佑！老人没法不伤心，这不只是天佑的命该如此，而是世界已变了样了——老实人，好人，须死在河里！

瑞宣赶到。一接到电话，他的脸马上没有了血色。嘴唇颤着，他只告诉了富善先生一句话："家里出了丧事！"便飞跑出来。他几乎不知道怎样来到的平则门外。他没有哭，而眼睛已看不清面前的一切。假若祖父忽然的死去，他一定会很伤心的哭起来。但是，那只是伤心，而不能教他迷乱，因为祖父的寿数已到，死亡是必不可免的，他想不到父亲会忽然的死去。况且，他是父亲的长子：他的相貌，性格，态度，说话的样子，都像父亲，因为在他的幼时，只有父亲是他的模范，而父亲也只有他这么一个珍宝接受他全份的爱心。他第一次上大街，是由父亲抱去的。他初学走路，是由父亲拉着他的小手的。他上小学，中学，大学，是父亲的主张。他结了婚，作了事，有了自己的儿女，在多少事情上他都可以自主，不必再和父亲商议，可是他处理事情的动机与方法，还暗中与父亲不谋而合。他不一定对父亲谈论什么，可是父子之间有一种不必说而互相了解的亲密；一个眼神，一个微笑，便够了，用不着多费话。父亲看他，与他看父亲，都好像能由现在，看到二三十年前；在二三十年前，只要他把小手递给父亲，父亲就知道他要出去玩玩。他有他自己的事业与学问，与父亲的完全不同，可是除了这点外来的知识与工作而外，他觉得他是父亲的化身。他不完全是自己，父亲也不完全是父亲，只有把父子凑到一处，他仿佛才能感到安全，美满。他没有什么野心，他只求父亲活到祖父的年纪，而他也像父亲对祖父那样，虽然已留下胡子，可是还体贴父亲，教父亲享几年晚福。这不是虚假的孝顺，而是，他以为，最自然，最应该的事。

父亲会忽然的投了水！他自己好像也死去了一大半！

他甚至于没顾得想父亲死了的原因，而去诅咒日本人。他的眼中只有个活着的父亲，与一个死了的父亲；父亲，各种样子的父亲——有胡子的，没胡子的，笑的，哭的——出现在他眼前，一会儿又消灭。他顾不得再想别的。

看见了父亲，他没有放声的哭出来。他一向不会大哭大喊。放声的哭喊只是没有办法的办法，而他是好想办法的人，不惯于哭闹。他跪在了父亲的头前，隔着泪看着父亲。他的胸口发痒，喉中发甜，他啐出一口鲜红的血来。腿一软，他坐了在地上。天地都在旋转。他不晓得了一切，只是口中还低声的叫："爸爸！爸爸！"

好久，好久，他才又看见了眼前的一切，也发觉了李四爷用手在后面戗着他呢。

"别这么伤心哟！"四爷喊着说："死了的不能再活，活着的还得活下去呀！"

瑞宣抹着泪立起来，用脚把那口鲜红的血擦去。他身上连一点力气也没有了，脸上白得可怕。可是，他还要办事。无论他怎么伤心，他到底是主持家务的人，他须把没有吐净的心血花费在操持一切上。

他同意李四爷的办法，把尸身停在三仙观里。

李四爷借来一块板子，瑞宣瑞丰和那两个帮忙的人，把天佑抬起来，往庙里走。太阳已偏西，不十分暖和的光射在天佑的脸上。瑞宣看着父亲的脸，泪又滴下来，滴在了父亲的脚上。他浑身酸软无力，可是还牢牢的抬着木板，一步一步的往前挪动。他觉得他也许会一跤跌下去，不能再起来，可是他挣扎着往前走，他必须把父亲抬到庙中去安息。

三仙观很小，院中的两株老柏把枝子伸到墙外，仿佛为是好多得一点日光与空气。进了门，天佑的脸上没有了阳光，而遮上了一层儿淡淡的绿影。"爸爸！"瑞宣低声的叫。"在这里睡吧！"

停灵的地方是在后院。院子更小，可是没有任何树木，天佑的脸上又亮起来。把灵安置好，瑞宣呆呆的看着父亲。父亲确是睡得很好，一动不动的，好像极舒服，自在，没有丝毫的忧虑。生活是梦，死倒更真实，更肯定，更自由！

"哥哥！"瑞丰的眼，鼻，连耳朵，都是红的。"怎么办事呀？"

"啊？"瑞宣像由梦中惊醒了似的。

"我说，咱们怎么办事？"老二的伤心似乎已消逝了十之八九，又想起凑热闹来。丧事，尽管是丧事，据他看，也是凑热闹的好机会。穿孝，唪经，焚纸，奠酒，磕头，摆饭，入殓，开吊，出殡……有多么热闹呀！他知道自己没有钱，可是大哥总该会设法弄钱去呀。人必须尽孝，父亲只会死一回，即使大哥为难，也得把事情办得热热闹闹的呀。只要大哥肯尽孝，他——老二——也就必定用尽心计，筹划一切，使这场事办得极风光，极体面，极火炽。比如说：接三那天还不糊些顶体面的纸人纸马，还不请十三位和尚念一夜经么？伴宿就更得漂亮一些，酒席至少是八大碗一个火锅，庙外要一份最齐全的鼓手；白天若还是和尚唪经，夜间理应换上喇嘛或道士。而后，出殡的时候，至少有七八十个穿孝的亲友，像一大片白鹅似的在棺材前面慢慢的走；棺材后面还有一二十辆轿车，白的，黄的，蓝的，里面坐着送殡的女客。还有执事，清音，闹丧鼓，纸人纸车金山银山呢！只有这样，他想，才足以对得起死去的父亲，而亲友们也必钦佩祁家——虽然人是投河死了的，事情可办得没有一点缺陷啊！

"四爷爷！"瑞宣没有搭理老二，而对李老人说："咱们一块儿回去吧？怎么办事，我得跟祖父，母亲商议一下，有你老人家在一旁。或者……"

李老人一眼便看进瑞宣的心里去："我晓得！听老人们怎么说，再合计合计咱们的钱力，事情不能办得太寒伧，也不能太扎花[①]；这个年月！"然后他告诉瑞丰："老二，你在这里看着；我们一会儿就回来。"同时，他把那两个帮忙的人也打发回去。

看见了家门，瑞宣简直迈不开步了。费了极大的力量，他才上了台阶。只是那么两三步，他可是已经筋疲力尽。他的眼前飞舞着几个小的金星，心跳得很快。他扶住了门框，不能再动。门框上，刚刚由小文贴上了白纸，浆糊还湿着呢。他不会，也不敢，进这贴了白纸的家门。见了祖父与母亲，他说什么呢？怎么安慰他们呢？

李四爷把他搀了进去。

家中的人一看瑞宣回来了，都又重新哭起来。他自己不愿再哭，

① 太扎花，铺张浪费，惹人眼目。

可是泪已不受控制，一串串的往下流。

李四爷看他们已经哭得差不多了，拦住了大家："不哭喽！得商量商量怎么办事哟！"

听到这劝告，大家仿佛头一次想到死人是要埋起来的；然后都抹着泪坐在了一处。

祁老人还顾不得想实际的问题，拉着四爷的手说："天佑没给我送终，我倒要发送他啦；这由何处说起哟！"

"那有什么法子呢？大哥！"李四爷感叹着说，然后，他一语点到了题："先看看咱们有多少钱吧！"

"我去支一个月的薪水！"瑞宣没有说别的，表示他除此而外，别无办法。

天佑太太还有二十多块现洋，祁老人也存着几十块现洋，与一些大铜板。这都是他们的棺材本儿，可是都愿意拿出来，给天佑用。"四爷，给他买口好材，别的都是假的！谁知道，我死的时候是棺材装呢，还是用席头儿卷呢！"老人颤声的说。真的，老人的小眼睛已看不见明天。他的唯一的恐惧是死。不过，到时候非死不可呢，他愿意有一口好的棺材，和一群儿孙给他带孝；这是他的最后的光荣！可是，儿子竟自死在他的前面，夺去了他的棺材，还有什么话可说呢。最后的光荣才是真的光荣，可是他已不敢希望那个。他的生活秩序完全被弄乱了，他不敢再希望什么，不敢再自信。他已不是什么老寿星，可能的他将变成老乞丐，死后连棺材都找不到！

"好！我去给看口材，准保结实，体面！"李四爷把祁老人的提案很快的作了结束。"停几天呢？天佑太太！"

天佑太太很愿意丈夫的丧事办得像个样子。她知道的清楚：丈夫一辈子没有浪费过一个钱，永远省吃俭用的把钱交到家中。他应当得到个体面的发送，大家应当给他个最后的酬谢。可是，她也知道自己不定哪时就和丈夫并了骨，不为别人，她也得替瑞宣设想；假若再出一档子白事，瑞宣怎么办呢？想到这里，她马上决定了：

“爷爷，搁五天怎样？在庙里，多搁一天，多花一天的钱！”

五天太少了。可是祁老人忍痛的点了头。他这时候已看清了瑞宣的脸——灰渌渌的像一张风吹雨打过的纸。

“总得念一夜经吧？爷爷！”天佑太太低着头问。

大家也无异议。

瑞宣只迷迷糊糊的听着，不说什么。对这些什么念经，开吊的，在平日，他都不感觉兴趣，而且甚至以为都没用处，也就没有非此不可的必要。今天，他不便说什么。文化是文化，文化里含有许多许多不必要的繁文缛节，不必由他去维持，也不必由他破坏。再说，在这样的一个四世同堂的家庭里，文化是有许多层次的，像一块千层糕。若专凭理智办事，他须削去几层，才能把事情办得合理；但是，若用智慧的眼来看呢，他实在不必因固执而伤了老人们的心。他是现代的人，但必须体贴过去的历史。只要祖父与妈妈不像瑞丰那样贪热闹，他便不必教他们难堪。他好像是新旧文化中的钟摆，他必须左右摆匀，才能使时刻进行得平稳准确。

李四爷作了总结束：“好啦，祁大哥，我心里有了准数啦！棺材，我明天去看。瑞宣，你明天一早儿到坟地去打坑。孙七，你匀得出工夫来吗？好，你陪着瑞宣去。刘太太，你去扯布，扯回来，帮着祁大奶奶赶缝孝衣。念经，就用七众儿吧，我去请。鼓手，执事，也不必太讲究了，有个响动就行，是不是？都请谁呢？”

韵梅由箱子里找出行人情的礼金簿来。祁老人并没看簿子，就决定了：“光请至亲至友，大概有二十多家子。”老人平日在睡不着的时候，常常掐指计算：假若在他死的时候，家道还好，而大办丧事呢，就应当请五十多家亲友，至少要摆十四五桌饭；若是简单的办呢，便可减少一半。

“那么，就预备二十多家的饭吧。”李四爷很快的想好了主意：“干脆就吃炒菜面，又省钱，又热乎；这年月，亲友不会耻笑咱们！大哥，你带着她们到庙里看看吧。到庙里，告诉老二，教他明天去报丧请人。好在只有二十多家，一天足以跑到了。大哥！到那里，可不准太伤心了，身体要紧！四妈，你同天佑太太去；到那儿，哭一场就回来！回头我去和老二守灵。”

李老人下完这些命令，刘太太赶快去扯布。祁老人带着李四妈，儿媳与小顺子，雇了车，到庙中去。

刘太太拿了钱，已快走出街门，李四爷向她喊：“一个铺子只能扯一丈哟，多跑几家！”

韵梅也想到庙中去哭一场，可是看瑞宣的样子，她决定留在家里。

孙七的事情是在明天，他告辞回家去喝酒，他的心里堵得慌。

小文没得到任何命令，还继续的一支紧接着一支的吸烟。李老人看了小文一眼，向他点点手：“文爷，你去弄几两白干吧，我心里难过！”

瑞宣走到自己的屋中去，躺在了床上。韵梅轻轻的进来，给他盖上了一床被子。他把头蒙上，反倒哭出了声儿。

泪洒净，他心中清楚了许多，也就想起日本人来。想到日本人，他承认了自己的错误：自己不肯离开北平，几乎纯粹是为家中老幼的安全与生活。可是，有什么用呢？自己下过狱，老二变成了最没出息的人；现在，连最老成，最谨慎的父亲，也投了河！在敌人手底下，而想保护一家人，哼，梦想！

他不哭了。他恨日本人与他自己。

二十七

似睡非睡的，瑞宣躺了一夜。迷迷糊糊的，他听到祖父与母亲回来。迷迷糊糊的，他听到韵梅与刘太太低声的说话，（她们缝孝衣呢。)他不知道时间，也摸不清大家都在作什么。他甚至于忘了家中落了白事。他的心仿佛是放在了梦与真实的交界处。

约摸有五点来钟吧，他像受了一惊似的。完全醒过来。他忽然的看见了父亲，不是那温和的老人，而是躺在河边上的死尸。他急忙的坐起来。随便的用冷水擦了一把脸，漱了漱口，他走出去找孙七。

极冷的小风吹着他的脸，并且轻轻的吹进他的衣服，使他的没有什么东西的胃，与吐过血的心，一齐感到寒冷，浑身都颤起来。扶着街门，他定了定神。不管，不管，不管他怎样不舒服，他必须给父亲去打坑。这是他无可推卸的责任。他拉开了街门。天还不很亮，星星可是已都看不真了，这是夜与昼的交替时间，既不像夜，也不像昼，一切都渺茫不定。

他去叫孙七。

程长顺天天起来得很早，好去收买破布烂纸。听出来瑞宣的语声，他去轻轻的把孙七唤醒，而没敢出来和瑞宣打招呼。他忙，他有他的心事，他没工夫去帮祁家的忙，所以他觉得怪不好意思的来见瑞宣。

孙七，昨天晚上喝了一肚子闷酒，一直到上床还嘱咐自己：明天早早的起！可是，酒与梦联结到一处，使他的呼声只惊醒了别人，而没招呼他自己。听到长顺的声音，他极快的坐起来，穿上衣服，而后匆忙的走出来。口中还有酒味，他迷迷糊糊的跟着瑞宣走，想不出一句话来。一边走，他一边又打堵得慌，又有点痛快的长嗝儿。打了几个这样的嗝儿以后，他开始觉得舒服了一点。他立刻想说话。"咱们出德胜门，还是出西直门呢？"

"都差不多。"瑞宣心中还发噤，实在不想说话。

"出德胜门吧！"孙七没有什么特殊的理由，而只为显出自己会判断，会选择，这样决定。看瑞宣没说什么，他到前面去领路，为是显出热心与勇敢。

到了德胜门门脸儿，晨光才照亮了城楼。这里，是北平的最不体面的地方：没有光亮的柏油路，没有金匾，大玻璃窗的铺户，没有汽车。它的马路上的石子都七上八下的露着尖儿，一疙疸一块的好像长了冻疮。石子尖角上往往顶着一点冰，或一点白霜。这些寒冷的棱角，教人觉得连马路仿佛都削瘦了好些。它的车辆，只有笨重的，破旧的，由乡下人赶着的大敞车，走得不快，而西啷哗啷的乱响。就是这里的洋车也没有什么漂亮的，它们都是些破旧的，一阵风似乎能吹散的，只为拉东西，而不大拉人的老古董。在大车与洋车之间，走着身子瘦而鸣声还有相当声势的驴，与仿佛久已讨厌了生命，而还不能不勉强，于是也就只好极慢极慢的，走着路的骆驼。这些风光，凑在一处，便把那伟大的城楼也连累得失去了尊严壮丽，而显得衰老，荒凉，甚至于有点悲苦。在这里，人们不会想起这是能培养得出梅兰芳博士，发动了“五四”运动，产生能在冬天还啯啯的鸣叫的翠绿的蝈蝈的地方，而是一眼就看到了那荒凉的，贫窘的，铺满黄土的乡间。这是城市与乡间紧紧相连的地区；假若北平是一匹骏马，这却是它的一条又长又寒伧的尾巴。

虽然如此，阳光一射到城楼上，一切的东西仿佛都有了精神。驴扬起脖子鸣唤，骆驼脖子上的白霜发出了光，连那路上的带着冰的石子都亮了些。一切还都破旧衰老，可是一切都被阳光照得有了力量，有了显明的轮廓，色彩，作用，与生命。北平像无论怎么衰老多病，可也不会死去似的。

孙七把瑞宣领到一个豆浆摊子前面。瑞宣的口中发苦，实在不想吃什么，可是也没拒绝那碗滚热的豆浆。抱着碗，他手上感到暖和；热气升上来，碰到他的脸上，也很舒服。特别是他哭肿了的，干巴巴的眼睛，一碰到热气，好像点了眼药那么好受。嘘了半天，他不由的把唇送到了碗边上，一口口的吸着那洁白的，滚热的，浆汁。热气一直走到他的全身。这不是豆浆，而是新的血液，使他浑身暖和，不再发噤。喝完了一碗，他又把碗递过去。

孙七只喝了一碗浆，可是吃了无数的油条。仿佛是为主持公道似的，他一定教卖浆的给瑞宣的第二碗里打上两个鸡蛋。

吃完，他们走出了城门。孙七的肚子有了食，忘了悲哀与寒冷。他愿一气走到坟地去——在城里住的人很不易得到在郊外走一走的机会，况且今天的天气是这么好，而他的肚子里又有了那么多的油条。可是，今天他是瑞宣的保护者，他既知道瑞宣是读书人，不惯走路，又晓得他吐过血，更不可过度的劳动，所以不能信着自己的意儿就这么走下去。

“咱们雇辆轿车吧？”他问。

瑞宣摇了摇头。他知道坐轿车的罪孽有多么大。他还记得幼时和母亲坐轿车上坟烧纸，怎样把他的头碰出多少棱角与疙疸来。

“雇洋车呢？”

“都是土路，拉不动！”

“骑驴怎样？”即使孙七的近视眼没看见街口上的小驴，他可也听见了它们的铃声。

瑞宣摇了摇头。都市的人怕牲口，连个毛驴都怕降服不住。

“走着好！又暖和，又自由！”孙七这才说出了真意。“可是，你能走那么远吗？累着了可不是玩的！”

“慢慢的走，行！”虽然这么说，瑞宣可并没故意的慢走。事实上。他心中非常的着急，恨不能一步就迈到了坟地上。

出了关厢，他们走上了大土道。太阳已经上来。这里的太阳不像在城里那样要拐过多少房檐，转过多少墙角，才能照在一切的东西上，而是刚一出来就由最近照到最远的地方。低头，他们在黄土上看到自己的淡淡的影子；抬头，他们看到无边无际的黄地，都被日光照亮。那点晓风已经停止，太阳很红很低，像要把冬天很快的变为春天。空气还是很凉，可是干燥，清净，使人觉得痛快。瑞宣不由的抬起头来。这空旷，清凉，明亮，好像把他的心打开，使他无法不兴奋。

路上差不多没有行人，只偶尔的遇到一辆大车，和一两个拾粪的小孩或老翁。往哪边看，哪边是黄的田地，没有一棵绿草，没有一株小树，只是那么平平的，黄黄的，像个旱海。远处有几株没有叶子的树，树后必有个小村，也许只有三五户人家；炊烟直直的，圆圆的，在树旁慢慢的往上升。鸡鸣和犬吠来自村间，隐隐的，又似乎很清楚的，送到行人的耳中。离大道近的小村里还发出叱呼牛马或孩子的尖锐的人声，多半是妇女的，尖锐得好像要把青天划开一条缝子。在那里，还有穿着红袄的姑娘或归人在篱笆外推磨。哪里都没有一点水，到处都是干的，远处来的大车，从老远就踢起一股黄烟。地上是干的，天上没有一点云，空气中没有一点水分，连那远近的小村都仿佛没有一点湿的或暖的气儿，黄的土墙，或黄的篱笆，与灰的树干，都是干的，像用彩粉笔刚刚画上的。

看着看着，瑞宣的眼有点发花了。那些单调的色彩，在极亮的日光下，像硬刺入他的眼中，使他觉得难过。他低下头去。可是脚底下的硬而仍能飞腾的黄土也照样的刺目，而且道路两旁的翻过土的田地，一垅一垅的，一疙疸一块的，又使他发晕。那不是一垅一垅的田地，而是什么一种荒寒的，单调的，土浪。他不像刚才那么痛快了。他半闭着眼，不看远处，也不看脚下，就那么深一脚浅一脚的走。他是走入了单调的华北荒野，虽然离北平几步，却仿佛已到了荒沙大漠。

越走，脚下越沉。那些软的黄土，像要抓住他的鞋底，非用很大的力气，不能拔出来。他出了汗。

孙七也出了汗。他本想和瑞宣有一搭无一搭的乱说，好使瑞宣心中不专想着丧事。可是，他不敢多说，他须保存着口中的津液。什么地方都是干的，而且远近都没有小茶馆。他后悔没有强迫瑞宣雇车或骑驴。

默默无语的，他们往前走。带着马尿味儿的细黄土落在他们的鞋上，钻入袜子中，塞满了他们的衣褶，鼻孔，与耳朵眼儿，甚至于走进他们的喉中。天更蓝了，阳光更明暖了，可是他们觉得是被放进一个极大又极小的，极亮又极迷糊的，土窝窝里。

好容易，他们看见了土城——那在鞑子统辖中国时代的，现在已被人遗忘了的，只剩下几处小土山的，北平。看见了土城，瑞宣加快了脚步。在土城的那边，他会看见那最可爱的老人——常二爷。他将含着泪告诉常二爷，他的父亲怎样死去，死得有多么惨。对别人，他不高兴随便的诉委屈，但是常二爷既不是泛泛的朋友，又不是没有心肝的人。常二爷是，据他看，与他的父亲可以放在同一类中的好人。他应当，必须，告诉常二爷一切，还没有转过土城，他的心中已看见了常二爷的住处：门前有一个小小的，长长的，亮亮的，场院；左边有两棵柳树，树下有一盘石磨；短短的篱笆只有一人来高，所以从远处就可以看到屋顶上晒着的金黄色的玉米和几串红艳辣椒。他也想象到常二爷屋中的样子，不单是样子，而且闻到那无所不在的柴烟味道，不十分好闻，可是令人感到温暖。在那屋中，最温暖的当然是常二爷的语声与笑声。

“快到了！一转过土城就是！”他告诉孙七。

转过了土城，他揉了揉眼。嗯？只有那两棵柳树还在，其余的全不见了！他不能信任了他的眼睛，忘了疲乏，他开始往前跑。离柳树还有几丈远，他立定，看明白了：那里只有一堆灰烬，连磨盘也不见了。

他愣着，像钉在了那里。

“怎么啦？怎么啦？”孙七莫名其妙的问。

瑞宣回答不出来。又愣了好久，他回头看了看坟地，然后慢慢的走过去。自从日本人占据了北平，他就没上过坟。虽然如此，他可是很放心，他知道常二爷会永远把坟头拍得圆圆的。不会因没人来烧纸而偷懒。今天，那几个坟头既不像往日那么高，也不那么整齐。衰草在坟头上爬爬着，土落下来许多。他呆呆的看着那几个不体面的，东缺一块西缺一块的，可能的会渐渐被风雨消灭了的，土堆堆儿。看了半天，他坐在了那干松的土地上。

"怎么回事？"孙七也坐了下去。

瑞宣手里不知不觉的揉着一点黄土，简单的告诉明白了孙七。

"糟啦！"孙七着了急。"没有常二爷给打坑，咱们找谁去呢？"

沉默了好大半天，瑞宣立了起来，再看常家的两棵柳树。离柳树还有好几箭远的地方，他看见马家的房子，也很小，但是树木较多，而且有一棵是松树。他记得常二爷那次进城，在城门口罚跪，就是为给马家大少爷去买六神丸。"试试马家吧！"他向松树旁边，指了指。

走到柳树旁边，孙七拾了一条柳棍儿，"乡下的狗可厉害！拿着点东西吧！"

说着，他们已听见犬吠——乡间地广人稀，狗们是看见远处一个影子都要叫半天的。瑞宣仿佛没理会，仍然慢慢的往前走。两条皮毛模样都不体面，而自以为很勇敢，伟大的，黄不黄，灰不灰的狗迎上前来。瑞宣还不慌不忙的走，对着狗走。狗们让过去瑞宣，直扑了孙七来，因为他手中有柳棍。

孙七施展出他的武艺，把棍子耍得十分伶俐，可是不单没打退了狗，而且把自己的膝磕碰得生疼。他喊叫起来："啾！打！看狗啊！有人没有？看狗！"

由马家跑出一群小娃娃来，有男有女，都一样的肮脏，小衣服上的污垢被日光照得发亮，倒好像穿着铁甲似的。

小孩子嚷了一阵，把一位年轻的妇人嚷出来——大概是马大少爷的太太。她的一声尖锐而细长的呼叱，把狗们的狂吠阻止住。狗们躲开了一些，伏在地上，看着孙七的腿腕，低声的呜——呜——呜的示威。

瑞宣跟少妇说了几句话，她已把事听明白。她晓得祁家，因为常常听常二爷说起。她一定请客人到屋里坐，她有办法，打坑不成问题。她在前面引路，瑞宣，孙七，孩子，和两条狗，全在后面跟着。屋里很黑，很脏，很乱，很臭，但是少妇的诚恳与客气，把这些缺点全都补救过来。她道歉，她东一把西一把的扫除障碍物，给客人们找座位。然后，她命令身量高的男娃娃去烧柴煮水，教最大的女孩子去洗几块白薯，给客人充饥："唉，来到我们这里，就受了罪啦！没得吃，没得喝！"她的北平话说得地道而嘹亮，比城里人的言语更纯朴悦耳。然后，她命令小一点的，不会操作，而会跑路的孩子们，分头去找家中的男人——他们有的出去拾粪，有的是在邻家闲说话儿。最后，她把两条狗踢出屋门外，使孙七心中太平了一点。

男孩子很快的把柴燃起，屋中立刻装满了烟。孙七不住的打喷嚏。烟还未退，茶已煮熟。两个大黄沙碗，盛着满满的淡黄的汤——茶是嫩枣树叶作的。而后女孩子用衣襟兜着好几大块，刚刚洗净的红皮子的白薯，不敢直接的递给客人，而在屋中打转。

瑞宣没有闲心去想什么，可是他的泪不由的来到眼中。这是中国人，中国文化！这整个的屋子里的东西，大概一共不值几十块钱。这些孩子与大人大概随时可以饿死冻死，或被日本人杀死。可是，他们还有礼貌，还有热心肠，还肯帮别人的忙，还不垂头丧气。他们什么也没有，连件干净的衣服，与茶叶末子，都没有，可是他们又仿佛有了一切。他们有自己的生命与几千年的历史！他们好像不是活着呢，而是为什么一种他们所不了解的责任与使命挣扎着呢。剥去他们的那些破烂污浊的衣服，他们会和尧舜一样圣洁，伟大，坚强！

五十多岁的马老人先回来了，紧跟着又回来两个年轻的男人。马老人一口答应下来，他和儿子们马上去打坑。

瑞宣把一碗黄汤喝净。而后拿了一块生的白薯，他并不想吃，而是为使少妇与孩子们安心。

老人和青年们找到一切开坑的工具，瑞宣，孙七跟着他们又到了坟地上。后边，男孩子提着大的沙壶，拿着两个沙碗，小姑娘还兜着白薯，也都跟上来。

瑞宣，刚把开坑的地点指定了，就问马老人：“常二爷呢？”

马老人愣了会儿，指了指西边。那里有一个新的坟头儿。

“死——”瑞宣只说出这么一个字，他的胸口又有些发痒发辣。

马老人叹了口气。拄着铁锹的把子，眼看着常二爷的坟头，愣了半天。

“怎么死的？”瑞宣揉着胸口问。

老人一边铲着土，一边回答：“好人哪！好人哪！好人可死得惨！那回，他替我的大小子去买药，不是——”

“我晓得！”瑞宣愿教老人说得简单一些。

“对呀，你晓得。回家以后，他躺了三天三夜，茶也不思，饭也不想！他的这里，”老人指了指自己的心窝，“这里受了伤！我们就劝哪，劝哪，可是解不开他心里的那个扣儿，他老问我一句话：我有什么错儿？日本人会罚我跪？慢慢的，他起来了，可还不大吃东西。我们都劝他找点药吃，他说他没有病，一点病没有。你知道，他的脾气多么硬。慢慢的，他又躺下了，便血，便血！我们可是不知道，他不肯告诉我们。一来二去，他——多么硬朗的人——成了骨头架子。到他快断气的时候，他把我们都叫了去，当着大家，他问他的儿子，大牛儿，你有骨头没有？有骨头没有？给我报仇！报仇！一直到他死，他的嘴老说，有时候有声儿，有时候没声儿，那两个字——报仇！”老人直了直腰，又看了常二爷的坟头一眼。“大牛儿比他的爸爸脾气更硬，记住报仇两个字。他一天到晚在坟前嘀咕。我们都害了怕。什么话呢，他要是真去杀一个日本人，哼，这五里以内的人家全得教日本人烧光。我们掰开揉碎的劝他，差不多要给他跪下了，他不听；他说他是有骨头的人。等到收庄稼的时候，日本人派来了人看着我们，连收了多少斤麦秆儿都记下来。然后，他们赶来了大车，把麦子，连麦秆儿，都拉了走。他们告诉我们：拉走以后，再发还我们，不必着急。我们怎能不着急呢？谁信他们的话呢？大牛儿不慌不忙的老问那些人：日本人来不来呢！日本人来不来呢？我们知道，他是等着日本人来到。好动手。人哪，祁大爷，是奇怪的东西！我们明知道，粮食教他们拉走，早晚是饿死，可是我们还怕大牛儿惹祸，倒仿佛大牛儿一老实，我们就可以活了命！”老人惨笑了一下，喝了一大碗枣叶的茶。用手背擦了擦嘴，他接着说：“大牛儿把老婆孩子送到她娘家去，然后打了点酒，把那些抢粮的人请到家中去。我们猜得出：他是不想等日本人了，先收拾几个帮日本人忙的人，解解气。他们一直喝到太阳落了山。在刚交头更的时候，我们看见了火光。火，很快的烧起来，很快的灭下去；烧得一干二净，光剩下那两棵柳树。气味很臭，我们知道那几个人必是烧在了里面。大牛儿是死在了里面呢，还是逃了出去，不知道！我们的心就揪成了一团儿，怕日本人来屠村子。可是，他们到今天，也没有来。我猜呀，大概死的那几个都是中国人，所以日本人没把这件事放在心上。多么好的一家人哪，就这么完了，完了，像个梦似的完了！”

老人说完，直起腰来，看了看两棵柳树，看了看两边的坟头儿。瑞宣的眼睛随着老人的向左右看，可是好像没看到什么；一切，一切都要变成空的，都要死去，整个的大地将要变成一张纸，连棵草都没有！一切都空的，他自己也是空的，没有作用，没有办法，只等寂寂的死去，和一切同归于尽！

快到晌午，坑已打好，瑞宣给马老人一点钱，老人一定不肯收，直到孙七起了誓：“你要不收，我是条小狗子！”老人才收了一半。瑞宣把其余的一半，塞在提茶壶的男孩儿手中。

瑞宣没再回到马家，虽然老人极诚恳的劝让。他到常二爷的坟前，含泪磕了三个头，口中嘟囔着：“二爷爷，等着吧，我爸爸就快来和你作伴儿了！”

孙七灵机一动，主张改走西边的大道，因为他们好顺脚到三仙观看看。马老人送出他们老远，才转身回家。

三仙观里已经有几位祁家的至亲陪着瑞丰，等候祁家的人到齐好入殓。瑞丰已穿上孝衣，红着眼圈跟大家闲扯，他口口声声抱怨父亲死得冤枉，委屈，——不是为父亲死在日本人手里，而是为丧事办得简陋，不大体面。他言来语去的，也表示出他并不负责，因为瑞宣既主持家务，又是洋鬼子脾气，不懂得争体面，而只懂把钱穿在肋条骨上。看见大哥和孙七进来，他嚷嚷得更厉害了些，生怕大哥听不懂他的意思。看瑞宣不理会他，他便特意又痛哭了一场，而后张罗着给亲友们买好烟好茶好酒，好像他跟钱有仇似的。

四点半钟，天佑入了殓。

二十八

程长顺忙得很，不单手脚忙，心里也忙。所以，他没能到祁家来帮忙。这使他很难过，可是无可如何。

高亦陀把长顺约到茶馆里去谈一谈。亦陀很客气，坐下就先付了茶钱。然后，真照着朋友在一块儿吃茶谈天的样子，他扯了些闲篇儿。他问马老太太近来可硬朗？他们的生活怎样，还过得去？他也问到孙七，和丁约翰。程长顺虽然颇以成人自居，可是到底年轻，心眼简单，所以一五一十的回答，并没觉出亦陀只是没话找话的闲扯。

说来说去，亦陀提到了小崔太太。长顺回答得更加详细，而且有点兴奋，因为小崔太太的命实在是他与他的外婆给救下来的，他没法不觉得骄傲。他并且代她感谢亦陀："每月那十块钱，实在太有用了，救了她的命！"

亦陀仿佛完全因为长顺提醒，才想起那点钱来："哦，你要不说，我还忘了呢！既说到这儿，我倒要跟你谈一谈！"他轻轻的挽起袍袖，露出雪白的衬衫袖口来。然后，他慢慢的把手伸进怀里，半天才掏出那个小本子来——长顺认识那个小本子。掏出来，他吸着气儿，一页一页的翻。翻到了一个地方，他细细的看。而后眼往上看，捏着手指算了一会儿。算完，他噗哧的一笑："正好！正好！五百块了！"

"什么？"程长顺的眼睁得很大。"五百？"

"那还有错？咱们这是公道玩艺儿！你有账没有？"亦陀还微笑着，可是眼神不那么柔和了。

长顺摇了摇大脑袋。

"你该记着点账！无论作什么事，请你记住，总要细心，不可马马虎虎！"

"我知道，那不是'给'她的钱吗？何必记账呢？"长顺的鼻音加重了一些。

"给——她的？"亦陀非常的惊异，眨巴了好大半天的眼。"这个年月，你想想，谁肯白给谁一个钱呢？"

"你不是说……"长顺嗅出怪味道。

"我说？我说她借的钱，你担的保；这里有你的签字！连本带利，五百块！"

"我，我，我，"长顺说不上话来了。

"可不是你！不是你，难道还是我？"亦陀的眼整个的盯在长顺的脸上，长顺连一动也不敢动了。

眼往下看着，长顺呜囔出一句："这是什么意思呢？"

"来，来，来！别跟我装傻充愣，我的小兄弟！"亦陀充分的施展出他的言语的天才来："当初，你看她可怜；谁能不可怜她呢？人同此心，心同此理，我不能怪你！你有个好心肠！所以，你来跟我借钱。"

"我没有！"

"唉，唉，年轻轻的，可不能不讲信义！"亦陀差不多是苦口婆心的讲道了。"处世为人，信义为本！人而无信，不知其可也！

"我没跟你借钱！你给我的！"长顺的鼻子上出了汗。

亦陀的眼眯成一道缝儿，脖子伸出多长，口中的热气吹到长顺的脑门上："那么，是谁，是谁，我问你，是谁签的字呢？"

"我！我不知道……"

"签字有自己不知道的？胡说！乱说！我要不看在你心眼还不错的话，马上给你两个嘴巴子！不要胡说，咱们得商议个办法。这笔账谁负责还？怎么还？"

"我没办法，要命有命！"长顺的泪已在眼圈中转。

"不准耍无赖！要命有命，像什么话呢？要往真理说，要你这条命，还真一点不费事！告诉你吧，这笔钱是冠所长的。她托我给放放账，吃点利。你想想，即使我是好说话的人——我本是好说话的人——我可也不能给冠所长丢了钱，放了秃尾巴鹰啊！我惹不起她，不用说，你更惹不起她。好，她跺一跺脚就震动了大半个北京城，咱们。就凭咱们，敢在老虎嘴里掏肉吃？她有势力，有本领，有胆量，有日本人帮助她，咱们，在她的眼里，还算得了什么呢？不用说你，就是我要交不上这五百元去，哼，她准会给我三年徒刑，一天也不会少！你想想看！"

长顺的眼中要冒出火来。"教她给我三年监禁好了。我没钱！小崔太太也没钱！"

"话不是这样讲！"亦陀简直是享受这种谈话呢，他的话一擒一纵，有钩有刺，伸缩自如。"你下了狱，马老太太，你的外婆，怎么办呢？她把你拉扯到这么大，容易吗？"他居然揉了一下眼，好像很动心似的。"想法子慢慢的还债吧，你说个办法，我去向冠所长求情。就比如说一月还五十，十个月不就还清了吗？"

"我还不起！"

"这可就难办了！"亦陀把袖口又放下来，揣着手，拧着眉，替长顺想办法。想了好大半天，他的灵机一动："你还不起，教小崔太太想办法呀！钱是她用了的，不是吗？"

"她有什么办法呢？"长顺抹着鼻子上的汗说。

亦陀把声音放低，亲切诚恳的问："她是你的亲戚？"

长顺摇了摇头。

“你欠她什么情？”

长顺又摇了摇头。

“完啦！既不沾亲，又不欠情，你何苦替她背着黑锅呢？”

长顺没有说什么。

“女人呀，”亦陀仿佛想起个哲学上的问题似的，有腔有调的说：“女人呀，比咱们男人更有办法，我们男人干什么都得要资本，女人方便，她们可以赤手空拳就能谋生挣钱。女人们，，我羡慕她们！她们的脸，手，身体，都是天然的资本。只要她们肯放松自己一步，她们马上就有金钱，吃穿，和享受！就拿小崔太太说吧，她年轻，长得满过得去，她为什么不设法找些快乐与金钱呢？我简直不能明白！”

“你什么意思？”长顺有点不耐烦了。

“没有别的意思，除了我要提醒她，帮助她，把这笔债还上！”

“怎么还？”

“小兄弟，别怪我说，你的脑子实在不大灵活；读书太少的关系！是的，读书太少！”

“你说干脆的好不好？”长顺含着怒央告。

“好，我们说干脆的！”亦陀用茶漱了漱口，喷在了地上。“她或你，要是有法子马上还钱，再好没有。要是不能的话，你去告诉她，我可以帮她的忙。我可以再借给她五十元钱，教她作两件花哨的衣服，烫烫头发。然后，我会给她找朋友，陪着她玩耍。我跟她对半分账。这笔钱可并不归我，我是替冠所长收账，巡警不会来麻烦她，我去给她打点好。只要她好好的干，她的生意必定错不了。那么以后我就专去和她分账，这五百元就不再提了！”

“你是教她卖……”长顺儿的喉中噎了一下，不能说下去。

“这时兴的很！一点儿也不丢人！你看，”亦陀指着那个小本子，“这里有多少登记过的吧！还有女学生呢！好啦，你回去告诉她，再给我个回话儿。是这么办呢，咱们大家都是朋友；不是呢，你们俩马上拿出五百元来。你要犯牛脖子不服气呢——不，我想你不能，你知道冠所长有多么厉害！好啦，小兄弟，等你的回话儿！麻烦你呀，对不起！你是不是要吃点什么再回去呢？”亦陀立起来。

长顺莫名其妙的也立起来。

亦陀到茶馆门口拍了拍长顺的肩头，“等你的回话儿！慢走！慢走！”说完，他好像怪舍不得离开似的，向南走去。

长顺儿的大头里像有一对大牛蜂似的嗡嗡的乱响。在茶馆外愣了好久，他才迈开步儿，两只脚像有一百多斤沉。走了几步，他又立住。不，他不能回家，他没脸见外婆和小崔太太。又愣了半天，他想起孙七来。他并不佩服孙七，但孙七到底比他岁数大，而且是同院的老邻居，说不定他会有个好主意。

在街上找了半天，他把孙七找到。两个人进了茶馆，长顺会了茶资。

“喝！了不得，你连这一套全学会了！”孙七笑着说。

长顺顾不得闲扯。他低声的，着急的，开门见山的把事情一五一十的告诉了孙七。

“哼！我还没想到冠家会这么坏，妈的狗日的！怪不的到处都是暗门子呢，敢情有人包办！妹妹的！告诉你，日本人要老在咱们这儿住下去，谁家的寡妇，姑娘，都不敢说不当暗门子！”

“先别骂街，想主意哟！”长顺央告着。

“我要有主意才怪！”孙七很着急，很气愤，但是没有主意。

“没主意也得想！想！想！快着！”

孙七闭上了近视眼，认真的去思索。想了不知有多久。他忽然的睁开了眼：“长顺！长顺！你娶了她，不就行了吗？”

“我？”长顺的脸忽然的红了。“我娶了她？”

“一点不错！娶了她！她成了你的老婆，看他们还有什么办法呢！”

“那五百块钱呢？”

“那！”孙七又闭上了眼。半天，他才又说话：“你的生意怎样？”

长顺的确是气胡涂了，竟自忘了自己的生意。经孙七这一提示，他想起那一千元钱来。不过，那一千元，除去一切开销，也只许剩五六百元，或更少一点。假若都拿去还债，他指仗着什么过日子呢？况且，冠家分明是敲诈；他怎能把那千辛万苦挣来的钱白送给冠家呢？思索了半天，他对孙七说：“你去和我外婆商议商议，好不好？”他没脸见外婆，更没法开口对外婆讲婚姻的事。

“连婚事也说了？”孙七问。

长顺不知怎么回答好。他不反对娶了小崔太太。即使他还不十分明白婚姻的意义与责任，可是为了搭救小崔太太，他仿佛应当去冒险。他傻子似的点了头。

孙七觉出来自己的重要。他今天不单没被长顺儿驳倒，而且为长顺作了媒。这是不可多得的事。

孙七回了家。

长顺儿可不敢回去。他须找个清静地方，去凉一凉自己的大脑袋。慢慢的他走向北城根去。坐在城根下，他翻来覆去的想，越想越生气。但是，生气是没有用的，他得想好主意，那足以一下子把大赤包和高亦陀打到地狱里去的主意。好容易，他把气沉下去。又待了好大半天，他想起来了：去告，去告他们！

到哪里去告状呢？他不知道。

怎么写状纸呢？他不会。

告状有用没有呢？他不晓得。

假若告了状，日本人不单不惩罚大赤包与高亦陀，而反治他的罪呢？他的脑门上又出了汗。

不过，不能管那么多，不能！当他小的时候，对得罪了他的孩子们，即使他不敢去打架，他也要在墙上用炭或石灰写上，某某是个大王八，好出一口恶气，并不管大王八对他的敌人有什么实际的损害与挫折。今天，他还须那么办，不管结果如何，他必须去告状；不然，他没法出这口恶气。

胡里胡涂的，他立起来，向南走。在新街口，他找到一位测字的先生。花了五毛钱，他求那位先生给他写了状子。那位先生晓得状纸内容的厉害，也许不利于告状人。但是，为了五毛钱的收入，他并没有警告长顺。状纸写完，先生问："递到什么地方去呢？"

"你说呢？"长顺和测字先生要主意。

"市政府吧？"先生建议。

"就好！"长顺没特别的用心去考虑。

拿起状纸，他用最快的脚步，直奔市政府去。他拼了命。是福是祸，都不管了。他当初没听瑞宣的话，去加入抗日的军队，满以为就可以老老实实的奉养着外婆。谁知道，闭门家中坐，祸从天上来。大赤包会要教他破产，或小崔太太作暗娼。好吧，干干看吧！反正他只有一条命，拼吧！他想起来钱家的，祁家的，崔家的，不幸与祸患，我不再想当个安分守己的小老人了，他须把青春的热血找回来，不能傻蛋似的等着钢刀放在脖子上。他必须马上把状纸递上去，一犹疑就会失去勇气。

把状子递好，他往回走。走得很慢了，他开始怀疑自己的智慧，有点后悔。但是，后悔已太迟了，他须挺起胸膛，等着结果，即使是最坏的结果。

孙七把事情办得很快。在长顺还没回来的时候，他已经教老少两个寡妇都为上了难。马老太太对小崔太太并没有什么挑剔，但是，给外孙娶个小寡妇未免太不合理。再说，即使她肯将就了这门亲事，事情也并不就这么简单的可以结束，而还得设法还债呀。她没了主意。

小崔太太呢，听明白孙七的话，就只剩了落泪。还没工夫去细想，她该再嫁不该，和假若愿再嫁应该嫁给谁。她只觉得自己的命太苦，太苦，作了寡妇还不够，还须去作娼！落着泪，她立了起来。她要到冠家去拼命。她是小崔的老婆，到被逼得无路可走的时候，她会撒野，会拼命！“好，我欠他们五百元哪，我还给他们这条命还不行吗？我什么也没有，除了这条命！”她的眉毛立起来，说着就往外跑。她忘了她是寡妇，而要痛痛快快的在冠家门外骂一场，然后在门上碰死。她愿意死，而不能作暗娼。

孙七吓慌了，一面拦着她，一面叫马老太太。“马老太太，过来呀！我是好心好意，我要有一点坏心，教我不得好死！快来！”

马老太太过来了，可是无话可说。两个寡妇对愣起来。愣着愣着，她们都落了泪，她们的委屈都没法说，因为那些委屈都不是由她们自己的行为招来的，而是由一种莫名其妙的，无可抵御的什么，硬压在她们的背上的。她们已不是两条可以自由活着的性命，而是被狂风卷起的两片落叶；风把她们刮到什么地方去，她们就得到什么地方去，不管那是一汪臭水，还是一个粪坑。

在这种心情下，马老太太忘了什么叫谨慎小心。她拉住了小崔太太的手。她只觉得大家能在一块儿活着，关系更亲密一点，仿佛就是一种抵御“外侮”的力量。

正在这时候，长顺儿走进来。看了她们一眼，他走到自己屋中去。他不敢表示什么，也顾不得表示什么。他非常的怕那个状子会惹下极大的祸来！

二十九

把父亲安葬了以后，瑞宣病了好几十天。

天佑这一死，祁家可不像样子了。虽然在他活着的时候，他并不住在家里，可是大家总仿佛觉得他老和他们在一处呢。家里每逢得到一点好的茶叶，或作了一点迎时当令的食品，大家不是马上给他送去，便是留出一点，等他回来享用。他也是这样，哪怕他买到一些樱桃或几块点心，他也必抓工夫跑回家一会儿，把那点东西献给老父亲，而后由老父亲再分给大家。

特别是因为他不在家里住，所以大家才分外关心他。虽然他离他们不过三四里地，可是这点距离使大家心中仿佛有了一小块空隙，时时想念他，说叨他。这样，每逢他回来，他与大家就特别显出亲热，每每使大家转怒为喜，改沉默为欢笑，假若大家正在犯一点小别扭或吵了几句嘴的话。

他没有派头，不会吹胡子瞪眼睛。进了家门，他一点也不使大家感到“父亲”回来了。他只是那么不声不响的，像一股温暖的微风，使大家感到点柔软的兴奋。同时，大家也都知道他对这一家的功绩与重要，而且知道除了祁老人就得算他的地位与辈数最高，因为知道这些，大家对他才特别的敬爱。他们晓得，一旦祁老人去世，这一家的代表便当然是他了，而他是这么容易伺候，永远不闹脾气，岂不是大家的福气么？没有人盼望祁老人快死，但是不幸老人一旦去世，而由天佑补充上去，祁家或者就更和睦光明了。他是祁家的和风与阳光，他会给祁家的后辈照亮了好几代。祁老人只得到了四世同堂的荣誉，天佑，说不定，还许有五世同堂的造化呢！

这样的一个人却死去了，而且死得那么惨！

在祁老人，天佑太太，瑞丰，与韵梅心里，都多少有点迷信。假若不是天佑，而是别人，投了河，他们一定会感到不安，怕屈死鬼来为厉作祟。但是，投河的是天佑。大家一追想他的温柔老实，就只能想起他的慈祥的面容，而想象不到他可能的变为厉鬼。大家只感到家中少了一个人，一个最可爱的人，而想不到别的。

因此，在丧事办完之后，祁家每天都安静得可怕。瑞宣病倒，祁老人也时常卧在炕上，不说什么，而胡子嘴轻轻的动。天佑太太瘦得已不像样子，穿着件又肥又大的孝袍，一声不出，而出来进去的帮助儿媳操作。她早就该躺下去休养，她可是不肯。她知道自己已活不很久，可是她必须教瑞宣看看，她还能作事，一时不会死去，好教他放心。她知道，假若家里马上再落了白事，瑞宣就毫无办法了。她有病，她有一肚子的委屈，但是她既不落泪，也不肯躺下。她须代丈夫支持这个家，使它不会马上垮台。

瑞丰一天到晚还照旧和一群无赖子去鬼混。没人敢劝告他。“死”的空气封住了大家的嘴，谁都不想出声，更不要说拌几句嘴了。

苦了韵梅，她须设法博得大家的欢心，同时还不要显出过度的活跃，省得惹人家说她没心没肺。她最关切丈夫的病。但是还要使爷爷与婆母不感到冷淡。她看不上瑞丰的行动，可是不敢开口说他；大家还都穿着热孝，不能由她挑着头儿吵架拌嘴。

丧事办得很简单。可是，几乎多花去一倍钱。婚丧事的预算永远是靠不住的。零钱好像没有限制，而瑞丰的给大家买好烟，好酒，好茶，给大家雇车，添菜，教这无限制的零用变成随意的挥霍。瑞宣负了债。祁家一向没有多少积蓄，可是向来不负债。祁老人永远不准大家赊一斤炭，或欠人家一块钱。瑞宣不敢告诉祖父，到底一共花了多少钱。天佑太太知道，可也不敢在长子病着的时候多说多问。韵梅知道一切，而且觉得责无旁贷的须由她马上紧缩，虽然多从油盐酱醋里节省一文半文的，并无济于事，可是那到底表现了她的责任心。但是，手一紧，就容易招大家不满，特别是瑞丰，他的烟酒零用是不能减少的，减少了他会吵闹，使老人们焦心。她的大眼睛已不那么水灵了，而是离离光光的，像走迷了路那样。

韵梅和婆母商议，好不好她老人家搬到老三的屋里来，而把南屋租出去，月间好收入两个租钱。房子现在不好找，即使南屋又暗又冷，也会马上租出去，而且租价不会很低。

天佑太太愿意这么办。瑞宣也不反对。这可伤了祁老人的心。在当初，他置买这所房子的时候，因为人口少，本来是有邻居的。但是，那时候他的眼是看着将来，他准知道一旦人口添加了，他便会把邻居撵了走，而由自己的儿孙完全占满了全院的房屋。那时候，他是一棵正往高大里生长的树，他算得到，不久他的枝叶就会铺展开。现在，儿子死了，马上又要往外租房，他看明白这是自己的枝叶凋落。怎么不死了呢？他问自己。为什么不乘着全须全尾的时候死去，而必等着自己的屋子招租别人呢？

虽然这么难过，他可是没有坚决的反对。在这荒乱的年月，个人的意见有什么用处呢？他含着泪去告诉了李四爷："有合适的人家，你分心给招呼一下，那两间南屋……"

李老人答应给帮忙，并且嘱咐老友千万不要声张，因为消息一传出去，马上会有日本人搬来，北平已增多了二十万日本人，他们见缝子就钻，说不定不久会把北平人挤走一大半的！是的，日本人已开始在平则门外八里庄建设新北平，好教北平人去住，而把城里的房子匀给日本人。日本人似乎拿定了北平，永远不再放手。

当天，李四爷就给了回话，有一家刚由城外迁来的人，一对中年夫妇，带着两个孩子，愿意来住。

祁老人要先看一看租客。他小心，不肯把屋子随便租给不三不四的人。李四爷很快的把他们带了来。这一家姓孟。从西苑到西山，他们有不少的田地。日本人在西苑修飞机场，占去他们许多亩地，而在靠近西山的那些田产，既找不到人去耕种，又要照常纳税完粮，所以他们决定放弃了土地，而到城里躲一躲。孟先生人很老成，也相当的精明，举止动作很有点像常二爷。孟太太是掉了一个门牙的，相当结实的中年妇人，看样子也不会不老实。两个孩子都是男的，一个十五岁，一个十二岁，长得虎头虎脑的怪足壮。

祁老人一见孟先生有点像常二爷，马上点了头，并且拉不断扯不断的对客人讲说常二爷的一切。孟先生虽然不晓得常二爷是谁，可也顺口答音的述说自己的委屈。患难使人心容易碰在一处，发出同情来，祁老人很快的和孟先生成为朋友。虽然如此，他可是没忘了嘱告孟先生，他是爱体面爱清洁的人。孟先生听出来老人的弦外之音，立刻保证他必不许孩子们糟蹋院子，而且他们全家都老实勤俭，连一个不三不四的朋友也没有。

第二天，孟家搬进来。祁老人虽然相当满意他的房客，可是不由的就更思念去世了的儿子。在院中看着孟家出来进去的搬东西，老人低声的说：“天佑！天佑！你回来可别走错了屋子呀！你的南屋租出去了！”

马老太太穿着干净的衣服，很腼腆的来看祁老人。她不是喜欢串门子的人，老人猜到她必定有要事相商。天佑太太也赶紧过来陪着说话。虽然都是近邻，可是一来彼此不大常来往，二来因日本人闹的每家都有一本难念的经，所以偶尔相见，话就特别的多。大家谈了好大半天，把心中的委屈都多少倾倒出一些，马老太太才说到正题。她来征求祁老人的意见，假若长顺真和小崔太太结婚，招大家耻笑不招？祁老人是全胡同里最年高有德的人，假若他对这件事没有什么指摘，马老太太便敢放胆去办了。

祁老人遇见了难题。他几乎无从开口了。假若他表示反对，那就是破坏人家的婚姻——俗语说得好，硬拆十座庙，不破一门婚呀！反之，他若表示同意吧，谁知道这门婚事是吉是凶呢？第一，小崔太太是个寡妇，这就不很吉祥。第二，她比长顺的岁数大，也似乎不尽妥当。第三，即使他们决定结婚，也并不能解决了一切呀；大赤包的那笔钱怎办呢？

他的小眼睛几乎闭严了，也决定不了什么。说话就要负责，他不能乱说。想来想去，他只想起来：“这年月，这年月，什么都没法办！”

天佑太太也想不出主意来，她把瑞宣叫了过来。瑞宣的病好了一点，可是脸色还很不好看。把事情听明白了，他马上想到：“一个炸弹，把大赤包，高亦陀那群狗男女全炸得粉碎！”但是，他截住了这句最痛快，最简截，最有实效的话。假若他自己不敢去扔炸弹，他就不能希望马老太太或长顺去那么办。他知道只有炸弹可以解决一切，可也知道即使炸弹就在手边，他，马老太太，长顺，都不敢去扔！他自己下过狱，他的父亲被日本人给逼得投了河，他可表示了什么？他只吐了血，给父亲打了坑，和借了钱给父亲办了丧事，而没敢去动仇人的一根汗毛！他只知道照着传统的办法，尽了作儿子的责任，而不敢正眼看那祸患的根源。他的教育，历史，文化，只教他去敷衍，去低头，去毫无用处的牺牲自己，而把报仇雪恨当作太冒险，过分激烈的事。

沉默了好久，他极勉强的把难堪与羞愧像压抑一口要喷出的热血似的压下去，而后用他惯用的柔和的语调说："据我看，马老太太，这件婚事倒许没有人耻笑。你，长顺，小崔太太，都是正经人，不会招出闲言闲语来。难处全在他们俩结了婚，就给冠家很大很大的刺激。说不定他们会用尽心机来捣乱！"

"对！对！冠家什么屎都拉，就是不拉人屎！"祁老人叹着气说。

"可是，要不这么办吧，小崔太太马上就要变成，变成……"马老太太的嘴和她的衣服一样干净，不肯说一个不好听的字。看看这个，看看那个，她失去平日的安静与沉稳。

屋里没有了声音，好像死亡的影子轻轻的走进来。

刚交过五点。天短，已经有点像黄昏时候了。

马老太太正要告辞，瑞丰满头大汗，像被鬼追着似的跑进来。顾不得招呼任何人，他一下子坐在椅子上，张着嘴急急的喘气。

"怎么啦？"大家不约而同的问。他只摆了摆手，说不上话来。大家这才看明白：他的小干脸上碰青了好几块，袍子的后襟扯了一尺多长的大口子。

今天是义赈游艺会的第一天，西单牌楼的一家剧场演义务戏。戏码相当的硬，倒第三是文若霞的《奇双会》，压轴是招弟的《红鸾禧》，大轴是名角会串《大溪皇庄》。只有《红鸾禧》软一点，可是招弟既长得美，又是第一次登台，而且戏不很长，大家也就不十分苛求。

冠家忙得天翻地覆。行头是招弟的男朋友们"孝敬"给她的，她试了五次，改了五次，叫来一位裁缝在家中专伺候着她。亦陀忙着借头面，忙着找来梳头与化妆的专家。大赤包忙着给女儿“征集”鲜花篮，她必须要八对花篮在女儿将要出台帘的时候，一齐献上去。晓荷更忙，忙着给女儿找北平城内最好的打鼓佬，大锣与小锣；又忙着叫来新闻记者给招弟照化妆的与便衣的相片，以便事前和当日登露在报纸上与杂志上。此外，他还得写诗与散文，好交给蓝东阳分派到各报纸去，出招弟女士特刊。他自己觉得很有些天才，可是喝了多少杯浓茶与咖啡，还是一字写不出。他只好请了一桌客，把他认为有文艺天才的人们约来，代他写文章。他们的确有文才，当席就写出了有“娇小玲珑”“小鸟依人”和“歌喉清啭”“一串骊珠”“作工不温不火”这样句子的文字。蓝东阳是义赈游艺会的总干事，所以忙得很，只能抽空儿跑来，向大家咧一咧嘴。胖菊子倒常在这里，可是胖得懒的动一动，只在大家忙得稍好一点的时节，提议打几圈牌。桐芳紧跟着招弟，老给小姐拿着大衣，生怕她受了凉，丢了嗓音。桐芳还抓着了空儿出去，和钱先生碰头，商议。

戏票在前三天已经卖光。池子第四五排全留给日本人。一二三排与小池子全被招弟的与若霞的朋友们定去。黑票的价钱已比原价高了三倍至五倍。若霞的朋友们看她在招弟前面出台，心中不平，打算在招弟一出来便都退席，给她个难堪。招弟的那一群油头滑面的小鬼听到这消息，也准备拼命给若霞喊倒好儿，作为抵抗。幸而晓荷得到了风声，赶快约了双方的头脑，由若霞与招弟亲自出来招待，还请了一位日本无赖出席镇压，才算把事情说妥，大家握了手，停止战争。

瑞丰无论怎样也要看上这个热闹。他有当特务的朋友，而特务必在开戏以前布满了剧场，因为有许多日本要人来看戏。他在午前十点便到戏园外去等，他的嘴张着，心跳的很快，两眼东张西望，见到一个朋友便三步改作两步的迎上去：“老姚！带我进去哟！”待一会儿，又迎上另一个人：“老陈，别忘了我哟！”这样对十来个人打过招呼，他还不放心，还东瞧瞧西看看预备再多托咐几位。离开锣还早，他可是不肯离开那里，倒仿佛怕戏园会忽然搬开似的。慢慢的，他看到检票的与军警，和戏箱来到，他的心跳得更快了，嘴张得更大了些。他又去托咐朋友，朋友们没好气的说："放心，落不下你！早得很呢，你忙什么？"他张着嘴，嘻嘻两声，觉得自己有进去的把握，又怕朋友是敷衍他。他几乎想要求他们马上带他进去，就是看一两个钟头光板凳也无所不可；进去了才是进去了。在门外到底不保险！可是，他没好意思开口，怕逼急了他们反为不美。他买了块烤白薯，面对戏园嚼着，看一眼白薯，看一眼戏园，恨不能一口也把戏园吞了下去。

按规矩说，他还在孝期里，不应当来看戏。但是，为了看戏，他连命也肯牺牲了，何况那点老规矩呢。

到了十一点多钟，他差不多要急疯了。拉住一位朋友，央告着非马上进去不可。他已说不上整句的话来，而只由嘴中蹦出一两个字。他的额上的青筋都鼓起来，鼻子上出着汗，手心发凉。朋友告诉他："可没有座儿！"他啊啊了两声，表示愿意立着。

他进去了，坐在了顶好的座位上，看着空的台，空的园子，心中非常的舒服。他并上了嘴，口中有一股甜水，老催促着他微笑。他笑了。

好容易，好容易，台上才打通，他随着第一声的鼓，又张开了嘴，而且把脖子伸出去，聚精会神的看台上怎么打鼓，怎么敲锣。他的身子随着锣鼓点子动，心中浪荡着一点甜美的，有节奏的，愉快。

又待了半天，《天官赐福》上了场。他的脖子更伸得长了些。正看得入神，他被人家叫起来，"票"到了。他眼睛还看着戏台，改换了座位。待了一会儿，"票"又到了，他又换了座位。他丝毫没觉到难堪，因为全副的注意都在台上，仿佛已经沉醉。改换了不知多少座位，到了《奇双会》快上场，他稍微觉出来，他是站着呢。他不怕站着，他已忘了吃力的是他自己的腿。他的嘴张得更大了些，往往被烟呛得咳嗽一下，他才用口液润色它一下。

日本人到了，他欠着脚往台上看，顾不得看看日本人中有哪几个要人。在换锣鼓的当儿，他似乎看见了钱先生由他身旁走过去。他顾不得打招呼。小文出来，坐下，试笛音。他更高了兴。他喜欢小文，佩服小文，小文天天在戏园里，多么美！他也看见了蓝东阳在台上转了一下。他应当恨蓝东阳。可是，他并没动心；看戏要紧。胖菊子和一位漂亮的小姐捧着花篮。放在了台口。他心中微微一动，只咽了一口唾沫，便把她打发开了。晓荷在台帘缝中，往外探了探头，他羡慕晓荷！

虽然捧场的不少，若霞可是有真本事，并不专靠着捧场的人给她喝彩。反之，一个碰头好儿过后，戏园里反倒非常的静了。她的秀丽，端庄，沉稳，与适当的一举一动，都使人没法不沉下气去。她的眼仿佛看到了台下的每一个人，教大家心中舒服，又使大家敬爱她。即使是特来捧场的也不敢随便叫好了，因为那与其说是讨好，还不如说是不敬。她是那么瘦弱苗条，她又是那么活动焕发，倒仿佛她身上有一种什么魔力，使大家看见她的青春与美丽，同时也都感到自己心中有了青春的热力与愉快。她控制住了整个的戏园，虽然她好像并没分外的用力，特别的卖弄。

小文似乎已经忘了自己。探着点身子，横着笛，他的眼盯住了若霞，把每一音都吹得圆，送到家。他不仅是伴奏，而是用着全份的精神把自己的生命化在音乐之中，每一个声音都像带着感情，电力，与光浪，好把若霞的身子与喉音都提起来，使她不费力而能够飘飘欲仙。

在那两排日本人中，有一个日本军官喝多了酒，已经昏昏的睡去。在他的偶尔睁开的眼中，他似乎看到面前有个美女子来回的闪动。他又闭上了眼，可是也把那个美女子关闭在眼中。一个日本军人见了女的，当然想不起别的，而只能想到女人的“用处”。他又睁开了眼，并且用力揉了揉它们。他看明白了若霞。他的醉眼随着她走，而老遇不上她的眼。他生了气。他是大日本帝国的军人，中国人的征服者，他理当可以蹂躏任何一个中国女子。而且，他应当随时随地发泄他的兽欲，尽管是在戏园里。他想马上由台上把个女的拖下来，扯下衣裤，表演表演日本军人特有的本事，为日本军人增加一点光荣。可是，若霞老不看他。他半立起来，向她“嘻”了一声。她还没理会。很快的，他掏出枪来。枪响了，若霞晃了两晃，要用手遮一遮胸口，手还没到胸前，她倒在了台上。

楼上楼下马上哭喊，奔跑，跌倒，乱滚，像一股人潮，一齐往外跑。瑞丰的嘴还没并好，就被碰倒。他滚，他爬，他的头上手上身上都是鞋与靴；他立起来，再跌倒，再滚，再喊，再乱抡拳头。他的眼一会儿被衣服遮住，一会儿挡上一条腿，一会儿又看到一根柱子。他迷失了方向，分不清哪是自己的腿，哪是别人的腿。乱滚，乱爬，乱碰，乱打，他随着人潮滚了出来。

日本军人都立起来，都掏出来枪，枪口对着楼上楼下的每一角落。

桐芳由后台钻出来。她本预备在招弟上场的时候，扔出她的手榴弹。现在，计划被破坏了，她忘了一切，而只顾去保护若霞。钻出来，一个枪弹从她的耳旁打过去。她趴下，用手用膝往前走，走到若霞的身旁。

小文扔下了笛子，顺手抄起一把椅子来。像有什么魔鬼附了他的体，他一跃，跃到台下，连人带椅子都砸在行凶的醉鬼头上，醉鬼还没清醒过来的脑浆溅出来，溅到小文的大襟上。

小文不能再动，几只手枪杵在他的身上。他笑了笑。他回头看了看若霞：“霞！死吧，没关系！”他自动的把手放在背后，任凭他们捆绑。

后台的特务特别的多。上了装的，正在上装的，还没有上装的，票友与伶人；龙套，跟包的，文场，一个没能跑脱。招弟已上了装，一手拉着亦陀，一手拉着晓荷，颤成一团。

楼上的人还没跑净。只有一个老人，坐定了不动，他的没有牙的胡子嘴动了动，像是咬牙床，又像是要笑。他的眼发着光，仿佛得到了一些诗的灵感。他知道桐芳还在台上，小文还在台下，但是他顾不了许多。他的眼中只有那一群日本人，他们应当死。他扔下他的手榴弹去。

第二天，瘸着点腿的诗人买了一份小报，在西安市场的一家小茶馆里，细细的看本市新闻："女伶之死：本市名票与名琴手文若霞夫妇，勾通奸党，暗藏武器，于义赈游艺会中，拟行刺皇军武官。当场，文氏夫妇均被击毙。文若霞之女友一名，亦受误伤身死。"老人眼盯着报纸，而看见的却是活生生的小文，若霞，与尤桐芳。对小文夫妇，老人并不怎么认识，也就不敢批评他们。但是，他觉得他们很可爱，因为他们是死了；他们和他的妻与子一样的死了，也就一样的可爱。他特别的爱小文，小文并不只是个有天才的琴手，也是个烈士——敢用椅子砸出仇人的脑浆！对桐芳，他不单爱惜，而且觉得对不起她！她！多么聪明，勇敢的一个小妇人——必是死在了他的手中，炸弹的一个小碎片就会杀死她。假若她还活着，她必能成为他的助手，帮助他作出更大的事来。她的姓名也许可以流传千古。现在，她只落了个"误伤身死"！想到这里，老人几乎出了声音："桐芳！我的心，永远记着你，就是你的碑记！"他的眼往下面看，又看到了新闻："皇军武官无一受伤者。"老人把这句又看了一遍，微微的一笑。哼，无一受伤者，真的！他再往下看："行刺之时，观众秩序尚佳，只有二三老弱略受损伤。"老人点了点头，赞许记者的"创造"天才。"所有后台人员均解往司令部审询，无嫌疑者日内可被释放云。"老人愣了一会儿，哼，他知道，十个八个，也许一二十个，将永远出不来狱门！他心中极难过，但是他不能不告诉自己："就是这样吧！这才是斗争！只有死，死，才能产生仇恨；知道恨才会报仇！"

老人喝了口白开水，离开茶馆，慢慢的往东城走，打算到坟地上，去告诉亡妻与亡子一声："安睡吧，我已给你们报了一点点仇！"

三 十

小羊圈里乱了营，每个人的眼都发了光，每个人的心都开了花，每个人的脸上都带着笑；嘴，耳，心，都在动。他们想狂呼，想乱跳，想喝酒，想开一个庆祝会。黑毛儿方六成了最重要的人物，大家围着他，扯他的衣襟与袖子要求他述说，述说戏园中的奇双会，枪声，死亡，椅子，脑浆，炸弹，混乱，伤亡……听明白了的，要求他再说，没听见的，舍不得离开他，仿佛只看一看他也很过瘾；他是英雄，天使——给大家带来了福音。

方六，在这以前，已经成了"要人"。论本事，他不过是第二三流的说相声的，除了大茶馆与书场的相声艺员被天津上海约去，他临时给搭一搭桌，他总是在天桥，东安市场，隆福寺或护国寺去撂地摊。他很少有参加堂会的机会。

可是，北平的沦陷教他转了运气。他的一个朋友，在新民会里得了个地位。由这个朋友，他得到去广播的机会。由这个朋友，他知道应当怎样用功——"你赶快背熟了四书！"朋友告诉他。"日本人相信四书，因为那是老东西。只要你每段相声里都有四书句子，日本人就必永远雇用你广播！你要时常广播，你就会也到大茶楼和大书场去作生意，你就成了头路角儿！"

方六开始背四书。他明知道引用四书句子并不能受听众的欢迎，因为现在的大学生中学生，和由大学生中学生变成的公务员，甚至于教员，都没念过四书。在他所会的段子里原有用四书取笑的地方，像："君不君，程咬金；臣不臣，大火轮；父不父，冥衣铺；子不子，大茄子"；和"冠者五六人，童子六七人"，是说七十二贤人里有三十个结了婚的，四十二个没有结婚的，等等。每逢他应用这些“典故”，台下——除了几个老人——都愣着，不知道这有什么可笑之处。但是，他相信了朋友的话。他知道这是日本人的天下，只要日本人肯因他会运用四书而长期的雇用他去广播，他便有了饭碗。他把四书背得飞熟。当他讲解的时候，有的相当的可笑，有的毫无趣味。可是，他不管听众，他的眼只看着日本人。在每次广播的时候，他必递上去讲题：“子曰学而”，“曾子曰，吾日三省吾身”，或“父母在不远游，游必有方”……日本人很满意，他拿稳饭碗。同时，他不再去撂地摊，而大馆子争着来约他——不为他的本事，而为他与日本人的关系。同时，福至心灵的他也热心的参加文艺协会，和其他一切有关文化的集会。他变成了文化人。

在义赈游艺会里，他是招待员。他都看见了，而且没有受伤。他的嘴会说，也爱说。他不便给日本人隐瞒着什么。虽然他吃着日本人的饭，他可是并没有把灵魂也卖给日本人。特别是，死的是小文夫妇，使他动了心。他虽和他们小夫妇不同行，也没有什么来往，可是到底他们与他都是卖艺的，兔死狐悲，他不能不难受。

大家对小文夫妇一致的表示惋惜，他们甚至于到六号院中，扒着东屋的窗子往里看一看，觉得屋里的桌椅摆设都很神圣。可是，最教他们兴奋的倒是招弟穿着戏行头就被军警带走，而冠晓荷与高亦陀也被拿去。

他们还看见了大赤包呀。她的插野鸡毛的帽子在头上歪歪着，鸡毛只剩下了半根。她的狐皮皮袍上面湿了半边襟，像是浇过了一壶茶。她光着袜底，左手提着“一”只高跟鞋。她脸上的粉已完全落下去，露着一堆堆的雀斑。她的气派还很大，于是也就更可笑。她没有高亦陀搀着，也没有招弟跟着，也没有晓荷在后面给拿着风衣与皮包。只是她一个人，光着袜底儿，像刚被魔王给赶出来的女怪似的，一瘸一拐的走进了三号。

程长顺顾不得操作了。他也挤在人群里，听方六有声有色的述说。听完了，他马上报告了外婆。孙七的近视眼仿佛不单不近视，而且能够透视了；听完了方六的话，他似乎已能远远的看到晓荷和亦陀在狱中正被日本人灌煤油，压棍子，打掉了牙齿。他高兴，他非请长顺喝酒不可。长顺还没学会喝酒，孙七可是非常的坚决："我是喝你的喜酒！你敢说不喝！"他去告诉马老太太，"老太太，你说，教长顺儿喝一杯酒，喜酒！"

"什么喜酒啊？"老太太莫名其妙的问。

孙七哈哈的笑起来。"老太太，他们——"他往三号那边指了指，"都被宪兵锁了走，咱们还不赶快办咱们的事？"

马老太太听明白了孙七的话，可是还有点不放心。"他们有势力，万一圈两天就放出来呢？"

"那，他们也不敢马上再欺侮咱们！"

马老太太不再说什么。她心中盘算：外孙理当娶亲，早晚必须办这件事，何不现在就办呢？小崔太太虽是个寡妇，可是她能洗能作能吃苦，而且脾气模样都说得下去。再说，小崔太太已经知道了这回事，而且并没表示坚决的反对，若是从此又一字不提了，岂不教她很难堪，大家还怎么在一个院子里住下去呢？没别的办法，事情只好怎么来怎么走吧。她向孙七点了点头。

第二天下午，小文的一个胯骨上的远亲，把文家的东西都搬了走。这引起大家的不平。第一，他们想问问，小文夫妇的尸首可曾埋葬了没有？第二，根据了谁的和什么遗言，就来搬东西？这些心中的话渐渐的由大家的口中说出来，然后慢慢的表现在行动上。李四爷，方六，孙七，都不约而同的出来，把那个远亲拦住。他没了办法，只好答应去买棺材。

但是，小文夫妇的尸首已经找不到了。日本人已把他们扔到城外，喂了野狗。日本人的报复是对死人也毫不留情的。李四爷没的话可说，只好愤愤的看着文家的东西被搬运了走。

瑞丰见黑毛儿方六出了风头，也不甘寂寞，要把自己的所闻所见也去报告大家。可是，祁老人拦住了他："你少出去！脸上青一块紫一块的，万一教侦探看见，说你是囚犯呢？你好好的在家里坐着！"瑞丰无可如何，只好蹲在家里，把在戏园中的见闻都说与大嫂与孩子们听，觉得自己是个敢冒险，见过大阵式的英雄好汉。

大赤包对桐芳的死，觉得满意。桐芳的尸身已同小文夫妇的一齐被抛弃在城外。大赤包以为这是桐芳的最合适的归宿。她决定不许任何人给桐芳办丧事，一来为是解恨，二来是避免嫌疑——好家伙，要教日本人知道了桐芳是冠家的人，那还了得！她嘱咐了高第与男女仆人，绝对不许到外边去说死在文若霞身旁的是桐芳，而只准说桐芳拐去了金银首饰，偷跑了出去。她并且到白巡长那里报了案。

这样把桐芳结束了，她开始到处去奔走，好把招弟，亦陀，晓荷赶快营救出来。

她找了蓝东阳去。东阳，因为办事不力，已受了申斥，记了一大过。由记过与受申斥，他想象到撤职丢差。他怕，他恐慌，他忧虑，他恨不能咬掉谁一块肉！他的眼珠经常的往上翻，大有永远不再落下来的趋势。他必须设法破获凶手，以便将功赎罪，仍然作红人。看大赤包来到，他马上想起，好，就拿冠家开刀吧！桐芳有诡病，无疑的；他须也把招弟，亦陀，晓荷咬住，硬说冠家吃里爬外，要刺杀皇军的武官。

大赤包的确动了心，招弟是她的掌上明珠，高亦陀是她的"一种"爱人。她必须马上把他们救了出来。她并没十分关切晓荷，因为晓荷到如今还没弄上一官半职，差不多是个废物。真要是不幸而晓荷死在狱中，她也不会十分伤心。说不定，她还许，在他死后，改嫁给亦陀呢！她的心路宽，眼光远，一眼便看出老远老远去。不过，现在她既奔走营救招弟与亦陀，也就不好意思不顺手把晓荷牵出来罢了。

虽然心中很不好受，见了东阳，她可是还大摇大摆的。她不是轻易皱上眉头的人。

“东阳！”她大模大样的，好像心中连豆儿大的事也没有的，喊叫：“东阳！有什么消息没有？”

东阳的脸上一劲儿抽动，身子也不住的扭，很像吃过烟油子的壁虎。他决定不回答什么。他的眼看着自己的心，他的心变成一剂毒药。

见东阳不出一声，大赤包和胖菊子闲扯了几句。胖菊子的身体面积大，容易被碰着，所以受了不少的伤，虽然都不怎样重，可是她已和东阳发了好几次脾气——以一个处长太太而随便被人家给碰伤，她的精神上的损失比肉体上要大着许多。自从作了处长太太以来，有意的无意的，她摹仿大赤包颇有成绩。她骄傲，狂妄，目中无人，到处要摆出架子。她讨厌东阳的肮脏，吝啬，与无尽无休的性欲要求。但是，她又不肯轻易放弃了“处长太太”。因此，她只能对东阳和别人时常发威，闹脾气，以便发泄心中的怨气。

她喜欢和大赤包闲扯。她本是大赤包的“门徒”，现在她可是和大赤包能平起平坐了，所以感到自傲。同时，在经验上，年纪上，排场上，她到底须让大赤包一步，所以不能不向大赤包讨教。虽然有时候，她深盼大赤包死掉，好使她独霸北平，但是一见了大赤包的面，她仿佛又不忍去诅咒老朋友，而觉得她们两个拼在一处，也许势力要更大一些。

大赤包今天可不预备多和菊子闲谈，她还须去奔走。胖菊子愿意随她一同出去。她不高兴蹲在家里，接受或发作脾气——东阳这两天老一脑门子官司，她要是不发气，他就必横着来。大赤包也愿意有菊子陪着她去奔走，因为两个面子凑在一处，效力当然大了一倍。菊子开始忙着往身上擦抹驰名药膏和万金油，预备陪着大赤包出征。

东阳拦住了菊子。没有解释，他干脆不准她出去。菊子胖脸红得像个海螃蟹。“为什么？为什么？”她含着怒问。

东阳不哼一声，只一劲儿啃手指甲。被菊子问急了，他才说了句：“我不准你出去！”

大赤包看出来，东阳是不准菊子陪她出去。她很不高兴，可是仍然保持着外场劲儿，勉强的笑着说：“算了吧！我一个人也会走！”

菊子转过脸来，一定要跟着客人走。东阳，不懂什么叫作礼貌，哪叫规矩，把实话说了出来：“我不准你同她出去！”

大赤包的脸红了，雀斑变成了一些小葡萄，灰中带紫。“怎么着，东阳？看我有点不顺序的事，马上就要躲着我吗？告诉你，老太太还不会教这点事给难住！哼，我瞎了眼，拿你当作了朋友！你要知道，招弟出头露面的登台，原是为捧你！别忘恩负义！你掰开手指头算算，吃过我多少顿饭，喝过我多少酒，咖啡？说句不好听的话，我要把那些东西喂了狗，它见着我都得摇摇尾巴！”大赤包本来觉得自己很伟大，可是一骂起人来，也不是怎的她找不到了伟大的言语，而只把饭食与咖啡想起来。这使她自己也感到点有失体统，而又不能不顺着语气儿骂下去。

东阳自信有丰富的想象力，一定能想起些光伟的言语来反攻。可是，他也只想起：“我还给你们买过东西呢！”

“你买过！不错！一包花生豆，两个凉柿子！告诉你。你小子别太目中无人，老太太知道是什么东西！”说完，大赤包抓起提包，冷笑了两声，大摇大摆的走了出去。

胖菊子反倒不知道怎么办好啦。以交情说，她实在不高兴东阳那么对待大赤包。她觉得大赤包总多少比东阳更像个人，更可爱一点。可是，大赤包的责骂，也多少把她包括在里面，她到底是东阳的太太，为什么不教东阳大方一点，而老白吃白喝冠家呢？大赤包虽骂的是东阳，可是也把她——胖菊子——连累在里面。她是个妇人，她看一杯咖啡的价值，在彼此争吵的时候，比什么友谊友情更重要。为了这个，她不愿和东阳开火。可是，不和他开火，又减了自己的威风。她只好板着胖脸发愣。

东阳的心里善于藏话，他不愿告诉个中的真意。可是，为了避免太太的发威，他决定吐露一点消息。“告诉你！我要斗一斗她。打倒了她，我有好处！”然后，他用诗的语言说出点他的心意。

菊子起初不十分赞同他的计划。不错，大赤包有时候确是盛气凌人，使人难堪。但是，她们到底是朋友，怎好翻脸为仇作对呢？她想了一会儿，拿不定主意。想到最后，她同意了东阳的意见。好吧，把大赤包打下去，而使自己成为北平天字第一号的女霸，也不见得不是件好事。在这混乱的年月与局面中，她想，只有狠心才是成功的诀窍。假若当初她不狠心甩了瑞丰，她能变成处长太太吗？不能！好啦，她与大赤包既同是“新时代”的有头有脸的人，她何必一定非捧着大赤包，而使自己坐第二把交椅呢？她笑了，她接受了东阳的意见，并且愿意帮助他。

东阳的绿脸上也有了一点点笑意。夫妇靠近了嘀咕了半天。他们必须去报告桐芳是冠家的人，教日本人怀疑冠家。然后他们再从多少方面设法栽赃，造证据，把大赤包置之死地。即使她死不了，他们也必弄掉了她的所长，使她不再扬眉吐气。

“是的！只要把她咬住，这案子就有了交代。我的地位可也就稳当了。你呢，你该去运动，把那个所长地位拿过来！”

胖菊子的眼亮了起来。她没想到东阳会有这么多心路，竟自想起教她去作所长！从她一认识东阳，一直到嫁给他，她没有真的喜爱过他一回。今天，她感到他的确是个可爱的人，他不但给了她处长太太，还会教她作上所长！除了声势地位，她还看见了整堆的钞票像被狂风吹着走动的黄沙似的，朝着她飞了来。只要作一二年妓女检查所的所长，她的后半世的生活就不成问题了。一旦有了那个把握，她将是最自由的女人，蓝东阳没法再干涉她的行动，她可以放胆的任意而为，不再受丝毫的拘束！她吻了东阳的绿脸。她今天真喜爱了他。等事情成功之后，她再把他踩在脚底下，像踩一个虫子似的收拾他。

她马上穿上最好的衣服，准备出去活动，她不能再偷懒，而必须挺起一身的胖肉，去找那个肥差事。等差事到手，她再加倍的偷懒，连洗脸都可以找女仆替她动手，那才是福气。

瑞宣听到了戏园中的“暴动”，和小文夫妇与桐芳的死亡。他觉得对不起桐芳。钱先生曾经嘱咐过他，照应着她。他可是丝毫没有尽力。除了这点惭愧，他对这件事并没感到什么兴奋。不错，他知道小文夫妇死得冤枉；但是，他自己的父亲难道死得不冤枉么？假若他不能去为父报仇，他就用不着再替别人的冤枉表示愤慨。从一种意义来说，他以为小文夫妇都可以算作艺术家，都死得可惜。但是，假若艺术家只是听天由命的苟安于乱世，不会反抗，不会自卫，那么惨死便是他们必然的归宿。

有这些念头在他心中，他几乎打不起精神去注意那件值得兴奋的事。假若小文夫妇与桐芳的惨死只在他心中飘过，对于冠家那些狗男女的遭遇，他就根本没有理会。一天到晚，自从办过了丧事之后，他总是那么安安静静的，不言不语的，作着他的事。从表面上看他好像是抱定逆来顺受的道理，不声不响的度着苦难的日子。在他心里，他却没有一刻的宁静。他忘不了父亲的惨死，于是也就把自己看成最没出息的人。他觉得自己的生命已完全没有作用。除非他能替父亲报了仇。这个，他知道，可绝不是专为尽孝。他是新时代的中国人，绝不甘心把自己只看成父母的一部分，而去为父母丧掉了自己的生命。他知道父子的关系是生命的延续关系，最合理的孝道恐怕是继承父辈的成就，把它发扬光大，好教下一辈得到更好的精神的与物质的遗产。生命是延续，是进步，是活在今天而关切着明天的人类福利。新的生命不能拦阻，也不能代替老的生命的死亡。假若他的父亲是老死的，或病死的，他一定一方面很悲痛，一方面也要打起精神，勇敢的面向明天的责任走下去。但是，父亲是被日本人杀害了的。假若他不敢去用自己的血去雪耻报仇，他自己的子孙将也永远沉沦在地狱中。日本人会杀他的父亲，也会杀他的子孙。今天他若想偷生，他便只给儿孙留下耻辱。耻辱的延续还不如一齐死亡。

可是，有一件事使他稍微的高了兴。当邻居们都正注意冠家与文家的事的时候，一号的两个日本男人都被征调了走。瑞宣觉得这比晓荷与招弟的被捕更有意义。冠家父女的下狱，在他看，不过是动乱时代的一种必然发生的丑剧。而一号的男人被调去当炮灰却说明了侵略者也须大量的，不断的，投资——把百姓的血泼在战场上。随着士兵的伤亡，便来了家庭的毁灭，生产的人力缺乏，与抚恤经费的增加。侵略只便宜了将官与资本家，而民众须去卖命。

在平日，他本讨厌那两个男人。今天，他反倒有点可怜他们了。他们把家眷与财产都带到中国来，而他自己却要死在异域，教女人们抱一小罐儿骨灰回去。可是，这点惋惜并没压倒他的高兴。不，不，不，他不能还按照着平时的，爱好和平的想法去惋惜他们；不能！他们，不管他们是受了有毒的教育与宣传，还是受了军阀与资本家的欺骗，既然肯扛起枪去作战，他们便会杀戮中国人，也就是中国人的仇敌。枪弹，不管是怎样打出去的，总不会有善心！是的，他们必须死在战场上；他们不死，便会多杀中国人。是的，他必须狠心的诅咒他们，教他们死，教他们的家破人亡，教他们和他们的弟兄子侄朋友亲戚全变成了骨灰。他们是臭虫，老鼠，与毒蛇，必须死灭，而后中国与世界才得到太平与安全！

他看见了那两个像瓷娃娃的女人，带着那两个淘气的孩子，去送那两个出征的人。她们的眼是干的，她们的脸上没有任何表情，她们的全身上都表示出服从与由服从中产生的骄傲。是的，这些女人也该死。她们服从，为是由服从而得到光荣。她们不言不语的向那毒恶的战神深深的鞠躬，鼓励她们的男人去横杀乱砍。瑞宣知道，这也许是错怪了那两个女人：她们不过是日本的教育与文化制成的瓷娃娃，不能不服从，不忍受。她们自幼吃了教育的哑药，不会出声，而只会微笑。虽然如此，瑞宣还是不肯原谅她们。正因为她们吃了那种哑药，所以她们才正好与日本的全盘机构相配备。她们的沉默与服从恰好完成了她们男人的狂吼与乱杀。从这个事实——这的确是事实——来看，她们是她们男人的帮凶。假若他不能原谅日本男人，他也不便轻易的饶恕她们。即使这都不对，他也不能改变念头，因为孟石，仲石，钱太太，小崔，小文夫妇，桐芳，和他的父亲都千真万确的死在日本人手里。绕着弯子过分的去原谅仇敌便是无耻！

立在槐树下，他注视着那出征人，瓷娃娃，与两个淘气鬼。他的心中不由的想起些残破不全的，中国的外国的诗句："一将功成万骨枯；可怜无定河边骨；谁没有父母，谁没有兄弟？……"可是，他挺着脖子，看着他们与她们，把那些人道的，崇高的句子，硬放在了一边，换上些"仇恨，死亡，杀戮，报复"等字样。"这是战争，不敢杀人的便被杀！"他对自己说。

一号的老婆婆是最后出来的。她深深的向两个年轻的鞠躬，一直等到他们拐过弯去才直起身来。她抬起头，看见了瑞宣。她又鞠了一躬。直起身，她向瑞宣这边走过来，走得很快。她的走路的样子改了，不像个日本妇人了。她挺着身，扬着脸，不再像平日那么团团着了。她好像一个刚醒来的螃蟹，把脚都伸展出来，不是那么圆圆的一团了。她的脸上有了笑容，好像那两个年轻人走后，她得到了自由，可以随便笑了似的。

"早安！"她用英语说。"我可以跟你说两句话吗？"她的英语很流利正确，不像是由一个日本人口中说出来。

瑞宣愣住了。

"我久想和你谈一谈，老没有机会。今天，"她向胡同的出口指了指，"他们和她们都走了，所以……"她的口气与动作都像个西洋人，特别是她的指法，不用食指，而用大指。

瑞宣一想便想到：日本人都是侦探，老妇人知道他会英文，便是很好的证据。因此，他想敷衍一下，躲开她。

老妇人仿佛猜到了他的心意，又很大方的一笑。"不必怀疑我！

我不是平常的日本人。我生在加拿大。长在美国，后来随着我的父亲在伦敦为商。我看见过世界，知道日本人的错误。那俩年轻的是我的侄子，他们的生意，资本，都是我的。我可是他们的奴隶。我既没有儿子，又不会经营——我的青春是在弹琴，跳舞，看戏，滑冰，骑马，游泳……度过去的——我只好用我的钱买来深鞠躬，跪着给他们献茶端饭！”

瑞宣还是不敢说话。他知道日本人会用各种不同的方法侦探消息。

老婆婆凑近了他，把声音放低了些：“我早就想和你谈谈。这一条胡同里的人，算你最有品格，最有思想，我看得出来。我知道你会小心，不愿意和我谈心。但是，我把心中的话，能对一个明白人说出来，也就够了。我是日本人，可是当我用日本语讲话的时候，我永远不能说我的心腹话。我的话。一千个日本人里大概只有一个能听得懂。”她的话说得非常的快，好像已经背诵熟了似的。

“你们的事，”她指了三号，五号，六号，四号，眼随着手指转了个半圆。“我都知道。我们日本人在北平所作的一切，当然你也知道。我只须告诉你一句老实话：日本人必败！没有另一个日本人敢说这句话。我——从一个意义来说——并不是日本人。我不能因为我的国籍，而忘了人类与世界。自然，我凭良心说，我也不能希望日本人因为他们的罪恶而被别人杀尽。杀戮与横暴是日本人的罪恶，我不愿别人以杀戮惩罚杀戮。对于你，我只愿说出：日本必败。对于日本人，我只愿他们因失败而悔悟，把他们的聪明与努力都换个方向，用到造福于人类的事情上去。我不是对你说预言，我的判断是由我对世界的认识与日本的认识提取出来的。我看你一天到晚老不愉快，我愿意使你乐观一点。不要忧虑，不要悲观；你的敌人早晚必失败！不要说别的，我的一家人已经失败了：已经死了两个，现在又添上两个——他们出征，他们毁灭！我知道你不肯轻易相信我，那没关系。不过，你也请想想，假若你肯去给我报告，我一样的得丢了脑袋，像那个拉车的似的！”她指了指四号。“不要以为我有神经病，也不要以为我是特意讨你的欢心，找好听的话对你说。不，我是日本人，永远是日本人，我并不希望谁格外的原谅我。我只愿极客观的把我的判断说出来，去了我的一块心病！真话不说出来，的确像一块心病！好吧，你要不怀疑我呢，让我们作作朋友，超出中日的关系的朋友。你不高兴这么作呢，也没关系；今天你能给我机会，教我说出心中的话来，我已经应当感谢你！”说完，她并没等着瑞宣回答什么，便慢慢的走开。把手揣在袖里，背弯了下去，她又恢复了原态——一个老准备着鞠躬的日本老妇人。

瑞宣呆呆的愣了半天，不知怎样才好。他不肯信老婆婆的话，又似乎没法不信她的话。不论怎样吧，他可是止不住的笑了一下。他有好些天没笑过一回了。

三十一

快到阴历年，长顺和小崔太太结了婚。婚礼很简单。孙七拉上了刘棚匠太太同作大媒，为是教小崔太太到刘太太那里去上轿。一乘半旧的喜轿，四五个鼓手；喜轿绕道护国寺，再由小羊圈的正口进来。洞房是马老太太的房子，她自己搬到小崔太太屋里去。按照老年的规矩，娶再醮的妇人应当在半夜里，因为寡妇再嫁是不体面的，见不到青天白日的。娶到家门，须放一挂火炮，在门坎里还要放个火盆，教她迈过去；火炮若是能把她前夫的阴魂吓走，火盆便正好能补充一下，烧去一切的厉气。

按着马老太太的心意，这些规矩都须遵守，一方面是为避邪，一方面也表示出改嫁的寡妇是不值钱的——她自己可是堂堂正正，没有改嫁过。

不过，现在的夜里老在半戒严的状态中，夜间实在不好办事。火炮呢，久已不准燃放——日本人心虚，怕听那远听颇似机关枪的响声。火炮既不能放，火盆自然也就免了吧。这是孙七的主意："马老太太，就不用摆火盆了吧！何必叫小崔太太更难过呢！"

连这样，小崔太太还哭了个泪人似的。她想起来小崔，想起来自己一切的委屈。她已失去了自主，而任凭一个比孙七，长顺，马老太太都更厉害的什么东西，随便的摆布她，把她抬来抬去，教她换了姓，换了丈夫，换了一切。她只有哭，别无办法。

长顺儿的大脑袋里嗡嗡的直响。他不晓得应当哭好，还是笑好。穿着新蓝布袍罩，和由祁家借来的一件缎子马褂，他坐着不安，立着发僵，来回的乱走又无聊。在他的心里，他却一会儿一算计：一千套军衣已经完全交了活，除了本钱和丁约翰的七折八扣，只落下四百多块钱。这是他全部的财产。他可是又添了一口吃饭的人。结了婚，他便是成人了。他必须养活着外婆与老婆，没有别的话好说。四百多块钱，能花多少日子呢？尽管婚礼很简单，可是鼓手，花轿不要钱吗？自己的新大衫是白拣来的吗？街坊四邻来道贺，难道不预备点水酒和饭食吗？这都要花钱。结过婚，他应当干什么去呢？想不出。不错，他为承作那些骗人的军衣，已学会了收买破烂。可是，难道他就老去弄那些肮脏东西，过一辈子吗？为钱家，祁家，崔家，他都曾表示过气愤，都自动的帮过忙。他还记得祁瑞宣对他的期望与劝告，而且他曾经有过扛枪上阵去杀日本人的决心。可是，今天他却胡胡涂涂的结了婚，把自己永远拴在了家中。他皱上了眉。

但是贺喜的人——李四老人，四妈，祁瑞丰，孙七，刘太太，还有七号的一两家人——都向他道喜。他又不能不把眉头放开。他有点害羞，又不能不大模大样的假充不在乎。人们的吉利话儿像是出于诚心，又似乎像讽刺与嘲弄，使他不敢不接受，而接受了又不大好过。他不知怎样才好，而只能硬着头皮去敷衍。他的脸上红一阵白一阵，他的鼻音呜囔的特别的难听，连自己听着都不够味儿。

贺客之中，最活跃的，也最讨厌的，是祁瑞丰。长顺永远忘不了在教育局的那一幕。况且，今天他是和小崔太太结婚，他万想不到瑞丰还有脸来道喜。瑞丰可是满不在乎，他准知道只要打着贺客的招牌，他就不会被人家撵出来，所以他要来吃一顿喝一顿。而且，既无被驱逐出来的危险，他就必须像一个贺客的样子，他得对大家开玩笑，尽情的嘲弄新郎，板着面孔跟主人索要香烟，茶水，而且准备恶作剧的闹洞房。本来，他还穿着孝，家里的人都不许他来道贺。他答应了母亲，只把礼金在门外交给长顺或马老太太就赶快回家，可是，他把孝衣脱下来，偷偷的溜出去，满面春风的进了马家的门。他自居为交际家，觉得自己若不到场，不单自己丢了吃喝的机会，也必教马家的喜事减色。一进门，他便张罗着和长顺开玩笑，而他的嘴又没有分寸，时时弄得长顺面红过耳。长顺很想翻脸辱骂他一顿，可是他知道今天他不该吵架拌嘴，所以只好远远的躲开他。长顺的退让，恰好教瑞丰以为自己确有口才，于是赶上前去施展嘲弄与开玩笑。贺客们都晓得长顺老实，也都晓得瑞丰讨厌，大家都怕他把长顺逼急了，弄得不好看。同时，大家看在祁老人与瑞宣的面上，又不肯去劝告瑞丰。于是，大家不约而同的都躲着他，并且对他说的笑话都故意的不笑。他们以为这样就可以使他知难而退了，谁知道他却觉得他们的不言不笑是有点怕他，于是他的话就更多了。最后，李四爷看不过了，把他扯到一边："老二，我说句真话，你可不要怪我呀！开玩笑要有个分寸。长顺儿脸皮子薄，别惹急了他！"

瑞丰没敢和四爷驳辩，而心中很不高兴。他可是也不想马上告辞回家，他舍不得那顿酒饭。在摆饭之前，他一支跟着一支的吸香烟。他不乱说了，看到香烟快吸完了，便板起脸来告诉长顺：再去买两包烟！赶到摆饭的时候，他大模大样的坐了首座，他以为客人中只有他作过科长，理应坐首座。他拿出喝酒的本领，一扬脖一个，喝干了自己的杯；别人稍一谦让，他便把人家的杯子拿过来："好，我替你喝！"喝了几杯之后，他的嘴没法再并上。他又开始嘲弄长顺，并且说到小崔太太是寡妇。不单这样耍嘴皮子，他还要立起来讲演一番。他看不起那些贺客，所以他要尽兴的发泄自己的无聊与讨厌。

孙七早就不高兴了。他是大媒，理当坐首座。多亏李四爷镇压着他，他才忍着气没有发作。等到他也喝了几杯之后，他不再看李四爷的眼神，而把酒壶抄了起来。

“祁科长！”他故意的这么叫：“咱们对喝六杯！”

李四爷伸出手来要抢酒壶。孙七不再听话。“四大爷，你别管！我跟祁科长比比酒量！”

瑞丰的脸上发了光。他以为孙七很看得起他。“牛饮没意思，咱们划拳吧！一拳一个，六个！告诉你，我不教你喝六个，也得喝五个，信不信！来，伸手！”

“我不划拳！你是英雄，我是好汉，对喝六杯！”孙七说着，已斟满了三杯。

瑞丰知道，六杯一气灌下去，他准得到桌子底下去。“那，我不来，没意思！喜酒，要喝得热闹一点！你要不划拳，咱们来包袱剪子布的？”

孙七没出声，端起杯来，连灌了三杯，然后，又斟满：“喝！喝完这三个，还有三个！”

“那，我才不喝呢！”瑞丰嘿嘿的笑着，觉得自己非常的精明，有趣。

“喝吧，祁科长！”孙七的头上的青筋已跳起来，可是故作镇定的说。“这是喜酒，你不是把太太丢了吗？多喝两杯喜酒，你好再娶上一个！”

李四爷赶快拦住了孙七：“你坐下！不准再乱说！”然后对瑞丰：“老二，吃菜！不用理他，他喝醉了！”

大家都以为瑞丰必定一甩袖子走出去，而且希望他走出去。虽然他一走总算美中不足，可是大家必会在他走后一团和气的吃几杯酒。

可是，他坐着不动，他必须讨厌到底，必须把酒饭吃完，不能因为一两句极难听的话而牺牲了酒饭。

正在这个难堪的时节，高亦陀走了进来。长顺的嘴唇开始颤动。

大赤包有点本事。奔走了一两天，该送礼的送礼，该托情的托情，该说十分客气话的，说十分，该说五分好话的，说五分，她把晓荷，亦陀，招弟，全救了出来。他们都没受什么委屈，只是挨了几天的饿。他们的嘴不惯于吃窝窝头与白水。最初，他们不肯吃。后来，没法不吃了，可是吃了还不饱。招弟在这几天里，始终穿着行头，没有别的衣服替换。她几天没有洗脸，洗脚，她的身上发痒，以为是长了虱子。她对每个人都送个媚眼，希望能给她一点水，可是始终无效。她着急，急得不住的哭泣。最使她难过的是那么一身漂亮的行头，不单没摸着在台上露一露，反穿到狱中来。她已不是摩登的姑娘，而是玉堂春与窦娥，被圈在狱中。她切盼她的男友们会来探视她，营救她。可是，他们一个也没有来。由失望而幻想，她盼着什么剑侠或什么圣母会在半夜中把她背了走。她想起许多电影片子上的故事，而希望那些故事能成为事实，使她逃出监狱。

晓荷真害了怕。自从一出戏园的后台，他已经不会说话。他平日最不关心的人，像钱先生与小崔，忽然的出现在眼前。他是不是也要丢了脑袋呢？他开始认真的祷告玉皇大帝，吕祖，关夫子，与王母娘娘。他觉得这些位神仙必能保佑他，不至于教他受一刀之苦。坐在潮湿的小牢房里，他检讨自己的过去。他找不出自己的错误来。他低声的告诉玉皇大帝："该送礼的，我没落过后；该应酬的，我永远用最好的烟酒茶饭；我没错待过人哪！对太太，对姨太太，我是好的丈夫；对女儿，我是好的父亲；对朋友，我最讲义气；末了，对日本人，我五体投地的崇拜，巴结；老天爷，怎么还这样对待我呢？"他诚恳的祷告，觉得十分冤枉。越祷告，他可是越心慌，因为他弄不清哪位神仙势力最大，最有灵应。万一祷告错了，那才糟糕！

他怕死，怕受刑。他夜里只能打盹，而不能安睡。无论哪里有一点响动，他都吓一跳，以为是有人要绑出他去斩首。他死不得，他告诉自己，因为还没有在日本人手下得到个官职，死了未免太冤枉。

受罪最大的是高亦陀，他有烟瘾，而找不到烟吃。被捕后两三个钟头，他已支持不住了，鼻涕流下多长，连打哈欠都打不上来。他什么也顾不得想，而只搭拉着脑袋等死。

大赤包去接他们。招弟见了妈，哭出了声音。冠晓荷也落了泪。他故意的哼哼着，为是增加自己的身份："所长！这简直是死里逃生啊！"他心中赶快的撰制一篇受难记，好逢人便讲，表示自己下过狱，不失为英雄好汉。高亦陀是被两个人抬出来的，他已瘾得像一团泥。

回到家中，招弟第一件事是洗个澡。洗完了澡，她一气吃了五六块点心。吃完，她摸着胸口，告诉高第："得了，这回可把我管教得够瞧的！从此我不再唱戏，也不溜冰！好家伙，再招出一场是非来，我非死在狱里不可！"她要开始和高第学一学怎么织毛线帽子："你教给我，姐！从此我再也不淘气了！"她把"姐"叫得挺亲热，好像真有点要改过自新似的。可是，没有过了一刻钟，她又坐不住了。"妈！咱们打八圈吧！我仿佛有一辈子没打过牌了！"

晓荷需要睡觉。"二小姐，你等我睡一觉，我准陪你打八圈。死里逃生，咱们得庆贺一下。所长，待会儿咱们弄几斤精致的羊肉，涮涮吧？"

大赤包没回答他们，气派极大的坐在沙发上，吸着一支香烟。把香烟吸完，她才开口："哼！你们倒仿佛都受了委屈！要不是我，你们也会出得来，那才怪呢！我的腿，为你们，都跑细了，你们好像连个谢字都不会说！"

"真的！"晓荷赶快把话接下去。"要不是所长，我们至少也还得圈半个月！甭打我，只要再圈半个月，我准死无疑！下狱，不是好玩的！"

"哼，你才知道！"大赤包要把这几天的奔走托情说好话的劳苦与委屈都一总由晓荷身上取得赔偿。“平日，你招猫逗狗，偏向着小老婆子，到下了狱你才想起老太太来。你算哪道玩艺儿！”

“哟！”招弟忽然想起来：“桐芳呢？”

晓荷也要问，可是张开口又赶紧并上了。

“她呀？”大赤包冷笑了一下：“对不起，死啦！”

“什么？”晓荷不困了。他动了心。

“死啦？”招弟也动了心。

“她，文若霞，小文，都炸死啦！我告诉你，招弟，晓荷，桐芳这一死，咱们的日子就可以过得更整齐一点。你们可是得听我的，我一心秉正，起早睡晚，劳心淘神，都是为了你们。你们有我，听从我，咱们就有好日子过。你们不听我的，好，随你们的便，你们有朝一日再死在狱里可别怨我！”

晓荷没听见这一套话。坐在椅子上，他捧着脸低声的哭起来。

招弟也落了泪。

他们这一哭，更招起大赤包的火儿来：“住声！我看谁敢再哭那个臭娘们！哭？她早就该死！我还告诉你们，谁也不准到外面去说，她是咱们家里的人！万幸，报纸上没提她的姓名；咱们自己可就别往头上揽狗屎！我已经报了案，说她拐走了金银首饰，偷跑了出去。你们听见没有？大家都得说一样的话，别你说东，他说西，打自己的嘴巴！”

晓荷慢慢的把手从脸上放下来，咽了许多眼泪，对大赤包说：“这不行！”他的声音发颤，可是很坚决。

“不行？什么不行？”大赤包挺起身来问。

“她好歹是咱们家的人。无论怎说，我也得给她个好发送。她跟了我这么多年！”晓荷决定宣战。桐芳是他的姨太太，他不能随便的丢弃了她，像丢一个死猫或死狗那样。在这一家里，没有第二个人能替桐芳，他不能在她丧了命的时候反倒赖她拐款潜逃。死了不能再活，真的；但是他必须至少给她买口好棺材，相当体面的把她埋葬了。她与高第招弟都不同，假若她们姐妹不幸而死去一个，他，或者不至于像这么伤心；她们是女儿，即使不死，早晚也要出嫁；桐芳是姨太太，永远是他的，她死不得。再说，虽然他的白发是有一根，拔一根，可是他到底慢慢的老起来；他也许不会再有机会另娶一房姨太太。那么，桐芳一死，他便永远要过着凄凉的日子——没有了知心的人，而且要老受大赤包的气！不行，说什么也不行，他必须好好的发送发送她。他没有别的可以答报她，他只知道买好棺材，念上一两台经，给她穿上几件好衣服，是唯一的安慰他自己与亡魂的办法。假若连这点也作不到，他便没脸再活下去。

大赤包站起来，眼里打着闪，口中响了雷："你要怎着呢？说！成心捣蛋哪？好！咱们捣捣看！"

冠晓荷决定迎战。他也立起来，也大声的喊："我告诉你，这样对待桐芳不行！不行！打，骂，拼命，我今儿个都奉陪！你说吧！"

大赤包的手开始颤动。晓荷这分明是叛逆！她不能忍受！这次要容让了他，他会大胆再弄个野娘们来："你敢跟我瞪眼哪，可以的！我混了心，瞎了眼，把你也救出来！死在狱里有多么干脆呢！"

"好，咒我，咒吧！"晓荷咬上了牙。"你咒不死我，我就给桐芳办丧事！谁也拦不住我！"

"我就拦得住你！"大赤包拍着胸口说。

"妈！"招弟看不过去了。"妈，桐芳已经死了，何必还忌恨她呢？"

"噢！你也向着她？你个吃里爬外的小妖精！在这儿有你说话的份儿？你是穿着行头教人家拿进去的，还在这儿充千金小姐呀？好体面！我知道，你们吃着我，喝着我，惹出祸来，得我救你们，可齐了心来气我！对，把我气死，气死，你们好胡反：那个老不要脸的好娶姨太太，你，小姐，好去乱搭姘头！你们好，我不是东西！"大赤包打了自己一个嘴巴，打得不很疼，可是相当的响。

"好吧，不许我开口呀，我出去逛逛横是可以吧？"招弟忘了改过自新，想出去疯跑一天。说着，她便往外走。

“你回来！”大赤包跺着脚。

“再见，爸！”招弟跑了出去。

见没有拦住招弟，大赤包的气更大了，转身对晓荷说：“你怎样？”

“我？我去找尸首！”

“你也配！她的尸首早就教野狗嚼完了！你去，去！只要你敢出去，我要再教你进这个门，我是兔子养的！”

这时节，亦陀在里间已一气吸了六七个烟泡儿。他本想忍一个盹儿，可是听外面吵得太凶了，只好勉强的走出来。一掀帘，他知道事情有点不对，因为晓荷夫妇隔着一张桌子对立着，眼睛都瞪圆，像两只决斗的公鸡似的，彼此对看着。亦陀把头伸在他们的中间，“老夫老妻的，有话慢慢的说！都坐下！怎么回事？”

大赤包坐下，泪忽然的流下来。她觉得委屈。好容易盼来盼去把桐芳盼死了，她以为从此就可以和晓荷相安无事，过太平日子了。哪知道晓荷竟自跟她瞪了眼，敢公然的背叛她，她没法不伤心。

晓荷还立着。他决定打战到底。他的眼中冒着火，使他自己都有点害怕，不知道自己从哪儿来的这么多的怒气。

大赤包把事情对亦陀说明白。亦陀先把晓荷扶在一张椅子上坐好，而后笑着说：“所长的顾虑是对的！这件事绝对不可声张。咱们都掉下去，受了审问，幸而咱们没有破绽，又加上所长的奔走运动，所以能够平安的出来。别以为这是件小事！要是赶上‘点儿低’，咱们还许把脑袋耍掉了呢！桐芳与咱们不同，她为什么死在那里？没有人晓得！好家伙，万一日本人一定追究，而知道了她和咱们是一伙，咱们吃得消吃不消？算了吧，冠先生！死了的不能再活，咱们活着的可别再找死；我永远说实话！”

冠家夫妇全不出声了。沉默了半天，晓荷立了起来，要往外走。

“干什么去？”亦陀问。

“出去走走！一会儿就回来！”晓荷的怒气并没妨碍他找到帽子，怕脑袋受了风。

大赤包深深的叹了口气。亦陀想追出去，被她拦住。“不用管他，他没有多大胆子。他只是为故意的气我！”

亦陀喝了碗热茶，吃了几块点心，把心中的话说出来：“所长！也许是我的迷信，我觉得事情不大对！”

“怎么？”大赤包还有气，可是不便对亦陀发作，所以口气相当的柔和。

“凭咱们的地位，名誉，也下了两天狱，我看有点不大对！不大对！”他揣上手，眼往远处看着。

“怎么？”大赤包又问了声。

“伴君如伴虎啊！人家一翻脸，功臣也保不住脑袋！”

“嗯！有你这么一想！”

“我看哪，所长，赶快弄咱们的旅馆，赶快加紧的弄俩钱。有了底子，咱们就什么也不怕了。人家要咱们呢，咱们就照旧作官；人家不要咱们呢，咱们就专心去作生意。所长，看是也不是？”

大赤包点了点头。

小崔太太打算扯咱们的烂污，那不行，我马上过去，给她点颜色看看！”

“对！”

“办完这件事，我赶紧就认真的去筹备那个旅馆。希望一开春就能开张。开了张，生意绝不会很坏。烟，赌，娼，舞，集聚一堂，还是个创举！创举！生意好，咱们日进斗金，可就什么也不怕了！”

大赤包又点了点头。

“所长，好不好先支给我一点资本呢？假若手里方便的话。现在买什么都得现款，要不然的话，咱们满可以专凭两片子嘴皮就都置备齐全了。”

“要多少呢？”

亦陀假装了的想了想，才说：“总得先拿十万八万的吧？先别多给我，万一有个失闪，我对不起人！亲是亲，财是财！”

“先拿八万吧？”大赤包信任高亦陀，但是也多少留了点神。她不能不给他钱，她不是摸摸屁股，咂咂手指头[①]的人。再说，亦陀是她的功臣。专以制造暗娼一项事业来说，他给她就弄来不止八万。对功臣不放心，显然不是作大事业，发大财的，道理与气派。可是，她也不敢一下子就交给他十万二十万。她须在大方之中还留个心眼。她给了他一张支票。

亦陀把支票带好，奔了四号来。

孙七喝了酒，看明白了进来的是亦陀，他马上冒了火。他本是嘴强身子弱，敢拌嘴不敢打架的人；今天他可是要动手。他带了酒，他是大媒，而亦陀又是像个瘦小鸡子似的烟鬼，所以他不再考虑什么，而只想砸亦陀一顿拳头。

李四爷一把抓住了孙七，“等等，看他说什么！”

亦陀向长顺与马老太太道了喜，而后凑过李四爷这边来，低声的对老人说：“都放心！一点事没有！我是你们的朋友。她，那个大娘们，”他向三号指了指，“才是你们的仇人。我不再吃她的饭，也犯不上再替她挨骂！这不是？”他掏出那个小本子来，“当着大家，看！”他三把两把将小本子撕了个粉碎，扔在地上。撕完，他对大家普遍的笑了笑。而后，他拿起一杯酒，一扬脖灌了下去：“长顺，恭贺白头到老！别再恨我，我不过给人家跑跑腿；坏心眼，我连一点也没有！请坐了，诸位！咱们再会！”说完，他扬着绿脸，摔着长袖口，大模大样的走出去。

他一直奔了前门去，在西交民巷兑了支票，然后到车站买了一张二等的天津车票。“在天津先玩几天，然后到南京去卖卖草药也好！在北平恐怕吃不住了！”他对自己说。

---

① 摸摸屁股，咂咂手指头，指人小气，吝啬。

三十二

冠晓荷，都市的虫子，轻易不肯出城。从城内看城楼，他感到安全；反之，从城外看它，他便微微有些惧意，生怕那巨大的城门把他关在外边。他的土色是黑的，一看见城外的黄土，他便茫然若失。他的空气是暖的，臭的，带着香粉或油条味儿的；城外的清凉使他的感官与肺部都觉得难过，倦怠。他是温室里的花，见不得真的阳光与雨露。

今天，他居然出了平则门。他听说，在城内冻死的饿死的，都被巡警用卡车拉到城外，像倾倒垃圾似的扔在城外。他希望能在城外找到桐芳的尸身。即使不幸她真的被野狗咬烂，他能得到她的一块骨头或一些头发也是好的。这可真的难为他；他须出城，而且须向有死尸的地方走去！

一看见城门，他的身上就出了汗，冷汗。他怕离开热闹的街道，而走入空旷无人的地方。他放慢了脚步，迟疑了一下。不，他不能就这么打了转身。他须坚决！他低声的叫着桐芳："桐芳！桐芳！保护我呀！我是冒着险来找你呀！"

走进城门洞，他差不多不敢睁开眼。他是惯于在戏园子电影院里与那些穿着绸缎衣服，脸上擦着香粉的人们挤来挤去的。这里，洋车，粪车，土车，骡车，大车，和各色的破破烂烂的人，背着筐的，挑着担子的，提着一挂猪大肠的，都挤在一处，谁都想快走，而谁也走不快。他简直不敢睁开眼看，而且捂上了鼻子。

好像挤了一年半载似的，他才出了城门。出了城，按说他应当痛快一些；他可是更害怕了。他好像是住惯了笼子的鸟儿，一旦看见空旷，反倒不知如何是好了。极勉强的，他往前走。走出关厢，看一看护城河，看一看城墙，他像走迷了的一个小儿，不敢再向任何方向迈步。立了好久，他决定不了是前进还是后退。他几乎忘了桐芳，而觉得有一些声音在呼唤他："回来吧！回到城中来吧！"城中，只有城中，才是他的家，他的一切。他应当像一块果皮或一些鸡肠，腐烂在那大垃圾堆——都市——上。他是都市文化的一个蛔虫，只能在那热的，臭的，肠胃里找营养与生活。他禁不得一点风，一点冷；空旷静寂便是他的坟墓。

他应当回去，尽管桐芳是他心爱的人，他也不便为她而使自己在这可怕的地方受罪。再说，他已经冒险出了城，心到神知，桐芳若有灵，一定会明白他，感谢他，原谅他！

他也想到，即使找到桐芳的一块骨头或一些头发，又怎样呢？那不过是小说与戏剧中的一种痴情，对实际上并无任何用处。他精明，不便作蠢事。再说，最要紧的事恐怕还是他须去作官，作了官他会好好的给桐芳念几台经，给她修个很体面的衣冠冢。作了官，他就可以不再受大赤包的气。作了官，而且，他就可以再娶一个或两个姨太太。不，这未免有点对不起桐芳！不过，人是须随着官运而发展自己的。假若真作了官，到时候必须再娶姨太太呢，恐怕桐芳也不会不原谅他的。想清楚了这些，他心中舒服了好多。算了，回家吧！回到家中，他不应再和太太闹气。为人处世，他告诉自己，必须顾到实际，不可太痴情，太玄虚。

他开始往回走。刚一迈步，他的臂被人抓住。他吓了一大跳。一想，他便想到强盗；这是城外，城外是野地方，白天也会有人抢劫。他用眼偷偷的往旁边，预备看明白了再决定喊救命呢，还是乖乖的把钱包交出去。交出钱包是不上算的，但是性命比钱包更可宝贵。

他看明白了，身旁是个瘪嘴乱胡子老头儿。老头儿身上的衣服很不体面。晓荷马上勇敢起来。他轻看穷人，讨厌穷人；对穷人，他一点也不客气。他把抓着他的手打下去，像打下一个脏臭的虫子："要钱吗，开口呀！动手动脚的，算什么规矩？不看你有胡子，扯你两个嘴巴子！"

"你已经打过我！"老头儿往前赶了一步，两个人打了对脸。

晓荷这才看明白，面前是钱默吟先生。"哟！钱先生！"他叫的怪亲热。他忘了他曾出卖过钱诗人。他以为钱先生早已死去。钱先生既没死，而落得一贫如洗，像个叫花子，他看在老邻居的情面上，理应不以一般的乞丐相待；他想给老人一两毛钱，表示自己的慈善厚道。

"你已经打过我！"钱先生光亮的眼睛盯着晓荷的脸。

"我打过你？"晓荷惊异的问。他想老头儿必定是因为穷困而有点神经病。他赶快在口袋里去摸，先摸到一张票子，大概是一元钱，他把它放下了。他犯不上一给老人就给一块。他慈善，但善心须有个限度。他又摸，摸到两个五分的，日本人铸造的，很小的小角子。两个角子不过才是一毛钱，少了一点。不过白给人家钱，总是少一点的好。他把它掏出来："老先生拿去！下不为例哟！"

钱先生没有去接那点赒济。"你忘了。你没打过我，你可教日本人打过我！你我是仇人！想起来了吧？"

晓荷想了起来。他的脸立刻白了。

"跟我走！"老人极坚决的说。

"上，上哪儿？"晓荷咽了口唾沫。"我很忙，还要赶快进城呢！"

"甭废话，走！"

晓荷的眼惊鸡似的往四处看，预备着逃走，或喊救命。

"走！"老人把右手伸在棉袄里边去。那里鼓鼓囊囊的像有"家伙"。

"你一出声，我就开枪。"

晓荷的唇开始颤动。其实老人身上并没有武器，晓荷可是觉得已看见了枪似的。他想起当初他怎么陷害，怎么带着日本宪兵去捉捕钱先生。他们俩的确是仇人，所以，他想象到仇人必带着枪。他的磕膝软起来，只要再稍一松劲儿，就会跪下去。枪，仇人，城外，凑在一处，他非死不可，他想。

“钱先生！”他颤抖着央告：“饶了我吧！我无知，我没安心害你！大人不见小人过，饶我这回，我下次不敢！你没钱，我供给！我会拿你当我的爸爸似的那么永远孝敬你！”

“跟我走！”钱先生用手杵了他一下子。

晓荷的泪开始在眼眶里转。他后悔，甚至诅咒桐芳；为了她，他却来到了“行刑场”！他的腿已不能动，像插在了地上。钱先生扯住他的胳臂，拉着他走。晓荷不敢抬头，怕看见远处的山，那可怕的山。他知道，他将永远进不了城，他的鬼魂会被关在城外，只能在高山与田野之间游荡。可怕！他也不敢夺出胳臂逃跑，他晓得枪弹比腿走的快。他只能再央告，可是嘴唇一劲儿颤，说不出话来。

他们走过了祁天佑投河的地方，钱先生指给了晓荷看。“祁天佑死在了这里！”

那里除了冻得很结实的冰，什么也没有。晓荷可是不敢看，他把头扭开。当天佑死的时候，他丝毫没感觉到什么，并且也没到祁家去吊唁。他以为天佑不过是个小商人，死或活都与他没有什么关系。现在，他可是动了心；他想他也许在十分钟之内便和天佑作了地下的邻居。

再往前走，他们过了瑞丰发现帽子盖着人头的地方。帽子没有了，人头也不见了，可是东一块西一块的扔着人骨头。他们还往前走。晓荷有点不耐烦了。他想问一声：“到底上哪儿去？”可是又不敢开口。他不敢说：“别折磨我啦，杀剐给我个干脆的！”不单不敢开口，他几乎也不敢睁眼看四外了。他觉得，不用杀他，只须在这种地方走一整天，他也会吓死。他知道，这里与城里，不过只隔着一道小河与一堵厚的城墙，但是，他也知道，城墙里才算北平，才有安全，才有东安市场与糖葫芦，涮羊肉！

穿过一个小松林，他们斜奔西南。又走了一里地左右，他们来到一个乱尸岗子。在一群小小的坟头里，有两个新的。那简直不是坟头，而只是很少的一点土，上面盖着一些破瓦烂砖头。

钱先生立住了。

晓荷的嘴开始扯动，鼻子不住的吸气。“钱先生！你真要枪毙我吗？我，我一辈子没作过错事！我不过好应酬，讲究吃穿，我并没有坏心眼！你就不能饶恕我吗？钱先生！钱伯伯！”

“跪下！”钱先生命令他。

没费事，晓荷跪在了坟头前，用手捂着后脑瓢儿，好像他的手可以挡得住枪弹似的。

等他跪了一会儿，钱先生转到他的前面，低声的说：“这个是桐芳的坟，那个是小文夫妇的。我把他们的尸身由河边搬到这里来，埋了他们。你说你没作过错事，请你看看这俩坟！亡了国，你不单不以为耻，反倒兴高采烈。为了你的女儿出风头唱戏，白白的牺牲了小文夫妇。你还说没作过错事！至于桐芳，她有心肝，有胆量，有见识，你却拿她当作玩物，她恨日本人，也恨你们巴结日本人。若不是你们一家子寡廉鲜耻，她或者还不至于去冒险。她恨你们。你们欺侮她，玩弄她，你们看她只是个小猫小狗，或者还不如个小猫小狗。她恨你们，她恨不能喝你们的血，剥你们的皮！你以为你是她最亲近的人，但是事实上，你连一丝一毫也不了解她。你无聊，无耻，你的眼你的心永远在吃喝穿戴与升官发财上。你放纵你的老婆，你的女儿，教她们信意的胡为。你还没有作过错事！”老先生缓了一口气，把声音放高了些：“你给他们磕头！磕！他们未必知道你给他们行礼。即使知道，他们或者还不屑于接受。我教你给他们磕头，为是教你明白一点，你是罪人，卖国贼，无耻的混蛋！”

晓荷胡胡涂涂的磕了几个头。

“你看看我的腿！你教日本人把我打伤的！你敢说，你没作过错事，没有坏心眼？你再看看这个，”老人三下两下解开棉袄，露出一部分脊背来，“抬头，看！这每一块疤，每一条伤，都与你有关系！

它们永远在我的背上，每到变天的时候，它们会用疼痛告诉我不要忘了报仇！它们告诉我，仇人是日本人和你！和你！”老人三下两下的把棉袄穿好。“你知道你的罪过了吧？”

“知道了！知道了！只求饶命！”晓荷又磕了两个头。

“对我个人这点伤害还是小事。我要问你，你到底是中国人呢？还是日本人呢？这个事大！”

“中国人！我是中国人！”

“噢，你晓得你是中国人，那么为什么中国的城教日本人霸占了，你会那么高兴呢？为什么钻天觅缝的去巴结日本人，仿佛他们是你的亲爸爸呢？”

“我混蛋！”

“你不止是混蛋！你受过点教育，你有点聪明，你也五十来岁的了！一个无知的小娃子都晓得恨日本人，你偏不知道，故意的不知道。你是个没有骨头的汉奸！我可以原谅混蛋，而不能原谅你这样的汉奸！”

“我从此不敢了！”

“不敢了？我问你明白了没有？明白了一个人必须爱他的国家，恨他的仇敌没有？你应当明白，你没看见小崔无缘无故的被砍了头？没看见祁天佑跳了河？现在，你没有看见桐芳和小文夫妇都埋在了这里？日本人杀了咱们千千万万的人，也杀了桐芳。即使你不关心别人，还不关心她吗？日本人能杀桐芳，就也能杀你，你知道不知道？”

“知道！知道！”

“那么，你怎么办呢？”

“只要你放了我，我改过！”

“怎么改过呢？”

“我也恨日本人！”

“怎么恨日本人？”

晓荷回答不出。

“你说不出！你的心里没有是非，没有善恶；没有别人，只有你自己！你不懂什么是爱，哪是恨！告诉你，你要是还有点人心，你就会第一，去拦住你的老婆，别再教她任意胡为。她不听，杀了她！她比你的罪恶更大，杀了她，你可以赎去自己一点罪！你明白？”

晓荷没哼声。

“说话！”

“我怕她！”

钱先生笑了一下。“你没有骨头！”

“只要你放了我，我回家去劝劝她！”

“她要是不听呢？”

“我没办法！”

“你会不会跑出北平去，替国家作点事呢？”

“我不敢离开北平！我的胆子小！”

钱先生哈哈的笑起来。“论你的心术，罪恶，我应当杀了你！我杀你，和捻一个臭虫一样的容易！你记住这个！我随时随地都可以结果你的性命！论你的胆量，骨头，我又不屑于杀你！我不愿教你的血脏了我的手！你我是仇人，这永远解不开，除非你横一下心，像个人样儿似的，去作点对得起国家的事。起来！今天我放了你！明天，后天，我看你还不改过，我还会跟你算账！你听明白了？”

晓荷老老实实的立了起来。一起来，他就看了城墙一眼，他恨不能一伸胳臂就飞起去，飞到城墙那边。

“滚！”钱先生搡了他一把。

晓荷几乎跌倒，因为磕膝跪得有一点发麻。揉了揉磕膝，他屁滚尿流的往城里跑。钱先生看着晓荷的背影，叹了一口气。低头，他对着两个坟头儿说：“对不起你们，我的心还是太软！桐芳！文先生！若霞！你们安睡吧！有什么好消息，我必来告诉你们！”说完，他蹲下去，又给坟头上添了几块破瓦烂砖。

晓荷看见了城门洞，赶快把衣服上的尘土拍打了去。他复活了，看见了北平城，也找回来自己的体面的姿态。只向洋车夫一眨眼，便把车叫过来，坐上去。进了城，看见了大街，他是多么高兴啊！他忘了钱先生的话，连一句也不记得。他心中只盘算两件事：他后悔冒险出城找桐芳的尸身；第二，他起誓，从此不再独自出城。至于对钱先生，他还想不起什么办法，只好走着瞧。有朝一日，钱老头子落在他手里，他一定不能善罢甘休。在西四牌楼，他教车子停住，到干果店里买了两罐儿榅桲，一些焙杏仁儿。他须回家烫一壶竹叶青，清淡的用榅桲汤儿拌一点大白菜心，嚼几个杏仁，赶一赶寒。买完了这点东西，他又到洋货店选了两瓶日本制的化妆品，预备送给所长太太。从此，他不能再和太太闹气。好家伙，要不是跟她犯别扭，哪能有城外那一场？祸由自取，真他妈的！至于杀了太太，或劝告太太，简直是疯话，可笑的很！

含着笑，他回了家。

三十三

晓荷见了家门，好像快渴死的人见着了一口井。想一想城外的光景，再想一想屋中的温暖与安全，他几乎要喊出来："我回来喽！"这时候已是下午四点多钟，快压了山的太阳给他的里长办公处的木牌照上一点金红的光，像刚刚又上了一道油。他向木牌点了点头。在城外，他跪在坟前，任凭人家辱骂；在这里，他是家长，里长，他可以发号施令。他高兴，他轻轻的推开了门。

一迈门坎，他看见一堆东西，离他也就只有五尺远。嗯了一声，他看明白：那不是什么东西，而是个人；不是别人，而是他的大女儿高第！她倒剪着双臂，在墙根上窝着呢。

“怎么回事”他差一点失手，摔了那两罐儿榅桲。“怎么回事？”

高第扭了扭身子，抬起一点头来，弩着双睛，鼻中出了一点声音。她的嘴里堵着东西呢。

“见鬼！这是怎回事？”他一边说一边轻轻的放下手中的两个小罐儿。

高第的眼要弩出来。她又扭了扭身子，用力的点了点头。

晓荷掏出口中的东西。她长吸了一口气，而后干呕了好几下。

“怎回事？”

“快解开我的绳子！”她发着怒说。

晓荷挽了挽袖口，要表示自己的迅速麻利，而反倒更慢的，过去解绳扣。扣系得很紧，他又怕伤了自己的指甲，所以抓挠了半天，并无任何效果。

“拿刀子去！”高第急得要哭。

他身上有一把小刀。把刀掏出来，他慢慢的锯绳子。

“快着点！我的腕子快掉下来了！”

“别忙！别忙！我怕伤了你的肉！”他继续的锯绳子。高第一劲的替他用力，鼻子里哼哼的响。

好容易把绳子割断，晓荷吐了口气，擦了擦头上的汗。他的确出了汗。他是横草不动，竖草不拿的人，用一点力气就要出汗。

高第用左右手交互的揉着双腕，腕子已被绳子磨破，可是因为麻木，还不觉得疼。揉了半天手腕之后，她猛的往起立。她的腿也麻了，没立好就又坐下去，把头碰到了墙上。“搀着我！”

晓荷赶快搀起她来，慢慢的往院里走。

北屋的门开着呢。晓荷一眼便看到里面：桌凳歪着的歪着，倒着的倒着；瓷器摔了满地，花瓶和痰盂在一处躺着；很像刚经过一次地震。他放开高第，一跳，跳到屋里。他的最心爱的沙发上张着大嘴，像被刺刀给划破的。他的腿不能再动，他的嘴张着。这是他一二十年的心血所造成的堡垒，居然会变成了垃圾堆。他的泪整串的流下来。

高第扶着门框，活动她的腿：“我们遭了报！”

“什么？”晓荷问了一声。随着这么一出声，他的腿会活动了。他踩着地上的东西，跳进卧室去。床上，连他的绣花被子，与鸭绒的枕头都不见了。木器，和外间屋一样，都横七竖八的倒在地上。“这是怎回事？”他狂叫起来。

高第一瘸一点的蹭进来。“咱们遭了报！”

“说！说这是怎回事！什么遭报不遭报？我为什么遭报？我没作过伤天害理的事！”

“爸爸！”高第坐在倒在地上的一张小凳子上。“你陷害过钱伯伯；你任着妈妈的性儿教好人家的妇女变成妓女，敲诈妓女们的钱；你放纵招弟，教她随便玩弄男人，也教男人随便玩弄她；你任着妈妈的性儿欺侮桐芳；你一天到晚吃喝玩乐，交些个狐朋狗友，一点也不问那些钱是怎么来的！”

“我问你这是怎回事，没教你教训我！”晓荷跺着脚嚷。

“你最不该拿日本人当作宝贝，巴结他们，谄媚他们，好像他们并没杀咱们的人，抢咱们的土地！”

“你要把我急死！我问你，这——是——怎——回——事！”

“是，我这就告诉你！日本人干的！”

“什么？”他不肯相信自己的耳朵。

“日本人干的！”她重说了一遍，比第一遍更清楚。

他没法不再信任自己的耳朵。可是，他心里还疑惑不定。腿似乎立不住了，他蹲在了地上，用手捧着脸。“不能！”他心里说：“不能是日本人干的！从日本人那方面说，他们给他的太太带来官职，地位，金钱，势力。给招弟带来风头荣誉。从他自己这方面说，他对日本人可以说是仁至义尽：他租下来的房子，转租给日本人；他对日本小娃娃都要见面就打招呼；他对日本军人，老远的就鞠躬，而且度数是那么深；对于恨恶日本人的中国人，他要去报告；对日本人发起的游行与聚会，他永远热心的去参加；对日本人所发明的中国话，他首先放在自己的唇舌上；对日本官员，识与不识，他都去送礼……”想到这里，他出了声音：“不能！不能是日本人！我没有对不起日本人的地方！高第，你说真话！”

“我没说一句假话！”

“真有日本人进来把……”

“妈妈吃过午饭就办公去了。”高第的手腕开始疼痛，她可是忍着痛，一心想把父亲劝明白了。“招弟始终没有回来。家里只有我一个人。”

“仆人们呢？”

“他们呀，妈妈在家，他们是机器；妈妈一出去，他们便自己放了假！他们怕妈妈，而不喜爱她！”

“你似乎也不爱你的妈妈！”晓荷立起来，坐在了床上。

“她的行为，心术，教我没法爱她！”高第把凳子拉近了他一点。

“好吧，先甭提你爱她不爱吧；说，这是怎回事！”

“也就有两点半钟吧，一共来了十个人。其中有两个日本人。一进门，他们一声不出，就搬东西。”

“搬东西？”

“你看哪！妈妈的箱子哪儿去了？”高第指了指平日放箱子的地方。

晓荷往那里看了一眼，空的。不单箱子，连箱子上装首饰的盒子也不见了。他的手颤起来。

“这屋里的，桐芳，和我与招弟屋里的，箱子匣子，一律搬净！我急了，过去质问他们。他们把我用绳子捆上。我要喊叫，他们堵上了我的嘴。我只能瞪着眼看他们往外搬运，他们必是有一部卡车，在胡同口上停着呢。出来进去搬东西的都是中国人，那两个日本人大概只管挑选，不管搬运。有时候，院里只剩下我自己和他们两个！我打好了主意，只要他们俩敢过来强行无礼，我就一头碰死墙上！我决定碰死，一方面是要保全我的清白，一方面也是为妈妈赎一点罪——她害了那么多的女人，她的女儿应当死！可是，他们没来找我，或者也许太注意抢东西了。搬得差不多了，他们找到了酒。我开始往外滚。我知道，他们喝了酒必不肯放过我去。我滚到了门坎那里，没有了办法。无论如何使劲，我没法越过门坎去。他们喝完了酒，开始摔东西。我听得见各屋里砰砰的响。摔完了东西，他们出来，把我由门坎里提到墙根去。他们走了，把街门关好。我们遭了报。我们巴结，逢迎，谄媚他们，为了得一点钱。现在，我们赔了老本，连衣服和被子都丢光了！”

晓荷听完，半天没有出声。愣了好大一会儿之后，他低声的问：“高第，你准知道那两个是真日本人呢？你怎么知道他们不是假扮的呢？”

高第压不住了怒气：“是！他们是假扮的！日本人都是你的亲戚朋友，绝不会来伤害你！”

“别生气！别生气！我想，凭我与日本人的关系，他们不至于这么不客气！”

“他们一定对你很客气，要不然怎么来侵占了你的城抢去你的地，盗去你的国家呢？”

“别生气！生气办不了事！我有办法！你先好歹的收拾收拾屋子，我找你妈去。只要她一见日本的要人，咱们必能把东西都找回来！你收拾一下，等仆人们回来，教他们帮助你。”

“他们都不会回来！”

“怎么？”

“日本人走后，他们回来过了。拿了他们自己的东西，也顺手拿了咱们一些东西，又都走啦。”

“都是混蛋！”

“没有人看得起我们的生活，他们并不混蛋！”

“别说了！我找你妈去！”

晓荷还没走出屋门，招弟跑进来。“爸爸！爸爸！”她慌慌张张的，几乎被地上的东西绊倒。

“怎么啦？又是什么事？”

"妈，妈教人家拿了去啦！"招弟说完，一下子坐在了地上。

"你妈——"晓荷说不上话来了。

"我找她去要点钱，正赶上，她教人家给绑了出来！"

"绑——"晓荷的泪整串的流下来。"咱们完了！完了！我作了什么错事？教我受这样的报应呢？家产完了，你妈妈再有个好歹，剩下咱们三个怎么活着呢？"

父女三个全都闭上了嘴。

愣了半天，招弟立起来，说："爸爸！去救妈妈呀！妈妈一完，咱们全完，我简直的不敢想：好吗，真要是没漂亮的衣服，头发一个月不烫一次，我怎么活下去呢？"

晓荷的想法和招弟的一样。他知道没有了所长太太，便没了一切。他须赶快去营救她。可是，他胆子小，他怕，怕出去一奔走，把自己也饶在了里面。他是大赤包的丈夫，大赤包要是真犯了罪，日本人也许不会不想到了他。他不住的搓手，想不出任何主意。

"走！"招弟挺着小胸脯，说："走！我跟你去！"

"上哪儿呢？"晓荷低着头问。

"找日本人去！"

"找哪个日本人去？"晓荷的心中像刀刺着的那么疼。平日，他以为所有的日本人都是他的朋友；今天，他才看清，他连一个日本人也不认识！

招弟偏倾着头，想了一会。"有啦！咱们先到一号去看看那个老太婆吧！有用没用的，反正她是日本人！"

晓荷的脸上立刻好看了许多。"对的！"他心里说："反正她是日本人，任何一个日本人也比中国人强！""可是，"他问招弟："咱们不带点礼物去吗？空着手，怎好意思去呢？"

高第冷笑了一声。

"你笑什么？"招弟美丽的眼睛里带着微怒。"平日，你什么都不管！现在，妈妈教人家抓了去，你还看哈哈笑！你愿意妈妈死在狱里，好教咱们也都饿死，是不是？”

高第也立起来。“你们只看见了妈妈，可是没有看见妈妈的罪恶！我决不能盼望她死，她是我的母亲！我可是也决不能因为她是我的妈妈，就说她的行为都对！我们哪，据我想，得先认清了妈妈罪有应得，然后我们大家都改过自新，为咱们自己，和妈妈，赎点罪！妈妈能出来呢，更好；不能呢，咱们也不至于因为她的罪过就一齐饿死！我没有多少本事，可是我愿意去找个小事情，清清白白的挣一碗饭吃。爸爸也不是废物，只要他不一定想去作官，他也会找到个小事作作。凭本事挣饭吃，总比教人家的妇女作暗娼体面的多！我们肯改过，不见得就赎了罪；我们不肯改过，我们就必定死。”

“嗯——”招弟撇着嘴说：“我反正不会作事！我只知道要我的妈妈！”

“招弟！”晓荷亲热的叫。“你说的对！就凭咱们，作点小事，混饭吃，那教人耻笑！把咱们的绸缎衣服换成粗布的，把咱们的酒饭换上粗饽饽辣饼子，咱们还见人不见了呢？”他转向大女儿：“高第，你一向就别扭，到如今大祸临头还是这么别扭！好啦，你看家，我和招弟出去，这总行了吧？”

高第还想说话，可是只叹了一口气。

招弟开始抹口红，和往脸上加香粉。整妆完毕，她拉着晓荷走出去。刚到一号门口，晓荷必恭必敬的把脚并齐，预备门一开便深深的鞠躬。招弟叩门。

老太婆来开门。刚一看清楚门外的人，她把门又关上了。

冠家父女愣住了。

“事情严重了！严重！”晓荷告诉招弟。“你看，你妈妈刚刚出了事，立竿见影，人家马上不搭理咱们了！这，这怎么办呢？”

招弟挂了火：“爸爸你回家，我跑一跑去！我有朋友！我必能把妈妈救出来！”说完，她跑出胡同去。

晓荷独自回了家。他的心中极乱。他不会反省，而只管眼前。

眼前，又恰好是一片盆儿朝天碗儿朝地的景象。他不肯下手去整理它们，不整理吧，又没地方坐一坐，放一放脚。他急得老想落泪。

更迫切的是天已黑上来，他的腹中已开始咕噜咕噜的响，而没人给他作饭。他到厨房看看，火已经灭了。他叹了一口气。这已不像个家，虽然他的确是在家里！家，可是没有一点火亮，一口开水，更不要提香片茶与酒饭了。

高第正收拾屋子。她的作事的方法显着很笨，可是她的确愿意作，高兴作。在家里，她一向受大家的冷淡，对什么事她都没有发言权，不能插手帮忙。今天，她仿佛变成了主人，不必问谁，不必看谁的眼色，而只凭着自己的心意与判断，愿意怎么作就去怎么作。她不是不知道家庭前途的暗淡，可是她也觉得只有暗淡与困苦才能改变一切；假使能慢慢的变好，那就先吃一点苦头也值得。她也知道自己没有多大的本事，假若妈妈真的一去不回头，她是否能养活着自己与爸爸，颇成问题。但是，她决定不教那个问题给吓倒。她须努力，挣扎，奋斗；她想，只要自己有用武之地，她一定不会走到绝路。她的短鼻子上出了汗，眼中发着光，一种准知道事情不妙而毫不惧怕的光。听见爸爸回来，她作得更起劲了。她要教爸爸看一看，她是沉得住气，能作事的人。

晓荷看着女儿操作，心中非常的难过，不是为心疼女儿，而是为他的女儿居然亲自动手收拾屋子，实在有失体统。扫地擦桌子，在他想，是仆人的事，与“小姐”理应永远不发生关系。他故意的轻咳，暗示给她：可以休息一会吧？高第没有接受他的暗示。最后，他说了话：“高第！晚饭怎么办呢？”

高第还继续的工作，只回答了声：“你去买几个烧饼，我把火生上，烧点开水，对付对付吧！”

晓荷不能出去买烧饼，那太丢人！他可是没敢出声。他开始看见了真的困苦。他的眼前是黑暗与最大的耻辱——得自己去买烧饼！他轻轻的走出去，在院子里来回的转。这是他自己的院子，可是他丢失了安全与舒适。走了一会儿，他感到寒冷，肚子也越来越饿。他想出去买烧饼——肚子是不大管脸面与耻辱的。几次，他走到街门，又折了回来。不，他宁可挨一夜的饥饿，也不能丧失自己的体面！好吗，今天他要是肯打破了自己的脸去买烧饼，明天他大概就甘心作个“无耻之徒”了！

他又进到屋中。

“爸爸，你不是饿了吗？怎么不去买烧饼呢？”高第问。

晓荷不肯开腔。他觉得高第绝不会了解他，所以用不着多费话。他似乎是要用沉默充饥。但是，不行，沉默到底不能代替烧饼！他忘了大赤包，忘了一切，只觉得他马上有饿死的危险。他向来没挨过饿。平日，只要胃中稍微有点空儿，他必赶紧把它填满；他以为能多吃而不闹胃病是他的一种天才与福气。现在，晚饭毫无消息！他发了慌！“吃”是中国文化里的，也就是他的，主要的成分与最高的造诣。饿一顿便等于人生与文化的灭亡！他没法不着急。他巴结，谄媚日本人，不是为得到好吃好喝么？哼，现在居然落了个前功尽弃！他悲观，他觉得自己的一只脚已临在地狱里。

“高第！”他凄声惨气的叫，“高第！”

“干什么？”高第问。

“啊——”他揉着胸口说：“没事！没事！”他把话收了回去。他不肯说“饿”。那是个可耻的字。

“饿了吧？好，我买烧饼去，就手儿捎一壶开水来省得再生火！”高第拍了拍身上的灰土，要往外走。

“你——”晓荷要阻拦她。他的女儿去买烧饼，打开水，与他自己去，是一样的丢人！可是，烧饼到底是可以充饥的东西，他又不便过度的和肚子闹别扭。在以吃为最主要的成分的文化里，人是要有“理想”，而同时又须顾及实际的。

高第跑出去。

剩下他自己，他觉得凄凉黯淡。他很想悬梁自尽，假若不是可能在五分钟内就吃上烧饼的话。

高第买回了烧饼来。晓荷含着泪吃了三个。

吃完。他马上想起睡的问题来——没有被子！他不敢向高第要主意，高第不了解他。他又没法不向她要主意，他自己想不出办法。他的文化使他生下来便包在绣花被子里，凡事都由别人给他预备得妥妥当当的，用不着他费心费力。赶到长大成人，他唯一的才智便是怎么去役使别人，利用别人，把别人用血汗作成的东西供他享受。

“爸爸！盖上我的褥子和大衣，先睡吧！我等着招弟！”高弟把自己的褥子取过来。

晓荷躺在了床上。他以为一定睡不着。可是，过了一会儿，他打开了呼。

第三部

饥荒

一

恰巧丁约翰在家。要不然，冠晓荷和高第就得在大槐树下面过夜。

晓荷，盖着一床褥子与高第的大衣，正睡得香甜，日本人又回来了。

“醒醒，爸！他们又来了！”高第低声的叫。

“谁？”晓荷困眼蒙胧的问。

“日本人！”

晓荷一下子跳下床来，赶紧披上大衣。“好！好得很！”他一点也不困了。日本人来到，他见到了光明。他忙着用手指拢了拢头发，抠了抠眼角；然后，似笑非笑，而比笑与非笑都更好看的，迎着日本人走。他以为凭这点体面与客气，只需三言五语便能把日本人说服，而拿回他的一切东西来。他深信只有日本人是天底下最讲情理的，而且是最喜欢他的。

见到他们，（三个：一个便衣，两个宪兵）晓荷把脸上的笑意一直运送到脚趾头尖上，全身像刚发青的春柳似的，柔媚的给他们鞠躬。

便衣指了指门。晓荷笑着想了想。没能想明白，他过去看了看门，以为屋门必有什么缺欠，惹起日本人的不满。看不出门上有什么不对，他立在那里不住的眨巴眼；眼皮一动便增多一点笑意，像刚睡醒就发笑的乖娃娃似的。

便衣看他不动，向宪兵们一努嘴。一边一个，两个宪兵夹住他，往外拖。他依然很乖，脚不着地的随着他们往外飘动。到了街门，他们把他扔出去；他的笑脸碰在地上。

高第早已跑了出来，背倚影壁立着呢。

慢慢的爬起来，他看见了女儿：“怎回事？怎么啦？高第！”

“抄家！连一张床也拿不出来了！”高第想哭，可是硬把泪截住。“想办法！想办法！咱们上哪儿去！”

晓荷不再笑，可也没特别的着急：“不会！不会！东洋人对咱们不能那么狠心！”

“日本人是你什么？会不狠心！”高第搓着手问。假若不是几千年的礼教控制着她，她真想打他几个嘴巴！

“等一等，等着瞧！等他们出来，咱们再进去！我没得罪过东洋人，他们不会对我无情无理！”

高第躲开了他，去立在槐树下面。

晓荷必恭必敬的朝家门立着。等了半个多钟头，日本人从里面走出来。便衣拿着手电筒，宪兵借着那点光亮，给街门上贴了封条。

晓荷的心仿佛停止了跳动。可是，像最有经验的演员，能抱着病把戏演到完场，他还向三个人的背影深深的鞠了躬。鞠完躬，他似乎已筋疲力尽，一下子坐在台阶上，手捧着脸哭起来。他的历史，文化，财产，享受，哲学，虚伪，办法，好像忽然都走到尽头。

高第轻轻的走过来：“想办法！哭有什么用？”

“我完啦！完啦！”他说不下去了，因为心中太难受。用力横了一下心，才又找到他的声音：“我去报告，报告！”他猛的立起来。“那三个必不是真正东洋人，冒充！冒充！真东洋人决不会办这样的事！我去报告！”

“你混蛋！”高第向来没有辱骂过父亲，现在她实在控制不住自己了。“日本人抄了你的家，你怎么还念叨他们呢？难道这个封条能是假的？要是假的，你把它撕下来！”她的喉中噎了一下，说不上话来。用力嗽了几下，她才又说：“上哪儿去？不能在这儿冻一夜！”

晓荷想不出主意。因人成事的人禁不住狂风暴雨。

高第去叫祁家的门。

祁家的大小，因天寒，没有煤，都已睡下。韵梅听见拍门，不由的打了个冷战。瑞宣也听见了，马上要往起爬。“不是又拿人呀？”韵梅拦住了他，而自己披衣下了床。她轻轻的往外走；走到街门，她想从门缝先往外看看。可是，天黑，她看不见任何东西；大着胆，她低声问了声：“谁？”

“我，高第，开开门！”高第的声音也不大，可是十分的急切。

韵梅开了门。高第没等门开利落便挤了进来，猛的抓住韵梅的手：“祁大嫂，我们遭了报！抄了家！”

韵梅与高第一齐哆嗦起来。

瑞宣不放心，披着大衣赶了出来。“怎回事？怎回事？”他本想镇定，可是不由的有点慌张。

“大哥！抄了家！给我们想想办法！”高第的截堵住许久的泪落了下来。

瑞宣又问了几句，把事情大致的搞清楚。他愿意帮忙高第，他晓得她是好人。可是，为帮忙她，也就得帮忙冠晓荷；他迟疑起来。他的善心，不管有多么大，也不高兴援助出卖钱默吟的，无耻的冠晓荷。

韵梅不高兴给冠家作什么，不是出于狠心，而是怕受连累。在这年月，她晓得，小心谨慎是最要紧的事。

高第看出瑞宣夫妇的迟疑，话中加多了央告的成分：“大哥！大嫂！帮我个忙，不用管别人！冬寒时冷的，真教我在槐树底下冻一夜吗？”

瑞宣的心软起来，开始忘了晓荷，而想怎么教高第有个去处。“大小姐，小文的房子不是还空着吗？问问丁约翰去！”

韵梅也忘了小心谨慎。“你自己去一趟，他看得起你，不至于碰了钉子！好吗，真要在树底下蹲一夜，还了得！”

约翰恰巧在家。这整个的院子是由他包租的，他给了瑞宣个面子。“可是，屋子里什么也没有啊！”

“先对付一夜再说吧！”瑞宣说。

韵梅给高第找来一条破被子。

大家都没理会晓荷，除了丁约翰给了他两句：“日本人跟英国人不同，你老没弄清楚。日本人翻脸不认人，英国人老是一个劲儿。不信，你问问祁先生！”

晓荷没敢还言。可是，也并没感激瑞宣与约翰，因为他只懂得人与人之间的互相利用，而不懂得什么叫善心与友情。他以为他们的帮忙是一种投资：虽然他今天丢失了一切，可是必能重整旗鼓，(只要东洋人老不离开北平!)再跳动起来，所以他们才肯巴结他。再说，大赤包不久，在他想，必会出狱；只要她一出来，她便能向东洋人索回一切。

坐着约翰给拿来的小板凳，腿上盖着祁家的破被子，晓荷感到寒冷，痛苦，可是心中还没完全失望。每一想到大赤包，他就减少一点悲观，也就不由得说出来：“高第，不用发愁！只要你妈妈一出来，什么都好办！”

“你怎么知道她可以出来？”高第没有好气的问。

“你还能咒她永远不出来？”

“我不能咒她，可是我也知道她都作了什么事！”

“什么事？难道她给我们挣来金钱，势力，酒饭，热闹，都不对吗？”

高第不愿再跟他费话。

第二天，全胡同的人都看见了冠家大门上的封条，也就都感到高兴。大家都明白日本人的狠毒——放任汉奸作恶，而后假充好人把汉奸收拾了；不但拿去他们刮来的地皮，而且没收了他们原有的财产。虽然如此，大家，看见那封条，还是高兴；只要他们不再看见冠家的人，他们便情愿烧一股高香！

他们没想到，晓荷会搬到六号院子去。不过，这点失望并没发展成仇视与报复；他们都是中国人，谁也不好意思去打落水狗。他们都不约而同的不再向晓荷打招呼——这点冷酷的冷淡，在他们想，也满够冠晓荷受的了！

可是瑞丰是个例外。他看，这是和冠家恢复友好的好机会。他必须去跟晓荷聊天扯淡。而且，假若乘冠家正倒霉的时节去献殷勤，说不定可以把高第弄到手。尽管高第不及招弟貌美，可是有个老婆总比打光棍儿强。这是他的机会，万不可失的机会。

“干什么去？老二！”瑞宣吃过早饭，见瑞丰匆匆忙忙的往外走，这样问。

“看看冠先生去。”老二颇高兴的回答。

“干吗？”

“干吗？嘁！大哥你不是还帮忙给他找住处吗？”

瑞宣在昨天夜里，就迟疑不定，是否应当帮这点忙。他最怕因善心而招出误解——像老二的这种误解。这种误解至少会使他得到不明是非，不辨善恶的罪名。听到老二的话，他的脸马上变了颜色。几乎是怒叱着，他告诉老二：“我不准你去！”

“怎么？”老二也不带好气的问。

“不怎么！我不准你去！”瑞宣不愿解释什么，只这样怒气冲冲的喊。

天佑太太明白老大的心意——他的善心是有分寸的，虽然帮了冠家一点忙，而仍不愿与晓荷为友。她说了话：“听你哥哥的话，老二！”

瑞丰非常的不高兴。扬着小干脸说：“好，好，我不去了还不行吗？哼！这儿没有一丁点自由，我知道！”说完，他气哼哼的走进屋里去。

瑞宣真愿意大吵大闹一顿，好出出心中的恶气，可是看了看妈妈，他把话都封锁在心里。匆忙的戴上帽子，他走了出去。

刚一出门，他遇上了冠晓荷！

晓荷向来不这么早起来；今天，因为屋中冷得要命，他只好早早的出来活动活动半僵了的腿。小羊圈的人们多数是起床很早的，他遇见了好几位邻居。他不知道怎么办好：对他们递个和气吗，未免有失身份；虽然他目下的时运不太好，可是冠晓荷到底是冠晓荷，死了的骆驼总比驴大！要是不招呼他们吧，似乎又有点别扭；他觉得自己现在是“公子落难”，理应受到大家的体贴与安慰；大家一定很爱听一听他的遭遇，而他有对他们讲一讲的责任。

可是大家谁也没招呼他。他们只看他一眼，而后把眼移到那张封条上去，而后淡然的走过去，好像他与封条是属于同一类的东西。这使他非常的难堪，而感到一个人必须有房产，有金钱，有势力，有日本人作靠山，有像大赤包那样的太太！没有这些，你便是丧家之犬，大家不单不招呼你，高了兴还许踢你两脚呢！想到这里，他动了气。他很想跑到日本宪兵营去，报告全胡同的人都“反动”，一下子把他们全送进监狱里去！

一眼看到瑞宣，他以为得到了发发牢骚的机会。平日，他总以为瑞宣高傲，冷酷，不和群儿；现在，他看瑞宣是比全胡同的男女老少都更精明，因为瑞宣看出来死骆驼比驴大的意思。

“瑞宣！”晓荷叫得亲切而凄凉：“瑞宣！”他的脸上挂着三分笑意，七分忧惨，很巧妙的表示出既不完全悲观，而又颇可怜来。

瑞宣连点头也没有点，昂然的走开。一边走，一边他恨自己：为什么自己会把不打落水狗的道理应用到冠晓荷的身上呢？晓荷不止是狗，而是疯狗；疯狗落了水，谁都有责任给它几砖头，把它打下去，打下去！

晓荷倒没怎么难过，他原谅了瑞宣：“这并不是瑞宣敢对我摆架子，而是英国府的关系！”正在这么自言自语的，高第半掩着门叫他：“你进来，爸！”

进到屋中，晓荷看了看四角皆空的屋子，又看了看没有梳妆洗脸的女儿，他干咽了几口。

“爸！你有主意没有？”高第干脆的问。

“啊——”他想了一想：“咱们银行里还有钱！看，”他由怀里掏出支票本子来，“我老把这个宝贝本子揣在怀里！哪时用钱，哪时刷刷的一写，方便！你妈妈的那本，我可不知道放在哪儿了！”

“日本人抄了咱们的家，还给咱们留下钱？倒想得如意！”

“怎么？怎么？钱也抄了去？”晓荷着了急。“不能！不能！”

“你不记得李空山的事？”

“嗯——”他答不出话来，头上忽然出了汗。

“不要再作梦！”

“我走，到银行看看去！”

“爸，你听着！我手里还有一点点钱。我去托李四爷先给咱们买两张破床，跟一些零碎东西。我呢，赶紧出去找事。找到了事，我养活你！可有一样，不准你再提日本人，再想帮助日本人；是这样，我马上出去找事；不是这样，我走！”

“上哪儿？”

“哪儿不可以去？”

“你看你妈妈出不来了？”

“不知道！”

“你去找什么事？”

“能干的就干！”

“我先上银行去，咱们回头再商量好不好！”

“也好！”

晓荷没雇车，居然也走到了银行。银行拒绝兑他的支票。

他生平第一次，走得这么快，几乎是小跑着，跑回家来。

“怎样？”高第问。

他说不出话来。他仿佛已经死了一大半。他一个钱也没有了——而且是被日本人抢了去！

好久好久，他才张开口：“高第，咱们赶紧去救你妈妈，没有第二句话！她出来，咱们还有办法；不然……”

“她要真出不来呢？”

“托人，运动，没有不成功的！”

“又去托蓝东阳，胖菊子？”

晓荷的眼瞪圆。“不要管我！我有我的办法！”

高第没再说什么。她找到李四爷，托他给买些破旧的东西。然后，她自己到街上买了一个小瓦盆，一把沙壶，并且打了一壶开水，买了几个烧饼。

吃过了烧饼，喝了口开水，晓荷到处去找他的狐朋狗友。这些朋友，有的根本拒绝见他，有的只对他扯几句淡。

连着十几天，他连大赤包的下落也没打听出来。他可是还不死心。他以为自己虽然不行，招弟可一定有些办法。她在哪儿呢？他开始到处打听招弟的下落。招弟仿佛像一块石头沉入了大海。

晓荷没有了办法，只好答应高第：“你找事去好啦！”

又过了几天，大赤包与招弟还是全无消息，他故意想讨高第的喜欢：“要这样下去呀，我想我得走，上重庆！”

“好！我跟你走！”

晓荷吓了一大跳，赶紧改嘴：“可千万别到处这么乱说去呀！好家伙，走不成，先掉了脑袋！我看哪，我还是修道去好！白云观哪，碧云寺哪，我那么一住，天天吃点罗汉斋，烧烧香，念念经，倒满好的！”

高第决定不再跟他多费话。她看明白，他已无可救药了；至死，他也还是这么无聊！她很想一横心，独自逃出北平去。但是她又不忍。没有她，她想，他必会闹到有那么一天，连一条狗都不会向他摇摇尾巴。到他走投无路的时候，他还会找日本人去；日本人给他一个烧饼，他便肯安心的作汉奸！不，她不能走！她须养着他，看着他，当作一个只会吃饭的废物那么养着他；废物总比汉奸好一点！

二

大赤包下狱。

她以为这一定，一定，是个什么误会。

凭她，一位女光棍，而且是给日本人作事的女光棍，绝对不会下狱。误会，除了误会，她想不出任何别的解释。

“误会，那就好办！”她告诉自己。只要一见到日本人，凭她的口才，气派，精明，和过去的劳绩，三言两语她就会把事情撕捋[①]清楚，而后大摇大摆的回家去。“哼！”她的脑子翻了个斤斗，“说不定，也许因为这点小误会与委屈，日本人还再给她加升一级呢！这不过是月令中的一点小磕绊[②]，算不了什么！”

可是三天，五天，甚至于十天，都过去了，她并没有看见一个日本人。一天两次，只有一个中国人扔给她一块黑饼子，和一点凉水。她问这个人许多问题，他好像是哑巴，一语不发。她没法换一换衣裳，没地方去洗澡，甚至于摸不着一点水洗洗手。不久，她闻见了自己身上的臭味儿。她着了慌。她开始怀疑这到底是不是个误会！

她切盼有个亲人来看看她。只要，在她想，有个人来，她便会把一切计划说明白，传出去，而后不久她便可以恢复自由。可是，一个人影儿也没来过，仿佛是大家全忘记了她，要不然就是谁也不晓得她被囚在何处。假若是前者，她不由的咬上了牙：啊哈——！大家平日吃着我，喝着我，到我有了困难，连来看我一眼都不肯，一群狗娘养的！假若是后者——没人知道她囚在哪里——那可就严

① 撕捋，理清头绪，排解纷难。

② 月令中的一点小磕绊，经常碰到的小挫折。

重了，她出了凉汗！

她盘算，昼夜的盘算：中国人方面应当去运动谁，日本人方面应该走哪个门路，连对哪个人应当说什么话，送什么礼物，都盘算得有条有理。盘算完一阵，她的眼发了亮；是的，只要有个人进来，把她的话带出去，照计而行，准保成功。是的，她虽然在进狱的时候有点狼狈，可是在出狱的时候必要风风光光的，她须大红大紫的打扮起来，回到家要摆宴为自己压惊。

她特别盼望招弟能来。招弟漂亮，有人缘儿，到处一奔走，必能旗开得胜。可是，谁也没来！她的眼前变成一片乌黑。“难道我英雄了一世，就这么完了吗？”她问自己，问墙壁，问幻想中的过往神灵。白问，丝毫没有用处。她的自信开始动摇，她想到了死！

不，不，不，她不会死！她还没被审问过，怎会就定案，就会死？绝对不会！再说，她也没犯死罪呀！难道她包庇暗娼，和敲妓女们的一点钱，就是死罪？笑话！哪个作官的不搂钱呢？不为搂钱，还不作官呢，真！

她想起来：自己的脾气太暴，太急，所以就这么快的想到了死！忍着点，忍着点，她劝慰自己，只要一过堂，见到日本法官，几句话她便能解释清楚一切，而后安然无事的回家。这么一想，她得到暂时的安慰与镇定。她整一整襟，拍拍头发，耐心的等着过堂受审；什么话呢，光棍还能怕吃官司？她抿着嘴笑起来。

一天天的过去了，没有人来传她过堂。她的脸上似乎只剩了雀斑与松皮，而没了肉。她的飞机头，又干，又乱，像拧在一处的乱麻，里边长了又黑又胖的虱子。她的眼睛像两个小火山口儿，四圈儿都是红的。两手老在抓挠，抓完了一阵，看看手，她发现指甲上有一堆儿灰白的鳞片，有时候还有一些血。她的脚踵已冻成像紫里蒿青的两个芥菜疙疸。她不能再忍。抓住狱房的铁栏杆，她拼命的摇晃，像一个发了狂的大母猩猩。她想出去，去看看北海，中山公园，东安市场，和别的地方。她想喝丁约翰由英国府拿来的洋酒，想吃一顿由冠晓荷监造的饭食。至少，她要得到一点热水，烫一烫她的冻疮！

把手摇酸，铁栏杆依然挡着她的去路。她只好狂叫。也没用。慢慢的，她坐下，把下巴顶在胸上，听着自己咬牙。

除了日本人，她怀恨一切她所认识的老幼男女。她以为她的下狱一定和日本人无关，而必是由于她的亲友，因为嫉妒她，给她在日本人面前说了坏话。咬过半天牙以后，她用手托住脑门，怀着怒祷告："东洋爸爸们，不要听那些坏蛋们的乱造谣言！你们来看看我，问问我，我冤枉，我是你们的忠臣！"

这样祷告过一番，她稍微感到一些安恬。她相信她的忠诚必能像孝子节妇那样感动天地的感动了东洋爸爸们，很快的他们会询问她，释放她。她昏昏的睡去。

并没有十分睡熟，只是那么似睡非睡的昏迷：一会儿她看见自己，带着招弟，在北海溜冰大会上，给日本人鞠躬；一会儿她是在什么日本人召集的大会上，向日本人献花；一会儿她是数着妓女们献给她的钞票。这些好梦使她得到些甜美的昏迷，像吃了一口鸦片烟那样。她觉得自己是在往上飞腾，带着她的臭味，虱子，与冻疮，而气派依然像西太后似的，往起飞，一位肉体升天的女光棍！

忽然的一股冷气使她全身收缩，很快的往下降落，像一块脏臭的泥巴，落在地上。她睁开了眼，四围只有黑暗，污浊，恶味，冷气，包围着她，一个囚犯。她不由的又狂叫起来。怒火燃烧着她的心，她的喉咙，她的全身。她忘记了冷，解开衣上的纽扣，露出那松而长的双乳，教墙壁看："你看，你看，我是女的，女光棍！为什么把我圈在这里？放我出去！"她要哭，可是哈哈的狂笑起来。三把两把的把衣服脱掉，歪着头，斜着眼，扭着腰，她来回的走。"你看，看！"她命令着墙壁："看我像妓女不像？妓女，窑子，干女儿，钞票，哈哈！"

由栏杆的隙缝中，扔进来一块黑的饼子和一小铁筒水。她赤着身，抓住铁栏杆，喊："嗨！就他妈的这么对待我吗？连所长都不叫一声？我是所长，冠所长！"而后，像条疯狗似的，爬在地上，喝了那点水。舔着嘴唇，她拾起那块黑饼，闻了闻，用力摔在墙上。

在她这样一半像人，一半像走兽，又像西太后，又像母夜叉，在狱中忽啼忽笑的时节，有多少多少封无名信，投递到日本人手里控告她。程长顺的那个状子居然也引起了日本人的注意。同时，颇有几位女的，因想拿大赤包的地位，不惜有枝添叶的攻击她，甚至于把她的罪状在报纸上宣布出来，把她造成的暗娼都作了统计表揭露在报纸上。

冬天过去了。春把北平的冰都慢慢的化开，小溪小湖像刚刚睡醒，一睁眼便看见了一点绿色。小院的墙角有了发青的小草，猫儿在墙头屋脊上叫着春。

大赤包的小屋里可没有绿草与香花。她只看见了火光，红的热辣辣的火光，由她的心中烧到她的口，她的眼，她的解了冻的脚踵。她自己是红的，小屋中也到处是红的。她热，她暴躁，她狂喊。她的声音里带着火苗，烧焦了她的喉舌。她用力喊，可是已没有了声音；嗓子被烧哑。她只能哼吃哼吃的出气，像要断气的母猪。

她把已长满了虱子的衣服，一条条的扯碎。没有可撕拉的了，她开始扯自己的头发，那不知曾经费过多少时间与金钱烫卷的头发。她握着拳头打尤桐芳，可是打在墙上，手上出了血。她扯着自己的头发叫骂："臭娘们，撕碎你！"她撕扯，撕扯，已分不清撕扯的是臭娘们，还是她自己。虽然没有了声音，她却依然喊叫。她喊叫汽车夫，怒叱着男女仆人与小崔，高叫着"皇军胜利！"虽然只有她自己知道她喊叫的是什么，可是她以为全世界都听见了她。疲乏了，停止喊叫，她却还嘟囔着：打！打！打！她的脑中一会儿出现了一群妓女，一会儿出现了几个亲友；打，打，打，她把那些影子都一一的打倒，堆在一块，像一座人山，她站在山巅上；她是女英雄，女光棍，所长！

慢慢的，她忘了自己。一会儿她变成招弟，打扮得花枝招展的，拉着一个漂亮的男子，在公园调情散步；一会儿她变成个妓女，疯狂的享受着爱的游戏。忽然的，她立起来，像公鸡搔土似的，四处搜寻，把身子，头，手脚，碰在门上，墙上。“我的钞票呢？钞票呢？谁把我的钱藏起来？谁？藏在哪儿？”碰得浑身是血，她立定了不动。歪着头，她用心的听着，而后媚笑：“来了！来了！你们传冠所长过堂吧？”

可是，连个人影也没有。她的怒火从新由心中燃起，烧穿了屋顶，一直烧到天空，半空中有红光结成的两个极亮的大字：所长！

看着那两个大的红字，她感到安慰与自傲，慢慢的坐下去。用手把自己的粪捧起来，揉成一个小饼，作为粉扑，她轻轻的，柔媚的，拍她的脸：“打扮起来，打扮起来！”而后，拾起几条布条，系在头发上：“怪年轻呀，所长! ”

她已不辨白天与黑夜，不晓得时间。她的梦与现实已没有了界线。她哭，笑，打，骂，毫无冲突的可以同时并举。她是一团怒火，她的世界在火光中旋舞。

最后，她看见了晓荷，招弟，高亦陀，桐芳，小崔，还有无数的日本人，来接她。她穿起大红的呢子春大衣，金的高跟鞋，戴上插着野鸡毛的帽子，大摇大摆的走出去。日本人的军乐队奏起欢迎曲。招弟献给她一个鲜花篮。一群“干女儿”都必恭必敬的向她敬礼，每人都递上来一卷钞票。她，像西太后似的，微微含笑，上了汽车：“开北海，”她下了命令！

汽车开了，开入一片黑暗。她永远没再看见北海。

当大赤包在狱里的时候，运动妓女检查所所长这个地位最力的是她的“门徒”，胖菊子。

蓝东阳有了丰富的诗料。他无所不尽其极的嘲弄，笑骂，攻击大赤包，而每一段这样的嘲骂都分行写下来，寄到报馆去，在文艺栏里登载出来。读着自己的诗，他的脸上的筋肉全体动员，激烈的扯动着，像抽羊痫疯。

胖菊子决定把自己由门徒提升为大师。她开始大胆地创造自己的衣服鞋帽，完全运用自己的天才，不再模仿大赤包。她更胖了，可是偏偏把衣服作得又紧又瘦，于是她的肥肉都好像要由衣服里钻了出来。蓝东阳很喜爱她的新装束，而且作了他自认为最得意的一首诗：

从衣裳外面，我看到你的肉；
肉感的一大堆灌肠！

她不喜爱他，更不喜爱他的诗。可是，她的胖脸上，为他，画出几根笑纹来。她必须敷衍他，好能得到他的协助，而把“所长”弄到她的胖手里。一旦她作了所长，她盘算，她就有了自己的收入，地位，权柄，和——自由！到那时候，她可以拒绝他的臭嘴，绿脸，和一块大排骨似的身体。他若是反抗，她满可以和他翻脸。当初，她跟从了他，是为了他的地位；现在，假若她有了自己的地位，她可以毫不留情的一脚踹开他。

穿着她的紧贴身的衣裳，她终日到处去奔走。凡是大赤包的朋友，胖菊子都去访问，表示出：“从今以后，我是你们的领袖了。你们必须帮助我，而打倒大赤包！”

等到晚间回来，她的腰，胳臂，与脖子已被新衣服箍得发木，她的胖脚被小新鞋啃得落了好几块皮。她感到疲乏，痛苦，可是在精神上觉出高兴，有希望。三把五把的将那些“捆仙绳”脱掉，她松了一口气。可是，三把五把的又将它们穿上。不，她不能懈怠，而必须为自己的前途多吃点苦。好吗，万一在这时节，来个贵客，她怎能就衣冠不整的去接待呢？她必须用大赤包的办法打败了大赤包；大赤包不是无论在什么时节都打扮得花里胡哨的吗？好，她也得这么办!

虽然在服装穿戴上她力求独创，不再模仿大赤包，可是在举止动作上她不知不觉的承袭了大赤包一部分的气派。当她叫人的时候，她也故意老气老声的；走路也挺起脖子；转身要大转大抹。虽然这些作派使她的胖身子不大好受，使她的短粗脖子发酸，可是她不敢偷懒，她必须变成大赤包，而把真的大赤包消灭了！

奔走了几天，事情还没有一点眉目。胖菊子着了急。越着急，她的胖喉咙里越爱生痰。见到了要人，她往往被一口痰堵住，说不出话来。她本来没有什么口才，再加上这么一堵，她便变成一条登了陆的鱼，只张嘴，而没有声音。闹过一阵哑戏以后，她慌张得手足失措，把新添的气派一齐忘掉。她开始害怕，怕在她还没有运动成功之际，而大赤包也许被释放出来。她要顶大赤包，不错；可是她总有点怕那个老东西。因为急与怕，她想马上去用毒药谋害了大赤包!

她和东阳商议，怎样去毒死那个老东西。

东阳在这几天，差不多是背生芒刺，坐卧不安。一想到若能把大赤包的地位，收入，拿到自己家中来，他的浑身就都立刻发痒：于是，他就拼命去奔走，去写诗，去组织“讨赤团”。这末一项是他独自发动，独自写文章，攻击大赤包，而假造出一些人名，共同声讨，故名曰“团”。他的第一篇文章里有这样的句子：“夫大赤包者，绰号也。何必曰赤？红也！红者共产党也！有血气者，皆曰红者可死，故大赤包必死！”他非常满意这几句文章，因为他知道，在今天，只要一说“红”，日本人就忘了黑白。这比给大赤包造任何别的罪名都狠毒。

可是，一看胖菊子的过度的热烈奔走，他又不大放心。他还没忘记胖菊子是怎么嫁了他的。她要是肯放弃了祁瑞丰，谁敢保她，若有了她自己的地位与收入，不也放弃了他自己呢？他的浑身又痒起来。

在另一方面，他又不肯因噎废食，大睁白眼的看着别人把“所长”搬了去。

还有，招弟曾经找过他，托他营救大赤包。他不能不满口答应帮忙，因为这不单是能接触她的好机会，也是最便宜的机会——他知道招弟是费钱的点心，可是招弟既来央求他，他便可以白揩一点油，用不着请她吃饭，看戏，而可以拉住她的手。为这个，他应当停止在报纸上攻击大赤包，以便多得到和招弟会面的机会。可是，要是一懈劲，停止攻击，他又怕所长的地位被别人抢了去。

这些矛盾在他心中乱碰，使他一天到晚的五脊六兽的不大好过。一会儿，他想到胖菊子已作了所长，心中一热；一会儿，他想到菊子离弃了他，心中又一冷；一会儿，他想到招弟的俊美，浑身都发痒；一会儿，他想到因取悦招弟，而耽误了大事，浑身又都起了鸡皮疙瘩。

可是，这些矛盾与心理上的疟疾，并没使他停止活动。他还作诗写短文攻击大赤包；还接见招弟，并且拉住她的手；还到处去奔走；还鼓励胖菊子去竭力运动。这样，他的矛盾与难过渐渐的变成一种痛苦的享受。他觉得自己能这样一手拉着八匹马，是一种天才。

他赞同菊子的建议，去毒死大赤包。可是，他不知道大赤包被囚在哪里。他把绿脸偎在她的胖脸上，而心中想着招弟，对她说：“快快的去打听大赤包的下落，好毒死她！毒死她！”这样说完，他感到他是掌握着生杀之权。于是，把眼珠吊起，许久不放下来，施展自己的威风。

他们俩把什么都计议到，只是没思虑到大赤包为什么下了狱，和胖菊子若是作了所长，是不是也有下狱的危险。他们只在讨论如何攻击大赤包的时候，谈到她的贪污，而彼此看那么一眼，似乎是说：“大赤包贪污必定下狱，咱们比她高明，一定没有危险！”

三

招弟，自从家中被抄，就没再回家。她怕家中再出了什么意外，而碰到像什么把她也绑了走的事。她可是一心一意的要救出妈妈。没有妈妈，她看出来，她便丢失了一切。

在她学戏的时候，她曾经捧过一位由票友而下海的女伶——粉妆楼。她找了这位粉妆楼去，三言两语的就住在了那里。

粉妆楼有许多朋友，一天到晚门庭若市。招弟便和这些人打成一气，托他们营救大赤包。

在旧日的亲友中，她也去找过几位，大家对她可是都很冷淡。有的甚至当面告诉她："我们怕连累，请你不要再来！"

在这些人里，只有蓝东阳没有拒绝她的请求。她知道东阳是至多只给女人买一个凉柿子或几粒花生米的人，所以坐窝①就不敢希望他能请她吃顿饭或玩一玩。反之，她是来求他，所以她倒须下点资本贿赂他。她的资本便是她的身体；为营救妈妈，没办法，她只好任凭他拉着她的手，或摸摸她的脸。她须忍耐；等到救出妈妈来，她再给东阳一点颜色看看。

至于东阳怎样在报纸上攻击大赤包，招弟并没有看到。她没有看报的习惯。即使偶尔拿起张报纸来，她也只看戏剧新闻，电影消息，与恋爱小说，而不看到别的事情。

她渴想看到妈妈，可是无论怎么打听，也不晓得妈妈是在哪里圈着。招弟落了泪。她猜到事情一定是非常严重了。假若妈妈真

---

① 坐窝，根本的意思。

有个不幸，她想，她自己可怎么办呢？她没有本事，没有存款，没有……不错，她有美丽与青春，不至于没人要她。可是，她的美丽与青春，在这混乱的年月，是为玩一玩的。她不愿老老实实的嫁个人，一天到晚去作饭抱娃娃。即使能嫁个阔人，用不着作饭抱娃娃，她的自由也要打个很大的折扣呀；那不行，她要的是无忧无虑无拘无束，尽情享受，而毫无责任，说干什么就干什么的生活。这样的生活只有妈妈能给她。她真的哭了，想起妈妈的一切好处，也想起妈妈若有危险，她自己可怎样活下去！

在粉妆楼的许多男友中，有一个是给日本人作特务的。他，黄醒，是个漂亮的青年。他的长相好，装束好，老带着手枪。他知道自己体面，所以无论在什么时候，他老把一点不必需的媚笑放在脸上，以便加多他的体面。他知道自己的装束好，所以一天到晚老在扯扯领子，提提裤子，或正正衣襟。在手枪而外，他还老带着一面小镜子，时时的掏出来照照自己的脸，有时候连牙床儿都照到。

跟招弟谈了一会儿，黄醒明白了她的困难。他愿意帮她的忙，而且极有把握；只要她跟他走一趟，去见一个人，大赤包就能马上出狱！

招弟喜出望外的愿意跟他去。

他把招弟带到东城，离城根不远的孤零零的一所房子里。进去，他把她介绍给一个日本人。转眼之间，黄醒不见了，招弟开始怀疑这是怎回事。日本人详细的问了她的履历，她一边回答，一边把大赤包的事提出来。他把她的履历都记录下来，对大赤包的事没说什么。然后，他领她到一间小屋，很小，只有一床一椅。

“这是你的屋子。记清楚，一〇九号。以后，你就是一〇九号，没人再叫你的姓名。”说完，日本人向外面喊了声：“一〇四号! ”

不大的工夫，进来个与招弟年纪相仿佛的女子。极恭敬的向日本人敬礼，而后她笔直的立定。

“告诉她这里的规矩! ”日本人走了出去。

招弟的心要跳出来，想赶快逃跑。一〇四号拦住了她："别动！这里，进来的就出不去！"

"怎回事？怎回事？"招弟急切的问。

"待下去自然就明白了，用不着大惊小怪的！"

"放我出去！放我走！我还有要紧的事呢！"

"放了你？这里还没放过一个人！"一〇四号毫不动感情的说。

"我必得出去，得去救我的妈妈！"

"在这里待下去，将来立了功就能救你的妈妈！"一〇四号笑了笑，笑得极短，极冷，极硬。

"真的？"招弟不相信一〇四号的话。

"信不信由你！"一〇四号又那么笑了一下，而后开始告诉招弟此处的规矩。

招弟的心凉了半截。她一向没受过任何拘束，根本不懂得规矩两个字怎么讲。可是，这里一切都有规矩，仿佛要把活人变成机器！她哭了半夜。

好容易才睡着了，可是不久她被铃声吵醒，天还不十分亮呢。一〇四号在门外低声的说："快起，你！迟到一会儿，打个半死！"

招弟颤抖着爬了起来，迷迷糊糊的往外跑。天很冷，冷气猛的打在她的脸上，她似乎才醒利落。马上，泪又迷住她的眼。跑到盥洗处，她只含了口水漱漱嘴，捧了一把水抹抹脸，就赶紧离开，恐怕迟到挨打。手揉着眼，她随着大家——一共有四十多个青年男女——跑进后院的一块空地去集合。

空地的三面是高墙，墙头上密扎铁网；另一面是房子，山墙上有几个方方的洞儿。院子的东墙外，不远，便是城墙；那灰黑的，高大的，城墙，不声不响的看着院内。

地是光光的，冰硬的，灰黄的，城墙是灰黑的，坚硬的，光光的。天是灰碌碌的，阴寒的，光光的。招弟由地看到城墙，再看到天，作梦她也没梦过这么可怕的地方。一切是灰的，冷的，静的，光光的，她不敢再看。即使不看，她还觉得到那冷气，和灰暗，像要把她冻僵，凝结在灰暗里。她想抓住谁的胳臂，好使自己立稳。她浑身都发颤，能听到自己的牙响。

男的在前，女的在后，大家站成一排，面对着有方孔的山墙。由一〇五号到一〇九号立在最后，大概都是新进来的，神情上都显出特别的不自然与不安。

大家站好了一会了，四位教官，三个日本人，一个中国人，才全副武装的，极庄严的，由前院走来。队长喊了敬礼。三个日本教官还礼，眼珠由排头看到排尾，全身都往外漾溢杀气，严肃，与得意。

中国教官向日本人们敬过礼，而后大转大抹的，像个木头人似的，转向了队伍，把鞋跟磕得像小爆竹那么响。他开始训话。说了几句关于全体学员的话，他叫新来的几个号数："向前五步——走！"

招弟看了看左右的同伴，而后随着他们向前走。

中国教官嗽了一声，相当亲热的说："你们已经知道了这里的规矩，不必我再重复。现在是你们最后的机会，来决定你们到底愿意在这里不愿意。有不愿意的，请再向前走五步！"

没有人敢动。后面的老学员们似乎已都停止了呼吸。招弟想往前走，可是她的脚已不会迈动。她向左右看，左右的人也正看她。

"没有？"教官催问了一声。

在招弟左边的一个小姑娘，看样子不过十六七岁，扁扁的脸，红红的腮，身体不高，而颇粗壮，模样不俊，而颇浑厚可爱，猛的向前走去。

"好！"教官笑了笑。"还有没有？"

招弟要迈步，可是被身旁的一个女的拉住。她晃了晃，又立定。

"好，你过来！"教官向扁脸红腮的小姑娘说。她迟疑了一下，而后很勇敢的往前走；口中冒着些白气。

"这边！"教官把她领到房子的山墙下，叫她背倚着墙上的一个小方洞。这时候，太阳上来了，把灰碌碌的天空忽然照红，多半个天全是灰红的，像淤住了血。城墙更黑了，而院中的墙与人都更清楚了点儿。扁脸姑娘的身上都发了红，口中的白气更白了。一个日本教官跳起来，手一扬，喊了声：“好的！”屋里边开了枪，小姑娘，口中还冒着点白气，像块木板似的，往前栽倒。天上更红了，地上流着血。

“归队！”中国教官向招弟们说。

招弟不晓得怎么退回去的。她的眼前已没有了别的东西与颜色，只有一片红光由地上通到天空，红光里有些金星在飞动。

“向左转！跑步！”教官发了命令。

招弟跑不动。可是，有那具死尸躺在那里，她不敢不跑。每逢跑到死尸附近，她就想闭上眼。可是，不知怎么的，她偏偏看见了它，与地上的血。她透不过气来，又不敢站住。她张着口，双手捧着小肚子，肠子仿佛要扯断了似的。忍着疼，她东一脚西一脚的乱晃，仿佛是个醉鬼。不久，她的眼前遮上了一块红幕，与红的天，红的血，联接到一处。她忘了自己，忘了一切，只觉得天地，红的天地，在旋舞转动。

她不晓得什么时候，和怎么，进到屋中。睁开眼，她是在床上躺着呢，已经正午。

她没再落泪。不敢想什么。她惜命，决定不去靠一靠墙上的方洞儿。

青春是铁，环境是火炉。过了一个月，她又“活”了。她不再怕血与死，她的心已变成了石头的。她忘了以前小姐的生活，不再往手指甲上涂上寇丹，而变成了个新的招弟。这个新招弟，她自己盘算，将要比她的妈妈更厉害，更毒辣。以前，她只知道利用花般的容貌，去浪漫，去冒险；现在，她将把花容月貌加上一颗铁石的心，变成比妈妈还伟大许多的女光棍。不错，她的妈妈是还在狱里，可是她不能不感谢日本人给了她个机会，使她有了前途。她想：只要她立点功，她一定能把妈妈救出来。等妈妈恢复了自由，她们俩并肩立在一处，必能教全北平城都发抖！

春天过去了，招弟受完了训。

她希望得一只手枪。没有得到。

她希望得到一些足以使她兴奋的工作。可是她被派到火车站上，查看来往的旅客。她得到一本子照片，须一一的记住在心里，而后在车站上看有没有与相片相符的人。这点事不易作，而且毫无趣味。她须时刻的留着神，而不见得能发现一个“奸细”。她须每天改变她的化装，今天扮作乡下丫头，明天变作中年的妇人；可是老不能擦胭脂抹粉的扮成摩登小姐。她不高兴这个差遣，更不喜欢她的化装。可是，命令是命令，无法反抗。她知道反抗命令的结果是什么，她还没忘了那个扁脸的女郎。她渴望再穿上漂亮的衣服与高跟鞋，像好莱坞影片中的女间谍，来往在华丽的大旅馆与阔人之间。可是，她必须去作乡下丫头！

她渴想去看看父亲，不为别的，只为教他知道她已变成个有本事的人。可是，命令禁止她回家，禁止她与家里的人来往。

她切盼能见到妈妈。她以为自己既作了日本人的特务，就一定有会到妈妈的机会与权益。可是，她依旧打听不到妈妈在何处。

头一天到前门车站去值班，她感到高兴。她又有了自由，又看见春暖花开的北平。及至走到了车站，她又有些害怕。不错，她是特务，有捉拿人的权柄。可是，捉拿人是不是也有危险呢？是的，她的身上有个证章；可是，它并没显露在外面，而是藏在衣裳里边；她露不出自己的威风，而只缩头缩脑的站在那里，像个乡下来的傻丫头。她感到寂寞，无聊，与寒伧。

过了一会儿，她拾起一张报纸。头一眼，她看见了妈妈的相片！大赤包已死在狱中！相片的上下左右都说明着她的贪污，罪状，与如何在狱里发狂！

看完，她的泪整串的落下来。她白受了苦。白当了特务，永远不能再看见妈妈！

隔着泪，她看见车站上来来往往的人；那么多人，可是她只剩了自己。她已没有了那爱她的，供给她一切的，妈妈！

愣了半天之后，第一个来到她心中的念头是——逃走！作了特务既没能救出妈妈来，还有什么意义呢？日本人是骗了她的妈妈，骗了她自己；她应当逃走，不再给骗她的人作爪牙！

可是，她知道自己逃不了。看着车站上来往的人，以及脚行，巡警，车站上的职员，她不知道他们之中有多少是特务，哪几个是特务。她可是准知道其中必有特务，而且不止一个。他们之中，也许有专负责监视着她的。她又看见了那个扁脸的女郎，在方洞儿前面一声没出的就栽倒在地，流尽了鲜血！

她抬头看见了城墙的垛口，觉得那些豁口儿正像些巨大的眼睛，只要她一动，就会有一粒枪弹穿入她的胸口！她颤抖了一下。她忘了作特务的兴奋与威风，而只感到多少只枪在她背后！

"好吧，"过了好大半天，她告诉自己："混下去吧！顶毒辣的混下去吧！能杀谁就杀谁，能陷害谁就陷害谁！杀害谁也是解恨的事！"

她丢失了家，丢失了妈妈，丢失了自由，只剩下了杀，害，恨！她并不想去杀害日本人，因为日本人的枪多，眼目多，手快！

同时，高第天天出去找事，但是找不到。北平已经半死，凡是中国人的生意，都和祁天佑的布铺差不多，开着门而没有买卖；因此，到处裁人，哪儿也不肯多添吃饭的。大一点的生意，即使是饭馆子，已都不能不接受日本人的"股子"，和日本人合作。高第不高兴到这种"合作"的地方去作事，即使她能得到机会。至于官方的机关，那就更不用说，通通被日本人一手拿住，不走日本人的或汉奸的门路，不用打算得到个地位。这样，北平的躯壳虽然仍是高大宽厚的城墙，与那曾经住过多少位皇帝的亭园殿宇，可是它的心肺已完全是日本人；凡想呼吸一点空气的，得到一点血液的，都必须到日本人那里摇尾乞怜。高第不肯这么作。她亲眼看见她的母亲作了些什么，和怎样被抄家。

即使她肯去卖苦力挣饭吃，她的机会也还是不多。在太平年月，一个女人给铺户里的人们洗洗缝缝的，也能吃上三顿饭。现在铺户的人已裁减去一大半，她抢不到活计。在人家里，只有“红”汉奸才用得起仆人，高第既不愿作女仆，更不高兴作奴隶的奴隶。

她后悔以前没能够学得挣饭吃的本事，可是后悔已迟。她的确有些勇气，可是没有任何资格与资本。假若她能逃出北平，她必能找到作事的机会，一边作事，一边学习，慢慢的她必能得到点知识与技巧。可是，她要清白的在北平挣饭吃，她是走入了一条死巷子！

她忙：她须作饭，洗衣服，买东西，和到处去找事。她急：她憋着一口气，非要教爸爸看看不可，不作汉奸也还能活动。但是，她找不到事，而且手中眼看着就没了钱。她慌：她本不会作饭，洗衣服；现在，初学乍练，越要讨好，越容易把饭煮糊，把衣服洗得像狗舐的。她气：晓荷不帮忙，也不给她一点鼓励。他认为高第是没认清大势所趋，而只从枝节问题下手，显然是自讨无趣。虽然没有明说，他的神气却表示出来：“在东洋人脚下，可想不吃日本饭，道地的糊涂蛋！”因此，他想看高第的笑话。无论她怎忙，他依然横草不动，竖草不拿。到了高第发脾气的时候，他会冷隽的说：“要我调动十桌八桌酒席吗，嗯，我含糊不了！教我刷家伙洗碗哪，对不起，自幼儿没学过！”

许多天，他还没打听到大赤包与招弟的下落，他爽性不再去白跑腿。遇到丁约翰回来，他能跟他穷嚼[①]几个钟头。他详细的问英国府的一切，而后表示出惊异与羡慕。“嗯！嗯！”他眯着眼有滋有味的赞叹：“这玩艺儿，是得托生个外国人！这个天下是洋人的！”

丁约翰，现在，已不大看得起晓荷，本不大愿招呼他。可是，晓荷既对英国府称赞不置，他觉得若冷淡了晓荷便几乎等于不忠于英国府，所以便降格相从的和他一扯就是几个钟头。

---

① 穷嚼，形容人爱说话，没话找话，没完没了。

除了丁约翰，瑞丰是他的密友。两个人都不走时运，所以自然的同病相怜。一谈起他们的怀才不遇，他们便感到一种辛酸的甜美，与苦痛的伟大。瑞丰总是说他的特务朋友。谈起他们，他就觉得自己有希望，有作为，而提出这样的结论："冠大哥，你等着看，我非来个特务长作作不可！"

"是的！是的！"晓荷把眼眯成两道细缝。"那才是发财的事！是的！"

两个人的口袋里，有时候，连一个铜板也没有，可是他们的没出息的幻想使他们越谈越高兴。他们的肚子没有好的吃食，说到口干舌燥的时候又只好喝口凉茶或冷水，所以说着说着，他们的脸上往往发绿，头上出了盗汗，甚至于一阵恶心，吐出些酸水来。可是，他们还不住口，必须谈下去；在谈话中他们看见了一些虚渺的希望与幸福。

假若是刚吃过饭后，瑞丰必张罗着帮忙，替高第刷洗刷洗家伙，以便得到她的欢心。虽然高第并没有给他点好颜色看，他可是觉得很开心，并且时常暗示给她："别发愁，大小姐！多咱我有了好事，大家就都跟着好起来！咱们是知己的朋友啊！"

在实在没有什么可谈的时候，他们俩会运用他们所知道的一点相术，彼此相面看气色。"瑞丰！"晓荷用食指或无名指在瑞丰脸上轻轻划动。"别看你的脸发干，颜色可是很正，很正！你的眼运鼻运都好！"然后，瑞丰也拣着好听的夸赞晓荷一番；彼此的心中都宽了好多，都相信自己至少也是什么星宿下界！

已到春天，高第还没找到事。她，因心中发慌，开始觉得这是大赤包为非作恶的报应，不单她自己下了狱，而且她的女儿也得饿死！她的，和晓荷的，冬衣，刚一脱下来，便卖了出去。她不能不和父亲商议一下了："我尽到我的力量，可是没有用；怎么办呢？"

晓荷的答话倒很现成："我看哪，只有出嫁是个好办法！嫁个有钱的人，你我就都有了饭吃！"真的，这是他由一部历史提出的一个最妥当的结论：幼年吃父母；壮年，假若能作了官，吃老百姓；老年吃儿女。高第是他的女儿，她应当为养活着他而卖了自己的肉体。

“没有别的办法？”高第又问了一声。

“没有！”

高第偷偷的找了瑞宣去，详详细细的把一切告诉了他，并且向他要主意。

“恐怕你得走吧？此地已经死了，在死地方找不到生活！”瑞宣告诉她。

“怎么走呢？”

“当然有困难！第一是路费，第二是办出境的手续，第三是吃苦冒险。不过，走总比蹲在这里有希望！”

“爸爸呢？”

“也许我太不客气，他值不得一管！这，你比我知道的更清楚一点！”

高第点了点头。

瑞宣，仿佛是，由骨头上刮下二十块钱来，给了她：“这太少点！可是至少能教你出了北平城；走出去再说吧！”

拿着二十块钱和一个很小的包裹，她没敢向父亲告别，也没敢去办离境的手续，便上了前门车站。她打听明白：若是去办离境手续，她必须说明到哪里去，去多少日子；假若到期不回来，日本人会向她家中要人；所以她宁可冒点险，而不愿给别人找麻烦。再说，她根本不知道她自己到哪里去。她大致的想了想，以为自己须先到天津，走一站说一站；就凭那二十块钱，是不会给她个详细的旅行计划的。她很坚决。她总以为她是在妈妈的黑影下面，所以必须离开北平，躲开那个黑影。

上了到前门去的电车，她的心跳得极快。低着头，紧握着那个小包，她觉得多少只眼都盯着她呢！过了几站，人们上来下去。似乎并没有注意她。她这才敢抬了抬眼皮。可是，正看见一个巡警，与两个日本人，上车。她的心又跳起来。她以为他们必定是来捉她的。不久，他们都下了车。她咽了一口唾沫，松了口气。她想起桐芳来。闭着口，在喉中叫："桐芳！桐芳！早知道，咱们俩要是一块逃出去，多么好！请你保佑我！教我能平安的出去！"

这是北平的一个和暖的春天，高第可没感到温暖。没了家，没了一切，她现在是独自走向不可知的地方去！看见了前门，她的心中更慌了。高大的前门，在她心中，就好像是阴阳分界的标记。下了车，她慢慢的往车站上走，她的腿似如已完全没有了力气。

开往天津的快车还有二十多分钟才开车。她低着头，立在相当长的一队旅客的后边。她的脊背上时时爬动着一股凉气，手心上出了凉汗。她不敢想别的，只盼身后赶快来人，好把她挤在中间，有点掩饰。

正在这么半清醒，半迷糊的当儿，有人轻轻的拍了拍她的肩。她本能的要跑。可是，她的腿并没有动。她只想起两个字来："完啦！"

"姐！"招弟声音极低的叫了一声。

高第全身都软了，泪忽然的落下来。好几个月了，她已没听见过这个亲密的字——姐！尽管她平日跟招弟并没有极厚的感情，可是骨肉到底是骨肉。这一声"姐"，把她几个月来的坚决与挣扎仿佛都叫散了！

没敢看招弟，她只任凭招弟拉着她的手，往人少的地方走。她忘了桐芳，忘了一切，像个迷了路的小娃娃似的，紧紧的握着妹妹的手，那小的，热乎乎的手。

出了车站，在一排洋车的后边，姐妹打了对脸。姐姐变了样子，妹妹也变了样子，彼此呆呆的看着。

对看了许久，招弟低声的问："姐，你上哪儿？"

高第没哼声。

"爸呢？"

高第不知怎么回答好。

“说话呀，姐！”

高第又愣了一会儿，才问出来：“妈呢？”

招弟低下头去。“你还不知道？”

“不知道！”

“完啦！”招弟猛的抬起头来，眼盯着姐姐。

“完啦？”高第低下头去。她的手轻颤起来。

“告诉我，你上哪儿去？”

“上天津！”

“干吗？”

“找到了事！”高第握紧了小包，为是掩饰手颤。

“什么事？”

“你不用管！我得赶快买票去！”

“不告诉我，你走不了！我是管这个的！”

“什吗？”

“我管这个！”

“你？”高第的腿也颤起来。“妈妈怎么死的？现在，你又……难道你一点好歹也不懂？”

“我没办法！”招弟惨笑了一下，而后把语气改硬。“你好好的回家！我要是放了你，我就得受罚！”

“我是你的姐姐！”

“那也是一样！即使我放了你，别人也不会愣着不动手！走，回家！”招弟掏出一点钱来，塞在姐姐的手中，而后扯着姐姐往洋车前面走。“雇洋车，还是坐电车？”

高第回不出话来。她的手脚都不再颤，她的脸红起来，翻来覆去的，她的脑中只折腾着这一句话：“报应！报应！拦阻你走的是你的亲妹妹！”

“姐，好好的回家！”招弟一边走一边说：“你敢再想跑，我可就不再客气！再说，这个车站是天罗地网，没有证据，谁也出不去！”她给高第叫了一部洋车。

高第已往车上迈腿，招弟又拉住她，向她耳语：“你等着，我会给你找事作！”

高第瞪着妹妹，字从牙齿间挤出来：“我？我饿死也不吃你的饭！”她把手中的一点钱扔给了妹妹。

“好，再见！”招弟笑了一下。

四

进了前门不远，高第停住了车，抱歉的对车夫说：“对不住，我不坐了！”给了车夫几个钱，她向西走去。她不知向哪里走呢，也不知要向哪里走呢；她只知道须走一走，好散散胸中的怒气。

迷迷糊糊的走了半天，她才知道她是顺着顺城街往西走呢。又走了一会儿，她看见路北的一座小庙，她不由的立住了。庙门，已经年久失修，开着一扇，她走了进去。她不一定要拜佛烧香，而只觉得这是个可以静静的坐一会儿，想一想前前后后的好地方。山门里一个人也没有。三面的佛殿都和庙门一样的寒伧，可是到处都很干净。这，使她心里舒服了一点。正在这么东张西望的时节，由西殿里出来一个人，钱默吟先生。他穿着一件旧棉道袍，短撅撅的只达到膝部。手中，他提着一个大粗布口袋，上面写着很大很黑的“敬惜字纸”。

高第说不上来话，而一直的扑奔过去，又要笑，又要哭，像无意中遇到多年未见的亲人似的。

老人的脸很黑很瘦，头发已花白。看见高第，他愣住了。眨了眨眼，他想了起来，极温柔的笑了笑。“高第！”紧跟着，他停止了笑，几乎有点不安的问：“你怎么知道我在这里？谁告诉你的？”

高第也笑了："没人告诉我，我误投误撞的走了进来。"

老人仿佛是放了心，低声的说："别对任何人说，我在这里。这里也不是我的住处。不过有时候来，来……"老人又笑了一下。"告诉我，你干什么呢？"老人一边说，一边往正殿那边走。高第在后边跟着。他们都坐在石阶上。

高第的话开了闸，把过去几个月的遭遇都倾倒出来。老人一声不响的听着。最后，高第又提出"报应"作为结论。

老人听完，愣了一会儿，才说："没有报应，高第！事在人为，不要信报应！"

"我怎么办呢？"

"等我想一想看！"老人闭上了眼。

高第似乎等不及了，紧跟着问："招弟要是也教我当特务去，我怎么办？"

"我正想这个问题！你有胆子去没有？"老人睁开眼，注视着她。

"我，有胆子也不能去，我不能给……"

"你只想了一面，没看另一面。假若你有胆子进去，把你的一切都时时的告诉我，不是极有用吗？"

"那么，我得等着她，她教我进去，我就进去？"

"一点不错！可是，"老人的眼还注视着高第的脸，"可是被他们知道了，你马上没了命，所以我问你有胆子没有！"

高第迟疑了一下。"钱伯伯，你不能给我点事作？我愿意跟着您。"

"哼，我一时还不敢用小姐们！你看，日本人喜欢造就女间谍，一来是因为他们看不起女人，以为女人们胆子小，容易管束；二来是因为中国人对女的客气，女间谍容易混进内地去。至于他们自己，可不大容易受女子的骗，他们到处都给军官们，兵们，安置好妓女，伺候着他们；咱们的女间谍即使肯牺牲色相，也无从接近他们。因此，我只在万不得已的时候，男人活动不开的时候，才求女人帮帮忙。你到底敢去不敢，假若招弟找了你来？"

“我去！可是她要不找我来呢？”

“等着她！同时，我有用着你的地方，必通知你！”

“可是，我没有收入，怎么活着呢？”

“嗯，慢慢的想办法！先别愁，别急，一个人还不那么容易饿死！”

“我相信你的话，钱伯伯！回到家里，我把招弟的事告诉爸爸不告诉呢？”

“告诉他！一告诉他，他必马上找招弟去，必定到处去吹嘘他的女儿当了特务。这么一来，招弟必吃亏，而无从红起来。她红不起来，咱们就减少了一个祸害星！”

“可是她要是红不起来，也许她就不来找我，教我也去当……”

“人是活的，高第！要见机而作，不能先给自己画好了白线，顺着它走！”老人立了起来。“还有，随时跟瑞宣商议，他没胆子，可有个细心！”

高第也立起来。“钱伯伯，我以后上哪儿找你去呢？”

“这里，我要不在这里，告诉后院的明月和尚，他是咱们的人。见到他，先要说‘敬惜字纸’[1]，要不然他不相信你！”

高第随着老人，慢慢的往庙外走，看着老人手中的口袋，她好奇的问出来：“钱伯伯，口袋里有什么？”

老人立住，看着她，笑了笑，没说什么。快到庙门口，老人教高第先出去：“高第记住了！别对任何人说我的事！好好的回家，等着招弟，或我的消息。别着急，发愁！见机而作！你是个好孩子，我早就知道！走吧！”

高第先独自走出来。她不敢回头再看一看，知道老人不愿和她一同出来必有用意，她不便再东瞧西望的，惹老人不高兴。可是，老人的黑瘦的脸与温和的笑容，还都非常清晰的在她心中。那个形影，像发着光与热力，使她看见春天，全身都温暖起来。那个形影，

---

① “敬惜字纸”，以前寺庙里都有“敬惜字纸”的篓子，叫人爱惜物品，不要任意糟蹋东西。这里指与人接头的暗号。

像个最美丽的菩萨似的，教她感到安全，给了她无限的希望。她想到，即使马上再遇到招弟，马上去当特务，她也会连眼也不眨一下，便去冒险，牺牲；有钱先生的话在她心中，即使她马上掉了脑袋，也是舒服的！

最使她高兴的是钱先生说没有报应。这几个字揭去了她心上的一片黑云。她是她，大赤包是大赤包，她并不须替妈妈负责，承受惩罚。只要她大起胆来，敢去作钱先生教她作的事，她便能对得起自己的良心，也对得起一切的人。想明白了这一点，她的全身都感到轻松，腿上有了力气。她一气走回家来。

冠晓荷和祁瑞丰正在屋中闲扯淡。一看见他们俩，高第马上皱上了眉。刚才，在小庙里，她见到一位活的菩萨；现在她看见一对小鬼。他们俩，这一对活鬼，特别的丑恶，讨厌，因为她刚刚看见了那慈祥的，勇敢的，有智慧的，菩萨。她下了决心，不再对他们客气，敷衍。瞪了他们一眼，像凭空响了一声雷似的，告诉他们："妈妈死啦！"

晓荷不相信自己的耳朵："什么！"

"妈妈死啦！"高第还瞪他们。

晓荷用手捂上了眼。瑞丰看了看他们父女，张着嘴，说不出话来。他居然动了心，倒仿佛大赤包是万万死不得的。

"大哥！大哥！"瑞丰含着泪劝慰："别太伤心！别……"他的话噎在了喉中，眼泪流了下来。

晓荷把手放下来。"我并没哭！哭不得！现在哭不得！想想看，自从她下狱，街坊四邻就都对我翻白眼；他们要是知道了冠所长死了，不就更小看我，说不定还许啐我两口吗？我不哭，我伤心我知道，可是不能教街坊们听见，得意！"

"大哥！"瑞丰急忙把落错了的泪擦去，而改为含笑："大哥，你见得对，高明！"

晓荷长叹了一声，凄婉的问高第："你怎么知道的呢？"

“招弟告诉我的！”

两个人一齐跳起来，一齐问：“招弟？招弟？”

高第真想扯他们一顿嘴巴子，但是她必须按照钱先生的嘱咐行事，她纳住了气：“她当了特务！”

“真的？”瑞丰狂喜的说：“喝！谢天谢地！二小姐是真有两下子，真有两下子，我佩服，五体投地的佩服！”

“高第！”晓荷高声的叫：“我们可以放声的哭了！教街坊们听一听！哼，我死了作所长的太太，可又有了作特务的女儿！他们敢再向我翻白眼，我教招弟马上抓他们下狱！来，我们哭！”说罢，他高声的哭叫起来。

高第气得又颤抖起来，独自坐在外间屋里。瑞丰不好意思也放声哭大赤包，只好落着泪用手轻轻捶晓荷的背，一边捶一边劝慰：“大哥！大哥！少恸吧！按说，二小姐既作了特务，我们应当庆贺一番；这么哭天恸地的，万一冲了喜反倒不美！”

晓荷好容易才止住悲声，大口的啐着黏水，而后告诉高第：“找点黑布，咱们得给她挂孝！”

高第没有动，依然坐在那里生气。晓荷自己在屋中搜寻了一回，找不到任何布条。这使他有点挂气：“混得连块黑布也没有了！他妈的！”

“别忙呀，二小姐一立了功，大捧的钞票不是又塞鼓了你的口袋？”瑞丰眉飞色舞的说。

晓荷走到外间屋来，问高第：“你在哪里看见她的？”

“前门车站！”

“前门车站！”瑞丰也跟出来，点头赞叹。

“她穿着什么？”

“像个乡下丫头。”

“化装！化装！”瑞丰给下了注解。

“瑞丰，”晓荷拉住瑞丰的胳臂：“走，跟我找她去！”

“走！见着二小姐，咱们先要过点钱来，痛痛快快的喝两杯，庆贺她的成功！有这么一说没有？”瑞丰不愿白跑一趟，所以先用话扣住晓荷。

“有这么一说，走！”

到了车站，二人扑了个空。招弟已离开了那里。

“大哥，交给我好啦，我去打听她在哪里。我有特务上的朋友，一定能打听得到！你先回家，咱们家里见！”瑞丰横打鼻梁的说。

“好，就那么办！我再在这儿等一会儿，家里见！”

在车站上又等了一个多钟头，晓荷还是没遇见招弟。他回了家。

一进小羊圈，迎头他碰见了李四爷。他赶紧纵上鼻，湿着眼，报告大赤包“过去了”。而后，他起誓，必须找到她的尸身，给她个全份执事，六十四人杠的发送。“好啦，四爷，听我的招呼，领杠是你的事！这一定能作到，你看，招弟又在日本人手下成了个人物！”

李四爷只随便的哼了两声，便搭讪着走开。

走到大槐树下面，晓荷又遇了孙七，他扬眉吐气的告诉孙七：“来，给我刮刮脸！你的别的手艺不行，刮脸总可以对付了！”

孙七毫不客气的说：“忙，没有工夫！”

“喝，好大的架子！”晓荷撇着嘴说：“赶早儿别跟我这么劲儿味儿的[①]告诉你，招弟，二小姐，作了特务！”

孙七没再出声，眨巴着近视眼走开。

晓荷多走出几步路，去访问白巡长，告诉他：“里长还得由我担任哟！招弟，我们的二小姐，现在作了官，比你的官职还大那么一点！”

在过去的几个月里，因为高第的关系，大家似乎已忘了晓荷的讨厌与可恶。大家，一方面看在高第的面上，一方面看晓荷缺衣缺食的，都不便死打落水狗。这点成绩，一天的工夫被晓荷破坏无遗。

---

① 劲儿味儿的，故意作态，端起架子。

第二天，冠家门上的封条被扯掉，搬来七八口子日本人。全胡同的人都把头低下去。这么小的一条胡同，倒有两个院子被日本人占据住，大家感到精神上的负担实在太重。因为讨厌日本人，他们也就更恨冠晓荷：假若，他们想，不是冠晓荷出卖了钱先生，假若大赤包没有作出抄家的事情来，日本人怎会想起这条不起眼的小胡同呢？

晓荷可是另有一个看法，他对邻居们解释："咱们必要看清楚，东洋人跟咱们是一家人。那是我的房子，我能不心疼吗？当然心疼！可是，话得从两面说，招弟现在作着他们的事，而他们又住着我的房子，这不是越来越亲热，越有交情吗？一定！"

除了这样声明，他还每见到新搬来的日本男女，都深深的鞠躬，赶上去搭讪着说几句话，并且报告一点房子的历史："这所房子是我——等我想一想啊——前六年翻修过的，砖瓦木料全骨力硬棒！下多大的雨，绝对，绝对不漏！就是呀，夏天稍微热一点，必须吗，请记住，搭个凉棚！搭上棚，地上再洒点水，我告诉您，就甭提多么舒服啦！"

瑞丰跑了一天，没打听到招弟的下落。他非常的着急。见到晓荷，他保证第二天再去打听，必定能打听出她的下落。晓荷拿出老太爷的劲儿来："好啦，瑞丰，你就多偏劳吧！你去跑跑，就省得我奔驰了！"在他想：招弟反正是他的女儿，早找到一天呢更好，迟两天呢也没多大关系；她还不会因为延迟两天而另找个爸爸。他沉住了气，感到万分的得意，好像女儿被选作皇后，而自己可以不费任何事的作了宰相。他不愿再去跑腿，而要静候圣旨来到。他得意，越细咂摸，他越相信自己以前的所作所为都完全顺情合理，所以老天有眼，才使他绝处逢生，生生不已！

瑞丰可是比晓荷还更急切。他有他的盘算：假若他能找到招弟，说不定她也能把他介绍进去，他确信作特务是发财的最好的捷径。即使他进不去，那么，凭他为冠家奔走的功劳，大概也可受之无愧的白吃白喝冠家一些日子；他是冠家的"患难朋友"啊！

招弟很得意。能毫不留情的截阻回姐姐，她相信了自己的本领。她决定要在车站上作出几件出手的事来，以便快快的高升一步，好能穿上漂亮的衣服，抹上口红，把浪漫与杀人联系到一处。随着这个决定，她在两个星期里拿了八个青年。在这几个人中，只有一个确有间谍的嫌疑，其余的都是老实规矩的旅客。她不管什么间谍，还是旅客，她只求立功。她知道，日本人并不因为她错拿了人而见怪她，因为他们喜欢多有些青年来尝试他们的毒刑与残暴。

她的眼还是那么美，可是增加了一点光儿，一种浮动的，厉害的，光儿。带着这点光儿去看人，她好像看见谁都要马上爱上他；同时，又好似并没十分看清楚他，即使他马上掉了脑袋，她也毫不关心。这点光儿像是一片蛛网，要捉住一切蜂蝶，而后把它们杀掉！

她的笑已失去从前的天真，而变成忽发忽止的一点“作派”。她忽然的笑了，从唇上，脸上，以及身上，发出一股春风，使人心荡漾；忽然的，她停止了笑，全身像电流忽然停顿，使人们失去灯光，而看到黑暗与恐怖。

她的身体虽然还是那么小，而失去了以前的玲珑。她还时时刻刻的意识到自己的美丽，即使在扮作乡下丫头的时候，也还一会儿看看自己的脚，一会儿用手掌轻轻拍一拍头发。可是，有时候她似乎忘了自己的娇美，而把腿伸出去老远，或忘了系一两个钮扣，好像要把肉体施舍给全世界似的。

在捉过八个人以后，她已获得日本人的欢心。她觉得自己的确有本领，有胆气，真不愧为大赤包的女儿！

过了几天，她那个受训的地方开庆祝成立三周年纪念会。招弟得到个好机会。在游艺会上，她扮唱了前次未能唱成，而且惹起祸来的《红鸾禧》。她的嗓子并不比以前好，可是作派十分的老到。她已不怯场，而且深知道必须捉到这个机会，出一出风头。她把那浮动的眼光由心里加劲的提出来，扫射着台下的日本人。她把已不甚玲珑的肢体调动得极肉感，丑恶。她没按着规矩去作戏，而是尽量施展肉感。台下的日本人都发了狂。

这一场戏，使她压倒了一切的女同事。她希望不久便可以得到好的遣派，能穿上好衣服与高跟鞋。她希望一〇九号不久便变成日本人心中的一个有强烈色彩的数字。

可是她的住处被瑞丰设尽了方法打听到。瑞丰和晓荷像一对探险家似的，兴高采烈的来到东城根。门儿关得严严的，他们俩不敢去叫门，而恭恭敬敬的立候招弟出来。守门的在门内，早已由门缝看清楚他们。他们等了有二十多分钟，没有一个人出来。晓荷决定去叫门。他以为自己既是招弟的父亲，他必能受一番招待，不管招弟现在在这里与否。他还没把手放在门上，门开了一点。守门的，一个中国青年，低声的问："干什么？"

"找小女招弟！"晓荷装出极文雅的样子说。

"赶紧走！别惹麻烦！"守门的青年说。"我看你岁数不小了，不便去报告；你知道，在这里东张西望都有罪过！"

"行个方便，给我通报一声；冠招弟，她是我的女儿，我来看看她！"

守门的青年急了。"我是好意，告诉你赶紧走开？你要不信，我就进去报告，起码他们圈禁你半年！谁告诉你的，她在这里！"

晓荷赶紧指了指瑞丰："他！"

"走！走！"青年急切的说。

晓荷和瑞丰不肯走，他们既找对了地方，怎能不见到招弟就轻易的走开呢!?

正在这个时候由里面出来一个日本人。晓荷急忙调动两脚，要给日本人行九十度的鞠躬礼。守门的青年已经把手枪掏出来："别动！"

瑞丰要跑，青年又喊了声："别动！"

日本人一点头，青年用枪比着他们俩，教他们进去。晓荷在迈步之前，到底给日本人鞠了一个深躬。瑞丰的小干脸上已吓得没了血色。

到了里边，日本人问了守门的青年几句话，一转眼珠，马上看到一个极大的阴谋。他是征服者，征服者的神经不安使他见神见鬼。他首先追究，他们怎么知道招弟在这里。晓荷把这个完全推到瑞丰的身上。瑞丰很想掩护告诉他招弟的地址的那位特务，可是两个嘴巴打在他的干脸上，他吐了实话。日本人听到瑞丰的话，马上推想到："中国的特务已经不十分可靠，应当马上大检举，否则日本特务机关将要崩溃! "

瑞丰怕再挨打，不等问便连忙把他平日所认识的特务都说了出来。日本人的心中看见了：里应外合，中国的地下工作者与在日本特务机关作事的中国人，将要有个极大的暴动！

他追问瑞丰为什么交结特务？瑞丰回答："我愿意当特务！"这是个很好的回答，可是并没有能减少日本人的疑心。

为报复晓荷把狗屎堆在他的身上，教他挨了嘴巴，他告诉日本人："是他先知道招弟作了特务，所以我才去打听她的下落。"

日本人问晓荷怎么知道招弟作了特务，晓荷决定不等掌嘴，马上把高第攀扯出来。

日本人忙起来，把晓荷与瑞丰囚起之后，马上把瑞丰提到的那些特务，一齐圈入暗室，听候审讯。

五

到晚间十点钟了，晓荷还没有回来，高第心中打开了鼓。最初，她感到欢喜，假若晓荷和瑞丰都被日本人扣下，招弟也就得受惩戒。那么，钱先生的妙计岂不是成了功？可是再一想，假若他们真被扣下，日本人也一定不会轻易放过祁家和她自己；她有点发慌。她决定先去警告祁家一下。

韵梅也正在等着瑞丰。

高第把来意说明，韵梅把瑞宣叫了起来。瑞宣听罢高第的话，马上去把祖父与母亲都叫了起来；他知道，假使日本人真来调查，他们必分别的审问祁家的每一个人，大家的话若是说得不一致，就必有危险。

高第把话又说了一遍，祁老人与天佑太太都一声没出。

瑞宣首先提议："我们就是受刑，也不能说出钱先生来！是不是？"

祁老人点了点头。

"日本人问到老二，我们怎么回答呢？"瑞宣问。

"实话实说！"天佑太太低声而坚决的说。

"对！实话实说！"祁老人的小眼睛盯住了自己的磕膝说。"他的年纪，他的为人，他的履历，跟他愿意去当特务，都照实的说，不必造假！我们说实话，信不信全在日本人，杀剐存留，任凭他们，反正我们说的是真话！"老人把头抬起来，小眼睛看着其大家。"实话，还要硬说！我活了快八十岁了，永远屈己下人，先磕头，后张嘴；现在，我明白了，磕头说好话并不见得准有好处！硬着点！"说完，老人的手可是颤起来。

"我呢？大哥！也实话实说？"高第问瑞宣。

"除了遇见钱先生的那一点，都有什么说什么！他会教招弟跟你对证！"瑞宣告诉她。

"那么，我大概得下狱！"

"怎么？"韵梅问了一声。

"我为什么要离开北平？我不能自圆其说！"

"还是实话实说！"祁老人像发了怒，声音相当的大。"咱们的命都在人家手里攥着呢，干吗再多饶一面，说假话呢！"

高第沉默了半天，才说："好吧，我等着他们就是了！"

瑞宣把她送回去。他还要嘱咐她许多话，可是一句也没说出来。

一夜，祁家的人谁也没睡好。不错，几年的苦难把他们都熬炼得坚硬了一些，可是他们到底是北平人，没法子不顾虑，恐慌。

果然不出高第所料，约摸着大概刚刚五点钟吧，小羊圈来了一卡车日本人。胡同口，大槐树下，都设了临时的岗位，倒仿佛胡同里有一连游击队似的。

三个进了六号，五个进了祁家。

祁老人有了双重的准备——几年的折磨与昨晚的会商——决定硬碰硬的对付日本人。他的眼直看着他们，语声相当的高，表示出他已不再客气谦恭；客气谦恭并没救了天佑，小文，小崔们的命。

四个人在四处分头审问瑞宣，韵梅，天佑太太，和祁老人。这样审问后，他们比较了一下他们的记录，而后把大家集合在一处，从头儿考问。祁老人的眼神告诉了瑞宣们，他自己愿意作代言人。日本人问一句，老人毫不迟疑的回答一句。日本人问到：“你们知道他愿意作特务？”

“知道！”祁老人回答。

“为什么他要去当特务？”

“因为他没出息！”

“怎么？”

“甘心去作伤天害理的事，还不是没出息？”

天佑太太和韵梅听老人这样回答，都攥着一把汗。可是，日本人的态度仿佛倒软和了一点。他们都看着祁老人，半天没再问什么。老人的白发，高身量，与铁硬的言语，好像有一种不可侵犯的尊严，使他们不好再开口。

两个日本人嘀咕了几句，其中的一个匆忙的走出去。不大的工夫，他走回来，带着一号的日本老太婆。瑞宣心里亮了一下，他就疑心她，所以每次她用话探他，他老留着神，不肯向她多说多道。可是，不久，他发现了自己的错误。

日本人逐一的指着祁家的人，问老太婆几句话，老太婆必恭必敬的作简单的回答。虽然他们说的是日本话，瑞宣听不懂，可是由老太婆的神气，与他们的反应，他看清楚，她是给祁家的人说好话呢。

问完了老太婆，他们又盘问了瑞宣几句。他回答的和他们已记录下的完全一致。他们无可奈何的往外走。老太婆极恭敬的跟在他们的后面，仅在到了院中，她才抓着机会看了瑞宣一眼，微微的一点头。瑞宣明白她的意思，也只微一点头，而没敢说什么。

日本人走后，祁老人仿佛后怕起来，坐在炕沿上，两手发颤。

韵梅为安慰老人，勉强笑着说："这大概就没事了吧？"

老人愣了半天才说出来："让他们再来！反正我已经活够了，干吗还怕死呢！教他们再来，我等着他们的！"又愣了一会儿，他摇着头说："一个人没出息呀，能闹得鸡犬不安！我，你，大家，都错了，都不该那么善待老二！"

"虽然这么说呀，一家人到底是一家人，难道因为他没出息，就不要他了吗？"韵梅还勉强笑着说。"不信，他明天出了狱，回来，咱们还不是得给他饭吃! "

老人没再说什么，歪在了炕上。

高第被日本人带走。她回答不出为什么要离开北平，为什么要走而不办出境的手续。

跟着他们走，她的心反倒安静下来。她对自己说："既逃不出北平去，不下狱也等于下狱；那么，到狱里去仿佛倒更妥当一点。假若日本人强迫我作特务，我，我便点头——给钱先生作点事！他们要杀我呢，也好；反正活着也是受罪！"这么想好，她不单镇定，而且几乎有点快活。

来到狱中，日本人马上教她和招弟对质，她们所说的完全与以前的口供相合。而后，他们把姊妹俩带到前门车站去表演上次相遇的情形，她们几乎连一步都没走错，通通与口供相符。车站相遇这一场算是毫无破绽。

可是，他们不能释放了高第，因为她还没解释清楚她为什么要逃出北平，他们以为那绝对不能出于她的自动，而一定有什么背景——比如：城外有什么秘密的机关，专招收北平的青年。他们，所以，必须关起她来。慢慢的，细细的，把那个背景审问出来。

假若因为一两个人的无聊，也能造成一段杀人流血的历史，这回事便是个好的例证。北平的日本特务机关举行了整饬风纪运动，要彻底肃清不可靠的中国人。晓荷与瑞丰一点也不知道他们的无聊无耻会发生这么大的作用，可是多少个青年的鲜血都因此而流在暗室里！凡是瑞丰所供出的特务，都人不知鬼不觉的丧了命。而后，特务与特务之间又乘此机会互相检举，倾轧，于是有一大批人被囚在暗室里。

招弟，在和姐姐对质后，仍然被禁在暗室。她解释得很好："我教高第回家，不是私自放了她，而是想也把她介绍进来，作特务。"可是，日本人不接受这个解释。他们以为她应当马上向上方报告，不应私自拿主意，放高第回家。假若高第没有回家，而从别处跑出北平去呢，怎么办？招弟无言答对。

最难以处置的倒是晓荷与瑞丰。日本人调查他们俩的过去经历，他们俩，一点不错，是百分之百的顺民。日本人特由天津调来两位有权威的"支那通"，教他们鉴定这两个活宝。结果是：在相貌，言谈举止，嗜好，志愿，心理，各项中，晓荷的平均分数是九十八；瑞丰稍差一点，九十二！据两位支那通说：能得到平均分数八十分的就可以作第一等的顺民；晓荷与瑞丰应当是超等！

日本人是崇拜权威的，按照两位支那通的报告，他们理应马上重用晓荷与瑞丰。可是，他们到底还有点不放心，只好再细细的调查。他们每天要审问晓荷与瑞丰三次；越审问，他们越觉得他们俩可爱，可也越有点摸不清头脑。

晓荷的鞠躬，说话（模仿着日本人说中国话的语调与用字），与种种小身段，使日本人惊异：他们占领了北平才这么三四年，会居然产生了这样的中日合璧的人物。他们问他："大赤包死在狱里，你有没有一点反感？"他的回答是那么自然，天真，使日本人不知怎办才好。他深深鞠了一躬说："你们给我个官儿作呢，就是把大赤包的骨头挖出来，再鞭打一顿，我也不动心；有了官儿作，我会再娶个顶漂亮的，年轻的，太太！你们要是不给我事情作呢，没办法。我总得想念大赤包！"

"你要作什么官呢？"他们问。

"越大越好，不管什么官！"

他们彼此相视，谁也没办法。他们喜欢汉奸，也卑视汉奸，他们可是不知是喜爱晓荷好，还是卑视他好！他几乎是个超人，弄得日本人没了办法。他们提审瑞丰："你愿意干什么？"

"我？"瑞丰摸着小干脸，说："愿意当特务。"

"为什么？"

"好弄钱！"

是的，瑞丰的言谈，风度，的确没有晓荷的那么成熟，得体。可是，他的天真与爽直，也使日本人受了感动。说真的，日本人来侵略中国，哪一个不是为弄钱呢？他们没法再抬起手来掌瑞丰的嘴！他也是一个什么超人！

为试探他，他们答应下教他作特务。他噎了好几口气才说出来："那好极了！"

回到狱室，他欢喜得似乎发了狂。见着给他送饭的，和从门外走过的，他都眉飞色舞的告诉他们："看见过这种事儿没有？我进来坐狱，一共只挨过两个嘴巴，猛孤丁的，大变戏法，我当上了特务！我，喊，嗯，有点福分！等着瞧吧，从这儿一出去，腰里掖着手枪，喝，钞票塞满了口袋哟！"

日本人们只能干咽唾沫，想不出主意，如何处置他。他们不能再给他施刑，那对不起两位支那通的报告。他们不能真用他作特务，因为他的嘴是一座小广播电台。他们囚着他，光多费一些饭食；放了他，又不大妥当。

于是，晓荷与瑞丰便平安无事的在狱里度着他们的无聊的生活。

山洪巨浪冲破了石堤，毁灭了村庄，淹死了牛马，拔出了老树，而不能打碎了一点渣滓！

六

当大赤包入狱的时候，欧洲的大战已经开始。北平的报纸，都显出啼笑皆非，不知怎样报导西方的血光炮影才好。看到德军的所向无敌，日本人与汉奸们都感到狂喜，愿意用最大的铅字，替战魔宣传。可是，德军的闪电袭击与胜利，又恰好使日本人自愧无能，没有一下子灭亡了中国的本事。他们不能不替德国作宣传，又似乎不好意思给别人摇旗呐喊，而减低了自家的威风。

北平的一般人，可是，并没怎么十分注意这些事。他们听惯了谣言，所以不轻易相信伪报纸的消息。再说，假若他们相信了那些消息，他们便没有了希望：德国征服了欧洲，日本人征服了亚洲，他们自然就永远为奴，没有翻身之日。为给自己一点希望，他们把那些消息当作了谣言。这就是说，他们不相信德国能征服欧洲，也不相信日本人能灭亡了中国。

还有，他们的切身的问题，也使他们无暇去高瞻远瞩的去关心与分析世界问题。他们须活着。可是，他们没有了煤，没有了粮。他们自己的肚子的饥鸣，与儿女们的悲啼，比一切都更重要，都须最先解决。饥与寒是世界上最大的事，因为它们的后面紧随着死亡。

德军攻下华沙，德军占领丹麦，英法军失败……消息一串串的传来，仿佛战神，和大赤包一样，已经发了疯。但是，北平人们的眼却看着四处的麦秋。他们切盼有个好的收成，可以吃到新的面粉。

华北的新麦收下来了，可是北平人不单没见到新麦，也看不见了一切杂粮。

日本人一道命令，北平所有的面粉厂与米厂都停了工，大小的粮店都停止交易。存粮一律交出，新粮候命领取。面粉厂的机器停止了活动，粮店的大椭圆形的笸箩都底儿朝天放起来。北平变成了无粮的城。

天津，石家庄，保定，却建立了极大的粮库，囤积起粮食，作长期战争的准备。

小羊圈里最有办法的人，李四大爷，竟自没有了办法。在几十年的忧患中，不管是总统代替了皇帝，还是由洋人或军阀占领了北平，他始终能由一个什么隙缝中找到粮食；不单为自己充饥，也尽可能的帮助别人。今天，他没有了办法。他亲自去看过了：面粉厂里已鸦雀无声，粮店的大笸箩底子朝了天，打烧饼的熄了灶，卖馄饨与面条的歇了工。平日，他老把坏消息报告给邻居们，不是要使大家心中不安，而是为教大家有个准备。今天，他低着头回了家，没敢警告街坊四邻，因为他只看到了患难，而毫无帮助大家的办法。日本人使老者的智慧与善心都化为无用。

祁老人发了脾气。听到断粮的消息，他亲自去检看米缸与面坛子。他希望看到有三个月的存粮——他的一成不变的预防危患的办法。可是，他发现坛子与缸中的东西只够再吃十来天的。他冒了火，责备韵梅为什么不遵行他的老规矩。

韵梅有可以为自己辩护的理由：粮食早已一天比一天贵，一天比一天更难买到，她没有那么多的钱，也没有那么大的本事，去购买存粮。可是，她不便向老人声辩。她是旧式的贤妇，不肯为洗刷自己，而招老人更生气。

天佑太太知道其中的底细，知道老人冤屈了韵梅。可是她也没敢出声。她只想起丈夫的惨死，而咒诅自己："我没有一点用处，为什么不教我死了呢，也好给大家省一口粮啊！"

连小顺儿和妞子似乎都感到了大难临头。他们随着老人去看坛子与缸，而后跑到枣树下低声的嘀咕："没了粮！没了粮！"

孙七因在粮店作活，打听到更多的消息，也就更恐慌。他打听明白：以后每家粮店都没有了自由交易，而改为向日本人领取杂粮，领到多少，便磨多少面粉，而后以一定的价钱，与规定的时间，凭粮证卖给住户们。这样，粮店已不是作生意，而是替日本人作分配粮食的义务机关。这样，除了领到粮的时候，粮店的人们便没有任何事可作，所以每家都须裁人；有十个伙计的，只留下一两个便够用了。听到这个，孙七的心凉了半截！别的铺户已经都裁过人了，现在又添上了粮店。他怎么活下去呢？铺户越多裁人，他的生意就越少啊！

回到家中，他想痛痛快快的对程长顺发发牢骚，大骂日本人一顿。可是，他没敢扯着嗓子乱骂，他晓得对门有两家日本人。他挤咕着近视眼，低声的咒诅，希望既不至于被日本人们听见，又能得到长顺的同情。

可是，长顺已结了婚，而且不久就可以作父亲，（太太已有了孕）已经不像先前那么爱生气，爱管闲事，和爱说话了。他还是恨日本人，真的；但是不像从前那样一提日本人便咬牙，便想逃出北平去当兵了。现在，他似乎把养活外婆与妻子当作第一件事，而把国家大事放在其次了。有时候，他甚至须故意忘记了日本人，才好婆婆妈妈的由日常生活中找到一点生趣。

在作完了那一批烂纸破布的军服以后，他摸清了点“小市”上的规矩与情形，于是就拿丁约翰分给他的一点钱作资本，置办了一副挑担，变成个“打鼓儿的”。

这个生意不大好作。第一，打鼓儿的必须有眼睛；看见一件东西，要马上能断定它的好坏，与有没有出路。有眼睛的，能买到“俏”——也许用烂纸的价钱买到善本的图书，或用破铜的价钱买到个古铜器。反之，没眼睛的，便只能买到目所共睹的东西，当然也就没有俏头。第二，必须极留神。万一因贪利而买到贼赃，就马上有吃官司的可能；巡警与侦探专会由打鼓儿的手中起赃，而法律上并不保护他们——拿不到犯人，便扣起打鼓儿的来。这在以前是如此，在日本人的统治下更是如此。第三，必须心狠。打鼓儿的与放账的一样，都是吃穷人的。卖东西的越急于用钱，打鼓儿的便越咬牙出价。用最低的价钱买入，以最高的价钱卖出，是每个打鼓儿的所必遵行的；没有狠心趁早儿不用干这一行。第四，必须吃苦受累。每天，要很早的起来，去赶早市。然后，挑着担子去串小胡同，敲打着小鼓唤醒穷人的注意。走许多条胡同，也许只作一号生意，也许完全落了空；但是，腿脚不动，买卖不来，绝对不能偷懒。

在选择这个营业的时候，外婆与长顺很费了一番思索与计议。长顺知道自己没有什么眼力。他只认识破布烂纸，而打鼓儿的须能鉴定一切。其次，他晓得自己的心不狠毒；他自己是穷人，不能去实行“不杀穷人没饭吃”的理论。可是，他也看出来，经验不是由一天得来的，老不敢去试一试，他便永远得不到它。

况且，他的确知道自己不怕跑腿受累。过去的沿街叫唱留声机，与赶早市收买破烂，都是跑腿的事情，他愿继续这么办。再说，尽管天天要跑路，可是游游荡荡的，也自有它的自由。腿是自己的，愿往哪里去，便往哪里去；愿几时出发或停止，便几时出发或停止。他有完全的自由。这个，恐怕就是这营业的最大的诱惑力。

至于自己的心不毒辣，他以为，倒不算一件要紧的事。他愿意公平交易。能公平，生意必多，他还能挣上饭吃。

外婆最不放心的是怕长顺买了贼赃，吃上罣误官司。长顺立誓不贪便宜，一定极留神——他会把卖东西的人的相貌，年纪，地点，都用个小纸本记下来，以便有根可寻；即使不幸真买到赃物，也不至于吃官司。

他置备了挑担与小鼓。

最初，他只买旧报纸与旧瓶子什么的，这些几乎都有一定的价钱，他不会吃亏。拿到市上去卖，这些东西也有定价；赚的不多，可是有一定的赚头。他须卖相当大的力气，挑来挑去这些破烂而沉重的东西，他可是不敢惜力：他已是个有了家室的人，必须负责养活他的老婆。

小崔太太（现在是小程太太了），在马老太太的手下，比从前干净利落了许多。她好像说不上来，喜欢长顺不喜欢，而只觉得应当尽力讨马外婆的欢心，好好的过日子。她现在有了吃穿，有了住处。无论她喜欢长顺与否，她也得打起精神去操作。没有这次再嫁，她知道，她会流落成乞丐或妓女。自然，她还没忘了再嫁的难堪与惭愧，特别是她天天须看到一位守节多年的马外婆；可是，“不得已”能原谅一切，她有什么更好的办法呢？她也没能忘了小崔，到了他的生日祭日，或他们结婚的日子，她不敢明言，却暗中落泪。她特别怕听“日本人”三个字，每逢听到，她的眼就发直，忽然的愣起来！

程长顺看出来这些，而决定一言不发。他知道他必须卖力气，多挣钱，能使她吃得好一点，穿得好一点，她就必能满意，渐渐的忘了小崔。同时，他不敢再当着她讲论日本人，甚至于连“东洋”两个字也不提。

由买卖旧纸破瓶子，他慢慢的放胆收买旧衣服破鞋。他看见了别人用极低的价钱能买到一套沙发，或一套讲究的桌椅。他可不敢去买，即使他得到机会。他知道现在的北平，能穿能用的旧东西比沙发和好木器更有用处与出路。

可是，他所知道的，别人也知道。自从他作了打鼓儿的，这一行人忽然增加了一两倍。大家都看出来：北平是越来越穷了，人们也越会卖东西，和买东西——卖了顶好的，买次好的；卖了次好的，买不甚好的；卖了不甚好的，买坏的……同行的一多，势必发生竞争。他所愿买入的。也是别人愿弄到手的。他不得不多出价钱，多出便少赚。他又想出办法来。他请求外婆与太太帮他的忙，把收进的东西该洗刷的由她们加以洗刷，该缝补的缝补齐整。虽然她们不能整旧如新，可究竟能使破烂的东西稍微改观，也就可以多卖几个钱。这样，外婆与太太也就有了事作。

在破旧的衣裳鞋帽而外，铜铁铅锡都最值钱。日本人除了教北平人按月献铜献铁之外，还到处去收买它们；只要能买到，就不怕没有出路。长顺可是不肯买卖铜铁。他知道他自己不买，别人还是照样的收进来，而后转卖给日本人。但是，他下了决心不动铜铁，为是证明自己还有点良心，不肯替日本人搜集作炮弹——打中国人的炮弹——的原料。

自从他选取了这行营业，他就有心闭上眼瞎混，不关心别的，而只求使一家三口冻不着，饿不着。可是，一天到晚穿大街过小巷，他好像不知不觉的把手指按在了北平的腕脉上。他看出来：破衣服值钱，因为日本人统制了棉纱；一块破铁也有价值，因为日本人搜刮废铁。同时，他也看出：北平的中等人家已多数保持不住“中等”，因为他们已开始卖东西；而穷苦人家已降落到无衣无食。有时候，他接过来一件女短袄或小衣服，还滚热的呢——刚刚由女人或小儿身上脱下来！他还咬着牙问价还价，可是心中真想哭。他不由的多添了钱，忘了他是作生意呢！买成或没买成这样的一件衣服之后，他会挑着担子走出老远，迷迷糊糊的忘记敲打手中的小鼓！他知道北平是“完”了！

从一个老人手中，他买了一根乌木杆，白铜嘴的长烟管。过了好几天没能把它卖出去，他留着自用了。他是要强的，不肯染上任何嗜好。可是，他需要吸口烟。在街上看见伤心的事，他便找个树荫或僻静的地方，放下担子，装上一袋烟，轻轻的吧唧着。看着蓝烟是在面前旋动，他心中安恬了一些。

回来家中，他不是忙着帮助外婆与妻子洗刷修整那些破东西，便是坐在屋外台阶上吸一两袋烟。从眼角偷偷的看一看她们，他心里说：“我心中有许多事，可是不便告诉你们！”

他把自己的破留声机与古老的唱片挑出去不知多少次，始终没卖出去。他可也不再去上弦，唱给自己听，偶尔的，因为买到一点俏货，心中一高兴，他不知不觉的哼出一两句二簧来。可是，一听到自己的声音，马上就闭上嘴。他喜欢唱戏，但是嗓子一动，他就不由的想起小文夫妇来！是的，他想一心一意的作生意，忘了国事，忘了日本人；可是，日本人，像些鬼似的，老跟随着他！

孙七的爱说爱道，已引不起长顺的高兴答辩。孙七拉不断扯不断的说，长顺只缩着脖子吸叶子烟，一语不发。等到孙七问急了他，他才呜囔着鼻子说："谁知道！"

今天，他又用这三个字答了孙七对绝粮的忧虑。孙七几乎要发脾气了："你简直变成了小老人啦！"

长顺没心思拌嘴，轻轻在阶石上磕了磕烟锅子，走进屋中去。

自从他作了买卖破烂的，长顺就不再找瑞宣去谈天。见到瑞宣，他总搭讪着呜囔两声，便很快的躲开。他，在瑞宣面前，总想起二三年前的自己。那时候，他有勇气与热心，虽然没有作出什么惊人的事，可是到底有点人味儿。他没脸再和瑞宣谈话。

瑞宣，自从父亲被逼死，便已想到迟早北平会有人造的饥荒；日本人既施行棉纱与许多别的物品的统制，就一定不会单单忘记了统制粮食。虽然有这点先见之明，他可是毫无准备。一来是他没有富余的钱去存粮，二来是他和多数的文人相似，只会忧虑，而不大会想实际的办法。

由日本人在天津与英国人的捣乱，由欧洲大战的爆发，他也看出来日本人可能的突击英国在东方的军事据点与要塞。假若这将成为事实，日本人就必须拼命的搜刮物资与食粮，准备扩大战争。

他屡次想和富善先生说这件事，可是老人总设法闪躲着他。老人知道瑞宣所知道的一切，明知情形不妙，可是还强要相信日本人不敢向英帝国挑战。他最高兴和人家辩论，现在却缄默无言了。他为中国人着急，也为英国人着急。但是，他又以为英国到底是英国，不能与中国相提并论，不肯承认中国与英国一同立在危险的地位。

见老人不高兴谈话，瑞宣想专心的作事，好截住心中的忧虑。可是，他的注意力不能集中。一会儿，他想起欧洲的战事，而推测到慢慢的全世界会分为两大营阵，中国就有了助援与胜利的希望。一会儿，他想象到祖父，母亲，与儿女，将要挨饿的惨状。这样的一忧一喜，使他感到焦躁。

长顺不敢招呼他，他也不敢招呼长顺。他觉得自己一点也不比长顺高明。他们俩似乎都已变为老人，身体还未衰老，而心已不会发出青春之花的香味。

小顺儿已到了上学的年岁。瑞宣决定不教他去入学——他的儿子不能去受奴隶教育。天佑太太与韵梅都反对这个办法，瑞宣可是很坚决，倒好像不教儿子去受奴化教育是他的抗日最后的一道防线！

不久，他开始笑自己："要用个小娃娃去挡住侵略吗？去洗刷一家人的苟延残喘的耻辱吗？"可是，他依然不肯改变主张。每天一得空，他便亲自教小顺儿识字，认数目。在这以外，他还对孩子详细的讲述中国的历史与文化。他明知道，这不大合教育原理，可是，这似乎是他最高兴作的事。在这么讲论的时候，他能暂时忘了眼前的危亡与耻辱，而看见个光华灿烂，到处是周铜汉瓦，唐诗晋字，与梅岭荷塘的中华。同时，他也忘了自己的因循苟安，而想到小顺儿的将来——一个最有希望与光明的将来！

为省灯油，韵梅总在白天抓着工夫作活，晚上很早的就睡，不必点灯。就是点上灯，灯头也捻得很小。为教小顺儿读书，瑞宣狠心的把灯头捻大！不，他不能为省一点油而耽误了孩子的教育！屋中的这点灯光，仿佛是亡城中的唯一的光明，是风暴里的灯塔！

冷天，他把小顺儿的小手放在自己的袖口里，面对面的给讲古说今。讲着讲着，小顺儿打了盹。他无可如何的把孩子放到床上去。热天，父子会坐在院中用功。这时候，小妞子也往往装模作样的坐下听讲。小顺儿若提出抗议："妞妞，你听不懂！"瑞宣温和的说："教她听听，她会懂的！"

在最近两天，正在这么讲说，忽然想起目前的人造饥荒，瑞宣浑身忽然的一冷。他看见了个将要饿死的小儿，样子还像小顺儿，可是瘦得只剩了一层皮！他讲不下去了。“小顺儿，睡觉去吧！”他知道，这点教育救不了小顺儿，而更恨自己的无能与可笑。

因此，他可也就更爱小顺儿。小顺儿是他的希望，小顺儿将要作出他所未能作到的一切，小顺儿万不可饿死！

但是，谁能保证，在无粮的城中，儿女不饿死呢？

七

李四爷的生意还是很不错。北平，虽然穷，虽然没有粮，可是人口越来越多。不错，铺户家家裁人；可是四乡八镇的人民，因为丢失了家产，或被敌人烧毁了村庄，或因躲避刀兵，像赶集似的一群群的往这座死城里走。“北平”这两个字，好像就教他们感到安全。街上，十家铺子倒有九家只剩了一两个老弱残兵，而胡同里，哪一家院子都挤满了人。李四爷给活人搬家，给死人领杠，几乎天天都有事作。

虽然这样不得闲，老人可是并不很高兴。他纳闷人们为什么都往这座死城里来受罪。北平城里并不是出粮的地方啊！有时候，他领着棺材出城，听见了远处传来的炮声。他心中马上想明白：怪不得人们往城里逃，四处还都在打仗啊！不过，过一会儿他又想到：躲开枪炮，逃到城里，可躲不开饥寒哪！想到这里，他几乎要立在城门口大声的去喊叫：“朋友们，不要进这个城门，进去必死！”可是，他不敢去喊，城门上有日本兵。

“哼！”他揣摸着对自己说：“都怕死！城里的人不敢逃出去，怕死！城外的人，往城里走，怕死！连你，李四，你不敢在城门口喊叫，也怕死！”他看不起了大家，也看不起他自己！

更让他伤心的，是看见城外各处都只种着白薯。没有玉米，高粱，谷子；一望无际，都是爬在地上的绿的白薯秧子。他打听明白，凡是日本人占领的地方，铁路公路两旁二十里以内，都只准种白薯。日本人怕游击队，所以不给他们留起青纱帐。白薯秧子只能爬伏在地上；中国人，仿佛是，也得爬伏在地上，永远不能立起来，向敌人开几枪！

这一岗一岗的，毫无变化的，绿秧子，使老人头晕。在往年，每一出城，看见各种的农作物，他便感到高兴。那高高的高粱与玉米，那矮的小米子，那黑绿的毛豆，都发着甜味，给他一些希望——这是给他与大家吃的粮食。特别是在下过大雨以后，在两旁都是青苗的大道中，他不单闻见香甜的青气，而且听到高粱玉米狂喜的往上拔节子，咯吱咯吱的轻响。这使他感到生趣，觉得年轻了几岁。

现在，他只好半闭着眼走。那些白薯秧子没有香味，没有红的缨，没有由白而黄而红的穗子，而只那么一行行的爬伏在地上，使他头晕心焦。有时候，他几乎忘了方向。

而且，看到那些绿而不美的秧蔓，他马上便想到白薯是怎样的不磁实：吃少了，一会儿就饿；吃多了，胃中就冒酸水。他是七十多岁的人了，白薯不能给他饱暖与康健之感。

在这些零七八碎的杂感而外，他还有更痛心的事呢。自从他作了副里长，随着白巡长挨家按户的收取铜铁，他的美誉便降落了许多。谁都知道他是好人，可是又有一种不合逻辑的逻辑——不敢反抗日本人，又不甘毫无表示，所以只好拿李老人杀气！

现在就更好了，他须挨着家去通告：“喝过了的茶叶可别扔了，每家得按月献茶叶！”

“干什么用呢？”人家问他。

“我知道才怪！”老人急扯白脸的说。

“哦，”白巡长上来敷衍：“听说，旧茶叶拌在草料里，给日本的马吃；败火！败火！又听说，在茶叶里可以榨出油来。，我也说不十分清楚！”

“我们已经喝不起茶，没有茶叶！”有人这样说。

“那，也得想法子去弄点来！”白巡长的笑意僵在了脸上，变成要哭的样子。

过了几天，他又须去告诉大家：“按月还得献包香烟的锡纸啊！”老人急了，对白巡长没有好气的说：“我不能再去！我没工夫再去跑腿，还得挨骂！你饶了我好不好？我不再作这个破里长！”

无论他怎说，白巡长不点头：“老爷子！谁当里长谁挨骂，只有你老人家挨得起骂！捧我这一场，他们骂什么都算在我的身上，还不行吗？”

除了央告，白巡长还出了主意：冠晓荷既已下了狱，李四爷理应升为正里长，而请孙七作副。不久，他约同副里长，从新调查户口，以便发给领粮证。

李老人不高兴当这个差事，可是听到发给大家领粮证，心中稍觉安顿了一点。他对自己说：“好喽，只要发给大家粮食，不管什么粮食，就不至于挨饿喽！”一来二去的，他把这心中的话说了出来，为是使大家安点心。大家听了，果然面上都有了笑容，彼此安慰：“四爷说的不错，只要还发粮，不管是什么粮，就好歹的能够活下去了！”这“好歹的能活下去”倒好像是什么最理想的办法！

及至户口调查过了，大家才知道六十岁以上的，六岁以下的，没有领粮的资格！

这不是任何中国人所能受的！什么，没有老人和小孩子的粮？这简直的是教中国历史整翻个筋斗，头朝下立着！中国人最大的责任是养老抚幼；好，现在日本人要饿死他们的老幼；那么，中年人还活着干什么呢？小羊圈的人一致以为这是混蛋到底的“革命”，要把他们的历史，伦理，道德，责任，一股脑儿推翻。他们要是接受了这个“革命”的办法，便是变成不慈不孝的野人！

可是，怎么办呢？

孙七虽然刚刚作了副里长，可是决定表示不偏向着日本人。他主张抢粮造反！“他妈的，不给老人们粮食，咱们的孝道到哪儿去呢？不给孩子们粮食，教咱们断子绝孙！这是绝户主意，除非没有屁眼儿的人，谁也不会这么狠！他妈的，仓里，大汉奸们家里，有的是粮，抢啊！事到如今，谁还能顾什么体面吗？”

这套话，说得是那么强硬，干脆，而且有道理，使大家的腮上都发了红，眼睛都亮起来。可是，他刚刚说完，连他带他们便似乎已经看见了机关枪。大家都咽了口唾沫，没有一个人敢抬起臂来，喊一声：“抢啊！”他们是中国人，北平的中国人，相信慢慢的饿死，总会，若与因抢粮而被杀头比起来，还落个全尸首！他们宁可饿死，也不敢造反！

他们只好退一步想：“好啦，老的小的没有粮食，就大家分匀一下吧；谁也吃不饱，可是谁也不至于马上就饿死；不也是个办法吗？”

这个“分而食之”的办法，大家都看得出，比孙七的主张松软的多，松软得几乎不像话。但是，在小羊圈的人们心中，这却也含有不少的人情与智慧。

在他们这样纷纷议论之际，他们接到了传单：“马上决定吧，同胞们，是甘心饿死，还是起来应战！活路须用我们的热血冲开；死路是缩起脖子，闭上眼，等，等——饿死！”

大家都猜得到，十之八九这是他们的老邻居钱默吟给他们送来的。他们一致的同意钱先生的话，而又兴奋起来。可是，不久，他们的“智慧”又占了上风。那“智慧”正像北平的古老的，无用的，城墙，虽然无用，而能使他们觉出点安全之感。

假若孙七与钱先生都不能戟刺[①]起人们的反抗的勇气，人们可会另外去找发泄怨气的路儿。他们以为李四爷有意欺骗他们。“他告诉了咱们，又有了粮，可是不提并没有老人和小孩子的份儿！再说，他是里长，大概不管他是六十岁，还是七十岁，他总能得到一

① 戟刺，刺激。

份粮！年月是变了，连李四爷也会骗人！”

这些背后的攻击虽然无补于事，可是能这么唧唧咕咕的到底似乎解一点气，倒好像一切毛病都在李四爷的身上，而攻击了他也就足够解恨的了。

祁老人居然直接的找了李四爷去。

祁老人，这全胡同的最老的居民，大家的精神上的代表，福寿双全的象征，现在被列为没有资格领粮的老乞丐，老饿死鬼！他不能忍受！

“我说四爷！”祁老人的小眼睛没敢正视李四爷；他知道一正看他的几十年的老友，他便会泄了气。“这是怎么弄的？怎么会没有我的粮呢？”

“大哥！那能是我的主意吗？”

李老人这一声“大哥”已使祁老人的心软下来一半儿。几十年的老友，难道谁还不知道谁吗！可是，他还不敢正视李四爷，以便硬着心肠继续质问；事情太大了，不能随便的马虎过去。他狠了心，唇发着颤：“四爷，你可是有一份儿！”

四爷是都市中的虫子，轻易不动气；听到祁大哥的毒狠的质问，他可是不由的面红过耳，半天也没回出话来。

祁老人的小眼睛找到了李四爷的脸，赶紧又转开，他也说不出话来了。

“大哥！”四爷很难堪的笑了笑：“各处的里长都有一份儿，也不是我的主意！告诉你，大哥，我的腿脚还利落，还能挣钱，我不要那份儿粮，省得大家伙儿说闲话！”

祁老人的头慢慢的低下去，一颗老泪镶在眼角上。愣了半天，他才低声的说：“四爷，我是真着急，真着急！要不然……！我说，你不能不要那份粮！你不要，可上哪儿找粮食去呢？”

四爷往前凑了一步，拉住祁大哥的手。四只一共有一百五十多年的手接触到一块儿，两个人了解，原谅了彼此，不由的都落下泪来。

落了几点泪之后，两位老人都消了气，而只剩了难过。他们想亲热的谈谈心中的积闷，谈几个钟头。可是，谁也没开口。他们都是寒苦出身，空手打下天下的人，可是现在他们有饿死的可能！他们已不是成家立业的老英雄，而是没有人喂养的两条老狗。他们一向规规矩矩，也把儿女们调教的规规矩矩，这是他们引以为荣的事；可是，他们错了，他们的与他们儿女的规矩老实，恰好教他们在敌人手底下，都敢怒而不敢言；活活的被饿死，而不敢出一声！

平日，一想到自己的年纪，他们便觉得应当自傲。现在，他们看出来，在一条猛虎面前，年纪越大才越糟糕！四只老眼对视了半天，他们决定不必再扯那些陈谷子烂芝麻了！以往的光荣只能增加今日的难堪与辛酸！

回到家中，祁老人越想越难过，越不是滋味。想了许久，他决定必须作点什么，不能坐在屋里等死！他回忆起从前所遇见过的危难，和克服危难的经过。是的，他必须去作点什么，因为哪一次闯过难关不是仗着自己的勇敢与勤劳呢？他摸了摸自己的四肢；不错，他是老了；可是，老了也得去作事，也不能坐以待毙！

他脱了大衫，轻手蹑脚的到厨房去，找他旧日谋生活的工具：筐子，绳子，扁担。他不知道，能否找到它们，因为他已不记得它们是早已被扔出去，或是被韵梅给烧了火。

韵梅轻轻的走进来："哟！爷爷在这儿干什么呢？"

"啊——"被这么忽然的一问，老人仿佛忘了自己是在干什么呢。假装的笑了笑，才想起来："我的筐子扁担呢？"

"什么筐子扁担？"韵梅根本不记得这里有过那些东西。

"哼！我什么小生意都作过！庚子那年，我还卖过枣儿呢！我要我作生意用的筐子扁担！"

"干什么呢？爷爷！"韵梅的大眼睛睁得很大，半天也没眨巴一下。

"我作小买卖去！不能走远了，我在近处磨蹭；不能挑沉重的，我弄点糖儿豆儿的；一天赚三毛也好，五毛也好；反正我要卖点力气，不能等着饿死，也不能光分吃你们的粮！”

“爷爷！”韵梅一时想不出话来，只这么叫了一声，声音相当的大而尖锐。

听了这声音喊叫，小顺儿，妞子，和天佑太太全跑了来。

被大家围住，老人把话又说了一遍，说得很客观，故意的不带感情，为是使大家明白：事情是事情，不必张牙舞爪。

听罢，大家都默默相视，小妞子过去拉住老人的手。

天佑太太知道她必须先发言：“我们不能教您老人家去！事情不好办是真的，可是无论怎说，我们得想法子孝顺您！还说您的筐子扁担呢，横是搁也搁烂了！”

小顺儿与妞子一齐响应：“太爷爷，不去！”

韵梅也赶紧说：“等等瑞宣，等他回来，大家伙商议商议。”她回头叫小顺儿：“小顺儿，搀着他老人家！”

这样捧着哄着的，大家把老人送到他的屋中去。

躺在炕上，老人把自己从前的奋斗史一五一十的说给孩子们听，而没敢提到现在与将来，因为对现在与将来他已毫无办法。

晚上瑞宣回来，韵梅和婆婆赶紧把老人的事告诉了他。他愣了半天，然后干笑了一下，没法说出任何话来。

祁老人，说也奇怪，并没向长孙再说那件事。祖孙的眼光碰到了一处，就赶紧移开；唇刚要动，就又停住。结果，大家都很早的就睡下，把委屈，难堪，困难，都交给了梦！

八

李四爷和邻居们都以为粮证是一发下来，便可以永远适用的。李老人特别希望如此，因为他已经挨了不少冤枉骂，所以切盼把一劳永逸的粮证发给大家，结束了这一桩事，不再多受攻击。

谁知道，粮证是只作一次用的，过期无效。大家立刻想到：天天，或每三两天，他们须等着发给粮证；得到粮证，须马上设法弄到钱，好赶快去取粮——过期无效！假若北平人也有什么理想的话，那便是自自由由的，客客气气的，舒舒服服的，过日子。这假使作不到，求其次者，便是虽然有人剥夺了他们的自由，而仍然客客气气的不多给他们添麻烦——比如粮证可以用一年或二年，凭证能随时取到粮食。哼！日本人却教他们三天两头的等候粮证，而后赶紧弄钱，马上须去领粮！麻烦，麻烦，无穷无尽的麻烦！他们像吃下去一个苍蝇，马上想呕吐！

最使他们心寒胆颤的是：假若发了一次粮证以后，而不再发，可怎么好呢？就是再发而相隔十天半月，中间空起一块来，又怎么办呢？难道肚子可以休息几天，而不饿么？这样一揣测，他们看见了死亡线，像足球场上刚画好的白道儿那么清楚，而且就在他们眼前！他们慌了神，看到了死；于是，也就更加劲的咒骂李四爷。他们不敢公开的骂日本人，连白巡长也不敢骂，因为他到底是个官儿。他们也不便骂孙七，他不过是副里长。李四爷既非官儿，又恰好是正里长，便成了天造地设的“骂档子”[①]！

李老人时时的发愣：发气，没有用；忍受，不甘心。他也看到死亡，而且死了还负着一身的辱骂！拿出他的心来，他觉得，他可以对得起天地日月与一切神灵；可是，他须挨骂！

或者只有北平，才会有这样的夏天的早晨：清凉的空气里斜射着亮而喜悦的阳光，到处黑白分的光是光，影是影。空气凉，阳光热，接触到一处，凉的刚刚要暖，热的刚搀上一点凉；在凉暖未调匀净之中，花儿吐出蕊，叶儿上闪着露光。

就连小羊圈这块不很体面的小地方，也有它美好的画面：两株

① “骂档子”，整天挨骂受气的人。

老槐的下半还遮在影子里，叶子是暗绿的；树的梢头已见到阳光，那些浅黄的花朵变为金黄的。嫩绿的槐虫，在细白的一根丝上悬着，丝的上半截发着白亮的光。晓风吹动，丝也左右颤动，像是晨光曲的一根琴弦。阳光先照到李四爷的门上。那矮矮的门楼已不甚整齐，砖瓦的缝隙中长出细长的几根青草；一有了阳光，这破门楼上也有了光明，那发亮的青草居然也有点生意。

几只燕子在树梢上翻来覆去的飞，像黑的电光那么一闪一闪的。蜻蜓们也飞得相当的高：忽然一只血红的，看一眼树头的槐花便钻入蓝的天空；忽然一只背负一块翡翠的，只在李四爷的门楼上的青草一逗便掉头而去。

放在太平年月，这样的天光，必使北平的老人们，在梳洗之后，提着装有"靛颔"或"自自黑"[①]的鸟笼，到城外去，沿着柳岸或苇塘，找个野茶馆喝茶解闷。它会使爱鸽子的人们，放起几十只花鸽，在蓝天上旋舞。它也会使钓者很早的便出了城，找个僻静地方消遣一天。就是不出城远行的，也会租一只小船，在北海去摇桨，或到中山公园的老柏下散步。

今天，北平人可已顾不得扬头看一看天，那飞舞着的小燕与蜻蜓的天；饥饿的黑影遮住了人们的眼。天上已没有了白鸽，老人们已失去他们的心爱的鸟；人们还没有粮，谁还养得起鸟与鸽子。是的，有水的地方，还有垂钓与荡桨的；可是，他们是日本人；空着肚子的中国人已没有了消遣的闲心。北平像半瘫在晴美的夏晨中。

韵梅，就是在这样的一个早晨，决定自己去领粮。她知道从此以后，她须把过去的生活——虽然也没有怎么特别舒服自在过——只当作甜美的记忆；好的日子过去了，眼前的是苦难与饥荒。她须咬起牙来，不慌不忙的，不大惊小怪的，尽到她的责任。她的腮上特意摆出一点笑来，好教大家看见："我还笑呢，你们也别着急！"

---

① "自自黑"，一种会叫的黑头小鸟。北京称"自自黑儿。

看着她，瑞宣心中不很舒坦。对她，这么些年了，他一向没有表示过毫无距离的亲热。现在，看到她的坚定，尽责，与勇敢，他真想用几句甜蜜的话安慰她，感激她，鼓励她。可是，他说不出来。最后，他只向她笑了笑，便走去上班。

韵梅给大家打点了早饭，又等大家吃完，刷洗了家伙，才擦擦脸，换上件干净的蓝布衫，把粮证用小手绢裹好，系在手腕上，又拿上口袋，忙而不慌的走出去。走到了影壁前，她又折回来嘱咐孩子们："小顺儿，妞妞，都不准胡闹哟！听见没有？"

妞妞先答了话："妈取吃吃，妞妞乖！不闹！"

小顺儿告诉妈妈："取点白面，不要杂合面！"

"哼，"韵梅一边往外走，一边说："不是人家给我什么是什么吗？"

天还早，也不过八点来钟，韵梅以为一定不会迟到。而且，取粮的地方正是祁家向来买粮的老义顺；那么，她想，即使稍迟一点，也总有点通融，大家是熟人啊。

快走到老义顺，她的心凉了。黑糊糊的一大排人，已站了有半里多地长。明知无用，她还赶走了几步，站在了最后边。老义顺的大门关得严严的。她不明白这是怎回事。她后悔自己来迟。假若她须等到晌午，孩子和老人们的午饭怎么办呢？她着了急，大眼睛东扫西瞧的，想找个熟人打听一下，这到底是怎回事，和什么时候才发粮。可是，附近没有一个熟人。她明白了，小羊圈的人，对领粮这类的事是向来不肯落后的；说不定，他们在一两个钟头以前已经来到，立在了最前边，好能早些拿到粮。她后悔自己为什么忘了早来一些。她的前面，一位老太婆居然带来了小板凳，另一位中年妇人拿着小伞。是的，她们都有准备。她自己可是什么也没有；她须把腿站酸，把头晒疼，一直的等几个钟头。她似乎还没学会怎么作亡国奴！

在她初到的时候，大家都老老实实的立着，即使彼此交谈，也都是轻轻的嘀咕，不敢高声。人群外，有十来个巡警维持秩序，其中有两三个是拿着皮鞭的。看一看皮鞭，连彼此低声嘀咕的都赶紧闭上嘴；他们爱惯了“和平”，不肯往身上招揽皮鞭；他们知道，有日本人给巡警们撑腰，皮鞭是特别无情的。

及至立久了，太阳越来越强，阴影越来越小，大家开始感到烦躁，前前后后都出了声音。巡警们的脚与眼也开始加紧活动。起初，巡警们的眼神所至，便使一些人安静一会儿，等巡警走开再开始嘈嘈。这样，声音一会儿在这边大起来，却在那边低下去，始终没打成一片，成为一致的反抗。渐渐的，巡警的眼神失去了作用，人群从头至尾成了一列走动着的火车，到处都乱响。

韵梅有点发慌，唯恐出一点什么乱子；她没有出头露面在街上乱挤乱闹的习惯。她想回家。但是，一想到自己的责任，她又改了念头。不，她不能逃走，她必须弄回粮食去！她警告自己：必须留神，可是不要害怕！

很热的阳光已射在她的头上。最初，她只感到头发发热；过了一会儿，她的头皮痒痒起来，痒得怪难过。她的夹肢窝和头上都出了汗。抬头看看，天空已不是蓝汪汪的了，而是到处颤动着一些白气。风已停止，马路旁的树木的叶子上带着一层灰土，一动也不动。便道上，一过来车马便带起好多灰尘，灰白的，有牲口的粪与尿味的，呛得她的鼻子眼里发痒。无聊的，她把小手绢从腕上解下来，擦擦头上的汗，而后把它紧紧的握在手中。

她看见了白巡长，心中立刻安定了些。白巡长的能干与和善使她相信：有他在这里，一定不会出乱子。她点了点头，他走了过来：“祁太太，为什么不来个男人呢？”

她没回答他的问题。而笑着问他：“为什么还不发粮啊？白巡长！”

“昨天夜里才发下粮来，铺子里赶夜工磨面！再待一会儿，就可以发给大家了。”白巡长虽然是对她说话，可是旁人自然也会听到；于是她与大家都感到了安定。

可是，半点钟又过去了，还是没有发粮的消息。白巡长的有镇定力的话已失去了作用。大家的心中一致的想到："日本人缺德！故意拿穷人开玩笑！"太阳更热了，晒得每个人的头上都出黏糊糊的，带着点油的汗。越出汗，口中便越渴，心中也越焦躁。天色由白而灰，空中像飞荡着一片灰沙。太阳，在这层灰气上边，极小极白极亮，使人不敢抬眼；低着头，那极热的光像多少烫红了的针尖，刺着大家的头，肩，背，和一切没有遮掩的地方。肚子空虚的开始发晕；口渴的人要狂喊；就是最守规矩的韵梅也感到焦急，要跺一跺脚！这不是领粮，而是来受毒刑！

可是，谁也不敢公然的喊出来："打倒日本！"口渴的，拼命的咽唾沫；发晕的，扶住旁边的人；腿酸了的，轻轻的踏步。为挡住一点阳光，有的把手绢缠在头上，有的把口袋披在肩上，有的把褂子脱下，双手举着，给自己支起一座小小的棚儿。他们都设法减少一点身体上的痛苦，以便使心中安定；心中安定便不会有喊出"打倒日本"的危险！

前面忽然起了波动，队伍马上变成了扇面形。欠着脚，韵梅往前看：粮店的大门还关着呢。她猜不透这是怎回事，可是不由得增多了希望，以为一定是有了发粮的消息。她忘了脚酸，忘了毒热的阳光，只盼马上得到粮食，拿回家去。

前面有几个男的开始喊叫。韵梅离开行列，用力欠脚，才看明白：粮店的大门旁，新挖了一个不大的洞儿，挡着一块木板，这块木板已开了半边。多少多少只手都向那小洞伸着，晃动。她不想往前拥挤，可是前面那些乱动的手像有些引诱力，使她不由的往前挪了几步，靠近了人群，仿佛只有这样，她才能得到粮食，而并不是袖手旁观的在看热闹。

皮鞭响了。嗖——拍！嗖——拍！太阳光忽然凉了，热空气里生了凉风，人的皮肤上起了冷疙瘩，人的心在颤抖。韵梅的腿似乎不能动，虽然她想极快的跑开。前面的人都在乱冲，乱躲，乱喊；她像裹在了一阵狂风里，一切都在动荡，而她迈不开脚。"无论如何。我必须拿到粮食！”她忽然听见自己这样说。于是，她的腿上来了新的力气，勇敢的立在那里，好像生了根。

忽然的，她看不见了一切。皮鞭的梢头撩着了她的眼旁。她捂上了眼，忘了一切，只觉得世界已变成黑的。她本能的要蹲下，而没能蹲下；她想走开，而不能动。她还没觉得疼痛，因为她的全身，和她的心，都已麻木；惊恐使神经暂时的死去。

“祁太太！”过了一会儿，她恍惚的听见了这个声音：“快回家！”

她把未受伤的眼睁开了一点，只看见了一部分制服，她可是已经意识到那必是白巡长。还捂着眼，她摇了摇头。不，她不能空手回家，她必须拿到粮食！

“把口袋，钱，粮票，都给我，我替你取，你快回家！”白巡长几乎像抢夺似的，把口袋等物都拿过去。“你能走吗？”

韵梅已觉出脸上的疼痛，可是咬上牙，点了点头。还捂着眼，她迷迷糊糊的往家中走。走到家门口，她的腿反倒软起来，一下子坐在了阶石上。把手拿下来，她看见了自己的血。这时候，热汗杀得她的伤口生疼，像撒上了一些细盐。一咬牙，她立起来，走进院中。

小顺儿与妞子正在南墙根玩耍，见妈妈进来，他们飞跑过来：“妈妈！”可是，紧跟着，他们的嗓音变了：“妈——”而后又喊：“太爷爷！奶奶！快来！”

一家大小把她包围住。她捂着眼，忍着疼，说：“不要紧！不要紧！”

天佑太太教韵梅赶快去洗一洗伤口，她自己到屋中去找创药。两个孩子不肯离开妈妈，跟出来跟进去的随着她。小妞子不住的吸气，把小嘴努出好高的说：“妈流血，妈疼哟！”

洗了洗，韵梅发现只在眼角外打破了一块，幸而没有伤了眼睛。她放了心。上了一点药以后，她简单的告诉大家：“有人乱挤乱闹，巡警们抡开了皮鞭，我受了点误伤！”这样轻描淡写的说，为是减少老人们的担心。她知道她还须再去领粮，所以不便使大家每次都关切她。

她的伤口疼起来，可是还要去给大家作午饭。天佑太太拦住她，而自己下了厨房。祁老人力逼着孙媳去躺下休息，而后长叹了一口气。

韵梅眯了个小盹儿，赶紧爬了起来。对着镜子，她看到脸上已有点发肿。愣了一会儿，她反倒觉得痛快了："以后我就晓得怎么留神，怎么见机而作了！一次生，两次熟！"她告诉自己。

白巡长给送来粮食——小小的一口袋，看样子也就有四五斤。

祁老人把口袋接过来，很想跟白巡长谈一谈。白巡长虽然很忙，可是也不肯放下口袋就走。他对韵梅的受伤很感到不安，必须向她解释一番。韵梅从屋里出来，他赶紧说了话："我，祁太太，我没教他们用鞭子抽人，可是我也拦不住他们！他们不是我手下的人，是区署里另派来的。他们拿着皮鞭，也就愿意试试抡它一抡！你不要紧了吧？祁太太！告诉你，我甭提多难过啦！什么话呢，大家都是老街旧邻，为领粮，还要挨打，真！可是我没有办法，他们不属我管，不听我的话。哼，我真不敢想，全北平今天得有多少挨皮鞭的！我是走狗，我拦不住拿皮鞭的走狗们乱打人，还有什么可说的呢？得啦，祁太太，好好的休息休息吧！日久天长，有咱们的罪受，瞧着吧! "白巡长把话一气说完，没有给别人留个说话的机会，便走出去。

祁老人送到门口，白巡长已走出老远去，他很想质问白巡长几句，可是白巡长没给他个开口的机会。他觉得白巡长可爱，也可恨；诚实，也狡猾。

小顺儿像一条受了惊的小毛驴似的跑来："太爷爷，快来看看吧！快呀！"说完，他拉住老人的手，往院里扯。

"慢点哟！慢着！别把我扯倒了哟！"老人一边走一边说。

天佑太太与儿媳被好奇心所使，已把那点粮食倒在了一个大绿瓦盆中。她们看不懂那是什么东西，所以去请老太爷来鉴定。

老人立着，看了会儿，摇了摇头。哈着腰，用手摸了摸，摇了摇头。他蹲下去，连摸带看，又摇了摇头。活了七十多岁，他没看见过这样的粮食。

盆中是各种颜色合成的一种又像茶叶末子，又像受了潮湿的药面子的东西，不是米糠，因为它比糠粗糙的多；也不是麸子，因为它比麸子稍细一点。它一定不是面粉，因为它不棉棉软软的合在一处，而是你干你的，我干我的，一些谁也不肯合作的散沙。老人抓起一把，放在手心上细看，有的东西像玉米棒子，一块一块的，虽然经过了磨碾，而拒绝成为粉末。有的虽然也是碎块块，可是颜色深绿，老人想了半天，才猜到一定是肥田用的豆饼渣滓。有的挺黑挺亮，老人断定那是高粱壳儿。有的……老人不愿再细看。够了，有豆饼渣滓这一项就够了；人已变成了猪！他闻了闻，这黑绿的东西不单连谷糠的香味也没有，而且又酸又霉，又涩又臭，像由老鼠洞挖出来的！老人的手颤起来。把手心上的"面"放在盆中，他立起来，走进自己的屋里，一言未发。

小顺儿走过来，问："太爷，到底是什么呀？"

老人把头摇得很慢，没有回话，好像是不仅表示自己的知识不够，也否定了自己的智慧与价值——人和猪一样了。

韵梅决定试一试这古怪的面粉，看看它到底能作出什么来——饺子？面条？还是馒头？

把面粉加上水，她愣住了。这古怪的东西，遇见了水，有的部分马上稠嘟嘟的粘在手上和盆上，好像有胶似的；另一部分，无论是加冷水或热水，始终拒绝粘合在一处；加水少了，这些东西不动声色；水多了，它们便漂浮起来，像一些游动的小扁虫子。费了许多工夫与方法，最后把它们团成了一大块，放在案板上。

无论如何，她也没法子把它擀成薄片——饼子与面条已绝对作不成。改主意，她开始用手团弄，想作些馒头。可是，无论轻轻的拍，还是用力的揉，那古怪的东西决定不愿意团结到一处。这不是面粉，而是马粪，一碰就碎，碎了就再也团不起来。

生在北平，韵梅会作面食；不要说白面，就是荞面，油麦面，和豆面，她都有方法把它们作成吃食。现在，她没有了办法。无可奈何的，她去请教婆母。

天佑太太，凭她的年纪与经验，以为必定不会教这点面粉给难倒。可是，她看，摸，团，揉，擀，按，都没用！“活了一辈子，倒还没见过这样不听话的东西！”老太太低声的，失望的，说。

“简直跟日本人一样，怎么不得人心怎么干！”韵梅啼笑皆非的下了一点注解。

婆媳像两位科学家似的，又试验了好大半天，才决定了一个最原始的办法：把面好歹的弄成一块块的，摊在“支炉”[①]上，干烙！这样既非饼，又非糕，可到底能弄熟了这怪东西。

“好吧，您歇着去，我来弄！”韵梅告诉婆母，而后独自像作土坯似的一块块的摊烙。同时，她用小葱拌了点黄瓜，作为小菜。

祁老人，天佑太太，和两个孩子，围着一张小桌，等着尝一尝那古怪的吃食。小顺儿很兴奋的喊：“妈！快拿来呀！快着呀！”

韵梅把几块“土坯”和“菜”拿了来，小顺儿劈手就掰了一块放在口中，还没尝出滋味来，一半已落入他的食道，像一些干松的泥巴。噎了几下，那些泥巴既不上来，也不下去，把他的小脸憋紫，眼中出了泪。

“快去喝口水！”祖母告诉他。

他飞跑到厨房，喝了口水，那些泥巴才刺着他的食道走下去；他可是还不住的打嗝儿。

祁老人掰了一小块放在口中，细细的嚼弄，臭的！他不怕粮粗，可是受不了臭味。他决定把它咽下去。他是全家的老太爷，必须给大家作个好榜样。他费了很大的力量，才把一口臭东西咽下去；而

① “支炉”，烙饼用的一种砂质上有小孔的炊具。

后直着脖子向厨房喊："小顺的妈，作点汤吧！"他知道，没有点汤水往下送，他没法再多吃一口那个怪"土坯"。

"汤就来！"韵梅在厨房里高声的回答，还问了声："到底怎样啊？"

老人没回答她。

小妞子掰了很小的一块，放在她的小葫芦嘴里。扁了几扁，她很不客气的吐了出来，而后用小眼睛撩着太爷爷，搭讪着说："妞妞不饿！"

小顺儿随着妈妈，拿了汤来——果然是白水冲虾米皮。他坐下，又掰了一块，笑着说："看这回你还噎我不！"

韵梅见妞妞不动嘴，问了声："妞子！你怎么不……来，妈给你一块黄瓜！"

"妞妞不饿！"小妞子低着头说。

"不能不吃呀！以后咱们天天得吃这个！"韵梅笑得说，笑得很勉强。

"妞妞不饿！"妞子的头更低了，两只小手紧紧的抓住自己的磕膝。

"小顺儿的妈！"祁老人看看妞子，看看韵梅，和善的说："去给她烙一张白面的小饼吧！咱们不是还有几斤白面吗？"

"你老人家不能这么惯着她！那点白面就是宝贝，还得留着给你老人家吃呢！"韵梅不想违抗老人，也真可怜小女儿，可是她不能不说出这几句话。

"去，给她烙张小饼去！"老人知道不应当溺爱孩子们，可也知道这怪饼实在难以下咽。"就是这一回，下不为例！"

"妞妞，你吃一口试试！你看哥哥怎么吃得怪香呢？"韵梅还劝诱着小女儿。

"妞妞不饿！"妞子的泪流了下来。

祁老人看着小妞子，忽然发了怒，一掌拍在了桌子上，把筷子与碟碗都震得跳起来。"我说的，给孩子烙个小饼去！"他几乎是喊叫着。

妞子一头扎在祖母的怀里，哭起来。天佑太太口中含着一小块饼，她始终没能咽下去！乘这个机会，把它吐出来。而后低声的安慰妞子：“太爷没有跟你生气，妞妞！不哭！不哭！”用手抚摸着妞子的头，她自己的眼眶也湿了。“小顺的妈，给她烙个饼去！”

韵梅轻轻的走开。她知道老太爷是向来不肯轻易发脾气的人，也知道他今天的发怒绝不是要和她为难，而是事情逼得他控制不住了自己。虽然如此，她可是也觉得委屈，摸了摸眼旁的伤口，她落了泪。迷迷糊糊的，她从缸中舀出一点白面来，倒在盆子里，泪落在白面上。

祁老人真没想发脾气，可是实在控制不住了自己。拍了桌子之后，他有点后悔，而又不便马上向孙媳道歉。愣磕磕的，他瞪着那黑不溜球的怪饼，两手一劲儿哆嗦。

毒花花的太阳把树叶都晒得低了头。院中没有声音，屋中没有声音，祁家像死亡一样的静寂。

九

卖烧饼的停了工；点心铺还开着门，而停了炉；卖粥的，卖烫面饺的，卖馄饨的……都歇了工。没有面粉。

城郊的菜园还在忙着浇菜。哗啦哗啦——辘轳轻脆的，继续不断的响着；清凉的井水一股股的流向菜畦。深绿的是韭菜，浅绿的是小白菜，爬架的是黄瓜，那满身绿刺儿，头上顶着黄花的黄瓜，还有黑紫的海茄，发着香味的香菜与茴香，带着各色纹缕的倭瓜，碧绿的西葫芦，与金红的西红柿……

可是尽管生产，卖给谁去呢？那古怪的面粉，（日本人管它叫作

"共和面"。哈！三四十种猫不闻狗不舐的废物混合成的东西，实在需要这样个美丽名称啊！）既不能包饺子，又不能蒸包子，烙回头[①]，炸三角，作锅贴，谁买青菜作馅子用呢？即使人们想炒一点菜吃，谁肯多花钱买贵重的青菜，就共和面吃呢？那委屈了那些菜蔬！共和面只配和小葱拌黄瓜，或生腌臭韭菜摆在一块儿！因此，什么都贵了，而青菜反倒减了价；种菜的倒了霉！

没有了粮，北平也失去它负有世界美誉的手工业。饿着肚子的人不会再买翡翠的戒指与耳环，镀金包金或真金的玲珑细巧的首饰，大雅优美的地毯，巧妙的儿童玩具，雕花的红木桌椅，彩色像鲜花一般的景泰蓝，灌浆的蟋蟀瓦罐子……北平人没有闲心闲钱买这些东西，而又没有法子把它们运出去，于是那些手巧心灵的工人们，（真的，他们若生在外国，也许被尊称为艺术家！）便随着大家一同挨起饿来。北平失去它最好的工人与生产，而只得到饥荒！

汉奸们，在这个情形之下，可反倒更加得意。他们庆幸自己有远大的眼光，及早的投降给日本人，所以现在他们能得到较好较多的粮食！不过，这还不够，他们须加紧的活动，设法要高升一级：能得到三等粮的，须改为二等粮；能得到一份的，设法得到双份儿。粮成为钻营谋事的标准。他们不单必须吃的好，吃的多，而且希望得到吃不了的粮食，好去卖黑市！

胖菊子没有运动成妓女检查所的所长。因为竞争的人太多，日本人索性裁撤了这个机关，而改由军部直接管理花姑娘的事。胖菊子狠狠的和蓝东阳吵闹了几次，甚至于摔砸了一些不很值钱的杯碗什么的。她以为她的失败纯粹因为东阳没有尽到所有的力量去运动。

蓝东阳，在计口授粮的办法实行以后，也有点后悔，没能给胖菊子运动成功。假若太太能作到所长，岂不多拿一份较好的粮！即使她拿不到好的粮食，不是还可以多弄点钱？有了钱，或者不至于

① 烙回头，北京小吃，如长方形的肉火烧。

买不到好的粮的。

后悔，使他咬上了牙，决定去得到个肥缺，教胖菊子看看他的本事，也使自己的心灵上得到自慰。他开始调查哪个机关肥，哪个机关瘦，以便找个肥的，死啃一口。越调查，他越发怒。敢情有的机关，特别是军事机关，不单发较多较好的粮，而且还有香烟，茶叶，与别的日用品呢！这使他由悔而恨，恨自己为什么不早早的下手，打入这样的机关里去！

由这种机关再往别处看，他发现了铁路学校的学生是由官方发给伙食的。他的眼忽然发出火来，绿脸上出了汗，用力的把手拍在桌子上："啊！作这个学校的校长！校长！"吊起一只眼珠，他细细的啃手指甲，把指甲中的黑泥都有滋有味的吃下去。这才使他镇定了一些，他开始计算："就拿三百个学生算吧，每人扣下一斤粮，一月就是三百斤！三百斤哪，我的天！嗯，嗯，每月再开除几个学生，又多落下几份粮！哎哟，哎哟，我为什么没早想到这个呢？"

停止了啃指甲，他决定去运动这个学校的校长。

不，可不能因作校长，而放弃了处长呀！兼差好啦，兼差，处长兼校长！他咧嘴笑了笑，以为他所想到的就必能作到，因为这个时代是他的！

但是，他有没有作校长的资格呢？他没留过学，也没作过大学教授。想了一会儿，他把这些顾虑推在一旁；这根本不成问题。他是处长啊！处长有作一切的资格！

不过，铁路学校的校长并没有出缺呀！东阳又啃上了指甲。指甲上流了血，他想起来了：给现任的校长栽赃就是了。愣说校长窝藏各处来的"奸细"，岂不一下子就把他打下去？好主意！东阳马上看到多少袋子白面堆在自己的屋中！为这些面粉，他必须去捉几个学生，屈打成招的使他们承认"通敌"，而后把校长也拿下监去！为了面粉，屈杀几个人算什么呢？

他决定先去看看教育局的牛局长，探听一点消息。

在日本人占领北平之前，东阳没有作过官，所以不懂作官的方法与规矩。他是完全凭着日本人的力量而作了官的，因此，除了对日本人，他犯不上请客应酬。他向来不懂得什么叫适当的客气与礼貌，于是，见到日本人他就过度的恭顺，不怕出丑，而见到中国人便信意的吊儿啷当。他以为只有这样，才可以特别得到日本人的欢心，而使中国人怕他。这种欺软怕硬，为虎作伥的作风，居然被无聊的人们称为“东洋派”，在汉奸中自成一家。

他与牛局长向来没有过来往。可是，他决定今天去看牛局长。他以为牛局长是凭教授的资格才作了局长，而他自己却以中学教员的出身作到处长；那么，他自己的本事必定比牛局长大，他与日本人的关系也比牛局长的深；所以他用不着打个电话，或写封信，约定会面的时间。

牛局长呢，恰好是另一路汉奸。他是个学者，并没上赶着日本人去谋求地位，也不懂什么是应酬，交际。他只求顺着日本人的摆弄而能保全自己的身家性命与他的图书仪器。因此，他不大爱和官僚们来往，而且颇以此自傲，觉得自己很“清高”。到他良心上感到痛苦的时候，他会对他的太太说：“我不是汉奸！不是汉奸！”他可是只能说到此处为止，因为他找不到充足的理由证明自己，既作了日本官，怎么不是汉奸？

自从他作了局长，他的门外老有一个巡警给他守门。这使他感到了安全，而忽略了那个巡警也许是监视着他的，他的家也就是变相的牢狱。真的，自从他就任局长以后，他并没有一朝权在手，便把令来行的胡干，或故意邀功，可是他的收入显然的比从前加多了许多，他也没细考究那些钱是怎么来的，可只觉得在日本人手下作事(不是汉奸!)也怪舒服。

蓝东阳来到有四株绿树的门前，没理管门警，而硬往里闯。

“找谁？”巡警拦住了他。

他猛的往上一吊眼珠，觉得这是“国耻”——一个中国巡警敢拦住给日本人作事的官儿！嘴唇几乎没动，他口中干嘣出："蓝处长会牛局长！"

"请给个片子！"巡警很客气的说。

东阳有名片，而不高兴递给中国人；他的片子是用日文印的。"蓝处长！"他又喊了一声。

巡警见他的绿脸上抽动得那么奇怪，不便再索要名片。"请等一等，我回禀一声去！"

巡警去了有三四分钟，蓝东阳等得不耐烦，一个劲儿吊眼珠。在他等候日本人的时候，他往往要必恭必敬的站立半点钟或三刻钟，可是并没感到过焦躁，因为等候日本人的时间越长，他越觉得有滋味，像作祷告似的，越长越见虔诚。现在，为见一个中国小官，也居然等三四分钟，他受不了；这伤了他的自尊心，假若他也有自尊心的话。

巡警回来，和颜悦色的说："对不起，局长正忙着呢！"

东阳一口臭气喷在巡警的脸上，"什么？我是蓝处长！"

巡警看出来，若不拿出点厉害的来，恐怕不易抵抗那臭气的再来侵袭："局长不爱见客！有时候连日本人都挡驾！"

"真的？"东阳的嘴半天没有闭上。"连日本人……"他的绿脸上有了笑纹。"好啦，我改天再来！"

"顶好先来个电话，定个时间！"巡警教导蓝处长。

"一定！"蓝东阳慢慢的走开，心中掂算着："好家伙，真有高人呀，连日本人都不见！这小子的势力大远了去啦！说不定他的局长还是天皇下手谕派出来的呢！"一边走，他一边回头看那四棵柳树。他没有感到绿树的美好，而只觉得他应该回去多站一会儿，表示出依依不舍的意思。

刚一转过头来，面对面他看见了冠晓荷和祁瑞丰——他的盟兄弟，同事，情敌。

冠祁二位被放了出来，因为日本人既没法定他们的罪，又不愿多费狱中的粮食。

祁瑞丰的小干脸当时没了血色。他的第一个念头是打东阳一顿。可是，他没有动手。他是祁老人的孙子，天佑的儿子，瑞宣的弟弟，冠晓荷的朋友，他不敢打架，即使面对面见着抢去他的老婆的人。

蓝东阳明知瑞丰不敢打架，可还有点怕，绿脸更绿了一些。

冠晓荷先开了口："哎呀，东阳老弟！我想死你啦！"

东阳看着他们俩，见他们的狼狈的样子，想不出一声便走开。

晓荷一句话把东阳扣住："老弟，你可晓得，招弟当了特务？"

东阳暗自庆幸："幸而我没得罪她！"紧跟着，他叫了声："冠大哥！"虽然他手下也有特务，可是他想招弟恐怕是直属于军部的；一个军部的特务是可以随便欺侮一个文官的。

瑞丰见晓荷唬住了东阳，他也搬运出一点狡猾来："东阳，你猜怎着，我也当了特务！"说着，他把手伸在衣襟里去，仿佛是摸手枪。

东阳真想请他们俩到家中去吃饭，可是，那又根本与他的天性矛盾着，于是改为："你们有工夫，到我那里谈谈！"

"明天准去！"晓荷兴高采烈的说。"瑞丰，你也……"他不便替瑞丰答应下来，因为怕瑞丰不好意思见到胖菊子。

瑞丰的确有点不好意思去，可是，又一想，假若到了蓝家，能吃上一顿饭什么的呢，也就不便过于固执。"真有事吗？"他问了一句。

"有事！有事！"东阳心中盘算好：假若招弟和瑞丰都是军部的特务，他就不妨利用他们俩给铁路学校的校长栽赃。军部的人既有特殊的势力，又能即使惹出祸来也与他无关。

"总得弄点什么给我们吃哟！"晓荷笑着说："哪怕有四两酒呢，哥儿们老不见了，还不亲热一回？"

东阳决定不掉在圈套里，没说请他们吃饭，也没说不请他们，而只吊了吊眼珠。

晓荷实在希望能吃到一顿好饭，于是开始夸赞东阳的眼珠："真的，老弟，你的官运越好，眼珠儿也越吊得高！"

东阳不单没答应请他们吃饭，反而告诉他们："明天到我那里，你们俩得换换衣服！我那里常来有地位的人！"看他俩破衣拉撒[①]的样子，他怀疑招弟与瑞丰是否真作了特务。

瑞丰的灵机一动："我这是化装！到哪儿去也是这样打扮！"

东阳赶紧赔笑："好啦，明天见！"

见东阳走远，晓荷用肘轻撞瑞丰的肋骨："化装！化装！有你的！妙！"

瑞丰也非常得意自己的随机应变，抿着嘴笑。

二人先回到六号，在院中，他们遇到丁约翰。丁约翰把他们拦住。晓荷惊异的问："这是我的家，你怎么不让我进去？"

"你的家，我早租了别人！想想看，你几个月没交房租啦？"

"那末，高第呢？"晓荷并不知道她也下了狱。

"她，早给日本人给抓走啦！"

"我还有东西呢！"晓荷没注意高第下狱的事，他素常就不大喜欢她。

"你几个月没交房租，那点东西能值几个钱？"

晓荷愣住了。没有个地方住，是严重的事。想了想，他要唬唬丁约翰："你知道招弟是干什么的，顶好别得罪我！"

约翰不吃这一套。"甭管她是干什么的，反正你得出去，请！"

多么晴美的夏天晚上啊。在往年，这是祁老人最快乐的一段时间。到五点多钟，斜阳使西墙给院里铺上阴影，枣树上半大的绿枣都带着点金光，像一颗颗的宝石。祁老人必灌几壶水，把有阴凉儿的地方喷湿，好使大家有个湿润凉爽的地点吃晚饭。饭后，老人必浇一浇花，好使夜来香之类的花草放出香味，把长鼻子的蜂子招来，在花朵外颤动着翅儿，像一些会动的薄纱。蜻蜓，各种颜色的蜻蜓，在屋檐那溜儿飞旋，冲破了蚊阵。蝙蝠们逐渐的飞出来，黑黑的像

① 破衣拉撒，形容衣服破烂不整齐。

些菱角，招得孩子们把鞋扔上去，希望能扣住一个大菱角。乌鸦，背上带着霞光，缓缓的由城外飞回，落在南墙外的大树上。小燕们一排排的落在电线上，静静的休息飞了一天的翅膀。天上发过一阵红之后便慢慢灰暗起来，小小的凉风吹来，吹出一阵强烈的花香。这时候，孩子们说了一天的废话的小嘴，已经不大爱张开，而请求老人给他们说故事。老人的故事还没说完，他们已闭上了眼，去看梦里的各色的小鱼与香瓜。

今天，老人的肚子饿，而不肯说出来。他已停止了给地上喷水，一来是懒得动，二来是舍不得水——天热井浅，而胡同中的两家日本人无尽无休的用水，倒水的山东二哥只尽量的供给他们，而不管别家有没有水吃。至于浇花，就更提不到了；老人久已没有闲心种花；连那几盆多年的石榴都已死去一半；那没死的，因为缺水，只剩了些半黄的叶子，连一朵花也没有开。老人的眼老躲着它们。北平的乌鸦，因为找不到吃食，已经减少；南墙外的大树上只有两三只脱了毛，一声不出的黑鸦，仿佛跟北平一样的委屈肌瘦。

小妞子还是不肯吃共和面作的东西，所以每天吃饭必定吵闹一阵。吵过去，她含着泪一边抽搭，一边倒在祖母怀中似睡非睡的闭上眼。她平日不是爱哭闹的孩子，可是现在动不动便哇的一声哭叫起来，发泄她小心眼中的委屈。这晴美的夏晚，还有晚霞，还有蜻蜓与蝙蝠，而没有了孩子们的笑声，天色越美，院中反倒越显出静寂，静寂得可怕！大家唯一的希望就是赶紧躺在床上去，省得面面相窥，找不到话说。

正是在这样的一个晴美的难堪的傍晚，祁瑞丰回到家来——还带着冠晓荷。

头一个看见他们的是小顺儿，他飞跑过来，高声喊："二叔！你回来了？"

小妞子正在祖母怀中假睡，听到哥哥的喊叫，赶紧睁开眼，也叫"二叔"！

祁老人在自己屋子的阶前坐着呢。看见老二，他不由的高了兴。可是，几年来的苦难，教训明白他不应当只想着四世同堂，而宽容老二。他低下头去。瑞丰叫了一声“爷爷”，老人也没答应。

天佑太太的母爱，本来使她要问老二在狱中受了委屈没有，可是一见老人对孙子的冷淡，就决定不说什么。

瑞丰本想大家必定热烈的欢迎他，像欢迎一个远征归来的英雄似的。他颤着声叫了爷爷与妈妈，还想马上就鼻涕一把泪一把的把入狱的情形，像说故事似的，说给大家听。及至看到祖父与母亲的冷淡，他愣住了。

韵梅，明白祖父与婆婆的心意，可是不便不给老二一点温暖。她是这一家的主妇，应当照应一切的人。她给了他一点笑脸：“哟，老二你回来啦？没受委屈啊？”

老二扑奔了大嫂去，想痛痛快快的述说狱中的一切。可是，一回头，见祖父瞪着他呢，他又无可如何的闭上了嘴。愣了一会儿，他低声的问大嫂：“冠先生没有了住处，你能给他想个主意不能？”

冠晓荷扯了扯衣襟，向祁老人与天佑太太行了礼，而后满面春风的，对韵梅说：“哪怕只住这一晚上呢！明天我就有办法，不再打搅！说真的，招弟作了特务，特务的爸爸还能没个地方住吗？”

韵梅还笑着，而语气相当的坚决：“冠先生，那我可不能作主！”

祁老人不想出声。一来，肚子里寡寡落落的，实在打不起精神说话。二来，他知道韵梅有分寸，不至于随便的留下冠晓荷。三来，不得罪人是他的老办法，他希望晓荷赶紧走出去，他也就不便多开口。可是，他忽然的张开口；几年的受罪仿佛逼着他放弃了对条狗都和和气气的，对恶人也勉强着客气的办法。他的世界已经变了，他必须黑白分明，不再敷衍。他立了起来，指着晓荷的脸说：“走！出去！别惹出我的不好听的来！”而后，他转向瑞丰：“你，不知好歹的东西！你要不把这个人弄走，我老命不要，跟你拼了！”

瑞丰见祖父真生了气，不敢再说什么，扯起晓荷往外就走。他知道，假若他敢违抗老人，老人也许真不再给他饭吃。把晓荷扯到街门外，他只说了声“对不住！”便把门关上了。再跑进院中，他以为就可以平安无事，去吃晚饭了。哪知道，祖父还等着他呢。一照面，老人把孙子截住，把从日本人占领北平以来的瑞丰的所作所为一股脑儿全提出来，一边说一边骂。老人好像已不是瑞丰的祖父，而是个旁观者清的外人；他已不再由祖父的立场去格外原谅孙子，而是客观的责骂，像一个有正义感的，有见解的人，责骂一个不知好歹的，没有出息的坏蛋那样毫不留情。

骂了有半点多钟，老人，肚子里本来空虚，开始颤抖起来。天佑太太和韵梅并没有给瑞丰说好话，而只过来劝慰老人，怕老人气出病来。她们好说歹说的把老人劝住，老人坐在阶石上，落下泪来。

瑞丰没有详细的揣摩老人的责骂，而只觉到委屈与不平。他以为自己刚刚出狱，理应得到家人的欢迎与安慰，老人这样的对他未免过分的无情。见老人坐下，他跑进自己屋中，低声的为自己叫屈。

坐了半天，老人渐渐的把气消净，乘着韵梅搀他起来的时候，他低声的告诉她：“给他弄点饭吧！”韵梅惨笑着点了点头。

瑞宣今天又回来的晚了一些。在平日，他总是下了班就回家，为是表明：“我是家长，我到时候就回家，绝不在外面多为自己花一个钱！虽然我没能出去，参加抗战，可是我至少对得起一家老少！”这样他虽不格外的原谅自己，可也就不便太轻看自己。

近来，自从大家都吃共和面，他懒得回家了。有时候，下了班之后，他不去搭电车，而丧胆游魂的在街上走。他怕回到家中，面对面的看着老祖父，病母亲，吃那猪狗都不肯吃的东西；更不愿听到小妞子的哭哭啼啼与韵梅的左右为难的话语。一看到，听到，那情形与哭啼，他便觉得这已不是家庭，而是地狱！老人们的眼中已失去那老年的慈祥，孩子们的眼中已失去那天真的光泽，而都露出恐惧与绝望。这使他看出来，他不单辜负了国家，而也并没能救活了一家子人。他的全盘打算——不去救国，而只求养家——通体弄错了！

看着委委屈屈的老小，他觉得他应当说几句笑话，使大家笑一下。可是，那是欺骗！他只能低着头，把那不能下咽的东西吞下去，虽然明知道那些东西不过仅在肚子里打个穿堂，对他没有任何好处。假若那些没有任何营养的东西对他无益，它们就能很快的杀死老人与孩子们；它们是毒药！想到孩子们也会饿死，他的头上出了冷汗。苟安，苟安，苟安的真意是杀死自己的儿女，断子绝孙！

有时候，富善先生特意省下一点面包和点心，用油纸包好，偷偷的放在瑞宣的旧皮包中。老人还另外放一张纸条，用英文写上："请原谅我，瑞宣，假若这能使孩子们高兴一点，我的功过就相抵了。"

小狼似的，两个孩子把那点东西吞下去。及至吃完他们才想起："怎么没分给太爷爷和奶奶一点呢？"

小妞子特意的等着爸，希望他能带回点面包什么的来。看到爸没带回东西来，她会说："爸爸！妞妞乖！妞妞不要面包！"这使瑞宣的心中像刀刺着那么疼。

他已停止了教小顺儿读书，知识救不活快饿死的孩子。忧郁，饥饿，使他的胃中一阵阵的疼，一阵阵的冒酸水，没有精神再谈文化与历史；饥荒会使文化与历史灭亡！

在他丧胆游魂的串街的时候，他发现了许多新的，使他难过的事。他看见了中日合办的饭馆，里面的装备都是中日合璧的：高桌高凳是给中国人预备的，另有一些矮桌是给日本人用的。四壁上挂着日本的彩印版画，桌上摆着日本人所喜爱的奇形异状的盆景。别的饭馆，因为粮米与猪羊的统制，都已三天打鱼，两天晒网，不能天天升火；这个中日合办的地方却老能得到米面调货，而且用低廉的价钱抢别家的生意，所以天天挤满了人。在这里，人们花不了多少钱，而能得到一大盘子白米饭，和一点日本式的简单的菜。好几次，瑞宣的时常冒酸水的胃，与很久没吃过米饭的嘴，逼迫着他进去吃那么一大盘子"和定食"。可是，他咬上牙，赶紧走开。无论如何，他告诉自己，他不能那么下贱，去吃东洋饭，去帮助完成日本饭馆的生意兴隆，去和日本人挤在一处吃东西！他明知道这种消极的抵制，并无补于事，可是他到底还觉得有这么一口硬气是值得自傲的。

他也看见了不少日本铺子，在王府井大街一带。这，他倒没感到怎么奇怪。连小羊圈里都有了日本住家，这条大街上理应有日本铺子。可是，当他看见中国铺户也把牌匾什么的装修成日本式，他的头不由的就低了下去。他觉得这不是文化的吸收，而是无耻的投降。

同样的，他在东安市场看到小盆景：一株粗而短的松树，斜倚着一块奇形的山石；或一个茶碗大小的盆子，种着一小枝仙人掌或仙人拳；或用人工曲扭成的小树，开着一两朵花。他知道这是为卖给日本人的。日本人的“自然”必经过残忍的炮治，把花木都忍心的削折歪扭，好显出不自然的“美”来。中国人也学会了这一套！中国人聪明，什么都一学就会，可是只没学会怎么强硬与反抗！

回家吧，可怕；在街上溜吧，又触景生情；他简直不知如何才好。他不敢逃出北平，而北平好像已离开了他，使他没有地方去。就是在这种心情下，他今天慢慢的走回家来。

冠晓荷在祁家门外的阶石上坐着呢。看见瑞宣，他急忙立了起来：“啊，瑞宣！我和老二都平安无事的出来了！你能不能……”他还没有说完，瑞宣已推开门，走进去，而后把门上了闩。

韵梅轻轻的告诉他：“老二回来啦！”

他一声没出，走进屋里去。

十

晓荷，吃了瑞宣的钉子，呆呆的立在那里，看着原来是他自己的那所房子。他想起以前的自己，大赤包，桐芳，与女儿们。他不能明白他怎么会落到这步天地。左思右想，他想不出自己有什么过错；假若真的有因果报应一说，他既没有过错，怎会有这么惨的报应呢？堂堂的冠晓荷会没有了住处！长叹了一声，他走出小羊圈。

天已快黑了，他上哪儿去呢？平日，他总以为北平的一切都是给他预备的：洋车是给他代步的，只要他一点头，马上有两条腿来替他奔跑；街灯是给他照亮儿的，好使他的缎子鞋不至于踩着脏东西；铺户是为他开着的，只要他一摸钱袋，那些作生意的便像一群狗似的来伺候他。现在，洋车，铺户，街灯，还都在街上，他可是觉得惨淡，孤寂，难过。没有人招呼他，他自己也不知道该到何处去，北平的一切已不是为他预备着的了！为什么呢？为什么呢？他想不出道理来！

他不敢发怒，因为假若一怒而作出些与深鞠躬，慢走路相反的事来，容或就出点乱子。他不后悔以前的所作所为，因为他只觉得以前的一切是值得记住的，值得自傲的；以前的，特别是在大赤包作了所长以后，是他的黄金时代；黄金时代不会是个错误！

他的肚中响起来。饥饿是最迫切的问题；他忘了别的，而只想怎么能马上吃到点东西。他决定去找蓝东阳。他知道东阳是啬刻鬼，可是他也相信自己的三寸不烂之舌；即使东阳真是鬼，他相信，他也会把鬼说活了心的。

东阳，因为巴结日本人的经验，晓得凡是急于求事的必在约定的时间以前来到；他自己就是那样。他也晓得，求事的人来得越早，被求的人就越要拿架子，故意的不肯出来会见；他自己就受过多少回这样的冷淡与折磨。因此，一见晓荷今天晚上就来到，他马上起了疑心：大概晓荷是急于求助，而急于求助就表明招弟未必真作了特务。于是，他开门见山的问晓荷："告诉我，招弟的事是不是真的？"

晓荷像忽然被马蜂螫了一下："哎呀！你怎可以不信我的话呢？你就不想想，我敢拿东洋人的事随便开玩笑吗？"

东阳愣了一会儿，觉得晓荷并没说假话。"告诉我，我上哪儿去找她？”

“那——”晓荷不敢说出她的地址来，怕再下狱。“那，你知道，特务的地址是不准告诉别人的！”

“我找不到她，还有什么可说的呢？你呢？你也找不到她？”

“我——”晓荷不知怎么回答好。

“好啦，别多耽误我的工夫！你既也找不到她，我只好用祁瑞丰了！”

“瑞丰？他骗你呢，他要是特务，我就是日本天皇了！”

“晓荷，你怎么敢当着我，随便拿天皇开玩笑呢？”东阳立起来，吊着眼珠，向东方鞠了一躬。

“哦，我错了！我道歉！”

“你跟瑞丰全是骗子，滚出去！”

“我还没吃饭哪，东阳！”

“我，这儿又不是饭馆！滚出去！敢来戏弄处长，哈！”

“太太呢？我见见太太！”晓荷真着了急，想向胖菊子求救。

胖菊子恰好由外面走进来，一眼看到晓荷，她的气不打一处来。因为没能把妓女检查所的所长弄到手，近来她恨一切的人；晓荷是大赤包的丈夫，特别教她生气。

“处长太太！”晓荷柔媚的叫了声，为是打动女性的慈悯。

胖菊子一声没出，只啐了一口唾沫，便走了进去。

晓荷的脸跟东阳的一样的绿了。头上出着冷汗，他慢慢的走出来。

已经走到大门，他灵机一动，又走回去，对东阳说：“东阳，我不计较你！你的态度对！比如说你是我，我是处长，我还不是也这样对待你？对，你对，理应如此！可是，你记住，招弟真是特务，有朝一日，我见到她，你可也提防着点！”说完，他扭身便往外走。

东阳追出来。他不懂什么叫对人不可赶尽杀绝，不懂什么叫维持人缘，可是他知道军部的特务有多么厉害。他扯住了晓荷：“你回来！我给你一顿饭吃！”他以为一顿饭必能收买住晓荷，因为他向来连一颗米粒也没白给过任何人。

晓荷的脸上又有了笑意。

这时候，瑞丰在屋里没敢出来向大哥招呼，怕大哥也像祖父似的责骂他。第二天早上，他等着大哥出去上班，才敢起床。起来，胡乱的吃了口东西，他又藏在屋里去思索：到底他应当去找东阳不应当。想到菊子，他不好意思去。想到东阳也许给他点事作，他又愿意去。他知道昨天他骗了东阳；那么，假若东阳需要的是特务，他怎么办呢？想了好大半天，他噗哧的一笑："蒙着锅儿来吧[①]！到时候再说！"这么一想，他决定去见东阳。他觉得瞎猫碰死耗子是最妥当的办法。他细细的刮了脸，里外都换上干净衣裳，又跟大嫂要了点零花，而后气象焕然一新的走出家门。

天气非常的晴爽，虽然温度相当的高，可是时时有一阵凉风儿使人觉得舒服。瑞丰扬着小干脸，走几步便伸开胳臂，使凉风吹吹他的夹肢窝，有点飘飘欲仙的样子。他忘了祖父的责骂，狱中的苦楚，而只一心一意的想和东阳去"合作"，给自己创出一条新生路。

到了蓝宅，他不敢去叫门；万一真遇上胖菊子，他怎么办呢？假若他这一辈子也有一桩教他觉得可耻的事，那便是他丢了老婆而没敢向东阳决斗。

站了半天，他还是决定不了去叫门与否。忽然门开了，一个年轻人相当客气的往里边让瑞丰。瑞丰不再迟疑，跟年轻人走了进去。他心中说："东阳真诚心诚意的等着我呢，有门儿！"

东阳，还另有一个青年，在院里站着呢。瑞丰怕见到胖菊子；可又似乎愿意看见她，不住的向四处打眼。他听见屋里咳嗽了一声，很像菊子的声音。他的心跳起来。

东阳斜着绿脸，为是把眼调正了，瞪着瑞丰。瑞丰莫名其妙的笑了一下。东阳猛的把眼珠吊起去，问："你说，你是特务，真的？"

① 蒙着锅儿来吧，办事没有一点把握。

瑞丰，说惯了谎话，硬着头皮回答："那还能是假的？"

东阳问两个青年："你们听见了？"青年们点了点头，而后一齐走向瑞丰，一边一个把他夹在中间。瑞丰猜不透这是怎回事，心中有点发慌，连声的问："怎回事？怎回事？"一边问，一边他想起最好的主意，跑！可是，刚要抬脚，他觉得两个硬东西一左一右的顶在他的肋骨上。他不敢再动，脸上没有了血色，嘴张了半天才问出来："东阳，我怎么了？"

"你，冒充特务！"东阳向两个青年一扬手，"带他走！"

瑞丰急了，狂喊了一声："菊子？快救救我！"

菊子没有出来。两个青年一齐加劲的把硬东西顶在瑞丰身上，他不敢再出声，跟着他们往外走。

这样，瑞丰又入了狱。

东阳非常的得意。他知道瑞丰是没有胆子，不值得一欺侮的人，可是，能借机会把他下了狱，他的心灵上觉得舒服：一来是，多抓一个人，他可以多立一功；二来是，能把瑞丰结果在狱中，他便是对菊子示了威，而且也可以扫清了自己心中那一点点对瑞丰的顾忌。结果了瑞丰，仿佛他才真能是胖菊子的唯一的丈夫。是的，他必须教瑞丰死在狱中。这是他临时想起来的，可是临时想起的主意，假若十分狠毒，就仿佛比自己盘算好的计划更近乎有灵感；他很想去作一首诗。不，他还顾不得作诗，他得先去布置瑞丰的死！

到吃晚饭的时候，瑞丰还没有回来，大家并没怎么觉得奇怪。天黑了，他还没回来，祁老人开始叨唠："已经教日本人圈过这么多日子，还不知好歹；乱撞什么去，天黑了还不回来！"

听到老人的叨唠，大家还没十分的搁心，都以为老二刚由狱里出来，必像出笼的鸟儿似的，尽量的散逛；待一会儿必会回来的。

又过了半天，祁老人又叨唠起来。口中叨唠，心中却难过，老人以为自己不该在瑞丰刚由狱里出来，就劈面骂他那么一大顿。假若瑞丰是为被责骂而挂了气，也像小三儿似的跑出北平去，老人觉得未免太对不起祁家的祖先；瑞丰是个不要强的子孙，可是即使如此，老人也不愿负对不起祖先的责任。这样一想，他开始忘了瑞丰一切的劣迹，而只觉他是祁家的人，千万不要再出点什么乱子。

到了快睡觉的时候，连天佑太太也沉不住气了。在往日，瑞丰时常回来的很迟，她并没这样担过心，今天，她好像有一点什么预感，使她的心七上八下的安不下去。

夜里，屋中还是很热。大家都假装的睡，可是谁也睡不着。一会儿，小妞子像炸了痱子似的哭喊两声；一会儿，祁老人长叹一口气；一会儿天佑太太低声的对小顺儿说两句话。黑的天，热的空气，不安的心情，使全家都感到一点什么可怕的事在暗中埋伏着。没有人喜欢瑞丰，真的；可是大家越知道他无聊无知，才越不放心他。

快到天亮，屋中的热气散尽，也有了点凉风，大家才昏昏的睡去。

韵梅起来的很早。可是，一出屋门，就看见祁老人在院中坐着呢。老人的白发，特别是头顶上那几根，在晓风里微微的颤动，颤动得很凄凉。他脸上的皱纹像比往日深了许多，也特别黑暗，老人的小褂子只系了一个扣子，露着一部分胸口，那里的肉皮也是皱起的，黑暗的，像已没有了血脉。

"你老人家干吗起这么早？"韵梅低声的问。

好大半天老人也没答出话来。低着头，他的下巴像要顶进那瘦硬的胸口里去。好久，他长叹了一声，还低着头，说："哼！都错了，我都算错了！我说北平的灾难过不去三个月；三个月？好几年了！我算计着，不论如何，咱们不至于挨饿；哼！看看小妞子，看看你婆婆！我算计着，咱们祁家就是受点苦，也不见得能伤了人口；可是，先是你的公公，现在，又轮到老二了！"

"老二不会出岔子，你老人家放心吧！"韵梅勉强的笑着说。

老人还低着头，可是语声提高了一点："怎么不会出岔子？在这年月，谁敢拍拍胸口，说不出岔子？我不对！不该在老二刚回来，就那么骂他！"

“难道他不该骂？爷爷！”

老人翻眼看了韵梅一下，不再说什么。

凉风把夏晨吹醒。鸟儿用不同的腔调唱起歌来，牵牛花顶着露水展开各色的小喇叭，浑身带着花斑的飞虫由这儿飞到那儿，蜘蛛在屋角织起新的丝网。世界是美好的，似乎只有人们不大知趣；他们为自己的生活，使别人流血；为施展他们的威风，顷刻之间用炮火打碎一座城池。

瑞宣一睁眼，就皱上了眉头。美丽的夏晨，对他，是一种嘲弄。

出了屋门，他看见祖父，赶紧叫了声：“爷爷！”

老人没哼声，还那么低头坐着。

瑞宣慢慢的往外院走。走到影壁前，他看见地上有个不大的纸包。他的心里马上一动。那是东洋纸，他认识。包儿上的细白绳也是东洋的。愣了一会儿，他猛的把纸包拾起来，把绳子揪开。里边，是瑞丰的一件大褂。搂着大褂，他的泪忽然落下来。他讨厌老二，可是他们到底是亲手足！

轻轻的开了街门，他去找白巡长。

找到白巡长，瑞宣极简单的说：“我们老二昨天穿着这件大褂出去的，今儿个早晨有人从墙外把它扔进来，包得好好的。”

看了看瑞宣，看了看大褂，白巡长点了点头，“他们弄死人，总把一件衣裳送回来；老二大概——完啦！”

听白巡长说的和他自己想的正一样，瑞宣想不起再说什么。

白巡长叹了口气。“哼，老二虽然为人不大好，可是也没有死罪！”他打开了户口簿子。“祁先生，这件大褂就是通知书，以后别再给他领粮! ”说着，他把“瑞丰”用笔抹上条黑杠儿。

“白巡长! ”瑞宣的嘴唇颤动着说：“我把这件大褂留在这儿吧？万不能教我祖父看见！我的父亲……现在又是老二，祖父受不了！请你帮我点忙，千万别对任何人说这件事！”

“我懂得！一定帮忙！”白巡长把那件大褂又包起来。“祁先生，甭伤心！好人也罢，歹人也罢，不久都得死！”

瑞宣急忙去找李四爷。简单的把事情说明，他嘱托老人：“发粮证的时候，千万别教我祖父知道少了一份粮！还有，过两天，您看机会，告诉我祖父，就说您看见瑞丰了！”

“我得扯谎？”

“那有什么法子呢！只要您说看见老二，祖父必信您的话，放了心；要不然，他老人家得病一场！真要是他老人家现在有个好歹，可教我怎办？我已经穷到这样儿，还办得起丧事？”

“好吧！你的话也对！”李老人点了头。

辞别了李四爷，瑞宣慢慢的往家中走。

走进了家门，他似乎不能再动了。他坐在了门洞里，一半有声的，一半无声的对自己说：“你知道老二的行为不对，为什么不早教训他呢？打他几个嘴巴子，也比教他死在日本人手里强呀！你为什么只顾大家表面上的和睦，而任着老二的性儿瞎胡闹呢？好，现在他死了，你去央求白巡长，李四爷，给遮掩着事实；倒好像老二根本是好人，总得活下去；即使他死了，也得设法弄得好像他还活着似的！这是什么办法呢？你讨厌他，而不肯教训他；他死了，你倒还希望他活着！你只会敷衍，掩饰，不会别的！你的父亲教敌人逼死，报仇了吗？没有！现在你的弟弟，不管他好坏，又教日本人杀了，你不单不想报仇，而且还不教别人声张，给日本人遮瞒着罪恶……你也算个人!!!”

这样骂过自己一阵，他无精打采的立了起来。

祁老人还在那儿坐着呢。

祖孙彼此看了一眼，谁也没说什么。

十一

北平人到什么时候也不肯放弃了他们的幽默。明快理发馆门前贴出广告："一毛钱，包办理发，刮脸，洗头！"对面的二祥理发馆立刻也贴出："一毛钱，除了理发，刮脸，洗头，还敬送掏耳，捶背！"左边的桃园理发馆贴出："八分钱，把你打扮成泰伦鲍华！"右边的兴隆理发馆赶紧贴出："七分钱包管一切，而且不要泰伦鲍华的小账！"

饭已没得吃，人们顾不得什么剃头刮脸。不错，像胖菊子们，还照常烫头发，修指甲，可是她们都到那不减价的美容室去。至于一般人，他们得先设法撑满了肚子，头发与胡须的修整必须放在其次。于是，小理发馆不论怎么竞争减价，怎样幽默，还是没有生意。

孙七在往日，要从早到晚作七八个钟头，才能作完该作的活。现在，他只须作一两个钟头就完结了一天的事。铺户里都大批的裁人，他用不着再忙。而且，因为小理发馆都发狂的减价，有的铺户便干脆辞掉了他，而去照顾那花钱少而花样多的地方。他，孙七，非另想办法不可了！

他是爱脸面的人，虽然手艺不高，可是作惯了铺户的包活，他总以为自己应当有很高的地位，像什么技术专家似的。因此，他不能到街头和那群十三四岁的，刚出师的小孩子们挤在一处，去伺候洋车夫和小贩们。他也不肯挑起剃头挑子，沿街响着唤头，去兜生意。在平日，他打扮得相当的漂亮：短蓝布衫，浆洗得干净硬正，底襟仅将将过膝，显出规矩而利落。里面的小褂，很白，袖子很长，以便把白袖口挽出来，增加他的漂亮干净。他没拿着过那铮铮响的唤头，而只夹着一个雪白的布包，里面放着他的家伙。这样，每天早晨，夹起白布包，甩着长而白的袖口，去到铺户作活，他感到像一位艺术家去开展览会似的。他体面，规矩，自傲。他一定不肯沿街去兜揽生意，那损伤了他的尊严。

现在，他可是非下街不可了！他的眼本来就有点近视，现在就更迷糊了，因为眼中有些泪。他爱瞎扯。他对什么都不十分了解，所以才敢信意的瞎扯；瞎扯使他由无知变为无所不知。现在，他闭上了他的嘴。他须和程长顺一个样子的去游街，弄得满身尘土，像个泥鬼。他伤心，也就不肯再瞎扯。

每天早晨，他依旧到几家他作过多少年生意的铺户里去。作完这点活，天色还不到正午。下半天他干什么去呢？在家中坐着，棚顶上不会给他掉下钱来！没办法，他去买了个唤头。夹着白布包，打着唤头，他沿街去作零散的活计。听着唤头铮铮的响，他心里一阵阵的发酸。混了二三十年，混来混去会落到这步天地！他的尊严，地位，忽然的都丢掉。在前些日子，他还敢拒绝给冠晓荷刮脸，现在，谁向他点手，谁便是财神爷！

他不敢在家门附近响唤头，他必须远走，到没有人认识他的地方去。他须在生疏的地方去丢脸，而仍在家门左近保持着尊严。转了一天，不管有无生意，他必在离家门还相当远的地点，把唤头掩藏起来，掸去鞋上与身上的灰土，走回家中。

在北平人的记忆里，有些位理发匠（在老年间被叫作剃头的）曾有过不甚光荣的历史。孙七还记得这个，所以他一向特别的要表示出尊严与正经，仿佛是为同行的争一口气。他最怕看见十几岁的小剃头的们，把特制的短小的挑子放在一处，彼此诟骂，开玩笑，或彼此抠抠摸摸的。现在，他既须去游街，就没法子不遇见这样的孩子们。不管他们的手艺多么不好，年岁多么小，他们到底是他的同行，都拜一个祖师。他的眼不得力，不能由远处就看见他们而及早绕道儿躲开。及至身临切近，看见他们的丑态，听到他们的脏话，他不由的就发了怒。尽管发怒，他可是没法干涉他们；他们不是他的徒弟，他没有管束他们的权利。搁在往日，他可以用前辈的资格去说他们几句；现在，他与他们全是下街讨饭吃的，谁也不高，谁也不低。他要申斥他们，只是自讨无趣！有时候，孩子们中间有认识他的，便高声的问他："孙师傅，你也下街啦？"教他轰的一下，连头发根儿都红了起来。

为避免这种难堪，他开始选择小胡同去走。可是胡同越小，人们越穷，他找不到生意。他用力敲打唤头，一半是为招生意，一半是为掩遮他的咒骂，咒骂他自己，他的同行，与日本人。

天极热，小胡同里的房子靠得紧，又缺少树木，像一座座的烤炉。可是孙七必须在这些烤炉中走来走去。被阳光晒得滚烫的墙壁，发着火气，灼炙着他的脸，他的身体。串过几条这样的胡同，他便闻到自己身上的臭汗味。他的袜子，像两片湿泥巴，贴在他的脚心上。哪里都是烫的，他找不到个地方去坐一坐。他的肚子里只有些共和面和凉水，身上满是臭汗与灰土，心中蓄满了忧虑，愤恨，与耻辱。这样，走着走着，他便忘了敲打手中的唤头，忘了方向，只机械的往前缓缓的移动脚步。忽然一声犬吠或别的声音，才惊醒了他，赶紧再响动手中的唤头，铮铮的给自己更增加一些烦躁。

饥，暑，疲倦，忧虑，凑在了一处，首先弄坏了他的肠胃，他时常泻肚。走着走着，肚子一阵疼，他就急忙的坐下，用手揉着肚子。他的脸登时变成绿的，全身出着盗汗。他的肚子像要拧成一根绳，眼前飞动着金星。他张着嘴呼吸；一阵疼，身子要分为两截，他的耳中轻响，像有两个花蚊子围着他飞旋。随着这响声，他的心也旋转；越转越快，他渐渐失去知觉。那点响声走远了，他的眼前完全变成黑的；心中忽然舒服了一下，身子像在空中飘着。这么飘荡了许久，那点响声又飞了回来，他又觉出肚中疼痛；原来他已昏过去一会儿。睁开眼，他也许还在地上坐着呢，也许是躺着呢。他愣着，心与身都懒得动一动。肚子还疼，他不能不立起来。哼哼着，他很费力的立起来。他的手，天气虽然是那么热，变成煞白煞白的。他扶着那炙手的墙壁，去找茅房。

有过这么几次昏迷，他认识了死亡。无可如何的，他告诉自己："死并不太难过！那点响声想必就是魂儿往外走呢！不，不太难过！为什么不就那么死了呢？"

他没钱去看医生，也不肯买点现成的药，只在疼得太厉害的时候，去喝一口酒。酒，辣辣的，走入腹中，暂时麻醉了内部，使他舒服一会儿。可是，经过这刺激，他的肠胃就更衰弱，更容易闹病。

一来二去，孙七已经病得不像样子了。他的近视眼陷进去多深，脸上只剩了一些包着骨头的黑皮。在作活的时候，他的手常常颤动，好像已拿不住剃刀。他还想强打精神，有说有笑，省得主顾们怀疑他因手颤而也许有刮破耳朵的危险。可是，他说笑不上来。他须时时刻刻的警戒着——肚子稍微一疼，便赶紧把刀子收回来，以免万一掉在人家的脸上或身上，不到疼得要命的时候，他不肯停下来；他咬上牙，头上冒着虚汗，心里祷告着，勉强把活作完。这样作完一个活，他已筋疲力尽，赶紧走开，好找个僻静的地方坐下或躺下。他顾不得与人们说笑，虽然说笑是维持生意关系的必须有的手段。

他应当休息。可是，休息没人给钱。他必须去串胡同。他走得极慢，几乎不像走路，而是像一条快死的老狗，找个不碍事的地方，好静静的死去。这样，即使有人要叫住他，看他一眼也就不叫了。他已不是个体面干净的理发匠，而是一个游魂！

在他的心里，他知道自己恐怕不久于人世了。可是，只要肚子舒服了一点，他便乐观的欺哄自己："并没有多大的病，只要能休息休息，吃口儿好东西，我就会好起来的！"但是，好东西在哪儿呢？

快到"七七"纪念日，他又昏倒在街上。

苏醒过来，不知怎的，他却是躺在一辆大卡车上，他觉得奇怪，可是没有精神去问这是怎回事。又闭上眼，他蜷起身子，渺渺茫茫的不出一声。车子动，他的身子便随着动，仿佛他已不是个活人，而是一块木头。

走了好久？他不晓得。他只觉出车子已停止摇动；然后，有人把他从车上拖下来。他还半闭着眼；肚子已经好些，可是他十分疲乏。迷迷糊糊的，他走进一间相当大的屋子。屋里除了横躺竖卧的几个人，没有任何东西。他找了个墙角坐下。他打不起精神去看什么，只感到一股子强烈的石炭酸水味儿。这个味道使他恶心，他干噎了几下，并没能吐出来，只噎出几点泪，迷住他的近视眼。

隔了好久，他听见有人叫他，语声怪熟。他挤了挤眼，用力的看。那个人又说了话："我，冠晓荷！"

一听到"冠晓荷"三个字，孙七马上害了怕，他不知道自己为什么被拖到这里，和这里是什么所在，他也没想到这里会有什么危险。可是，一听到"冠晓荷"，他立刻联想到危险，祸患，因为冠晓荷是，在他看，一切恶事的祸首；只要有冠晓荷，就不会有好事。他极快的想到：他是被冠晓荷给陷害了，正像钱默吟先生，小文夫妇，无缘无故的被姓冠的害了一样。他用力的看，原来冠晓荷就在离他不远的地方坐着呢。

晓荷的上身穿着一件白小褂，颜色虽然不很白，可是扣子还系得十分整齐。下身，穿着一条旧蓝布裤子，磕膝那溜儿已破了，他时时用手去遮盖。他的脸很黑很瘦，那双俊美的眼，所以，显着特别的大。他还爱笑，可是因为骨棱儿太显明，所以笑得不甚妩媚。他的牙还是很白，可惜唇上与腮上有些稀稀的，相当长的胡子，减少了白牙的漂亮。他的脑门上有许多褶子，褶子中有些小小的白皮，像是被日光晒焦的；他时时用手去抠它们，而后用袖子擦擦脑门。

自从他在蓝宅吃过一顿饭以后，他就赤手空拳的到处蒙吃蒙喝，变成个骗子兼乞丐。他受尽了冷淡，污辱，与饥渴，可是他并不灰心丧气；他的心中时时刻刻的记着招弟。招弟，在他心中，仿佛是圣母，即使不能马上来给他吃，给他喝，也总会暗中保佑他。

孙七看了再看，把晓荷完全看清楚。可是他更糊涂了：晓荷在这儿干什么呢？看样子，晓荷大概也是被人家拖了来的；为什么呢？他想：假若晓荷和他自己同样的被人家拖了来，晓荷就不至于陷害他；不过，晓荷总是晓荷，有晓荷的地方必不会有好事。他没有好气的问出来："你在这儿干什么呢？是不是又害人呢？"

晓荷要笑一笑，可是忽然的咬上了牙。他的脸忽然缩扁了许多，眉眼拧在一起。他蜷起腿来，双手抱住肚子。他已不再俊美，而像东岳庙中天王脚下踩着的扁脸小鬼。孙七向来没看见过这样不体面的冠晓荷。过了一会儿，晓荷伸开了腿，脸上的皱纹渐次松展开，吐了一口长气："噗——肚子疼！"

孙七出了凉汗。肚子疼不算罪恶，他知道。可是，晓荷既也肚子疼，既也被拖到这里，大概非出岔子不可！一急，他骂了出来："他妈的，我孙七要跟这小子死在一块儿才倒了血霉！"

晓荷揉着肚子，忽略了孙七的咒骂，而如怨如诉的自述："这不是一天了，时常啊，肚子里一拧，拧得我要叫妈！毛病都在我太贪油腻！天天哪，我总得弄什么四两清酱肉啊，什么半只熏鸡啊，下点酒！好东西敢情跟共和面调和不来，所以……"他又咬上了牙，他的肚子仿佛是在惩戒他的扯谎！

疼过一阵去，他继续着说："自从我搬开小羊圈以后，好多朋友都给我介绍事作，我可是不高兴去。招弟，你知道她的地位？她既有了好事，我老头子何必再去多受累呢？所以呀，我就天天的约几个朋友，有时候也有日本朋友，坐坐野茶馆呀，钓钓鱼呀，图个清闲自在！日本朋友屡次对我说：冠先生——他们老称呼我先生——你总得出来帮帮我们的忙啊！我微微那么一笑，对他们说呀：'我老了，教我的女儿效劳吧，我得休息休息！'"

孙七知道晓荷是在扯谎，知道顶好不答理他，可是他按不住他的怒气："他妈的，饿成了屌样，你还他妈的念叨日本人，你是什么玩艺呢！"

"说话顶好别带脏字儿，孙七！"

“我要再分有点力气，我掰下你的脑袋来！”

“哦，你也肚子痛？别着急，这是医院。待会儿，日本医生一来，给咱们点药儿，——日本药是好的，好的！——咱们就可以出去了！”

孙七没入过医院，不晓得医院是否就应当像这个样子。“我才不吃日本药呢！他妈的，用共和面弄坏了我的肚子，又给我点药；打一巴掌揉三揉，缺他妈的德！”

“你要是老这么说话，我可就不理你啦！”晓荷挂了点气说。

下午三点，正是一天最热的时节。院里毒花花的太阳烧焦了一层地皮。树木都把叶儿卷起去。什么地方都是烫的，没有一点凉风。连正忙着孵窝的麻雀都不敢动了，张着小嘴在树叶下蹲着。屋里相当的阴凉，可是人们仍然感到暑热与口渴。孙七不愿再听晓荷瞎扯乱吹，头倚墙角，昏昏的睡去。

门前来了个又像兵又像护士的日本人。晓荷像见了亲人似的赶紧立起来，把所有能拿出来的笑意都搬运到瘦脸上来。等日本人看明白他的笑脸，他才深深的鞠躬，口中吱吱的吸着气。鞠完了躬，他赶紧把孙七叫醒：“别睡了，医官来了。”

日本人问晓荷：“你的？”

晓荷并齐两脚，挺了挺腰，笑纹在脸上画了个圆圈，恭敬的回答：“肚子疼！”恐怕日本人不明白，他又补充上：“闹肚子，拉稀，肠胃病，消化不良！”

日本人逐一的问屋里的人，大家都回答：肚子不好。

“要消毒的！”日本人说了这么一句，匆匆的走开。

大家都不明白消毒是什么意思。晓荷觉得责任所在，须给大家说明一下：“大概是教咱们洗洗澡，换换衣服。这是必有的手续，日本人最讲究卫生，清洁，我知道！”

又过了几分钟，那个日本人又回来，拉开门，说了声：“开路！”

晓荷抢先往外走，并且像翻译官似的告诉大家：“教咱们走！”

连晓荷，孙七一共是七个病人。大家都慢慢走出来。一出屋门，热气像两块烧红的铁，贴在大家的脸上，孙七扶住了门框，感到眩晕。

“快着走呀，孙七！”晓荷催促他，然后向日本人一笑。

走出大门，一部大卡车在门外等着他们呢。司机的已在车上坐好，旁面还坐着个持枪的日本兵。

“上车的！”日本人喊。

“大概呀，这是送咱们到正式的医院去。”晓荷一边往车上爬，一边推测。

车上没有座位，没有棚子。车板上有些血条子，被阳光晒得纵起来，发着腥臭。晓荷认识这部车，它是专往城外拖死尸的。大概他的太太，冠所长，就是被这辆车拖出去扔在野外的。可是，他不便过度的疑虑什么，他对自己的国家与民族，没有丝毫的自信与自傲；假若他再怀疑日本人，他就完全没有立脚的地方了。

车上没有地方不是滚烫的，大家没有坐下去的勇气，只好蹲着。车开了，有了一点风，也是热的。太阳似乎已不在天上，而是就在他们的身旁。车很快，像要冲出火海。什么地方都是亮的，连墙影儿都没有多少黑色。墙头，屋瓦，特别是电线上，都发着一些颤动的光。车飞驰，强烈的颜色联成一道飞虹，车上的人都闭上了眼。

忽然一黑，车声像雷似的响，大家全快忙睁开了眼，原来是到了城门洞内。

晓荷怕出城，预感到什么危险。可是，他不便说出来，怕那样对不起日本人。他想起大赤包来；但是，大赤包被杀也不敢教他怀恨日本人；不是吗，他想，日本人会给她官儿作，当然也会杀了她，当然！

车上的人都发了慌，一齐问：“到底是怎回事？”

出了城门，毒热的阳光又晒在大家的头上。他们停止了说话，又都闭了眼。

车冲过关厢，尘土被车轮卷起多高，热的灰沙落在他们的脸上。

“孙七！孙七！”晓荷看到一大片白薯地，更发慌了：“这，这是……”

“你放心，日本人决不会害你！”孙七没有好气的说。

“对的！对的！”晓荷点了点头。“我没得罪过日本人！”

车停在一片榆林外。榆叶几乎已都被虫子吃光、秃眉烂眼的非常难看。树枝上，裹着好些虫网，网上挂着一颗颗的黑的虫屎。林外，四面都是白薯地，灰绿的叶子卷卷着，露出灰红的秧蔓，像些爬不动的大虫子。四外没有一个人，没有一点声音。一阵热风卷过来，只卷起一些干的黄土，吹落几片被虫子咬过的榆叶。两只黑鸦在不远的坟头上落着，飞起来，又落下。

前面的兵由车上跳下来，把刺刀安上。那长窄的刺刀，发出亮光，像一条冰似的，使大家的心都发凉起来。司机的也下了车，手中提着两把军用的铁锹。兵叫大家下车。

晓荷由车上滚下来，没顾得整一整衣服，便扑奔了日本兵去，跪在地上：“老爷！老爷！我是你们的人，我的太太跟女儿都给你们作事！我没犯罪呀，老爷！老爷！”

孙七本是胆小的人，但在自从昏倒在街上几次以后，他已不那么怕死。现在，他想不出自己有什么死的罪名，也顾不得去想他该怎样处置自己。他好像完全没有经过考虑，扑奔过晓荷去，他的手与脚全踢打在晓荷的身上。“你！你！我知道，遇见你就没好事；你，没有骨头，没有血的走狗！”

这时候，日本兵正要用刺刀扎孙七，可是最后下车的一个，穿着长衫颇体面的人，跳下车来掉头就跑。日本兵赶了他去，刺刀扎入他的背中。

端着枪，日本兵跑回来。孙七还在踢打冠晓荷。刺刀离孙七很近了，他把近视眼眯成两条缝子，而后睁开，睁得很大；紧跟着，他怒吼了一声：“干什么？”说也奇怪，冷不防的听到这一吼，日本兵莫名其妙的立定，仿佛忘了他要干什么了。

愣了一会儿，日本兵不去用刺刀扎孙七，而教大家排好。晓荷还在地上跪着，兵顺手把他揪起来，作为排头。孙七糊糊涂涂的排在第二。

天更亮了。阳光照着这些人，一片光杆的榆树，坟头，白薯地，也照着死亡。坟头上的一对乌鸦又飞起来，哀叫了两声，再落下。日本兵端着枪，领着大家往树后走。

树后有一大溜挖好的坑，土块上有些被晒死的紫红的蚯蚓。

“消毒的！”日本兵一枪把子将冠晓荷打入第一个坑。晓荷尖锐的狂喊了一声：“饶命哟！”

司机把铁锹交给孙七与第三个人，用手比画着，教他们填土。孙七忘了一切，只知道坑中是卖国卖友的冠晓荷。他把身上所有的一点力气都拿出来，往坑中填土。晓荷还在喊：“饶命呀！”

坑中的土越来越厚，晓荷的声音越来越小。土埋到他的胸，他翻眼看看日本兵，要再喊饶命，可是一锹堵住他的嘴，乌鸦飞了过来，在树林上旋转了一下，又飞开。

第二个坑是孙七的，他跳了进去，没出一声。

这叫做消毒。

全城都在消毒。共和面弄坏了北平人的肠胃，而日本人疑心是什么传染病，深怕染到日本居民。几辆大卡车日夜在街上巡行，见到晕倒的，闹肚子的，都拖走去消毒。消灭一个便省一份粮食。

就是这样，我们的天字号的顺民冠晓荷，与我们的好邻居，朋友，理发匠，都被消了毒。

十 二

小羊圈的人们只注意到孙七的失踪，而没想到他会被活埋。饥饿使人们自顾不暇，谁也没张罗着去找一找他。

孙七太太是个四十来岁，永远烟不出火不进的[①]，不惹人注意的妇人。见丈夫老不回来，她落了几点泪，回了娘家。小羊圈的老住户就这么鸦雀无声的又减少了一家。

慢慢的，消毒这一名词与办法传到人们的耳中，他们开始怀疑是否孙七便是这个办法的牺牲者。虽然这么疑虑，大家可不高兴以此为题，谈论什么。他们的肚子也都不很好。假若孙七真是因闹肚子而……他们自己呢？这太惨，太可怕了！不提也罢！

又到了“七七”。日本人把五色旗收起去，而卖给大家青天白日旗。旗上还有新添的一条黄布，上面印好：“反共和平建国”。他们不认识这个黄条，也不信上面的那几个字。低下头，他们不敢再看那骗人的旗子。

在这面旗子而外，他们也看到：黄色的，左角上有红蓝白黑条子的满洲国旗，和中间一条红宽道子，上下有黄白蓝窄道道的蒙古联邦国旗。他们向来没看见过这些旗帜，也就不想去承认它们。他们知道，在这些旗帜下，闹肚子的都可以被活埋！

除了悬挂这些旗子，日本人还大张旗鼓的追悼东洋武士的“忠魂”。在南苑，西苑，中山公园，都有极庄严的追悼会，倒好像历史须从新写过，中国人须负战争的责任似的。

小羊圈的人们不由的都屈指计算（这是最好的“清理账目”的日子），他们这小小的胡同里，好的歹的，该死的与不该死的，已经有好几家子家破人亡。他们想起那厚重老成的祁天佑，会作诗的钱先生和他的太太，两位少爷；壮实得像一条小豹子似的小崔；美得像并蒂莲的小文夫妇；和忽然像一把火烧掉了的冠家。还有，祁家的老三，棚匠刘师傅，他们逃了出去，是活着，还是死了呢？哼，还有祁老二的老婆呢，不是姘了个汉奸吗？什么事都会发生，他们慨叹，只是没有好事！

---

① 烟不出火不进的，形容人窝囊老实。

程长顺不愿出去作生意，他怕看见街上那些骗人的旗帜，与那些穿着礼服的日本男女。可是，他必须出去，他的老婆知道今天是“七七”，也必想起小崔来，他须躲开她，不愿看见她的愁眉苦眼。

瑞宣也请了一天的假。这不是父亲的祭日，可是他想起父亲；这不是老三逃出去的纪念日，可是他想起老三。他本不愿想起老二，可是也不由的想起来。三个弟兄只剩下他一个人了！

像幼年过盂兰节[①]似的，瑞宣想起全北平，全中国的千千万万被杀的，被炸的，被奸的，被淹死的，被活埋的，男男女女。这日子，不像清明节，只到自己的祖茔去祭扫就够了；这不是清明，而是盂兰节。闭上眼，他可以想象到成千论万的灵魂，没有头的，没有手脚的，被炸碎的，都带着鲜血与恨怒冲荡疾走，向活着的人索要报仇雪耻；老的幼的，男的女的，还有在胎里的婴儿，都在空中，旷野，水里火里，仰首向天，呼叫复仇报怨！这日子，会使小小的人心，由日常生活的关切，走到包括着天堂与地狱的想象中去。这日子，使实际与想象联成了一气，使恩与仇特别分明。

他渴望能见到钱默吟先生，畅谈一番。可是，谈，谈，光是闲谈有什么用呢？他不敢再想什么，在这样一个历史的日子，他却毫无办法，只在想象中看见一批批的亡魂，而没有复仇的决心与行动。他后悔请了一天的假。

小顺儿和妞子拉住爸的手，往外扯，要到门外去玩玩。瑞宣不高兴出去，他以为今天只应当蹲在屋里，独自追念，默祷，与忏悔。可是，他也没拒绝孩子们的小小的要求。愣愣磕磕的，他随着他们往外走。

天依然很热，可是时时有一些凉风。门外两株老槐的叶子时时微动，一些开败了的槐花轻轻的落下来。孩子们一出街门便看见了两条槐虫，各自吊着一根长丝，在打秋千。小顺儿正要跑过去捉槐

---

① 盂兰节，农历七月十五日为盂兰节。为亡人祭祀，放河灯、烧纸钱等。

虫，由三号院子里出来一群日本男女老少，都穿着最好的衣服，显然的是去参加追悼会。日本小孩子的手中都拿着小太阳旗，蹦蹦跳跳的往前跑。妇女们穿着礼服，屁股一颠一颠的，随着男人们后边。

瑞宣在门坎内立定，忽然觉得心中作恶。

"爸！"小顺儿，急于去捉槐虫，"走啊！爸，你怕日本人吧？"

瑞宣没说什么，脸可是红起来。

"爸！"小妞子也想起话来："他们都上北海吧？看荷花哟，吃冰激凌哟，坐小船哟，多么好？妞妞也去吧？爸带妞妞去吧？"

"北海，荷花……都不是咱们的！"瑞宣想好这句话。可是，话已到唇边，又咽了下去。

这时候，老王——卖烧饼油条的——挎着笸箩走了来。他是个大高个儿，可是年纪——七十多了——使他的背弯得很厉害。他的头发只剩了几根，白而软的在脑瓢上趴趴着。他的嗓子，因风雨无阻的吆喝了几十年，已经沙哑，所以手里打着个满是油泥的木梆子。瑞宣自幼儿就买他的东西，因为他的油条是真正小磨香油炸的。老王永远不讨厌，不利用孩子们的哭叫而立定不走，以便多作一号生意。今天，他可是立住了。他轻易看不到瑞宣，很想闲扯几句。他只知道瑞宣的乳名儿——一看孩子们也在这里，他不好意思叫出来。哑着嗓子，他说："没上班哪，今天？唉！"老人用叹气引起话来："唉！这是头一天开张！十多天。领不到一点面粉！今儿个是'七七'，日本人发了善心，我才弄到这点货。没法子！生意没法儿作，我又回不了家。家教鬼子给烧光啦！"他打开盖笸箩的布："看看！这是烧饼？还不够吃两口的呢！一辈子不作屈心的事；现在，可是，……连面粉都领不到，还说什么呢？"

小顺儿与妞子已忘了槐虫和北海，都把小手放在笸箩边上，四只玻璃珠似的小眼在烧饼与油条上转来转去。

瑞宣随便的敷衍了两句，不是看不起老王，而是他的注意也集中在笸箩上。摸了摸衣袋，还有一点钱，他一下子拿起六个烧饼，六根油条。小顺儿与妞子一齐长吸了一口气。老王用马兰叶穿起油条，交给了妞妞；瑞宣叫小顺儿用衣襟兜起烧饼。“拿去，大家吃，别跑！”

小顺儿没法控制自己的腿，只走了两步便改为飞跑。妞妞不敢跑，而用尖锐的狂叫补足了欢悦：“妈——油条！”

两个孩子跑进去，瑞宣和老王一同叹了口气。老王又敲起梆子；毛着腰走开；剩下瑞宣独自啼笑皆非的立着，向自己叨唠：“用几个烧饼纪念‘七七’吗？哼！”

一号的日本老婆婆走了过来，用英语打招呼：“早安！”

瑞宣向前迎了两步：“早安！我应当早就去谢谢你，可是……”

“我懂，我懂！”她拦住他的话，向自己的街门指了指：“她们到前门车站去接骨灰，骨灰！”咽了一口唾沫，她好像还有许多的话，而说不出来了。

“那……”瑞宣自然而然的想安慰她，可是很快的管束住自己，他不能可惜阵亡了的敌人，虽然老太婆帮过他的忙。

愣了好大一会儿，老太婆才又想起话来：“什么时候咱们才会由一半走兽，一半人，变成完全是人，不再打仗了呢？”

“你我也许已经没有了兽性，”瑞宣惨笑着说：“可是你拦不住你家的男人去杀中国人，我也没因爱和平而挡住你们来杀我们！在我的心中，我真觉得自古以来所有的战争都不值得流一滴血，可是从今天的局势来看，我又觉得把所有的血都流净也比被征服强！”

老太婆叹了口气，慢慢的走回家中去。

瑞宣，仍然立在门前，听见了小顺儿与妞子的歌声。他几乎要落下泪来。小孩们是多么天真，多么容易满足！假若人们运用聪明，多为儿童们想一想，世界上何必有战争呢！

回到院中，他的心怎样也安不下去。又慢慢的走出来，看着一号的门，他才想清楚，他是要看看那两个日本妇人怎样捧回来骨灰。他恨自己为什么要这样，这分明是要满足自己没出息的一点愿望——我不去动手打仗，敌人也会死亡！

一会儿，他想他必须把心放大一些，不能像苍蝇似的看到同类的死亡而毫不动心。人总是人，日本人也是人，一号的男人的死亡也是该伤心的。一会儿，他又想到，假若被侵略的不去抵抗，不去打死侵略者，岂不就证明弱肉强食的道理是可以畅行无阻，而世界上再没有什么正义可言了么？

他想不出一个中心的道理，可以使他抓着它不放，从而减削了他的矛盾与徘徊。他只能出来进去，进去出来，像个热锅上的蚂蚁。

刚到正午，他看见了。他的眼亮起来，心也跳得快了些。紧跟着，他改了主意，要转身走开。可是，他的腿没有动。

两个日本孩子，手中举着小太阳旗，规规矩矩的立在门外，等着老太婆来开门。他们已不像平日那么淘气，而像是有什么一些重大的责任与使命，放在他们的小小的身躯上。他们已不是天真的儿童，而是负着一种什么历史的使命的小老人；他们似乎深深的了解家门的"光荣"，那把自己的肢体烧成灰，装入小瓶里的光荣。

极快的他想到：假若他自己死了，小顺儿和妞子应当怎样呢？他们，哼，必定扯着妈妈的衣襟，出来进去的啼哭，一定！中国人会哭，毫不掩饰的哭！日本人，连小孩子，都知道怎么把泪存在心里！可是，难道为伤心而啼哭，不是更自然，更近乎人情吗？难道忍心去杀人与自杀不更野蛮吗？

还没能给自己一个合适的回答，他听见了一号的门开了，两扇门都开了。他的心，随着那开门的响声，跳得更快了些。他觉得，不论怎样，他也应当同情那位老太婆——她不完全是日本人，她是看过全世界的，而日本，在她心中，不过是世界的一小部分；因此，她的心是超过了种族，国籍，与宗教等等的成见的。他想走开，恐怕老太婆看见他；可是，他依然没动。

老太婆走出来。她也换上了礼服——一件黑地儿，肩头与背后有印花的“纹付”[①]。走出来，她马上把手扶在膝部，深深的鞠躬，敬候着骨灰来到。

两个妇人来了，两人捧着一个用洁白的白布包着的小四方盒。她们也都穿着“纹付”。老婆婆的腰屈得更深了些。两个妇人像捧着圣旨，脸上没有任何表情，就那么机械的，庄严的，无情的，走进门去。门又关上。瑞宣的眼中还有那黑地的花衣，雪白的白布，与三个傀儡似的妇人，呆呆的立着。他的耳倾听着，希望听见一声啼叫。没有，没有任何响动。日本妇人不会放声的哭。一阵风把槐叶吹落几片，一个干枝子轻响了一声。

他想起父亲的死，孟石的死，小文夫妇与小崔的死。哪一回死亡，大家不是哭得天昏地暗呢？为什么中国人那么怕死，爱哭呢？是中国的文化已经过熟呢，还是别人的文化还没熟到爱惜生命与不吝惜热泪呢？

他回答不出。更使他难堪的是他发现了自己的眼已经湿了。他知道他不应当替他的敌人伤心，他的敌人已杀害了千千万万中国人，包括着他的父亲与弟弟。可是，他也知道，为死亡而难过，也不算什么过错；敌人也是人。

他的心中乱成了一窝蜂。生与死，爱与恨，笑与泪，爱国与战争，都像一对对的双生的婴儿，他认不清哪个是哪个，和到底哪个好，哪个坏！他呆呆的坐在门坎上，看着槐叶随风摆动。

第二天见了富善先生，瑞宣很想把这些问题全提出来，跟老先生畅谈一番。可是，一看老人的神色，他闭住了嘴。这一程子了，富善先生简直的不高兴和任何人闲谈。日本人的积极打通粤汉线，赶走了天津的英美人，和在暹逻缅甸安南与印度的暗中活动，都使他看清楚，迟早日本会突击香港与新加坡。他虽自居为东方人，但是在他的心里，他却吃不消大英帝国的将要失败与解体。他并不喜

① “纹付”，印有家徽的和服。

欢侵略与战争，可是作为一个英国的公民来说，他几乎不能不迷信大英帝国应当占领着香港与马来亚。不过，日本若是真进攻香港与南洋，英国是不是守得住那些地方呢？又这么一想，他的脖子就伸得长长的而还觉得透不过气来。

有时候，他想到中国近百年来的外患，都是英国给招来的；英国是用战舰政策，打开中国的门户的祸首。这么一想，他不由的说出来：日本应当与中国立在一块儿，把白人都打出去；中日的战争是自相残杀，替白人造成压迫东方人的机会。

可是，这样说完以后，他马上后了悔。不，不，中日不能携手！英国与日本联盟过，今天英日还应恢复旧好，一东一西，遥遥相映的控制着全世界！他爱中国人，他真愿英国与中国成为朋友。可是，由大英帝国的立场来看，他就觉得那可恨的日本人，似乎比中国人更好一些，更够个朋友。

他的心中这样忽此忽彼的乱折腾，所以不愿再和瑞宣闲谈；他已不知道自己的立场到底是什么，应当是什么。

把这些大事撇开，假若日本人真的要对英国作战，他个人怎样呢？他有胆气，不怕死，可是假若被日本人捉去，关在集中营里，那可就……他简直不敢再想下去。他不愿教人看见他的手发颤！为解除这些忧虑，他想赶快把那本《北平》写完，好使他有个传之久远的纪念品。他看，他掀弄，几十年来收集的图画与照片；可是，一个字也写不出。

瑞宣几乎不敢再正眼看他的老友。老人的长脸尖鼻子，与灰蓝色的眼珠，还都照旧，可是他已失去那点倔强而良善的笑容。战争改变了一切人的样子。

这样，一个良善的中国人，和一个高傲的英国人，就那么相对无言，教战争的鬼影信意的捉弄着他们的感情与思想，使他们沉默，苦痛。战争不管谁好谁歹，谁是谁非，遇见它的都须毁灭。

十 三

一晃儿又到了中秋节。月饼很少很贵。水果很多，而且相当的便宜。兔儿爷几乎绝了迹。不管它们多吧少吧，贵吧贱吧，它们在吃共和面的人们心中，已不占重要的地位。他们更注意那凉飕飕的西风。他们知道，肚子空虚，再加上寒冷，他们就由饥寒交迫而走上死亡。

只有汉奸们兴高采烈的去买东西，送礼：小官们送礼给大官，大官们送给日本人。这是巴结上司的好机会。同时，在他们为上司拣选肥大的螃蟹，马牙葡萄，与玫瑰露酒的时候，他们也感到一些骄傲——别人已快饿死，而他们还能照常过节。

瑞宣看见汉奸们的忙于过节送礼，只好惨笑。他空有一些爱国心，而没法阻止汉奸们的纳贡称臣。他只能消极的不去考虑，怎样给祖父贺寿，怎样过过节，好使一家老幼都喜欢一下。这个消极的办法，他觉得，并不怎样妥当，但是至少可以使他表示出他自己还未忘国耻。

韵梅可不那么想。真的，为她自己，她绝对不想过节。可是，在祁家，过中秋节既是包括着给祖父贺寿，她就不敢轻易把它忽略过去。真的，祁家的人是越来越少了，可是唯其如此，她才更应当设法讨老人家的欢喜；她须用她“一以当十”的热诚与活跃减少老人的伤心。

“咱们怎样过节啊？”她问瑞宣。

瑞宣不知怎样回答她好。

她，因为缺乏营养，因为三天两头的须去站队领面，因为困难与愁苦，已经瘦了很多，黑了很多。因为瘦，所以她的大眼睛显着更大了；有时候，大得可怕。在瑞宣心不在焉的时节，猛然看见她，他仿佛不大认识她了；直到她说了话，或一笑，他才相信那的确还是她。她还时常发笑，不是因为有什么可笑的事，而是习惯或自然的为讨别人的喜欢。在这种地方，瑞宣看出她的本质上的良善来。她不只是个平庸的主妇，而是像已活了二三千年，把什么惊险困难都用她的经验与忍耐接受过来，然后微笑着去想应付的方策。因此，瑞宣已不再注意她的外表，而老老实实的拿她当作一个最不可缺少的，妻，主妇，媳妇，母亲。是的，尽管她没有骑着快马，荷着洋枪，像那些东北的女英雄们，在森林或旷野，与敌人血战；也没像乡间的妇女那样因男人去从军，而担任起筑路，耕田，抢救伤兵的工作；可是她也没像胖菊子那样因贪图富贵而逼迫着丈夫去作汉奸，或冠招弟那样用身体去换取美好的吃穿；她老微笑着去操作，不抱怨吃的苦，穿的破，她也是一种战士！

从前瑞宣所认为是她的缺欠的，像举止不大文雅，服装不大摩登，思想不出乎家长里短，现在都变成了她的长处。唯其她不大文雅，她才不怕去站队领粮，以至于挨了皮鞭，仍不退缩。唯其因为她不摩登，所以她才不会为没去看电影，或没钱去烫头发，而便噘嘴不高兴。唯其因为她心中装满了家长里短，她才死心塌地的为一家大小操劳，把操持家务视成无可卸脱的责任。这样，在国难中，她才帮助他保持住一家的清白。这，在他看，也就是抗敌，尽管是消极的。她不只是她，而是中国历史上好的女性的化身——在国破家亡的时候，肯随着男人受苦，以至于随着丈夫去死节殉难！

真的，她不会自动的成为勇敢的，陷阵杀敌的女豪杰，像一些受过教育，觉醒了的女性那样；可是就事论事，瑞宣没法不承认她在今天的价值。而且，有些男人，因为女子的逼迫才作了汉奸，也是无可否认的事实。

“你看怎么办呢？”瑞宣想不出一定的办法。

“老太爷的生日，无论怎样也得有点举动！可是，咱们没有粮食。咱们大概不能通知拜寿来的亲友们，自己带来吃食吧？”

“不能！他们可也不见得来，谁不知道家家没有粮食？”

“你就不知道，咱们北平人多么好凑热闹！”

“那也好办，来了人清茶恭候！不要说一袋子，就是一斤白面，教我上哪儿去弄来呢？就是大家不计较吃共和面，咱们也没有那么多呀！”

“真的，清茶恭候？”韵梅清脆的笑了两声，——她想哭，不过把哭变成了笑。

韵梅去和婆母商议：“我们俩都没有主意，你老人家……”

天佑太太把一根镀金的簪子拔下来：“卖了这个，弄两斤白面来吧！”

“不必，妈！有钱不是也没地方去买到面吗？”

握着那根簪子，天佑太太愣起来。

祁老爷的小眼睛与韵梅的大眼睛好像玩着捉迷藏的游戏，都要从对方的眼睛中看出点意思来，又都不敢正视对方。最后，老人实在忍不住了：“小顺儿的妈，甭为我的生日为难！我快八十岁了，什么没吃过，没喝过？何必单争这一天！想法子呀，给孩子们弄点什么东西吃！看，小妞子都瘦成了一把骨头啦！”

韵梅回答不出什么来，尽管她是那么会说话的人。她知道老人在这几天不定盘算了千次万次，怎么过生日，可是故意的说不要贺生。这不仅是为减少她的为难，也是表示出老人对一切的绝望——连生日都不愿过了！她也知道，老人在这几天中不定想念天佑，瑞丰，瑞全，多少多少次，而不肯说出来。那么，假若她不设法在生日那天热闹一下，老人也许会痛哭一场的。可是，无论她有多大的本事，她也弄不来白面！粮食是在日本人手里呢！

到了十一的晚间，丁约翰像外交官似的走了进来。他的左手提着一袋子白面，右手拿着一张大的红名片。把面袋放下，他双手把大红名片递给了祁老太爷。名片上只有“富善”两个大黑字。这还是富善先生在三十年前印的呢，红纸已然有点发黄。

“祁老先生，”丁约翰必恭必敬的说：“富善先生派我送来这点面，给您过节的。富善先生原打算自己来请安，可是知道咱们胡同里有东洋人住着，怕给您惹事，他请您原谅！”

丁约翰没有敢到屋中坐一坐，或喝一碗茶，虽然祁老人诚恳的这么让他。富善先生派他来送面，他就必须只作送面的专使，不能多说话，或吃祁家的一杯茶。富善先生，在他心中，即使不是上帝，也会是一位大天使。把“差使”交代清楚，他极规矩的告辞，轻快而稳当的走出去。

看着那袋子的白面，祁老人感动得不大会说话了，而只对面袋子不住的点头。

小顺儿与妞子欢呼起来：“吃炸酱面哪！吃‘白’馒头呀！”

韵梅等老人把面袋看够了，才双手把它抱进厨房去，像抱着个刚生下来的娃娃那么喜欢，小心。

祁老人在感叹了半天之后，出了主意：“小顺的妈，蒸馒头，多多的蒸！亲友们要是来拜寿，别的没有，给他们馒头吃！现在，馒头，白面的，不就是海参鱼翅吗？”

“哟！好容易得到这么一口袋宝贝面，哪能都招待了客人？”韵梅的意思是只给老人蒸几个寿桃，而留着面粉当作药品：这就是说，到家中谁有病的时候，好能用白面作一碗片儿汤什么的。

“你听我的！咱们，咱们的亲友，早晚都得饿死！一袋子面救不了命！为什么不教大家都吃个馒头，高兴一会儿呢？”

韵梅眨巴着大眼睛，没再说什么。她心中可是有点害怕：老人是不是改了脾气呢？老人改脾气，按照着“老妈妈论”来说，是要快死的预兆！祁家，在她看，已经丢失了三个男人，祁老人万万死不得！有最老的家长活着，不管家中伤了多少人，就好像还不曾损失元气似的，因为老人是支持家门的体面的大旗。同时，据她想，尽管公公天佑死去，而祁老人还硬硬朗朗的活着，她便可以对别人表示出：“我们还有老人！”而得到一点自慰——我们，别看天下大乱，还会奉养孝顺老人！

她去问婆母与丈夫，是否应当依照老人的吩咐，大量的蒸馒头。回答是：老人怎说，怎办吧！这使她更不安了。大家难道都改了脾气，忘了节俭，忘了明天？

到了生日那天，稀稀拉拉的只来了几个至亲。除了给老人拜寿而外，他们只谈粮食问题。在谈话中，大家顺手儿向老人给别的亲友道歉：谁谁不能来，因为没有一件整大褂，谁谁不能来，因为已经断了炊!

这些恶劣的消息并没使老人难过，颓丧。他好像是决定要硬着心肠高兴一天。他把那些伤心的消息当作理当如此，好表示出自己年近八十，还活着，还有说有笑的活着！尽管日本人占据北平已有好几年，尽管日本人变尽了方法去杀人，尽管他天天吃共和面，可是他还活着，还没被饥荒与困苦打倒——也许永远不会被打倒!

天佑太太，瑞宣，韵梅，以至于亲戚们，看老人这样喜欢，都觉得奇怪。同时，因为老人既很高兴，大家就不便都哭丧着脸；于是，把目前伤心的事都赶紧收起去，而提起老年间太平的景象，以便博得老人的欢心。

及至馒头拿上来，果然不出老人所料，大家都仿佛看见了奇珍异宝。他们只顾往口中送那雪白的，香软的，馒头，而忘了并没有什么炒菜与荤腥。韵梅屡屡的向大家道歉："除了馒头可没有别的东西呀！"大家仿佛觉得她的道歉是多此一举，而一劲儿夸赞馒头的甜美。

祁老人好似发了狂，一手扶着小顺儿，一手拿着馒头，劝让每一个客人："再吃一个！再吃一个！"

等到客人都走了，老人脸上的笑容完全不见了。教小顺儿给拿来小板凳，他坐在了院中，把下巴顶在胸前，一动也不动。

"爷爷，你累了吧？到屋里躺一会儿去？"韵梅过来打招呼。

老人没出一声，也没动一下。

韵梅的心中打开了鼓："爷爷，你怎么啦？"

老人又沉默了半天，才抬起头来，看着韵梅。她又问了声："怎么啦？你老人家！”

老人叹了口气，而后仿佛已筋疲力尽了似的，极慢极慢的说：“你也许看我是发了疯，把馒头往外乱塞！我没有疯，没有！想想吧，要是天佑，瑞丰，瑞全，常二爷，连那个胖二媳妇，都在里面，得吃多少馒头呢？我假装的拿亲戚们当作了天佑，常二爷……！他们吃了，也就好像……！”老人又低下头去。

“爷爷！这是干什么呢！今天您不是挺高兴的吗？干吗自己找不痛快呢？”韵梅假笑着劝慰。

“我高兴？”老人低着头说：“混账才高兴呢！算算吧，四辈子人还剩下了几个？生日？这是祭日！我的生日，天佑们的祭日！一个人活着是为生儿养女，永远不断了香烟。看我！儿子倒死在我前面！我高兴？我怎那么不知好歹！”

又叨唠了一大阵，老人才手指着三号院子那边，咬着牙说：“全是他们闹的！日本人就是人间的祸害星！”

说完了这一句，老人似乎解了一点气，呆呆的愣起来。

愣了好大半天，他低声的叫：“小顺儿！”看重孙子跑过来，他说：“去拿几个馒头来，用手绢儿兜好！”

一家人都猜不到老人是什么意思。小顺儿把馒头拿来，老人发了话：“走！跟我去！”

瑞宣搭讪着走过来，笑着问：“给谁送馒头去？爷爷！”

老人慢慢的立起来，惨笑了一下。“哼！我要恩怨分明！有仇的，我不再忘记；有好处的，我一定记住。一号的那位日本老婆子对咱们有点好处，我给她送几个馒头去！”

“算了吧，爷爷！”瑞宣明知祖父想的很对，可是总觉得给日本人送东西去，有点怪难为情。“他们有白面吃! ”

“他们有面吃是他们的事，我送不送给他们是我的事！再说，这是寿桃，不是平常的馒头。”

“好，我陪您去! ”瑞宣知道一号的老太婆不大会说中国话。

小顺儿见爸爸要跟老人去，偷偷的躲开。他恨一号的日本孩子，不高兴他们吃到太爷的寿桃。

瑞宣敲了两次门，一号的老太婆，带着两个淘气孩子，才慢慢的开了个门缝。及至看明白是瑞宣，她赶紧把门开开，两个孩子，一点也不像往日那么淘气了，乖乖的立在她旁边。还没等瑞宣说明来意，老太婆就用英语说了话：“你来的正好，我正要去告诉你！他们的娘都被军队调了去，充当营妓！我是日本人，也是人类的人；以一个日本人说，我应当一语不发，完全服从命令；以一个人类的人说，我诅咒那教这两个孩子的父亲变成骨灰，妈妈变成妓女的人！”老太太把话说完，手与唇都颤动起来。

两个孩子始终看着老太太的嘴，大概已猜到她说的是什么。到她说完了话，他们更靠近她些，呆呆的立着。

瑞宣想不起说什么好。他应当安慰老太太，可又觉得那些来烧杀中国的人们理当男作骨灰，女作娼妓。

祁老人不知道她说的是什么，慢慢的把手绢里的馒头拿出来，递给那两个孩子。同时，他对瑞宣说：“告诉她，这是寿桃! ”

瑞宣照样的告诉了老太太，她点了点头，而后又愣起来。

男的，女的，老的，小的，都没有话可说，十只眼都呆呆的看着那大的白的馒头。

瑞宣搀着祖父，轻轻的说了声：“走吧？”

老人没说什么，随着长孙往家中走：“那个老太太说什么来着？”

瑞宣没敢回头。他觉得老太婆和两个孩子必定还在门口看着他呢。一直的进了家门，他才把老婆婆的话告诉了祖父。祁老人想了半天，低声的说：“谁杀人，谁也挨杀；谁祸害女人，谁的女人也挨祸害！那两个孩子跟老婆婆都怪可怜的！”

十 四

一阵冷飕飕的西北风使多少万北平人颤抖。

在往年，这季节，北平城里必有多少处菊花展览；多少大学中学的男女学生到西山或居庸关，十三陵，去旅行；就是小学的儿童也要到万牲园去看看猴子与长鼻子的大象。诗人们要载酒登高，或到郊外去欣赏红叶。秋，在太平年月，给人们带来繁露晨霜与桂香明月；虽然人们都知道将有狂风冰雪，可是并不因此而减少了生趣；反之，大家却希望，并且准备，去享受冬天的围炉闲话，嚼着甜脆的萝卜或冰糖葫芦。

现在，西北风，秋的先锋，业已吹来，而没有人敢到城外去游览；西山北山还时常发出炮声。即使没有炮声，人们也顾不得去看霜林红叶，或去登高赋诗，他们的肚子空，身上冷。他们只知道一夜的狂风便会忽然入冬，冬将是他们的行刑者，把他们冻僵。

人们忘了一切，而只看到死亡的黑影。他们听到德军攻入苏联，而并没十分注意。他们已和世界隔离，只与死亡拴在一处。不敢希望别的，他们只求好歹的度过冬天，能不僵卧在风雪里便是胜利。

在那晨霜未化的大路上，他们看见，老有一部卡车，那把冠晓荷与孙七送到“消毒”的巨坑的卡车，慢慢的游行。这是鬼车！每逢它遇到路旁的僵尸，病死的，饿死的，或半死的，它便随便的停下来，把尸身拖走。看到鬼车，他们不由的便想到自己也有被拖走的可能——你倒在路上，被拖走，去喂野狗！没有医生看护来招呼，没有儿女问你的遗言，没有哀乐与哭声伴送棺材，你就那么像条死猫死狗似的销声灭迹。

韵梅三天两头的看见这部鬼车。

有了第一次领粮的经验，她不敢再迟到。每逢去领粮，她黑早的便起床。有时候起猛了，天上还满是星星。起来，她好歹的梳洗一下，便去给大家勾出一锅黑的，像药汤子似的粥来；而后把碗筷和咸菜都打点好。这些作罢，她到婆母的窗外，轻声的叫了一声："妈，我走啦！"

领粮的地方并不老在一处。有时候，她须走四五里路；有时候，她甚至须到东城去。假若是在东城，她必须去赶第一班电车；洋车太贵，她坐不起。她没坐惯电车，但是她下了决心去试验。她是负责的人，她不肯因为日本人的戏弄，残暴，而稍微偷一点懒。

她的胆量并不大。她怕狗。在清晨路静人稀的路上走，偶而听到一声犬吠，她便大吃一惊。她必须握紧了口袋，大着胆，手心上出着凉汗，往前冲走。有时候，她看见成群的日本兵。她害怕，可是不便显出慌张来。低下头，心跳得很快，她轻快的往前走。她怕，可是绝不退缩。她好像是用整个的生命去争取那点黑臭的粮食。

使她最胆战心惊的是那部鬼车。不管是阴是晴，是寒是暖，一眼看见它，她马上就打冷战。有时候，车上有三四个，甚至于十来个，死尸，她不由的便闭上了眼。那些死尸，在她心里，不仅是一些冰冷的肢体，而是和她一样的人；他们都必定有家族，亲友，与吃喝穿戴等等的问题。她想，他们必然还惦念着他们的儿女，父母，和家中的事情。是的，有一次她看见一个死尸，右腕上还挂着一个面口袋！和她一样，她的手中也有个口袋！那具死尸可能的是她自己！她一天没有吃饭，只一劲儿喝水。

因为领粮的地方忽远忽近，因为拿着粮证而不一定能领到粮，小羊圈的人们时时咒骂李四爷——他发粮证，所以一切过错似乎都应由他负责。韵梅，和别人一样的受尽折磨，可是始终不肯责难李老人。她的责任心使她坚强，勇敢，任劳任怨。

有一天，她抱着半袋子共和面，往家中走。离家还有二三里地呢，可是她既不肯坐洋车，也不愿坐电车。洋车贵，电车不易挤上去。她走得很慢，因为那点臭面像个死孩子似的，越走越沉重。

猛一抬头，她看见了招弟。招弟(已由狱中出来，被派为监视北平的西洋人的“联络”员)虽然穿着高跟鞋，可是身量还显着很矮。与她同行的是个极高极大的西洋人。她的右手紧紧的抓着那个“伟人”的臂，脸儿仰着，一边走一边笑着和他说话。她的头发一半朝上，像个极大的刷瓶子的刷子，蓬蓬着，颤动着，那一半披散在肩上。她的小脸比从前胖了许多，眉眼从远处看都看得很清楚，因为都按照电影明星拍制影片时候那么化过装。她高声的说笑，脸上的肌肉都大起大落的活动：眉忽然落在嘴角上，红唇忽然卷过鼻尖去。及至笑得喘不过气来，她立住，双手抱住“伟人”的臂，把蓬蓬着的头发都放在他的怀里，肩与背一抽一抽的动弹。这样笑够了，她抽出他的领带，轻轻的搌一搌眼角。而后，她掏出小镜子，粉扑，劈拍劈拍的往脸上拍粉，倒好像北平的全城是她的化装室。

韵梅抱着面袋，愣在了那里。招弟没注意她，也没注意任何人，所以韵梅放胆的看着，直到招弟拍完粉，又和那个“伟人”缓缓的走开。

韵梅不由的啐了一口唾沫。她不知道什么国家大事，但是她看明白了这一点——日本人来到北平，才会有这种怪事与丑态。想到这里，她不由的看了看面袋与自己的旧蓝布大褂。看完，她抬起头来，觉得自己的硬正。别管她吃的是什么，穿的是什么，她没有变成和洋人一块出怪象的招弟。她觉得应当自傲！

回到家中，她没敢向大家学说那件事。不要说对大家一五一十的讲，就是一想起那种怪样子，她的脸上就要发热，发红。

假若招弟的丑态教韵梅的脸红，刘棚匠太太可是教她感到妇女并不是白吃饭的废物或玩物。

刘太太一向时常到祁家来，帮助韵梅作些针头线脑什么的。最近，因为粮食缺乏，物价高涨，刘太太决定不再要瑞宣每月供给她的六块钱。她笨嘴拙舌的把这个决定首先告诉了韵梅，韵梅既不能作主，又怀疑刘太太是否因为不好意思要求增加钱数，而故意的以退为进的拒绝再接受供给。

“我有法儿活着！有法儿！”刘太太一劲儿那么说，而不肯说出她到底有什么法儿活着。

过了两天，刘太太不见了。连韵梅带祁家的老幼全很不放心。特别是瑞宣：虽然因为经济的力量不够，不能多照应刘太太，可是他既受到刘师傅之托，就不能不关切她的安全。

又过了几天，刘太太忽然回来了，拿来有一斤来的小米子，送给祁老人。不会说别的，她只笑着告诉老人：“熬点粥喝吧！”

小米子，在战前，是不怎么值钱的东西；现在，它可变成了宝贝！每逢祁老人有点不舒服，总是首先想到：“要是有碗稠糊糊的小米粥喝，够多么好呢! ”今天，看见这点礼物，他摸弄着那一粒粒娇黄的米粒，倒好像是摸着一些小的珍珠。他感激得说不上话来。

把刘太太扯到自己屋中，韵梅问她从哪儿和怎么弄来的小米子。刘太太接三跳两的说出她的行动。原来，自从日本人统制食粮，便有许多人，多半是女的，冒险到张家口，石家庄等处去作生意。这生意是把一些布匹或旧衣裳带去，在那些地方卖出去，而后带回一些粮食来。那些地方没有穿的，北平没有吃的，所以冒险者能两头儿赚钱。这是冒险的事，他们或她们必须设法逃过日本人的检查，必须买通铁路上的职工与巡警。有时候，他们须藏在货车里、有时候须趴伏在车顶上。得到一点粮，他们或她们须把它放在袖口或裤裆里，带进北平城。刘太太加入了这一行。她不肯老白受祁家的供给，而且那点供给已经不够她用的了。

粗枝大叶的把这点事说完，刘太太既没表示出自己有胆量，也没露出事体有什么奇怪，而只那么傻乎乎的笑了笑。直到韵梅问她难道不害怕吗？她才简单的说了句：“我是乡下人！”倒好像乡下人能够掉了脑袋也还能走路似的。

过了两天，刘太太又不见了。

从这以后，韵梅每逢要害怕，或觉得生活太苦，便马上想起刘太太来，而咬上了牙。她甚至对自己说："万一真连一点粮也买不到，我也得跟刘太太到张家口去！不论怎苦，怎么险，反正不能看着一家老小都饿死！"

假若刘太太的勇敢引起韵梅的坚强与自信，李四妈的广泛的爱心又使她增多了对人与人之间的了解，与应有的互相关切。在从前，韵梅除了到街上买点东西，很少出街门，所以虽然知道李四妈是菩萨心肠，可是总嫌老婆子有点疯疯癫癫，不大懂规矩。现在，她常常出门，常常遇到李四妈，她开始了解那个老妇人。因为她常常到街上去，所以她时常需要别人的安慰与援助，而每逢遇到李四妈，她就必能得到她所需要的。这使她受了感动。在从前，她的处世待人的方法多半是本着祁家的传统，凡事都有个分寸，对谁都不即不离。现在，在屡次受李四妈的助援以后，她开始明白分寸与不即不离并不是最好的方法，而李四妈的热诚也并非过火与故意讨好。因此，她也试着步儿去帮助别人，在帮助了别人以后，她感到一种温暖，不是温暖的接受，而是放射；放射温暖使她觉得自己充实坚定。

不错，李四妈时常的撒村骂人，特别是在李四爷备受邻居的攻击的时候。可是，尽管她骂人，她还去帮忙大家；她并不为小小的一点怨恨而收起她的善心；她不仅有一点善心，她伟大！

在全胡同里，受李家帮助最多的是七号杂院那些人，可是攻击李四爷最厉害的也是那些人。他们穷，所以他们的嘴特别厉害。虽然如此，李四妈还时常到七号去。他们说闲话，她马上用最脏的村话反攻。可是，在他们的病榻前，产房里，她像一盏灯似的，给他们一点光明。

七号的黑毛儿方六，自从能熟背四书以后，已成为相声界的明星，每星期至少有两三次广播。

有一天，在广播的节目中，他说了一段故事，俏皮日本人。节目还没表演完，方六就下了狱。

听到广播的人一致同情方六，可是并没有人设法营救他。李四妈并没听见广播，不晓得方六为什么下狱。但，她是第一个来安慰方家的人的，而后力逼“老东西”去设法救出方六来。

李四爷不过是小小的里长，有什么力量能救出方六呢？他去找白巡长，问问有无办法。

“四爷，我佩服您的好心，可是这件事不大好管！”白巡长警告李老人。

“我要是不管，连四妈带七号的人还不把我骂化了？”

“嗯——”白巡长闭了会儿眼，从心中搜寻妙计。“我倒有个主意，就怕您不赞成！”

“说说吧！谁不知道你是诸葛亮！”

“这一程子，大家不是老抱怨你老人家吗？好，咱们也给他们一手瞧瞧！”

李老人惨笑了一下。“我老啦，不想跟他们赌气！我好，我坏，老天爷都知道！”

“对！我也不劝您跟他们赌气！我是说，您出头，对大家伙儿去说：咱们上个联名保状，把方六保出来！看看，到底有几个敢签字的？他们要是不敢签字呀，好啦，他们也就别再说您的坏话；您看是不是？”

“他们要是都签字呢？”

“他们？”白巡长狡猾的一笑。“才怪！我懂得咱们的邻居们！”

李老人不高兴作这种无聊的事。不过，邻居们近来的攻击，又真使他不甘心低着头挨骂。他正这么左右为难，白巡长又给加了点油：“四爷，我并不愿挑拨是非，我是为您抱不平！试验试验他们，看看到底有几个有骨头的！”

李老人无可如何的点了头。

果然不出白巡长所料，七号的人没有敢签字的。他们记得小崔，小文夫妇，不肯为了义气而丧掉了命。

李老人有点高兴，不久就又变成了扫兴。他觉得那些人可恨，也可怜。他很想把保状撕碎，结束了这件无聊的事。可是，一点好奇心催动着他，他继续的去访问邻居们。

丁约翰没说什么便签了字。他不是为帮方六的忙，而大概是为表示英国府的人不怕日本鬼子。

程长顺，看了看保状，呜囔了两声什么，他也签了字。

李老人到了祁家，来应门的是韵梅。听明白李四爷的来意，她没进去商议，就替瑞宣签了名。她识字不多，可是知道怎么写丈夫的名字。

这教李四爷倒吓了一跳。他知道祁家是好人，可是没料到韵梅会有这么大的胆子。

真的，她的确长了胆子。她常常的上街，常常看到听到各种各样的事，接触各种各样的人，她不知不觉的变了样子。在从前，厨房是她的本营，院子是她的世界。现在，她好似睁开了眼，她与北平的一切似乎都有了密切的关系。假若营救方六，她盘算，是件错事，李四爷就一定不会出头。李四爷既肯出头，她就也应当帮忙；为什么好事都教李四老夫妇一手包办了呢？

最使她高兴的是瑞宣回来，听到她的报告，并没有责备她轻举妄动。他笑了笑，只说了声：“救人总是好事！”

李四爷并没把保状递上去，一来是签名的太少，二来知道递上去不但不见得有用，而且倒许给签名的人惹出麻烦来。可是，由这回事，他更认清楚了街坊中谁是真人，谁是假人。特别对于韵梅，他觉得她仿佛是他的一个新的收获。

在她上街的时候，韵梅常常遇见一号的日本老婆婆和那两个淘气的日本孩子。她一向不搭理他们。她恨那两个孩子，因为他们欺侮过小顺儿子。

现在，她知道了一号的男人阵亡，妇女作了营妓，她开始可怜他们，开始和那老婆婆过话。老婆婆只会说几句简单的中国话，可是韵梅能由她的眼神中猜出许多要说而没能说出来的意思。有时候，她们俩立在一处，呆呆的一言不发，而感到彼此之间有些了解。老太婆仿佛是要说："我不是平常的日本人，别拿我的相貌服装判断我！"韵梅呢，想不出什么简单明了的话来说明自己的态度，可是那几千年文化培养出的一点一视同仁之感使她可怜老太婆的遭遇。渺茫的，她觉得自己非常伟大——她能可怜她的敌人！

一夜飕飕的西北风，地上头一次见了冰。一清早，韵梅须去领粮。看着地上的薄冰，她想找出她的手套来。可是，她并没去找。她不能怕冷，她知道这一冬天，苦难还多着呢，不能先教一点冰吓倒。出了门，冰凉的小风一会儿便把她的鼻尖冻红；她加速了脚步，好给自己增多一点热力。

领粮的人们，有的戴上了多年不见的红呢子破风帽，有的戴上了已成古董的耳帽儿，有的穿着油腻多厚的旧棉袍，有的穿着只有皮板而没有毛的皮坎肩。韵梅看着这些带着潮味的"奇装异服"，忽然怀疑自己是不是在北平的街上立着呢。她知道，北平人是最讲体面的；就是衣服破旧，也要洗得干干净净的。她想不起什么时候看见过这么多，这么脏，这么臭的衣裳来。

仰起头，看看天，那蓝得像宝石的天，她知道自己的确是在北平。那街道，铺户，与路旁落了叶子的树，也都不错，是她所熟识的。她只是不认识了那些人。假若今年，北平人已成了这么人不人鬼不鬼的样子，明年应当怎样呢？她不敢再往下想。

正在这时候，她敢起誓，她的的确确的看见了老三瑞全！他穿着一件短撅撅的，像种地的人穿的，蓝布旧棉袄，腰中系着一根青布搭包。光着头，头上冒着热汗，他顺着马路边走，走得很快。她张开口，喊："老三！"可是，没有声音。一眨眼的工夫，老三已走出老远去。

老三！老三！她无声的叫了多少次，她不冷了；反之，她的手心上出了汗。老三回来了；刚才，他离她不过有两丈多远！老三，在户口登记簿上已经“死”了，居然又回到北平！老三，在外边打敌人，不单没被敌人打死，反倒公然的打进北平，在马路边上大踏步走着！韵梅的眼亮起来，腮上红了两小块。她无须再怕任何人，任何事，老三就离她不远，一定会保护她！

领了粮，回到家中，多少次她要把这个好消息告诉给老人们。可是，她晓得这不是随便说着玩的事，必须先和丈夫商议一下。她的话像一群急于出窝的蜂子，在心中乱挤乱撞。她须咬紧了嘴唇，把唇咬痛，才能使那群蜂儿暂时安静一会儿。院中每逢一有脚步声，她就以为是老三。即使没有声音，她还时时的看见他，在厨房，在院中，在各处，她看见他，穿着蓝短棉袄，头上出着热汗。好容易到了就寝的时候，她才得到开口的机会：“小顺儿的爸，你猜怎么着，我看见了老三！”

瑞宣已经躺下，猛的坐起来：“什么？”

“我看见了老三！我起誓，一定是他！”

“在哪儿？他什么样子？”

韵梅一五一十的告诉了他。

抱住膝，他把眼盯在墙上，照着韵梅所说的，他给自己描画出一个老三来，像一张相片似的，挂在墙上。呆呆的看着那张想象的相片，他忘了一切。耳中，他仿佛只听到自己的心跳。

韵梅一脱鞋，响了一声，瑞宣吓了一跳；墙上的形影忽然不见了。他慢慢的躺下。“你可千万别对任何人说呀！”

“我就那么傻？”

“好，千万别说！别说！”

“一定不说！”韵梅也躺下。

夫妇都想说话，可是谁也不知道说什么好。都想假装入睡，可是都知道谁也没有困意。这样愣了好久，韵梅忽然说出一句来：“老三在外面都作了什么呢？”

“不知道！”瑞宣假装在语声中加上点困意，好教她不再说话；他要静静的细琢磨老三的一切，从老三的幼年起，像温习历史似的，想到老三的流亡。

可是，她仿佛是问自己呢：“他真打仗来着吗？”

瑞宣的眼睁得很大，可是假装睡着了，没有回答她。他真愿和韵梅谈讲老三，说一整夜也好；但是，他必须把老三的过去全盘想一过儿，以便谈得有条理。老三是祁家的，也是民族的，英雄；他不能随便东一句西一句的乱扯。

韵梅也不再出声，她的想象可是充分的活动着：她想老三必定是爬过山，越过岭，到过很远很远的地方，甚至于走到海边，看见了大海。她一生没出过北平城，对于山她只远远的看见过西山与北山，老那么蓝汪汪的，比天色深一点。她可不晓得山上的东西是不是也全是蓝颜色的。对于海，她只见过三海公园的“海”，不知道真正的大海要比三海大多少。她不由的又问出来：“大海比三海大多少呀？”

“大着不知有多少倍！干什么？”

她笑了一下。“正想，老三看见了海没有！”

“他什么都看见了，一定！”

“那多么好！”韵梅闭上了眼，心中浮起比三海大着多少倍的海，与蓝石头蓝树木的蓝山。海边山上都有个结实的，勇敢的老三。

这样，一个没有出过北平的妇人，在几年的折磨困苦中，把自己锻炼得更坚强，更勇敢，更负责，而且渺茫的看到了山与大海。她的心宽大了许多，她的世界由四面是墙的院子开展到高山大海，而那高山大海也许便是她的国家。

十 五

身上带着秦岭上的黄土，老三瑞全在旧历除夕进了西安古城，只穿着一套薄薄的棉学生装。

在这以前，他的黑豆子似的眼已看见了黄河的野浪，扬子江心的风帆，三峡的惊涛，与乱山中连茶叶都没见过的三家村。

对于他，没有一个地方能比得上北平。可是，每一个地方都使他更多明白些什么是中国。中国，现在他才明白，有那么多不同的天气，地势，风俗，方言，物产；中国大得使他狂喜，害怕，颤抖。连各处的云与蚊子都不一样！他没法忘了北平，可也高兴看那些不同的地域。那滚滚的黄流与小得可怜的山村，似乎是原始的，一向未经人力经营过的。可是它们也就因此有一种力量，是北平所没有的一种力量，紧紧的和天地连在一处。假若那人为的，精巧的，北平，可以被一把大火烧光，这些河流与村庄却仿佛能永远存在——从有历史以来，它们好像老没改过样子，所以也永远不怕，不能，被毁灭。这些地方也许在三代以前就是这样，而且永远这样。它们使他担心它们的落伍，可也高兴它们的坚实与纯朴。他想，新的中国大概是由这些坚实纯朴的力量里产生出来，而那些腐烂了的城市，像北平，反倒也许负不起这个责任的。

他也爱那些脚登在黄土上的农民，他们耕植的方法是守旧的，他们的教育几乎是等于零的，他们的生活是极端艰苦的，可是他们诚实，谨慎，良善，勤俭。只要他们听明白了，他们就（哪怕他们自己须挨饿呢！）不惜拿出粮食，金钱，甚至于他们的子弟，献给国家。他们没有北平人那样文雅，聪明，能说会道，可是他们，他们，负起抗战的全部责任；中国是他们的。是他们，把秦岭与巴山的巨石铲开，修成公路；是他们，用一筐一筐的灰沙，填平水田，筑成了飞机场；是他们，当敌人来到的时候，烧了房屋，牵了牛马，随着国旗撤退；是他们，把子弟送上前线，把伤兵从战场上抬救下来。

有这样的人民，才有吃不饱，穿不暖，而还能打仗的兵。有他们，“原始的”中国才会参加现代的战争。

他们不知道多少世界大势，甚至不认识自己的姓名，可是他们的心中却印着两三千年传下的道德，遇到事要辨别个是非。假若他们不知道别的，他们却知道日本人不讲理。这就够了。他们全用血肉和不讲理的人见个高低。因为山川的阻隔与交通的不便，使他们显着散漫，可是文化的历史与传统的道义把他们拴到一处：他们都是中国人，也自傲是中国人。

这样看明白了，瑞全才也骄傲的承认自己是中国人，而不仅是北平人。他几乎有点自愧是北平人了。他有点知识，爱清洁，可是，他看出来，他缺乏着乡民的纯朴，力量，与从地土中生长出来的智慧。有许多事，乡民知道，乡民能作，而他不懂，不能作。他的知识，文雅清洁，倒好像是些可有可无的装饰；乡民才是真的抓紧了生命，一天到晚，从春至冬，忙着作那与生命密切相关的事情；而且到时候，他们敢去拼命——尽管他们的皮肤是黑的，他们的血可是或者比他的更热更红一点。

他开始不注意自己的外表。看着自己身上的破衣服，鞋子上的灰土，和指甲缝中的黑泥，他不单不难过，而反觉得应当骄傲。他甚至于觉得乡民身上若有虱子，他就也应当有几个。以前，在北平的时候，他与别的青年一样，都喜欢说“民众”。可是，那时节，他的“民众”不过是些无知的，肮脏的，愚民。他觉得自己有知识，有善心，应去作愚民的尊师与救主。现在，他才知道，乡民，在许多事情上，不但不愚，而且配作他的先生。

他开始放弃了大学生的骄傲，而决定与乡民们在一块儿工作，一块儿抗敌。而且，要把他所知道的教给乡民；同时，也从乡民学习他所不知道的。

他不大会唱歌，而硬着头皮给百姓们唱抗战的歌曲。他不会演戏，而拉长了脸上台。他不会写文章，可是拧起眉毛给人们写抗战的故事。同样的，他不会骑马放枪，可是下了决心请百姓们教给他。他甚至于强迫自己承认，乡下的红裤子绿袄的姑娘比招弟更好看。假若他要结婚，他须娶个乡下姑娘！

同时，百姓们是那么天真，他们听，看，相信，他那连牛都不高兴接受的歌曲，话剧，与故事。他更高了兴，不是因为自傲，而是因为他已和乡民打成一片。他相信自己若能和乡民老在一块儿，他就能变成像乡民那么纯朴健壮，而乡民也变成像他那么活泼聪明；哼，打败日本简直可以比杀只鸡还容易！

这天真，高兴，自信，使他忘了北平。在北平，他一筹莫展；现在，他抓住了爱国的真对象。爱国成了具体的事实——爱那些人民与土地。战争，没想到，使都市的青年认识了真的中国。

他更瘦了些，可是身量又高出半寸来，他的脸晒得乌黑，可是腮上有棱有角的显出结实硬棒。没法子和乡下青年打篮球，他学会和他们摔跤，举石墩。摸着自己的筋肉，他觉得他能一枪把儿打碎两个敌人的头颅。

热血循环得快，他的想象也来得快，他甚至于盘算到战后的计划。他想，在胜利以后，他应当永远住在乡下，娶个乡下姑娘，生几个像小牛一般结实的娃娃。为教育自己的娃娃，他顺手儿便办一个学校，使村中老幼男女都得到识字的机会。他将办一个合作社，一个小工厂，一个医院，一个……他不单看见了胜利，也看见了战后的新中国。在那个新中国里，乡村都美化得像花园一样！

可是，不久，因当权者的不信任民众与怀疑知识青年们的自由思想，瑞全被迫离开他的工作与朋友，而必须到城市里作他所不高兴的工作。打击与失望使他愤怒。可是“不要灰心”！他想起钱伯伯与瑞宣大哥给他的临别赠言。他忍住气，闭上口，把乱说乱唱的时间都让给静静的思索。

从历史的背景，他重新看自己。他看出来，他的自信与天真只是一股热气催放出来的花朵，并不能结出果实。他的责任不是只凭一股热气去抗敌，去希冀便宜的胜利，去梦想胜利后的乌托邦。他也必须沉住了气去抵抗历史，改造历史。历史使中国的人民良善可爱，历史也使另一些人别有心肝，打算。他必须监视自己，使自己在历史的天平上得到真正的分量。他看出来，日本人的侵略中国是打开了十八层地狱，鬼魂们不但须往外冲杀，也应当和阎王与牛头马面们格斗。

在城市里过活了许多时候，他得到回北平的机会。假若他能在民间工作，或被军队收容，他万也不想回北平。他真爱北平，可是现在已体会出来它是有毒的地方。那晴美的天光，琉璃瓦的宫殿，美好的饮食，和许多别的小小的方便与享受，都是毒物。它们使人舒服，消沉，苟安，懒惰。瑞全宁可到泥塘与血狱里去滚，也不愿回到那文化过熟的故乡。不过既没有旁的机会，他也只好回北平，去给北平消毒。

在除夕，他进了西安古城。因穿得太薄，他很冷。绕了几条街，他买不到一件棉袍。铺户已都关上门，过年。他知道西安和北平是同一气味的古城，不管有无战争灾难，人们必须过年。他，不便生气；不生气，也就会慢慢的想主意。这就是他三四年来得到的一点宝贵的修养。

他去敲寿衣铺的门。不管是除夕，还是元旦，人间总有死亡；寿衣铺不会因过年而拒绝交易。他买了件给死鬼穿的棉袍。他笑了。好，活人穿死人的衣服，就也算不怕死的一点表示吧。

从西安，他往东走。遇上什么车，便坐什么车；没有车，他步行。当坐火车或汽车的时候，他必和日本人坐在一处，跟他们闲谈，给他们一点东西吃，倒好像他是最喜欢日本人的人。假若他拿着机密的文件或抗日的宣传品，他必把它们放在日本人的行李当中，省得受检查；有时候，他托日本人给他带出车站去。这些小小的把戏使他觉得自己很不值钱，因为日本人就专好玩这种小聪明。可是，及至它们得到了应得的效果，他又不由的有点高兴，心中说："你们会玩的，我也会！"

当他步行的时候，他有时候为躲避日本人，有时候为故意进入占领区，就绕了许多许多路，得到详细观察各处情形的机会。走了些日子之后，闭上眼他能给自己画出一张地图来。在这地图上，不仅有山河与大小的村镇，也有各处的军队与人民的动态。这是一张用血画的地图：一个小小的村子，也许遭受过十次八次的烧杀；一条静静的小溪，也许被敌人与我们抢渡过多少次。看着这张他心中的地图，他知道了中国人并不老实，并不轻易投降给敌人。在那张图上，他看见一些人影，那些穷，脏，无知而又无所不知，诚实而又精明的人民。真的，是他们，给了他心中的地图一些鲜红的颜色。

越走，离北平越近了，他不由的想起家来。他特别想念母亲与大哥。可是，这并没教他感到难过，因为三四年来的流亡，他看明白，已使他永远不会把自己再插入那四世同堂的家庭里，恢复战前的生活状态。那几乎已不可能。他已经看见了广大的国土，那么多的人民，和多少多少民间的问题。他的将来的生活关系，与其是家庭的，毋宁说是社会的。战争打开了他的心与眼，他不愿再把自己放在家里去。

已是秋天，他才由廊坊上了火车。

他决定变成廊坊的人。这不难，只要口音稍微一变，他就可以冒充廊坊的人。他的服装——一件长蓝布夹袍，一双半旧的千层底缎鞋，一顶青缎小帽——教他变成了粮店少掌柜的样子。他的行李是一件半旧的"捎马子"，上面影影绰绰的还带着"三槐堂"的字样。他姓了王。此外，他戴着一副大风镜，与一条毛巾。拿毛巾当作手绢，带出点乡下人的土气，而大风镜又恰好给他添加些少掌柜的气派。捎马子里放着那“死灵魂”的棉袍，与三五件小衣裳。除了捎马子上的“三槐堂”，他浑身上下没有任何带字的东西。

高高的，黑黑的，他装傻充愣的上了火车，颇像常走路的买卖人。在车上，他想好王少掌柜的家谱与王家村的地图。一遍，两遍，十几遍，他把家谱与地图都背得飞熟。假若遇上日本人盘问，他好能用详细的形容与述说去满足他们的细心与琐碎——日本人不是最理想的仇敌，他们太琐碎。琐碎使日本人只看见了树，而忘了林，因而也就把精力全浪费在阴险与破坏上，而忘了人世间最崇高，最有意义的事情。

离北平越来越近了。火车一动一动的，瑞全的眼中一闪一闪的看到了家。家门，门外的大槐树，院中的一切，同时的，像图画似的，都显现在目前。他赶紧闭了眼，听着火车的轮声，希望把自己催眠过去，他一定不要因为看见北平而心跳得快起来。他已经被日本人摸过几次胸口，看他的心跳得快不快。这是北平，是他的家，也是虎口：他必须毫不动心的进入虎口，而不被它咬住。

车停住。他慢慢的扛起行李，一手高举着车票，一手握着那条灰不噜的毛巾，慢慢的下了车。车站旁的古老的城墙，四围的清脆的乡音，使他没法不深吸一口气。一吸气，他闻到北平特有的味道。他想快跑几步，像小儿看到家门那样兴奋的跑几步。北平有毒，可是，北平到底是他的生身之地，那颜色，气味，语声，都使他感到舒服与恰好合适，倒仿佛他一伸手就可以摸到母亲的手腕似的。可是，他必须镇定的，慢慢的，走。他知道，只要有人一拍他的肩膀，他就得希望那最好的，而勇敢的接受那最坏的。这已不是北平，而是虎口。

平安无事的，在车站上的木栅前，他交出手中的车票。可是，他还不敢高兴；北平的任何一块土，在任何时间，都可以变成他的坟墓。

果然，他刚一出木栅，一只手就轻轻的放在他的肩上。他反倒更镇定了，因为这是他所预料到的。

他用握着毛巾的手把肩头上的手打落，而后拿出少掌柜的气派问了声："干什么？"不屑于看那只手是谁的，他照旧往前走，一边叨唠着："我有熟旅馆，别乱拉生意！北平是常来常往的地方，别拿我当作乡下脑壳！"

可是，这点瞎虎事并没发生作用。一个硬棒棒的东西顶住了他的肋部。后面出了声："走！别废话！"

三槐堂的王少掌柜急了，转过身来，与背后的人打了对脸。"怎回事？在车站上绑票？不躲开我，我可喊巡警！"

口中这样乱扯，瑞全心里却恨不能咬下那个人几块肉来。那是个中国的青年。瑞全恨这样的人甚于日本人。可是，他须纳住气，向连猪狗不如的人说好话。他叫了"先生"，"先生，我身上没有多少钱，您高抬贵手！"

"走！"那条狗龇了龇牙，一口很整齐洁白的牙。

王少掌柜见说软说硬都没有用，只好叹气，跟着狗走。

票房后边的一间小屋就是他预期的虎口。里边，一个日本人，两个中国人，是虎口的三个巨齿。

瑞全忙着给三个虎齿鞠躬，忙着放下行李，忙着用毛巾擦脸。而后，立在日本人的对面，傻乎乎的用小手指掏掏耳朵，还轻轻的揉了揉耳朵眼。

日本人像鉴定一件古玩似的看着瑞全，看了好大半天。瑞全时时的傻笑一下。

日本人开始掀着一大厚本相片簿子。瑞全装傻充愣的也跟着看，看见了好几个他熟识的人。日本人看几片，停一停，抬头端详瑞全一会儿，而后再看相片。看了半天，瑞全看到他自己的相片。他已忘了那是在哪里照的，不过还影影绰绰的记得那大概是三年前的了。相片上的他比现在胖，而且留着分头，（现在，他是推着光头，）一绺儿松散下的头发搭拉在脑门上。也许是因为这些差异，日本人并没有看出相片与瑞全的关系，而顺手翻了过去。瑞全想象着吐了吐舌头。

日本人推开相片本子，开始审问瑞全。瑞全把已背熟了的家谱与乡土志，有点结巴，而又不十分慌张的，一一的说出来。他说，那两个中国人便记录下来。

问答了一阵，日本人又去翻弄相片，一个中国人从新由头儿审问，不错眼珠的看着记录。这样问完一遍，第二个中国人轻嗽了一下，从记录的末尾倒着问。瑞全回答得都一点不错。

日本人又推开相片本子，忽然的一笑。“我认识廊坊！”这样说完，他紧跟着探进手去，摸瑞全的胸口。

瑞全假装扭咕身子，倒好像有点害羞似的，可是并没妨碍日本人的手贴在他的胸口。他的心跳得正常。

日本人拿开手，开始跟瑞全“研究”廊坊，倒好像他对那个地方有很深的感情似的。

听了几句，瑞全知道日本人的话多半是临时编制的，所以他不应当完全顺着日本人的话往下爬，也不该完全呛着说。他须调动好，有顺有逆的，给假话刷上真颜色。

“王家村北边那个大坑还有没有？”

“那个大坑？孩子们夏天去洗澡的那个？早教日本军队给填平了！”

“大坑的南边有两条路，你回家走哪一条？”

“哪一条我也不走！我永远抄小道走，可以近上半里多路！”

日本人又问了许多问题，瑞全回答得都相当得体。日本人一努嘴，两个中国人去搜检行李与瑞全的身上。什么也没搜出来。

日本人走出去。两个中国人愣了一会儿，也走出去。

瑞全把纽扣系好，然后把几件衣服折叠得整整齐齐，又放回捎马子里。一边收拾，一边暗中咒骂。他讨厌这种鬼鬼祟祟的变戏法的人。这不是堂堂正正的作战，而是儿戏。但是，他必耐着心作这种游戏，必须在游戏中达到他的抗敌的目的。是的，战争本身恐怕就是最愚蠢可笑的游戏。

他没出声的叹了口气。而后，把捎马子拉平，坐在上面，背倚着墙角，假装打瞌睡。

“睡”了一会儿，他听见有一个人走回来。他的睡意更浓了，轻轻的打着呼。没有心病的才会打呼。

“嗨！”那个人出了声：“还不他妈的滚？”

瑞全睁开眼，擦了擦脸，不慌不忙的立起来，扛起行李。他给那个人，一个中国人，深深的鞠了躬；心里说：“小子，再见！我要不收拾你，汉奸，我不姓祁！”

出了屋门，他还慢条斯理的东张西望，仿佛忘了方向，在那里磨蹭。他知道，若是出门就跑，他必会被他们再捉回去；不定有多少只眼睛在暗处看着他呢！

十 六

扛着行李，瑞全慢慢的进了前门。

一看见天安门雄伟的门楼，两旁的朱壁，与前面的玉石栏杆和华表，瑞全的心忽然跳得快了。伟大的建筑是历史、地理、社会、与艺术综合起来的纪念碑。它没声音，没有文字，而使人受感动，感动得要落泪。况且，这历史，这地理，这社会与艺术，是属于天安门，也属于他的。他似乎看见自己的胞衣就在那城楼下埋着呢。这是历史地理等等的综合的建筑，也是他的母亲，活了几百年，而且或者永远不会死的母亲。

是的，在外边所看到的荒村，与两岸飞沙的大河，都曾使他感动。可是，观感动似乎多半来自惊异；假若他常常看着它们，它们也许会失去那感动的力量。这里，天安门，他已看见过不知多少次，可是依然感动他。这里的感动力不来自惊异与新奇，而且仿佛来自一点属于“灵”的什么。那琉璃瓦的光闪，与玉石的洁白，像一点无声的音乐荡漾到他心里，使他与那伟大的建筑合成一体。

刚才，日本人摸他的胸口，他并没惊惶失措；现在，这静静的建筑物却使他心跳，跳得很快。他与那个日本人，都须死，而且不定哪一时就死。这伟大的城楼，却永远立在那里，上面顶着青天，下面踩着白白的玉石。在那城楼上闪动的光儿里，他好像看见了几百年前那些工匠，一块块的，一根根的，往城楼里安置砖瓦栋梁。他们的技巧与审美心似乎也不死，因为他们创造出不朽的建筑物。为什么人们不多造几个城楼，而偏偏打仗呢？想到这里，他几乎要轻看自己的勇敢与工作了。哼，那些工事算得了什么呢，当你立在天安门前的时候。

还好，还好，过了一会儿，他对自己说：日本鬼子并没拆毁了天安门！是日本人不敢毁它呢，还是不屑于毁它呢？他赶紧往四下里看，仿佛要从城门前的广场上找到答案。

他看到天安门前的冷落与空寂。他不忍再看。不，这已不是他自幼看惯了的天安门，而是一座大的碑或塔，下面藏着死人的尸骨。北平已经死去，日本人不屑，是不屑，拆毁了它。它不过是金碧辉煌的胜利品。

真的，天安门前是多么静寂呀。行人车马都带着短短的影子，像不敢出声的往东往西走。地方的空旷与城楼的高大，使蠕动的人马像一些小小的什么虫子。一阵凄凉的小风吹过，似乎把树影儿都吹淡了一些。电线随着小风颤动，发出一些响声。这，使瑞全想起那大的，空的，斑斑点点的，美丽的海螺。它美丽，能发出微响，可是空的，死的，只配作个摆设或玩物。哈，天安门就正像个海螺！

他不敢多想。再想下去，他知道，也许会落泪。他真愿意去看看中山公园与太庙，不是为玩耍，而是为看看那些建筑，花木，是否都还存在。不，他不能去。扛起捎马子游公园或太庙，是会招起疑心的；焉知身后没有人盯他的梢呢。

一想走进公园，他也不由的想起招弟。她变成了什么样子呢？他想起，在战前，他与她一同在公园里玩耍的光景。他特别记得：那老柏的稀疏影儿落在她的脸上与白的衣服上，使她的脸和浑身都有光有暗，而光暗都又不十分明显，仿佛要使她带着那些柔软的影与色，渐渐变成个无可捉摸的仙女似的。

不，不要想她！他应当自庆，他没完全落在爱的网里，而使他为了妻室，不敢冒险，失去自由！还是这么扛着捎马子到处乱跑好，这是他该作的事，必须作的事！他已不应再以为自己是个肉作的青年，而须变成炸弹，把自己炸开，炸成千万小片，才是他的最光荣的归宿。他不应再是个有肉欲的青年，而须变成个什么抽象的东西，负起时代托付给他的责任。

忘了天安门，公园，太庙，与招弟！忘了！只是不要忘记他现在是王少掌柜。王少掌柜不应当扛着捎马子呆呆的立在天安门前。他必须走，快走！

到哪里去呢？他不能马上去找他的秘密的机关。万一有人跟随他的呢？那岂不泄露了秘密？好的，他须东西南北的乱晃一阵，像兔儿那样东奔一头，西跳两下，好把猎犬弄糊涂了。

他往西走。走出不远，并没回头，他觉出背后有人跟着他呢！他应当害怕，可是反倒高了兴。紧张，危险，死，才会打破北平的沉寂。他是来入墓，而不是来看天安门！

他不慌不忙的往前走，想起刚才在车站看到的那张自己的相片。哼，那多少是点光荣，光荣！老三瑞全，想想看吧，和祖父，父亲，大哥都不一样！哼，这要教祖父知道了，老人要不把胡子都吓掉了才怪！

轻巧的，他把一只鞋弄掉，而后毛下腰去提鞋。一斜眼，他看明白了跟着他的人，高第！

他要呕吐！他想的到北平的沉寂，冠晓荷们的无耻，可是才想不到高第，冠家的最好的人，会也甘心给日本人作爪牙！还有，假若高第已经如此，那么招弟呢，说不定还许嫁给了日本人呢！几年的修养与锻炼好像忽然离开了他。他的心中乱起来，像要生病时那么忽冷忽热的乱起来。他后悔回到了北平，来看他的女友，也是中国的青年，这么无耻，没骨头。他不由的摸了摸腰间，哼，没有枪；他必须赤手空拳的走进北平；他真想一枪先打死那无耻的东西！

高第从他的身旁走过去，用极低的声音说了句："跟我走！"

他只好跟着她，别无办法。他，真的，并没有害怕，可是不由的想到：万一真死在她的手里，实在太窝囊。

看一看那晴美的天空，与冷落的大街，他觉得北平什么也没变；北平或者永久不会变，永远是那么安静美丽，像神仙似的，不大管人间的悲欢离合。可是，看着高第的后影，那颇好看的，有淡淡的阳光的后影，他又觉得北平一切都变了，变得丑恶，无耻，像任凭人家奸污的妇女。他不知道是应当爱北平，还是应当恨它；应当保存它，还是烧毁了它。北平跟战争绞缠在一处，像花园里躺着一条腐烂了的死狗！

跟着她，他走到了西城根。第一个来到他心中的念头是：假若她动手，他不应当客气。他须看机会，能打死她就打死她。他是为国家作事的，不能因为她是女的，她是朋友，而退让一点。不，他现在不应当再有父母兄弟与朋友，而只有个国家。这样一想，他的手马上预备好，他的眼紧盯着她的全身。哼，只要她一动，他就须打出拳去，没有客气，没有！

可是，忽然的，他改变了念头。不，他不可以动手。动了手，即使他打胜，也会招来更多的麻烦。他是来到北平，北平是不容易进来，更不容易出去的。他看了看那坚厚的城墙，不，他万不可卤莽！他须央告她，利用旧日的友谊，与妇女的慈心，设法脱逃。可是，怎么出口呢？他是堂堂的男子汉，肯对一个没出息的女子告饶求情吗？他抓了抓他的黑亮的脑门！

这时候，高第已和他走并了肩。她忽然的说出来："我入了狱，作了特务；要不然，我没法出狱！不用防备我，我和钱先生通气，明白吧？"

"钱先生？哪个钱先生？"

"钱伯伯！"

"钱伯伯？"瑞全松了口气。忽然的，连那灰色的城墙都好像变成了玻璃，发了光！北平并没有死，连钱先生带高第都是在敌人鼻子底下拼命呢！他真想马上跪在地上，给高第磕个头！

"他晓得你要来！你要是愿意先看他去，他在西边的小庙里呢。你应当看看他去，他知道北平的一切情形！到小庙里说：敬惜字纸！"说到这里，她立住，和瑞全打了对脸。

在瑞全眼中，她的脸上没有多余的表情，而只有一股正气，与坚定的眼神。这点正义与眼神，并没使她更好看一点，可是的确增多了她的尊严。她的鼻眼还和从前一样，但是她好像浑身上下全变了，变成了一个他所不认识的高第。这个新高第有一种美，不是肉体的，而是一些由心中，由灵魂，放射出来的什么崇高与力量。这点美恰好是和他心中那点劲儿一样，使他仿佛要忘记她的五官四肢，而单独的把那点劲儿抓住，和她心心相印。他低下了头去。他错想了她。

"招弟呢？"他低声的问。

"她也——跟我一样！"

"一样？"瑞全抬起头来，硬巴巴的脸上布满了笑纹。他的心中，北平，全世界，都光亮起来。

"只有这一点分别：我跟钱先生合作，她，她给敌人作事！"

瑞全的笑纹全僵在了脸上。

"你要留神，别上了她的当！再见！"高第用力的看了他一眼，转身走开。

瑞全没再说出话来。咬咬牙，他往西走。高第，招弟，与钱伯伯三个形影在他心中出来进去，他不知道应当先想谁好。他几乎要失去他的镇定。这两个女的，一位老人，仿佛把一切都弄乱了，他找不到了世界的秩序。他最喜爱的女人，变成了他应当最仇视的。他最不敢希望到的，却成了事实；钱伯伯和高第居然联合在一处，抗敌。他不敢再想什么了。战争像地震，把上面的翻到下面去，把下面的翻到上边来。不，他决不再事先判断什么。北平简直是最大的一个谜。它冷落，也有阳光；它消沉，而也有钱伯伯与高第的热烈。

猛的，他啐了口唾沫，“呸，什么也别再想！”

他看见了路北的小庙。忘了高第，招弟与北平，他想要飞跑进去，去看他的钱伯伯。

十七

虽然已是秋天，钱诗人却只穿着一件蓝布的单道袍。他的白发更多了；两腮深陷，四围长着些乱花白胡子，他已不像个都市里的人，而像深山老谷里修道的隐士。静静的他坐在供桌旁的一个蒲圈上，轻轻的敲打着木鱼。

听见了脚步声，老人把木鱼敲得更响一点。用一只眼，他看明白进来的是瑞全。他恨不能立刻过去拉住瑞全的手。可是，他不敢动。他忍心的控制自己。同时，他也要看看瑞全怎样行动，是否有一切应有的谨慎。他知道瑞全勇敢，可是勇敢必须加上谨慎，才能成功。

瑞全进了佛堂，向老人打了一眼，而没认出那就是钱伯伯。他安详的把捎马子放下，而后趴下恭恭敬敬的给佛像磕头。他晓得怎么作戏，不管他怎么急于看到钱伯伯。他必须先拜佛；假若有人还钉他的梢，他会使钉梢的明白，他是乡下人，也就是日本人愿意看到的迷信鬼神的傻蛋。

老人，看到瑞全的安详与作戏，点了点头。他轻轻的立起来，嗽了声；而后，向佛像的后面走。

瑞全虽然仍没认出老人，可是听出老人的嗽声。“钱伯伯”三个字，亲热的，有力的，自然的，冲到他的唇边。可是，他把它们咽了下去。拾起捎马子，他也向佛像后面走。绕过佛像，出了正殿的后门，他来到一个小院。

院中有个小小的砖塔，塔旁有一棵歪着脖的柏树。西边有三间小屋。钱诗人在最南边的一间外面，和一位五十多岁的和尚低声的说了两句话。和尚，看了瑞全一眼，打了个问讯，走入正殿，去敲打木鱼。

钱诗人向瑞全一点手，拐着腿，走进最北边的那间小屋。瑞全紧跟在老人的后面。

一进屋门，“老三”与“钱伯伯”像两个火团似的，同时喷射出来。瑞全一歪肩，把行李摔在地上。四只手马上都握在一处。瑞全又叫了声“钱伯伯”，可就想不起任何别的话来。在他记忆中，钱伯伯是个胖胖的，厚敦敦的，黑头发的，安良温善的，诗人。他也想到，钱伯伯的左右应该是各色的鲜花与陈古的图书。他万想不到钱伯伯会变成这个狼狈的样子，和在这些个破小庙里。愣了一会儿，他认识了钱伯伯，正像他细看一会儿那被轰炸过的城市之后，便依稀的认出街道与方向。老人的眼正像从前那么一闭一闭的。老人的声音还是那么低柔和善。

“我看看你！我看看你！”老人笑着说。他的深陷的双腮不帮忙使他的笑容美好，可是眼角上的笑纹还很好看。“我看看你，老三！”

瑞全怪发僵的教老人看，不知怎样才好，只傻乎乎的微笑。

老人看着老三，连连的微微点头。忽然的，老人低下头去。他想起自己的儿孙。

“怎么啦？钱伯伯！”

老人慢慢的抬起头来，勉强的笑了一下。“没什么，坐下吧！”

瑞全这才看到屋中只有一张木板床，一张非靠墙不能立稳的小桌，和一把椅子。老人坐在床沿上，瑞全把椅子拉过来，凑近老人，坐下。

老人的心里正在用力控制自己，不要再想自己的儿孙，所以说不出话来。

瑞全听到前殿中的木鱼响。

“伯伯，您怎么变成这个样子了？”瑞全打破了沉寂。

老人的唇动了动。他想把入狱受刑的经过，与一家人的死亡，一股脑儿像背书似的背给瑞全听。可是，他以为瑞全刚由外面回来，必定看见过战场；战场上一天或一点钟内，也许有多少流血的与死亡的；他自己的一点苦痛有什么可说的价值呢？他坚定，勇敢，可是他还谦卑。

“教日本人收拾的。”老人低声的说，希望就用这么一句话满足了瑞全。

“什吗？”瑞全猛的立起来，一双黑豆子眼盯住老人的脑门。

瑞全万也没想到钱诗人，钱伯伯，天下最老实的人，会受毒刑。在外面三四年，因为不肯想家，他冷淡了北平。他以为北平在这几年里必是一声不出的，一滴血不流的，用它的古老的城墙圈着百万以上的亡国奴。谁知道，连钱先生这样的老实人也会受刑呢，并且因受刑而反抗呢？

对北平的冷淡，在他想，也就是对整个国家的关心。于是，他已打算好，他虽回到北平，而决不打听家里的事。这太狠心，可是忘了家才能老记着国，也无可厚非。

现在，听到钱伯伯这一句话，他可是马上想起家里的人。假若钱伯伯会受刑，一切人都有受刑的可能，他家中的人也不能是例外。特别是他的大哥；大哥比钱先生更多着点下狱受刑的资格。他不由的问出来：“我家里的人呢？”

钱老人低声的，温和的，说：“坐下！”

瑞全傻乎乎的又坐下。

老人不敢再抬眼皮。难过的，低着头思索：是否应当把实话告诉给瑞全呢？

“钱伯伯！”瑞全催了一下。

钱老人不愿教瑞全刚一回到北平就听到家中的惨事。可是，他若不说，瑞全会不会到别处去打听？他决定实话实说，知道瑞全也许可以在他面前，一点不害羞的哭出来。他是瑞全的老友，老邻居；瑞全小时候怎样穿着开裆裤，他都知道。好，瑞全若是要哭，就应当在他的面前。他的头低得无可再低，极慢极慢的说：“你父亲和老二都完了！别人还都好！”

看过敌人的狂炸都市，看过山河间的战场，看见过杀伤与死亡，瑞全的心仿佛，像操作久了的手掌似的，长了一层厚皮。听到老人的话，他并没有马上受到强烈的刺激。他问了声“什么？”仿佛没有听明白似的。可是，没有等老人再说什么，他低下头去，泪像潮水似的流出来，低声的叫着：“爸爸！爸爸！”

老人十分难堪的，把一只手放在瑞全的肩上，轻轻的叫：“老三！老三！”他不敢劝阻瑞全，谁死了父亲能不伤心呢？他又不肯不安慰瑞全，谁能看着朋友伤心而不去劝慰呢？可是用什么话去安慰呢？老人一边叫着“老三”，一边急得出了汗。

哭了半天，瑞全猛的一挺脖子，“告诉我，小羊圈怎样了？”他似乎忘了中国，甚至于忘了北平，而只记得小羊圈，他的生身之地。

老人乐得的说些足以减少瑞全的悲苦的事；简单的，他把冠家的，小文夫妻的，小崔的，和棚匠刘师傅的事，说了一遍。

瑞全听完，愣了起来。他没想到，连小羊圈那么狭小僻静的地方，会出了这么多的事，会死这么多的人。哼，他走南闯北的去找战场，原来战场就在他的家里，胡同里！他出去找敌人，而敌人在北平逼死他的父亲，杀害了他的邻居。他不应当后悔逃出北平，可是他的青年的热血使他自恨没有能在家保护着父亲。他失去了镇定，他的心由家中跳到那高山大川，又由高山大川跳回小羊圈。他已说不清哪里才是真正的中国，他应当在哪里作战。他只觉得最合理的是马上去杀下一颗敌人的头来，献祭给父亲！

他不敢再正眼看钱伯伯。钱伯伯才是英雄，真正的英雄，敢在敌人的眼下，支持着受伤的身体，作复国报仇的事。

钱诗人见瑞全不出声，也不敢再张口说什么，虽然他急于听瑞全由外面带回来的消息和新闻。在这个青年面前，老人觉得自己所作的不过是些毫无计划的，无关宏旨的小事情。反之，瑞全身上的灰土才是曾经在沙场上飞扬过的，瑞全所知道的才是国家大事。

这样，一老一少本都想一见面就把积累了好几年的话倾倒出来，可是反倒相视无言了。他们都听着前殿的木鱼声。

还是瑞全先出了声："钱伯伯，告诉我点您自己的事！"

"我自己的事？"老人瘪着嘴一笑，他本不想说，可是又觉得不应当拒绝青年朋友的要求。再说，瑞全刚刚哭完，老人的话也许能比无聊的，空洞的，安慰，强一些。"我的事很多，可也很简单。让我这么解释吧；我的工作有三个阶段：第一阶段是在我受刑出狱之后。那时候，我没有计划，只想报仇。我心中有一口气，是怒，是恨，催动着我放弃了安静的生活，像疯了似的去宣传，去暗杀。那时候，我急，我怒，所以我不能容纳别人的意见。凡是与我主张不同的，我便把他们看成仇敌。那时候，我是唱独角戏。

"慢慢的，我走到第二阶段。我的肯作，敢作，招引来朋友。好，我看清楚，我应当有朋友，协力同心的去作。虽然我还没改了这一头儿是我，那一头儿是国家的态度，可是我知道了独自拼命远不及大家合作的更有效，更有力量。好，我不管别人的计划是什么，派别是什么，只要他们来招呼我，我就愿意帮忙。他们教我写文章，好，我写。他们教我把宣传品带出城去，好，我去。他们教我去放个炸弹，只要把炸弹给我预备下，好，我去。这样，我开始摸清了道路，有了作不过来的工作；而且，我也不生闲气了。我变成一个抗敌的机器，谁要用我，我都去尽力。同时，我没有顾忌，没有对报酬与前途的算计。我属于一切抗敌的人，作一切抗敌的事，一直作到死。假若第一阶段是个人的英雄主义或报仇主义，这第二阶段是合作的爱国主义。前者，我是要给妻儿与自己报仇，后者是加入抗敌的工作，忘了私仇，而要复国雪耻。

“现在，我走到第三阶段。刚才你看见了那位和尚？”老人指了指前殿。“他是明月和尚，我的最好的朋友。我们两个人的交情很纯真，也很奇怪。我呢，当我初一认识他的时候，是一心要报仇，要杀人。他呢，尽管北平城亡了，还不改变他的信仰，他不主张杀生。这样，我以为即使佛生在北平，佛也得发怒，也得去抗敌，假若佛的父母兄弟被敌人都杀害了的话。明月和尚不这样看，他以为这侵略，战争，只是劫数，是全部人间的兽性未退，而不是任何一个人的罪过。说也奇怪，我们两个人的见解是这么不同，而居然成了好朋友。他不主张杀人，因为他以为仇杀只足助长人的罪恶，而不能消灭战争。可是，他去化缘，供给我吃。他不主张杀人，而养着手上有血的朋友；可笑！

“不过，虽然我不接受他的信仰，可是我多少受了他的影响。他教我更看远了一步——由复国报仇看到整个的消灭战争。这就是说，我们的抗战不仅是报仇，以眼还眼，以牙还牙，而是打击穷兵黩武，好建设将来的和平。

“这样，我又找到了我自己，我又跟战前的我一致了。这就是说，在战争一开始，我忽然受了毒刑，忽然的家破人亡，我变成疯狂。只有杀害破坏，足以使我泄恨。我忘记了我平日的理想与诗歌，而去和野兽们拼命。那时候，我是视死如归，只求快快的与敌人同归于尽。现在，说句也许教你笑我的话，我似乎长成熟了。我一边工作，一边也又有了理想。我不只糊里糊涂的去扔掉我的脑袋，而是要稳稳当当的，从容不迫的，心平气和的，去作事，以便达到我的理想。所以，我说，我又找到了自己。以前，我是爱和平的人；

现在，还是那样。假若这里有点不同的地方，就是在战前，我往往以苟安懒散为和平；现在呢，我是用沉毅坚决勇敢去获得和平。

“我不必告诉你，一件一件的，我都作过什么。我倒真高兴能告诉你，我的这点小小的变化。变化是生长的阶段。我并没死，也并不专凭一口怒气去找死，我是像个小孩，或小树，天天在生长。这样，危险困苦也就都不可怕了，因为我的眼是看着远处，正像明月和尚老看着西天那样。我不必再老咬着牙，拧着眉了，而可以既不着急，又不妥协的往前干去；我知道我所干的是任何一个有心思，有理想的人，所应当干的；我能自信了。是的，今天我没有，将来也不会，皈依佛法；不过，明月和尚的确给了我好的影响。我很感激他！他是从佛说佛法要取得永生；我呢是从抗敌报仇走到建立和平——假若人类的最终的目的是相安无事的，快快活活的活着，我想，我也会得到永生！”

用心的，瑞全一字不落的，把钱伯伯的话都听进去。

他没想到钱伯伯会这样概括的述说。他原来以为老人必定婆婆妈妈的告诉他一些有年月，有地点的事实。听完这一大段话，他呆呆的看着钱伯伯。是的，钱伯伯的身上，正像他的思想，全变了。他好像不认识了，又好像更多认识了一点，钱老人。钱老人没有陈说事实，可是那一大段话，尽管缺乏具体的事情，教瑞全不单感动，而且也看见了他自己；像他自己，在这三四年中，不也变了吗？不也是由一股热气，变为会沉静的思索吗？他马上觉得他的心靠近了老人的心。老人的经验与变化正差不多是瑞全自己的。

他很想把自己的经验都告诉给老人，可是，他鼓不起勇气来说了。事实，假若没有一个以思想作线索的纲领，不过是一些零散的砖头瓦块，说不说都没有关系。

“老三，说说你的事呀！”老人微笑着说。

老三伸了伸腿。“钱伯伯，用不着说了吧？我也正在变！”

“那可好，好！”老人的眼对准了瑞全的。“你看，要是对别人，我决不会说刚才那一套话，怕人家说我老王卖瓜，自卖自夸。对你，我不能不那么说，因为那是千真万确的事实。只有那么对你说，你才真能看见我的心。假如我只说些陈谷子烂芝麻，你也许早发了困！哦，老三，你不以为我是瞎吹，铺张？”

“我怎能呢？钱伯伯！”

“好！好！还是说说吧，说说你的事！我愿意多知道事情，只有多知道事情，心里才能宽绰！”

瑞全没法不开口了。他源源本本的把逃出北平后的所见所闻，都说出来。说着说着，瑞全感到空前未有的痛快，与兴奋。这是和钱伯伯谈心，他无须顾忌什么；在事实之外，他也发表了自己的意见与批评。

一直等老三说完，钱诗人才出了声：“好！你看见了中国！中国正跟你，我一样，有多少多少矛盾！我希望我们用不灰心与高尚的理想去解决那些困难与矛盾！”

“我们合作？”

“当然！”

老少的两颗心碰到了一处。

十八

跟钱伯伯畅谈了以后，瑞全感到空前的愉快。真的，他还没弄清楚，自己的变化已经到了哪个阶段，和一共有了多少阶段；可是，由钱诗人的话里，他得到一些灵感——干下去，干下去，只要干下去，他就能更明白自己与世界。假若他自己的，能与世界应有的，理想，联到一处，他才真对得起这一条命。

他不再乱想。他须马上去工作，愉快的，坚定的，去工作。

他须先到东城的一家鞋铺去拿钱，马上买上一辆脚踏车，好开始奔走。

在路上，他遇见一男一女两个小学生，都挎着书包，像是兄妹刚下了学的样子。他不由的多看了他们两眼。他想起了小顺儿和妞妞。

男的大概有十岁，女的七岁左右，正和小顺儿，妞子，差不多。两个小孩儿都长的相当的体面，可是小脸上都很黄很瘦。女孩儿的衣裳很短，手腕脚腕都露在外面，像花要开的时候，外面的绿萼已经包不住了花瓣儿。男孩儿的衣服上有好几块补丁。他们走得很慢。

瑞全不由的也走慢了一点。他想起当年自己上学的光景：一出街门，他永远是飞跑。这两个小孩好像不会跑。连快走也不会！

走着走着，小男孩，看见路上的一块小砖头，用脚踢了一下。

女孩立住了，和男孩打了对脸。她的脸上，那么黄瘦，表现出怒，轻蔑，而又似乎不忍责骂的，复杂的神情。她的小薄嘴唇动了几动，才说出话来：“哥！踢破了鞋，不又教妈妈生气吗？”

男小孩的脸红了一红，假装的笑着。“我就踢了一下，不要紧！”

瑞全咽了口气。钱伯伯，他自己，变了？哼，连这俩小孩子也变了，变成了老人！战争剥夺了孩子们的天真与青春！

又走了几步，小男孩，似乎赎踢砖头的罪过，拾起一根有三尺长的枯枝。教妹妹帮助他，他把枯枝折成三段，放在书包里。兄妹脸上都有了笑容。

瑞全不敢再看，他加快了脚步。从一进北平，他便看见了这古城的冷落寒伧；现在，在这两个小孩的身上与举动上，他看到饥荒的黑影。小儿女已经学会，把一根枯枝当作宝贝。

走出几步，他又立住；颇想给那两个小孩几个钱，教他们买两个烧饼吃。可是，他立住，小孩们也立住了。哥哥拉住妹妹的手，两个小脸挨在一处，互相耳语。瑞全只好走开。小孩们，在这亡城里，知道怎么小心，不单提防日本人，也须防备一切的人。战争使人与人之间的关系变成猫与狗的关系。恐怖教小儿女们多长出一个心眼，盼望宁可饿死，也别被杀！小顺儿与妞妞，他想也必定是这样！他一直走下去，不敢再回头。

在东西牌楼附近，他找到了鞋铺。

铺子是两间门面，门窗牌匾的油饰都已脱落，连匾上的字号也已不甚清楚。窗上的玻璃裂了一大道璺，用报纸糊着。玻璃窗里放着两三双鞋，落满了尘土。

瑞全怀疑他是否找对了地方。再看看匾上的字号与门牌，他知道并没有找错。想起钱伯伯的道袍与那个小庙，他告诉自己：只有这种地方才适于作暗中进行的事体。他走了进去。

屋中相当的暗，而且有一股子潮湿的，掺夹着臭浆糊与大烟的味道。他嗽了一声，没有人答理他。他说出暗号："有双脸鞋吗？掌柜的！"

里面有了响动。他耐心的等着。又过了一会，里面的门吱的响了一声，出来个又高又瘦的人，口中正嚼着一口什么东西。他像个大烟鬼。

瑞全知道，在日本的统治下，吸鸦片是一种好的掩护。他掏出那副风镜来。在风镜的遮挡里藏着他的很小的证章。他取出证章，教瘦子看。而后，他低声的说："我来拿钱。"

瘦人翻了翻眼："什么钱？"

瑞全知道事情不妙。"你弟弟拨来的！"

"我，我没有弟弟！"瘦鬼把口中的东西咽净。

"没有……"瑞全的黑眼珠盯住那个又黄又瘦的脸，立刻想用手掐住那细长的脖子。可是，他得控制自己。他是在北平；只要瘦鬼一喊叫，他必会遇到危险。"别开玩笑！老哥！"他勉强的笑着说："你知道，那点钱多么重要！"

瘦鬼反倒不耐烦了："走，快走！我没有工夫跟你掏乱！"

瑞全看明白，瘦鬼是安心要炸他的酱。他猛的往前一扑，一手攥住瘦鬼的右腕，一手掐住脖子。他不能教瘦鬼高声喊叫，也不愿伤了瘦鬼的性命。但是，他必须给瘦鬼一点厉害。

瘦鬼，虽然那么大的个子，可是一点力气也没有，从未被瑞全扣紧的嗓子里发出急切而声音不大的央求：“放开我！放开！”

瑞全稍把手扣紧一点：“你一嚷，我就掐死你！”

“我不嚷！我不嚷！放开我！”

瑞全把手挪开。“有什么话快说！”

瘦鬼舐了舐嘴唇，看了瑞全一眼。“好，我实话实说！有那末一笔钱，我接到了。可是，可是，教我给用了！我没生意，我得吸烟，没钱！我知道，你跟我的弟弟都是了不起的人。我，我可是没有别的办法！我并不是坏人，可是，哼，四年了，四年在日本人脚下活着，连神仙也得变成坏蛋！”

瑞全一挺脖子走了出去。他不愿再听瘦鬼的话。怒气要炸破他的肺，他不能再立在这又臭又暗的屋子里。

可是，刚出门，他又转身走回来。不，他不能轻易这么放了瘦鬼。他的手，现在，是为战斗用的。他不能这么随便的丢了钱，耽误了自己的工作。他想再用肉体的痛苦惩治瘦鬼，万一能挤出一点钱来，岂不比全数都丢了好？他不必心疼那个瘦鬼，瘦鬼早晚是会死去的。

可是，瘦鬼趴在柜台上哭呢！

瑞全迟疑了一下。瘦鬼，既是在哭，一定不是全无心肝的人。不，不，不能太心软！他走过去，把趴在柜台上的头扯了起来。

瘦鬼含着泪呆呆的看着瑞全。

瑞全把想起来的话都忘了。他松了手。他一点办法也没有。这个瘦鬼没有生命，却还活着；没出息，却还有点天良。没法办!

“对不起！”瘦鬼声音极低的说：“对不起，我知道你着急，可是钱已教我花光，花光！”

瑞全忽然想起话来：“你是不是想出卖我呢？你知道我的号数，相貌，你……”

“我不会！不会！我的弟弟跟你一样！我不会出卖你，我的心里已经够难过的了！我也是中国人！”

瑞全又走出去。他怒，他憋闷，他毫无办法。飞快的，他走了一大段路，心中稍微舒服了一点。他想起钱伯伯来。呕，钱伯伯受过多少打击？哼，也许比他自己所受的多着十倍百倍！可是，钱伯伯并不灰心，并不抱怨谁，还是那么稳稳当当的工作。哈，这点挫折算什么呢？他的眼亮起来，难道没有那点钱。就不继续工作了吗？笑话！

可是，万一那个瘦鬼出卖他呢？是的，瘦鬼答应了他，决不会出卖他；不过，一个大烟鬼的话靠得住吗？为吸烟，一个人是可以出卖自己的灵魂的！

他是不是应当马上回到鞋铺，结束了瘦鬼呢？那并不难，只需把手掐紧瘦鬼的……

不！那双手须放在比瘦鬼的更有点价值的脖子上。毒手是必须下的，可要看放在哪里。他不能学日本人，把毒手甚至于加到一个婴儿身上。

他去找地下工作者的机关，一来是为报到，二来是看看能否借到一辆自行车。

走着，走着，他看见一辆自行车，斜倚着一株柳树。他愿去偷过它来，真的。有一辆车，他就长了翅膀，可以城里城外到处去奔走。那么，他的工作似乎应当抵消了他的偷窃的罪过！他笑了。

可是，他并没去偷车。好吧，日本人可以偷去整个北平，而他不屑于偷一辆车。这是不是一个道德的优越呢？他又笑了笑。

快走到目的地，他放慢了脚步，把一切思索都赶出心外。他必小心，像鼠儿在白天出来那么小心。他忘去了一切，好使他的每一根汗毛都警觉，留神。

街门开着呢。他不便敲门，而大模大样的闯进去。一个小院，四四方方的包着一块儿阳光，使他感到温暖。他不由的说出来：“小院子怪可爱！”

南墙上放着一个木梯。他向梯子走去。他不敢马上进屋子，而必须在院中磨蹭一会儿，用耳目探听屋中的动静。

北屋的门轻轻的开了。瑞全用眼角瞭了一下，门口立着个完全像日本人的中国人。

瑞全心中说："糟了！"可是，他反倒有点高兴。这是战斗，不像刚才鞋铺中的那一幕那么闷气与无聊。

他转过身来，和那个中日合璧的，在战争的窑里烧出的假东洋料，打了对脸。

"干什么的？"假东洋料板着脸问。

"贵姓呀？你老！"瑞全慢慢的凑过来，满脸赔笑的说："你是管房子的？我，三顺木厂的，来看看房。"

那个假东洋货的眼盯住瑞全的脸，一声没出。

瑞全更凑近一些，把声音放低："房东要三万！三万！"他吐了吐舌头。"好家伙，三万！才有几间小房啊！小院倒怪可爱，可是，怎么也不值三万哪！"说完，他搭讪着躲开。"我得上去看看，三万！非仔细看看不可！"他又走到南墙根，把梯子搬起来。这时候，他看清小东屋的玻璃窗子上还有个人脸呢。

他上了房，细细的敲验砖瓦，检看房椽。把上面看够，他由梯子上爬下来，再细心的看墙壁，阶石，与柱子。一边看，一边嘟囔着："木料还好，墙里可有碎砖！不值三万！"

把外面都看完，他把梯子放回原处，而后到屋中去看。假东洋货的眼始终不错眼珠的跟着瑞全。

瑞全一共磨蹭了半个钟头。因为登梯爬高的，他的腮上发了红，鼻子上出了汗。用毛巾擦了擦脸，他出来坐在台阶上，有声无声的盘算："屋进身太小！也别说，要盖新的，大概五万也盖不下来！"盘算了一阵，他高声的说："辛苦了，你老！"而后依依不舍的，东瞧西望的，向院外走。

看见街门，他恨不能一下子飞出去！他猜得出，这个机关是刚刚被破获，说不定全数的工作者已都被捉了去。被捉去的，他知道，就不会再生还。假若机关里的文件也落在敌人手里，他自己的秘密便已泄露了一大半！

可是，他不能，万不能，因此而慌张。他轻轻敲了敲门垛子与街门，看看工料如何。而后，坐在门坎上，用毛巾扇了扇脸。这样耽误了一会儿，约摸着院中的人若是在后边监视他，必定已经看清楚他的不慌不忙，而且也相信了他是木厂子的人，他才伸了伸腰，慢慢立起来，走开。这时候，他的心才真要从口里逃出来；轰的一下，他全身都出了汗。

走出老远，他的汗才落下去。他开始觉得痛快。这是他在北平的开场戏，唱得不算不热闹火炽。车站上被检查，小庙里看见钱伯伯，丢了钱，又几乎丢了性命；这都有劲！有劲！

谁说北平沉寂呢？哼，这比在战场上还更紧张！这是赤手空拳到老虎穴里来挑战！有劲！

他高兴起来。这才是工作，真的工作。这才是真的把生命放在火药库里。这里，只有在这里，才真能闻到敌人刺刀上的血味。看到天牢的锁镣与毒刑。“好，干吧！”

看了街上，他觉得北平又和战前一样的可爱了！天还是那么亮，阳光还是那么明亮，一切还是那么美。是的，这还是北平，北平永远不会亡，只要有钱伯伯与咱老三！“老三，加油！”

十 九

珍珠港！在东京，上海，北平，还有好多其他的都市，恶魔的血口早已在发音机前预备好；飞机一到珍珠港的附近上空，还没有投弹，血口已经张开，吐出预备好了的：“美国海军全体覆没！”

北平的日本人又发了疯。为节省粮食，日本人久已摸不到酒喝。今天，为庆祝战胜美国，每个日本人都又得到了酒。

这样的喜酒是不能在家里吃的。成群的矮子，拿着酒瓶，狂呼着大日本万岁，在路上东倒西歪的走，跳，狂舞。他们打败了美国，他们将是人类之王。汽车，电车，行人的头，都是他们扔掷酒瓶的目标。

与醉鬼们的狂呼掺杂在一处的是号外，号外的喊声。号外，号外！上面的字有人类之王的头那么大，那么疯狂：美国海军覆没！征服美洲，征服全世界！

学生们，好久不结队游行了，今天须为人类之王出来庆祝胜利。

这消息并没教瑞全惊讶。自他一进北平城，便发现了日本人用全力捉捕，消灭，地下工作者。这是，他猜到，日本人为展开对英美的战争，必须首先肃清“内患”。

从另一方面，他几次看到招弟陪着西洋人在街上摆丑相。他妒，他恨，他想用条绳子把她勒死。可是，他不敢碰她，他必须压着怒气。把气压下去，他揣测得到，招弟的工作后面必含有更大的用意；她的诱惑是一片蛛网，要把西洋的蜂蝶都胶住，而后送到集中营去。

由高第的报告，他知道火车站上一方面加紧搜查来客，而另一方面却放松了北平的妇孺出境。日本人要节省粮食，所以任凭妇孺出走。积粮为是好长期作战。

同时，他因想到日本掀起了世界战争，而觉得自己的工作也许会更紧张，更惊险。比如说，他将负责刺探华北的军事情形与消息，那够多么繁难，危险！哈，假若他真去探听军事消息，他便是参加了世界战争！他高了兴，他的黑眼珠子亮得像两个小灯！

他忽然明白了钱伯伯的理想。虽然老人的与他自己的在战争中的经验不同，变化不同，可是他们的由孤立的个人，变为与四万万同胞息息相通，是相同的。现在，战争变成全世界的，他们俩又同样的变为与世界发生了关系的人。瑞全的想象极快的飞腾到将来。

哈，现在，全世界分成两大营阵；明天，公理必定战胜强权；后天，世界上的人，都吃过战争的苦，必会永远恨恶战争，从而建设起个永远和平的世界。哈，他自己，不管有多么一点的本事，不管他的一点血是洒在北平，还是天津，他总算是为人类的崇高的理想而死去的！他知道自己渺小，他一共不过有一百六十磅的骨肉，五尺八寸的身量；可是，那个理想把他，像小孩玩的气球，吹胀起来，使他比他的本身扩大了多少倍。他已不仅是个五尺八寸的肉体，而是可以飞腾的什么精灵；脚立在地上，而头扬到云外。理想使他承认了肉体的能力多么有限，也承认了精神上的能力能移山倒海。他想象到，假若英国的，美国的，苏联的，法国的，和……的人民都能尽到自己所能的为那同一理想去奋斗，每一个人就都是光明里的一粒金星，能使世界永远辉煌灿烂。

在小羊圈里，一号的老太婆把街门关得严严的，不肯教两个孩子出来。

战争的疯狂已使她家的男人变成骨灰，女的变成妓女；现在，她看见整个日本的危亡。但是，她不敢说出她的预言，而只能把街门关起，把疯狂关在门外。

三号的日本男女全数都到大街上去，去跳，去喊，去醉闹。在街上闹够，他们回到小羊圈，东倒西歪的，围着老槐树欢呼跳跃。他们的白眼珠变成红的，脸上忽红忽绿。他们的脚找不到一定的地方，一会儿落在地上，一会儿飞到空中。有时候，像猫狗似的，他们在地上乱滚。啊，这人类之王！

在中国人里，丁约翰差不多已死了半截。他的英国府被封，他的大天使富善先生被捕，他的上帝已经离开了他。他可以相信，天会忽然塌下来，地会忽然陷下去；可是，他不能相信，英国府会被查封；他的世界到了末日！

他亲眼看见富善先生被拖出去，上了囚车！他自己呢，连铺盖，衣服，和罐头筒子，都没能拿出来，就一脚被日本兵踢出了英国府！他连哭都哭不上来了。

他开始后悔为什么平日他那么轻看日本人。今天，他才明白日本人是能把英国府的威风消尽了的，日本人是能打倒西洋人的上帝的。他想他应当给上帝改一改模样；上帝不应当再是高鼻子，蓝眼珠的，而是黄脸，黑眼珠的，像日本人那样。是的，他和别的吃洋教的人一样，只会比较外国人与外国人的谁强谁弱，而根本想不到中国人应当怎样。

天还没亮，富善先生便被打入囚车。同时，日本随军的文人早已调查好，富善先生收藏着不少中国古玩。于是“小琉璃厂”里的东西也都被抄去。他们也知道，富善先生的生平志愿是写一本《北平》。于是，他们就细心的搜检，把原稿一页一页的看过，而后封好，作为他们自己著书的资料。他们是“文明”的强盗。

见富善先生上了囚车，丁约翰落了泪。日本人占据了北平，和一半中国，杀了千千万万的人，烧了无数的城池与村镇，丁约翰都没有落过一滴泪。他犯不上为中国人落泪，因为他的生计与生活与中国人无关。他常常为自己的黄脸矮鼻子而长叹；哼，假若他白脸高鼻子，上帝岂不更爱他一些么？那时候，他的上帝还的确是白脸高鼻子的。

像被魔鬼追着似的，他跑回小羊圈来。顾不得回家，他先去砸祁家的门。小羊圈，甚至于全北平，没有他的一个知心人，除了瑞宣。这并不是说，瑞宣平日对他有什么好感，而不过是丁约翰想：瑞宣既也吃着英国府的饭，瑞宣就天然的和他是同类。

虽然已是冬天，丁约翰可是跑得满身大汗。他忘了英国府的规矩，而像报丧似的用拳头砸门。

瑞宣还没有起床。韵梅在升火。听见敲门的声音，她忙着跑出来。一开门，她看见了一个像刚由蒸锅里拿出来的大馒头。那是丁约翰的头。

“祁太太，我！”约翰没等让，就往门里迈步。“祁先生呢？有要紧的事！要紧的事！”说着，他已跑到院中。他忘了安详与规矩，而想抓住瑞宣大哭一场。

祁老人已早醒了，可是因为天冷，还在被窝里蜷蜷着老腿，忍着呢。听到院中的人声，他发了话："谁呀？"

丁约翰在窗外回答："老太爷，咱们完啦！完啦！全完啦！"

"怎回事？"老人坐起来，披上棉袍，开开门闩。

丁约翰闯进门去。"英国府！"他呛了一口。"英国府抄封啦！富善先生上了囚车！天翻地覆哟！"

"英国府？富善先生？"祁老人虽然不是吃洋教与洋饭的，可是多少有点迷信外国人。自从他的幼年，中国就受西洋人的欺侮，而他的皇帝与总统们都不许他去反抗。久而久之，他习惯了忍辱受屈。经过了四年的日本侵略，他的确知道了他应当恨日本人，可是对于西洋人他并投有改变他的固定的意见。日本人居然敢动英国府？老人简直不敢相信丁约翰的话。况且，瑞宣是在英国府作事，而富善先生曾经在中秋节送给他一袋子白面呀！

"一点不错，英国府，富善先生，全完啦！"丁约翰揉了揉眼，因为热汗已流进去一点。

这时候，瑞宣披着棉袍，走了进来。

"祁先生！"丁约翰像见着亲人那样，带着哭音儿叫。"祁先生！咱们完啦！"

"英国府！富善先生！"祁老人抢着说。"莫非老天爷真要饿死咱们吗？"

韵梅和婆母都在门外听着。听到英国府完了的消息，天佑太太微颤起来。韵梅忙拉住婆母的手。

瑞宣对这坏消息的反应并没像祖父的那么强烈。他早猜到会有这么一天。他的关切几乎完全在富善先生的身上。富善先生，是，无论怎说，他的多年的良师益友。富善先生被捕，下集中营？瑞宣马上想起钱伯伯的下狱，与他自己的被捕。他恨不能马上去找到老人，去安慰他，保护他。可是，他是个废物，一点办法也没有。

祖父又发了问："咱们怎么办呢？我饿死不算回事，我已经活够了！你的妈，老婆，儿女，难道也都得饿死吗？"

瑞宣的脸热起来。他既没法子帮富善先生的忙，也无法回答祖父的问题。他走到了绝路。

韵梅在门外说了话："丁先生，你回去歇歇吧！天无绝人之路，哪能……"她明知道天"有"绝人之路，可是不能不那么说。她愿把丁约翰先劝走，好教瑞宣静静的想办法。她晓得瑞宣是越着急越没办法的。

丁约翰，忘了英国府的规矩，不肯马上告辞。要发牢骚，他必须在这里发，因为他以为他与祁家是同病相怜。他坐下了。即使瑞宣不高兴搭理他，他也必须和祁老人畅说一番。他生平看管着自己，像个核桃似的，不肯把瓤儿轻易露出来。今天，他丢失了一切，他必须自己敲开皮壳，把心中的话说出来。

瑞宣走了出来。

头一眼，他看见了妈妈。她是那么小，那么瘦，而且浑身微颤着。他不由的想安慰她几句。可是，他找不到适当的话。他会告诉她，日本的袭击美国是早在他意料之中，这是日本自取灭亡。可是，这足以使妈妈得到安慰吗？

妈妈，看了看长子，极勉强的笑了笑。她心中有无限的忧虑，可是偏偏要拿出无限的慈祥。不等儿子安慰她，她先说出来："瑞宣，别着急！别着急！"

瑞宣也勉强的笑了下："我不着急，妈！"

老太太叹了口气："对了，咱们总会有办法的！只要你不着急，我就好受一点！"

"妈，你进去吧，院里冷！"

"好，我进去！我进去！"老太太又看了长子一眼，看得很快，可是一下子就要看到，仿佛是，儿子的心里去。她慢慢走回屋中。

韵梅回到厨房去。

瑞宣独自立在院中。他还惦记着富善先生，可是不久他便想起来：父亲，老二，不都是那么白白的死去？在战争里，人和苍蝇一样的谁也管不了谁！

他应当干什么去呢？教书去？不行，他不肯到教育局去登记。说真的，凭他的学识，在这教育水准低落的时候，他满可以去教大学。但是，他不是浑水摸鱼的人，不肯随便去摸到个教授头衔。

写作？写什么呢？报纸上，杂志上，在日本人的统治下，只要色情的，无聊的，文字。他不能为挣钱而用有毒的文字，帮助日本人去麻醉中国人的心灵；此路不通。

翻译？译什么书呢？好书不能出版，坏书值不得译。

他想不出路子来。他有点本事，有点学识，可是全都没用。战争是杀人的事，而他的本事与学识是属于太平年月的。

“瑞宣！”天佑太太在屋中轻轻的叫。

他走进妈妈的屋中。

“瑞宣！”老太太仿佛要向儿子道歉似的，又这么叫了声。

“干什么？妈！”

“我有多少多少话要对你说了呢！”老太太假笑了笑，把“我怕你不高兴听”藏起去。

“说吧，妈！”

“你看，我知道你一定不肯给日本人作事去；那么，这个年月，还有什么别的路儿呢？”

“对了，妈！我不能给他们作事去！”

“好！咱们死，也死个清白！我只想出一条路儿来，可是……”

“什么路儿？”

“哼，不好意思说！”

瑞宣想了一会。“是不是卖这所房？”

老太太含愧的点了点头。“我想过千遍万遍了，除了卖房，没有别的办法！”

“祖父受得了吗？”

“就是说！所以我说不上口来！我是外姓人，更不应当出这样的主意！可是，我想我应当告诉你，真到了什么法子也没有了的时候，狠心！房产是死的，人是活的，我不能看着你急死”

“好吧，妈！我心里有这么个底子也好。不过，您先别着急；教我慢慢的想一想，也许想出点好主意来！”

天佑太太还有许多话要说，可是妞妞醒了。刚一睁开小眼，她就说出来：“奶奶，我不吃共和面！”

老太太把心中的话都忘了。她马上要告诉小孙女：“你爸爸没了事作，想吃共和面恐怕也吃不上了！”可是，她没有这么说出来。她是祖母，不能对孙女那么无情。她低下头去，既不敢看孙女，也不敢看儿子。她知道，只要她一看瑞宣，他也许因可怜妞妞而发怒，或是落泪。

瑞宣无可如何的走出来。

天佑太太强打精神的哄妞妞。“妞妞长大了呀，坐花汽车，跟顶漂亮的人结婚！”

“妞妞不坐汽车，不结婚；妞妞要吃白面的馒头！”

天佑太太又没了话说。

二十

正在小羊圈里的日本男女围绕着大槐树跳跃欢呼的时节，有一条小小的生命来给程长顺接续香烟。他，那小小的新生命，仿佛知道自己是亡国奴似的，一降生就哇哇的哭起来。

程长顺像喝醉了似的，不知道了东西南北。恍惚的他似乎听到了珍珠港被炸的消息，恍惚的他似乎看见了街上的日本醉鬼。可是，那都只是恍惚的，并没给他什么清楚的印象。他忙着去请收生婆，忙着去买草纸与别的能买到的，必需的，小东西。出来进去，出来进去，他觉得他自己，跟日本人一样，也有点发疯。

他极愿意明白珍珠港是什么，和它与战局的关系，可是他更不放心他的老婆。这时候，他觉得他的老婆比世界上任何人都更重要，生小孩比世界上任何事情都更有价值；好像世界战争的价值也抵不过生一个娃娃。

马老寡妇也失去平日的镇静，不是为了珍珠港，而是为了外孙媳妇与重孙的安全。她把几年来在日本人手下所受的苦痛都忘掉，而开始觉出自己的真正价值与重要。是她，把长顺拉扯大了的；是她，给长顺娶了老婆；是她，将要变成曾祖母。她的地位将要和祁老人一边儿高，也有了重孙！

她高兴，又不放心；她要镇定，而又慌张；她不喜多说多道，而言语会冲口而出。她的白发披散开，黄净子脸上红起来一两块。她才不管什么珍珠港不珍珠港，而只注意她将有个重孙；这个娃娃一笑便教中国与全世界都有了喜气与吉利。

小羊圈里的人们听到这吉利的消息，马上都把战争放在一边，而把耳目放在程家的事情上。至少，这将要降生的娃娃已和全世界的兵火厮杀相平衡了；战争自管战争，生娃娃到底还是生娃娃；生娃娃永远，永远，不是坏事！他们都等待着娃娃的哭声，好给马老太太与程长顺道喜。是的，他们必须等着道喜；他们觉得在这时候生娃娃是勇敢的，他们不能不佩服程长顺与小程太太。

李四大妈的慌忙，热烈，又比马老太太的大着好几倍。产房的事她都在行，她不能不去作先锋。生娃娃又是给她增多“小宝贝”的事，她的热心与关切理应不减于产妇自己的，假若不是更多一点。在万忙之中，她似乎听到一声半声的珍珠港。她挤咕着近视眼告诉大家：“好，你们杀人吧，我们会生娃娃！”

小程太太什么也不知道，不知道珍珠港，不知道世界在血泪里将变成什么样子。她甚至于顾不得想起小崔，与杀死小崔的日本人。她只知道自己身上的疼痛，和在疼痛稍停时的一种最实际的希望——生个娃娃。她忘了一切，而只记得人类一切的根源，生孩子！

娃娃生下来了，是个男的。全世界的炮火声并没能压下去他的啼哭。这委屈的，尖锐的，脆弱而伟大的啼声，使小羊圈的人们都感到兴奋，倒好像他们都在黑暗中看见了什么光明与希望。

及至把这一阵欢喜发泄在语言与祝贺中之后，他们才想到，他们并拿不出任何东西去使道喜的举动更具体化一点，像送给产妇一些鸡蛋，黑糖，与小米什么的。孩子是小程太太生的，而鸡蛋，糖，与小米，都在日本人手里拿着呢。

由这个，他们自然而然的想到：生娃娃，在这年月，不是喜事，而是增加吃共和面的小累赘。这小东西或者不会长成健壮的孩子，因为生下来便吃由共和面变成的乳，假若共和面也会变成乳的话。这样，由生，他们马上看到夭折。生与死是离得那么近，人生的两极端可以在一个婴儿身上看到。他们没法再继续的高兴了。

孩子生下来的第二天，英美一齐向日本宣战。程长顺本想给那个满脸皱纹的娃娃起个名子，可是他安不下心去。看一眼娃娃，他觉得自己有了身份。可是，一想到全世界的战争，他又觉得自己毫无出息——在这么大的战争里，他并没尽丝毫的力气。他只是由没出息的人，变成没出息的父亲。看，那个红红的，没有什么眉毛的，小皱脸！那便是他的儿子，卷着一身的破布——都是他由各处买来的破烂。他的儿子连一块新布都穿不上！他不敢再看那个寒伧的小东西。

小儿的三天，中国对德意与日本宣战。程长顺，用尽他的知识与思想，也不明白为什么中国到今天才对日本宣战。可是，明白也罢，不明白也罢，他觉得宣战是对的。宣战以后，他想，一切便黑是黑，白是白，不再那么灰渌渌的了。而且，他也想到，今天中国对日宣战，想必是中国有了胜利的把握。哈，他的儿子必是有福气的。想想看，假若再打一年半载，中国就能打胜，他的儿子岂不是就自幼儿成为太平时代的人？儿子，哼，不那么抽抽疤疤的难看了。

细看，小孩子也有眉毛啊！是的，这个娃娃的名字应当叫“凯”。他不由的叫了出来：“凯！凯！”娃娃居然睁了睁眼！

可是，凯的三天过得并不火炽。邻居们都想过来道喜，可是谁也拿不出贺礼，也就不便空着手过来。马老太太本想预备点喜酒，招待客人。可是，即使她有现成的钱，她也买不到东西。战争是不轻易饶恕任何人的，小凯的三天只好鸦雀无声的过去吧。

只有李四妈不知由哪里弄来五个鸡蛋，用块脏得出奇的毛巾兜着，亲自送了来。把五个蛋交出去，她把多年积下的脏野的字汇全搬出来，骂她自己，“那个老东西”，与日本人，因为她活了一世，向来没有用过五个鸡蛋给人家贺喜。“五个蛋，丢透了人喽！”她拍打着自己的大腿，高声的声明。

可是，马老太太被感动得几乎落了泪。五个鸡蛋，在这年月，上哪儿找去呢！

祁家的老人，早已听到程家的喜信儿，急得不住的叹气。他是这胡同里的老人星，他必须到程家去贺喜，一来表示邻居们的情义，二来好听人家说：“小娃娃沾你老人家的光，也会长命百岁呀！”可是，他不能去，没有礼物呀。

天佑太太，听到老人的叹气，赶紧到处搜寻可以当作礼物的东西。从掸瓶底儿上，她找出一个“道光”的大铜钱来。把大铜钱擦亮，她又找了几根红线，拴巴拴巴，交给了妞妞，教妞妞去对老人说：“把这个给程家送去好不好？”

老人点了头。带着重孙子，重孙女，他到程家去证实自己是老人星。

祁老人带着孩子们走后，瑞宣在街门外立了一会儿。他刚要转身回去，一位和尚轻轻的走过来，道了声“弥陀佛”。瑞宣立定。和尚看左右无人，从肥大的袖口中掏出一张小纸，递给了瑞宣；然后又打了个问讯，转身走去。

瑞宣赶紧走进院内，转过了影壁才敢看手中的纸条。一眼，他看明白纸条上的字是老三瑞全的笔迹。他的心跳得那么快，看了三遍，他才认明白那些字：“下午二时，中山公园后门见面，千万！”

握着纸条，他跑进屋中，一下子躺在了床上。他好像已不能再立住了。躺在床上，第一个来到心中的念头是：“我叫老三逃出去的！”这使他得意，自傲。

他想：老三必定在外面作过了惊天动地的事，所以才被派到北平来作最危险的工作。哈，他教老三逃出去的，老三的成功也间接的应当是他自己的成功！好，无论怎么说吧，有这么一个弟弟就够了，就够给老大老二赎罪的了。

过了一会儿，他不那么高兴了。假若老三问他：“父亲呢？老二呢？”他怎么回答？老三逃出去是为报国，他自己留在家里是为尽孝。可是，他的孝道在哪儿呢？他既没保住父亲的命，也没能给父亲报仇！他出了汗，他没脸去见老三！

不，老三也许不会太苛责他。老三是明白人，而且在外面闯练了这么几年。对的，老三必定会原谅大哥的。瑞宣惨笑了一下。

他想去告诉韵梅：“你说对了，老三确是回来了！”他也想去告诉母亲，祖父，和邻居们：“我们祁家的英雄回来了！”可是，他没有动。他必须替自家的英雄严守秘密。这个，使他难过，又使他高兴——哈，只有他自己知道老三回来，他是英雄的哥哥！

他怀疑自己的破表是不是已经停住。为什么才是十一点钟呢？他开开屋门，看看日影；表并没有停住，影子告诉他，还没到正午。

他不知道怎么吞下去的一点午饭，不知怎么迷迷糊糊的走出街门。走了半天，他才明白过来，时间还太早。虽然明白过来，他可是依然走得很快。他好像已管束不住自己的脚。是的，他是去看他的弟弟，与中国的英雄。

哼，老三必定像一个金盔金甲的天神，那么尊严威武！

天气相当的冷，可是没有风，冷得干松痛快。穷破的北平借着阳光，至少是在瑞宣心里，显出一种穷而骄傲的神色。

远远的，他看见了禁城的红墙，与七十二条脊的黄瓦角楼。他收住脚步，看了看表，才一点钟。他决定先进到公园里去，万一瑞全能早来一些呢。

公园里没有什么游人。御河沿上已没有了茶座，地上有不少发香的松花。他往南走。有几个青年男女在小溜冰场上溜冰。他没敢看他们。不管他们是汉奸的，还是别人的，子弟，反正他们都正和老三相反：不知道去抗敌，而在这里苟安，享受。他不屑于看他们。

他找了松树旁的一条长凳，坐下。阳光射在他的头上，使他微微的发倦。他急忙立起来，他必不可因为困倦而打盹儿，以至误了会见老三的时间。

好容易到了两点钟，他向公园后门走去。还没走到，迎面来了个青年，穿着件扯天扯地的长棉袍。他没想到那能是老三。

老三扑过大哥来。“哈，不期而遇！瑞大哥！”老三的声音很高，似乎是为教全公园的人都能听到。

瑞宣这才看明白了老三。他的眼泪要夺眶而出。

可是瑞全没给大哥留落泪的机会。一手扯着大哥的臂，他大声的说：“来，再溜一趟吧！老哥儿俩老没见了，大嫂倒好？”

瑞宣晓得老三是在作戏，也知道老三必须作戏，可是，他几乎有点要恨老三能这么控制住感情去作戏。

瑞宣愿意细看看老三，由老三的脸看到老三的心。可是，老三扯着他一劲往前走。

瑞宣试着找老三的脸，老三的脸可是故意的向一旁扭着点。这，教瑞宣明白过来：老三是故意把脸躲开，因为弟兄若面对了面，连老三也恐怕要落泪的。他不恨老三了。老三不但有胆子，也知道怎么小心。真的，老三并不像金盔金甲的天神；可是老三的光阴并没白白的扔弃，老三学会了本事。老三已不是祁家四世同堂的一环，而是独当一面的一个新中国人。看老三那件扯天扯地的棉袍！

“我们坐一坐吧？”瑞宣好容易想起这么句话来。

兄弟坐在了一棵老柏的下面。

瑞宣想把四年来的积郁全一下子倾吐出来。老三是他的亲弟弟，也是最知心的好友。他的委屈，羞愧，都只能向老三坦白的述说；而且，他也知道，只能由老三得到原谅与安慰。

可是，他说不出话来。身旁的老三，他觉得，已不是他的弟弟，而是一种象征着什么的力量。那个力量似乎是不属于瑞宣的时代，国家的。那个力量，像光似的，今天发射，而也许在明天，明年，或下一世纪，方能教什么地方得到光明。他没法对这样的一种力，一种光，诉说他自己心中的委屈，正像萤火不敢在阳光下飞动那样。这样，他觉得老三忽然变成个他所不认识的人。他本极想细看看弟弟，现在，他居然低下头去了；离着光源近的感到光的可怕。

老三说了话："大哥，你怎么办呢？"

"嗯？"瑞宣似乎没听明白。

"我说，你怎么办呢？你失了业，不是吗？"

"啊！对！"瑞宣连连的点头。在他心里，他以为老三不开口则已，一开口必定首先问到祖父与家人。可是，他没想到老三却张口就问他的失业。，他一定不要因此而恼了老三，老三是另一世界的人，因此，他又"啊"了一声。

"大哥！"瑞全放低了声音："我不能在这里久坐！快告诉我，你教书去好不好？"

"上哪儿去教书？"瑞宣以为老三是教他到北平外边去教书。他愿意去。一旦他离开北平，他想，他自己便离老三的世界更近了一点。

"在这里！"

"在这里？"瑞宣想起来一片话："这四年里，我受了多少苦，完全为不食周粟！积极的，我没作出任何事来；消极的，我可是保持住了个人的清白！到现在，我去教书，在北平教书，不论我的理由多么充足，心地多么清白，别人也不会原谅我，教我一辈子也洗刷不清自己。赶到胜利的那一天来到，老朋友们由外面回来，我有什么脸再见他们呢？我，我就变成了一个黑人！”瑞宣的话说得很流畅了。他没想到，一见到老三，他便这样像拌嘴似的，不客气的，辩论。同时，他可是觉得他应当这么不客气，不仅因为老三是他的弟弟，而且也因为老三是另一种人，他须对老三直言无隐。他感到痛快。“教我去教书也行，除非……”

“除非怎样？”

“除非你给我个证明文件，证明我的工作是工作，不是附逆投降！”

老三愣了一会儿才说：“我没有给任何人证明文件的权，大哥！”没等大哥回话，他赶紧往下说：“我得告诉你，大哥，当教员，当我所要的教员，可就是跟我合作，有危险！哪个学校都三天两头的有被捕的学生和教员。因此，我才需要明知冒险而还敢给学生们打气的教员。日本人要用恐怖打碎青年们的爱国心，我们得设法打碎日本人的恐怖。一点不错，大哥，你应当顾到你的清白；可是，假若你到了学校，不久就因为你的言语行动而被捕，不是也没有人知道吗？在战争里，有无名的汉奸(像贪官污吏和奸商)，也有无名的英雄。你说你怕不明不白的去当教员，以后没脸见人；可是你也怕人不知鬼不觉的作个无名英雄吗？我看哪，大哥，我明白你，你自己明白你，就够了，用不着多考虑别的。”

瑞宣没敢说什么。

“还有，大哥，太平洋上的战争开始，我也许得多往乡下跑，去探听军事消息。我所担任的宣传工作，顶好由钱伯伯负责。我不能把那个责任交给你，因为太危险；可是你至少可以帮助钱伯伯一点，给他写点文章。假若你到学校里去，跟青年们接近，你自然可以得到写作的资料。你看怎样？大哥！”

瑞宣的脑子里像舞台上开了幕，有了灯光，鲜明的布景，与演员。他自己也是演员之一。他找到了自己在战争的地位。

啊，老三并没有看不起他的意思。老三教他去冒险，去保护学生，去写文章！好吧，既是老三要求他去这么作，他便和老三成为一体；假若老三是个英雄，自己至少也会是半个，或四分之一的英雄！

老三始终没提到家中的问题；老三对啦！要顾家，就顾不了国。是的，他不必再问："假若我去危险，我被捕，家中怎办呢？"不必问，不必问。那问题或者只教老三为难。使自己显出懦弱。老三是另一种人，只看大处，不管小节目。他，瑞宣，应当跟老三学。况且，自己就是不去冒险，家中不也是要全饿死吗？他心中一亮，脸上浮出笑容："老三，我都听你的就是了！你说怎办就怎办！"

说完，看着老三。他以为老三必定会兴奋，会夸赞他。可是，老三没有任何表示，而只匆匆的立起来："好，听我的信儿吧！我不敢在这儿坐久了，我得走！我出前门儿，不用跟着我！再见，大哥！"老三向公园前面走去。

瑞宣仍在那儿坐着，眼看着老三的背影，他心中感到空虚：哼，老三没有任何表示！

过了一会儿，他惨笑了一下，立起来。"老三变了，变得大了！哼，瑞宣，你又不是个小孩子，还需要老三说几句好听的话鼓励你？老三是真杀真砍的人，他没工夫顾到那些婆婆妈妈的小过节呀！"

他又向公园前门儿打了一眼。老三已经不见了。"就是这样吧！"他告诉自己："说不定，我会跟老三一样有用的！"

二十一①

蓝东阳勾搭上特务，在一天里，就从铁路学校逮走了十二个学生和一位教员。十三个人，罪名全一样，都是"通敌"的"奸细"；

① 自本段起至本部三十三段，此十三段因中文原稿已毁，现根据《四世同堂》的英文节译本 The Yellow Storm(Ida Pruitt 译，1951 年在纽约出版）一书的最后十三段，由马小弥再翻译为中文。此译文曾连载于 1982 年《十月》杂志上。收入本卷时进行了校勘。

下场也全一样，一律枪毙。

铁路学校的校长给撤了，蓝东阳当上了代理校长。

他图的就是吃空额，打学生身上挤出粮食来。花了十三条人命，他达到了目的。他兴奋，他得意。如今，他既是处长，又是校长，真抖了起来；简直就跟在南京大肆奸淫烧杀的日本兵一样神气。

他花了整整两个钟头，为他的就职典礼预备讲稿。用的是文言。他知道，日本人喜欢用文言写文章的中国人。

写好的讲稿还没用上，胖菊子就把东阳任命的会计主任轰跑了，自己当上了主任。十三条人命换来的肥缺，掌握着全校的财政大权，倒叫胖菊子夺了去！东阳气得把自个儿的指甲都啃出了血！他恨不得下道命令，叫工友把她捆起来送回家。可是，她如今有招弟做靠山。招弟是学校的女学监，东阳惹不起她。

珍珠港事变之前，招弟的任务是监视西洋人，她干这种事很在行。她，不光能盯住美国人、英国人，还能弄得德国人、意大利人、法国人、俄国人，一古脑都拜倒在她的石榴裙下。她的肉体已经国际化了。

跟西洋人混惯了，她瞧不上中国人，中国人太没劲。找不到西洋人，日本人也能凑和。中国妇女的温柔、恬静，跟她沾不上边；她呢，总觉着自己是在开风气之先。

为了对付这三个人，瑞全仔仔细细盘算了个够。

他拿定了主意，假装在无意中遇上了招弟。招弟这会儿有的是闲空。在北平的西洋人，该进集中营的早就进去了；没关起来的，胳臂上也都带上了袖标，写明是哪国人，用不着她再去下工夫。

学校里的事儿她没兴趣，不过是帮胖菊子一把罢了。她去学校的时候总在下午，瞧应有谁该管一管，唬一唬。而后，她就大摇大摆走出校门，到玩乐的地方去消磨时间。妈在的时候，总还有个家，而她自己，连个招待客人的地方都没有。她闲暇无事，走到哪儿，哪儿有人款待，谁也不敢冷落她。赌场、大烟馆、窑子、戏馆子、电影院，都欢迎她。只要跟她攀上了交情，就是有点为难的事，也好对付。

今天，招弟着意修饰了一番，显得分外的妖冶。梳装打扮，如今是她最大的安慰和娱乐。她明白，自己是一朵快要萎谢的花儿，穿衣服、描眉抹红，都需要加倍细心。每天早晨她都怕照镜子。要是不涂口红，不擦胭脂抹粉的，她简直就不认得自己了。

她的脸蛋儿、嘴唇，都涂得通红，眉毛画得像两片弯弯的竹叶。虽然没有风，头上还是扎了一条白纱巾。红色的薄呢子旗袍，紧紧裹住她的身子，鼓鼓的乳房和屁股就都显露出来了。旗袍外面，披了一件短短的滩羊皮大衣，露出两条圆滚滚的，结实匀称的腿。

白纱巾、红旗袍和滩羊皮大衣，都是用她的肉体换来的。她记不清，哪件是那个白俄给的，哪件是那个法国商人给的。她只觉得骄傲，在这个要什么没什么的北平，她倒还能打扮得神气十足。

瑞全在招弟身后不远跟着，心里直扑腾。这个阴险凶狠的女人，就是他少年时代的心上人，他心目中的天使！他望着她的背影，心里七上八下一个劲儿的翻腾。

他嘱咐自己：别忘了她如今是什么人，别忘了现在是在打日本。要冷静，要坚定沉着。他挺了挺身子，坚定果敢的向前走去。

到了北海前门，他抢上前去，买了两张门票。“招弟，不记得我啦？”他微笑着问她。他怕自己穿得太寒伧，招弟不肯认他。

招弟一下子就认出他来，笑得相当自然：“敢情是你呀，老三！”

这一笑，依稀有点像战前的招弟，就像有的时候瑞全自己照镜子，也能模模糊糊辨别出自己十年前的模样。

他又看了看她。不，这已经不是战前的招弟了。他爱过的是另外一个招弟——在梦幻中爱过。他勉强笑了一笑，跟着她走进公园，又抢上几步，和她并肩走起来。她自然而然伸出手去，挎住他的胳臂。

一碰到她的胳臂，瑞全马上警惕起来：“留神！留神！”稍微一不留神，就许上当。

她拿身子挤他。“这几年你上哪儿找乐子去了？”她的口气很随便，漫不经心。

他又看了看她的脸，不由得起心里直恶心。“我吗？你还不知道？”如今他是地下工作者，面对着个女特务，得拿出点儿机灵劲儿来。

“我真的不知道。”

“知道也罢，不知道也罢。”他的声音硬梆梆，冷冰冰。

走了几步，她忽然笑了起来。“有女朋友了吗？”

瑞全不明白她是在逗他，还是在笑话她自个儿。“没有。我一直想着你。”

“谁信呀！”她又笑了，不过马上又沉默了。

公园里人不多。走到一棵大柳树下，招弟的肩臂蹭着瑞全的胳臂。俩人走到大树后面，她伸出胳臂，搂住他的脖子。

瑞全低下头来看她。她的眉毛、眼睛和红嘴唇都油光锃亮，活像一张花里胡哨的鬼脸儿[①]。他想推开她，可是她的胸脯和腿都紧紧贴着他——对他施展开了诱惑手段。

她亲了他一下。

然后，她拖着长腔，柔声柔气地说：“老三，我还跟以前一样爱你，真的。”

瑞全做出受感动的样子，低下了头。“怎么了？话都不会说啦！”她又变了一副脸，抖了抖肩头上的大衣，走了开去。

瑞全紧走几走，撵上了她。不能让她就这么跑掉。别看她甜嘴蜜舌的，他知道她手上沾了多少青年人的血。不行，不能让她跑掉。对付她，就得以眼还眼，以牙还牙。

瑞全走上前去，一把抓住她的胳臂。“喝，你的脾气一点儿也没

① 鬼脸儿，即儿童在年节时玩耍的面具。

改，一不顺心就变脸，使性子。”

“本来嘛，”她把嘴唇噘得老高，“你别装蒜，我可不能白亲你。”

“我拿不出东西来，要，就是我爱你。”老三自己也觉着自己的话空空洞洞，没法让人信服。

“哟，你倒还是从前的老样子——”她猛的住了口。

“你——那么你呢？”

招弟没搭茬儿，往他身边靠了靠。又走了几步，她扬着脸看他。“老三，你要什么我都肯给。真的，我真的爱你。”

老三不知道该怎么回答。

“真的，凡是你要的，我都乐意给。”她又说了一遍。

老三晓得，在招弟看来，爱情和肉欲是一回事。见了他，她动了旧情，而且只知道拿淫欲来表达。她是个出卖肉体的婊子，是日本人的狗特务。

他们来到白塔脚下，塔尖在淡淡的阳光中显得又细又长。“到下面山洞里待会儿，好吗？”她一点也不害臊。

“下边不冷吗？”瑞全故意装傻。

“冬暖夏凉。”她加快了脚步。

刚一进去，眼前漆黑一片，招弟紧紧抓住瑞全的手。他俩慢慢走下台阶，走进一个小小的山洞，里面有一张方方的石桌，四个小石头凳子。山洞顶上有个窟窿，一线微光透了进来。招弟在一个小石头凳子上坐下来，瑞全也挨着她坐下。

朦胧中，招弟脸上的胭脂口红不那么刺眼了，瑞全仿佛又看见了当年的招弟。

“你想什么呢，老三？”招弟问。

“我吗？什么也没想。”

“你呀！”她冲他笑了笑，“别净说瞎话了，我知道你是干什么的。”

瑞全朝四周扫了一眼，他怕这儿有人藏着。

“别害怕，就我在这儿，我自个儿就对付得了你。”

“你这是什么意思？”

“你不明白？瞧，咱们从前不是相好来着吗？”

瑞全点了点头。

“好，咱们现在是同行了。俗话说，‘同行是冤家’。不过咱们倒不一定……”

“咱俩是怎么个同行呢？”

“别跟我装蒜了，死不开口。打开天窗说亮话，你的小命攥在我手心里。我要是想叫你死，你马上就活不成。”

“那你怎么不叫我死呢？”瑞全笑了一笑。

“我有我的打算。”招弟也笑了。

“要我帮着你干，是不是？”

“差不多。你拿情报来，我呢，就爱你。”

“你拿什么给我呢？”

“爱情呀，我爱你。”

瑞全拿起了她的手。“好吧，那就来吧！”

“忙什么？还没讲好条件呢！”

“来吧，来了再说。”他拉着她就往山洞深处走去。

往前，山洞越来越窄，越来越黑。招弟起了疑。“就这儿不好吗，干吗还往里走？”

瑞全没言语。他猛的用双手卡住她的脖子，她一声没哼，就断了气。

瑞全把尸首拖在山洞尽头，擦了擦脑门儿上的汗，把招弟的证章摘下来，把她的戒指褪下一个，一齐放在自个儿的口袋里。

他站起身来，低低叫了一声：“招弟。”他仿佛又听见了她的笑声，多年以前的清脆的笑声。

他很快跑了出来。山洞外面，阳光并不很强烈，可也亮得叫他睁不开眼。过了一会儿，他才睁开眼，快步走了开去。

走出公园，瞧着路上的行人，大车，马匹，他有点怕。刚才，在那黑森森的山洞里……而现在，又是明晃晃的太阳，大街，走着道儿的人群和来往的车辆。他那双手，刚才还那么强壮有力，这会儿竟微微的抖了起来。他低头望着筒子河，想把手伸进冰窟窿里洗一洗。可是他还得赶紧去找胖菊子。哼！也是个叫人恶心的臭娘们。他胃里直翻腾，想吐。然而没法子，这是他的工作，必须完成的工作。

他在蓝家附近等着胖菊子。每当他抬起头来，总看得见白塔，映着蓝蓝的天，它是那么洁白，那么高，那么美。

“二嫂，”胖菊子刚要跨进家门，瑞全就抢上一步，叫住了她。

没等他走到跟前，她就听出了是他的话音儿。她的脸吓得发了白，腿也不听使唤了。“进去，到里边说话，”瑞全低声下了命令。

胖菊子耷拉着脑袋走进大门，老三紧紧跟在她身后。进了屋，她像是累瘫了，一下把她那胖身子倒在沙发里。她没什么可后悔的，但非常害怕。她怕瑞全来给瑞丰报仇。她也就是有那么点儿对不起瑞丰，别的事，她并没觉着有什么不合适，不过是迎时当令的赶了点儿风头罢了。

瑞全把招弟的证章和戒指放在掌心里让她看。“认得吗？”

菊子点了点头。

“她完蛋了。她是第一个，你，第二个。”

菊子的一身胖肉全缩成团了。她不由自主地想跑，可是挪不动步。“老三，老三呀，我跟招弟可不是一码子事儿，她的事我不沾边，我真不知道。”

“你自个儿做的事，你明白。”

“我——我没干过什么坏事。”

瑞全把证章和戒指放下，举起了他那刚刚掐死过人的手。得给胖菊子点颜色看看。他左右开弓，狠狠朝她那张胖脸上打去。

她杀猪似的喊了起来。瑞全马上揪住她的头发，这脑袋头发是用谋害别人性命得来的钱烫成一卷一卷的。“敢哼一声，我立刻宰了你。”胖菊子赶紧闭上嘴，血打她嘴角流出来。她从来没有挨过打，这是头一次，她尝到了疼的滋味。

“别打了，别打了，”她两手捂住脸，“你要什么我都答应。”

听了这话，老三更气了。她说的话跟招弟一个样，都那么下贱，无耻。“你怕死么？”瑞全问，“不论什么时候，什么地方，只要我想要你的狗命，你就跑不了。”

“饶了我吧，老三。”

“听着——要是你再从学生身上克扣一斤粮食，我就打发你去见招弟。明白了没有？”

“明白了！”

“要是蓝东阳敢再杀一个学生，我就找你算账。”

“他的事——我——”

“我有办法对付他。我告诉你，你要是知情不拦，我先宰了你。明白了没有？”

“明白了。”

“学校里现在正缺个语文教员，你叫蓝东阳请大哥来干。如果你们俩胆敢合起来算计我，那就打错了算盘。我在一天，你们俩的狗命也留着；我要是下了牢，你们就得给我抵命。城里有的是我们的人，有人替我报仇。听清楚了吗？”

“听清楚了。”

“拿去！”瑞全掏出个小信封，里面有一颗子弹。“把这交给蓝东阳，告诉他，是我捎给他的。还有这个！”他把招弟的戒指往她怀里一扔。“把这个也给他。要是你狗胆包天，敢不照我的话办，就跟招弟一起去见阎王！”说完，老三收起招弟的证章，大踏步跨出了门。

二十二

明月和尚给瑞宣捎了个信来。“去，很危险；不去，也难保无祸。老路子走不通了，希望你能另觅新途。抗战嘛，人人都得考虑自己应当站在哪一边，中间道路是不存在的。”

这封信，没头没脑，连下款也没有。瑞宣读了，高兴得打心眼儿里笑出了声。他一扑纳心的等着学校发聘书，聘书一来，就去上课。哪怕是法场呢，他也得上。

仗，已经打了四年，他第一次觉着自己有了主心骨，心里也亮堂多了。如今，他跟老三肩并肩的战斗。哪怕连累全家，大家一起都得死，他也不能打退堂鼓。

聘书真的来了，由蓝东阳签字盖章。要是在过去，瑞宣会觉着这是天大的耻辱，宁肯饿死，也不能管蓝东阳叫“校长”。不过这一回，他高兴极了。

家里人听见这个好消息，都赶忙围过来打听。瑞宣只说是有了新差事，有指望弄点儿粮食。差事怎么得来的，谁是校长，他一句没提。

祁老人听见好消息，拧着白眉毛，不住地点头咂嘴。“哎，还是老天有眼，老天有眼。”

瑞宣仔细的瞧了瞧爷爷，看出爷爷已经有了生气，不再像是在阴阳界上徘徊的人了。他不知道究竟是该笑，还是该哭。

胖菊子打算耐着性子把瑞宣安抚下来，让他知道，她还是把他当大哥看待，希望他能忘了老二瑞丰那档子事。她指望蓝家能跟祁家攀上交情，让东阳保住校长的位子，学校的财务大权也照旧归她。

她觉着，自己这一番盘算，非常的得体。起初，为了瑞全扇她的耳光，她光想着报仇，叫东阳马上去报告日本人，把四面城门关上，准能把瑞全搜出来，然后把祁家满门抄斩。她那张肥脸蒙受的羞辱与疼痛，必得用祁家的血才洗得干净。

东阳一见子弹头和招弟的戒指，吓得尿湿了裤子！他所有的成就全仗着两样东西：自己的厚颜无耻与北平人的逆来顺受。如今见了这子弹头，他看见了不怕死的北平人。他的绿脸起了一层白霜，俩眼珠一块往上吊。危险和死亡就在眼前，他是真怕死。

他连忙把大门关上，把房门和窗户也堵死，加锁。然后，把发着抖的手指头搁进嘴里，使劲啃指甲。他首先想到找日本人来保护他。比方说，派一个班，最好是一个连来，在他宅子周围站岗放哨，那他也许就可以高枕无忧了。可是，这能办到吗？如果他去要求保护，而日本人只派一两个便衣来，又有什么用？

他想了又想，最后拿定主意，最好的办法是：第一，先请上几天病假，把自个儿锁在屋里，躲过风头再说；第二，想法子跟瑞全讲和；第三，要是瑞全不肯讲和呢，他就找门路上日本去。总不能老呆在北平，等着挨枪子儿。

胖菊子见东阳真害了怕，只好揉了揉自家的脸，琢磨缓兵之计。她得先上祁家去一趟。给老的小的买上一份礼物，讨讨他们的欢心，然后在言语之间，保不定就能套出老三的下落。要是他们都挺加小心，守口如瓶，不肯提老三，起码她能察言观色，看看有什么空子可钻。即便什么也看不出来吧，“亲善亲善”总没有什么害处，只要恢复了“邦交”，总能慢慢劝他们回心转意，跟她合作。

她拿着两三样礼物，亲自上了祁家。她很得意，觉着自己既聪明，又勇气十足。

走进小羊圈，她周遭瞧了瞧。小羊圈一点没变，只不过各户的街门和院墙都更加破旧，看起来跟电影里的贫民窟一样。她认为，自己非常有见识，居然逃出了这么个穷窝子。要不然，真是一朵鲜花插在狗屎上了。

太阳挺暖和，天佑太太正坐在屋门坎儿上晒太阳呢。两个孩子都在台阶前玩。小妞子已经饿得皮包骨，连玩的精神都没有了，无精打采地站在旁边，看着哥哥玩。小顺儿也瘦极了，不过还总算有力气蹦来蹦去。

俩孩子先看见菊子。他们已经不大记得她了。平日说起闲话来，还常常提起“胖二婶”，不过她的形象在他们的小脑袋瓜儿里已经逐渐模糊。小顺儿只说了一声“哟”，就再没别的可说了。

天佑太太慢慢睁开眼睛，一眼就认出了菊子。她晃晃悠悠站起来招呼说：“小顺子，妞子，快进来！”拉起两个孩子的手，迈进了自个儿的屋门坎。四世同堂的一大家子人，老太太很知道该怎么和和睦睦过日子。可是像胖菊子这么个臭娘们，她受不了。胖菊子生了气；真是给脸不要脸。

不，她不能动真气。办外交就不能动肝火。别忘了，来的目的是为了恢复邦交。她甜腻腻地叫了一声：“大嫂”，知道大嫂比较好对付。

韵梅正在厨房里，没往外瞧，凭声音就听得出来是胖菊子，刷地一下变了脸色。她向来不愿意得罪人，然而，是非还是分明的。到底该不该出来迎接这位胖弟妹呢？

她知道，胖菊子是夜猫子进宅，无事不来。这趟，究竟是为了什么！她咂摸不透。她拿定主意不作声。不能随便招呼这么个不要脸的臭娘们；要是她来瞎搅和，岂不是自个儿惹一身臊。

祁老人听见喊“大嫂”，以为来了客人，慢慢打开了房门。一见是菊子，老人很快抬头看了看天，好像是在问老天爷，该怎么对付这个娘们。

“爷爷，我给您送礼来了！”胖菊子憋着一肚子气，拿出办外交的手段。

老人的胡须动了几下，没说出话来。胖菊子想走进老人屋里，她把带来的东西高高举在眼前，好引起他注意。

老人拦住了她。他声音不高，可是清清楚楚：“滚！”然后像河水开闸似的，连声嚷：“滚开！出去！还有脸上门，给我送礼来！我要是受了你的礼，我们家坟头里的祖宗都不得安宁。滚！给我滚！”

韵梅从厨房里走了出来，她怕这个胖娘们会说出什么话，让老人听了不受用。她站在厨房门口高声说：“你还没走哪？快走吧！”

胖菊子没辙了，只好向后转。起初，她还想要点脾气，把礼物重重的摔在地上。可是一转念，又把礼物紧紧搂在了怀里。

韵梅很快的走过来，招呼爷爷说：“爷爷，您歇着吧！”老人本来有一肚子话要说，气得发晕，就是不知道打哪儿说起。

等瑞宣回家，听家里人一念叨，他自言自语说：“干得好！祁家人到底是有骨头的。”

二十三

蓝东阳续了病假。他帮日本人搞恐怖的时候，自己从来没有尝过恐怖的滋味。不论青年男女在被捕的时候怎么惊惶失措，他们的父母怎么悲恸欲绝，他都无动于衷。他就知道自己有了钱又有了势，这，就心满意足了。

这一回，瑞全把子弹头给他摆在了眼前。他不敢碰它。他怕只要轻轻沾它一下，就会嘣的一声炸了。它，亮晶晶，冷冰冰，老瞧着他，像个叽里咕噜乱转的眼珠子似的，老跟着他。

老实说，他从来没有想过冤有头，债有主，他根本不认为自己造了什么孽，犯了什么罪。现在，死真是找上他了。他既不承认有罪，自然也就不存在赎罪的问题。信教的人相信罪是可以赎的，这能使人改恶从善；而蓝东阳可是死心塌地，不可救药了。

他总是害怕，非常害怕。啃着啃着指甲，他会尖声大叫起来，一头钻到床上，拿被子把头蒙起来，能一憋多半天，大气也不敢出，捂得浑身大汗淋漓。他不敢掀被子，觉得死神就站在被窝外头，等着他呢。

只有等胖菊子回了家，他才敢推开被子坐起来。他把她叫过来，发疯似的乱搂一气，在她的胖胳臂上瞎咬。她是他的胖老婆，他死以前，得痛痛快快的咬咬她，把她踩在脚底下，踩个够。只有这样，为她花的钱才不冤。

咬完她，他朝屋里周围瞧了瞧，把他的东西细细看了又看，再算了算还剩下多少钱，他大声喊着："我不能死，不能死啊！"

他顾不得穿鞋，光着脚下地，抓过一支铅笔，一张纸，把所有的家具、衣服、茶壶、饭碗什么的，一一登记上，连笤帚和鸡毛掸子都没有剩下。开列的项目越多，他就越得意，也越害怕。眼看活不成了，这么些个东西可留给谁呢？不，不能留给胖菊子。她嫁给他，不过是图他的钱财和地位。东西不能留给她。

他又搂了搂她，把嘴伸到她的胖腮邦子上："你一定得跟我一块儿死，咱俩一块儿死。"对，哪怕是躺在棺材里，他身边也得有个伴儿，要不，就是死了，也得日日夜夜担惊受怕。

胖菊子挣脱了他的拥抱，他恨得直咬牙。哈！她到底是祁家的人，没准儿还打算回祁家去，好嫁给瑞全！

他求胖菊子别甩下他，跟她商量，一块逃出北平去。

对，得逃出北平！出了北平，瑞全就再也找不着他了。天底下不过一个瑞全跟他作对，只要到了别的地方，他就又可以绸子缎子穿戴起来。

要跑，这么些个东西可怎么带？桌椅板凳，当然远不如金子银子值钱，可是，不论怎么说，总还是他的东西。木头的也好，磁的也好，都是他费尽心机弄来的。不过，话又说回来了，要是东西拿得太多，日本人该截住他了。

到了晚上，一听见砰砰的声音——也许是洋车轱辘放了炮——

他就一溜滚儿钻到床下，两手捂住脸。

白天黑夜提心吊胆，担惊受怕，他倒了胃口，吃不下饭。不过他还是强打精神，硬塞下许多吃食。他得吃，有了劲儿才能想出逃命的办法。勉强吃下去，消化不了，他呼出来的气就更臭了。他屋子里的门窗，都死死的关着，不消一两天，屋子里的味儿就臭得跟臊狐狸洞似的。

他病了这么久，日本人起了疑，派个日本大夫来瞧他。大夫把门敲开，一股子臊臭味儿差点没把他熏得闭过气去，赶紧跑过去把所有的窗户都给打开。

要是往常，来个日本大夫，东阳还不跟磕头虫似的，鞠多少个躬。可是这一回，他不怎么高兴，担了心思，替日本人办事儿的，不是常被日本人毒死吗？

大夫给了他点儿助消化的药，他不敢吃。大夫左说右劝，费了九牛二虎之力，才把药硬给他灌了下去。

东阳躺在床上，认定自己快死了，大声哭了起来。

药慢慢打嗓子眼里往下窜，不多一会儿，只听得肚子里咕噜咕噜一个劲儿的响。准是给他下了砒霜！他挣扎着爬下床来，把门窗又紧紧关上，稍微自在了一些。肚子松快了点，不那么难受了，他笑了。唔，没有，没给他下毒，可见日本人对他还是信得过。好吧，想个招儿，逃出北平。

唔，干吗不，干吗不到日本去呢？那儿不也是他的国家吗？

胖菊子另有她的打算。她不乐意再伺候东阳了。这不算对不住他。她耐着性子，用她那一身肥肉供他取乐，足有三年之久。现在，用不着再低三下四地去讨好他了。

她要是真打算走，就得快——把东阳所有的钱都敛了去。不能等他病好，趁他卧病在床，正是大好机会。

她从东阳那儿弄来的钱，早已换成金银藏到娘家去了。可是东阳一死，谁敢保日本人不会到她娘家去搜呢？要走就得快，跑得远远的。马上走，不但能保住她存在娘家的东西，还能把东阳身边的细软也带走。

有了金子她也许就能跑到上海，或者南京那些大地方去，凭她这些年跟着大赤包和东阳学来的一身本事，还不能另起炉灶，大干一场？

不能老这么犹犹豫豫的，她得赶快动手，趁东阳不死不活的躺在床上，赶紧把细软敛到娘家去，然后拿上东阳的图章，把他在银行里存的现款卷个精光。

就这么着，她把最值钱的东西和现钱带在身边，把笨重的东西存在娘家，一溜烟上了天津。

菊子跑了，东阳并不留恋。如今天下大乱，一口袋白面就能换一个大姑娘，胖菊子算个什么！他喜欢胖娘们，要是女人按分量计价，他也可以用两袋子白面换一个更肥的来。

不过，等他发现菊子把他的钱财拐跑了，他两只眼珠一齐往上吊，足足半个钟头没缓过气来。虽说屋子里的东西没动，银行里也还有背着菊子的存款，然而这些都不足以安慰他。

东阳真的病重了。焦躁，寒冷，恐惧，打四面八方向他袭来。他忽冷忽热，那张绿脸，一会儿灰，一会儿紫。发冷的时节，那副黄牙板，一个劲儿地直磕打。他想好好盘算盘算，可是，一股透心凉的寒气，逼得他没法集中思想。他想来想去，摆脱不开一个死字。

猛的，他又全身发热，脑子里乱哄哄的，像一大群蝗虫嗡嗡的猛袭了来。稍一清醒，他就大声叫唤：“我不想死，给我钱，上日本去——”

日本大夫又来了，东阳吃了点儿药，迷迷糊糊的睡了。他的脑子静不下来，觉也睡不踏实。他放不下钱和菊子。

东阳病得久了，上头又派了个校长到铁路学校来。

要是往常，瑞宣就该考虑按规矩辞职。可是这一回，他连想也没想仍然照常到校上课。只要新校长不撵，他就按瑞全的意思，照旧教他的书。要是新校长真不留他，到时候再想办法对付。

新校长是个中年人，眼光短浅，不过心眼儿不算坏。虽说这个位置是他费了不少力气运动来的，他倒并不打算从学生身上榨油，也不想杀学生的头。他没撤谁的职。瑞宣就留了下来。

对于瑞宣说来，这份差事之可贵，不在于有了进项，而是给了他一个机会，可以对祖国，对学生尽尽心。他逐字逐句给学生细讲——释字义，溯字源，让学生对每一个字都学而能用。除了教科书，还选了不少课外读物。他精心选出的那些文学教材，都意在激起学生的爱国热忱，排除他们的民族自卑感。他装作漫不经心的选了一些课外读物，仿佛只是为了帮助学生更好地理解课文。这样做起来，即使学生中有个把隐藏的特务，也不容易挑出他的毛病。

最难的是出作文题。根据他的教学原则，他不愿意给学生出些空空洞洞的题目，让学生作起来，只能拿“人生于世……”开头，然后咬着毛笔杆，怎么也想不起下句该写什么。但他又不能出些与时事相关的大题目。要是他胆敢在黑板上写点什么跟学生生活密切相关的东西，他马上就会给抓起来。为了避免空洞，也为了不被抓起来，他出的题目总得跟课文沾上边。这样的题目学生有话可说，他也能从而了解学生的反应。

改作文卷子的时候，他总是兴高采烈。很多学生的作文说明，他们不但理解他的苦心，而且还小心翼翼的向他倾诉了压在心底的痛苦。批改作文原是件枯燥无味的事，现在倒成了他的欢乐。他简直是在用隐语在和一群青年人对话。

他特别注意那些可疑的学生，观察他们是不是会自觉或不自觉的接受日本人的奴化教育。

使他高兴的是，有一两个汉奸家庭的子弟，观点和他们父亲的截然不同。有了这个发现，他反躬自省，觉得自己以前过于悲观了。他原以为，北平一旦被日本人占领，就会成为死水一潭。他错了。

他决定让小顺儿去上学，没时间自个儿教。现在他看清了，学校里的老师并不像他原来想的那么软弱无能。

东阳躺在床上，冷一阵热一阵受煎熬的时候，冬天不声不响地离开了北平。这一冬，冻死了许多衣不蔽体，食不果腹的人。乍起的春风，还没拿定主意到底该怎么个刮法。它，忽而冷得像冰，把墙头上的雪一扫而光；忽而又暖烘烘的，带来了湿润的空气，春天的彩云。古老城墙头上的积雪也开始融化，雪水渗进城墙缝里。墙根下有了生机。浅绿的小嫩草芽儿，已经露了头。白塔的金刹顶，故宫的黄琉璃瓦，都在春天的阳光下闪闪发光。可是，忽然间又来了冰冻，叫人想起寒冷的隆冬。

人们扒掉了厚重、破烂的棉袄。一阵寒风吹来，感冒了，一些人很快就死了。冬春之交，最容易死人。

春天终于站稳了脚跟。冰雪融化了，勇敢的蜜蜂嗡嗡地在空中飞翔。忽然传来了比春风还要温暖的消息，使所有的北平人都忘掉了一冬来的饥寒：美国空军轰炸了日本本土。瑞宣从老三送来的传单里得到了这个消息。

读了这些传单，瑞宣欣喜若狂，不知不觉地走到了学校。

走进教室，只见一双双眼睛都闪着快活的光芒。他明白，日本挨炸的消息已经传开了。大家眼睛里的光亮，照得整个教室异常温暖。他一句话也没说，只用闪烁着同样光芒的眼睛看着大家。每个人的脸上全带着笑，许多双眼睛里闪烁着泪光。

瑞宣开始讲课了。他很想插一句："日本挨炸了。"可是拼命控制住自己。这几个字像音乐一样老在他的胸间荡漾。

他还想对学生们说："小兄弟们，这个好消息是我弟弟送来的呀！"不过他不敢说出口来。

他现在懂得宣传的力量了。以前，他太悲观，总以为宣传不过是讲空话，没有价值。可如今——瞧吧，这条消息能使他，他的学生和全北平的人都兴奋，欢快。

为什么不多搞点这样的宣传？他决定帮老三搞起来。耍笔杆子的事，他在行。他知道，老三有本事，能把他写的东西印出来；钱伯伯也有本事，能把它散发出去。

他在街上遇到明月和尚，把想为地下组织写东西的打算讲了讲。和尚交代给他几个地址，写出来的东西就往那儿送。和尚要他注意化装，留神特务。

跟和尚分手的时候，瑞宣觉出北平春天的阳光照亮了他的心，快活极了。他有了具体任务，不能再自惭形秽或踌躇不前了。

头年的萝卜空了心，还能在顶上抽出新鲜的绿叶儿；窖藏的白菜干了，还能拱出嫩黄的菜芽儿。连相貌不扬的蒜头，还会蹿出碧绿的苗儿呢。样样东西都会烂，样样东西也都会转化。

二十四

日本人颁布防空令，家家户户都得用黑布把窗户蒙起来。

小羊圈谁家也买不起黑布，白巡长和李四爷发了愁。他们不敢违抗上面的命令，可是他们也很知道，连衣裳都穿不上的人，自然也买不起黑布。

白巡长一见李四爷就叹了口气，说：“我刚才还在说，乐极必生悲。这不是——家家户户都得用黑布蒙窗户了。”

“哼——这一回，我又该挨训了。”

“唉——先别扯那个。怎么办？这是最要紧的事。大家拿不出黑布来，咱俩可怎么交差？”

“把报纸拿墨涂黑了——拿它当黑布。日本人来检查的时候——唔——反正大家的窗户是黑的，不就成了吗？”

“你说的倒有点门儿，可是上哪儿找浆子去？共和面打浆子不黏。”

“我想法打一桶浆子分给大家，不要钱。说真的，就是白给浆子，还备不住要挨骂呢。”

白巡长马上说："这回我不能让你一个人挨骂，我先去叫大家拿黑布，完了，你再去说糊报纸的事儿。给大家把浆子一分，他们要是还不领情，可就是真不知道好歹了。"

李四爷点了点头。

"事情到这儿，还不算完。"

"怎么着？没完了！"李四爷嚷了起来。

白巡长笑了笑。"你还是得跟大家说说，要是来了空袭，家家户户都得把灯火和火炉子弄灭。人也不许出屋子。"

"让炸弹把大伙儿都给炸死？"

白巡长没答老人的茬，还接着讲上面命令的事儿。"家家户户都得出个人在街门外头站岗，空袭的时候不准关门。家里要是没人站岗，就得雇人。官价，一个钟头三块钱。"

"这都是些什么乱七八糟的？"

"我要是明白，那才怪呢！您保不住会说，要是不关街门，日本人撞进来就方便多了，想逮谁就逮谁。"

"说得不错。根本不是为了防空，是为了逮人方便。"

白巡长到各户去通知防空的事。所到之处，怨声载道。不过大家转而又一想："这么看来，日本真的挨炸了！"跟着又高兴起来。

李四爷去找程长顺，跟他要旧报纸。

程长顺说，旧报纸，破布，他都有，随便拿就是了。"四爷爷，您就拿一捆旧报纸去，比他们一家一家的来要强。我是个做小买卖的，要是大家知道我是白给，该不肯要了，话是这么说不是？"

"你说得也是，"李四爷点了点头。

"再说破布——要是有人想要的话——我就按买来的价儿卖，不能白给。"

李老人拿起一大捆报纸，打了一大桶浆子，就到各户去了。大家都很感激，连丁约翰也受了老人拿来的东西。

唯独韵梅没有要李老人拿来的报纸和浆子。她已经想到可以用报纸，早就把窗户糊好了。报纸上用墨汁涂得黑黑的。

夜里十点，头一回响起了防空演习警报。小羊圈的人多一半都上床睡觉了。

大人们迷迷瞪瞪的，有的找不着衣裳，有的穿错了鞋。孩子们从梦中惊醒，大声哭号。大家糊里糊涂，推推搡搡，拖儿带女，一齐拥到院子里。这才想起白巡长的话："遇到空袭，赶快灭灯，在屋子里坐着，别出来。"

瞧瞧院子，瞧瞧天，他们悟出来，就是想走，也没个藏身之处。日本人压根儿没给挖防空洞，大伙儿只能回屋子里去坐着。

瑞宣、韵梅，都披上衣服起来了，悄悄走到院子里，招呼南屋的街坊。"是空袭警报——你们起不起来都成。"然后他走到爷爷窗户外头听了听，老人要是还在睡，就不惊动他了。

韵梅打开街门，坐在门前的台阶上，决心一直等到解除警报。她不乐意叫瑞宣来守街门，他第二天还有课；她也不乐意花三块钱一小时雇个人来替她守着。

瑞宣走到门口来看她，她一个劲儿说："你回去睡吧。"

"我先在这儿站一会儿，过一时半会的，你再来替我。谁知道这一闹得几个钟头呢！"

"你还是去睡吧，我反正也睡不着。"

说着，只见三号的日本人悄悄地，飞快地，走出大门，贼似的，溜着墙根，往大街那溜儿跑。

"他们要干什么？"韵梅压低了嗓门问。

"他们得上防空洞里去呆着。哼！"瑞宣静静的站了一会儿，然后走回院子里。

在黑暗中，韵梅凭身影儿和咳嗽的声音，慢慢的看出来，李四爷大门口站的是他的胖儿子，马寡妇门外是程长顺，六号门外是丁约翰。谁也不出声。

过了半个多小时，一点儿动静没有，祁老人也出来了。"到底是怎么档子事儿？什么事也没有嘛，你还是进来吧！”

“您回屋歇着去吧，爷爷。我得在这儿瞧着，没准儿，日本人会来查呢！”韵梅好说歹说，把老人劝了回去。

韵梅果然想得不错。全城的宪兵和警察，都动员起来了，挨家挨户的查。不过是防空演习，可日本人做得跟真的一样。他们豁出去通宵不睡，也得把全北平的人折腾个够，叫他们熄灭了灯火、炉子，坐在屋子里不出来。这么着，日本人才能顺顺当当的撤到安全地带，日本人的家也不会挨抢了。

他们果真来了。韵梅一见西头有四个人影儿奔这么来，赶紧站了起来。俩高个儿的，她估摸是李四爷和白巡长，那俩矮的呢，就是日本鬼子。

他们打一号和三号门前走过，直奔韵梅。她往一边闪了闪，没作声。李四爷和白巡长也不言语，跟着日本人进了院子。

没有灯，没有火。日本人拿电筒把每个窗户都照了照，黑的。他们走了出来。

六号也没有差错。

走到七号大杂院，李四爷和白巡长都捏了把汗。

情况不坏。家家户户都黑灯瞎火——七号里住的人家，压根儿就没有灯油，也没有煤。

宪兵拿电筒往窗户上刷地照去，白巡长吓得直冒汗。至少有三户人家没把窗户给糊黑。李四爷忍不住骂出声来了：“他妈的——！我连浆子都给了，怎么……”

白巡长知道事情闹大了。为了这，他就得丢差事。他气急败坏地连忙问道：“为什么不把窗户糊起来？为什么？李四爷跟我不是嘱咐又嘱咐吗？”他这话是冲七号的人说的，可主要还是讲给日本人听，好洗刷他自己和李四爷。

“真对不住，”站在一边的一个女人可怜巴巴地说，“孩子把浆子给吃了，白巡长，给我们说几句好话吧，一年四季孩子们都没见过白面。”

白巡长没了话说。

日本宪兵懂的中国话不多，听不懂那个女人说的是什么。他不分青红皂白，上去就给了李四爷两嘴巴。

李四爷愣住了。虽说为了生活他得走街串巷，跟各种各样的人打交道，可他从来没跟人动过手；要是看见别人打架，不管人家拿的是棍棒还是刀枪，他都要冒着危险把人家拽开。

他气炸了肺。他忘记了自己一向反对动武，忘记了自己谨小慎微的处世哲学，只看见眼前站着两畜牲，连个白了胡子的老头也敢打。他从容不迫，一声没吭，举起手来，照着日本人的脸就是一下子。他忽然觉着非常痛快，得意。他没作声，把所有的劲儿全用在拳头上了。

宪兵的大皮靴，照着李老人的腿一阵猛踢，老人倒下了。

白巡长不敢拦，他想救出自己的老伙伴，可又惹不起那两个发了狂的野兽。

院子里的人谁也没动一动。老人抱住一个宪兵的腿，把他拖倒在地，两人就在院子里滚成一团。

另一个宪兵，跟着地上滚的人转来转去，找准机会，冲着老人的太阳穴就是一下，李老人一下子就不动了。

两个宪兵住了手，叫白巡长把所有没把窗户糊严实的住户，都抓走下狱。

宪兵和白巡长都走了，院子里的人一窝蜂似的围上了李四爷。自从他当了里长，不知道挨了他们多少骂。那是贫困逼得他们平白无故的骂人。如今，为了他们，他躺下起不来了。大家都哭了。

大伙儿把李四爷抬回家，四爷两个多小时人事不知。虽说还没有解除警报，四大妈什么也不管不顾了。大声哭了许久。她升着了火，给老人烧开水喝。小羊圈的人把警报忘了个一干二净，进进出出，都来看李四爷。

凌晨两点才解除警报。祁老人一直没睡下。他过一小会儿就走出来看看韵梅，然后回到自个儿屋里躺下。

韵梅披了一件破棉袄，靠在门框上，再不就半醒半睡地坐在门前台阶上。她很想去看看李四爷，可又不敢走开。不管是不是真有空袭，她都得坚守岗位。不论怎么说，不能给家里人惹麻烦。

解除警报前几分钟，三号的日本人叽叽呱呱说笑着回了家，韵梅知道快完事了。

解除警报的信号一响，韵梅马上跑到李家，祁老人跟在她后面。李四爷睁开眼睛看了看他们，又把眼睛闭上了。大家都找不到安慰他的话。祁老人见多年的老伙伴半死不活地躺在床上，想放声大哭。

"爷爷，咱们回去吧？"韵梅悄悄问祖父。

祁老人点了点头，由她搀着，回了家。

又过了三天，李四爷还是人事不醒。末了，他睁开眼，看了看老伴，看了看家里的人，慢慢闭上眼，从此不再睁开了。

虽说四大妈拿不出东西款待来吊丧的人，守灵、出殡还是按规矩办了。没得过李家好处的人，知道四爷是个实诚人，都赶来磕了三个头。得过他好处的，哭得特别伤心，斟酒浇奠一番。那得过他的好处又时常骂他的人，也跑来哭灵，借机倾诉一下心里的烦恼与不幸，骂自己对老人不够公道。

祁老人哭得很伤心。他和李四爷都是小羊圈的长者。论年纪、经历和秉性，他俩都差不多。虽说不是亲戚，多年来也真跟手足不相上下。李四爷一死，整条街上，也可以说全世界，就再也没有人能懂得祁老人那一套陈谷子烂芝麻了。他俩知根知底地交往了一辈子。

李四爷的丧事办得挺像那么一回事，来的人很多。那些窝脖儿的杠大个儿，杠房的，还有清音吹鼓手和打执事的，都跟他有交情。他们穿了孝，诚心诚意来发送这位老相好，一直把他送出了城。他们没法给他报仇，只能用祭奠、吹打、送殡和友情来表示他们的心意，把他一直送到坟地，让他好好安息。但愿日本人不至于把他的尸骨挖出来。日本人为了修飞机场，修公路，挖了数不清人家的坟墓。

二十五

夏天，膏药旗飘扬在南海和太平洋。太阳神的子孙，征服了满是甘蔗田和橡胶园的许多绿色岛屿。北平倒很少见得着短腿的日本兵了。他们不敢见天日，来来去去，总在夜晚，因为他们的军装上有补钉，鞋也破了。皇军成了一群破衣烂衫的人。

皇军为了遮丑，到夜里才敢出来；普通的日本人倒不在乎，不怕到处丢人现眼。一些穿着和服、低着头走路的日本娘们，在市场上，胡同里，见东西就抢。她们三五成群，跑到菜市场，把菜摊子或水果摊子围上。你拿白菜，我拿黄瓜，抓起来就往篮子里头塞。谁也不闲着，茄子、西葫芦，一个劲儿地往袖筒里装。抢完了，一个个还像漂漂亮亮的小磁娃娃似的叽叽呱呱有说有笑地各回各家。

配给他们的粮食，虽说比中国人的多，质量也好些，可也还是不够吃。征服者和被征服者都过的是穷鬼的日子。抢最简便，中国警察不管，日本宪兵不问，做小买卖的也不敢拦。

日本娘们的开路先锋是高丽棒子——高级的奴才。他们不单是抢，还由着性儿作践。他们一个子儿不花地吃你几个西瓜，还得糟踏几个。相形之下，日本娘们反而觉乎着她们不那么下作——她们只是抢东西，不毁东西。

入夏以来，见不着卖蔬菜和水果的小贩了，小羊圈的人只能将就着活下去。小贩们都怕三号的日本女人们抢。

这样一来，给中国妇女带来了很大的不方便，像韵梅就再也不能在自己家门口买点葱和菠菜什么的了。哪怕买头蒜呢，也得上趟街。再说，小贩们挨了抢，就得打中国人身上捞回本儿来。东西全涨了价。韵梅发现她还得交一笔抢劫税。

打李四爷过世那会儿起，白巡长就一天比一天烦恼。虽说他也能琢磨出两条理由来原谅自己，可不论他怎么想，总还是觉着亏心，对不住李四爷。是他，硬拉四爷出来当的里长，日本宪兵打四爷的时候，他也没上前拦。他没法不到小羊圈来巡查，可他又很怕见四大妈和她儿子。每回见了他们，他都低下头，不敢正着眼瞧。他在人前挺不起腰杆，简直是个苟且偷生的可怜虫。

他不让手下人去管高丽棒子或日本娘们抢东西的事。“我们要是去报告，或者管上一管，保不住这些混账东西就会想方设法把做小买卖的抓起来。我说弟兄们，最好的法子就是把眼睛闭上。整个北平都让人家给占了，哪儿还有是非呢？”

小羊圈不能没有里长，他想到祁瑞宣和程长顺，不过他们都面慈心软，办不了事。

李四爷一死，丁约翰就看上了这份儿差事。他如今有的是时间。自打英国府出来，他就没再谋差事。既在英国府里做过事，他不愿意到西餐馆里去当摆台的。就算他乐意降低身份，也不见得准能找到工作，因为日本人既反英，又反美，多一半的西餐馆都关了门。

白巡长不喜欢丁约翰那副洋派头，不过找不到合适的人，只好点了头。

安排好里长的事，白巡长仍然日夜里牵肠挂肚。还有桩事让他揪心，又难于说出口：年纪太大了。

见天儿，他拿一把老掉了牙的剃刀，细细把胡子茬刮个精光，旧制服收拾得整整齐齐，干干净净，一双旧皮鞋，也用破布擦得锃亮，走路的时候，强打精神挺起胸脯，可是他明白，自己的老态是遮盖不住的。他并不愿意给日本人当走狗，然而也的确怕日本人撤他的差。查街的时候，他总怕抽冷子会碰上个日本人对他说：“滚！谁要你这么个老东西来当巡长？”

他最头疼的是，自打日本女人们抢开东西以后，中国人也学会了这一手。他叫手底下的人别管日本女人们抢东西，那他又怎么能叫他们去管中国人呢？中国人抢得再多，也赛不过日本人。要是他不敢管日本人，也就不该管中国人。

他低下头，对手下人说："别管他们，肚子都饿瘪了，谁没尝过挨饿的滋味？就是把他们抓起来，日本人也不会说咱们好。监牢都住满了，犯人也没有粮食吃。唉——还是那话，睁只眼闭只眼吧，等咱们的眼睛都闭上，永远不再睁开，世界兴许就太平了。"

因为不够吃，居于统治地位的异族露出了狐狸尾巴；因为饥饿，奴隶们也顾不得羞耻了。忍饥挨饿的人，一心想的是弄点什么往嘴里填，体面不体面，早就顾不上了，偷点抢点都算不了什么事儿。

在北平卖生熟猪肉的铺子里，切肘花和香肠的肉墩子足有一人多高。这是因为掌柜的怕买主伸手抓肉，把手指头剁掉一截。可是现在这些高高的肉墩子（原本就是半截大树干）已经拦不住人们往那儿伸手。卖生肉的肉铺一向是在肉案子上切，因为再贪的人也不会把生肉，或者大油抓起来往嘴里送。然而现在真有抢生肉吃的人。

自打日本人实行粮食配给以来，肉铺的生意就冷清起来。常常一连三五天没有肉卖。偶尔有点儿肉，就连夜的出来，不论生熟，都切成小块，拿纸或者荷叶包上，藏在柜橱里。买主得先交钱，然后才能接过一小点肉。

这种先交钱后交货的办法，在北平风行一时。要是不先掏钱，什么也甭想买。

买烧饼、包子和别种吃食的做小买卖的，都用细铁丝网子把篮子罩上，加锁。买主先交钱，随后打开篮子上的锁，把东西拿出来。小贩们还一边交货一边说，东西一倒手，他就不负责了。因为买东西的时候，摊子或担子旁边总有人等着，见吃的东西就抢。

韵梅给抢过两回，再也不敢打发小顺儿去买东西了。虽说东西不值什么，她可是害了怕。

天佑太太犹犹豫豫的出了个主意："让小顺儿跟着你去不好么？

四只眼总比两只眼管用。”

韵梅觉着，不论小顺儿有用没用，叫他跟着总能壮壮胆子，可是小顺儿得上学。

“唉，”祁老人叹了口气，“这年月，上不上学有什么要紧！”

小顺儿一听给他派了这份差事，美得不行，马上想到要随身带根棍子。“谁要是敢夺您的口袋，妈，我就拿棍子敲打他。”

“你安静一会儿吧，”韵梅哭笑不得，“把眼睛睁得大大的，仔细瞧着点就行了。要是有人老跟着咱们，你就大声嚷嚷。”

“叫警察吗？”小顺儿爱打岔。

“哼——他们要管，那才叫怪呢。”

“那我嚷什么呢？”小顺儿样样事情都要闹个一清二楚，不然怎么能当好妈妈的保镖呢。

“嚷什么都可以——嚷嚷一通就是了，”奶奶直帮着解释。

祁老人，为了让大家瞧瞧，自己虽说是年老体弱，却还足智多谋，找来几块破布和绳子，对韵梅说：“拿去把篮子罩上，买来东西，把绳头一紧，就跟那些做小买卖的用的篮子一样了。这不牢靠多了吗？”

韵梅说：“您的主意真不错，爷爷。”她可没说：“要是连篮子一块儿给抢了去呢？”

瑞宣当然也想出把力。每次打学校往家走，他都尽量顺路买点儿东西，省得韵梅一趟趟上街，减少挨抢的机会。

有一天，他从学校回家，想起韵梅仿佛要他带点什么来着，可是忘了她究竟要的是什么东西。

走了一会儿，看见一个卖烧饼油条的。战前卖烧饼的有的是，可这会儿倒很希罕了。篮子上的铁丝网也显得新奇、古怪。

他想买上俩烧饼油条，好补偿他忘了买东西的过错，也让妞子乐一乐。她还是一见共和面就哭。

手里拿着烧饼油条，他一路走，一路想着富善先生。他不是常送给妞子饼干，面包来着吗？他很惦记这位老朋友，不过他心里明白，就是知道老先生在哪儿，也不敢去看他。日本人特别恨跟西洋人有来往的中国人。

想着想着，猛孤丁打旁边伸过来一只手，一只非常脏，非常瘦的手。他还没明白过来是怎么回事，烧饼油条已经不翼而飞了。他住了脚，回过头去看。

抢烧饼的人是个极瘦、极弱的人，没命的跑，可又跑不快。他冲着烧饼油条吐了几口唾沫，就是给追上，人家也不要了。

瑞宣撵上了他。这瘦子像只走投无路的老母鸡，脸冲墙站住了。瑞宣见他还懂得点羞耻，可怜起他来，后悔不该撵他。

"朋友，你拿着吃吧，我不要了。"瑞宣温和的说，希望这个瘦子会转过身来。

瘦子把脸往墙上贴得更紧了。

瑞宣想说，"是日本人害得我们顾不得廉耻也没法要面子了，不是你一个人的错。"可是，这一番话他想说可又说不出来。因为怎么说都是空话。讲道理，劝慰，饱不了肚皮。于是他说："朋友，吃吧！"

瘦子仿佛受了感动，慢慢转过身来。

瑞宣一下子看清楚了：是钱诗人的舅爷陈野求。他把准备要说的话都抛到九霄云外，好不容易才憋出一句："野求！"

野求耷拉着脑袋，身子倚在墙上，木呆呆的站着。他的头发怕有好几个月没理了，又长又脏，乱糟糟的在头上卷成一团。他的脸，瘦成一条儿，好多天没洗了。眼睛里没有泪，愣坷坷的望着手里的油条出神。

瑞宣一把抓住野求的胳臂，野求想挣扎开，可是没有力气，踉踉跄跄的他跟着瑞宣走了几步，强打着精神问："上哪儿？"

"找个地方坐一坐。"瑞宣说。

两人走进一家小饭铺。一进门，跑堂的就过来挡驾。"对不起您哪，今儿我们什么也没有，压根儿没升火。没生意。"

没有升火，没有杯盘碗盏相碰的叮之声，这也算饭馆？桌椅板凳，都收拾得整整齐齐，铺子里还有多年来留下的一股子荤油味儿和饭菜味儿。

“让我们坐一会儿好不好？”瑞宣客客气气地问，“这位先生有点儿不舒服，”他指的是野求。

“没说的，坐吧，凳子都空着呢，”跑堂的笑着说道。“您瞧，先生，我们这生意怎么做？没可卖的东西，还不许关门，真是笑话。”

两人都坐下了。因为瘦，野求的脸显得越发长了，眼珠子跟死鱼的一样。他平静下来，呆呆地坐着，一动也不动。

野求叹了口气。“没什么可说的——如今，我不过是行尸走肉罢了。”他说话的时候，脸上的肌肉纹丝不动。他说的是实话，用不着带表情。

“我把一切都毁了，”野求静静的说，“为了养活我的孩子和病病歪歪的老婆，我给日本人做事，抽大烟麻醉自己。是呀，我出卖灵魂，为的是老婆孩子不挨饿。出卖一个灵魂，拯救全家的性命，倒也划算。”住了口，他冲着桌子发愣。

瑞宣不敢催他往下说，只咳了一声。

这一声咳嗽，仿佛惊醒了野求，他接着又说：“说来也怪，老婆有了吃食，身体反倒更弱了，仿佛我给她吃的东西都有毒似的。她死了。”他脸上还是木然没有表情，说起话来，像背诵一个听过许多遍的故事。“死了的，倒还算有福。我满以为儿女长大成人，就能挣钱养活我。可是，大儿子刚能挣钱，就二话不说离开了北平。他不但不感恩图报，还恨我，恨我出卖了灵魂。另外三个儿子也跟大儿子一模一样。我出卖灵魂把他们抚养大，可他们是怎么报答我的？一场空，没有心肝。”他舐了舐嘴唇。

“可笑的事情多着呢。我刚才说，因为我抽大烟，日本人对我还算不错。可是烟瘾一大，我动都懒得动了，他们就撤了我的差。我没了进项，只剩下几个不能挣钱，靠我养活的孩子。等他们能挣钱了，大概也得打我这儿跑掉。我不能再拉扯他们了，就是能，他们也不感激我。唉，要说是不拉扯吧，他们又得挨饿，真没法子。我现在还抽大烟，大烟能麻醉人——这就是它的好处。有什么见不得人的？连我自己的孩子都不认我这个爸爸了。我今天抢了你的东西，可是我用不着道歉，我知道你能原谅一个快死的人。”

“你不能就这么死了，”瑞宣想帮他一把。

“谁也不该落这么个下场，可是我只能这么死。也许就是明天，我会躺在大街上，让人家拿大卡车拉走，扔到城外去。我不指望人家把我埋在祖坟里，没脸见祖宗。”他站起来，跟瑞宣拉了拉手，就往外走了。

走出饭铺，野求一屁股坐在台阶上，吃起烧饼来。

二十六

金三爷发了财，置下三处房产。虽说他的相貌，神态，穿戴，都没有变；而心，可跟以前不一样了。如今，他跟那些站在大街上抢东西吃的人大不相同，成了个小财主，有了点儿派头。每天，他还照常上茶馆去坐坐，然而小笔的生意，他已经看不上眼。跟同行在一起，他总是把腰挺得笔直，独自坐在一边，好像在说：“小事儿甭麻烦我。金三爷不能为了仨瓜俩枣的事儿跑腿。”

对于那些打算买卖房产的主顾，他的态度也变了。他逢人便说：“我自个儿也有点产业，”恨不得再添上一句：“您以为我跟平常的中人拉纤的一样，呼之即来，挥之即去吗？哼——我有我的身份。”

他并没有忘记，是日本人害了他亲家钱默吟一家子。不过，他更不能忘记，打从日本人进占北平，他的生意一天天兴隆起来，如今，自个儿也置下了产业。为了钱先生，他应当恨日本人；替自个儿盘算盘算，他又应当感激他们。恨和感激，这两种感情揉不到一块儿，他只好不偏不倚的同时摆在心里。

然而不偏不倚并维持不了多久。不偏不倚就是偏倚的开始。为了长远保住他的产业，他不由得相信了日本人的宣传：他们侵略中国并不是为了打中国人，而是为了帮中国人消灭共产党。金三爷那四方脑袋里想的是：要是日本人真的消灭了共产党，也就等于保护了他那三所宅子。

他老惦着钱默吟。不论在街上遛弯儿，还是在茶馆里坐着，他总留着神寻觅，找他极敬慕的这位亲家。见了和他亲家模样相仿的人，他总要跑上前去看个究竟，希望自己没看错。一旦发现认错了人，他就揉揉眼睛，埋怨自己老眼昏花，看不真切。

他非常疼爱外孙子，几乎把孩子给惯坏了。钱先生在监牢里受罪的当儿，外孙子倒给宠得不行。金三爷宁可自个儿吃共和面，喝茶叶末儿，也要想尽法儿让外孙子吃好喝好。外孙子只要有点头疼脑热，他就赶紧去请北平最好的大夫。他把外孙子当菩萨供养着。

外孙子犯了错儿，钱少奶奶要罚，金三爷就把外孙子搂在怀里，数落她："真是身在福中不知福，这么好的孩子，还要罚！要是没有他，你又不知道该怎么样了。"

孩子刚会迈步，金三爷就想让他见世面。他把孩子扛在肩膀头上，或者干脆让他骑在脖子上，挺起胸脯，迈着大步，带他去逛大街，赶庙会，上市场。不论这东西吃了有没有好处，也不论这东西该不该玩，只要孩子说一声"要"，金三爷就赶紧掏钱买。

孩子会说话了，金三爷又苦恼起来。孩子跟妈学会了说："打倒日本鬼子！""给爸报仇"，还会挺起小胸脯说："我姓钱。"金三爷不能把个常叫"打倒日本鬼子"的小外孙子带着到处跑，也不能跟自个儿的闺女吵；没准儿会让邻居听了去，报告日本人。他不怕给抓起来，他身强力壮，挨几下子也没什么，然而要是日本人没收了他的产业，那可就真要了命了。

金三爷那四方脑袋里琢磨着要跟日本人套套近乎。他并不想跟日本人合作，当他们的走狗。不，他还没有坏到那步田地，他只不过是为了自己的安全，想要不即不离的跟日本人攀点儿交情。

他加入了三清会。三清会专收那种有点儿小聪明，或者像金三爷这样有点儿本事，而脑子又糊里糊涂的人。日本人不久就把他列入“有用”的人一类，要跟他交朋友。

等金三爷真的以为日本人是安着好心，他们就突然追问起钱默吟，吓得金三爷瞠目结舌。是他造的孽，招惹来的日本人。日本人向他担保，决不会伤害钱先生。他们赌咒发誓的说，金三爷崇拜亲家，他们也佩服钱先生的学问，人品和胆识。他们要是找到他，一定不记前仇，好好跟他交朋友。金三爷得帮忙找人。他们暗示，要是他不肯帮忙——哼！——小心他那三处房产和他的外孙子！

金三爷精明了一辈子，这下子掉进了人家的圈套。他又气又恼，红里透亮的鼻子尖发了紫。哪怕日本人保证不害钱先生，他也不乐意帮着日本人去逮钱先生。

金三爷琢磨来琢磨去，终于想出了主意。他决定去向钱先生讨教。

上哪儿找钱先生去呢？

他想起了野求。多日不见那瘦猴儿了，他可是很关心钱先生的。

这条路子没走通。野求的街坊说，他们全家都搬得无影无踪，不知道上哪儿去了。

金三爷又想到了瑞宣。

祁家的人，全都侧着耳朵仔细听他说话，都想知道钱少奶奶和她的孩子日子过得怎么样。

金三爷没时间谈他的闺女和外孙子，他单刀直入，打听钱先生住在哪儿。

一起头，瑞宣以为金三爷是惦记钱先生，才这么急着打听他的住处。过了一会儿，他觉着事情有点蹊跷，就盘问起金三爷来。

金三爷很不耐烦，一个劲儿敲他那烟袋锅，拿定主意不吐真情。瑞宣也谨慎小心，什么都不说，憋了半天，金三爷泄了气，拔腿走了。

瑞宣心里犯开了嘀咕。他不明白，为什么金三爷要找钱先生，情况有点儿不妙。他想马上去找钱先生，嘱咐他多加小心；可是反复一想，又怕自己过于大惊小怪。不能听见风就是雨，随便惊扰钱先生。不论怎么说，金三爷总算是钱先生的亲家。

他拿定主意，先别忙，等他向明月和尚交稿的时候，先跟明月商量商量。

金三爷见瑞宣的嘴这么严实，起了疑。他觉着瑞宣准知道钱先生的下落，只不过不肯告诉他罢了。他拿定主意，跟着瑞宣看个究竟。

金三爷发现瑞宣在个小铺子里跟明月见面，便又盯上了明月，发现了那座小庙。

金三爷不敢贸然进庙，要是钱先生真的在那儿，他冒冒失失的撞进去，劝亲家跟日本人合作，而钱先生不肯听他的，就会马上换个地方躲起来，那——

再说，要是钱先生不听他的，他能昧着良心叫日本人来逮吗？

他去看瑞宣的时候，看见了小羊圈一号和三号的宅子。他想起了几年前背着钱先生去找冠晓荷的事。难道如今他自己也跟冠晓荷一样了？冠家的人是一群狗，而我金三爷可是黄帝的子孙。

要是钱亲家真的在小庙里，他又不去报告日本人，岂不是就犯了包庇亲戚的罪，不但人受连累，连产业也得玩儿完！

他的良心跟恶念展开了斗争，谁对谁也不肯让步。是万恶的侵略战争，逼得他为了个人的安危，竟想出卖自己的亲戚。

他常在小庙附近徘徊，不敢进去。他想见见他最敬佩的亲家兼朋友，可是，他也怕见了钱先生会挨骂。

他在小庙门外踟蹰不前的时候，有几个人在后面跟着他。他虽然不敢往小庙里进，可是那些人却悄悄的摸了进去。

钱先生被捕了。

二十七

意大利投降了，日本皇家海军打太平洋一点一点往后撤。北平的日本人奉命每人结交十个中国朋友。

小羊圈三号的日本人也出门“交朋友”来了。他们向来不跟左邻右舍的中国人来往，可是现在，就连他们脸上的表情，也得按照上面的命令来一个变化。

四大妈头一个拒绝和他们交朋友。她谁都能爱，就是不能爱那打死她老伴的日本人。虽说打死她老伴的并不是三号的日本人，然而，日本人总归是日本人——她闹不清他们谁是谁，也犯不着去闹清楚。

这位居孀老太太的嘴，可不像个寡妇嘴，什么脏字儿都敢出口。日本人听不懂她用的那些字眼儿，光知道冲她傻笑。

程长顺几乎要跟他外婆吵起来。马寡妇向来不肯得罪人，更不敢得罪日本人。她对他们既恨又怕，人家上门来了，还能不给杯茶喝？总不能把人家撵出去吧。然而，长顺决定把门插上，不招待这种“朋友”。

小羊圈的人觉着，一边儿杀人，一边儿交朋友，简直是莫名其妙，叫人恶心。大家都不约而同的不理那些日本人。

只有丁约翰例外。

其实，他在英国府当差那会儿，最瞧不起的就是日本人。如今长期失业在家，回英国府的希望越来越渺茫了。得早日改换门庭，另找洋主子才好。他已经当惯了洋奴。

一当上里长，他就施展手段，弄了点煤来。有了煤，他每天就能多少有点进项。他在院子里点了个小煤炉卖火。没钱自家起火的街坊，可以到他这儿来烧点儿茶水，做点吃的。他盯着他那只大钟，按钟点收钱。

三号的日本人不明白，中国人为什么这么不通人情，不讲道理，不友好。他们走了一遭，只有丁约翰一个人来回拜，还把他们高兴得不得了。他们怕要是连一个朋友也交不上，就该挨罚了。他们原打算去访问一号那位老婆婆，问问她跟街坊和睦相处有什么诀窍。老婆婆要是不肯说实话，就吓唬她一气，要不然编个罪名暗害她。幸而里长丁约翰知趣，肯跟他们交朋友。那就得牢牢地抓住他，施展侵略者惯用的伎俩，像蚕吃桑叶一样，把一家一家人通通攥到手里。

丁约翰跟所有的洋奴一样，恨不得人人是洋奴，而由他当奴才总管。他在三号跟日本人吹牛说："我是里长，能下命令叫他们跟你们交朋友。"走出三号大门，丁约翰就挺胸凸肚，那副神气劲儿，几乎跟他在英国府当差的时候差不多。

他去找白巡长，干脆给白巡长下了命令，叫他帮着通知街坊们，好好跟日本人交朋友。

白巡长是个讲究实际的人，通情达理。他一向精明能干，也会见风使舵。然而他不能因此就不爱国，不爱自己的同胞。他不同意丁约翰那一套。

"哼，"他对丁约翰说，"日本人跟咱们交朋友？岂不是黄鼠狼给鸡拜年？"

丁约翰恼了。他是几百年来民族自卑的产儿，是靠呼吸带着国耻味儿的空气长大的。他的最高理想就是求外国人高抬贵手，不打他，让他好好当洋奴。在他想来，日本人能打败英国佬，而中国一定打不过日本。即使日本人不幸败了，英国和美国也会卷土重来，再当他的主子。唯独中国人挺不起腰杆，不能跟英国人和美国人平起平坐。他不乐意再跟白巡长多废话。

丁约翰找上了瑞宣。瑞宣吃过英国府的洋面包，一定能够明白他的意思。

要是早先，瑞宣没准儿会笑上一笑，说两句俏皮话把丁约翰打发走。可是而今，他决不肯放过进行宣传的任何机会。他不管丁约翰懂不懂，也不管他爱不爱听，详详细细对他讲开了世界大势，末了告诉丁约翰："白巡长和街坊们做得对，错的是你。"

丁约翰把瑞宣的话仔仔细细琢磨了一番，不禁恍然大悟。"哦，这下子我明白了。英国和美国一定会赢，你我就都可以回英国府去作事了。那才好呢，好极了。"

瑞宣真想啐他一口，可又忍住了。"你又错了。咱们谁也甭靠，自己当家作主人。"

丁约翰没再言语，客客气气告辞了。他不明白瑞宣说的是什么意思。

他又到三号去，告诉日本人说白巡长不乐意合作。他并没成心背地里给白巡长使坏，可他得让日本人知道知道，他是真想帮他们拉朋友的。要是不幸日本人恨上了白巡长，他也没辙。

日本人果然恨上了白巡长，他们的仇恨比友情来得快。

他们没把这件小事拿去惊动他们的长官，而是给白巡长的上司写了封信，说他玩忽职守。这位上司当然是中国人。

白巡长的上司怕丢差事，怕饿死。为了保饭碗，不敢护着白巡长，撤了他的差。

白巡长的好日子真是走到了头。他有经验，有主张，受街坊邻居爱戴。然而，他没有积蓄，没有前途。他一辈子没攒下一个钱。哼，要是他再滑一点，连蒙带骗，常常使点坏心眼，在这么个兵荒马乱的年月，就不说飞黄腾达吧，总不至于丢差事。

好吧，既然好心没好报，干脆就杀人放火去！日本人杀人放火，倒成了北平的主人！他决心要杀丁约翰。杀人是善是恶，有谁来管？战争最大的教训，就是教那些从来没有杀过人的人去杀人。

再一想——既杀，何不杀日本人？

他没跟家里人提丢了差事，把菜刀往棉袄里一掖，走出了门。

他往小羊圈走。每条胡同里都住的有日本人。可是，他不加思索，出于习惯，走到了小羊圈。他最熟悉这里。在背后使坏的准是住在三号的日本人。好，——先拿他们开开刀。

他的长脸煞白，一脑门汗珠；背挺得笔直，眼睛直勾勾朝前看，可什么也看不见。他已经不是白巡长，而是阴风惨惨，五六尺高的一个追命鬼！他已经无所谓过去，也无所谓将来，无所谓滑头，也无所谓老实。他万念俱灰，只想拿一把菜刀深深的斫进仇人的肉里，然后自己一抹脖子了事。

走到三号的影壁跟前，他颓然站住，仿佛猛的苏醒过来。他安分守己过了一辈子，如今，难道真的要去杀人么？迷迷糊糊的，他站在那儿发愣。

迎面来了瑞宣。

一见瑞宣，白巡长的杀人念头忽然消散了一多半。他耷拉下肩膀，手脚瑟瑟的哆嗦起来。

“怎么啦，白巡长？”瑞宣问道。

白巡长伸手摸了摸怀里的菜刀，仿佛怕瑞宣搜他。

瑞宣明白，准是出了事。他拉着白巡长的胳臂说：“来，上我屋里呆会儿。”

白巡长不知道怎么是好，被瑞宣拽着朝家走。一进大门，他把杀人的念头摆在一边，恢复了彬彬有礼的态度：“祁先生，我——我不进去了。”他真的不想进屋去跟瑞宣说话。他觉着，杀人，哪怕是杀一个害他丢了差事的日本人，也是一件见不得人的事情。

瑞宣看出白巡长心里有事，“你要是不乐意上屋里去，咱们就在这儿聊聊。”说着，就把院门掩上了。

白巡长悔恨自己竟然起了杀人的念头，也埋怨自己勇气不足，下不去手。他只好把心事抖搂出来，让瑞宣给拿个主意。于是，急急忙忙，一五一十的把事情告诉了瑞宣。

瑞宣听了他的话，半天没言语。白巡长的遭遇就是许多，许多北平人的遭遇；他的话也说出了大家的心思。老百姓是不甘心受日本人奴役的，他们要反抗。可是几千年来形成的和平，守法思想，束缚了他们的手脚，使他们力不从心。

瑞宣理解白巡长的心情，劝他不必单枪匹马去杀日本人，最好是跟大家同心合力，做点地下工作。能不能跟白巡长提钱先生和老三呢？他思忖再三，觉得还是应该多加小心，开头只说自个儿，不提钱先生和老三。

瑞宣试着步儿慢慢地说，白巡长听得很仔细。他听了一会儿，打断了瑞宣的话："祁先生，你要说什么——就痛痛快快说吧。我不会去当走狗，出卖朋友。我没了生路，只想宰他几个日本人，然后一抹脖子了事。不能为了几块钱出卖朋友。你要不信，我可以起誓。"

瑞宣心里一块石头落了地，跟他说了实话。"白巡长，咱俩能做的事儿，理当比钱先生还多。钱先生能做到，咱俩为什么做不到？干吧！怎么样？我知道你没了进项，没了活路，那好办。但凡我有的，就有你一份，这不在话下。没准儿老三也能帮你拿点主意。咱们今天一块干，明儿个要是给逮起来，可不能做孬种。古人说过，人生自古谁无死，留取丹心照汗青嘛。"

"你说得有理。让我先干点儿什么好呢？"白巡长毫不犹豫地说。

"我跟钱先生和老三已经多日不见了，我不能上那小庙里去，我怀疑金三爷。那天他忽然跑来看我，到底是什么意思？要是钱先生又让人给逮了去，日本人准会把明月留在庙里当诱饵，好逮老三和别的人。我上那儿去很不方便，你敢不敢去走一趟？"

"瞧，这不是，"白巡长惨笑了一下，打大襟里把菜刀掏了出来。"我原本就想拼了，还有什么不敢的呢？"

"用不着拿菜刀，"瑞宣也笑了，"你上庙里去最合适。你有眼力，一眼就能看得出来到底该不该进去。明月和尚不认识你，这又是个好条件。你们俩谁也不认识谁，见了面不会在无意之间露出点什么破绽让人家发现。该不该往庙里进，你到那儿掂量着办。你要是真的进了庙里，千万可别跟和尚说话。得假装求神讨签，还得装得真像那么回事。先到佛前磕个头，祷告祷告，说你丢了差事，问问前途凶吉。等你摇出签来，到佛龛上去拿签帖的时候，记住一定要拿最下面的那一张。那上头写着咱们要知道的事儿。有了那张帖儿，老三的下落也就有了。还有……你拿到那张帖儿，千万别直接给我送来。我到白塔寺庙会上去见你。得找个人多的地方见面，比如说，那些变戏法的，卖估衣的地方，得找这样的地方。”

“这事儿我能办。”白巡长高兴起来。

“我知道你必能办到。还有，你得做点儿小买卖什么的，哪怕是卖点儿花生呢，也好。这么着，丁约翰就不会怀疑你。你得常去他那儿走走，跟他聊聊天，恭维恭维他的基督精神。一句话，你得哄着他点儿，别让他再怀疑你，跑去报告。”

“好吧，祁先生，我又活了，哪怕过两天就得去死呢，我也感你的恩。”白巡长藏起刀，伸手要开街门，准备出去。

“你要是让人逮住，哪怕粉身碎骨，也不能连累别人。”瑞宣又低声告诫他。

白巡长点了点头，而后打开了街门。他把菜刀送回家，一径上了小庙。

他耷拉着脑袋走近小庙，打眼角往四下里瞅。庙门开着，院子里，佛堂里都没个人影儿。他走到庙门旁边，想买股香拿着，像个求神讨签的样子。

忽然瞧见金三爷在庙门外不远的地方蹲着。他认得金三爷的红鼻子和大方脑袋。他咳了一声，金三爷一下子蹦了起来。白巡长挺神气地笑了笑，说：“混得不错吧，金三爷？”他态度亲切，丝毫不显莽撞，只有当过多年警察的人，才能做得这么自然。

“怎么啦？您是谁？”金三爷不知所措了。

“不记得我啦？”白巡长做得像个老相识。“我姓白，家离小羊圈不远。”

小羊圈三个字，像把刀子捅进了金三爷的心窝儿。

白巡长往西头走，金三爷不知不觉地也跟着他走了过去。

金三爷的鼻子还是那么红，可是不亮了；原来油光锃亮的脑门发了暗，有了深深的纹路。眼皮红红的，像好多天没睡觉似的。鞋上，肩膀上，裤子上都蒙了厚厚一层灰，仿佛他在街上已经站了好几天。“找个地方坐坐。”白巡长说。

金三爷点了点他那四方脑袋。“嗯？”刚一坐下，金三爷就开了话匣子，仿佛他心里憋了一肚子话，正等着机会蹦出来。哪怕来条狗冲他摇摇尾巴呢，他也会把心里话跟它说一说。“亲家，我那亲家，让人逮去了，”他没头没脑地说起来。

“钱先生？”白巡长说着，想起了七年前抓钱先生那会儿的事。“您怎么知道的？”

“是他们告诉我的——他们日本人。哎，这一回我真是造了孽了，为了保住我的产业，好让我闺女和外孙有口吃喝，我跟日本人去攀交情。结果呢，我只在庙门口张望了一下，他们就摸进庙里，偷偷把我亲家绑走了。而后，他们又哄我说，别发愁，亏待不了他。哼，七年前，日本人差点没把他的脊梁骨给打折了。我不是人，我没脸回家去见外孙子。我把他爷爷送进了虎口——还有什么脸去见那孩子？”金三爷说了又说，想把憋在心里的苦闷一气儿抖搂出来。

“得想个法子搭救钱先生。”白巡长说着，指望金三爷能琢磨出点主意来。

“救他？那是当然。”金三爷打衣襟底下掏出一沓子票子。“我带了钱来，一个劲儿在这儿转悠，想把亲家赎出来。要是这些钱还不够，我可以卖房子，我舍得花钱。钱，房子算什么！不管怎么为难，我也得见上亲家一面，告诉他我是个混蛋，简直不是人。我知道，跟他一说，他明白了，一定饶了我。他是个有学问的人，通情达理。要是他们把他打死了，没能当面跟他说清楚，我在九泉之下可怎么跟他见面呢。我在棺材里都不得消停。帮兄弟一把吧，帮兄弟一把——可怜可怜我吧。”

“我当然要帮忙。”

“怎么个帮法呢？”金三爷乐意给钱，可是他得先知道，这笔钱究竟用在什么地方。

“得先找到钱先生的朋友，然后，再一块儿想办法救他。”

“上哪儿打听去呢？”

“上那小庙里去。”

“好，我去，”金三说着，站了起来。

“等会儿，”白巡长也站了起来，拦往金三爷。“我去，您站在远处瞅着点儿。万一我被他们逮了去，您就带个信儿给瑞宣。”

“好吧，”金三爷脸上有了点血色。虽说救钱先生的事儿八字还没有一撇儿，可他总算有了指望。他给了白巡长几张票子。“拿着，你要是不肯收，我就是狗养的。你这是为我的亲家办事，我不能让你自个儿掏钱买吃喝。”

二十八

钱少奶奶双手托腮，坐在门口的台阶上。不过是几个钟头以前的事情，她却仿佛已经记不清楚了。她费尽心思想了又想，结结巴巴地说：“他说是出去买点儿零嘴……”

“后来呢？快说呀，”金三爷不耐烦起来。

“出去了——半天没回来。”

“你干吗让他自个儿出去？”

她不想分辩，“我以为他在大门里边吃边玩呢。过了一会儿，我有点不放心，跑出来瞧。他没在，我到大街上去找他，找了又找——喊了又喊。”她又低下了头。

金三爷也在台阶上坐了下来。他忍住气，静下心来思索。想了半天，把几天来的事儿跟闺女说了一遍，说不定从这些乱七八糟的事情里能看出点眉目，找出丢孩子的原因来。

钱少奶奶听爸爸这么一说，噌的一下站了起来。“准是让日本鬼子给偷去了！”

“日本鬼子？”

“他们把我公公逮去了，又把我儿子偷走了。老爷子就是铁打的心肠，见孩子受委屈也得心软，只好叫说什么就说什么了。他们会把我那孩子折磨死！您倒好——为了三所房子，绝了钱家的后！”

金三爷一句话也说不出来。他筋疲力尽，又气又羞，迷迷糊糊冲着院墙发愣。

第二天，白巡长来了。他告诉金三爷，钱先生果真下了牢，不过还没有受刑。

这是从小庙里拿来的签帖上得来的消息。还有些别的话，他不能都告诉金三爷。

“哦——他没受刑？”金三露出了笑脸。

“哼——日本鬼子马上就要完蛋，不敢乱来了。他妈的——！都是些欺软怕硬的东西！”

“可我的外孙子丢了，”金三爷又没了笑意。

“丢了？”白巡长愣住了。

“丢了。”

“也是日本人干的？”

金三爷无话可答。他只想抽自己的嘴巴，可他的胳臂沉得举不起来。呆呆的，他坐了好一阵，然后问道：“您能给打听打听吗？”

白巡长知道自己没处可打听去，而又不愿意把话说死，让金三爷绝望。“我试试，尽力而为吧！”

白巡长走了。他知道金家这场祸事不小，自己无能为力。还是忙自个儿的事情为妙。瑞宣和他已经把签儿上的意思弄明白了：

第一，钱先生下了牢，不过还没有受刑，日本人想拉拢他；

第二，明月和尚目前不便多活动，老有特务盯着；

第三，瑞全的工作重点在城外，不能常回北平来；

第四，瑞宣应当接替钱先生，当好地下报刊的编辑，想法把稿件送出城去。得找个腿脚利索的人。

瑞宣乐意当编辑，而白巡长也乐意跑腿。他俩都知道这个事弄不好就会掉脑袋，不过俩人都毫不迟疑的把担子担了起来。俩人冲着签儿出了一会儿神，又相对笑了一笑，仿佛在说："要是非死不可，这么着去死最痛快，也最值。"

白巡长每天把稿件送出城去，而后带回报纸来。他化装成做小买卖的，天天走不同的路线。

他常上小羊圈来，却不是找瑞宣。他和瑞宣商量好，不在小羊圈附近碰头。他每次上小羊圈，都是找丁约翰。他跟丁约翰絮叨他的买卖、他的难处，还有别的鸡毛蒜皮的事儿，好让丁约翰不怀疑他。只要丁约翰不怀疑他，小羊圈就没别人会造他的谣。

钱少奶奶天天上街找儿子。她的生命分成了两半儿，一半已经死去，另一半还活着。她跟死人一样不吃不喝，不管家务。只有当她跑遍全城，呼唤儿子的时候，才有了生命。她四下奔走，只要看见跟她儿子身量相仿的孩子，马上跑过去看个仔细，常常吓孩子一大跳。一看不是儿子，她一声不出，极轻的在孩子头上拍一拍就走开了。

一天找下来，累得浑身都散了架，任凭两条腿把她拖回家去。她不跟爸爸说话，好像他已经不是她爸爸了。到了夜里，她跪在院子里祷告："孩子他爹，保佑保佑你那儿子吧。"她只会说这一句，反反复复，说了又说。

金三爷时常把他那大拳头攥得紧紧的，攥得骨节格格发响。他雇了些人来帮他找孩子。那些雇来的人敲着铜锣，大声吆喝着走遍大街小巷。他还叫人写了许多寻人启事，到城里各处去张贴。

日本人对他说，钱先生在狱里很受优待，叫他别担心。日本人还说，他和他闺女最好一起写封信，劝钱先生别固执。只要钱先生肯跟日本人合作，不但钱先生能做大官，连他金三爷也能得着好处。

金三爷打听外孙子的下落。日本人只微微一笑，不搭茬。他明白孩子八成是让日本人给弄了去了，钱先生若是不答应他们的条件，他们就要对孩子下毒手。金三爷只好答应给钱先生写信。要是信能起作用，孩子目前也许不至于遭罪。他求人写了封信，交给了日本人。

信一送出去，他后了悔。他知道亲家的脾气多硬，多倔。要是钱先生见信后还不肯跟日本人合作，那金三爷不就是把孩子往死里送了吗？

他又去求日本人让他见见钱先生。他想，只要见了亲家的面，他就可以把一切都说清楚，求得原谅；然而日本人一个劲儿地摇头。

二十九

德国无条件投降了。

北平的报纸不敢议论德国投降的原因，竭力转移人们的注意力，大讲皇军要作战到底，哪怕盟军打到日本本土，也决不屈服。这种“圣战”的滥调天天都在弹，弹了又弹。

住在北平的日本人使出全身解数，要跟中国人交朋友。他们如今这样做并不是秉承了上司的旨意，而是自个儿的主张。有的日本人死皮赖脸地巴结着要跟中国人拜把兄弟，有的认个北平的老太太当“干娘”。

在这么个时候，日本军方也不得不表示宽容，把一些还没有死利落的犯人放了出去。他们还打监牢里挑出几个没打折骨头的败类，要他们写悔过书，然后打发他们去内地探听和平的消息，散布和平的谣言。说：“皇军是爱好和平的，如果中日两国立即缔和，携起手来对英美作战，岂不大大的好？”

日本人以外，最着忙的是汉奸。他们最会见风使舵。德国一投降，他们就乱了营。有的宣布跟老婆离婚，万一自个儿难逃法网，起码老婆孩子的产业能保住。有的偷偷把孩子送往内地，脚踩两只船，好减轻自己卖国的罪责。有的把亲友送到内地工作，用“曲线救国”的鬼话，掩盖他们附逆投降的丑行。

就说小羊圈吧，教育局的牛局长住在门口有四棵大柳树的宅院里，从来不承认自己是汉奸，这下子也沉不住气了。他不能再埋头于书堆和实验仪器之间，想偷偷溜出北平。他只走到前门车站，就让日本人抓了回来，下了牢。

仗着这一阵宽容之风，说相声的黑毛儿方六也打牢里放了出来。

小羊圈的街坊邻居，对牛局长的被捕，毫不理会，对方六的出狱，却大为轰动。大家一窝蜂把方六围上，七嘴八舌地给他压惊。虽说他被捕的时候大家没勇气联名保他，可是他出来了，大家决不能冷落了他。

方六已经不是早先大家熟悉的方六了。他下过牢，见识过死亡和刑罚，已经不会说说笑笑了。

为了挣钱吃饭，他很快又说上了相声，可是，来来去去，总是耷拉着脑袋。他不能回电台，茶馆也不肯再雇他。他只能到天桥和东西两庙去撂地，挣几个铜子儿。

不论是在天桥，还是在别的什么地方，他总能运用最尖刻的语言来宣泄胸中的愤恨。他不光会逗哏，还会见景生情，把时事材料“现挂”到相声段子里去，激发听众的爱国情怀。

他能用隐语和冷嘲热讽，引起听众的共鸣。他每次说相声，里三层，外三层，人挤得水泄不通。能激起人们的仇恨，给人以力量的相声，的确很受欢迎。他还常去找瑞宣，要他给解释报上的新名辞儿，讲讲他看不懂的新闻。

瑞宣乐意当义务教员，可是不让方六常上门来。最好是趁瑞宣上下班的时候，在街上碰头，利用走道的时候说说话。瑞宣已经接替钱先生，负责编辑地下报刊，所以得加倍小心。要是方六到家里来，让丁约翰碰上，就许出事儿。

瑞宣喜欢方六，讨厌丁约翰。丁约翰自从知道了德国投降的消息以后，就常来看瑞宣。瑞宣最怕他碰上自己在写稿子，然而又不敢不让他来，只好推说太忙。

在丁约翰看来，德国必是英国给打败的。他对国际事务的知识很欠缺，然而又自有他的一孔之见。

除了英国，丁约翰最佩服的就数德国。他佩服德国人，主要原因恐怕跟德国制造的自行车和化学染料有关系。他在言谈之中总爱说上一句："英国货而外，德国牌子最靠得住。"他说这话，为的是显排他也懂得国际上的事。提到德国，他必定要在前边儿加个"老"字，仿佛他和德国早就是街坊老邻了。

丁约翰不能不跟瑞宣维持着交情，那是他的老本儿！要是英国府又重打鼓另开张，而瑞宣跑去诉说，他跟日本人有过一手——那他还受得了？

他跟瑞宣讲英国如何了不起，比德国强大得多。他还想引出瑞宣的看法，直问："要是日本也战败了，我们是不是应当把北平所有的日本人都杀了呢？"

瑞宣一声不吭，恨不得一脚把丁约翰踢出门去。

丁约翰见瑞宣不言语，以为自己说对了，很快又补了一句："我在小羊圈，大小也算个里长，走着瞧吧。我要不给一号和三号那些人点颜色看看，才怪呢。祁先生，您可是亲眼看见的，我自始至终都是英国府的人。等富善先生回来，我还回去伺候他老人家。您说是不是？"

瑞宣明白他要是说一声"是"，丁约翰就会点头哈腰求瑞宣照应，好像他回不回得去英国府，全仗着瑞宣一句话；而要是说声

“不”呢，丁约翰又会絮絮叨叨要他给说个明白。他绝不想跟这么个走狗多废话。

程长顺给瑞宣带了个消息来。他说日本人开始卖东西了。长顺不乐意跟日本人做买卖，没跟他们买什么。可是他们招揽过他，别的打鼓儿的也真的买过日本人的东西。“祁先生，这么说日本鬼子真的快完蛋了。他们忙着要把零碎东西卖掉，换点现钱好回日本去。”

瑞宣认为长顺说得不错。

“祁先生，您注意到没有，打从德国投了降，”长顺囔着鼻子说，“日本人就改了样。直冲咱们鞠躬，赔笑。您瞧，三号老关着大门，好像怕人家进去宰了他们。”

有一天，瑞宣意外地收到一封信，虽说署的是假名，可他一眼就看出是老三的笔迹。他奇怪，老三居然敢直接把信寄到家里来。以往老三的信总是通过秘密渠道送来，从来不经过邮局。

才读了几行，他就放了心。就是碰上检查，这么一封信也挑不出毛病来。

“我在落马湖见着胖嫂，她带的东西都给没收了，只好卖她那身胖肉度日。她长了一身烂疮，手指头缝都流着脓。我不可怜她，也犯不着去骂她，她会烂死在这儿。”

瑞宣知道胖嫂指的就是胖菊子，虽说他不知道落马湖在哪儿，从字里行间可以看出那不是个体面地方。他问方六，方六告诉他，那是天津最下等的窑子窝儿。

北平的日本人忙于认干娘，卖东西，在日本的中国人却千方百计找路子回中国。日本本土给轰炸得很厉害，在日本的中国人，不论是汉奸，还是留学的学生，都怕葬身日本，怕破财。见了炸弹，他们就想起祖国来了。

在北平，原来削尖脑袋钻着想去日本的人，也怕到日本去出差，开会了。他们能推就推，能赖就赖，想方设法，就是不去。性命最要紧，不能上那弹如雨下的地方去找死。

唯独蓝东阳还是一心一意想去日本。他病了好长时间。在他生病期间，一个日本大夫，一个日本护士看守着他，日本大夫是军方派来的，有生杀大权。要是蓝东阳在说胡话的时候说上一两句不满意日本人的话，大夫就会喂他点儿毒药，叫他两眼扯得上去再也落不下来。可东阳就是在烧得说胡话的时候，都在喊“天皇万岁！”大夫护士受了感动，很替他向上美言了一番，夸他是个最最忠于天皇的中国人。他们小心翼翼地看护他，尽了一切力量治好他。他全身每一处都用X光拍了照，片子送回日本作科研材料，看看他的心、肝、脑子和肺有些什么特殊构造，怎么能这么效忠于日本。

东阳还是怕瑞全的子弹会送他的命。病一好，他立时想到日本去，躲开瑞全的枪子儿。

因为病，他那新民会处长的职务已经给了别人。他对这倒无所谓，因为日本大夫和护士都告诉过他，要是上日本去，做的官还要大，他们的话还能不信？

牛局长被捕，教育局的局长出了缺。日本人想起了蓝东阳。他是他们忠顺的奴才，驯服的狗。他有功绩记录在案，绝对可靠。

是呀，东阳乐意当教育局长。不过他得先上一趟日本，名义上是考察日本的教育。要是他去了日本，而瑞全又给抓起来杀了，他岂不就可以放心大胆的回来，太太平平的当他的局长了吗？再说，没准儿，他在日本兴许还能弄个日本老婆呢，那他岂不就成了日本的皇家女婿啦？

蓝东阳上了日本。

去给他送行的人都扑了空，因为他化了装，由两个便衣保护着，夜里悄悄离开了北平。他怕上了火车站，让一大群人闹哄哄地围着，瑞全一下子就会认出他来，给他一枪。

那些买了礼物准备给他送行的人，在他走了以后，都叹着气，面面相觑地说：“还是人家蓝东阳厉害！日本天天挨炸，他倒还敢往那儿跑。哼，瞧瞧咱们吧，咱们是又想吃，又怕烫。像咱们这样儿的，一辈子也发不了。”他们万万没有想到，东阳到日本是有去无回，连块尸骨都找不着了！

蓝东阳和中华民族五千年的文化毫不相干。他的狡猾和残忍是地道的野蛮。他属于人吃人，狗咬狗的蛮荒时代。日本军阀发动侵略战争，正好用上他那狗咬狗的哲学，他也因之越爬越高。他和日本军阀一样，说人话，披人皮，没有人性，只有狡猾和残忍的兽性。

他从来不考虑世界应该是什么样子，他不过是只苍蝇——吸了一滴血，或者吃块粪便，就心满意足。世界跟他没关系，只要有一口臭肉可吃，世界就是美好的。他从来没琢磨过没有枪炮、炸弹、没有仗打的世界是个什么样子；所以他也就不必去想这个世界上该不该有枪炮炸弹，该不该打仗。

科学突飞猛进，发明了原子弹。发现原子能而首先应用于战争，这是人类的最大耻辱。由于人类的这一耻辱，蓝东阳碰上了比他自己还要狡诈和残忍的死亡武器。他没能看到新时代的开端，而只能在旧时代——那人吃人，狗咬狗的旧时代里，给炸得粉身碎骨。

三 十

如果孩子的眼睛能够反映战争的恐怖，那么妞子的眼睛里就有。

因为饿，她已经没有力气跑跑跳跳。她的脖子极细，因而显得很长。尽管脸上已经没有多少肉，这又细又长的脖子却还支撑不起她那小脑袋。她衣服陈旧，又太短，然而瞧着却很宽松，因为她瘦得只剩了一把骨头。看起来，她已经半死不活了。

她说不吃共和面的时候，那眼神仿佛是在对家里人说，她那小生命也自有它的尊严：她不愿意吃那连猪狗都不肯进嘴的东西。她既已拿定主意，就决不动摇。谁也没法强迫她，谁也不会为了这个而忍心骂她。她眼睛里的愤怒，好像代表大家表达了对侵略战争的憎恨。

发完了脾气，她就半睁半闭着小眼，偷偷瞟家里的人，仿佛是在道歉，求大家原谅她，她不会说："眼下这么艰难，我不该发脾气。"她的眼神里确实有这个意思。然后，她就慢慢闭上眼睛，把所有的痛苦都埋在她那小小的心里。

虽说是闭上了眼，她可知道，大人常常走过来看她，悄悄的叹上一口气。她知道大人都可怜她，爱她，所以她拼命忍住不哭。她得忍受痛苦。战争教会她如何忍受痛苦。

她会闭上眼打个小盹，等她再睁开眼来，就硬挤出一丝笑容。她眨巴着小眼，自个儿骗自个儿——妞妞乖，睁眼就知道笑。她招得大家伙儿都爱她。

要是碰巧大人弄到了点儿吃食给她，她就把眼睛睁得大大的，以为有了这点儿吃的，就能活下去了。她的眼睛亮了起来，仿佛她要唱歌——要赞美生活。

吃完东西，她的眼睛像久雨放晴的太阳那样明亮，好像在说："我的要求并不多，哪怕吃这么一小点儿，我也能快乐地活下去。"这时候，她能记起奶奶讲给她听的故事。

然而她眼睛里的笑意很快就消失了。她没吃够，还想吃。那块瓜，或者那个烧饼，实在太小了。为什么只能吃那么一丁点儿呢？为什么？可是她不问。她知道哥哥小顺儿就连这一小块瓜也还吃不上呢。

瑞宣不敢看他的小女儿。英美的海军快攻到日本本土了，他知道，东方战神不久也会跟德国、意大利一样无条件投降。该高兴起来了。然而，要是连自己的小闺女都救不了，就是战胜了日本，又怎么高兴得起来呢？人死不能复生，小妞子犯了什么罪，为什么要落得这么个下场?

祁老人，现在什么事都没有力气去照应，不过还是挣扎着关心妞妞。最老的和最小的总是心连心的。每当韵梅弄了点比共和面强的吃食给他，老人看都不看就说："给妞子吃，我已经活够了，妞子她——"接着就长叹一口气。他明白妞子就是吃了这口东西，也不见得会壮起来。他想起死了的儿子，和两个失了踪的孙子。要是四世同堂最幼小的一代出了问题，那可怎么好！他晚上睡不着的时候，老是祷告："老天爷呀，把我收回去，收回去吧，可是千万要把妞子留给祁家呀！"

韵梅那双作母亲的眼睛早就看出了危险，然而她只能低声叹息，不敢惊动老人。她会故意做出满不在乎的样子说："没事儿，没事儿，丫头片子，命硬！"

话是这么说，可她心里比谁都难过。妞子是她的闺女。在她长远的打算里，妞子是她一切希望的中心。她闭上眼就能看见妞子长大成人，变成个漂亮姑娘，出门子，生儿育女——而她自个儿当然就是既有身份又有地位的姥姥。

小顺儿当然是个重要的人物。从传宗接代的观点看，他继承了祁家的香烟。可他是个男孩子，韵梅没法设身处地仔细替他盘算。妞子是个姑娘，韵梅能根据自己的经验为妞子的将来好好安排安排。母女得相依为命哪。

妞子会死，这她连想都不敢想。说真的，要是妞子死了，韵梅也就死了半截了。说一句大不孝的话吧——即使祁老人死了，天佑太太死了，妞子也必须活下去。老人如同秋天的叶子——时候一到，就得落下来，妞子还是一朵含苞未放的鲜花儿呢。韵梅很想把她搂在怀里，仿佛她还只有两三个月大。在她抚弄妞子的小手小脚丫的时候，她真恨不得妞子再变成个吃奶的小孩子。

妞子总是跟着奶奶。那一老一少向来形影不离。要是不照看，不哄着妞子，奶奶活着就一点儿用处也没有了。韵梅没法让妞子离开奶奶。有的时候，她真的妒忌起来，恨不得马上把妞子从天佑太太那儿夺过来，可她没那么办。她知道，婆婆没闺女，妞子既是孙女，又是闺女。韵梅劝慰婆婆："妞子没什么大不了的，没有大病。"仿佛妞子只是婆婆的孙女，而不是她身上掉下来的肉。

当这条小生命在生死之间徘徊的时候，瑞宣打老三那儿得到了许多好消息，作为撰稿的材料，且用不完呢。美国的第三舰队已经在攻东京湾了，苏美英缔结了波茨坦协定，第一颗原子弹也已经在广岛投下。

天很热。瑞宣一天到晚汗流浃背，忙着选稿、编辑、收发稿件。他外表虽然从容，可眼睛放光，心也跳得更快了。他忘了自己身体软弱，只觉得精力无限，一刻也不肯休息。他想纵声歌唱，庆祝人类最大悲剧的结束。

他不但报导胜利的消息，还要撰写对于将来的展望。经过这一番血的教训，但愿谁也别再使用武力。不过他并没有把这意思写出来。地下报刊篇幅太小，写不下这么多东西。

于是他在教室里向学生倾诉自己的希望。人类成了武器的奴隶，没有出息。好在人类也会冷静下来，结束战争，缔结和议。要是大家都裁减军备，不再当武器的奴隶，和平就有指望了。

然而一见妞子，他的心就凉了。妞子不容许他对明天抱有希望。他心里直祷告："胜利就在眼前，妞子，你可不能死！再坚持半年，一个月，也许只要十天——小妞子呀，你就会看见和平了。"

祈求也是枉然，胜利救不了小妞子。胜利是战争的结束，然而却无法起死回生，也无法使濒于死亡的人不死。

当妞子实在没有东西可吃，而只能咽一口共和面的时候，她就拿水或者汤把它冲下肚里去。共和面里的砂子、谷壳卡在阑尾里，引起了急性阑尾炎。

她肚子阵阵绞痛，仿佛八年来漫长的战争痛苦都集中到这一点上了，痛得她蜷缩成一团，浑身冒冷汗，旧裤子、小褂都湿透了。她尖声叫喊，嘴唇发紫，眼珠直往上翻。

全家都围了来，谁也不知道该怎么办。打仗的年头，谁也想不出好办法。

祁老人一见妞子挺直身子不动了，就大声喊起来："妞子，乖乖，醒醒，妞子，醒醒呀！"

妞子的两条小瘦腿，细得跟高粱秆似的，直直地伸着。天佑太太和韵梅都冲过去抢她，韵梅让奶奶占了先。天佑太太把孙女抱在怀里不住地叫："妞子，妞子！"小妞子筋疲力竭，只有喘气的份儿。

"我去请大夫，"瑞宣好像大梦初醒，跳起来就往门外奔。

又是一阵绞痛，小妞子在奶奶怀里抽搐，用完了她最后一点力气。天佑太太抱不动她，把她放回到床上。

妞子那衰弱的小身体抗不住疾病的折磨，几度抽搐，她就两眼往上一翻，不再动了。

天佑太太把手放在妞子唇边试了试，没气儿了。妞子不再睁开眼睛瞧奶奶，也不再用她那小甜嗓儿叫"妈"了。

天佑太太出了一身冷汗，伸出去的手停在半空。她动不了，也哭不出。她迷迷糊糊站在小床前，脑子发木，心似刀绞，连哭都不知道哭了。

一见妞子不动了，韵梅扑在小女儿身上，把那木然不动，被汗水和泪水浸湿了的小身子紧紧抱住。她哭不出来，只用腮帮子挨着小妞子的胸脯，发狂地喊："妞子，我的肉呀，我的妞子呀！"小顺儿大声哭了起来。

祁老人浑身颤抖，摸摸索索坐到在一把椅子里，低下了头。屋子里只有韵梅的喊声和小顺儿的哭声。

老人低头坐了许久，许久，而后突然站了起来，他慢慢地，可是坚决地走向小床，搬着韵梅的肩头，想把她拉开。

韵梅把妞子抱得更紧了。妞子是她身上掉下来的肉，她恨不得再和小女儿合为一体。

祁老人有点发急，带着恳求的口吻说："一边去，一边去。"

韵梅听了爷爷的话，发狂地叫起来："您要干什么呀？"

老人又伸手去拽她，韵梅一屁股坐在了地上，老人抱起小妞子，一面叫：“妞子，”一面慢慢往门外走。“妞子，跟你太爷爷来。”妞子不答应，她的小腿随着老人的步子微微地摇晃。

老人踉踉跄跄地抱着妞子走到院里，一脑门都是汗。他的小褂只扣上了两个扣，露出了硬绷绷干瘪瘪的胸膛。他在台阶下站定，大口喘着气，好像害怕自己会忘了要干什么。他把妞子抱得更紧了，不住的低声呼唤：“妞子，妞子，跟我来呀，跟我来！”

老人一声声低唤，叫得天佑太太也跟着走了出来。直愣愣的，她朝前瞅着，僵尸一样痴痴地走在老人后面，仿佛老人叫的不是妞子，而是她。

韵梅的呼号和小顺儿的哭声惊动来了不少街坊。

丁约翰是里长，站在头里。从他那神气看来，到了该说话的时候，他当然是头一个张嘴。

四大妈的眼睛快瞎了，可她那乐于助人的热心肠、诚恳待人的亲切态度，还和往日一样。她拄着一根拐棍儿，忙着想帮一把手，好像自从“老东西”死了以后，她就得独自个承担起帮助四邻的责任来了。

程长顺抱着小凯，站在四大妈背后。他如今看着像个中年人了。小凯子虽说不很胖，可模样挺周正。

马老寡妇没走进门来。祁家的人为什么忽而一齐放声大哭起来，她放心不下。然而她还是站在大门外头，耐心等着长顺出来，把一切告诉她。

相声方六和许多别的人，都静悄悄站在院子里。

祁老人迈着坚定的步子，走得非常慢。他怕摔，两条腿左一拐，右一拐地，快不了。

瑞宣领着大夫忙着闯进院子。他绕过影壁，见街坊四邻挤在院子里，赶紧用手推开大家，一直走到爷爷跟前。大夫也走了过来，拿起妞子发僵了的手腕。

祁老人猛然站住，抬起头来，看见了大夫。“你要干什么？”他气得喊起来。

大夫没注意到老人生气的模样，只悄悄对瑞宣说：“孩子死了。”

瑞宣仿佛没听见大夫说的话，他含着泪，走过去拉住爷爷的胳臂。大夫转身回去了。

“爷爷，您把妞子往哪儿抱？她已经——”那个“死”字堵在瑞宣的嗓子眼里，说不出来。

“躲开！”老人的腿不听使唤，可他还是一个劲儿往前走。“我要让三号那些日本鬼子们瞧瞧。是他们抢走了我们的粮食。他们的孩子吃得饱饱的，我的孙女可饿死了。我要让他们看看，站一边去！”

三十一

祁老人挣扎着走出院子的时候，三号的日本人已经把院门插上，搬了些重东西顶住大门，仿佛是在准备巷战呢！

他们已经知道了日本投降的事。

他们害怕极了。日本军阀发动战争的时候，他们没有勇气制止。仗打起来了，他们又看不到侵略战争的罪恶，只觉着痛快，光荣。他们以为，即便自己不想杀人，又有多少中国人没有杀过日本兵呢？

他们把大门插好，顶上，然后一起走进屋去，不出声地哭。光荣和特权刷地消失了，战争成了恶梦一场。他们不得不放弃美丽的北平，漂亮的房子与优裕的生活，像囚犯似的让人送回国去。要是附近的中国人再跑来报仇，那他们就得把命都丢在异乡。

他们一面不出声地哭泣，一面倾听门外的动静。如果日本投降的消息传到中国人耳朵里，难道中国人还不会拿起刀枪棍棒来砸烂他们的大门，敲碎他们的脑袋？他们想的不是发动战争的罪恶，而是战败后的耻辱与恐惧。他们顶多觉得战争是个靠不住的东西。

一号的日本老婆子反倒把她的两扇大门敞开了。门一开，她独自微笑起来，像是在说："要报仇的就来吧。我们欺压了你们八年，这一下轮到你们来报复了。这才算公平。"

她站在大门里头瞧着门外那棵大槐树，日军战败的消息并不使她感到愉快，可也不觉着羞耻。她自始至终是反对战争的。她早就知道，肆意侵略的人到头来准自食其果。她静静的站在门里，悲苦万分。战争真是停下来了，然而死了成千上万的该怎么着呢！

她走出大门来。她得把日本投降的消息报告给街坊邻居。投降没有什么可耻，这是滥用武力的必然结果。不能因为她是日本人，就闭着眼睛不承认事实。再说，她应当跟中国人做好朋友，超越复仇和仇恨，建立起真正的友谊。

一走出大门，她自然而然地朝着祁家走去。她认为祁老人固然代表了老一辈的尊严，而瑞宣更容易了解和接近。瑞宣能用英语和她交谈，她敬重，喜爱他的学识和气度。她的足迹遍及全世界，而瑞宣没有出过北平城；但是凡她知道的，他也全明白。不，他不但明白天下大势，而且对问题有深刻的认识，对人类的未来怀有坚定的信心。

她刚走到祁家大门口，祁老人正抱着妞子转过影壁。瑞宣搀着爷爷。日本老太婆站住了，她一眼看出，妞子已经死了。她本来想到祁家去报喜，跟瑞宣谈谈今后的中日关系，没想到看见一个半死的老人抱着一个死去了的孩子——正好像一个半死不活的中国怀里抱着成千上万个死了的孩子。胜利和失败有什么区别？胜利又能带来什么好处？胜利的日子应该诅咒，应该哭。

投降的耻辱并不使她伤心，然而小妞子的死却使她失去自信和勇气。她转过身来就往回走。

祁老人的眼睛从妞子身上挪到大门上，他已经认不得这个他迈进迈出走了千百次的大门，只觉得应当打这儿走出去，去找日本人。

这时，他看见了那个日本老太婆。

老太婆跟祁老人一样，也爱好和平，她在战争中失去了年轻一辈的亲人。她本来无需感到羞愧，可以一径走向老人，然而这场侵略战争使黩武分子趾高气扬，却使有良心的人惭愧内疚。甭管怎么说，她到底是日本人。她觉得自己对小妞子的死也负有一定的责任。她又往回走了几步。在祁老人面前，她觉得自己有罪。

祁老人，不加思索就高声喊起来："站住！你来看，来看看！"他把妞子那瘦得皮包骨的小尸首高高举起，让那日本老太婆看。

老太婆呆呆地站住了。她想转身跑掉，而老人仿佛有种力量，把她紧紧的定住。

瑞宣的手扶着爷爷，低声叫着："爷爷，爷爷。"他明白，小妞子的死，跟一号的老太婆毫不相干，可是他不敢跟爷爷争，因为老人已经是半死不活，神志恍惚了。

老人仍然蹒跚着朝前走，街坊邻居静静的跟在后面。

老太婆瞧见老人走到跟前，一下子又打起了精神。她有点儿怕这个老人，但是知道老人秉性忠厚，要不是妞子死得惨，决不会这样。她想告诉大家日本已经投降了，让大家心里好受一点。

她用英语对瑞宣说："告诉你爷爷，日本投降了。"

瑞宣好像没听懂她的话。反复地自言自语："日本投降了？"又看了看老太婆。

老太婆微微点了点头。

瑞宣忽然浑身发起抖来，不知所措地颤抖着，把手放在小妞子身上。

"他说什么？"祁老人大声问。

瑞宣轻轻托起小妞子一只冰凉的小手，看了看她的小脸，自言自语的说："胜利了，妞子，可是你——"

"她说什么来着？"老人又大声嚷起来。

瑞宣赶快放下小妞子的手，朝爷爷和邻居们望去。他眼里含着泪，微微笑了笑。他很想大声喊出来："我们胜利了！"然而却仿佛很不情愿似的，低声对爷爷说："日本投降了。"话一出口，眼泪就沿着腮帮子滚了下来。几年来，身体和心灵上遭受的苦难，像千钧重担，压在他心上。

虽说瑞宣的声音不高，"日本投降"几个字，就像一阵风吹进了所有街坊邻居的耳朵里。

大家立时忘记了小妞子的死，忘了对祁老人和瑞宣表示同情，忘了去劝慰韵梅和天佑太太。谁都想做点什么，或者说点什么。大家都想跑出去看看，胜利是怎样一幅情景，都想张开嘴，痛痛快快喊一声"中华民族万岁！"连祁老人也忘了他原来打算干什么，呆呆的。一会儿瞧瞧这个，一会儿瞧瞧那个。悲哀，喜悦，和惶惑都掺和在一起了。

所有的眼光一下子都集中在日本老太婆身上。她不再是往日那个爱好和平的老太婆，而是个集武力，侵略，屠杀的化身。饱含仇恨怒火的眼光射穿了她的身体，她可怎么办呢？她无法为自己申辩。到了算账的日子，几句话是无济于事的。她纵然知道自己无罪，可又说不出来。她认为自己应当分担日本军国主义者的罪恶。虽说她的思想已经超越了国家和民族的界限，然而她毕竟属于这个国家，属于这个民族，因此她也必须承担罪责。

看着面前这些人，她忽然觉着自己并不了解他们。他们不再是她的街坊邻居，而是仇恨她，甚至想杀她的人。她知道，他们都是些善良的人，好对付，可是谁敢担保，他们今天不会发狂，在她身上宣泄仇恨？

韵梅已经不哭了。她走到爷爷身边，抱过妞子来。胜利跟她有什么关系？她只想再多抱一会儿妞子。

韵梅紧紧抱住妞子的小尸体，慢慢走回院子里。她低下头，瞅着妞子那灰白，呆滞，瘦得皮包骨的小尖脸，低声叫道："妞子！"仿佛妞子只不过是睡着了。

祁老人转回身来跟她说："小顺儿他妈，听见了吗？日本投降了。小顺儿他妈，别再哭了，好日子就要来了。刚才我心里憋得难受，糊涂了。我想抱着妞子去找日本人，我错了，不能这么糟践孩子。小顺儿他妈，给妞子找两件干净衣服，给她洗洗脸。不能让她脸上带着泪进棺材。小顺儿他妈，别伤心了，日本鬼子很快就会滚蛋，咱们就能消消停停过太平日子了。你和老大都还年轻，还会再有孩子的。"

韵梅像是没有听见老人的劝慰，也没注意到他是尽力在安慰她。她一步一步慢慢朝前挪，低声叫着："妞子。"

天佑太太还站在院子里，一瞧见韵梅，她就跟着走起来。她好像知道，韵梅不乐意让她把妞子抱过去，所以在后面跟着。

李四大妈本来跟天佑太太站在一块儿，这会儿，也就不加思索的跟着婆媳俩。三个妇女前后脚走进屋里去。

影壁那边，说相声的方六正扯着嗓门在跟街坊们说话，"老街坊们，咱们今儿可该报仇了。"他这话虽是说给街坊邻居们听的，可眼睛却只盯着日本老太婆。

大家都听见了方六的话，然而，没明白他的意思。北平人，大难临头的时候，能忍，灾难一旦过去，也想不到报仇了。他们总是顺应历史的自然，而不想去创造或者改变历史。哪怕是起了逆风，他们也要本着自己一成不变的处世哲学活下去。这一哲学的根本，是相信"善有善报，恶有恶报"——用不着反击敌人。瞧，日本人多凶——可日本投降了！八年的占领，真够长的！然而跟北平六七百年的历史比起来，八年又算得了什么？……谁也没动手。

方六直跟大家说："咱们整整受了八年罪，天天提溜脑袋过日子。今儿个干吗不也给他们点儿滋味儿尝尝？就说不能杀他们，还不兴啐口唾沫？"

一向和气顺从的程长顺，同意方六的话。"说的是，不打不杀，还不兴冲他们脸上啐口唾沫？"他呜囔着鼻子，大喊一声："上呀！"

大家冲着日本老太婆一哄而上。她不明白大家说了些什么，可看出了他们来得不善。她想跑，但是没有挪步。她挺了挺腰板儿，乍着胆子等他们冲过来。她愿意忍辱挨打，减轻自己和其他日本人的罪过。

瑞宣到这会儿一直坐在地上，好像失去了知觉。他猛然站起，一步跨到日本老太婆和大家中间。他的脸煞白，眼睛闪着光。他挺起胸膛，人仿佛忽地拔高了不少。他照平常那样和气，可是态度坚决的问道："你们打算干什么？"

谁也没敢回答，连方六也没作声。中国人都尊重斯文。瑞宣合他们的口味，而且是他们当中唯一受过教育的。

"你们打算先揍这个老太婆一顿吗？"瑞宣特别强调了"老太婆"三个字。

大家看看瑞宣，又看看日本老太婆。方六头一个摇了摇头。谁也不乐意欺侮一个老太婆。

瑞宣回过头来对日本女人说："你快走吧。"

老太婆叹了一口气，向大家深深一鞠躬，走开了。

老太婆一走，丁约翰过来了。

方六一见丁约翰过来，觉着自己有了帮手。自从德国战败以后，丁约翰就跟大家说过，只要日本一战败，就好好收拾收拾北平的日本人。

"约翰，你是什么意思？咱们该不该上三号去，教训教训那帮日本人？"

"出了什么事？"丁约翰还不知道胜利的消息。

"日本鬼子完蛋了，投降了。"方六低声回答。

丁约翰像在教堂里说"阿门"那样，把眼睛闭了一闭。二话不说，回头就跑。

"你上哪儿去？"瑞宣问他。

"我——我上英国府去。"丁约翰大声回答。

三十二

在重庆，成都，昆明，西安和别的许多城市里，人们嚷呀，唱呀，高兴得流着眼泪；北平可冷冷清清。北平的日本兵还没有解除武装，日本宪兵还在街上巡逻。

一个被征服的国家的悲哀和痛苦，是不能像桌子上的灰尘那样，一擦就掉的。然而叫人痛快的是：日本人降下了膏药旗，换上了中国的国旗。尽管没有游行，没有鸣礼炮，没有欢呼，可是国旗给了人民安慰。

北海公园的白塔，依旧傲然屹立。海子里的红荷花，白荷花，也照常吐放清香。天坛，太庙和故宫，依然庄严肃穆，古老的琉璃瓦闪烁着锃亮的光彩。

北平冷冷清清。在这胜利的时刻，全城一点动静都没有。只有日本人忙于关门闭户，未免过于匆忙。

最冷清的莫过于祁家了。瑞宣把爷爷扶回屋里，老人坐在炕沿儿上，攥着瑞宣的手。他想起八年来的种种困难，恨不得高声大骂；想到死去的儿子，孙子，重孙女，又恨不得放声痛哭。

他慢慢松开了瑞宣的手，又慢慢躺下了。瑞宣把小顺儿叫进来，要他给太爷爷做伴。

这差事小顺儿愿意承担。他不敢上妞子躺着的屋里去，也不乐意一个人傻站在院子里。没了妞子，他不知道该上哪儿去。跟太爷爷一块儿呆着，总算有点事做。他乖乖的让老人攥着他的手。

老人闭上眼睛，仿佛想要打个盹似的，小顺儿的手热乎乎的，一股热气顺着胳臂一直钻进老人的心里。他觉着自己不但活着，而且还攥着重孙子的手——从战争中活过来的最老的和最小的——他像是在腾云驾雾，身子也化到云彩里去了。他把小顺儿的手攥得更紧了。小顺儿以后可以安享太平，生儿育女，祁家世世代代，香烟不断。他把小顺儿的手越攥越紧，老手和小手合成了一体。老人睁开眼睛，好像要对小顺儿说，你我是四世同堂的老少两辈，咱们都得活下去。只要咱俩能活下去，打仗不打仗的，有什么要紧？即便我死了，你也得活到我这把年纪，当你那个四世同堂的老祖宗。

小顺儿看见老人睁开眼睛，想找两句话说。他问："太爷爷，您醒啦？"

老人没回答，又把眼睛闭上，脸上浮起一丝笑容。

瑞宣在院子里转来转去，绕了好几个圈，打窗户外向里望了望，母亲和媳妇还坐在床头上瞧着妞子。眼泪一下子流了出来，他走开，站在枣树下。

这当儿，白巡长和金三爷走进来。

白巡长跑得浑身是汗。他用一只手擦脑门上的汗，把另一只手伸向瑞宣。"喝，——祁先生，咱们胜利了！"他准备亲亲热热跟瑞宣握一握手，可一见瑞宣脸上那副难过的样子，不由得把手缩了回去。"怎么了，祁先生？"

瑞宣还没搭茬，金三爷就开了口："祁先生，帮帮我吧。胜利了，还不赶快去找找钱先生和我那外孙子？求求你，帮着找找，看看他们到底给弄到哪儿去了。"

瑞宣很愿意马上跟着金三爷去找钱先生，可是打不起精神来。他不能把妈妈和妻子留在家里陪妞子，自己跑出去。没准儿妈妈伤心得会背过气去，甚至于死掉。他指了指屋里。

白巡长走过去，金三跟在后头。白巡长打窗户玻璃往里瞧，一眼就看明白是怎么回事。他当了多年巡长，什么悲痛的场面都见过，他知道，两个女的一定得哭出声来，要是静静的光坐在那儿瞅着妞子，心里的悲痛一定会把人憋坏，特别是天佑太太准受不住。

“祁先生，您得领头大哭，”白巡长低声对瑞宣说：“您要是大声哭起来，她们就会跟着您哭。得哭出来，要不，伤心过了劲儿，气憋在心里，会把人憋坏，憋死。”

瑞宣还没想好是不是应当按白巡长说的办，只见门外头走进来一男一女。

那男的，像个又细又高的黑铁塔，身子骨结实，硬棒。他没戴帽子，大兵似的剃着光头。脸盘又黑又瘦，漆黑明亮的眼睛闪着愉快的光辉。他穿了一身小了两三号的学生服，上身长不及腰，裤子短的露出小腿。衣服虽说没个样子，又不合身，可他穿在身上却显得很得体，朴素。他扬着头，硬棒的脸上透着笑，右手拉着一个女的，是高第。

高第也瘦了，因为瘦，那副厚嘴唇显得好看多了。短鼻子周遭纵起不少条笑纹。头发没烫，嘴唇也没抹口红。看来，她已经完全摆脱了大赤包和招弟对她的束缚，毫不做作的显出了她的本来面目。她也扬着头，仿佛盯着老三的腮帮子，又像是在看那高高的蓝天。

转过影壁，老三就大声喊了起来：“妈！”他的声音响亮，连金三爷都吓了一跳。瑞全原来没打算惊动人，可是不由自主的喊了起来。多年没叫过的这个字，一下子打他心眼里蹦出来了。

“老三！”瑞宣也大声喊了起来。一刹时，他几乎把妞子的死都忘了。老三是中国青年的代表——象征着勇敢，强有力的新中国。瑞宣走过来，认出了高第。他一手一个把他们拉到身边，滚滚的热泪在眼睛里转了好几个圈。

白巡长很想过去招呼老三，一见瑞宣抓住老三的手不放，他就悄悄的往边上站了站。他知道一家人重逢的时候，最不乐意外人打搅。“咱们走吧，”白巡长一边说着，一边把金三爷拽出门外。

老三的语音像一股春风，融化了屋子里的冰块。天佑太太始终哭不出声来，恍恍惚惚的坐在那里，两眼直勾勾地瞅着妞子发呆。一听见老三的声音，她的心怦怦的跳了起来。像胎儿在妈妈肚子里乱踹似的。她的孩子，老三，在院子里叫她呢。她又活过来了，憋在心里的眼泪唰的流了出来。老三一进门，她连妞子也顾不得照看了。妞子已经死了，儿子可还活着呢。泪水迷了她的眼睛，她摸索着走出屋门。

一见她出了屋门，老三就松开了大哥的手，冲妈妈奔过来。

天佑太太大声哭了起来。老三攥住她那冰凉的手，不住的叫“妈”。

老三越过妈妈的肩头，看见了坐在妞子床边的大嫂。“大嫂，我回来了。”

韵梅没有回过头来瞧小叔子，却扑倒在妞子身上，大声哭开了。

“怎么了？怎么了？”老三让妈妈和嫂子哭糊涂了。他拉着妈妈的手，走进韵梅坐着的那间屋里，一眼就看见了床上的妞子，愣住了。

瑞宣听见妈妈和韵梅哭出了声，放了心。他明白，哭，是减轻痛苦的最好办法。他准备去把老三回家的消息告诉爷爷。

“爷爷，爷爷，”瑞宣压低了嗓门叫。

老人仿佛睡着了，闭着眼睛嘟囔了两句。

“爷爷，老三回来了。”

“什么？”老人还没睁眼。

“老三家来了。”

老人一下子睁开了眼睛。“小三儿，我的小三儿，在哪儿？”老人坐了起来。“他在哪儿？”老人着急的问。没等瑞宣答话，他就大声喊了起来：“小三儿，小三儿，上这儿来，让我瞧瞧你。”一边喊着，他扶着瑞宣站起来，急忙往屋子外头走。“到家了，还不先来看看爷爷，这小子！”

老三听见爷爷叫，连忙走出屋来，一见爷爷，猛的站住了。爷爷已经不是他记忆中那硬硬朗朗的样子，变成了个弯腰驼背，又瘦又弱的老头儿。不光头发胡子是白的，连眉毛也全白了。

老人把干瘪枯瘦的手放在孙子肩膀上，说：“好，好，小三你又长高了，也结实多了。哎——你走了八年，爷爷一直等着你呢。这下子好了，我放心了，就是死了，也踏实了，我的小三到底回来了。”

天佑太太还在哭着，也走出屋子，朝儿子扑过去。

老人瞧着儿媳妇叹了口气，非常温和的说：“别再哭了，小三回来了——还不该高兴高兴吗？”

天佑太太点了点头，用衣襟擦了擦眼泪。

老人看见高第，又揉了揉眼睛，问：“你不是冠家的大小姐吗？”

高第点了点头。

“是跟小三儿一块儿来的吗？”虽说老人知道高第的人品跟大赤包和招弟不一样，可是，他终究不喜欢冠家的人。

“是呀，”高第说着迎上去，拉起天佑太太的手。

“哦——”老人不想难为高第，没再问下去。

过了一会儿，老人把老三叫到自己屋里。“小三儿，冠家的这个闺女是怎么回事？”

老三一点也不犹豫，直截了当的回答：“她没处去，想在咱们家呆几天。”

“哦——”老人慢慢躺下了。“你们——”

老三明白爷爷的意思。“说不定——”

老人半天没言语——就是高第再好，他也还是不喜欢冠家。

“爷爷，您不是盼着咱家人丁兴旺吗？”老三说着笑了起来。

老人想了一想：“你说得对。”

三十三

妞子没有新衣裳，只穿一身过于短小，总还算干净的旧衣服。买个小小的木头匣子，装敛起来，埋在城外了。

韵梅病得起不了床。幸好有老三和高第在家。老三不打算老呆在家里，准备出去做跟抗日一样重要的工作。他对国家的现状有了认识，懂得祖国最需要他去做什么。他不能婆婆妈妈的，成天守在家里，跟油盐酱醋打交道。不过，眼下他还走不开。首先，得把钱伯伯救出来，安置妥当，然后才能松口气，何况目前爷爷，妈妈和哥嫂都离不开他。他明白，自己的有说有笑和无忧无虑的态度，能够打破家里死一般的沉寂。

老三对付大嫂的办法很简单，然而甚有成效。他不去安慰她，只是从早到晚要这要那，闹得她一会儿都不得安宁。

“大嫂，还没起来哪？我想饺子吃了。八年没吃过你包的饺子了。”再不就是：“大嫂，起来吧，给我找两件旧衣服。瞧瞧我穿的都是些什么——紧绷绷的，箍得我都出不来气了。”他知道嫂子心眼好，一定会上他的当，挣扎着爬起来做事。她只要能起床做事，那心头的创伤就会慢慢好起来。

他一面跟大嫂要这要那，不让她得空去想那些伤心的事儿，一面跟她叨唠他见过的许多惨事——被敌机炸死的孩子，逃难时被挤到河里的孩子……在战争中，无辜死去的孩子成千上万，妞子不过是其中的一个。

大嫂终于能起床做活了。她瘦了，越瘦，眼睛就越显得大。她做活的时候，会忽然停下来，仿佛想起了什么。老三总不让她得着机会去胡思乱想，叫小顺儿陪着妈妈，跟她说话儿。

老三跟大哥在一起的时候，话最多。哥俩干脆搬到一间屋里住，让高第陪韵梅。

谈过三四个晚上，哥俩把要说的话都说了，还不乐意就此罢休。又扯起家事，国事，世界大势，仿佛国家的繁荣昌盛与世界和平，全仗着他俩筹划。等到实在没的可说了，就把已经说过的话，拿出来再重温一遍。

全家都喜欢高第。她已经不是什么“小姐”，样样活都乐意干，——战争把她调教出来了。她伺候祁老人和天佑太太，做全家的饭。她做饭的手艺不高。可是这难为不了她。不论好歹，饭总算是做出来了，这顿做得不可口，下顿还不能改进改进？

这样韵梅就更觉着自己应当赶快爬起来干活，不能让客人替她操持一切。连祁老人也受了感动，忘记了他对冠家的成见。他偷偷对老三说："别让客人来伺候咱们呀，那像什么话呢！"

老三笑了一笑，没说什么。

胜利后第七天，钱诗人打监牢里出来了。

老三打算来次小小的聚会，欢迎欢迎钱伯伯。胜利以来，北平一直冷冷清清，瑞全不喜欢这股子冷清劲儿。

他去跟爷爷商量。爷爷答应了，叮咛说："得买瓶酒，他喜欢喝两口。"

"那是自然，我知道上哪儿弄酒去。"

他还跟韵梅和高第商量，得做上几个菜？韵梅觉乎着，有豆腐干和花生米下酒，就满够了。她安排不了那么些个人的饭食，没什么钱，精神也不济。

"就这么办吧，大嫂，再给沏点儿茶。"

他去找妈妈："妈，钱伯伯要来，您得起来招待招待他。"

天佑太太点了头。

瑞全邀大哥一起去接钱先生。瑞宣当然乐意。他也想到了富善先生。他花了一整天去找这位老朋友，后来听人说，几个月以前，富善先生给弄到山东潍县的集中营里去了。

老三去找金三爷，要他跟钱少奶奶一起到祁家来。然后他又邀了李四大妈，程长顺和小羊圈所有的街坊邻居。老邻居们高兴得跟刚听到胜利的消息时一样。

瑞宣和瑞全把钱先生接了出来。

钱先生，除了一身衣服，什么也没有。他一手扶着老三的胳臂，一手领着孙子，踉踉跄跄走出监牢的门。瑞宣跟在后面。

这回钱先生在牢里过堂的时候，没有受刑。日本人要他投降，他拒绝了他们的“亲善”，他们就把他的孙子偷来，也给下在牢里。他们让爷儿俩每天见一面。钱先生明白，他们是想要利用这个孩子，来对他施加压力。要是他低头，投降了，孙子就有了活命；要是他不肯呢，他们就会当着他的面给孩子用刑。

钱先生一点也没发愁。他一不发脾气，二不惹他们，尽量不让孩子遭罪；当然他更不能为了救孩子而屈服。他那斯斯文文的脸上老带着笑，顺其自然。要是到时候他确实保护不了自己的孙子，那也没有法子。反正也不能投降。打仗嘛，多死一个两个的又怎么样？即便那死去的就是他的孙儿。

孩子初进监牢里来，是又哭又闹。日本人头一回带他见钱先生的时候，他满脸都是泪。他使劲拍打爷爷的腿，喊着：“我要妈妈，我要妈妈。”

钱先生，轻轻拍了拍孩子的脑袋，一再说：“别闹，乖乖的，别哭了。”孩子安静了一点，问：“干嘛要把咱们关在这儿？干嘛不让咱们回家去？”

“没有道理。”

“怎么没有道理？”

“就是没有道理。”

过了几天，孩子习惯了一点，不再大哭大闹了。每逢人家带着他来看爷爷，他总是特别高兴。他拿好多问题来问爷爷——为什么要打仗，监牢是干什么的，日本人打哪儿来，为什么要到北平来。爷爷很耐心地一一讲给他听。

孙子要求爷爷给起个名字。他记得妈妈常说，他的名字得让爷爷来起。

孩子还没有出世，爷爷就给起好了名字，钱仇——不忘报仇的意思。而这会儿孩子倚在膝下，他又觉得不能让孩子一辈子背着这么一个叫人痛心的名字。老人问孩子，“你觉着‘仇’字怎么样？”

孙子的小眼睛直眨巴，像是在认真考虑。他能想象出猫、狗、牛是什么样子，然而“仇”，“仇”是什么呢？他闹不明白，一准不是什么好词儿。他说：“我不要这个。”

爷爷赶紧道歉：“好，等一等，让我再好好想想，一定要给你起个好名字。”

于是有一天，他说了：“钱善怎么样，善，是正义，善良的意思，是打我教你的那本《三字经》的头一行上取来的，‘人之初，性本善’，记得吗？”孩子同意了。

起初，日本人每次只让孩子跟爷爷在一块儿呆几分钟，后来爷爷跟孙子在一块儿呆惯了，他们就把时间延长，让他们多谈谈，希望用孩子来打动钱先生。等爷俩谈得正热闹，他们就突然把孩子带走，故意让他哭闹。

钱少奶奶和小顺儿站在小羊圈口上，等她的公公和儿子。她模样大变，变得叫人认不出来了；瘦得皮包骨，只有一双眼睛还亮堂堂的，仿佛她把整个生命都注入了这一对眼睛，好去找儿子。这会儿，她知道儿子快要回到她的身边来了，她的眼睛几乎要冒出火星来。

钱少奶奶一见公公和儿子的人影儿，就没命的跑起来。她一下子把小善搂在怀里，紧紧抱住，她蹲在地上，把脸紧紧贴在儿子脸上。

走到一号门口，钱少奶奶习惯地站住了，可是钱先生连朝大门都没瞧一眼，就慢条斯理地走了过去。

祁家大门外站了一群人。大伙儿见了钱先生，都想跑上前来，可是谁也没挪窝。钱先生是大家的好邻居，老朋友，英雄。他穿了一件旧的蓝布僧袍，短得刚刚够得着膝盖。他的头发全白了，乱蓬蓬的，双颊下陷，干巴巴的没有一点血色。他外表上并没有什么英雄气概，浑身满布战争的创伤。大家不禁相互打量了一番，他们自己的衣服也很破烂，每个人的脸都瘦骨棱棱的，白里带青。大家又朝小羊圈扫了一眼，家家户户，大门上的油漆已经完全看不出来了，墙皮也剥落了。一切都显着凄凉，使人不忍得看。

说相声的方六，点起一小挂鞭炮，按老规矩欢迎英雄归来。

大家都想第一个跟钱先生拉手，又都不约而同，一致把优先权让给了祁老人。祁老人双手捧着钱先生的手，只说了一句：“到底回来了！”就再也说不出话来。他想起了天佑。在小羊圈，论年纪，身量和人品，就数钱先生跟天佑最相近。

钱先生热烈的握住老人的手，也说不出话来。

老三想把欢迎会弄得热热闹闹的，一个劲往里让着街坊：“进去吧，里面请，到院子里头喝一盅。”

祁老人转过身来，站在门边让钱先生，嘴里不住地说：“请！请! ”

钱先生的确想喝一盅。他起过誓，抗战不胜利，他决不沾酒盅儿，今儿他可得喝上一大杯。

他走进大门，边走边跟高第，天佑太太和刘太太打招呼。

祁老人等大家都进了院子，才慢慢跟了进来。瑞全早就跟大家伙儿说笑开了，瑞宣在一边等着搀爷爷。走了几步，老人点了点头，说：“瑞宣，街坊都到齐啦？得好好庆祝庆祝。”他脸上逐渐现出了笑容。

“等您庆九十大寿的时候，比这还得热闹呢。”瑞宣说。

小羊圈里，槐树叶儿拂拂的在摇曳，起风了。

后 记

本书写成于重庆，即交良友公司发行，但该公司以种种关系到胜利后半年才在上海印成出书，而初版售罄后，也未见再版。现在良友公司的营业尚未恢复，我已向他们将过去所有交该公司出版之《赶集》《离婚》及本书权按约一律收回，而本书纸型也由我备价赎回，改交晨光出版公司出版。本书在良友出版时原名《四世同堂》，其实《四世同堂》的第一部，现在第二部《偷生》也已交晨光同时出版，所以这一部改名为《惶惑》，连同将来出版的第三部《饥荒》，全书总名还是称为《四世同堂》。

老舍 一九四六年十月一日 纽约

载《惶惑》，1946 年 11 月上海晨光出版公司初版

创美工厂 | 轻经典

出 品 人：许　永
出版统筹：林园林
责任编辑：许宗华
特邀编辑：林园林
装帧设计：海　云
印制总监：蒋　波
发行总监：田峰峥

投稿信箱：cmsdbj@163.com
发　　行：北京创美汇品图书有限公司
发行热线：010-59799930

创美工厂
微信公众平台

创美工厂
官方微博